BISS ZUM MORGENGRAUEN

© privat

Stephenie Meyer wurde 1973 geboren und lebt mit ihrem Mann und ihren drei Söhnen in Arizona, USA. »Bis(s) zum Morgengrauen« ist ihr erstes Buch und ein großer internationaler Erfolg. Es stand wochenlang auf deutschen und amerikanischen Bestsellerlisten. Wie die Geschichte von Bella und Edward weitergeht, erzählen die Folgebände »Bis(s) zur Mittagsstunde« und »Bis(s) zum Abendrot«.

STEPHENIE MEYER

Biss

zum Morgengrauen

Aus dem Englischen von Karsten Kredel

CARLSEN

Für meine große Schwester Emily, ohne deren Begeisterung
diese Geschichte vielleicht immer noch nicht vollendet wäre.

FSC
Mix
Produktgruppe aus vorbildlich
bewirtschafteten Wäldern und
anderen kontrollierten Herkünften
Zert.-Nr. SGS-COC-1940
www.fsc.org
© 1996 Forest Stewardship Council

Veröffentlicht im Carlsen Verlag
Februar 2008
Originalcopyright © 2005 Stephenie Meyer
Originalverlag: Little, Brown and Company, New York, N.Y.
Originaltitel: »Twilight«
Copyright © der deutschsprachigen Ausgaben:
2006, 2008 Carlsen Verlag GmbH, Hamburg
Umschlagbild: © Sonya Pletes
Umschlaggestaltung und Typographie: Michelle Mackintosh
Corporate Design Taschenbuch: Dörte Dosse
Druck und Bindung: GGP Media GmbH, Pößneck
ISBN 978-3-551-35690-1
Printed in Germany

Alle Bücher im Internet: www.carlsen.de

Nur von dem Baum der Erkenntnis des Guten und des Bösen, von dem darfst du nicht essen; denn sobald du davon issest, musst du sterben.

Mose 2,17

ORWORT

Ich hatte mir nie viele Gedanken darüber gemacht, wie ich sterben würde, obwohl ich in den vergangenen Monaten allen Grund dazu gehabt hätte. Und wenn, wäre meine Vorstellung ohnehin eine andere gewesen.

Mein Blick war auf die dunklen Augen des Jägers geheftet, der am anderen Ende des langgezogenen Raumes stand und mich freundlich betrachtete. Ich atmete nicht.

Es war ganz sicher eine gute Art zu sterben – an Stelle eines anderen, eines geliebten Menschen. Es war sogar edel. Das musste etwas wert sein.

Wäre ich nicht nach Forks gegangen, würde ich jetzt nicht dem Tod ins Auge blicken, das stand fest. Doch trotz meiner Angst konnte ich mich nicht dazu bringen, die Entscheidung zu bereuen. Wenn einem das Leben einen Traum beschert, der jede Erwartung so weit übersteigt wie dieser, dann ist es sinnlos zu trauern, wenn er zu Ende geht.

Der Jäger lächelte und kam ohne Eile auf mich zu, um mich zu töten.

Auf den ersten Blick

Meine Mutter fuhr mich mit heruntergelassenen Scheiben zum Flughafen. Es war warm in Phoenix, 24 Grad, und über uns spannte sich ein makellos blauer, wolkenloser Himmel. Ich hatte meine Lieblingsbluse an, ärmellos, mit weißer Lochspitze – es war eine Art Abschiedsgeste. Mein Handgepäck bestand aus einem Parka.

Auf der Halbinsel Olympic im Nordwesten von Washington State liegt unter einer selten aufreißenden Wolkendecke eine bedeutungslose, kleine Stadt namens Forks. In ihr regnet es mehr als in jedem anderen Ort der Vereinigten Staaten von Amerika. Von dort – fort aus dem ewig trüben Dämmerlicht – floh meine Mutter mit mir, als ich gerade mal ein paar Monate alt war. Dort hatte ich Jahr für Jahr einen Monat meiner Sommerferien verbringen müssen, bis ich vierzehn wurde – dann setzte ich mich endlich durch, und in den vergangenen drei Jahren machte Charlie, mein Vater, stattdessen zwei Wochen Urlaub in Kalifornien mit mir.

Dorthin, nach Forks, ging ich jetzt ins Exil, und zwar mit Schrecken. Ich hasste Forks.

Und ich liebte Phoenix. Ich liebte die Sonne und die glühende Hitze. Ich liebte die betriebsame, schier endlos wuchernde Stadt.

»Bella«, sagte meine Mom, bevor ich durch die Absperrung ging, zum hundertsten und letzten Mal – »du musst nicht, wenn du nicht willst.«

Meine Mom sieht genauso aus wie ich, nur mit kurzen Haaren und Lachfalten. Ich spürte, wie mich die Panik durchzuckte, als ich in ihre großen, kindlichen Augen schaute. Meine liebevolle, unberechenbare, durchgeknallte Mutter – wie konnte ich sie nur sich selbst überlassen? Klar, sie hatte jetzt Phil, also würden die Rechnungen wohl bezahlt werden, es würde was zu essen im Kühlschrank sein und Benzin im Tank. Und es gab jemanden, den sie anrufen konnte, wenn sie sich verirrte. Trotzdem …

»Ich *will* aber«, beteuerte ich. Ich war immer eine miserable Lügnerin gewesen, doch diesen Satz hatte ich in letzter Zeit so häufig wiederholt, dass er mittlerweile beinahe überzeugend klang.

»Grüß Charlie von mir«, sagte sie resignierend.

»Mach ich«, antwortete ich.

»Wir sehen uns bald«, beteuerte sie. »Du kannst immer nach Hause kommen – ich bin hier, wenn du mich brauchst.«

Aber in ihren Augen konnte ich sehen, welches Opfer sie dieses Versprechen kostete.

»Mach dir keine Sorgen«, sagte ich bestimmt. »Das wird super. Ich liebe dich, Mom.«

Sie hielt mich eine Weile fest umarmt, dann ging ich weg und sie war verschwunden.

Der Flug von Phoenix nach Seattle dauert vier Stunden, dann geht es noch mal eine Stunde in einem kleinen Flugzeug hoch nach Port Angeles, und eine weitere Stunde mit dem Auto runter nach Forks. Das Fliegen machte mir nichts aus, aber vor der Fahrt mit Charlie hatte ich ein bisschen Bammel.

Charlie hatte ziemlich gut reagiert auf die ganze Geschichte. Er schien sich wirklich zu freuen, dass ich zum ersten Mal halbwegs langfristig bei ihm wohnen würde, hatte mich schon in der Schule angemeldet und wollte mir dabei behilflich sein, ein Auto zu finden.

Das Problem war, dass es nicht viel gab, worüber wir reden konnten; wir waren beide keine großen Plaudertaschen. Ich wusste, dass ihn meine Entscheidung enorm verwirrte – wie meine Mutter hatte ich nie einen Hehl aus meiner Abneigung gegen Forks gemacht.

Bei der Landung in Port Angeles regnete es. Ich nahm es nicht als ein böses Omen, sondern schlicht als unvermeidlich. Von der Sonne hatte ich mich bereits verabschiedet.

Charlie kam mich mit dem Streifenwagen abholen. Auch damit hatte ich gerechnet. Die braven Bürger von Forks kennen Charlie nämlich als Chief Swan, den örtlichen Hüter des Gesetzes. Deswegen wollte ich unbedingt mein eigenes Auto, obwohl ich knapp bei Kasse war: Ich hatte keine Lust, in einem Wagen mit roten und blauen Lichtern auf dem Dach durch die Stadt chauffiert zu werden. Nichts hält den Verkehr so sehr auf wie ein Polizist.

Ich stolperte aus dem Flugzeug, und Charlie drückte mich unbeholfen mit einem Arm an sich.

»Schön, dich zu sehen, Bells«, sagte er lächelnd, während er mich mit einer automatischen Bewegung auffing und stützte. »Du hast dich kaum verändert. Wie geht's Renée?«

»Mom geht's gut. Ich freu mich auch, dich zu sehen, Dad.« Er wollte nicht, dass ich ihn Charlie nenne.

Und damit war unser Gespräch auch schon fast wieder beendet. Ich hatte nur ein paar Taschen dabei. Die meisten meiner Arizona-Klamotten waren untauglich für Washington – nicht wasserfest. Mom und ich hatten unser Geld zusammengelegt, um meine Wintergarderobe aufzustocken, aber sie war trotzdem noch dürftig. Es passte alles problemlos in den Kofferraum des Streifenwagens.

»Ich hab ein gutes Auto für dich bekommen, ganz billig«, verkündete er, als wir angeschnallt waren.

»Was denn für eins?« Ich war misstrauisch, weil er »ein gutes Auto für dich« gesagt hatte anstatt nur »ein gutes Auto«.

»Genauer gesagt, einen Transporter – einen Chevy.«

»Woher hast du den?«

»Erinnerst du dich noch an Billy Black aus La Push?« La Push ist das winzige Indianerreservat an der Küste.

»Nein.«

»Er war im Sommer immer mit uns angeln«, versuchte mir Charlie auf die Sprünge zu helfen.

Das würde erklären, warum ich mich nicht an ihn erinnerte. Wenn es darum geht, schmerzhafte Erinnerungen aus meinem Gedächtnis zu streichen, bin ich echt gut.

»Er sitzt jetzt im Rollstuhl«, fuhr Charlie fort, als ich nicht reagierte. »Er kann nicht mehr Auto fahren, also hat er mir ein gutes Angebot gemacht.«

»Welches Baujahr?« Seinem Gesichtsausdruck nach zu urteilen, war das die Frage, von der er gehofft hatte, ich würde sie nicht stellen.

»Billy hat 'ne Menge am Motor rumgebastelt – er ist eigentlich nur ein paar Jahre alt.«

»Wann hat er ihn denn gekauft?« Er glaubte doch wohl nicht, dass ich so schnell aufgab.

»Gekauft hat er ihn, glaub ich, 1984.«

»Neu?«

»Das nicht. Neu war er Anfang der Sechziger, würde ich

sagen – oder frühestens in den späten Fünfzigern«, gab er verlegen zu.

»Aber Dad, ich hab nicht die geringste Ahnung von Autos. Wenn was kaputtgeht – ich krieg das nie wieder hin, und eine Reparatur kann ich mir nicht leisten …«

»Ehrlich, Bella, das Ding läuft wie geschmiert. So was wird heute gar nicht mehr gebaut.«

Das Ding. Das ist doch was, dachte ich mir – einen Namen hatte es schon mal.

»Was verstehst du denn unter billig?« Um mal zu dem Punkt zu kommen, bei dem ich keine Kompromisse machen konnte.

»Also, eigentlich hab ich ihn dir schon gekauft. Als Begrüßungsgeschenk.« Charlie warf mir einen hoffnungsvollen Seitenblick zu.

Wow. Umsonst.

»Dad, das war doch nicht nötig. Ich hätte mir doch selber ein Auto gekauft.«

»Ist schon okay. Ich will, dass du hier glücklich bist.« Sein Blick war nach vorn auf die Straße gerichtet, als er das sagte. Charlie fiel es nicht leicht, seine Gefühle in Worte zu fassen. Und weil ich das von ihm hatte, schaute ich ebenfalls nach vorn, als ich ihm antwortete.

»Das ist echt lieb von dir, Dad. Danke, ich freu mich wirklich.« Ich musste ihm ja nicht unbedingt verraten, dass ich unmöglich in Forks glücklich sein konnte. Und einem geschenkten Transporter schaut man nicht ins Maul – oder unter die Motorhaube.

»Ach was, keine Ursache«, murmelte er verschämt.

Wir wechselten noch ein paar Sätze über das ewige Regenwetter, und das war's dann. Schweigend blickten wir nach draußen.

Es war tatsächlich schön hier, gar keine Frage. So grün alles: die Bäume, deren Stämme mit Moos überwachsen waren und deren Äste und Blätter ein Dach bildeten. Der Boden war von Farnen bedeckt, und selbst das Licht, das durch das Laub fiel, war grünlich.

Es war *zu* grün. Ein fremder Planet.

Dann waren wir endlich bei Charlie. Er wohnte noch immer in dem kleinen Haus mit den drei Zimmern plus Küche, das er und meine Mutter am Anfang ihrer Ehe gekauft hatten. Mehr als den Anfang hatte es nicht gegeben in ihrer Ehe. Und dort, an der Straße vor dem immergleichen Haus, stand mein neuer – na ja, neu für mich – Transporter. Sein roter Lack war ausgeblichen, er hatte große, abgerundete Kotflügel und ein knollenförmiges Fahrerhaus. Zu meiner großen Überraschung fand ich ihn super. Ich wusste zwar nicht, ob er fahrtüchtig war, aber ich fand, er passte zu mir. Außerdem war das eines dieser robusten, eisernen Vehikel, die praktisch unzerstörbar sind und Unfälle immer ohne jeden Kratzer überstehen, während ringsumher die Einzelteile irgendeines ausländischen Fabrikats verstreut liegen.

»Wow, Dad, der ist ja großartig! Danke!« Der schreckliche nächste Tag erschien mir auf einmal sehr viel weniger furchteinflößend. Zumindest stand ich nicht vor der Entscheidung, entweder zwei Stunden durch den Regen zu laufen oder im Streifenwagen des Polizeichefs bei der Schule vorzufahren.

»Freut mich, dass er dir gefällt«, grummelte Charlie, dem so viel Begeisterung schon wieder peinlich war.

Wir mussten nur einmal laufen, um mein ganzes Zeug nach oben zu bringen. Ich bekam das vordere Zimmer, das schon immer meins gewesen war. Der Dielenboden, die hellblauen Wände, die schräge Decke, die vergilbten Spitzengardinen an den Fenstern – das alles war Teil meiner Kindheit. Charlie hatte seit meiner Geburt genau zwei Veränderungen vorgenommen: Er hatte die Babykrippe gegen ein Bett ausgewechselt und, als ich etwas älter war, einen Schreibtisch angeschafft. Auf dem stand jetzt ein gebrauchter Computer, und über den Boden verlief ein festgetackertes Modemkabel zur nächsten Telefonbuchse. Das war eine Bedingung meiner Mutter gewesen, damit wir in Verbindung bleiben konnten. Selbst der alte Schaukelstuhl stand noch in der Ecke.

Es gab nur ein kleines Badezimmer im Haus, oben neben der Treppe, das würde ich mir mit Charlie teilen müssen. Ich versuchte, nicht zu intensiv darüber nachzudenken.

Eine von Charlies besten Eigenschaften ist, dass er einen in Ruhe lassen kann. Er zog sich zurück, damit ich ankommen und auspacken konnte, was bei meiner Mutter absolut undenkbar gewesen wäre. Es tat gut, allein zu sein, nicht lächeln und ein zufriedenes Gesicht machen zu müssen, sondern einfach nur deprimiert in den strömenden Regen da draußen zu schauen und ein paar Tränen zu verdrücken. Um richtig zu weinen, war ich nicht in Stimmung. Das hob ich mir besser für später auf, fürs Einschlafen, wenn die Gedanken an den nächsten Tag kommen würden.

Forks High School hatte die beängstigende Gesamtzahl von 357 Schülern – mit mir 358; zu Hause waren wir allein in meinem Jahrgang mehr als 700 gewesen. Alle hier waren zusammen aufgewachsen, schon ihre Großeltern kannten sich aus dem Sandkasten. Ich würde die Neue aus der großen Stadt sein, eine wandelnde Kuriosität, ein Freak.

Wenn ich wenigstens wirklich so aussehen würde wie ein Mädchen aus Phoenix, dann könnte ich daraus vielleicht Profit schlagen. Aber rein äußerlich würde ich nie irgendwo reinpassen. Eigentlich sollte ich sonnengebräunt, sportlich und blond sein – eine Volleyballspielerin oder ein Cheerleader, wie sich das gehört für eine Bewohnerin des »Valley of the Sun«.

Stattdessen hatte ich elfenbeinfarbene Haut und noch nicht mal die Ausrede blauer Augen oder roter Haare. Ich war schon immer schlank, aber nie muskulös gewesen, eher irgendwie weich – niemand würde mich für eine Athletin halten. Ich war rein motorisch einfach nicht in der Lage, Sport zu treiben, ohne mich zu demütigen und sowohl mich als auch sämtliche Umstehende zu gefährden.

Als ich meine Sachen im alten Kleiderschrank aus Kiefernholz verstaut hatte, nahm ich Zahnpasta, Shampoo und was ich sonst noch so brauchte, und ging ins Bad, um den Reisetag von meinem Körper zu waschen. Während ich meine strubbeligen feuchten Haare durchbürstete, betrachtete ich mein Gesicht im Spiegel. Vielleicht lag es am Licht, aber ich sah schon jetzt käsig aus, ungesund. Meine Haut war sehr rein und beinahe durchsichtig – mit ein bisschen Farbe konnte sie durchaus hübsch aussehen. Hier in Forks hatte sie keine.

Ich betrachtete mein blasses Spiegelbild und musste mir eingestehen, dass ich mir etwas vormachte. Nicht nur äußerlich würde ich nie irgendwo reinpassen. Und wenn es mir nicht gelungen war, in einer Schule mit 3000 Leuten meine Nische zu finden, wie standen dann wohl meine Chancen hier?

Ich kam nicht gut klar mit Leuten meines Alters. Und vielleicht kam ich in Wahrheit mit Leuten *generell* nicht gut klar. Selbst mit meiner Mutter, der ich mich näher fühlte als irgendwem sonst auf diesem Planeten, war das so – es war, als würden wir im selben Buch lesen, aber immer gerade auf verschiedenen Seiten. Manchmal fragte ich mich, ob ich mit meinen Augen dieselben Dinge sah wie der Rest der Welt. Möglicherweise funktionierte ja mein Gehirn nicht richtig.

Aber die Ursache war egal – alles, was zählte, war die Wirkung. Und der nächste Tag war erst der Anfang.

Ich schlief nicht gut in dieser Nacht, selbst nicht nachdem ich ausgiebig geweint hatte. Das unaufhörliche Rauschen des Regens und des Windes auf dem Dach wollte einfach nicht zum Hintergrundgeräusch verklingen. Ich zog mir die verschlissene alte Bettdecke über den Kopf, und später noch das Kissen, trotzdem schlief ich erst nach Mitternacht ein, als der Regen endlich nachließ und zu einem leisen Tröpfeln wurde.

Als ich am Morgen aus dem Fenster schaute, sah ich nichts als dichten Nebel. Nie konnte man hier den Himmel sehen, es war wie in einem Käfig.

Das Frühstück mit Charlie verlief still. Er wünschte mir viel Glück in der Schule. Ich bedankte mich, aber ich wusste, dass er vergeblich hoffte – das Glück machte normalerweise einen Bogen um mich. Charlie fuhr los zum Polizeirevier, das ihm Frau und Familie ersetzte; mir blieb noch etwas Zeit. Nachdem er weg war, saß ich auf einem der drei bunt zusammengewürfelten Stühle an dem alten, quadratischen Eichentisch und betrachtete die kleine Küche: die dunkel getäfelten Wände, die leuchtend gelben Schränke, das weiße Linoleum. Alles war wie immer. Die Schränke hatte meine Mutter vor achtzehn Jahren gestrichen, um etwas Sonne ins Haus zu bringen. Nebenan, im winzigen Wohnzimmer, hingen ein paar Bilder über dem kleinen Kamin. Ein Hochzeitsfoto von Charlie und meiner Mom, aufgenommen in Las Vegas, daneben eines von uns dreien im Krankenhaus, nach meiner Geburt, und schließlich, in einer Reihe, meine Schulfotos bis zu diesem Jahr. Die waren mir peinlich – vielleicht ließ sich Charlie ja überzeugen, sie abzuhängen, zumindest solange ich hier war.

Hier im Haus war es unmöglich zu übersehen, dass Charlie die Trennung von meiner Mutter nie verwunden hatte. Der Gedanke bereitete mir Unbehagen.

Ich wollte nicht zu früh in der Schule sein, aber hier drinnen hielt ich es auch nicht länger aus. Ich zog mir meine Jacke über – sie fühlte sich an wie ein Astronautenanzug – und ging raus in den Regen.

Noch immer nieselte es nur, also blieb ich verhältnismäßig trocken, als ich vor der Tür den Schlüssel aus seinem gewohnten Versteck unter dem Dachvorsprung nahm und abschloss. Das platschende Geräusch meiner neuen wasserfesten Stiefel war irritierend – ich vermisste das vertraute Knirschen von Kies unter meinen Sohlen. Ich hätte ja liebend gern ein bisschen meinen neuen Transporter bewundert, aber ich wollte raus aus der nebligen Nässe, die meinen Kopf umschwirrte und sich unter der Kapuze auf meine Haare legte.

Im Fahrerhaus war es gemütlich und trocken. Irgendjemand, Billy oder Charlie, hatte hier drinnen sauber gemacht, doch die hellbraunen Sitzpolster rochen immer noch leicht nach Tabak, Benzin und Pfefferminze. Zu meiner Erleichterung sprang der Motor gleich an, allerdings mit ohrenbetäubender Lautstärke. Er heulte auf und behielt den Lärmpegel selbst im Leerlauf bei. Aber irgendeine Macke musste ein Auto dieses Alters ja haben. Dafür funktionierte überraschenderweise das prähistorische Radio.

Ich kannte zwar den Weg nicht, hatte aber keine Probleme, die Schule zu finden. Sie war, wie fast alles in dieser Stadt, nur einen Steinwurf vom Highway entfernt. Sie sah überhaupt nicht aus wie eine Schule, sondern wie eine Ansammlung identischer Bauten aus rotbraunen Ziegeln; ich hielt nur an, weil ich das Schild sah: Forks High School. Es standen so viele Bäume da, dass ich zuerst gar nicht bemerkte, wie groß das Gelände war. Wo war bloß das vertraute Anstaltsgefühl?, dachte ich nostalgisch. Wo waren der Maschendrahtzaun und die Metalldetektoren?

Ich parkte gleich vor dem ersten Gebäude, an dem ein kleines Schild mit der Aufschrift »Verwaltung« angebracht war. Außer mir parkte hier niemand, wahrscheinlich war es untersagt; aber bevor ich wie ein Idiot Runde um Runde im Regen drehte, erkundigte ich mich lieber. Widerwillig kletterte ich aus dem mollig warmen Fahrerhaus und ging auf einem schmalen gepflasterten Weg, der von dunklen Hecken gesäumt war, zum Eingang. Dann holte ich tief Luft und öffnete die Tür.

Drinnen war es hell erleuchtet und wärmer, als ich gehofft hatte. Das Sekretariat war klein; es gab einen winzigen Wartebereich mit gepolsterten Klappstühlen, der Boden war mit orangefarben gesprenkelter Büro-Auslegeware bedeckt, an den Wänden hingen Mitteilungen, Auszeichnungen und eine laut tickende Uhr. Und als wäre es draußen noch nicht grün genug, standen überall große Plastiktöpfe mit Zimmerpflanzen. Mitten durch den Raum ging ein langer Empfangstresen, der mit Formularablagen zugestellt war; an seiner Vorderseite klebten lauter bunte Infozettel. Hinter dem Empfangstresen standen drei Schreibtische, und an einem saß eine große, rothaarige Frau mit Brille. Sie trug ein lilafarbenes T-Shirt, bei dessen Anblick ich mir sofort overdressed vorkam.

Die Rothaarige blickte auf. »Kann ich dir helfen?«

»Ich bin Isabella Swan«, teilte ich ihr mit und sah ihrem Blick an, dass sie sofort Bescheid wusste. Mit Sicherheit hatten sie hier schon gespannt gewartet und sich die Mäuler zerrissen. Die Tochter der flatterhaften Exfrau vom Polizeichef. Wieder zu Hause, nach so langer Zeit.

»Ja, richtig«, sagte sie und kramte in einem wackligen Stapel Unterlagen herum, bis sie gefunden hatte, wonach sie suchte. »Voilà – hier haben wir deinen Stundenplan, und hier ist eine Übersichtskarte des Schulgeländes.« Sie kam mit mehreren Blättern Papier zum Empfangstresen.

Sie ging mit mir meinen Stundenplan durch, zeichnete auf der Karte die kürzesten Wege zwischen den verschiedenen Räumen nach und gab mir einen Zettel, den ich von allen Lehrern unterschreiben lassen und am Ende des Unterrichts wieder bei ihr abgeben sollte. Dann lächelte sie und sagte, sie hoffte, es würde mir in Forks gefallen. Genau wie Charlie. Ich erwiderte ihr Lächeln so überzeugend wie möglich.

Als ich zurück zu meinem Transporter ging, trudelten so langsam die anderen Schüler ein. Ich fuhr um die Gebäude herum, immer ihren Autos nach. Ich war froh, dass die meisten ältere Baujahre waren, so wie meins, nichts Schickes. Zu Hause hatte ich in einem der wenigen einkommensschwachen Viertel des Paradise Valley District gewohnt; dort war ein fabrikneuer Mercedes oder Porsche auf dem Schülerparkplatz ganz normal. Hier war das schönste Auto ein blitzender Volvo, und der stach so richtig heraus. Um nicht gleich alle Aufmerksamkeit auf mich zu ziehen, stellte ich den donnernden Motor ab, sobald ich eingeparkt hatte.

Ich schaute mir noch einmal die Karte an und versuchte sie mir einzuprägen – ich hatte keine Lust, den ganzen Tag mit einem Stück Papier vorm Gesicht herumzulaufen. Dann stopfte ich alles in meine Tasche, warf mir den Trageriemen über die Schulter und atmete tief ein. Ich schaff das, redete ich mir ohne große Überzeugung ein. Es würde mich schon niemand beißen. Schließlich stieg ich aus.

Ich verbarg mein Gesicht unter der Kapuze und mischte mich

unter die übrigen Schüler. In meiner schlichten schwarzen Jacke fiel ich nicht auf, wie ich erleichtert feststellte.

Nachdem ich an der Cafeteria vorbei war, war Haus drei nicht zu verfehlen: Auf ein weißes Quadrat am östlichen Rand des Gebäudes war eine große schwarze 3 gepinselt. Je näher ich dem Eingang kam, desto hektischer ging mein Atem. Ich versuchte die Luft anzuhalten und betrat hinter zwei Unisex-Regenjacken das Gebäude.

Das Klassenzimmer war klein. Die beiden vor mir hängten ihre Jacken an eine lange Reihe von Kleiderhaken gleich neben der Tür. Ich hängte meine daneben. Es waren zwei Mädchen; die eine hatte porzellanfarbene Haut und blonde Haare, die andere war ein gleichfalls blasser Typ mit hellbraunen Haaren. Wenigstens mein Teint würde hier nicht herausstechen.

Ich ging mit meinem Laufzettel zum Lehrer, einem großen, nahezu kahlköpfigen Mann, dessen Namensschild ihn als Mr Mason auswies. Er sah meinen Namen und glotzte mich an – keine besonders ermutigende Reaktion. Natürlich lief ich puterrot an. Aber wenigstens schickte er mich zu einem freien Tisch in der letzten Reihe, ohne mich der Klasse vorzustellen. Der Platz ganz hinten erschwerte es meinen neuen Mitschülern, mich anzustarren, aber irgendwie schafften sie es trotzdem. Ich hob meinen Blick nicht von der Leseliste, die der Lehrer mir gegeben hatte. Ziemlich elementare Sachen: Brontë, Shakespeare, Chaucer, Faulkner. Hatte ich alles schon gelesen, was beruhigend war … und langweilig. Ich überlegte, ob Mom sich wohl einverstanden erklären würde, mir den Ordner mit meinen alten Essays zu schicken – oder würde sie das für Betrug halten? Ich diskutierte in Gedanken verschiedene Streitpunkte mit ihr durch, während der Lehrer vorne weiterschwafelte.

Als es klingelte – es war eher eine Art nasales Surren –, lehnte sich ein schlaksiger Junge mit Problemhaut und öligen Haaren über den Gang zu mir rüber.

»Du bist Isabella Swan, oder?«, sprach er mich an. Dem Aussehen nach war er einer dieser übertrieben hilfsbereiten Jungs, die ihre Nachmittage im Schachklub verbrachten.

»Bella«, berichtigte ich ihn. Alle im Radius von drei Tischen drehten sich in meine Richtung.

»Was hast du als Nächstes?«, fragte er.

Ich musste in meiner Tasche nachsehen. »Äh, Politik, bei Jefferson, Haus sechs.«

Egal, wohin ich schaute: neugierige Blicke.

»Ich muss zu Haus vier, ich könnte dir den Weg zeigen.« Übertrieben hilfsbereit, ohne jede Frage. »Ich bin Eric«, fügte er hinzu.

Ich lächelte verkrampft. »Danke.«

Wir holten unsere Jacken und gingen raus in den Regen, der stärker geworden war. Ich hätte schwören können, dass ein paar Leute dicht genug hinter uns liefen, um mithören zu können. Hoffentlich werde ich nicht paranoid, dachte ich.

»Ein ganz schöner Unterschied zu Phoenix, was?«, fragte er.

»Ziemlich.«

»Dort regnet es eher selten, oder?«

»Drei- oder viermal im Jahr.«

»Wow, wie das wohl ist?«, sinnierte er.

»Sonnig«, sagte ich ihm.

»Du bist nicht sonderlich braun.«

»Meine Mutter ist zur Hälfte Albino.«

Er musterte mich besorgt, und ich seufzte. Viele Wolken und ein Sinn für Humor vertrugen sich offenbar nicht so gut. Ein paar Monate hier, dann würde ich vergessen haben, was Sarkasmus ist.

Wir gingen wieder an der Cafeteria vorbei, zu den Gebäuden auf dem südlichen Teil des Geländes, neben der Turnhalle. Eric brachte mich bis zur Tür, auch wenn sie nicht zu übersehen war.

»Viel Glück«, sagte er, als ich nach der Klinke griff. »Vielleicht haben wir ja noch andere Fächer zusammen.« Es klang hoffnungsvoll.

Ich lächelte unbestimmt und ging hinein.

Der Rest des Vormittags verlief auf dieselbe Weise. Mr Varner, mein Mathelehrer, den ich allein schon seines Faches wegen gehasst hätte, war der Einzige, der mich dazu zwang, mich der Klasse vorzustellen. Ich stammelte, lief rot an und stolperte auf dem Weg zu meinem Platz über meine eigenen Stiefel.

Von der dritten Stunde an erkannte ich in jedem neuen Kurs ein paar Gesichter wieder. Jedes Mal gab es einen, der mutiger war als die anderen, sich vorstellte und mich fragte, wie es mir in Forks gefiel. Ich versuchte diplomatisch zu sein, aber hauptsächlich log ich. Wenigstens kam ich ohne die Karte aus.

Ein Mädchen saß sowohl in Mathe als auch in Spanisch neben mir und begleitete mich in der Mittagspause zur Cafeteria. Sie war winzig, ein ganzes Stück kleiner als meine ein Meter sechzig, aber ihre wilden dunklen Locken machten unseren Größenunterschied fast wieder wett. Ich hatte ihren Namen vergessen, also lächelte ich und nickte, während sie über Lehrer und Fächer schnatterte. Ich versuchte erst gar nicht, mir alles zu merken.

Wir setzten uns ans Ende eines vollbesetzten Tisches zu einigen ihrer Freunde. Sie stellten sich der Reihe nach vor, aber kaum, dass sie mir ihre Namen gesagt hatten, vergaß ich sie wieder. Eric, der Junge aus Englisch, winkte mir quer durch den Raum zu.

Und als ich dort saß und versuchte mich mit sieben neugierigen Fremden zu unterhalten, sah ich sie zum ersten Mal.

Sie saßen an einem Tisch in einer entfernten Ecke der Cafeteria, so weit weg von unserem Tisch, wie es in dem langen Raum möglich war. Sie waren zu fünft. Sie redeten nicht und sie aßen nicht, obwohl vor allen ein Tablett mit unberührtem Essen stand. Im Gegensatz zu den meisten anderen glotzten sie mich nicht an, so dass ich sie meinerseits betrachten konnte, ohne fürchten zu müssen, exzessiv interessierten Blicken zu begegnen. Doch all das war es nicht, was meine Aufmerksamkeit erregte – und fesselte.

Sie sahen einander überhaupt nicht ähnlich. Von den drei Jungs war einer ausgesprochen kräftig – er hatte dunkle Locken und Muskeln wie ein aktiver Gewichtheber. Ein zweiter, mit blonden Haaren, war größer und schlanker, aber trotzdem noch muskulös. Der dritte war schlaksig, weniger wuchtig; er hatte verwuschelte bronzefarbene Haare und wirkte jungenhafter als die beiden anderen, die dem Aussehen nach durchaus Collegestudenten hätten sein können, oder sogar Lehrer.

Die Mädchen waren vom Typ her genau gegensätzlich. Die Größere der beiden war eine klassische Schönheit. Sie hatte eine Figur, wie man sie sonst nur auf dem Cover der Bademodenausgabe von *Sports Illustrated* sah – die Art von Figur, die dem Selbstbewusstsein jedes Mädchens, das sich zufällig im gleichen Raum aufhielt, einen Schlag versetzte. Ihre Haare waren goldblond und flossen in sanften Wellen bis zur Mitte ihres Rückens hinab. Das kleine Mädchen war elfenhaft, extrem dünn und hatte zarte Gesichtszüge. Ihre Haare waren tiefschwarz, kurz und standen in alle Richtungen ab.

Und dennoch glichen sie einander wie ein Ei dem anderen. Sie waren allesamt kreidebleich – die blassesten Schüler dieser sonnenlosen Stadt. Sogar blasser als ich, das Albino-Mädchen. Trotz ihrer verschiedenen Haarfarben hatten sie alle sehr dunkle Augen. Und darunter dunkle Schatten – violett, wie von einem Bluterguss. Sie sahen aus, als hätten sie samt und sonders eine schlaflose Nacht oder einen noch nicht ganz verheilten Nasenbruch hinter sich. Obwohl ihre Nasen andererseits, wie alle ihre Gesichtszüge, gerade und perfekt geformt waren.

Aber auch das war nicht der Grund, warum ich meinen Blick nicht abwenden konnte.

Ich starrte sie an, weil ihre so verschiedenen und doch gleichen Gesichter umwerfend und überirdisch schön waren. Es waren Gesichter, die man normalerweise nur auf den Hochglanzseiten von Modemagazinen zu sehen erwartete. Oder auf den Gemälden alter Meister, als Engelsgesichter. Schwer zu sagen, wer am schönsten war – vielleicht das blonde Mädchen, vielleicht auch der Junge mit den bronzefarbenen Haaren.

Alle schauten in verschiedene Richtungen, ohne jedoch, soweit ich das beurteilen konnte, irgendwas Bestimmtes ins Auge zu fassen. Während ich in ihren Anblick versunken war, erhob sich das kleinere Mädchen mit seinem Tablett – sein Getränk war ungeöffnet, sein Apfel unberührt – und ging mit langen, schnellen und eleganten Schritten davon, als wäre die Cafeteria ein Laufsteg. Es waren die geschmeidigen Schritte einer Tänzerin. Ich folgte ihr mit den Augen, bis sie ihr Tablett abstellte und mit einer Geschwindigkeit zur Hintertür hinausglitt, die ich nicht für möglich gehalten hätte. Mein Blick schnellte zurück zu ihren Tischgenossen, die so reglos dasaßen wie vorher.

»Wer sind denn *die* dort?«, fragte ich das Mädchen aus meinem Spanischkurs, dessen Namen ich vergessen hatte.

Obwohl sie es an meinem Tonfall wahrscheinlich schon gehört hatte, blickte sie auf, um zu sehen, wen ich meinte; im gleichen Moment schaute sie einer von ihnen plötzlich an – der Dünne, der Jungenhafte, der vielleicht Jüngste. Für Bruchteile einer Sekunde lag der Blick seiner dunklen Augen auf ihr, dann huschte er weiter zu mir.

Er schaute schnell wieder weg, viel schneller, als ich es konnte, obwohl ich sofort verlegen meine Augen niederschlug. In seinem kurzen Blick lag keinerlei Interesse – es war, als hätte sie seinen Namen gerufen und er hätte unwillkürlich aufgeschaut, ohne die Absicht, eine Antwort zu geben.

Meine Nachbarin kicherte verschämt und guckte auf die Tischplatte, genau wie ich.

»Das sind Edward und Emmett Cullen, und Rosalie und Jasper Hale«, flüsterte sie. »Das Mädchen, das gegangen ist, war Alice Cullen; sie leben alle bei Dr. Cullen und seiner Frau.«

Aus den Augenwinkeln betrachtete ich weiter den schönen Jungen, der seinen Blick jetzt auf das Tablett gesenkt hatte und mit langen blassen Fingern einen Bagel zerrupfte. Seine perfekten Lippen waren kaum geöffnet, doch zugleich bewegte sich sein Mund sehr schnell. Und obwohl die drei anderen ihn nicht anschauten, hatte ich das Gefühl, als würde er leise auf sie einreden.

Seltsame Namen, dachte ich. Namen von Außenseitern. Von Großeltern. Aber vielleicht waren die hier beliebt? Kleinstadtnamen? Mir fiel endlich wieder ein, wie meine Tischnachbarin hieß: Jessica. Ein ganz normaler Name. In meinem Geschichtskurs zu Hause hatte es zwei Jessicas gegeben.

»Sie sind … sehr hübsch.« Ich rang mit dem offensichtlichen Understatement.

»Ja, nicht?!«, stimmte Jessica zu und kicherte erneut. »Sie sind aber alle *zusammen* – ich meine, Emmett und Rosalie, und Jasper und Alice. Und sie *wohnen* zusammen.« Die ganze Entrüstung der Kleinstadtbewohner klang darin mit, dachte ich missbilligend. Aber wenn ich ehrlich war – selbst in Phoenix würden die Leute darüber tratschen.

»Welche sind die Cullens?«, fragte ich. »Sie sehen sich gar nicht ähnlich …«

»Sie sind auch nicht wirklich verwandt. Dr. Cullen ist selber noch ganz jung, Ende zwanzig oder Anfang dreißig. Sie sind alle adoptiert. Die Hales – die beiden Blonden – sind tatsächlich Geschwister, Zwillinge. Sie sind Pflegekinder.«

»Sie sehen ein bisschen alt aus dafür.«

»Mittlerweile schon, Jasper und Rosalie sind beide achtzehn, aber sie sind schon bei Mrs Cullen, seit sie acht waren. Sie ist ihre Tante oder so ähnlich.«

»Das ist wirklich nett von ihnen. Ich meine, die ganzen Kinder aufzunehmen, wenn sie selber noch so jung sind.«

»Ja, klar«, stimmte Jessica widerwillig zu, und ich hatte das Gefühl, dass sie den Doktor und seine Frau aus irgendeinem Grund nicht mochte. Den Blicken nach zu urteilen, die sie den vieren am Tisch zuwarf, war es Eifersucht. »Aber ich glaub, Mrs Cullen kann selber keine Kinder bekommen«, fügte sie hinzu, als wäre es deshalb weniger wert.

Währenddessen huschte mein Blick immer wieder zu dieser sonderbaren Familie. Sie betrachteten weiter die Wand und aßen nichts.

»Wohnen sie schon immer in Forks?«, fragte ich. Ich war mir sicher, dass sie mir in einem meiner Sommer hier aufgefallen wären.

»Nein«, sagte sie in einem Tonfall, als müsste das selbst einem Neuankömmling wie mir klar sein. »Sie sind erst vor zwei Jahren hergezogen, von irgendwo in Alaska.«

Ich spürte Mitleid in mir aufsteigen. Und Erleichterung. Mitleid, weil sie, Schönheit hin oder her, Außenseiter waren und spürbar nicht akzeptiert wurden. Erleichterung, weil ich nicht der einzige Neuling war und – nach allen denkbaren Maßstäben – ganz sicher nicht der interessanteste.

Während ich sie musterte, schaute der Jüngste, einer der Cullens, plötzlich auf und begegnete meinem Blick, dieses Mal mit spürbarer Neugierde. Ich schaute augenblicklich weg, doch es kam mir so vor, als hätte ich in seinem Blick eine Art unbefriedigter Erwartung gesehen.

»Wer ist der Junge mit den rötlich braunen Haaren?«, fragte ich. Ich lugte aus den Augenwinkeln zu ihm rüber und sah, dass er mich immer noch anschaute – allerdings gaffte er nicht wie die anderen Schüler, sondern hatte eher einen leicht frustrierten Ausdruck. Erneut senkte ich meinen Blick.

»Das ist Edward. Er ist supersüß, klar, aber mach dir keine Hoffnungen. Er ist an Mädchen nicht interessiert, zumindest nicht an den Mädchen hier. Scheinbar ist ihm keines hübsch genug.« Sie rümpfte die Nase – ein klarer Fall von verletzter Eitelkeit. Ich fragte mich, wie lange es wohl her war, seit sie abgeblitzt war.

Ich biss mir auf die Lippen, um mein Lächeln zu verbergen. Dann wagte ich einen weiteren Blick. Sein Gesicht war abgewandt, aber es sah so aus, als zuckte seine Wange ein wenig – als müsste er ebenfalls lachen.

Ein paar Minuten später standen die vier gemeinsam auf und gingen. Ihre Bewegungen waren auffallend elegant, selbst die des großen, kräftigen Jungen. Ein verstörender Anblick. Der, dessen Name Edward war, schaute nicht mehr zu mir.

Ich blieb länger sitzen, als ich es getan hätte, wenn ich allein gewesen wäre. Ich wollte am ersten Tag auf keinen Fall zu spät zum Unterricht kommen. Eine meiner neuen Bekannten, die mich netterweise daran erinnerte, dass sie Angela hieß, hatte als

Nächstes gemeinsam mit mir Biologie II. Schweigend liefen wir zum Klassenzimmer. Sie war auch schüchtern.

Als wir den Raum betraten, ging Angela zu einem der schwarz beschichteten Labortische, die ich von zu Hause kannte, und setzte sich neben einen Jungen. Auch alle anderen Tische waren schon voll besetzt, bis auf einen. Am Mittelgang, gut erkennbar an seiner ungewöhnlichen Haarfarbe, saß Edward Cullen, und neben ihm war der einzige freie Platz.

Während ich durch den Gang nach vorne ging, um mich beim Lehrer vorzustellen und seine Unterschrift abzuholen, beobachtete ich ihn heimlich. Dann, als ich direkt neben ihm war, zuckte er zusammen und versteifte sich auf seinem Stuhl. Wieder schaute er mich an, dieses Mal mit einem seltsam feindseligen, wütenden Ausdruck. Erschrocken schaute ich weg und wurde schon wieder rot. Ich stolperte über ein am Boden liegendes Buch und musste mich an einer Tischkante festhalten. Das Mädchen, das dort saß, kicherte.

Ich hatte die Farbe seiner Augen gesehen – sie waren schwarz. Kohlrabenschwarz.

Mr Banner unterschrieb meinen Zettel, reichte mir ein Buch und verzichtete auf den Vorstellungsquatsch. Ich hatte das Gefühl, wir würden gut miteinander klarkommen. Er hatte natürlich keine andere Möglichkeit, als mich zu dem einzigen freien Platz in der Mitte des Raumes zu schicken. Mit gesenkten Augen ging ich und setzte mich neben *ihn*, immer noch erschrocken von seinem feindseligen Blick.

Er schaute nicht auf, als ich meine Bücher ablegte und mich hinsetzte, doch aus den Augenwinkeln konnte ich sehen, dass er sich von mir weglehnte, auf der äußersten Kante seines Stuhles saß und sein Gesicht abwandte, als würde es plötzlich schlecht riechen. Ich schnupperte unauffällig an meinen Haaren. Sie rochen nach meinem Lieblingsshampoo: Erdbeeren – ein unschuldiger Duft, sollte man meinen. Ich ließ die Haare über meine rechte Schulter fallen und schuf so einen dunklen Vorhang zwischen uns. Dann versuchte ich mich auf den Unterricht zu konzentrieren.

Es ging um den Aufbau von Zellen, das hatte ich schon gehabt. Trotzdem schrieb ich sorgfältig – und ohne aufzublicken – mit.

Hin und wieder jedoch hielt ich es nicht aus und warf durch den Vorhang meiner Haare einen Blick auf den eigenartigen Jungen neben mir. Während der gesamten Stunde behielt er seine steife Position auf der Stuhlkante bei und saß so weit von mir entfernt wie möglich. Ich sah, dass er die Hand auf seinem linken Oberschenkel zur Faust geballt hatte, sah die Sehnen unter seiner blassen Haut hervortreten. Nicht ein einziges Mal entspannte er sie. Er hatte die Ärmel seines weißen Hemdes bis zu den Ellenbogen hochgekrempelt; sein Unterarm war überraschend hart und muskulös. Er war nicht annähernd so zierlich, wie er neben seinem bulligen Bruder gewirkt hatte.

Die Stunde schien sich länger hinzuziehen als die anderen. Lag es daran, dass ich erschöpft war vom ersten Tag in der neuen Schule? Oder war es das Warten darauf, dass sich die Anspannung seiner Faust löste? Doch es passierte nicht; er saß weiter so reglos da, als würde er nicht einmal atmen. Was hatte er bloß? War das sein übliches Verhalten? Ich war mir nicht mehr so sicher, ob mein Urteil über Jessicas verbitterte Bemerkung gerecht gewesen war. Möglicherweise lag darin weniger verletzte Eitelkeit, als ich gedacht hatte.

Mit mir konnte es jedenfalls nichts zu tun haben – er kannte mich überhaupt nicht!

Noch einmal wagte ich einen Blick in seine Richtung und

bereute es sofort. Wieder funkelte er mich wütend an, wieder war der Blick seiner schwarzen Augen voller Abscheu. Ich wich so weit zurück, wie es mein Stuhl zuließ. *Wenn Blicke töten könnten*, schoss es mir durch den Kopf.

In diesem Moment passierten zwei Dinge gleichzeitig: Es klingelte so laut, dass ich erschreckt zusammenfuhr, und Edward Cullen schoss mit einer einzigen geschmeidigen Bewegung – er war viel größer, als ich vermutet hatte – von seinem Platz hoch und war im Gang verschwunden, bevor irgendjemand sonst überhaupt aufstehen konnte.

Ich saß verdattert auf meinem Stuhl und schaute ihm mit leerem Blick nach. Wie gemein! Langsam klaubte ich meine Sachen zusammen und bemühte mich, die Wut zu unterdrücken, die in mir hochstieg – ich hatte Angst, in Tränen auszubrechen. Aus irgendeinem Grund musste ich nämlich immer weinen, wenn ich wütend war, eine entwürdigende Eigenschaft.

»Bist du nicht Isabella Swan?«, hörte ich jemanden fragen.

Ich hob meinen Blick; vor mir stand ein hübscher, milchgesichtiger Junge, der seine blonden Haare mit viel Sorgfalt und Gel zu Stacheln aufgestellt hatte. Er lächelte freundlich. Offensichtlich fand er nicht, dass ich schlecht roch.

»Bella«, verbesserte ich ihn und lächelte.

»Ich bin Mike.«

»Hi, Mike.«

»Wo musst du als Nächstes hin? Soll ich dir den Weg zeigen?«

»Ich muss zur Turnhalle, ich glaub, die finde ich.«

»Da muss ich auch hin.« Er schien ganz aus dem Häuschen zu sein, obwohl das in einer Schule dieser Größe kaum ein bemerkenswerter Zufall war.

Also gingen wir gemeinsam; er war eine Quasselstrippe und übernahm den Großteil der Konversation, so dass ich eigentlich nur zuhören musste. Bis er zehn war, hatte er in Kalifornien gewohnt, er wusste also, wie ich mich fühlte ohne Sonne. Er war auch in meinem Englischkurs, wie sich herausstellte. Und der netteste Mensch, der mir an diesem Tag begegnet war.

Doch dann, als wir die Turnhalle betraten, fragte er: »Sag mal, hast du Edward Cullen eigentlich deinen Stift zwischen die Rippen gebohrt oder was? Ich hab ihn noch nie so gesehen wie heute.«

Ich zuckte zusammen. Es war also nicht nur mir aufgefallen. Und es war anscheinend *nicht* Edward Cullens übliches Verhalten. Ich stellte mich dumm.

»War das der Junge, der neben mir in Bio saß?«, fragte ich arglos.

»Genau der. Er sah aus, als täte ihm etwas weh oder so.«

»Keine Ahnung«, erwiderte ich. »Wir haben nicht miteinander gesprochen.«

»Er ist ein komischer Typ.« Mike blieb stehen. »Wenn *ich* das Glück hätte, neben dir zu sitzen, würde ich mit dir sprechen.«

Ich lächelte und ging in den Umkleideraum der Mädchen. Er war nett und offensichtlich an mir interessiert, doch das änderte nichts an meiner schlechten Stimmung.

Coach Clapp, der Sportlehrer, suchte eine Garnitur Sportsachen für mich raus, bestand aber nicht darauf, dass ich mich gleich umzog und mitmachte. Zu Hause war Sport nur zwei Jahre lang Pflichtfach gewesen, hier stand es die ganzen vier Jahre auf dem Programm. Forks war buchstäblich meine persönliche Hölle auf Erden.

Ich schaute bei vier gleichzeitig stattfindenden Volleyballspielen zu und dachte daran, wie viele Verletzungen ich mir und anderen beim Volleyball zugefügt hatte. Mir wurde ein wenig schwindlig bei dem Gedanken.

Endlich war auch die letzte Stunde vorbei. Langsam ging ich zum Büro, um meine Unterlagen abzugeben. Der Regen hatte nachgelassen, doch der Wind war stärker und kälter geworden. Ich schlang meine Arme um meinen Oberkörper.

Als ich das warme Sekretariat betrat, hätte ich fast wieder kehrtgemacht.

Vor mir am Tresen stand, unverkennbar mit seinem verwuschelten Schopf bronzefarbener Haare, Edward Cullen. Er schien mein Eintreten nicht zu registrieren. Ich stellte mich an die hintere Wand und wartete, bis die Sekretärin für mich Zeit hatte.

Er diskutierte mit ihr mit leiser, angenehmer Stimme. Ich merkte schnell, worum es ging: Er versuchte seinen Biologiekurs auf eine andere Stunde zu legen – egal, welche.

Ich konnte einfach nicht glauben, dass es dabei um mich gehen sollte. Es musste etwas anderes sein, etwas, das passiert war, bevor ich den Bioraum betreten hatte. Sein Gesichtsausdruck vorhin war durch meine bloße Anwesenheit nicht zu erklären. Es war unmöglich, dass dieser Fremde eine derart plötzliche und intensive Abneigung gegen mich hegte.

Auf einmal öffnete sich die Tür; ein kalter Windstoß fegte durch den Raum, brachte die Papiere auf dem Tresen zum Rascheln und fuhr mir in die Haare. Ein Mädchen kam herein, ging zum Tresen, legte einen Zettel in eine Ablage und verschwand wieder nach draußen. Edward Cullen versteifte sich; langsam drehte er sich um und starrte mich wütend an. Sein Gesicht war fast überirdisch schön, doch sein Blick war stechend und hasserfüllt. Panik durchfuhr mich; die Haare auf meinen Armen stellten sich auf. Sein Blick währte nur eine Sekunde, doch er brachte mich stärker zum Frösteln als der kalte Wind. Dann wandte er sich wieder der Sekretärin zu.

»Okay«, sagte er hastig und mit samtener Stimme. »Ich verstehe, dass es unmöglich ist. Haben Sie vielen Dank für Ihre Mühe.« Dann machte er kehrt und verschwand nach draußen, ohne mich eines weiteren Blickes zu würdigen.

Ich ging eingeschüchtert zum Tresen und reichte der Sekretärin den Zettel mit den Unterschriften. Mein Gesicht war ausnahmsweise mal nicht gerötet, sondern kreidebleich.

»Na, Isabella, wie lief dein erster Tag?«, fragte sie mütterlich.

»Gut«, log ich mit schwacher Stimme. Sie sah nicht überzeugt aus.

Mein Transporter war fast das letzte Auto auf dem Parkplatz. Er war meine einzige Rettung – das, was einem Zuhause am nächsten kam in diesem nassen grünen Kaff. Eine Zeit lang saß ich nur da und starrte ausdruckslos nach draußen. Doch dann wurde es schnell so kühl, dass ich die Heizung brauchte, also drehte ich den Schlüssel im Zündschloss und ließ den Motor anspringen. Den ganzen Weg zurück zu Charlies Haus kämpfte ich mit den Tränen.

WIE EIN OFFENES BUCH

Der nächste Tag war besser ... und schlimmer.

Er war besser, weil es nicht regnete, zumindest nicht gleich morgens, obwohl die Wolken dicht und trüb am Himmel hingen. Und einfacher, weil ich wusste, was mich erwartete. Mike setzte sich in Englisch zu mir und begleitete mich unter den feindseligen Blicken von Schachklub-Eric zu meinem nächsten Kurs; das war doch immerhin schmeichelhaft. Ich wurde nicht mehr ständig angestarrt wie am Vortag. Ich saß mit einer großen Gruppe von Leuten beim Mittagessen, darunter Mike, Eric, Jessica und einige andere, deren Gesichter und Namen ich mir mittlerweile merken konnte. Ich bekam das Gefühl, langsam schwimmen zu lernen, anstatt nur hilflos mit den Armen zu rudern.

Er war schlimmer, weil ich müde war; ich konnte noch immer nicht schlafen, weil der Wind um das Haus heulte. Er war schlimmer, weil mich Mr Varner in Mathe aufrief, obwohl ich mich nicht gemeldet hatte, und meine Antwort falsch war. Er wurde richtig schlimm, als ich Volleyball spielen musste und den Ball beim einzigen Mal, als ich ihm nicht auswich, einer Mannschaftskameradin an den Kopf schoss. Vor allem aber war der zweite Tag deshalb schlimmer als der erste, weil Edward Cullen nicht in der Schule war.

Den ganzen Vormittag über graute mir bei dem Gedanken an die Mittagspause und seine unerklärlichen, hasserfüllten Blicke. Ein Teil von mir wollte zu ihm gehen und eine Erklärung verlangen. Nachts, als ich im Bett lag und nicht schlafen konnte, hatte ich mir sogar überlegt, was ich sagen würde. Doch ich kannte mich gut genug, um zu wissen, dass ich nicht den nötigen Mumm dafür hatte. Verglichen mit mir war der feige Löwe aus *Der Zauberer von Oz* ein Superheld.

Als ich dann mit Jessica die Cafeteria betrat und vergeblich versuchte, nicht den ganzen Saal mit den Augen nach ihm abzusuchen, sah ich seine vier Quasi-Geschwister gemeinsam am gleichen Tisch sitzen wie tags zuvor – er jedoch war nirgends zu sehen.

Mike fing uns ab und brachte uns zu seinem Tisch. Jessica schien seine Aufmerksamkeit in Hochstimmung zu versetzen, und ihre Freundinnen und Freunde gesellten sich schnell zu uns. Ich versuchte ihrem ungezwungenen Geplauder zu folgen, doch mir war überhaupt nicht wohl dabei – nervös wartete ich auf seine Ankunft und hoffte nur, dass er mich ignorieren und damit meine Befürchtungen widerlegen würde.

Er kam nicht, und ich wurde immer angespannter.

Als er bis zum Ende der Pause nicht aufgetaucht war, ging ich etwas mutiger zu Biologie. Mike entwickelte immer mehr die Verhaltensweisen eines Golden Retriever und wich den ganzen Weg nicht von meiner Seite. Als wir den Raum betraten, hielt ich die Luft an, doch auch hier war nichts von Edward Cullen zu sehen. Erleichtert atmete ich aus und ging zu meinem Platz. Mike folgte mir und erzählte von einem geplanten Ausflug zum Strand. Er blieb bei meinem Tisch, bis es klingelte, dann lächelte er wehmütig und setzte sich neben ein Mädchen mit Zahnspange und missratener Dauerwelle. Ich musste mir etwas einfallen lassen, was Mike anging, doch es würde nicht einfach werden. In einer Stadt wie dieser, in der alle aufeinanderhockten, war Diplomatie gefragt. Ich war aber noch nie sonderlich taktvoll gewesen und hatte keinerlei Erfahrung im Umgang mit allzu freundlichen Jungs.

Ich war froh, dass Edward nicht da war und ich den Tisch für mich allein hatte. Das redete ich mir zumindest ein, immer wieder, ohne jedoch den schleichenden Verdacht loszuwerden, dass ich der Grund für seine Abwesenheit war. Es war natürlich völlig albern und egozentrisch, mir einzubilden, dass ich jemanden so stark beeinflussen könnte. Es war unmöglich. Und doch konnte ich das Gefühl nicht abschütteln, dass es stimmte.

Als der Schultag endlich geschafft und das Blut nach dem Zwischenfall beim Volleyball wieder aus meinen Wangen gewichen war, zog ich mir schnell meine Jeans und meinen marineblauen Pullover an. Ich hatte es eilig, den Umkleideraum zu verlassen, und war froh, als ich sah, dass ich meinem Freund, dem Golden Retriever, für den Moment entkommen war. Rasch lief ich zum Parkplatz, der von flüchtenden Schülern bevölkert war, stieg in meinen Transporter und kramte in meiner Tasche, um sicherzugehen, dass ich alles Nötige eingepackt hatte.

Am Abend zuvor hatte ich nämlich entdeckt, dass Charlies Kochkünste nicht über Spiegeleier mit Speck hinausgingen, und für die Dauer meines Aufenthaltes das Küchenkommando beansprucht. Charlie war einverstanden gewesen. Außerdem hatte ich herausgefunden, dass nichts Essbares im Haus war, weshalb ich mich jetzt mit meiner Liste und ein paar Scheinen aus einer Dose mit der Aufschrift »Einkaufsgeld« auf den Weg zu Thriftway machte.

Ich ließ meinen lärmenden Motor aufheulen, ignorierte die Leute, die sich nach mir umdrehten, legte den Rückwärtsgang ein und reihte mich vorsichtig in die Schlange der Fahrzeuge ein, die den Parkplatz verlassen wollten. Während ich wartete und so tat, als käme das ohrenbetäubende Dröhnen von einem anderen Auto, sah ich die beiden Cullens und die Hale-Zwillinge in ihren Wagen steigen. Es war der blitzende neue Volvo – natürlich. Bisher hatten mich ihre Gesichter zu sehr gefesselt, als dass ich auf ihre Kleidung geachtet hätte, doch jetzt sah ich, dass sie allesamt außerordentlich gut gekleidet waren: Sie trugen schlichte Sachen, die subtil auf ihre Designer-Herkunft schließen ließen. Dabei hätten sie bei ihrem Aussehen und der Art und Weise ihres Auftretens genauso gut in Lumpen gehen können. War es nicht zu viel des Guten, nicht nur blendend auszusehen, sondern auch noch Geld zu haben? Doch soweit ich das beurteilen konnte, war es meistens so im Leben. Auch wenn es ihnen hier in Forks anscheinend keine Anerkennung verschaffte.

Obwohl, so richtig glaubte ich das nicht. Ihre Isolation musste von ihnen gewollt sein – ich konnte mir nicht vorstellen, dass solcher Schönheit irgendwelche Türen verschlossen blieben.

Als ich an ihnen vorbeifuhr, betrachteten sie meinen lärmenden Transporter, genau wie alle anderen. Ich schaute stur geradeaus und war froh, als ich endlich vom Schulgelände runter war.

Thriftway befand sich ganz in der Nähe der Schule, nur ein paar Straßen weiter südlich. Es war angenehm, in einem Supermarkt zu sein, es gab mir ein Gefühl der Normalität. Zu Hause hatte ich auch die Einkäufe erledigt und war froh über die vertraute Aufgabe. Das Gebäude war groß genug, dass man in seinen Gängen das Tröpfeln des Regens auf dem Dach nicht hörte – ich konnte für eine Weile vergessen, wo ich mich befand.

Als ich zum Haus kam, packte ich die Einkäufe aus und verstaute sie überall, wo Platz war. Charlie hatte hoffentlich nichts dagegen. Dann wickelte ich Kartoffeln in Folie ein und legte sie zum Backen in den Ofen, marinierte ein Steak und platzierte es vorsichtig auf einer Packung Eier im Kühlschrank.

Als ich damit fertig war, nahm ich meine Tasche und ging nach oben. Bevor ich mit den Hausaufgaben anfing, zog ich mir eine trockene Jogginghose an, band meine feuchten Haare zu einem Zopf zusammen und schaute zum ersten Mal nach meinen E-Mails. Ich hatte drei Nachrichten.

»*Bella*«, schrieb meine Mom.

Schreib mir, sobald du ankommst. Wie war Dein Flug? Regnet es? Ich vermisse Dich jetzt schon. Ich hab fast alles gepackt für Florida, aber ich finde meine rosafarbene Bluse nicht. Weißt Du, wo ich die hingetan hab? Grüße von Phil.
Mom

Ich seufzte und öffnete die nächste Nachricht. Sie war acht Stunden nach der ersten abgeschickt worden.

»*Bella*«, schrieb sie.

Warum antwortest Du mir nicht? Worauf wartest Du?
Mom

Die letzte war an diesem Vormittag gekommen.

Isabella,
wenn ich bis heute Abend halb sechs nichts von Dir gehört habe, ruf ich Charlie an.

Ich schaute auf die Uhr. Ich hatte noch eine Stunde, aber Mom war für ihre vorschnellen Aktionen bekannt.

Mom,

beruhige Dich. Ich bin gerade dabei, Dir zu schreiben. Kein Grund zur Panik.

Ich schickte die Nachricht ab und fing von vorne an.

Mom,

alles ist super. Natürlich regnet es. Ich wollte warten, bis was Spannendes passiert. Schule ist okay, nur ein bisschen langweilig. Ich hab ein paar nette Leute kennengelernt, mit denen ich jeden Tag zusammen Mittag esse.

Deine Bluse ist in der Reinigung – Du solltest sie letzten Freitag abholen.

Charlie hat mir einen Transporter gekauft, was sagst Du dazu? Er ist toll – alt, aber echt robust, also genau das Richtige für mich.

Ich vermisse Dich auch. Ich melde mich bald wieder, aber ich werde nicht alle fünf Minuten meine Mails checken. Entspann Dich, atme tief durch. Ich liebe Dich.

Bella

Als Charlie heimkam, war ich gerade in *Sturmhöhe* versunken. Den Roman nahmen sie hier gerade in Englisch durch; ich kannte ihn zwar schon, hatte aber Lust, ihn noch mal zu lesen. Mir war nicht aufgefallen, dass es schon so spät war, also rannte ich jetzt die Treppe runter, um die Kartoffeln aus dem Ofen zu nehmen und das Steak zu braten.

»Bella?«, rief mein Vater, als er mich die Treppe herunterpoltern hörte.

Wer sonst?, dachte ich.

»Hey, Dad, willkommen zu Hause.«

»Danke.« Er hängte seinen Pistolengurt an den Haken und

zog sich die Stiefel aus; ich wuselte in der Küche herum. Soviel ich wusste, hatte er im Dienst noch nie einen Schuss abgegeben. Aber seine Waffe war geladen. Wenn ich ihn als Kind besucht hatte, nahm er immer als Erstes die Patronen heraus, wenn er nach Hause kam. Wahrscheinlich hielt er mich mittlerweile für alt genug, mich nicht versehentlich zu erschießen, und nicht für depressiv genug, um es absichtlich zu tun.

»Was gibt's zu essen?«, fragte er vorsichtig. Meine Mutter war eine fantasievolle Köchin, aber ihre Experimente waren nicht immer essbar. Es überraschte mich, dass er sich an etwas erinnerte, das so weit zurücklag. Und es machte mich traurig.

»Steak mit Kartoffeln«, antwortete ich. Er sah erleichtert aus.

Er schien sich nicht wohl dabei zu fühlen, untätig in der Küche herumzustehen, und stapfte schwerfällig ins Wohnzimmer, um fernzusehen, solange ich zu tun hatte. Das ersparte uns beiden die Verlegenheit, uns unterhalten zu müssen. Ich machte einen Salat, während das Steak in der Pfanne briet, und deckte den Tisch.

Als ich fertig war, rief ich ihn, und er schnupperte anerkennend, als er hereinkam.

»Riecht gut, Bell.«

»Danke.«

Ein paar Minuten lang aßen wir schweigend, doch es war nicht unangenehm. Keinen von uns störte die Stille. Was das anging, waren wir fürs Zusammenleben wie geschaffen.

»Und, wie findest du's in der Schule? Schon Freunde gefunden?«, fragte er, während er sich mehr auftat.

»Ich hab ein paar Fächer zusammen mit einer Jessica, mit ihr und ihren Freunden esse ich auch immer zusammen. Und dann gibt's noch einen Jungen, Mike, der ist sehr sympathisch. Alle scheinen ziemlich nett zu sein.« Mit einer Ausnahme.

»Das muss Mike Newton sein. Netter Junge – nette Familie. Seinem Dad gehört das Sportgeschäft außerhalb der Stadt. Er verdient ganz gut an den Rucksacktouristen, die hier vorbeikommen.«

»Kennst du die Cullens?«, fragte ich zögerlich.

»Die Familie von Dr. Cullen? Klar. Dr. Cullen ist großartig.«

»Sie … also seine Kinder … sie wirken irgendwie anders. Sie scheinen nicht so richtig reinzupassen in die Schule.«

Charlie überraschte mich mit einem verärgerten Blick.

»Diese Leute hier«, murmelte er. »Dr. Cullen ist ein brillanter Chirurg, der wahrscheinlich in jedem Krankenhaus der Welt arbeiten und zehnmal so viel verdienen könnte wie hier«, fuhr er fort und wurde immer lauter. »Wir können froh sein, dass wir ihn haben – dass seine Frau in einer Stadt wie dieser wohnen wollte. Er ist ein Gewinn für die Gemeinde, und die Kinder sind wohlerzogen und höflich. Als sie herzogen, hatte ich so meine Bedenken. Lauter adoptierte Teenager – ich dachte, das könnte problematisch werden. Aber sie sind alle sehr reif. Keiner von ihnen hat mir je irgendwelche Probleme bereitet, was ich von den Kindern der alteingesessenen Familien nicht so ohne weiteres behaupten kann. Und sie halten zusammen, wie sich das gehört für eine Familie, unternehmen Sachen, alle paar Wochen einen Campingausflug … Nur weil sie neu hier sind, reden die Leute.«

Es war die längste Rede, die ich je aus Charlies Mund gehört hatte. Offensichtlich ärgerte er sich sehr über das Gerede der Leute.

Ich ruderte zurück. »Ich hatte ja auch das Gefühl, dass sie ganz nett sind. Mir ist nur aufgefallen, dass sie unter sich bleiben. Und dass sie alle ziemlich gut aussehen«, fügte ich hinzu, um noch was Positives zu sagen.

»Da solltest du mal den Doktor sehen«, sagte Charlie und lachte. »Nur gut, dass er glücklich verheiratet ist. Etliche der Schwestern im Krankenhaus haben Schwierigkeiten, sich auf ihre Arbeit zu konzentrieren, wenn er in der Nähe ist.«

Wir beendeten das Essen so schweigend, wie wir es begonnen hatten. Hinterher räumte er den Tisch ab und ich machte mich an den Abwasch – von Hand, Charlie hatte keinen Geschirrspüler. Dann zog er sich wieder vor den Fernseher zurück, während ich lustlos nach oben ging, um meine Mathehausaufgaben zu erledigen. Der Ablauf hatte das Zeug zum abendlichen Ritual.

In dieser Nacht war es endlich still. Ich schlief schnell ein, vollkommen erschöpft.

Der Rest der Woche verlief ereignislos. Mein Stundenplan wurde zur Routine, und spätestens am Freitag kannte ich fast alle Schüler vom Sehen, wenn auch noch nicht beim Namen. Meine Mannschaftskameraden beim Volleyball gewöhnten sich daran, mir nicht den Ball zuzuspielen und sich vor mich zu stellen, sobald jemand vom gegnerischen Team meine Schwäche ausnutzen wollte. Und ich hatte nicht das Geringste dagegen, aus der Schusslinie zu treten.

Edward Cullen kam die ganze Woche nicht wieder zur Schule.

Jeden Tag wartete ich voller Anspannung, bis ich die vier Cullens ohne ihn die Cafeteria betreten sah. Dann erst konnte ich mich entspannen und mit den anderen unterhalten. Meistens drehte es sich um einen Ausflug zum La Push Ocean Park in zwei Wochen, den Mike organisierte. Ich war eingeladen und hatte zugesagt, wenn auch vor allem aus Höflichkeit. Die Strände, nach denen ich mich sehnte, waren heiß und trocken.

Am Ende der Woche fiel es mir leicht, den Biologieraum zu betreten – ich machte mir keine Sorgen mehr, dass Edward auftauchen könnte. Für mich sah es so aus, als hätte er die Schule verlassen. Ich versuchte nicht an ihn zu denken, konnte aber das quälende Gefühl, dass ich der Grund für seine anhaltende Abwesenheit war, nicht völlig unterdrücken, so lächerlich es mir auch erschien.

Mein erstes Wochenende in Forks verlief ohne Zwischenfall. Charlie, daran gewöhnt, wenig Zeit in einem Haus zu verbringen, das normalerweise leer war, arbeitete auch an den freien Tagen. Ich machte sauber, erledigte meine Hausaufgaben und schrieb noch ein paar betont fröhliche Mails an Mom. Am Samstag fuhr ich zur Bibliothek, aber sie war so schlecht bestückt, dass ich mir nicht einmal eine Mitgliedskarte geben ließ; ich nahm mir vor, für die nächste Zeit einen Besuch in Olympia oder Seattle einzuplanen und mir dort einen guten Buchladen zu suchen. Wie viel Sprit der Transporter wohl verbrauchte? Lieber nicht darüber nachdenken, dachte ich mit Schrecken.

Der Regen blieb das Wochenende über schwach und leise genug, dass ich gut schlafen konnte.

Als ich am Montagmorgen auf dem Schulparkplatz ankam, wurde ich von allen Seiten begrüßt; ich kannte noch nicht alle Namen, winkte aber zurück und lächelte. Es war kälter als an den Tagen davor, aber zum Glück regnete es nicht. In Englisch setzte sich Mike auf seinen gewohnten Platz neben mir. Wir schrieben einen unangekündigten Test über *Sturmhöhe*, aber der war zum Glück sehr einfach. Alles in allem fühlte ich mich sehr viel wohler, als ich erwartet hatte. Wohler, als ich erwartet hatte, mich *je* hier zu fühlen.

Als wir nach Englisch vor die Tür traten, wirbelten lauter weiße Fusseln durch die Luft. Schüler schrien aufgeregt durcheinander. Der Wind schnitt mir in Nase und Wangen.

»Wow«, sagte Mike. »Es schneit.«

Ich betrachtete die kleinen wolligen Bausche, die sich am Boden aufschichteten und mir wild ums Gesicht wehten.

»Uh.« Schnee. Das war's dann wohl mit meinem guten Tag. Er sah überrascht aus. »Magst du keinen Schnee?«

»Nein. Schnee bedeutet, es ist zu kalt für Regen.« Logisch. »Außerdem dachte ich, es schneit in Flocken – jede einzigartig und so. Die hier sehen aus wie die Enden von Wattestäbchen.«

»Sag bloß, du hast noch nie Schnee fallen sehen«, sagte er ungläubig.

»Doch, na klar« – ich machte eine Pause. »Im Fernsehen.«

Mike lachte. Im nächsten Augenblick traf ihn ein großer, matschiger, tropfender Schneeball am Hinterkopf. Wir drehten uns beide herum, um zu sehen, woher der gekommen war. Mein Verdacht fiel auf Eric, der gerade in die andere Richtung davonging, obwohl er denselben Weg hatte wie wir. Mike hatte offensichtlich den gleichen Gedanken; er hockte sich hin und begann weißen Matsch zusammenzukratzen.

»Wir sehen uns beim Essen, okay?«, sagte ich, ohne stehen zu bleiben. »Wenn Leute anfangen, nasses Zeug durch die Gegend zu werfen, weiß ich, es ist Zeit zu verschwinden.«

Er nickte nur; seine ganze Aufmerksamkeit galt Eric, der sich unauffällig aus dem Staub zu machen versuchte.

Den ganzen Vormittag war der Schnee das einzige Thema; offensichtlich war es der erste in diesem Jahr. Ich sagte dazu nichts. Schnee war vielleicht trockener als Regen, aber nur, bis er einem in den Socken schmolz.

In erhöhter Alarmbereitschaft lief ich nach Spanisch mit Jessica zur Cafeteria. Von überall kamen die Bälle geflogen. Ich hielt einen Ordner in den Händen, um ihn im Fall der Fälle als

Schutzschild zu benutzen. Jessica fand das irre komisch, aber irgendwas in meinem Gesichtsausdruck hielt sie davon ab, selbst einen Schneeball nach mir zu werfen.

An der Tür holte uns Mike ein, dessen stachlige Frisur vom Schnee ganz aufgeweicht war. Als wir uns an der Essensausgabe anstellten, unterhielten sich die beiden aufgekratzt über die Schneeballschlacht. Ich warf aus reiner Gewohnheit einen Blick zum Tisch in der Ecke. Und blieb wie vom Schlag getroffen stehen. Dort saßen fünf Personen.

Jessica zog mich am Arm.

»Hallo? Bella? Was nimmst du?«

Ich schaute zu Boden, meine Ohren glühten. Ich habe ihm nichts getan, sagte ich mir. Es gibt keinen Grund, sich schlecht zu fühlen.

»Was ist denn mit Bella?«, fragte Mike Jessica.

»Gar nichts«, erwiderte ich. »Ich nehme nur was zu trinken.« Ich schloss die Lücke zum Ende der Schlange.

»Hast du keinen Hunger?«, fragte Jessica.

»Ehrlich gesagt, mir ist ein bisschen schlecht«, sagte ich, ohne aufzuschauen.

Ich wartete, bis sie ihr Essen geholt hatten, dann folgte ich ihnen mit gesenktem Blick zum Tisch.

Langsam nippte ich an meinem Wasser, in meinem Magen rumorte es. Mike war übermäßig besorgt und erkundigte sich mehrmals nach meinem Befinden. Ich sagte zwar, dass alles okay sei, überlegte aber ernsthaft, ob ich die Vorlage annehmen und für eine Stunde im Zimmer der Krankenschwester verschwinden sollte.

Lächerlich. Es gab keinen Grund davonzulaufen!

Ich beschloss, einen Blick zum Familientisch der Cullens zu werfen. Sollte er mich mit demselben wütenden Blick wie letzte

Woche ansehen, dann würde ich – feige, wie ich war – die Bio-stunde schwänzen.

Vorsichtig, mit gesenktem Kopf, blinzelte ich in ihre Richtung. Keiner der fünf schaute zu uns rüber. Ich hob meinen Kopf ein wenig.

Sie lachten. Die Haare von Edward, Jasper und Emmett waren ganz von schmelzendem Schnee durchnässt. Alice und Rosalie lehnten sich weit weg, als Emmett seine triefenden Locken in ihre Richtung schüttelte. Genau wie alle anderen genossen sie den Wintertag – nur dass sie im Gegensatz zu uns anderen dabei wie Figuren aus einem Film aussahen.

Und noch etwas war anders als in der vorigen Woche, nicht nur ihr Lachen und ihre Ausgelassenheit; ich konnte aber nicht sagen, was es war. Edward musterte ich mit der größten Aufmerksamkeit, und es kam mir vor, als wäre seine Haut weniger blass – vielleicht nur wegen der Schneeballschlacht – und die Ringe unter seinen Augen nicht mehr so auffällig. Aber das war noch nicht alles. Doch sosehr ich ihn anstarrte – ich kam nicht drauf.

»Bella, was ist denn?« Jessica riss mich aus meinen Gedanken und folgte meinem Blick.

Im gleichen Augenblick schaute er herüber, und unsere Blicke trafen sich.

Ich senkte meinen Kopf und ließ meine Haare nach vorne fallen, um mein Gesicht zu verbergen. Ich war mir aber sicher, dass er nicht so wütend oder unfreundlich ausgesehen hatte wie bei unserem letzten Aufeinandertreffen. Sein Blick war einfach nur neugierig und irgendwie unbefriedigt gewesen.

»Edward Cullen starrt dich an«, flüsterte Jessica mir kichernd ins Ohr.

»Er sieht aber nicht sauer aus, oder?« Ich musste es einfach fragen.

»Nein.« Meine Frage verwirrte sie. »Wieso sollte er?«

»Ich glaub, er kann mich nicht leiden«, verriet ich ihr. Mir war immer noch etwas übel. Ich ließ meinen Kopf auf meinen Arm sinken.

»Die Cullens können niemanden leiden. Na ja, eigentlich beachten sie niemanden genug, um ihn leiden zu können. Obwohl – er schaut dich immer noch an.«

»Hör auf, ihn anzugucken«, zischte ich.

Sie kicherte, schaute aber tatsächlich weg. Ich hob meinen Kopf, um mich davon zu überzeugen und notfalls eigenhändig dafür zu sorgen.

Mike unterbrach uns; er plante eine Schneeballschlacht von epischen Ausmaßen nach der letzten Stunde auf dem Parkplatz, und er wollte, dass wir mitmachten. Jessica war Feuer und Flamme – so, wie sie Mike anschaute, würde sie sich für alles begeistern, was er vorschlug. Ich blieb stumm und stellte mich darauf ein, in der Turnhalle abzuwarten, bis auf dem Parkplatz die Luft wieder rein war.

Für den Rest der Mittagspause beschränkte ich mein Blickfeld geflissentlich auf meinen eigenen Tisch. Ich war entschlossen, die Abmachung einzuhalten, die ich mit mir getroffen hatte: Er schaute mich nicht wütend an, also würde ich zu Bio gehen. Obwohl mein Magen schon bei dem Gedanken, wieder neben ihm zu sitzen, rumorte.

Ich hatte wenig Lust, wie üblich mit Mike zur nächsten Stunde zu laufen – er schien ein beliebtes Ziel der Schneeballscharfschützen zu sein. Doch dann kamen wir zur Tür, und alle stöhnten einstimmig auf – alle außer mir: Es regnete, und die Schneereste liefen in klaren, eisigen Rinnsalen die Bordsteinkanten entlang. Mit klammheimlicher Freude zog ich mir die Kapuze über den Kopf: Mein Nachhauseweg war frei.

Mike hörte während des ganzen Weges zu Haus vier gar nicht auf, sich zu beklagen.

Ich war erleichtert, als wir im Bioraum ankamen und mein Tisch noch leer war. Mr Banner lief durch die Reihen und platzierte auf jedem Tisch ein Mikroskop und eine Schachtel mit Präparaten. Es waren noch ein paar Minuten Zeit bis zum Beginn der Stunde, und der Raum war erfüllt von Stimmengewirr. Ich vermied es, zur Tür zu sehen, und kritzelte gedankenverloren auf dem Umschlag meines Heftes herum.

Als sich der Stuhl neben mir bewegte, bekam ich das natürlich mit, verharrte aber mit den Augen auf meiner Kritzelei.

»Hallo«, hörte ich eine ruhige, musikalische Stimme sagen.

Erstaunt, dass er mit mir redete, blickte ich auf. Er saß so weit entfernt von mir, wie es der Tisch erlaubte, doch er hatte seinen Stuhl in meine Richtung gedreht. Seine Haare waren pitschnass und zerzaust, aber er sah aus, als hätte er gerade in einer Werbung für Haargel mitgespielt. Sein makelloses Gesicht hatte einen offenen, freundlichen Ausdruck, und um seine perfekten Lippen spielte die Andeutung eines Lächelns. Sein Blick jedoch war wachsam.

»Ich heiße Edward Cullen«, sagte er. »Ich bin letzte Woche nicht dazu gekommen, mich vorzustellen. Du musst Bella Swan sein.«

Ich war völlig verdattert. Hatte ich mir alles nur eingebildet? Mit einem Mal war er ganz höflich. Irgendwas musste ich sagen, er wartete. Doch keine der üblichen Floskeln wollte mir einfallen.

»W-woher weißt du, dass ich Bella heiße?«, stammelte ich.

Er lachte – leise und hinreißend.

»Oh, ich würde sagen, alle hier wissen, wie du heißt. Die ganze Stadt hat auf deine Ankunft gewartet.«

Ich verzog mein Gesicht. So was in der Art hatte ich mir schon gedacht.

»Nein«, beharrte ich – »ich meine, warum hast du mich Bella genannt, nicht Isabella?«

Er schien verwirrt. »Ist dir Isabella lieber?«

»Nein, ich mag Bella«, sagte ich. »Nur dass Charlie, also mein Dad, mich anscheinend hinter meinem Rücken Isabella nennt, jedenfalls scheint mich jeder hier unter diesem Namen zu kennen«, versuchte ich zu erklären und fühlte mich wie ein Volltrottel.

»Ah.« Er ließ das Thema fallen. Ich schaute verlegen weg.

Zum Glück ging der Unterricht los. Ich versuchte mich auf das zu konzentrieren, was Mr Banner zur anstehenden Übung erklärte. Die Präparate in der Schachtel vor uns stammten von der Wurzel einer Zwiebel und waren unsortiert. Wir sollten sie zu zweit den verschiedenen Phasen der Mitose zuordnen und entsprechend beschriften, ohne in unsere Bücher zu gucken. In zwanzig Minuten würde er herumkommen und nachsehen, wer alles richtig hatte.

»Die Zeit läuft«, gab er den Startschuss.

»Ladies first?«, fragte Edward. Ich hob den Blick und schaute in ein verschmitztes, schiefes Lächeln, das derartig schön war, dass ich ihn nur idiotisch anstarren konnte.

»Ich kann auch anfangen, wenn du willst.« Das Lächeln verschwand; er zweifelte offenbar an meiner Zurechnungsfähigkeit.

»Nein«, sagte ich und wurde rot. »Ich mach schon.«

Das dürfte ein Kinderspiel werden – ich hatte das Experiment an meiner alten Schule schon gemacht und wusste, worauf ich achten musste. Eine gute Gelegenheit, um ein bisschen anzugeben. Ich schob den ersten Objektträger unter die Linse und stellte rasch das Objektiv scharf. Dann betrachtete ich kurz das Präparat.

Ich war mir sicher. »Prophase.«

»Lässt du mich auch einen Blick drauf werfen?«, fragte er, als ich das Präparat entfernen wollte, und hielt meine Hand in der Bewegung fest. Seine Finger waren so eisig kalt, als hätte er sie vor der Stunde in eine Schneewehe gehalten. Doch der Grund, warum ich meine Hand so ruckartig zurückzog, war ein anderer: Bei seiner Berührung durchfuhr mich ein Schmerz, als hätte er mir einen Stromschlag versetzt.

»Entschuldigung«, murmelte er und zog seine Hand sofort zurück. Trotzdem griff er nach dem Mikroskop. Immer noch benommen, sah ich ihm dabei zu, wie er das Präparat noch kürzer betrachtete als ich.

»Prophase«, bestätigte er und trug das Ergebnis sauber in unser Protokoll ein. Rasch wechselte er den ersten gegen den zweiten Objektträger und warf einen kurzen Blick darauf.

»Anaphase«, murmelte er und schrieb es sogleich auf.

Ich bemühte mich, unbeeindruckt zu klingen. »Darf ich?«

Er grinste und schob mir das Mikroskop rüber.

Ich schaute gespannt durch das Okular und wurde enttäuscht: Er hatte Recht.

»Nummer drei?« Ich hielt ihm meine Hand hin, ohne ihn anzuschauen.

Er reichte es mir und achtete dabei, so kam es mir jedenfalls vor, sorgsam darauf, nicht noch einmal meine Haut zu berühren.

Ich schaute so kurz, wie es ging.

»Interphase.« Dann schob ich ihm das Mikroskop rüber, bevor er danach fragen konnte. Er guckte flüchtig hinein und schrieb das Ergebnis auf. Das hätte ich machen wollen, während er schaute, doch seine klare, elegante Schrift schüchterte mich ein. Ich wollte das Blatt nicht mit meinem stümperhaften Gekrakel versauen.

Wir waren vor allen anderen fertig. Mike und das Mädchen neben ihm verglichen immer wieder zwei Präparate miteinander; eine andere Gruppe sah unter dem Tisch im Buch nach.

Mir blieb also nichts zu tun, als zu versuchen, ihn nicht anzuschauen ... erfolglos. Ich blickte auf und sah, dass er mich musterte, und zwar wieder mit diesem unerklärlichen Ausdruck der Frustration. Plötzlich fiel mir auf, was anders war an seinem Gesicht.

»Hast du Kontaktlinsen bekommen?«, platzte es aus mir heraus.

Er schien verdutzt über meine unerwartete Frage. »Nein«, sagte er, zuckte mit den Schultern und schaute weg.

»Oh«, nuschelte ich. »Ich hatte das Gefühl, dass deine Augen irgendwie anders sind.«

Genauer gesagt, ich war mir sicher. Ich erinnerte mich lebhaft an das matte Schwarz seiner Augen, als er mich letzte Woche so angefunkelt hatte – an ihren auffälligen Kontrast zu seiner blassen Haut und den rotbraunen Haaren. Heute hatten sie eine völlig andere Farbe, ein eigenartiges Ocker, dunkler als Karamell, aber mit derselben goldenen Tönung. Ich konnte mir die Veränderung nicht erklären, es sei denn, er sagte aus irgendeinem Grund nicht die Wahrheit, was die Kontaktlinsen anging. Oder Forks brachte mich jetzt buchstäblich um den Verstand.

Ich senkte den Blick. Seine Hände waren wieder zu Fäusten geballt.

Dann kam Mr Banner zu unserem Tisch, um zu sehen, warum wir nicht arbeiteten. Er beugte sich über unsere Schultern, um einen Blick auf das Protokoll zu werfen.

»Edward, meinst du nicht, Isabella hätte auch ein wenig am Mikroskop üben sollen?«, fragte Mr Banner.

»Bella«, verbesserte Edward automatisch. »Um ehrlich zu sein, drei der fünf hat sie identifiziert.«

Mr Banner beäugte mich skeptisch.

»Hast du die Übung schon mal gemacht?«, fragte er.

Ich lächelte verlegen. »Nicht mit Zwiebelwurzeln.«

»Mit Fisch-Blastula?«

»Hm-mhh.«

»Warst du in Phoenix in einem College-Vorbereitungskurs?«

»Ja.«

»Na ja«, sagte er nach kurzem Zögern. »Vielleicht ist es ganz gut, dass ihr zusammensitzt.« Im Weggehen nuschelte er noch etwas anderes. Ich machte mich wieder daran, auf meinem Heft herumzukritzeln.

»Schade mit dem Schnee, nicht wahr?«, fragte Edward. Ich hatte den Eindruck, er fühlte sich verpflichtet, mit mir zu reden. Wieder überkam mich dieses Gefühl der Paranoia: Es war, als hätte er meine Unterhaltung mit Jessica beim Essen mitgehört und würde mir jetzt das Gegenteil beweisen wollen.

»Ehrlich gesagt, nein«, antwortete ich, anstatt so zu tun, als wäre ich ein normaler Mensch wie alle anderen hier. Ich war immer noch damit beschäftigt, diesen blöden Argwohn abzuschütteln, und konnte mich kaum konzentrieren.

»Du magst die Kälte nicht.« Er fragte nicht, er stellte fest.

»Genauso wenig wie die Nässe.«

»Dann ist Forks wohl nicht gerade ein angenehmer Ort für dich«, folgerte er.

»Wenn du wüsstest«, murmelte ich finster.

Es war mir zwar ein Rätsel, warum, aber es sah aus, als faszinierte ihn das, was ich sagte. Sobald ich ihn anschaute, war es mit meiner Konzentration vorbei, also versuchte ich, es gerade oft genug zu tun, um nicht unhöflich zu wirken.

»Warum bist du dann hierhergezogen?«

Das hatte mich noch keiner gefragt, nicht so direkt wie er – so fordernd.

»Komplizierte Geschichte.«

»Ich bin mir sicher, dass ich folgen kann«, bohrte er weiter.

Ich machte eine lange Pause, dann beging ich den Fehler, seinen Blick zu erwidern. Die tiefgoldenen Augen verwirrten mich, und ich antwortete, ohne nachzudenken.

»Meine Mutter hat wieder geheiratet«, sagte ich.

»Das klingt doch gar nicht so kompliziert«, erwiderte er überraschend sanft. »Wie lange ist das her?«

»Letzten September.« Meine Stimme klang traurig, selbst mir fiel das auf.

»Und du kannst ihn nicht ausstehen«, mutmaßte er einfühlsam.

»Nein, Phil ist schon okay. Zu jung vielleicht, aber eigentlich nett.«

»Warum bist du nicht bei ihnen geblieben?«

Ich konnte mir sein Interesse zwar nicht erklären, aber er schaute mich immer noch so durchdringend an, als wäre meine langweilige Lebensgeschichte aus irgendeinem Grund irre wichtig.

»Phil ist viel unterwegs. Er ist Baseballprofi.« Ich musste ein wenig lächeln.

»Kenne ich ihn?«, fragte er und erwiderte mein Lächeln.

»Würde mich wundern. Er ist kein *guter* Baseballprofi. Nur Minor League. Er spielt, wo er kann.«

»Und deine Mutter hat dich hierhergeschickt, damit sie mit ihm mitreisen kann.« Wieder fragte er nicht, sondern stellte fest.

Ich reckte mein Kinn ein wenig vor. »Sie hat mich nicht hierhergeschickt. Ich hab mich selbst geschickt.«

Seine Augenbrauen schoben sich zusammen. »Das verstehe ich nicht«, gab er zu – eine Tatsache, die ihn über alle Maßen zu frustrieren schien.

Ich seufzte. Wozu erklärte ich ihm das alles? Er schaute mich unvermindert neugierig an.

»Zuerst blieb sie bei mir in Phoenix, aber sie vermisste ihn. Sie war unglücklich … Also dachte ich mir, es wäre eine gute Idee, meine Beziehung zu Charlie ein wenig aufzufrischen.« Mittlerweile klang ich wirklich niedergeschlagen.

»Aber jetzt bist du unglücklich«, stellte er fest.

»Und?«

»Ist das gerecht?«, fragte er leichthin, doch die Intensität seines Blickes war ungebrochen.

Ich lachte kurz auf. »Seit wann ist das Leben denn gerecht?«

»Jetzt, wo du's sagst – stimmt, seit wann?«, antwortete er trocken.

»Das ist die ganze Geschichte«, beharrte ich und kapierte nicht, warum er mich immer noch so anstarrte.

»Du verstellst dich ausgezeichnet«, sagte er langsam. »Aber ich wette, dass es dir viel mehr ausmacht, als du irgendjemandem zeigst.«

Ich verzog mein Gesicht, widerstand dem Impuls, ihm wie eine Fünfjährige die Zunge rauszustrecken, und schaute weg.

»Hab ich Unrecht?«

Ich versuchte ihn zu ignorieren.

»Dachte ich's mir doch«, murmelte er selbstgefällig.

»Was interessiert *dich* das denn?«, fragte ich verärgert. Ich schaute ihn nicht an, sondern beobachtete Mr Banner bei seiner Runde durch die Klasse.

»Das ist eine sehr gute Frage«, sagte er so leise, dass ich mich fragte, ob er mit sich selbst geredet hatte. Doch nach ein paar

Sekunden des Schweigens wurde mir klar, dass ich keine andere Antwort bekommen würde.

Ich seufzte und starrte erbost zur Tafel.

»Nerve ich dich?«, fragte er. Es klang amüsiert.

Wieder schaute ich ihn an, ohne nachzudenken ... und wieder antwortete ich ganz wahrheitsgemäß. »Nicht du, ich selbst nerve mich. Ich bin so leicht zu durchschauen – man kann mir alles vom Gesicht ablesen. Meine Mutter nennt mich immer ihr offenes Buch.« Ich runzelte die Stirn.

»Im Gegenteil, ich finde es außerordentlich schwer, dich zu durchschauen.« Trotz allem, was ich gesagt und er vermutet hatte, schien er es ernst zu meinen.

»Dann bist du wohl besonders gut darin«, erwiderte ich.

»Normalerweise schon.« Er grinste breit und offenbarte eine Reihe perfekter, blendend weißer Zähne.

In dem Augenblick rief Mr Banner die Klasse zur Ruhe, und ich drehte mich erleichtert in seine Richtung, um zuzuhören. Ich konnte nicht glauben, dass ich diesem seltsamen, schönen Jungen, von dem ich nicht wusste, ob er mich verachtete oder nicht, gerade meine ganze öde Lebensgeschichte erzählt hatte. Unser Gespräch hatte ihn anscheinend gefesselt, doch jetzt sah ich aus den Augenwinkeln, dass er sich erneut von mir weglehnte und mit unverkennbarer Anspannung die Tischkante umklammerte.

Mr Banner demonstrierte mit Hilfe von Folien auf dem Overheadprojektor, was ich ohne Schwierigkeiten unter dem Mikroskop gesehen hatte. Ich versuchte Konzentration vorzutäuschen, doch meine Gedanken ließen sich nicht im Zaum halten.

Als es endlich klingelte, schoss Edward ebenso blitzartig und anmutig aus dem Raum wie am vergangenen Montag. Und wieder starrte ich ihm voller Verwunderung hinterher.

Da kam auch schon Mike angesprungen und griff nach meinen Büchern. Ich stellte ihn mir mit wedelndem Schwanz vor.

»War das schrecklich«, stöhnte er. »Die sahen alle genau gleich aus. Ein Glück für dich, dass du mit Cullen zusammensitzt.«

»Ich hatte keine Probleme«, sagte ich, pikiert von seiner selbstverständlichen Annahme, es sei mir ebenso schwergefallen wie ihm. Doch sofort bereute ich es, ihn so abgefertigt zu haben. »Ich hab die Übung aber schon mal gemacht«, fügte ich hinzu, um ihn nicht zu verletzen.

»Cullen schien ja heute ganz freundlich zu sein«, kommentierte er, während wir unsere Regenjacken anzogen. Er war offensichtlich nicht sehr erfreut darüber.

Ich gab mich gleichgültig. »Wer weiß, was er letzte Woche hatte.«

Auf dem Weg zur Turnhalle konnte ich mich kaum auf Mikes Geschwätz konzentrieren, und beim Sport gab es auch nicht viel, was meine Aufmerksamkeit fesselte. Mike war heute in meiner Mannschaft und deckte ritterlich meine Position zusätzlich zu seiner ab, weshalb meine Träumereien nur dann kurz unterbrochen wurden, wenn ich mit der Angabe an der Reihe war und alle in meiner Mannschaft vorsorglich in Deckung gingen.

Als ich zum Parkplatz lief, war von dem Regen nur noch feuchter Nebel übrig geblieben, doch mir war trotzdem wohler, als ich im trockenen Fahrerhaus saß. Ich stellte die Heizung an – selbst das ohrenbetäubende Dröhnen des Motors war mir jetzt egal. Ich öffnete den Reißverschluss meiner Jacke, zog mir die Kapuze vom Kopf und schüttelte meine Haare, damit die warme Luft sie auf dem Weg nach Hause trocknen konnte.

Als ich mich umschaute, um zu sehen, ob hinter mir frei war, fiel mein Blick auf eine unbewegte Figur: Edward Cullen lehnte an der Vordertür des Volvos, drei Autos von mir entfernt, und starrte mich an. Ich schaute blitzschnell weg, legte hastig den Rückwärtsgang ein und hätte beinahe einen halbverrosteten Toyota Corolla gerammt. Zum Glück für ihn konnte ich gerade noch rechtzeitig bremsen – das war genau die Sorte Auto, aus der mein Transporter ein zerknülltes Stück Metall gemacht hätte. Ich atmete tief durch, schaute zur anderen Seite hinaus und fuhr behutsam aus meiner Parklücke, dieses Mal mit mehr Erfolg. Als ich am Volvo vorbeikam, blickte ich stur geradeaus, doch ich hätte schwören können, dass ich ihn aus den Augenwinkeln lachen sah.

Frostiges Klima

Etwas war anders, als ich am Morgen meine Augen öffnete.

Es war das Licht. Es war immer noch graugrün wie an einem wolkigen Tag im Wald, aber irgendwie klarer. Der Nebel, der sonst mein Fenster von außen verhängte, hatte sich aufgelöst.

Ich sprang auf, um hinauszuschauen, und dann stöhnte ich vor Entsetzen.

Eine dünne Schneeschicht hatte den Vorgarten überzogen, das Dach meines Transporters bestäubt und die Straße weiß gefärbt. Doch etwas anderes war noch schlimmer. Das Regenwasser vom Vortag war über Nacht gefroren und ummantelte die Nadeln der Bäume in fantastischen, wunderhübschen Mustern; außerdem hatte es die Auffahrt in eine tödliche Eisfläche verwandelt. Es fiel mir schon bei trockenem Boden schwer genug, nicht hinzufallen; vielleicht war es sicherer für mich, einfach wieder ins Bett zu gehen.

Charlie war schon zur Arbeit gefahren, als ich nach unten kam. Das Zusammenleben mit ihm war auf vielerlei Weise so, als hätte ich meine eigene Wohnung, und ich merkte, dass ich das Alleinsein genoss – ich fühlte mich nicht einsam.

Ich schaufelte in Windeseile eine Schüssel Cornflakes in mich hinein und trank ein paar Schlucke Orangensaft direkt aus der Packung. Ich konnte es trotz des Wetters kaum erwarten, in die

Schule zu kommen, und das ängstigte mich. Ich wusste, dass es nicht der spannende Unterricht oder meine neuen Freunde waren, auf die ich mich so freute. Wenn ich ehrlich war, dann musste ich mir eingestehen, dass ich es allein deshalb so eilig hatte, weil ich Edward Cullen wiedersehen würde. Und das war sehr, sehr dumm.

Nach meinem hirnlosen und peinlichen Gebrabbel gestern in Bio sollte ich ihm am besten ganz aus dem Weg gehen. Zudem war ich misstrauisch: Wieso hatte er meine Frage zu seiner Augenfarbe mit einer Lüge beantwortet? Und während mir die Feindseligkeit, die er manchmal ausstrahlte, immer noch Angst machte, ließ mich sein makelloses Aussehen nach wie vor verstummen. Mir war klar, dass wir nicht in derselben Liga spielten – nicht im Entferntesten. Es gab also genügend Gründe, warum ich alles andere als begierig darauf sein sollte, ihn zu sehen.

Es erforderte meine ganze Konzentration, heil über die vereiste Auffahrt zu meinem Transporter zu kommen. Als ich fast am Ziel war, verlor ich die Balance, konnte mich aber am Seitenspiegel festhalten. Dieser Tag würde ein Albtraum werden, so viel war klar.

Auf dem Weg zur Schule lenkte ich mich von meiner Angst vor Unfällen und den ungewollten Spekulationen über Edward Cullen ab, indem ich mir Gedanken über Mike und Eric machte und darüber, wie Jungen meines Alters hier in Forks auf mich reagierten – im Gegensatz zu ihrem Desinteresse in Phoenix. Ich sah noch genauso aus wie dort, das stand fest. Vielleicht lag es einfach daran, dass die Jungs zu Hause mich schon gekannt hatten, als ich die verschiedenen peinlichen Phasen der Pubertät durchmachte, und in mir noch dasselbe Mädchen sahen. Oder es hatte damit zu tun, dass ich neu in einem Ort war, wo sonst immer alles beim Alten blieb. Möglicherweise fanden sie meine lästige Tollpatschigkeit nicht erbärmlich, sondern liebenswürdig und sahen in mir eine Jungfer in Nöten. Woran es auch lag, Mikes schwänzelnde Ergebenheit und Erics offensichtliche Rivalität ihm gegenüber behagten mir nicht. Hätte ich die Wahl gehabt, ich hätte die alte Ignoranz der neuen Aufmerksamkeit vorgezogen.

Mein Transporter schien keinerlei Probleme mit dem schmutzigen Eis zu haben, das die Straßen bedeckte. Ich fuhr trotzdem sehr langsam, schließlich wollte ich keine Spur der Verwüstung auf den Straßen von Forks hinterlassen.

Beim Aussteigen sah ich, warum die Fahrt zur Schule so problemlos verlaufen war. Etwas silbrig Glänzendes stach mir ins Auge, und ich ging – eine Hand immer an der Karosserie, um nicht auszurutschen – um den Transporter herum, um mir die Reifen anzuschauen. Sie waren von dünnen Ketten umspannt, die sich kreuzten und diamantenförmige Muster bildeten. Schneeketten. Charlie war wer weiß wie früh aufgestanden und hatte sie angebracht. Etwas schnürte mir die Kehle zu – ich war es nicht gewohnt, dass jemand sich um mich kümmerte, und Charlies stillschweigende Fürsorge rührte mich.

Als ich dort stand, an der hinteren Ecke des Transporters, und mit den unerwarteten Gefühlen kämpfte, hörte ich ein merkwürdiges Geräusch.

Es klang hoch und kreischend, und es wurde schnell schmerzhaft laut. Erschrocken blickte ich auf.

Ich sah mehrere Dinge auf einmal, aber nichts davon geschah in Zeitlupe wie im Film. Stattdessen schien der Adrenalinstoß meine Denkgeschwindigkeit zu erhöhen, so dass mein Gehirn eine Reihe ungewöhnlich scharfer Momentaufnahmen gleichzeitig machen konnte.

Vier Autos weiter stand Edward Cullen und starrte mich entsetzt an. Sein Gesicht trat aus einem Meer von Gesichtern hervor, die alle zu einer einheitlichen Maske des Schocks versteinert waren. Was aber in dem Moment entscheidender war: Ein dunkelblauer Van rutschte mit blockierten Bremsen wild schlingernd über den vereisten Parkplatz, direkt auf meinen Transporter zu. Vor dem ich stand. Mir blieb nicht einmal Zeit, die Augen zu schließen.

Unmittelbar bevor ich hörte, wie sich der Van laut scheppernd um den hinteren Kotflügel des Transporters faltete, traf mich ein harter Schlag, aber nicht aus der erwarteten Richtung. Mein Kopf knallte auf den eisigen Asphalt, und etwas Festes und Kaltes drückte mich zu Boden. Ich lag auf dem Pflaster, und zwar hinter dem hellbraunen Wagen, neben dem ich geparkt hatte. Mehr nahm ich nicht wahr, denn der Van war immer noch in Bewegung – er hatte sich knirschend um das Heck des Transporters geknüllt und schlingerte nun seitlich weiter auf mich zu. Gleich würde er mich *abermals* erfassen.

Ein leiser Fluch signalisierte mir, dass ich nicht allein war. Die Stimme war unverkennbar. Blitzartig schoben sich zwei lange, weiße Hände schützend vor meinen Körper, und der Van kam etwa dreißig Zentimeter neben meinem Kopf rüttelnd zum Stehen. Wie durch eine Fügung passten die großen Hände genau in die tiefe Delle in der Seite des Vans.

Dann bewegten sie sich so schnell, dass sie vor meinen Augen verschwammen. Eine Hand griff plötzlich unter die Karosserie des Vans, dann wurde ich weggezogen, und meine Beine flogen umher wie die einer Schlenkerpuppe, bis sie an die Reifen des hellbraunen Autos schlugen. Das dumpfe, metallische Geräusch eines Aufpralls schmerzte in meinen Ohren, Glas zersplitterte, und dann kam der Van endgültig auf dem Asphalt zum Stillstand – genau dort, wo sich eine Sekunde zuvor meine Beine befunden hatten.

Eine endlose Sekunde lang herrschte absolute Stille, dann schrien alle durcheinander. Inmitten des plötzlichen Tumults hörte ich mehrere Menschen meinen Namen rufen. Doch viel deutlicher drang Edward Cullens leise, verzweifelte Stimme an mein Ohr.

»Bella? Ist alles in Ordnung?«

»Mir geht's gut.« Meine Stimme klang eigenartig. Ich versuchte mich aufzusetzen und merkte erst jetzt, dass er mich fest an seine Seite presste.

»Vorsicht«, warnte er, als ich mich mühsam bewegte. »Ich glaube, du bist ziemlich hart mit dem Kopf aufgeschlagen.«

Erst da spürte ich den pulsierenden Schmerz über meinem linken Ohr.

»Au«, sagte ich überrascht.

»Hab ich's mir doch gedacht.« Erstaunlicherweise klang seine Stimme, als müsste er ein Lachen unterdrücken.

»Wie zum …« Ich hielt inne und versuchte mich zu orientieren und meine Gedanken zu ordnen. »Wie bist du so schnell hier gewesen?«

»Ich stand direkt neben dir, Bella«, sagte er. Sein Tonfall war wieder ganz ernst.

Ich drehte mich weg, um mich aufzusetzen, und dieses Mal ließ er es geschehen; er löste seinen Griff um meine Taille und rutschte so weit von mir weg, wie es der schmale Zwischenraum gestattete. Ich blickte in seine besorgte Unschuldsmiene, und erneut verhinderten seine goldfarbenen Augen, dass ich klar denken konnte. Was fragte ich ihn da eigentlich?

Und dann fanden sie uns: Mit tränenüberströmten Gesichtern schrien sie uns, schrien sie sich gegenseitig an.

»Nicht bewegen«, kommandierte jemand.

»Holt Tyler aus dem Van«, brüllte ein anderer.

Hektische Betriebsamkeit umgab uns. Ich versuchte aufzustehen, doch Edwards kalte Hand drückte meine Schulter nach unten.

»Bleib erst mal sitzen.«

»Aber es ist kalt«, maulte ich. Ich war überrascht, als er leise vor sich hin lachte. Es klang irgendwie nervös.

Plötzlich fiel es mir wieder ein: »Du warst dort drüben.« Sein Kichern erstarb. »Bei deinem Auto.«

In sein Gesicht trat ein harter Ausdruck. »Nein, war ich nicht.«

»Ich hab dich gesehen.« Um uns herum herrschte Chaos. Von fern näherten sich die schrofferen Stimmen von Erwachsenen. Doch ich ließ nicht locker – ich hatte Recht, und er würde es zugeben.

»Bella, ich stand neben dir, und ich hab dich zur Seite gezogen.« Und als wollte er mir etwas Wichtiges mitteilen, entfesselte er die ganze, überwältigende Kraft seines Blickes.

»Nein.« Ich war entschlossen, nicht nachzugeben.

Das Gold in seinen Augen funkelte. »Bella, bitte.«

»Warum?«

»Vertrau mir«, bat er leise, mit unwiderstehlich sanfter Stimme.

Dann hörte ich die Sirenen. »Versprichst du, mir später alles zu erklären?«

»Schön, wie du willst«, sagte er mit plötzlicher Gereiztheit.

»Schön«, erwiderte ich wütend.

Sechs Rettungshelfer und zwei Lehrer – Mr Varner und Coach Clapp – waren notwendig, um den Van weit genug beiseitezuschieben, damit sie mit den Tragen zu uns herankamen.

Edward lehnte es vehement ab, sich tragen zu lassen, und ich versuchte dasselbe, doch dieser Verräter sagte ihnen, dass ich mir den Kopf gestoßen und wahrscheinlich eine Gehirnerschütterung hatte. Ich starb fast vor Scham, als sie mir die Halskrause anlegten. Es sah aus, als hätten sich sämtliche Schüler und Lehrer eingefunden, um mit ernsten Mienen zuzusehen, wie ich in den Krankenwagen geschoben wurde. Edward durfte vorne sitzen. Es war zum Verrücktwerden.

Und zu allem Unglück traf auch noch Charlie in voller Polizeimontur ein, bevor sie mich fertig einladen und abtransportieren konnten.

»Bella«, brüllte er panisch, als er mich auf der Trage erkannte.

»Mir geht's gut, Char– Dad«, sagte ich matt. »Nichts passiert.«

Er wandte sich an den erstbesten Rettungshelfer, um eine zweite Meinung einzuholen, und ich blendete ihn aus, um mich dem Wirrwarr der unerklärlichen Bilder zu widmen, die mir durch den Kopf schossen. Als sie mich auf die Trage gehoben hatten, war mir die tiefe Delle in der Stoßstange des hellbraunen Autos aufgefallen – eine sehr ausgeprägte Delle, die genau den Konturen von Edwards Schultern entsprach ... als hätte er sich mit genug Kraft gegen das Auto gestemmt, um dessen Metallrahmen zu beschädigen ...

Und dann war da das Verhalten seiner Geschwister: Sie hatten etwas abseitsgestanden und das Geschehen, ihren Gesichtern nach zu urteilen, mit einer Mischung aus Ablehnung und Wut verfolgt, doch ohne sichtbare Sorge um das Leben ihres Bruders.

Ich suchte nach einer logischen Erklärung für das, was ich gerade erlebt hatte – einer, die nicht darauf hinauslief, dass ich geisteskrank war.

Wie nicht anders zu erwarten, wurde der Krankenwagen von einem Streifenwagen zum Bezirkskrankenhaus eskortiert. Während der gesamten Ausladeprozedur fühlte ich mich der Lächerlichkeit preisgegeben, was noch dadurch verstärkt wurde, dass Edward gewohnt elegant und unbehelligt von fremder Hilfe durch die Krankenhaustüren schritt. Wütend biss ich die Zähne zusammen.

Sie brachten mich in die Notaufnahme, einen langen Raum mit nebeneinander aufgereihten Betten, zwischen denen pastellfarben gemusterte Vorhänge hingen. Eine Krankenschwester legte mir die Manschette zum Blutdruckmessen um den Arm und pumpte sie auf, dann schob sie mir ein Thermometer unter die Zunge. Da sich niemand die Mühe machte, den Vorhang weit genug zu schließen, um mir ein wenig Privatsphäre zu verschaffen, kam ich zu dem Schluss, dass ich nicht länger verpflichtet war, die alberne Halskrause zu tragen. Sobald die Schwester gegangen war, öffnete ich den Klettverschluss und schmiss sie unter das Bett.

Dann wurde es erneut hektisch; eine weitere Traube Krankenhauspersonal, eine weitere Trage, die zum Bett neben mir gebracht wurde. Unter den blutbeschmierten Binden, die eng um seinen Kopf gewickelt waren, erkannte ich Tyler Crowley aus meinem Politikkurs. Er sah hundertmal schlimmer aus, als ich mich fühlte, trotzdem musterte er mich mit bangem Blick.

»Bella, es tut mir so leid!«

»Mir geht's gut, Tyler – aber was ist mit dir, du siehst schrecklich aus!« Während wir sprachen, wickelte eine Schwester die schmutzigen Binden ab und legte unzählige oberflächliche Schnittwunden auf seiner Stirn und seiner linken Wange frei.

Er ignorierte die Frage. »Ich dachte, ich bringe dich um! Ich

65

war zu schnell und kam falsch auf das Eis …« Er zuckte zusammen, als eine Schwester ihm das Gesicht abzutupfen begann.

»Mach dir um mich keine Sorgen; wie du siehst, hast du mich verfehlt.«

»Wie bist du so schnell ausgewichen? Du warst direkt vor mir, und dann warst du auf einmal weg …«

»Ähm … Edward hat mich beiseitegezogen.«

Er war verdutzt. »Wer?«

»Edward Cullen – er stand neben mir.« Ich war schon immer eine erbärmliche Lügnerin gewesen; es klang nicht mal annähernd überzeugend.

»Cullen? Den hab ich gar nicht gesehen … Wow, ich nehm an, das ging einfach alles zu schnell. Geht's ihm gut?«

»Ich glaub schon. Er muss hier irgendwo sein.«

Ich wusste, dass ich nicht verrückt war. Was war passiert? Es gab keine Erklärung für das, was ich gesehen hatte.

Dann rollten sie mich in meinem Bett davon, um meinen Kopf zu röntgen. Ich sagte ihnen, dass mir nichts fehlt, und ich behielt Recht. Nicht einmal eine Gehirnerschütterung. Ich wollte wissen, ob ich gehen durfte, aber die Schwester meinte, ich müsste erst mit dem Doktor reden. Ich hing also in der Notaufnahme fest und wartete, während Tyler sich pausenlos entschuldigte und versprach, es wiedergutzumachen. Ich konnte noch so oft beteuern, dass es mir gutging, er hörte nicht auf, sich Vorwürfe zu machen. Irgendwann schloss ich die Augen und ignorierte ihn. Er murmelte weiter reumütig vor sich hin.

»Schläft sie?«, fragte eine musikalische Stimme. Schlagartig öffnete ich meine Augen.

Am Fußende meines Bettes stand Edward und grinste. Ich schaute ihn wütend an, was gar nicht so einfach war – ihn anzuschmachten, hätte eher meinem Gefühl entsprochen.

»Hey, Edward, tut mir wirklich leid –«, setzte Tyler an.

Edward hob eine Hand, um ihn zu unterbrechen.

»Nichts passiert«, sagte er und ließ seine strahlenden Zähne aufblitzen. Dann setzte er sich, mir zugewandt, auf den Rand von Tylers Bett und grinste erneut.

»Also, wie lautet der Richterspruch?«, fragte er mich.

»Mir fehlt nicht das Geringste, aber sie lassen mich nicht gehen«, klagte ich. »Wieso bist du nicht an eine Bahre geschnallt wie alle anderen Beteiligten?«

»Alles eine Frage von Beziehungen«, antwortete er. »Aber keine Sorge, ich bin gekommen, um dich hier rauszuholen.«

Dann kam ein Arzt um die Ecke gebogen, und mir blieb der Mund offen stehen: Er war jung, er war blond … und schöner als jeder Filmstar, den ich kannte. Er war allerdings auch blass, sah übernächtigt aus und hatte Augenringe. Charlies Beschreibung nach konnte es nur Edwards Vater sein.

»Also, Miss Swan«, sagte Dr. Cullen mit einer bemerkenswert angenehmen Stimme, »wie fühlen Sie sich?«

»Mir geht's gut«, sagte ich und hoffte, dass ich diese Frage nicht noch einmal beantworten musste.

Er ging zum Röntgenschirm am Kopfende meines Bettes und schaltete ihn an.

»Die Aufnahmen sehen gut aus«, sagte er. »Tut Ihr Kopf weh? Edward sagt, Sie seien ziemlich hart aufgeschlagen.«

»Meinem Kopf geht's auch gut«, wiederholte ich seufzend und warf Edward einen bösen Blick zu.

Dr. Cullens kühle Finger glitten prüfend über meinen Schädel. Er merkte, dass ich zusammenzuckte.

»Empfindlich?«, fragte er.

»Nicht sehr.« Da hatte ich schon Schlimmeres erlebt.

Ich hörte ein unterdrücktes Lachen, schaute hinüber und

sah Edwards gönnerhaftes Lächeln. Meine Augen verengten sich.

»Gut. Ihr Vater wartet draußen, Sie können jetzt mit ihm nach Hause fahren. Aber kommen Sie wieder her, wenn Ihnen schwindlig wird oder wenn Sie irgendwelche Probleme beim Sehen bekommen.«

Ich stellte mir Charlie beim Versuch vor, mich zu umsorgen. »Kann ich nicht wieder in die Schule?«, fragte ich.

»Vielleicht sollten Sie es für heute ruhig angehen lassen.«

Ich warf einen Blick auf Edward. »Darf *er* in die Schule?«

»Irgendjemand muss schließlich die Nachricht überbringen, dass wir überlebt haben«, sagte Edward süffisant.

»Um ehrlich zu sein«, korrigierte Dr. Cullen, »sieht es so aus, als säße der größte Teil der Schule im Wartezimmer.«

»Auch das noch«, stöhnte ich und verbarg mein Gesicht in den Händen.

Dr. Cullen zog seine Augenbrauen nach oben. »Möchten Sie lieber noch bleiben?«

»Nein, nein!«, beteuerte ich, schwang meine Beine über die Bettkante und sprang schwungvoll zu Boden. Zu schwungvoll – ich schwankte, und Dr. Cullen musste mich auffangen. Er sah besorgt aus.

»Mir geht's gut«, versicherte ich ihm ein weiteres Mal. Er musste ja nicht unbedingt wissen, dass meine Balanceprobleme nichts mit meinem Kopf zu tun hatten.

»Nehmen Sie ein paar Tylenol gegen die Schmerzen«, empfahl er mir, während er mich stützte.

»So schlimm ist es nicht«, beharrte ich.

»Es scheint, als hätten Sie großes Glück gehabt«, sagte Dr. Cullen. Lächelnd setzte er eine schwungvolle Unterschrift auf meine Krankenakte.

»Ich hatte Glück, dass er zufällig neben mir stand«, sagte ich und blickte Edward scharf an.

»Oh – ja, stimmt«, sagte Dr. Cullen, der auf einmal sehr beschäftigt mit seinen Unterlagen war. Dann wandte er sich ab und ging zu Tylers Bett. Eine plötzliche Intuition sagte mir, dass er Bescheid wusste.

»Sie dagegen werden noch ein wenig bei uns bleiben müssen, fürchte ich«, sagte er zu Tyler und begann mit der Untersuchung seiner Schnittwunden.

Als Dr. Cullen uns den Rücken zugewandt hatte, ging ich zu Edward.

»Kann ich kurz mit dir sprechen?«, zischte ich leise. Er trat einen Schritt zurück und presste seine Kiefer aufeinander.

»Dein Vater wartet auf dich«, sagte er mit zusammengebissenen Zähnen.

Ich warf einen Blick auf Dr. Cullen und Tyler.

»Ich möchte unter vier Augen mit dir sprechen, wenn du nichts dagegen hast«, sagte ich hartnäckig.

Er schaute mich wütend an, dann machte er kehrt und entfernte sich mit schnellen Schritten; ich musste fast rennen, um ihm zu folgen. Sobald wir in einen kurzen Gang eingebogen waren, drehte er sich zu mir herum.

»Was willst du?«, fragte er genervt. Sein Blick war kalt.

Seine Unfreundlichkeit schüchterte mich so sehr ein, dass meine Worte weniger scharf klangen, als ich es beabsichtigt hatte. »Du bist mir eine Erklärung schuldig«, erinnerte ich ihn.

»Ich hab dir das Leben gerettet – ich bin dir gar nichts schuldig.«

Seine Gereiztheit ließ mich zurückzucken. »Du hast es versprochen.«

»Bella, du hast dir den Kopf gestoßen, du weißt nicht, was du redest«, sagte er mit schneidender Stimme.

Zorn packte mich und ich funkelte ihn trotzig an. »Mit meinem Kopf ist alles okay.«

Er hielt meinem Blick stand. »Was willst du von mir, Bella?«

»Ich will die Wahrheit wissen«, sagte ich. »Ich will wissen, warum ich für dich lüge.«

»Was ist denn *deiner* Meinung nach passiert?«, fauchte er.

Und dann sprudelte es aus mir heraus.

»Ich weiß nur, dass du nicht in meiner Nähe warst – und Tyler hat dich auch nicht gesehen, also erzähl mir gefälligst nicht, dass mein Kopf was abbekommen hat. Der Van hätte uns beide getötet – hat er aber nicht, und dann hatte er plötzlich Dellen, wo deine Hände waren – und das andere Auto auch, aber du bist überhaupt nicht verletzt – und der Van hätte eigentlich meine Beine zerquetschen müssen, aber du hast ihn hochgehalten …« Als ich merkte, wie verrückt das klang, konnte ich nicht weiterreden. Ich war so wütend, dass mir Tränen in die Augen stiegen; ich biss die Zähne zusammen, um sie zurückzuhalten.

Er schaute mich ungläubig an, doch sein Gesicht war angespannt, eine Maske der Abwehr.

»Du bist also der Meinung, ich hätte einen Van angehoben?« Seinem Tonfall nach zu urteilen zweifelte er an meiner geistigen Gesundheit, doch das steigerte nur meinen Argwohn. Es klang wie ein auswendig gelernter Drehbuchsatz aus dem Mund eines talentierten Schauspielers.

Ich nickte nur, die Zähne zusammengebissen.

»Das wird dir niemand glauben, das ist dir klar, oder?« In seiner Stimme schwang jetzt Spott mit.

»Ich hab nicht vor, es irgendjemandem zu sagen.« Ich sprach langsam und deutlich, bemüht, meine Wut im Zaum zu halten.

Ein Ausdruck der Verwunderung glitt über sein Gesicht. »Warum ist es dann so wichtig?«

»Es ist *mir* wichtig«, beharrte ich. »Ich lüge nicht gerne, und wenn ich es tue, will ich einen guten Grund dafür haben.«

»Kannst du mir nicht einfach danken und die Sache vergessen?«

»Danke.« Ich wartete, innerlich schäumend vor Wut.

»Du lässt nicht locker, oder?«

»Nein.«

»Dann hoffe ich, dass du mit Enttäuschungen umgehen kannst.«

Wir funkelten uns böse an. Und dann war ich es, die das Schweigen brach. Ich musste mich zusammenreißen – es war schwer, seinem zornigen, herrlichen Gesicht zu widerstehen. Ebenso gut hätte ich mich auf ein Blickduell mit einem Racheengel einlassen können.

»Warum hast du dir überhaupt die Mühe gemacht?«, fragte ich mit frostiger Stimme.

Er zögerte, und einen kurzen Moment lang sah sein Gesicht überraschend verletzlich aus.

»Ich weiß es nicht«, flüsterte er.

Dann drehte er sich um und ging davon.

Ich war so wütend, dass es ein paar Minuten dauerte, bevor ich in der Lage war, mich zu bewegen. Dann ging ich langsam auf die Tür am Ende des Ganges zu.

Was mich dahinter erwartete, war noch unerfreulicher als befürchtet. Scheinbar war jeder gekommen, den ich in Forks kannte, und alle starrten mich an. Charlie stürzte auf mich zu; abwehrend hob ich meine Hände.

»Alles okay mit mir«, versicherte ich ihm mürrisch. Ich war immer noch gereizt und alles andere als in Plauderstimmung.

»Was hat der Doktor gesagt?«

»Dr. Cullen hat mich untersucht und gesagt, dass mir nichts fehlt und dass ich nach Hause gehen kann.« Ich seufzte. Mike, Jessica, Eric – alle waren da und kamen langsam näher. »Lass uns fahren«, drängte ich.

Charlie hielt seine Hand schützend hinter meinen Rücken, ohne mich zu berühren, und führte mich durch die Glastüren nach draußen. Ich winkte meinen Freunden verlegen zu, in der Hoffnung, dass sie sich keine Sorgen mehr um mich machten. Es war eine enorme Erleichterung, in den Streifenwagen zu steigen – das war mir vorher auch noch nicht passiert.

Wir fuhren schweigend. Ich war so in meine Gedanken versunken, dass ich Charlie neben mir kaum wahrnahm. Edwards abwehrendes Verhalten im Gang hatte meine Gewissheit nur bestärkt, dass die bizarren Dinge, die ich gesehen hatte und an die ich selber kaum glauben konnte, wirklich passiert waren.

Charlie bekam seinen Mund nicht auf, bis wir zu Hause waren.

»Ähm … vielleicht solltest du Renée anrufen.« Schuldbewusst ließ er den Kopf hängen.

Ich war entsetzt. »Du hast es Mom gesagt?!«

»Tut mir leid.«

Beim Aussteigen schlug ich die Tür des Streifenwagens etwas heftiger als notwendig zu.

Mom war, wie nicht anders zu erwarten, vollkommen aufgelöst. Ich musste ihr bestimmt dreißig Mal beteuern, dass es mir gutging, bevor sie sich halbwegs beruhigte. Dann flehte sie mich an, nach Hause zu kommen – als würde dort mehr auf mich warten als eine leere Wohnung. Ich war überrascht, wie leicht es mir fiel, ihren Bitten zu widerstehen. Edwards Geheimnis hatte mich in seinen Bann gezogen. Und er selber auch, mehr als nur ein bisschen. Dumm, dumm, dumm – genau das war es. Ich war bei weitem nicht mehr so erpicht darauf, Forks zu verlassen, wie ich es sein sollte – wie es jeder normale, vernünftige Mensch wäre.

Genervt von Charlies sorgenvollen Blicken, entschloss ich mich, zeitig schlafen zu gehen. Ich holte mir drei Tylenol aus dem Badezimmer. Sie halfen tatsächlich, und als der Schmerz langsam nachließ, schlief ich ein.

In dieser Nacht träumte ich zum ersten Mal von Edward Cullen.

Ein gefragtes Mädchen

In meinem Traum war es sehr dunkel, und das wenige, trübe Licht schien von Edwards Haut abzustrahlen. Sein Gesicht konnte ich nicht sehen, nur seinen Rücken; er ging weg von mir und ließ mich in der Dunkelheit zurück. So schnell ich auch rannte, ich konnte ihn nicht erreichen; so laut ich auch rief, er drehte sich nicht um. Mitten in der Nacht wachte ich auf, erfüllt von Verzweiflung, und konnte lange – es fühlte sich an wie Stunden – nicht mehr einschlafen. Von da an tauchte er fast jede Nacht in meinen Träumen auf, aber immer in der Distanz, nie in greifbarer Nähe.

Der Monat nach dem Unfall war geprägt von Unbehagen und Anspannung, doch zunächst vor allem von Peinlichkeit.

Zu meiner Bestürzung fand ich mich für den Rest der Woche im Zentrum der allgemeinen Aufmerksamkeit wieder. Tyler Crowley war unmöglich: Er folgte mir auf Schritt und Tritt und wollte unbedingt irgendwie Buße tun. Ich versuchte ihn davon zu überzeugen, dass ich mir wünschte, er würde die Sache einfach vergessen, vor allem, da mir überhaupt nichts passiert war. Doch er blieb hartnäckig: In den Pausen wich er nicht von meiner Seite und mittags saß er jetzt auch an unserem mittlerweile überfüllten Tisch. Mike und Eric verhielten sich ihm gegenüber noch feindseliger als untereinander, was mich befürchten ließ, einen unerwünschten Bewunderer mehr zu haben.

Niemand schien sich für Edward zu interessieren, obwohl ich nicht müde wurde zu erklären, dass er der Held war – dass er mich vor dem Van weggezogen hatte und dabei selber fast zerquetscht worden wäre. Ich bemühte mich, überzeugend zu klingen. Aber Jessica, Mike, Eric und alle anderen sagten nur immer wieder, dass sie ihn nicht einmal gesehen hatten, bevor der Van beiseitegeschoben wurde.

Ich fragte mich, warum niemand sonst aufgefallen war, wie weit weg er von mir gestanden hatte, bevor er plötzlich und auf unerklärliche Weise mein Leben rettete. Zu meinem Verdruss wurde mir klar, dass es nur daran liegen konnte, dass ihm niemand außer mir so viel Aufmerksamkeit schenkte. Keiner beachtete ihn auf dieselbe Weise wie ich. Wie armselig.

Edward war nie von neugierigen Leuten umringt, die aus erster Hand erfahren wollten, was geschehen war. Man ging ihm wie üblich aus dem Weg. Die Cullens und die Hales saßen am selben Tisch wie immer, aßen nichts und sprachen mit niemandem. Keiner von ihnen schaute mehr in meine Richtung, vor allem nicht Edward.

Wenn wir im Unterricht nebeneinandersaßen, rückte er so weit wie möglich von mir weg und schien meine Anwesenheit gar nicht zu bemerken. Nur hin und wieder, wenn seine Hände sich plötzlich zu Fäusten ballten und seine über den Knöcheln gespannte Haut sich noch weißer färbte, als sie ohnehin schon war, fragte ich mich, ob er wirklich so abwesend war, wie es den Anschein hatte.

Er bereute es, mich aus dem Weg gezogen zu haben, als Tylers Van auf mich zukam – eine andere Erklärung fiel mir nicht ein.

Ich hätte sehr gern mit ihm geredet, und am Tag nach dem Unfall versuchte ich es auch. Als ich ihn das letzte Mal gesehen hatte, im Gang vor der Notaufnahme, waren wir beide so wütend gewesen. Außerdem war ich immer noch sauer, dass er mir nicht die Wahrheit sagte, obwohl ich meinen Teil der Vereinbarung zu hundert Prozent einhielt. Doch andererseits hatte er mein Leben gerettet, egal wie. Und über Nacht hatte sich mein Zorn in ehrfürchtige Dankbarkeit verwandelt.

Er saß bereits an seinem Platz, als ich den Bioraum betrat, den Blick starr nach vorne gerichtet. Ich setzte mich und wartete darauf, dass er sich mir zuwendete, doch er ließ nicht erkennen, ob er meine Ankunft überhaupt bemerkt hatte.

»Hallo, Edward«, sagte ich freundlich und betont unbeschwert, um ihm zu zeigen, dass ich mich benehmen würde.

Er drehte seinen Kopf kaum wahrnehmbar in meine Richtung, ohne dabei meinen Blick zu erwidern; dann nickte er einmal und wandte sich wieder ab.

Seitdem hatte ich es nicht noch einmal versucht, obwohl er jeden Tag neben mir saß, weniger als einen halben Meter entfernt. Manchmal, wenn ich mich nicht beherrschen konnte, beobachtete ich ihn, doch immer nur von fern, in der Cafeteria oder auf dem Parkplatz. Ich sah, wie seine goldenen Augen von Tag zu Tag merklich dunkler wurden. Doch während des Unterrichts beachtete ich ihn ebenso wenig wie er mich. Ich fühlte mich elend. Und die Träume hielten an.

Meinen schamlosen Lügen zum Trotz merkte Renée meinen E-Mails an, dass ich niedergeschlagen war, und rief einige Male besorgt an. Ich versuchte sie davon zu überzeugen, dass es lediglich am Wetter lag.

Wenigstens einen gab es, der froh über die offensichtlich eisige Stimmung zwischen mir und meinem Banknachbarn war:

Mike. Er hatte wohl zunächst befürchtet, dass Edwards mutige Rettungsaktion mich schwer beeindrucken würde, und war nun augenscheinlich erleichtert, dass sie den umgekehrten Effekt zu haben schien. Jeden Tag saß er wie selbstverständlich vor Beginn der Biostunde auf meiner Tischkante, um sich mit mir zu unterhalten, und ignorierte dabei Edward ebenso konsequent wie dieser uns.

Nach jenem gefährlich glatten Tag war der Schnee endgültig geschmolzen. Mike war enttäuscht, dass aus seiner großen Schneeballschlacht nichts geworden war, zugleich aber freute er sich, dass dafür der Strandausflug bald stattfinden konnte. Zunächst jedoch regnete es unvermindert stark weiter, und die Wochen vergingen.

Am ersten Dienstag im März rief mich Jessica an, um mir vom Frühjahrsball zu erzählen, der zwei Wochen später stattfinden sollte. Sie wollte Mike auffordern, mit ihr zu gehen – es war Damenwahl –, und fragte mich um Erlaubnis.

»Und es macht dir nichts aus? … Ganz sicher? … Du wolltest ihn wirklich nicht fragen?«, hakte sie immer wieder nach, als ich ihr sagte, dass ich nicht das Geringste dagegen hatte.

»Nein, Jess, ich gehe überhaupt nicht hin«, versicherte ich ihr. Tanzen gehörte ganz klar nicht zu meinem Repertoire.

»Aber das wird bestimmt super.« Jessicas Versuch, mich umzustimmen, war halbherzig. Ich hatte den Eindruck, dass ihr meine unerklärliche Beliebtheit weniger ausmachte, wenn ich nicht in der Nähe war.

»Du und Mike, ihr habt bestimmt einen tollen Abend«, redete ich ihr zu.

Zu meiner Überraschung war sie am nächsten Tag in Mathe und Spanisch ungewohnt still. In den Pausen lief sie schweigend neben mir her, und ich hatte Angst, sie nach dem

Grund zu fragen. Falls Mike ihr einen Korb gegeben hatte, dann war ich sicher die Letzte, mit der sie darüber reden wollte.

Meine Befürchtung verstärkte sich in der Mittagspause, als sie in größtmöglicher Entfernung von Mike saß und sich angeregt mit Eric unterhielt, während Mike seinerseits ungewohnt schweigsam war.

Er schwieg auch, als wir gemeinsam zu Bio gingen; sein gequälter Gesichtsausdruck war ein weiteres schlechtes Zeichen. Erst als ich auf meinem Platz saß und er vor mir auf dem Tisch, kam er auf das Thema zu sprechen. Wie stets spürte ich mit jeder Nervenfaser Edwards Präsenz – er war nah genug, dass ich ihn hätte berühren können, und zugleich so weit entfernt, als existierte er allein in meiner Vorstellung.

»Was ich dir sagen wollte«, begann Mike mit gesenktem Blick – »Jessica hat mich gefragt, ob ich mit ihr zum Frühjahrsball gehe.«

»Echt? Toll!«, antwortete ich so heiter und enthusiastisch, wie ich konnte. »Ihr habt bestimmt einen super Abend zusammen.«

»Na ja, die Sache ist …« Er wand sich, als er mein erfreutes Lächeln sah – es war offensichtlich, dass er auf eine andere Reaktion gehofft hatte. »Ich hab ihr gesagt, ich weiß noch nicht.«

»Warum das denn?«, fragte ich mit unüberhörbarer Missbilligung, obwohl ich natürlich erleichtert war, dass er ihr noch nicht ganz abgesagt hatte.

Er wurde knallrot und sah wieder zu Boden. Meine Entschlossenheit wurde von Mitleid aufgeweicht.

»Ich war mir nicht sicher … also, ob du nicht vielleicht vorhattest, mich zu fragen.«

Einen Moment lang hielt ich inne – ich hasste es, mich schuldig zu fühlen! Dann sah ich aus den Augenwinkeln, wie sich Edwards Kopf reflexartig in meine Richtung neigte.

»Mike, ich finde, du solltest ihr zusagen.«

»Hast du schon jemand anderen gefragt?« Ob Edward bemerkte, dass Mike ihm einen schnellen Blick zuwarf?

»Nein«, versicherte ich ihm. »Ich gehe überhaupt nicht zum Ball.«

»Warum denn nicht?«, wollte Mike wissen.

Ich hatte keine Lust, auf die Sicherheitsrisiken einzugehen, die Tanzen für mich mit sich brachte, also dachte ich mir schnell etwas anderes aus.

»Das ist der Samstag, an dem ich nach Seattle fahre«, erklärte ich. Ich musste hier sowieso mal raus – und plötzlich hatte ich den perfekten Zeitpunkt dafür gefunden.

»Kannst du das nicht auf ein anderes Wochenende verschieben?«

»Nein, tut mir leid«, sagte ich. »Und du solltest Jess auch nicht länger warten lassen – das ist unhöflich.«

»Ja, du hast Recht«, murmelte er, wandte sich ab und ging niedergeschlagen zu seinem Platz. Ich schloss die Augen, presste meine Finger gegen die Schläfen und versuchte die Schuldgefühle und das Mitleid zu vertreiben. Mr Banner begann den Unterricht. Seufzend öffnete ich die Augen.

Und sah, dass Edward mich anschaute. Seine schwarzen Augen waren voller Neugier, und dieser nervöse Ausdruck von Frustration war ausgeprägter als je zuvor.

Ich erwiderte seinen Blick und erwartete, dass er sofort wegschauen würde. Doch stattdessen sah er mir weiter forschend in die Augen, mit einer Intensität, die es mir unmöglich machte, den Blick abzuwenden. Meine Hände begannen zu zittern.

»Mr Cullen?«, rief ihn Mr Banner auf; ich hatte nicht einmal die Frage mitbekommen.

»Der Krebs-Zyklus«, antwortete Edward. Widerwillig wandte er seinen Blick Mr Banner zu.

Als seine Augen mich freigaben, schaute ich in mein Buch und versuchte mich wieder zu fangen. Feige, wie ich war, ließ ich meine Haare über meine rechte Schulter fallen, um mein Gesicht zu verbergen. Es war nicht zu fassen, wie die Gefühle in mir tobten, und alles bloß, weil er mich nach Wochen zum ersten Mal wieder anschaute. Ich durfte nicht zulassen, dass er eine solche Macht über mich hatte. Es war erbärmlich. Schlimmer als erbärmlich – es war ungesund.

Ich tat mein Bestes, ihn für den Rest der Stunde zu vergessen oder – da das unmöglich war – zumindest so zu tun, als hätte ich ihn vergessen. Als es endlich klingelte, drehte ich ihm den Rücken zu, um meine Sachen einzupacken. Ich rechnete damit, dass er wie üblich sofort verschwinden würde.

»Bella?« Der Klang seiner Stimme war mir so vertraut, als würde ich ihn schon mein ganzes Leben lang kennen und nicht erst seit einigen Wochen.

Langsam und widerstrebend drehte ich mich um. Ich wollte nicht fühlen, was ich zweifellos fühlen würde, wenn ich in sein allzu perfektes Gesicht schaute. Meine Miene war wachsam, seine undurchdringlich. Er sagte nichts.

Als ich schließlich das Schweigen brach, konnte ich nicht verhindern, dass es bockig klang: »Was ist? Sprichst du wieder mit mir?«

Er unterdrückte das Lächeln, das um seine Lippen zuckte. »Nein, eigentlich nicht«, gab er zu.

Ich schloss meine Augen und atmete langsam durch die Nase ein. Ich merkte, dass ich meine Zähne zusammenbiss. Er wartete.

»Was willst du dann, Edward?«, fragte ich mit geschlossenen Augen – das machte es einfacher, mich in seiner Gegenwart klar auszudrücken.

»Es tut mir leid.« Er klang aufrichtig. »Ich weiß, dass ich mich sehr unhöflich verhalte. Aber es ist besser so, wirklich.«

Ich öffnete meine Augen. Sein Gesicht war sehr ernst.

»Ich hab nicht die geringste Ahnung, wovon du sprichst«, sagte ich reserviert.

»Es ist besser, wenn wir nicht befreundet sind«, erklärte er. »Glaub mir.«

Meine Augen verengten sich. Das hatte ich schon mal gehört.

»Nur blöd, dass dir das nicht früher aufgefallen ist«, zischte ich durch meine Zähne. »Dann müsstest du jetzt nicht alles so schrecklich bereuen.«

»Bereuen?« Das Wort und mein Tonfall trafen ihn offenbar aus heiterem Himmel. »Was denn bereuen?«

»Dass du nicht einfach zugesehen hast, wie der blöde Van mich zermatscht.«

Er war verdattert. Ungläubig starrte er mich an.

Als er schließlich antwortete, klang es beinahe wütend. »Du glaubst, ich bereue es, dir das Leben gerettet zu haben?«

»Ich *weiß* es«, fauchte ich.

»Gar nichts weißt du.« Er war definitiv wütend.

Abrupt drehte ich mich weg und presste die Lippen zusammen, um zu verhindern, dass ich ihm wilde Anschuldigungen an den Kopf warf. Ich griff mir meine Bücher, stand auf und ging zur Tür. Doch anstatt wie beabsichtigt dramatisch aus dem Raum zu rauschen, blieb ich mit meiner Stiefelspitze an der Türschwelle hängen und ließ die Bücher fallen. Typisch. Einen Moment lang stand ich nur da und spielte mit dem Gedanken, sie einfach liegen zu lassen. Dann seufzte ich und bückte mich, um sie aufzuheben, doch Edward war schon zur Stelle und hatte sie bereits aufeinandergestapelt. Er reichte sie mir mit unbewegter Miene.

»Danke«, sagte ich frostig.

Seine Augen verengten sich.

»Keine Ursache«, gab er zurück.

Ich richtete mich abrupt auf, wandte mich von ihm ab und stakste zur Turnhalle, ohne mich umzuschauen.

Sport war brutal. Wir waren mittlerweile zu Basketball übergegangen. Die Leute in meiner Mannschaft warfen mir nie den Ball zu, was schon mal gut war, aber ich fiel ständig hin, und manchmal riss ich dabei andere mit um. Und an dem Tag war es noch schlimmer, weil mir Edward nicht aus dem Kopf ging. Ich versuchte mich auf meine Füße zu konzentrieren, doch er schlich sich immer gerade dann in meine Gedanken, wenn ich am meisten auf meine Balance angewiesen war.

Das Ende der letzten Stunde war wie immer eine Erleichterung. Ich rannte fast zum Transporter, so viele Leute gab es, denen ich nicht begegnen wollte. Er hatte so gut wie nichts abbekommen beim Unfall. Seine Rücklichter waren ausgewechselt worden, und wenn er vorher ordentlich lackiert gewesen wäre, hätte ich den Lackschaden ausbessern lassen. Tylers Eltern dagegen mussten ihren Van als Ersatzteilspender verkaufen.

Mich traf fast der Schlag, als ich um die Ecke bog und eine große, dunkle Gestalt am Transporter lehnen sah. Dann erkannte ich, dass es nur Eric war. Ich ging weiter.

»Hi, Eric«, rief ich.

»Hi, Bella.«

»Was gibt's?«, fragte ich ihn und schloss die Tür auf. Ich hatte nicht auf seinen beklommenen Tonfall geachtet und war deshalb unvorbereitet auf das, was als Nächstes kam.

»Äh, ich wollt dich fragen ... ob du vielleicht Lust hättest, zum Frühjahrsball zu gehen … mit mir.« Beim letzten Wort versagte seine Stimme.

»Ich dachte, es ist Damenwahl«, sagte ich, zu entgeistert, um diplomatisch zu sein.

»Ja, stimmt«, gab er betreten zu.

Ich riss mich zusammen und gab mir die größte Mühe, mein Lächeln aufrichtig wirken zu lassen. »Danke für deine Einladung, aber ich bin an dem Tag in Seattle.«

»Oh«, sagte er. »Na ja, vielleicht ein andermal.«

»Klar«, erwiderte ich und biss mir sofort auf die Zunge. Ich konnte nur hoffen, dass er das nicht allzu wörtlich nahm.

Er zog ab, zurück in Richtung Schule. Ich hörte ein leises Glucksen.

Edward ging an meinem Transporter vorbei, den Blick nach vorne gerichtet, die Lippen zusammengepresst. Ich riss die Tür auf, stieg ein und schlug sie krachend zu. Dann ließ ich den Motor aufheulen und parkte rückwärts aus. Edward saß zwei Parklücken weiter bereits in seinem Auto und glitt elegant vor mir in die Spur. Dort blieb er stehen – und wartete auf seine Geschwister; ich sah die vier in unsere Richtung laufen, doch sie waren erst bei der Cafeteria. Ich spielte mit dem Gedanken, ihm den Kofferraum einzudrücken, aber es gab zu viele Zeugen. Ich schaute in den Rückspiegel und sah, dass sich eine Schlange bildete. Direkt hinter mir saß Tyler Crowley in seinem kürzlich angeschafften gebrauchten Nissan Sentra und winkte. Ich war zu aufgebracht, um auf ihn zu reagieren.

Als ich dort saß und wartete und meine Augen auf alles, nur nicht auf den Wagen vor mir richtete, klopfte es auf der Beifahrerseite am Fenster. Ich schaute hinüber; es war Tyler. Verwirrt warf ich einen Blick in den Rückspiegel – sein Motor war an, die Autotür stand offen. Ich lehnte mich hinüber, um das Fenster runterzukurbeln. Es klemmte. Ich schaffte es zur Hälfte, dann gab ich auf.

»Tut mir leid, Tyler, aber ich steck hinter Cullen fest.« Ich war genervt – es war ja wohl klar, dass ich nichts für den Stau konnte.

»Ja, ich weiß – ich wollte dich nur etwas fragen, solange wir hier festsitzen.« Er grinste.

Das war ja wohl alles nicht wahr.

»Hast du vor, mich zum Frühjahrsball zu bitten?«, fragte er weiter.

»Ich bin nicht hier, Tyler.« Ich klang ein wenig zu gereizt. Es war schließlich nicht seine Schuld, dass Mike und Eric meine Geduld für den Tag schon aufgebraucht hatten.

»Ja, das hat Mike auch gesagt«, gab er zu.

»Aber warum …?«

Er zuckte mit den Schultern. »Ich hatte gehofft, du wolltest es ihm nur schonend beibringen.«

Okay – es war komplett seine Schuld.

»Tut mir leid, Tyler«, sagte ich und versuchte meinen Ärger zu verbergen. »Aber ich bin wirklich nicht hier an dem Tag.«

»Ist schon okay. Wir haben ja noch den Jahresabschlussball.«

Und bevor ich etwas erwidern konnte, lief er zu seinem Wagen zurück. Ich war vollkommen fassungslos. Als ich nach vorne schaute, glitten Alice, Rosalie, Emmett und Jasper gerade auf ihre Sitze. Im Rückspiegel des Volvos sah ich Edwards Augen – er beobachtete mich. Und offensichtlich kriegte er sich kaum ein vor Lachen, so als hätte er jedes Wort von Tyler verstanden. Es juckte mich im rechten Fuß – ein kleiner Schubser würde niemandem wehtun, nur der silberne Glanzlack würde etwas abbekommen.

Ich ließ den Motor aufheulen.

Doch sie saßen jetzt alle, und Edward brauste davon. Ich fuhr langsam und vorsichtig nach Hause und schimpfte den ganzen Weg vor mich hin.

Zu Hause beschloss ich, für abends Geflügel-Enchiladas zu machen – das dauerte eine Weile und würde mich beschäftigen. Als ich gerade die Zwiebeln und Chilis anschmorte, klingelte das Telefon. Ich hatte ein bisschen Angst ranzugehen, aber es hätte ja Charlie oder Mom sein können.

Es war Jessica, und sie sprudelte über vor Glück; Mike hatte sie nach der Schule abgefangen, um ihr zu sagen, dass er die Einladung annahm. Ich freute mich kurz mit ihr, während ich weiter in der Pfanne rührte, dann musste sie Schluss machen, um Angela und Lauren die frohe Kunde zu übermitteln. Ich schlug ganz unschuldig vor, dass die schüchterne Angela aus Bio vielleicht Eric fragen könnte. Und Lauren, die mir gegenüber reserviert war und mich am Mittagstisch immer ignorierte, Tyler; ich hätte gehört, er wäre noch nicht vergeben. Jess fand die Idee prima. Und jetzt, da Mike ihr sicher war, klang sie sogar aufrichtig, als sie sagte, dass es schön wäre, wenn ich auch käme. Ich erzählte auch ihr, ich würde nach Seattle fahren.

Nach dem Telefonat konzentrierte ich mich aufs Kochen, besonders auf das Würzen des Hühnchens; ich hatte keine Lust, schon wieder in der Notaufnahme zu landen. Doch mir schwirrte der Kopf, weil ich versuchte jedes Wort zu analysieren, das Edward heute gesagt hatte. Was meinte er damit, dass es besser war, nicht befreundet zu sein?

Als mir die einzig mögliche Antwort einfiel, wurde mir ganz flau im Magen: Ihm musste aufgefallen sein, wie sehr ich ihn anhimmelte, das war die einzige Erklärung. Und jetzt wollte er nicht mit meinen Gefühlen spielen ... und deshalb konnten wir nicht einmal Freunde sein ... weil er überhaupt nicht an mir interessiert war.

Selbstverständlich war er nicht an mir interessiert, überlegte ich wütend und mit brennenden Augen – eine verspätete Reaktion auf die Zwiebeln. Ich war eben nicht *interessant*. Er dagegen schon. Interessant ... und brillant ... und mysteriös ... und perfekt ... und schön ... und möglicherweise in der Lage, Autos mit einer Hand anzuheben.

Okay, wie er wollte. Ich konnte ihn genauso gut in Ruhe lassen. Ich *würde* ihn in Ruhe lassen. Ich würde meine selbstauferlegte Strafe in der Vorhölle von Forks absitzen und dann würde mir hoffentlich irgendein College im Südwesten, oder vielleicht auf Hawaii, ein Stipendium anbieten. Ich dachte an sonnige Strände und Palmen, füllte die Enchiladas und schob sie in den Ofen.

Charlie schnupperte misstrauisch, als er nach Hause kam. Ich konnte es ihm nicht verdenken – das nächste genießbare mexikanische Essen gab es, von hier aus gesehen, wahrscheinlich in Südkalifornien. Aber als echter Cop, wenn auch nur Kleinstadt-Cop, war er mutig genug, es zu probieren. Und es schien ihm zu schmecken. Es machte Spaß zu sehen, wie er langsam begann, meinen Kochkünsten zu trauen.

»Dad?«, fragte ich, als er fast fertig war.

»Ja, Bella?«

»Ähm, ich wollte nur sagen, dass ich mir überlegt hab, nächste Woche Samstag nach Seattle zu fahren ... wenn das okay ist.« Ich wollte nicht um Erlaubnis bitten – so etwas sollte gar nicht erst einreißen –, aber es kam mir auch grob vor, ihn einfach nur zu informieren, deshalb der Schlenker am Ende.

»Wozu?« Es klang, als wäre es unvorstellbar, dass man in Forks irgendetwas vermissen könnte.

»Ich wollte ein paar Bücher kaufen – die Bibliothek hier hat echt nicht viel Auswahl – und vielleicht nach ein paar Klamotten gucken.« Da ich, dank Charlie, kein Auto kaufen musste, hatte ich mehr Geld zur Verfügung, als ich es gewohnt war. Obwohl der Transporter einiges an Sprit verschlang.

Charlie hatte denselben Gedanken. »Der Transporter hat vermutlich keinen besonders sparsamen Verbrauch«, sagte er.

»Ich weiß, wahrscheinlich muss ich in Montessano und Olympia Halt machen, vielleicht sogar in Tacoma.«

»Willst du ganz allein fahren?«, fragte er. Mir war nicht klar, worüber er besorgt war: einen heimlichen Freund oder bloß die Unfallgefahr.

»Ja.«

»Seattle ist groß – du könntest dich verfahren«, gab er zu bedenken.

»Dad, Phoenix ist fünfmal so groß wie Seattle – und ich weiß, wie man Karten liest, keine Sorge.«

»Willst du, dass ich mitkomme?«

Ich versuchte mein Erschrecken zu verbergen.

»Ich weiß nicht, Dad, ich werde wahrscheinlich den ganzen Tag in Umkleidekabinen verbringen – ziemlich langweilig.«

»Oh, okay.« Der Gedanke, wie viel Zeit auch immer in Modegeschäften zubringen zu müssen, schreckte ihn sofort ab.

»Danke.« Ich lächelte ihn an.

»Bist du denn dann rechtzeitig zum Ball wieder hier?«

Grrr. Nur in einer Kleinstadt wie dieser waren Väter über Schulbälle im Bilde.

»Nein. Tanzen ist nichts für mich, Dad.« Er müsste das eigentlich verstehen – meine Koordinationsprobleme hatte ich schließlich nicht von Mom.

Er verstand es tatsächlich. »Ach ja, stimmt«, sagte er.

Als ich am nächsten Morgen auf den Parkplatz fuhr, suchte ich mir ganz bewusst einen Platz in größtmöglicher Entfernung vom silbernen Volvo. Ich musste der Versuchung ja nicht unbedingt in die Arme laufen – am Ende schuldete ich ihm noch ein neues Auto. Beim Aussteigen rutschte mir mein Schlüssel aus der Hand und fiel in eine Pfütze. Ich bückte mich, doch bevor ich nach ihm greifen konnte, kam mir von irgendwoher eine weiße Hand zuvor. Mit einem Satz schoss ich hoch. Edward Cullen stand direkt neben mir, lässig an meinen Transporter gelehnt.

»Wie *machst* du das?«, fragte ich erstaunt und verärgert zugleich.

»Wie mache ich was?« Während er sprach, hielt er mir meinen Schlüssel hin. Als ich danach griff, ließ er ihn in meine Hand fallen.

»Einfach so aus heiterem Himmel auftauchen.«

»Bella, was kann ich dafür, dass du ein außergewöhnlich unaufmerksamer Mensch bist?« Seine Stimme war so ruhig wie gewohnt – samtweich und gedämpft.

Missmutig schaute ich in sein perfektes Gesicht. Seine Augen waren heute wieder heller; sie hatten einen satten Farbton wie aus Gold und Honig. Ich musste meinen Blick abwenden, dann erst konnte ich meine wirren Gedanken neu ordnen.

»Was sollte der Stau gestern?«, fragte ich vorwurfsvoll, ohne ihn anzusehen. »Ich dachte, du wolltest so tun, als würde ich nicht existieren, nicht mich bis aufs Blut reizen.«

»Das war nur Tyler zuliebe. Ich musste ihm seine Chance lassen.« Er kicherte.

»Du ...« Ich suchte nach Worten, fand aber keines, das schlimm genug war. Doch je wütender ich wurde, desto mehr schien er sich zu amüsieren.

»Außerdem tue ich nicht so, als würdest du nicht existieren«, fuhr er fort.

»Das heißt, du willst mich tatsächlich bis aufs Blut reizen? Wenn ich schon Tylers Van überlebt hab?«

Seine Gesichtszüge verdüsterten sich: Wütend blitzten seine gelbbraunen Augen und seine Lippen formten eine harte Linie.

»Bella, was du sagst, ist komplett absurd«, erwiderte er kühl und mit leiser Stimme.

Meine Handflächen kribbelten, so stark war das Bedürfnis, auf irgendetwas einzuschlagen. Ich war überrascht von mir – normalerweise war ich nicht gewalttätig. Ich drehte mich um und ging davon.

»Warte«, rief er. Ich stapfte weiter wütend durch den Regen. Doch er war neben mir und hielt ohne Probleme Schritt.

»Es tut mir leid, das war nicht nett«, sagte er im Gehen. Ich ignorierte ihn. »Nicht, dass es nicht wahr wäre«, fuhr er fort, »aber es war trotzdem nicht nett, es zu sagen.«

»Warum lässt du mich nicht einfach in Frieden?«, giftete ich.

»Ich wollte dich was fragen, aber du hast mich vom Thema abgebracht«, feixte er. Offensichtlich hatte er seine gute Laune wiedergefunden.

»Sag mal, hast du vielleicht eine gespaltene Persönlichkeit?«, fragte ich bissig.

»Jetzt fängst du schon wieder an.«

Ich seufzte. »Na schön. Was willst du wissen?«

»Ich hab mich gefragt, ob du nächste Woche Samstag – du weißt schon, am Tag des Frühjahrsballs –«

Ich blieb abrupt stehen und drehte mich zu ihm um. »Soll das vielleicht *witzig* sein?«, fiel ich ihm ins Wort. Als ich zu ihm hochblickte und den Ausdruck in seinem Gesicht sah, schoss mir die Zornesröte ins Gesicht.

In seinen Augen funkelte unverschämte Heiterkeit. »Würdest du mich bitte ausreden lassen?«

Ich biss mir auf die Lippe und verschränkte meine Arme, damit ich nichts Unüberlegtes tun konnte.

»Ich hab mitbekommen, dass du den Tag in Seattle verbringst, und wollte dich fragen, ob du mitfahren willst?«

Damit hatte ich nicht gerechnet.

»Was?« Mir war nicht klar, worauf er hinauswollte.

»Willst du mit nach Seattle fahren?«

»Mit wem denn?«, fragte ich verdutzt.

»Mit mir, wem sonst?« Er sprach so langsam und deutlich, als hätte er es mit einer geistig Behinderten zu tun.

Ich war immer noch verdattert. »*Warum?*«

»Ich hatte sowieso vor, in den nächsten Wochen nach Seattle zu fahren, und ich bin mir ehrlich gesagt nicht sicher, ob dein Transporter die Strecke schafft.«

»Mein Transporter läuft prima, danke der Nachfrage.« Ich lief weiter, doch ich war so überrascht, dass ein Teil meines Zorns verraucht war.

»Aber schafft er die Strecke auch mit einer Tankfüllung?« Er lief immer noch neben mir her.

»Ich weiß nicht, was dich das angeht.« Blöder, eingebildeter Volvo-Fahrer.

»Die Verschwendung begrenzter Ressourcen geht jeden etwas an.«

»Ganz ehrlich, Edward« – ich genoss es, seinen Namen auszusprechen, und ich hasste mich dafür –, »ich kapier's nicht. Ich dachte, du willst nicht mit mir befreundet sein.«

»Ich hab gesagt, es wäre besser, wenn wir nicht befreundet wären, nicht, dass ich es nicht will.«

»Ach so, vielen Dank – gut, dass wir das geklärt haben«,

motzte ich. Heftiger Sarkasmus. Mittlerweile standen wir unter dem Dach der Cafeteria, so dass es leichter war, ihn anzuschauen – nicht, dass es deswegen auch leichter war, meine Gedanken zu ordnen.

»Es wäre … *besonnener* von dir, nicht mit mir befreundet zu sein«, erklärte er. »Aber ich bin es leid, mich von dir fernzuhalten, Bella.«

Während dieses letzten Satzes strahlten seine Augen mit einzigartiger Kraft, und der Klang seiner Stimme war ein einziger, knisternder Lockruf. Ich vergaß zu atmen.

»Fährst du mit mir nach Seattle?«, fragte er mit unverminderter Intensität.

Ich hatte meine Sprache noch nicht wiedergefunden, also nickte ich nur.

Er lächelte kurz, dann wurde sein Gesicht ernst.

»Du solltest dich *wirklich* von mir fernhalten«, warnte er. »Wir sehen uns in Bio.«

Er machte kehrt und ging in die Richtung, aus der wir gekommen waren.

DER GERUCH VON BLUT

Benommen ging ich zur Englischstunde. Als ich den Raum betrat, bekam ich nicht einmal mit, dass der Unterricht schon begonnen hatte.

»Schön, dass Sie uns auch beehren, Miss Swan«, sagte Mr Mason sarkastisch.

Es dauerte bis zum Ende der Stunde, ehe mir auffiel, dass Mike nicht auf seinem gewohnten Platz neben mir saß. Schuldgefühle nagten an mir. Doch hinterher warteten er und Eric wie gewohnt an der Tür auf mich, ich war also anscheinend bei beiden nicht ganz und gar in Ungnade gefallen. Und während sie mich zur nächsten Stunde begleiteten, war Mike schon fast wieder der Alte, jedenfalls geriet er in Begeisterung, als er über die Wetteraussichten für das Wochenende sprach. Eine kleine Regenpause war angekündigt, vielleicht würde also sein Strandausflug möglich sein. Ich gab mir Mühe, begeistert zu klingen, um ihn für die gestrige Enttäuschung zu entschädigen, aber es fiel mir nicht leicht: Regen hin oder her – es würde auch bei Sonnenschein nicht wärmer als fünf Grad sein, wenn überhaupt.

Der Rest des Vormittags strich an mir vorbei, ohne dass ich ihn recht wahrnahm. Es war schwer zu glauben, dass es etwas anderes als ein Hirngespinst war, was Edward am Morgen zu mir gesagt und wie er mich angeschaut hatte. Vielleicht war es ja bloß ein besonders realistischer Traum gewesen, den ich mit der Wirklichkeit verwechselte. Das war wahrscheinlicher als die Vorstellung, dass er tatsächlich irgendwas an mir toll fand.

Entsprechend ängstlich und ungeduldig war ich, als ich mit Jessica die Cafeteria betrat. Ich wollte sein Gesicht sehen, wollte wissen, ob er sich wieder in den kalten, abweisenden Edward der vergangenen Wochen verwandelt hatte. Oder ob ein Wunder geschehen war und ich tatsächlich gehört hatte, was ich meinte, gehört zu haben. Jessica plapperte ohne Unterbrechung über ihre Pläne für den Ball – Lauren und Angela hatten die beiden anderen Jungs gefragt, und jetzt gingen sie alle zusammen hin – und bemerkte nicht, dass ich ihr kaum zuhörte.

Mein Blick fiel mit traumwandlerischer Sicherheit auf seinen Tisch – und dann durchfuhr mich die Enttäuschung: Die anderen vier waren da, doch er fehlte. War er nach Hause gefahren? Niedergeschlagen stand ich hinter der weiterhin munter drauflosplappernden Jessica in der Schlange. Mir war der Appetit vergangen; ich kaufte mir eine Flasche Limonade, sonst nichts. Ich wollte mich nur noch hinsetzen und Trübsal blasen.

»Edward Cullen guckt dich schon wieder so an«, sagte Jessica, und sein Name ließ mich dann doch aufhorchen. »Komisch, dass er heute alleine sitzt.«

Mein Kopf schoss hoch. Ich folgte ihrem Blick und sah Edward an einem leeren Tisch sitzen, so weit weg von seinem normalen Platz, wie es der Raum zuließ. Verschmitzt grinsend schaute er mich an, und als sich unsere Blicke trafen, hob er eine Hand und winkte mich zu sich. Ich starrte ihn ungläubig an, er zwinkerte.

»Meint er *dich*?«, fragte Jessica so ungläubig, dass es fast schon beleidigend war.

»Vielleicht hat er eine Frage zu den Biohausaufgaben«, murmelte ich, um sie nicht zu brüskieren. »Äh, ich geh mal nachsehen, was er will.«

Ich spürte, wie ihr Blick mir durch den Raum folgte.

Ich erreichte seinen Tisch und blieb unsicher stehen. Vor mir stand ein leerer Stuhl.

»Hast du Lust, mir Gesellschaft zu leisten?«, fragte er und lächelte.

Ich setzte mich, ohne nachzudenken, und betrachtete ihn misstrauisch. Er lächelte mich unverwandt an – er war schlichtweg zu schön, um wahr zu sein. Wahrscheinlich würde er gleich in einer Rauchwolke verschwinden und ich würde aufwachen.

Er schien darauf zu warten, dass ich etwas sagte.

»Das ist – ich weiß nicht – ich bin überrascht«, bekam ich schließlich über die Lippen.

»Na ja« – er zögerte, doch dann schoss es nur so aus ihm heraus. »Ich hab mir gedacht, wenn ich schon in die Hölle komme, dann wenigstens nicht ohne guten Grund.«

Ich wartete darauf, dass er etwas Verständliches sagte. Die Sekunden verstrichen.

»Ich hab keine Ahnung, was du damit meinst«, sagte ich schließlich.

»Ich weiß.« Wieder lächelte er, dann wechselte er das Thema. »Ich glaube, deine Freunde sind sauer, dass ich dich entführt hab.«

»Sie werden's überleben.« Ich spürte ihre Blicke in meinem Rücken.

»Was, wenn ich dich nicht mehr zurückbringe?«, fragte er mit einem verschlagenen Funkeln in den Augen.

Ich musste schlucken.

Er lachte. »Du siehst besorgt aus.«

»Besorgt nun nicht gerade«, brachte ich noch hervor, bevor

mir, als wollte sie mich vollkommen der Lächerlichkeit preisgeben, die Stimme versagte. »Eher überrascht ...«

»Ich sagte doch – ich bin es leid, mich von dir fernzuhalten. Also hab ich es aufgegeben.« Er lächelte noch immer, doch seine ockerfarbenen Augen waren ernst.

»Aufgegeben?«, wiederholte ich verwirrt.

»Ja – aufgegeben, gut zu sein. Ab jetzt mache ich nur noch, was ich will, und lass den Dingen ihren Lauf.« Sein Lächeln schwand, während er das sagte, und in seiner Stimme war plötzlich ein scharfer Unterton.

»Ich kann dir schon wieder nicht folgen.«

Da war es wieder, sein atemberaubendes schiefes Lächeln.

»Ich verrate immer zu viel, wenn ich mit dir rede – das ist schon mal ein Problem.«

»Mach dir keine Sorgen, ich verstehe nicht das Geringste«, sagte ich ironisch.

»Das hoffe ich.«

»Also noch mal, so, dass auch ich es kapiere – sind wir nun Freunde oder nicht?«

»Freunde ...«, sinnierte er skeptisch.

»Oder nicht«, murmelte ich.

Er grinste. »Na ja, ich würde sagen, wir können es probieren. Aber ich sag dir gleich – ich bin kein guter Freund für dich.« Die Warnung war ernst gemeint, trotz des Lächelns.

»Das sagst du ständig«, warf ich ein und versuchte das flaue Gefühl in meinem Magen zu ignorieren.

»Genau – weil du mir nicht zuhörst. Ich warte immer noch darauf, dass du mir endlich glaubst. Wenn du klug bist, gehst du mir aus dem Weg.«

»Damit hätten wir dann auch die Frage meiner Intelligenz geklärt.« Ich kniff die Augen zusammen.

Er lächelte entschuldigend.

»Das heißt also, falls ich … nicht klug bin, können wir versuchen, Freunde zu sein?«, bemühte ich mich, unseren verwirrenden Wortwechsel auf den Punkt zu bringen.

»So ungefähr.«

Ich wusste nicht, wie ich reagieren sollte, also betrachtete ich meine Hände, in denen ich die Limoflasche hielt.

»Was denkst du gerade?«, fragte er neugierig.

Ich schaute in die goldfarbenen Tiefen seiner Augen, verlor die Fassung und platzte wie üblich mit der Wahrheit heraus.

»Ich versuche herauszufinden, wer du wirklich bist.«

Sein Lächeln wurde verbissen.

»Und – warst du schon erfolgreich?«

»Nicht sehr«, gab ich zu.

Er unterdrückte ein Lachen. »Aber du hast so deine Theorien?«

Ich wurde rot. Ich schwankte seit einem Monat zwischen Bruce Wayne und Peter Parker. Um nichts in der Welt würde ich das zugeben.

»Du willst es mir nicht sagen?«, fragte er und legte seinen Kopf mit einem schockierend verführerischen Lächeln schief.

Ich schüttelte den Kopf. »Zu peinlich.«

»Das ist *wirklich* frustrierend, ehrlich«, beklagte er sich.

»Ach was«, widersprach ich schnell und kniff meine Augen zusammen. »Was soll *daran* denn frustrierend sein – nur weil sich jemand weigert, dir zu verraten, was er denkt, obwohl er selbst die ganze Zeit kryptische Andeutungen macht, die offensichtlich zu nichts anderem da sind, als dich die ganze Nacht vom Schlafen abzuhalten, weil du nicht draus schlau wirst? Ehrlich, was soll daran denn frustrierend sein?«

Er verzog das Gesicht.

»Oder«, fuhr ich fort und ließ meiner aufgestauten Wut freien Lauf – »sagen wir mal, jemand macht ständig die eigenartigsten Sachen, rettet dir zum Beispiel an einem Tag unter unmöglichen Umständen das Leben und behandelt dich am nächsten Tag wie eine Aussätzige, ohne irgendeine Erklärung abzugeben, obwohl er es versprochen hat – das ist auch überhaupt nicht frustrierend.«

»Kann es sein, dass du ganz schön sauer bist?«

»Ich hab was gegen Doppelmoral.«

Wir starrten uns an.

Dann richtete er seinen Blick auf etwas hinter mir und begann plötzlich, vor sich hin zu kichern.

»Was?«

»Dein Freund denkt anscheinend, ich bin nicht nett zu dir, und jetzt überlegt er sich gerade, ob er rüberkommen und unsere Auseinandersetzung beenden soll.«

»Ich hab keine Ahnung, wovon du sprichst«, sagte ich frostig. »Aber ich bin mir sicher, dass es nicht stimmt.«

»Es stimmt, verlass dich drauf. Ich hab dir doch gesagt, dass die meisten Leute leicht zu durchschauen sind.«

»Außer mir natürlich.«

»Genau, außer dir.« Plötzlich änderte sich seine Stimmung, und in seine Augen trat ein grüblerischer Ausdruck. »Ich frage mich, woran das liegt.«

Sein Blick war so intensiv, dass ich wegschauen musste. Ich konzentrierte mich darauf, die Verschlusskappe der Limonade aufzuschrauben und einen Schluck zu trinken. Dann starrte ich auf die leere Tischplatte vor ihm.

»Hast du keinen Hunger?«, fragte er zerstreut.

»Nein.« Ich wollte ihm nicht sagen, dass mein Bauch längst voll war – mit Schmetterlingen. »Und du?«

»Ich? Nein, ich hab keinen Hunger.« Ich hatte keine Ahnung, was es war, aber irgendwas daran fand er irre komisch.

»Kannst du mir einen Gefallen tun?«, fragte ich nach kurzem Zögern.

Mit einem Mal war er argwöhnisch. »Das kommt ganz drauf an.«

»Es ist nur ein kleiner«, versicherte ich ihm.

Er wartete – reserviert, aber neugierig.

»Ich dachte nur … vielleicht könntest du mich beim nächsten Mal vorher warnen, wenn du beschließt, mich zu meiner eigenen Sicherheit zu ignorieren? Dann kann ich mich drauf einstellen.« Ich betrachtete beim Sprechen die Limoflasche und ließ meinen kleinen Finger auf dem Rand der Öffnung kreisen.

»Das kann ich wohl kaum abschlagen.« Als ich aufblickte, kniff er seine Lippen zusammen, um nicht lachen zu müssen.

»Danke.«

»Krieg ich im Gegenzug eine Antwort?«, wollte er wissen.

»Eine.«

»Eine deiner Theorien?«

Oje. »Nicht das.«

»Du hast mir eine Antwort versprochen, von Einschränkungen war keine Rede«, erinnerte er mich.

»Und du hast selber Versprechen gebrochen«, erinnerte ich ihn meinerseits.

»Nur eine Theorie – ich lache auch nicht.«

»Klar lachst du.« Ich war mir sicher.

Er senkte den Blick, dann schaute er durch seine langen Wimpern zu mir hoch. Seine ockerfarbenen Augen glühten.

»Bitte«, flüsterte er und lehnte sich näher zu mir.

Ich blinzelte hilflos und konnte keinen klaren Gedanken mehr fassen. Herrgott noch mal, wie *machte* er das?

»Äh, was?«, fragte ich benommen.

»Verrätst du mir bitte eine kleine Theorie?« Sein Blick brannte sich weiter in meinen.

»Äh, also, hat dich vielleicht eine radioaktive Spinne gebissen?« War er etwa auch noch Hypnotiseur? Oder war ich einfach nur ein hoffnungslos leichtes Opfer?

»Das ist nicht gerade originell«, spottete er.

»Tut mir leid, mehr fällt mir nicht ein«, sagte ich beleidigt.

»Das war noch nicht einmal nah dran«, zog er mich auf.

»Keine Spinnen?«

»Keine Spinnen.«

»Und keine Radioaktivität?«

»Nein.«

»Mist«, seufzte ich.

»Kryptonit macht mir auch nichts aus«, sagte er schmunzelnd.

»Du wolltest nicht lachen.«

Er versuchte sich zu beherrschen.

»Irgendwann krieg ich es raus«, warnte ich ihn.

»Ich wünschte, du würdest es nicht probieren.« Er war auf einmal wieder vollkommen ernst.

»Weil ...?«

»Was, wenn ich kein Superheld bin? Was, wenn ich der Böse bin?« Er lächelte, doch seine Augen waren unergründlich.

Und mit einem Mal ergaben die Andeutungen, die er immerfort machte, einen Sinn. »Oh«, sagte ich. »Verstehe.«

»Ach, ja?« Seine Miene verfinsterte sich plötzlich, als befürchtete er, versehentlich zu viel gesagt zu haben.

»Du bist gefährlich?« Mein Puls wurde schneller; ich war mir plötzlich sicher, dass es stimmte – er war gefährlich. Die ganze Zeit schon hatte er versucht, es mir zu sagen.

Er schaute mich nur an, mit einem Blick, den ich nicht deuten konnte.

»Aber nicht böse«, flüsterte ich und schüttelte den Kopf. »Nein, ich glaube nicht, dass du böse bist.«

»Du irrst dich.« Seine Stimme war kaum hörbar. Er senkte den Blick, nahm mir die Verschlusskappe weg und ließ sie seitlich zwischen seinen Fingern kreiseln. Ich starrte ihn an und fragte mich, warum ich keine Angst hatte. Er meinte ernst, was er sagte, das war offensichtlich. Aber ich war lediglich nervös und aufgeregt … und vor allem fasziniert. So, wie ich mich in seiner Nähe immer fühlte.

Unser Schweigen hielt an, bis mir auffiel, dass die Cafeteria fast leer war.

Ich sprang auf. »Wir kommen zu spät.«

»Ich gehe heute nicht zu Bio«, sagte er und ließ die Kappe so schnell kreiseln, dass sie mir vor den Augen verschwamm.

»Warum nicht?«

»Es ist gut für die Gesundheit, gelegentlich zu schwänzen.« Er lächelte, doch seine Augen blickten noch immer sorgenvoll.

»Ich gehe jedenfalls hin«, sagte ich ihm. Ich traute mich nicht zu schwänzen, aus Angst, dass Charlie es erfahren würde.

Er wandte sich wieder der Kappe zu. »Dann bis später.«

Ich zögerte, hin- und hergerissen, doch als es klingelte, lief ich zur Tür, von wo ich mich ein letztes Mal umsah: Er hatte sich keinen Zentimeter von der Stelle bewegt.

Als ich halb im Laufschritt zu Bio eilte, kreiselten die Gedanken in meinem Kopf schneller als die Verschlusskappe der Flasche zwischen seinen Fingern. Kaum Antworten, dafür lauter neue Fragen. Wenigstens regnete es nicht mehr.

Zum Glück war Mr Banner noch nicht da, als ich ankam. Ich setzte mich rasch auf meinen Platz und sah, dass Mike und

Angela mich anstarrten – Mike verärgert, Angela überrascht und ein wenig ehrfurchtsvoll.

Dann betrat Mr Banner den Raum und bat um Ruhe. Auf seinen Armen balancierte er einige kleine Pappschachteln, die er auf Mikes Tisch abstellte; Mike sollte sie in der Klasse verteilen.

»Okay, ihr nehmt jetzt jeweils einen Gegenstand aus jeder Schachtel.« Während er sprach, holte er ein Paar Gummihandschuhe aus der Tasche seines Laborkittels und zog sie über seine Finger. Das scharfe, klatschende Geräusch des straffen Gummis an seinen Handgelenken war mir nicht geheuer. »In der ersten Schachtel sind Indikatorkarten«, fuhr er fort und hielt eine weiße Karte mit vier Feldern darauf hoch. »In der zweiten vierzinkige Applikatoren« – er hielt etwas hoch, das wie ein fast zahnloser Kamm aussah – »und in der dritten haben wir sterile Mikrolanzetten.« Er hielt ein kleines blaues Plastiktütchen hoch und riss es auf. Die Spitze konnte man zwar aus der Entfernung nicht sehen, aber mein Magen spielte trotzdem verrückt.

»Ich komme gleich mit einer Wasserpipette herum, um die Karten zu präparieren, also fangt bitte nicht an, bevor ich bei euch war.« Er begann wieder bei Mike; sorgfältig tröpfelte er Wasser auf jedes der vier Felder. »Als Nächstes stecht ihr dann vorsichtig mit der Lanzette in euren Finger …« Er griff nach Mikes Hand und pikste die Spitze in die Kuppe von Mikes Mittelfinger. O Gott. Kalter Schweiß trat mir auf die Stirn.

»Ihr setzt einen kleinen Tropfen Blut auf jede der Zinken.« Er drückte Mikes Finger, bis das Blut austrat. Ich schluckte krampfartig – mein Magen rebellierte.

»Und dann tragt ihr das Blut mit Hilfe des Applikators auf die Karte auf. So.« Er hielt die tropfende rote Karte hoch. Ich schloss die Augen und versuchte durch das Rauschen in meinen Ohren noch etwas zu hören.

»Das Rote Kreuz veranstaltet am kommenden Wochenende in Port Angeles einen Blutspendetag – ich dachte mir, da solltet ihr eure Blutgruppe kennen.« Er war sichtlich stolz auf seine Idee. »Diejenigen unter euch, die noch nicht achtzehn sind, brauchen eine Erlaubnis der Eltern. Vordrucke liegen auf meinem Tisch.«

Er kam mit seiner Pipette durch den Raum. Ich legte meine Wange auf die kühle schwarze Tischplatte und versuchte nicht ohnmächtig zu werden. Um mich herum hörte ich, wie die anderen quietschten, meckerten und kicherten, als sie sich das spitze Metall in ihre Finger bohrten. Langsam atmete ich durch den Mund ein und aus.

»Bella, geht's dir nicht gut?«, fragte Mr Banner. Seine Stimme war direkt neben mir und klang besorgt.

»Ich kenne meine Blutgruppe schon, Mr Banner«, sagte ich schwach. Ich hatte Angst, meinen Kopf zu heben.

»Ist dir schwindlig?«

»Ja, Sir«, murmelte ich. Warum musste ich auch unbedingt zu Bio gehen!

»Kann jemand Bella zur Schwester bringen, bitte!«, rief er.

Ich musste nicht aufschauen, um zu wissen, dass Mike sich meldete.

»Kannst du laufen?«, fragte Mr. Banner.

»Ja«, flüsterte ich. Ich will bitte einfach nur raus hier, dachte ich. Wenn's sein muss, auch auf allen vieren.

Mike schien es kaum abwarten zu können, seinen Arm um meine Hüfte und meinen Arm über seine Schultern zu legen. Ich lehnte mich mit meinem ganzen Gewicht an ihn, und so wankten wir aus dem Klassenraum.

Langsam schleppte er mich über den Schulhof. Als wir um die Ecke der Cafeteria gebogen waren und von Haus vier aus – falls

Mr Banner aus dem Fenster guckte – nicht mehr gesehen werden konnten, blieb ich stehen.

»Lässt du mich mal hinsetzen, kurz?«, bat ich ihn.

Er half mir dabei, mich auf den Boden zu setzen.

»Und nimm auf keinen Fall deine Hand aus der Tasche«, warnte ich ihn. Mir war immer noch verdammt schwindlig. Ich ließ mich zur Seite sacken, legte meine Wange auf den kalten, feuchten Beton und schloss die Augen. Das schien ein wenig zu helfen.

»Gott, Bella, du bist ganz grün«, sagte Mike nervös.

»Bella?«, rief eine andere Stimme aus der Entfernung.

Nein! Bitte, lass es nicht wahr sein, lass es nicht diese schrecklich vertraute Stimme sein.

»Was ist passiert – ist sie verletzt?« Seine Stimme war jetzt ganz nah – und besorgt. Er war keine Einbildung. Ich kniff meine Augen zu und wollte sterben. Oder wenigstens nicht kotzen.

Mike klang überfordert. »Ich glaube, sie ist einfach zusammengeklappt. Ich weiß auch nicht, was passiert ist, sie hatte sich noch nicht mal in den Finger gestochen.«

»Bella.« Edwards Stimme war jetzt ganz nah – und erleichtert. »Hörst du mich?«

»Nein«, stöhnte ich. »Geh weg.«

Er lachte leise.

»Ich war gerade dabei, sie zur Schwester zu bringen«, erklärte Mike. »Aber dann konnte sie nicht mehr weiterlaufen.«

»Ich bringe sie hin«, sagte Edward. Ich hörte immer noch das Schmunzeln in seiner Stimme. »Du kannst wieder zurückgehen.«

»Nein«, protestierte Mike. »Ich soll das machen.«

Plötzlich verschwand der Gehweg unter mir. Erschrocken

flogen meine Arme zur Seite. Edward hatte mich mit einer Leichtigkeit auf seine Arme geladen, als würde ich fünf Kilo wiegen und nicht 55.

»Lass mich runter!« Bitte, bitte, mach, dass ich mich jetzt nicht übergebe, dachte ich panisch. Er war schon losgelaufen, bevor ich meinen Satz überhaupt beenden konnte.

»Hey!«, rief Mike, der bereits zehn Schritte hinter uns war.

Edward ignorierte ihn. »Du siehst furchtbar aus«, teilte er mir grinsend mit.

»Lass mich runter«, jammerte ich. Das Auf und Ab der Bewegung förderte nicht unbedingt mein Wohlbefinden. Er hielt mich behutsam von seinem Körper weg, so dass mein gesamtes Gewicht auf seinen Armen lastete. Es schien ihm nichts auszumachen.

»Du fällst also in Ohnmacht, wenn du Blut siehst?«, fragte er. Es schien ihn zu erheitern.

Ich antwortete nicht, sondern schloss meine Augen, presste meine Lippen zusammen und kämpfte mit ganzer Kraft gegen den Schwindel an.

Keine Ahnung, wie er mit mir auf seinen Armen die Tür öffnete, aber plötzlich wurde es warm, und ich wusste, wir waren im Gebäude.

»Ach herrje«, hörte ich eine Frau hervorstoßen.

»Sie ist in Bio zusammengeklappt«, erklärte Edward.

Ich öffnete meine Augen. Wir befanden uns im Sekretariat, und Edward lief mit langen Schritten am Empfangstresen vorbei zum Krankenzimmer. Ms Cope, die rothaarige Sekretärin, rannte ihm voraus, um die Tür aufzuhalten. Die großmütterliche Krankenschwester blickte erstaunt von einem Roman auf, als Edward mich ins Zimmer hineintrug und sanft auf dem raschelnden Papier der Krankenliege ablegte. Dann lehnte er sich an die Wand, so weit entfernt von mir, wie es der schmale Raum zuließ. Seine Augen glänzten vor Aufregung.

»Ihr ist nur ein bisschen schwarz vor Augen geworden«, beruhigte er die erschrockene Schwester. »Sie ermitteln Blutgruppen in Bio.«

Die Schwester nickte wissend. »Einen gibt es jedes Mal.« Er unterdrückte ein Kichern.

»Du Ärmste, bleib einfach eine Weile liegen; es wird gleich besser werden.«

»Ich weiß«, seufzte ich. Das Schwindelgefühl ebbte bereits ab.

»Passiert dir das öfter?«, fragte sie.

»Manchmal«, gab ich zu. Edward hüstelte, um nicht lachen zu müssen.

»Du kannst wieder zum Unterricht gehen«, sagte sie zu ihm.

»Ich soll bei ihr bleiben.« Er sagte das mit einer solch selbstverständlichen Autorität, dass die Schwester – obwohl sie misstrauisch ihre Lippen schürzte – nicht weiter nachfragte.

»Ich geh etwas Eis für deine Stirn holen, Kindchen«, sagte sie zu mir und eilte geschäftig aus dem Raum.

»Du hattest Recht«, stöhnte ich und ließ meine Augenlider zufallen.

»Normalerweise schon – aber womit denn speziell?«

»Schwänzen ist tatsächlich gut für die Gesundheit.« Ich konzentrierte mich darauf, regelmäßig zu atmen.

»Einen Moment lang hatte ich wirklich Angst«, gestand er nach ein paar Sekunden Stille. Es klang, als bekenne er sich zu einer peinlichen Schwäche. »Ich dachte, Newton zerrt deine Leiche in den Wald, um sie zu vergraben.«

»Haha.« Meine Augen waren noch immer geschlossen, aber ich fühlte mich mit jeder Minute normaler.

»Ehrlich – ich hab schon Leichen gesehen, die eine gesündere Gesichtsfarbe hatten als du. Ich dachte schon, ich müsste deine Ermordung rächen.«

»Armer Mike. Er ist bestimmt sauer.«

»Er verabscheut mich zutiefst«, sagte Edward fröhlich.

»Das weißt du doch gar nicht«, widersprach ich, aber dann fragte ich mich plötzlich, ob er es nicht doch wusste.

»Ich hab sein Gesicht gesehen – das war eindeutig.«

»Wie hast du mich überhaupt gesehen? Ich dachte, du schwänzt?« Mir ging's fast wieder gut, obwohl die Übelkeit wahrscheinlich schneller verschwunden wäre, wenn ich in der Mittagspause etwas gegessen hätte. Andererseits – vielleicht war es ganz gut, dass mein Magen leer war.

»Ich saß im Auto und hab Musik gehört.« Ich war überrascht – eine völlig normale Antwort!

Ich hörte die Tür aufgehen; die Schwester kam mit einer kalten Kompresse in der Hand zu mir.

»So, meine Liebe.« Sie platzierte sie auf meiner Stirn. »Du siehst schon besser aus«, fügte sie hinzu.

»Ich glaub, mir geht's wieder gut«, sagte ich und setzte mich auf. Ich hatte noch ein leichtes Klingen in den Ohren, aber es drehte sich nichts mehr. Die mintgrünen Wände blieben, wo sie hingehörten.

Ich sah, dass sie mich dazu bewegen wollte, mich wieder hinzulegen, doch da öffnete sich die Tür und Ms Cope steckte ihren Kopf herein.

»Da kommt noch einer«, sagte sie.

Ich sprang von der Liege, um Platz für den nächsten Invaliden zu machen, und reichte der Schwester die Kompresse. »Hier, ich brauch sie nicht mehr.«

Und dann wankte Mike mit dem kreidebleichen Lee Stephens, der auch mit uns Bio hatte, zur Tür herein. Edward und ich drückten uns gegen die Wand, um ihnen Platz zu machen.

»O nein«, murmelte Edward. »Geh raus, Bella.«

Verwirrt blickte ich zu ihm auf.

»Vertrau mir – los.«

Ich drehte mich um, fing die Tür ab, bevor sie ins Schloss fallen konnte, und stürzte aus dem Krankenzimmer. Ich spürte, dass er unmittelbar hinter mir war.

»Du hast tatsächlich auf mich gehört.« Er war verblüfft.

»Ich hab das Blut gerochen«, sagte ich mit gerümpfter Nase. Lee hatte, anders als ich, nicht schlappgemacht, weil er *fremdes* Blut gesehen hatte, sondern sein eigenes.

»Menschen können kein Blut riechen«, widersprach Edward.

»Ich schon – das ist es ja gerade, was ich nicht vertrage. Es riecht nach rostigem Metall … und Salz.«

Er starrte mich mit einem unergründlichen Ausdruck an.

»Was ist denn?«, fragte ich.

»Nichts.«

Mike kam aus dem Krankenzimmer und schaute von mir zu Edward. Und die Art, *wie* er ihn anschaute, bestätigte Edwards Überzeugung: Mike verabscheute ihn. Dann richtete er seine Augen wieder auf mich; sie waren voller Kummer.

»Du siehst besser aus«, sagte er anklagend.

»Solange du deine Hand nicht aus der Tasche nimmst«, warnte ich ihn noch einmal.

»Es blutet nicht mehr«, brummelte er. »Kommst du wieder mit zurück?«

»Soll das ein Witz sein? Da kann ich auch gleich hierbleiben.«

»Ja, wahrscheinlich … Also, wie sieht's aus bei dir dieses Wochenende – kommst du mit? Zum Strand?« Während er sprach, warf er abermals einen wütenden Blick auf Edward, der bewegungslos wie eine Skulptur am unaufgeräumten Empfangstresen lehnte und in die Luft starrte.

Ich versuchte so freundlich wie möglich zu klingen. »Na klar, hab ich doch gesagt.«

»Wir treffen uns um zehn am Laden meines Vaters.« Sein Blick wanderte noch einmal kurz zu Edward, als fragte er sich, ob er zu viele Informationen preisgab. Seine Körpersprache signalisierte nur zu deutlich, dass die Einladung ausschließlich mir galt.

»Ich werde da sein«, versprach ich.

»Dann bis gleich, bei Sport«, sagte er und ging unsicher zur Tür.

»Bis gleich«, erwiderte ich. Er warf mir einen letzten, leicht schmollenden Blick zu und ging langsam, mit hängenden Schultern nach draußen. Eine Welle des Mitgefühls überkam mich. Bis ich daran dachte, dass ich sein enttäuschtes rundes Gesicht gleich bei Sport wiedersehen würde.

»Sport«, stöhnte ich.

»Ich kann das für dich regeln.« Ich hatte nicht bemerkt, dass Edward wieder neben mir stand, doch jetzt flüsterte er mir ins Ohr. »Setz dich dorthin und sei blass.«

Das war nicht schwer; ich war immer blass, und meine Stirn war noch schweißglänzend. Ich setzte mich auf einen der knarrenden Klappstühle, lehnte meinen Kopf gegen die Wand und schloss die Augen. Ohnmachtsanfälle erschöpften mich jedes Mal aufs Neue.

Ich hörte Edward am Tresen leise sprechen.

»Ms Cope?«

»Ja?« Ich hatte gar nicht mitbekommen, dass sie wieder an ihrem Platz war.

»Bella hat in der nächsten Stunde Sport, aber ich glaube

nicht, dass es ihr schon wieder so gutgeht. Ich denke, es ist das Beste, wenn ich sie nach Hause bringe. Meinen Sie, es wäre möglich, sie vom Unterricht zu entschuldigen?« Seine Stimme klang wie flüssiger Honig. Und ich konnte mir lebhaft vorstellen, um wie vieles überwältigender der Blick seiner Augen sein musste.

»Brauchst du auch eine Entschuldigung, Edward?«, säuselte Ms Cope. Warum konnte ich das bloß nicht?

»Nicht nötig, meine nächste Stunde ist bei Mrs Goff, sie hat bestimmt nichts dagegen.«

»Okay, ich erledige das. Und du, Bella, erholst dich, ja?«, rief sie mir zu. Ich nickte schwach – und mit ein bisschen Theatralik.

»Kannst du laufen oder soll ich dich wieder tragen?« Er hatte der Sekretärin kaum den Rücken zugekehrt, als seine Miene auch schon sarkastisch wurde.

»Ich schaff das schon.«

Ich stand vorsichtig auf, und nichts drehte sich. Er hielt die Tür für mich auf; sein Lächeln war freundlich, doch in seinen Augen saß der Spott. Ich ging hinaus in den kalten, feinen Regen, der gerade einsetzte. Es fühlte sich gut an, wie er den klebrigen Schweiß von meinem Gesicht wusch. Es war das erste Mal, dass ich mich über die pausenlos von oben herabrieselnde Nässe freute.

»Danke«, sagte ich, als wir gemeinsam aus der Tür traten. »Wenn man dann keinen Sport treiben muss, lohnt es sich fast, krank zu sein.«

»Gern geschehen.« Er blickte mit zusammengekniffenen Augen in den Regen.

»Kommst du auch mit? Am Samstag, meine ich?« Ich hoffte es, glaubte aber nicht daran – es war schwer vorstellbar, dass er sich aufmachte, um ein paar andere aus der Schule in sein Auto zu laden und mit ihnen eine Spritztour zu unternehmen; er war nicht Teil derselben Welt. Doch allein die Vorstellung, er *könnte* mitkommen, löste in mir den ersten Anflug von Vorfreude auf den Ausflug aus.

»Wo genau fahrt ihr eigentlich hin?« Er schaute immer noch ausdruckslos in die Ferne.

»Rüber nach La Push, an den Strand.« Ich musterte sein Gesicht, um herauszufinden, was in ihm vorging. Mir war so, als würden sich seine Augen um eine Winzigkeit verengen.

Er schaute aus den Augenwinkeln zu mir herab und lächelte ironisch. »Ich kann mich gar nicht erinnern, eingeladen worden zu sein.«

Ich seufzte. »Doch. Gerade eben. Von mir.«

»Ich finde, wir beide haben den armen Mike in dieser Woche schon genug provoziert. Nicht, dass er uns noch durchdreht.« Seine Augen tanzten – die Idee bereitete ihm unverschämtes Vergnügen.

»Ach was – Mike«, maulte ich, noch ganz und gar damit beschäftigt, wie er gerade »wir beide« gesagt hatte. Denn das bereitete *mir* unverschämtes Vergnügen.

Wir kamen zum Parkplatz. Ich steuerte nach links, auf meinen Transporter zu, doch ich wurde an meiner Jacke zurückgezogen.

»Wo willst du denn hin?«, fragte er entrüstet. Mit einer Hand hielt er meine Jacke fest.

Ich war verwirrt. »Nach Hause?«

»Hast du nicht gehört? Ich hab versprochen, dich sicher heimzubringen. Meinst du, ich lass dich in diesem Zustand fahren?« Sein Tonfall war immer noch empört.

»Was denn für ein Zustand? Und was soll mit meinem Transporter passieren?«

»Ich sag Alice, dass sie ihn nach der Schule zu dir fahren soll.«

Dann zog er mich an meiner Jacke zu seinem Auto. Ich konnte nur mitlaufen oder der Länge nach hinschlagen, und im letzteren Fall würde er mich wahrscheinlich trotzdem weiterzerren.

»Lass mich los«, verlangte ich. Keine Reaktion. Ich torkelte seitlich über den nassen Asphalt, bis wir beim Volvo waren. Dann endlich löste er seinen Griff – und ich stolperte gegen die Beifahrertür.

»Du bist so was von *bestimmend*!«, grummelte ich.

»Es ist offen« war alles, was er sagte. Dann stieg er ein.

»Ich bin sehr wohl in der Lage, selber nach Hause zu fahren!« Wutschnaubend stand ich neben seinem Auto. Es regnete jetzt stärker, und ich hatte meine Kapuze nicht aufgesetzt; meine Haare waren klitschnass.

Er ließ das Fenster heruntersurren und lehnte sich zu mir herüber. »Steig ein, Bella.«

Ich antwortete nicht – ich überschlug meine Chancen, zum Transporter zu gelangen, bevor er mich einholte. Sie waren nicht sonderlich groß.

Er durchschaute meine Absicht. »Ich hol dich sowieso wieder zurück«, drohte er.

Beim Einsteigen versuchte ich, einen kümmerlichen Rest von Würde zu bewahren, doch ohne großen Erfolg – ich sah aus wie eine Katze, die ins Wasser gefallen war, und meine Stiefel quietschten.

»Das ist vollkommen unnötig«, sagte ich steif.

Anstatt zu antworten, machte er sich an den Armaturen zu schaffen, drehte die Heizung hoch und die Musik leiser. Als er vom Parkplatz auf die Straße bog, war ich entschlossen, kein Wort mit ihm zu reden und den ganzen Weg lang zu schmollen – doch dann erkannte ich die Musik, und meine Neugier war stärker als mein Vorsatz.

»*Claire de lune?*«, fragte ich überrascht.

»Du kennst Debussy?« Er klang ebenso überrascht.

»Nicht gut«, gab ich zu. »Meine Mutter hört viel Klassik zu Hause – ich kenne nur meine Lieblingsstücke.«

»Das ist auch eines meiner Lieblingsstücke.« Er schaute gedankenverloren in den Regen.

Ich hörte der Musik zu und ließ mich entspannt in den hellgrauen Ledersitz sinken. Es war unmöglich, sich von der vertrauten, besänftigenden Melodie nicht gefangen nehmen zu lassen. Der Regen verwischte alles da draußen zu grauen und grünen Klecksen. Nach einer Weile bemerkte ich, dass wir sehr schnell fuhren; doch der Wagen bewegte sich so gleichmäßig, so sanft, dass ich die Geschwindigkeit nicht spürte. Nur die vorbeischießende Stadt verriet sie.

»Was ist deine Mutter für ein Mensch?«, fragte er mich plötzlich.

Ich schaute zu ihm rüber und sah, dass er mich neugierig betrachtete.

»Sie sieht aus wie ich, nur hübscher«, sagte ich. Er zog seine Augenbrauen hoch. »In mir steckt zu viel von Charlie. Sie ist extrovertierter als ich, und mutiger. Sie ist unverantwortlich und ein klein wenig exzentrisch, und eine ziemlich unberechenbare Köchin. Sie ist meine beste Freundin.« Ich hielt inne. Es machte mich traurig, über sie zu reden.

»Wie alt bist du, Bella?« Aus einem unbekannten Grund klang seine Stimme niedergeschlagen, als er das fragte. Er hatte angehalten, und ich sah, dass wir schon da waren. Der Regen war so stark, dass ich Charlies Haus kaum erkennen konnte. Es war, als wäre das Auto auf den Grund eines Flusses gesunken.

»Siebzehn«, sagte ich etwas verwirrt.

»Du wirkst nicht wie siebzehn.«

Es klang vorwurfsvoll; ich musste lachen.

»Was denn?«, fragte er neugierig.

»Meine Mom sagt immer, dass ich mit 35 geboren wurde und seitdem auch nicht jünger geworden bin.« Ich lachte erneut, dann seufzte ich. »Na ja, einer von uns muss ja erwachsen sein.« Ich hielt einen Moment lang inne. »Du wirkst aber auch nicht gerade wie ein typischer Schüler«, sagte ich.

Er verzog sein Gesicht und wechselte das Thema.

»Also – warum hat deine Mutter Phil geheiratet?«

Ich war überrascht, dass er sich an den Namen erinnerte; ich hatte ihn nur einmal erwähnt, und das war fast zwei Monate her. Ich brauchte einen Moment, um zu antworten.

»Meine Mutter … sie ist sehr jung für ihr Alter. Ich glaube, dass sie sich mit Phil sogar noch jünger fühlt. Auf jeden Fall ist sie verrückt nach ihm.« Ich schüttelte den Kopf. Mir war es ein Rätsel, was sie an ihm fand.

»Und – hat sie deinen Segen?«

»Spielt das eine Rolle?«, konterte ich. »Ich will, dass sie glücklich ist … und er ist das, was sie will.«

»Das ist sehr großzügig … Ich frag mich …«, sinnierte er.

»Was?«

»Ob sie wohl genauso großzügig wäre, wenn es um dich geht? Was meinst du – wäre es ihr egal, wen du dir aussuchst?« Mit einem Mal sprach er mit großer Eindringlichkeit und suchte meinen Blick.

»Äh, glaub schon«, stammelte ich. »Allerdings ist sie meine Mutter – das ist ein bisschen was anderes.«

»Aber niemand allzu Beängstigendes, nehme ich an.«

Ich grinste. »Was meinst du mit beängstigend? Zwei Dutzend Piercings im Gesicht und Tätowierungen bis zum Kinn?«

»Zum Beispiel. Aber nicht nur.«

»Was noch?«

Doch statt meine Frage zu beantworten, stellte er mir eine weitere. »Glaubst du, *ich* könnte beängstigend sein?« Er zog eine Augenbraue hoch; die Andeutung eines Lächelns strich über sein Gesicht und hellte es auf.

Ich überlegte einen Moment, wie ich antworten sollte – mit der Wahrheit oder einer Lüge. Ich entschied mich für die Wahrheit. »Hmmm … ich würde sagen, du *könntest* beängstigend sein, wenn du es drauf anlegst.«

»Und hast du jetzt vor mir Angst?« Das Lächeln verschwand, sein himmlisches Gesicht war plötzlich ernst.

»Nein.« Aber ich hatte zu schnell geantwortet. Sein Lächeln kehrte zurück.

»Erzählst du mir jetzt was über *deine* Familie?«, fragte ich, um ihn abzulenken. »Das ist sicher sehr viel interessanter als meine Geschichte.«

Sofort wurde er wachsam. »Was willst du denn wissen?«

»Die Cullens haben dich adoptiert?«

»Ja.«

Ich zögerte kurz. »Was ist mit deinen Eltern passiert?«

»Sie sind vor vielen Jahren gestorben.« Sein Tonfall war trocken und sachlich.

»Das tut mir leid«, murmelte ich.

»Ich erinnere mich kaum an sie. Carlisle und Esme sind seit langem meine Eltern.«

»Und du liebst sie.« Es war keine Frage. So, wie er über sie sprach, war es offensichtlich.

»Ja.« Er lächelte. »Ich kann mir keine besseren Menschen vorstellen als die zwei.«

»Du hast großes Glück.«

»Ja, ich weiß.«

»Und dein Bruder und deine Schwester?«

Er warf einen Blick auf die Uhr im Armaturenbrett.

»Mein Bruder und meine Schwester, genauso wie Jasper und Rosalie, werden ziemlich sauer sein, wenn sie im Regen auf mich warten müssen.«

»Oh, tut mir leid, du musst los.« Ich wollte nicht aussteigen.

»Und du willst wahrscheinlich deinen Transporter hier stehen haben, bevor Chief Swan heimkommt, um nicht in die Verlegenheit zu kommen, ihm von der heutigen Biostunde erzählen zu müssen.« Er grinste.

»Ich bin mir sicher, er weiß längst Bescheid – es gibt keine Geheimnisse in Forks«, sagte ich seufzend.

Er lachte, doch sein Lachen hatte einen nervösen Unterton.

»Viel Spaß am Strand ... prima Wetter zum Sonnen.« Er schaute hinaus in den strömenden Regen.

»Sehen wir uns nicht morgen?«

»Nein. Emmett und ich beginnen das Wochenende etwas früher.«

»Was habt ihr vor?« Das konnte man einen Freund schließlich fragen, oder? Ich hoffte, dass ich nicht allzu enttäuscht klang.

»Wir gehen wandern, in der Goat Rocks Wilderness, südlich von Mount Rainier.«

Ich erinnerte mich, dass Charlie gesagt hatte, dass die Cullens häufig Campingausflüge machten.

»Oh, na ja, viel Spaß.« Ich versuchte, Begeisterung vorzutäuschen, aber ich war wohl nicht sehr glaubhaft. Ein Lächeln umspielte seine Lippen.

»Tust du mir einen Gefallen am Wochenende?« Er schaute mich direkt an und seine goldenen Augen glühten.

Ich nickte hilflos.

»Sei bitte nicht beleidigt, aber du bist offensichtlich einer dieser Menschen, die Unfälle magisch anziehen. Also … versuch bitte, nicht in den Ozean zu fallen oder dich von irgendetwas überfahren zu lassen, ja?« Er lächelte sein schiefes Lächeln.

Meine Hilflosigkeit war verschwunden. Wütend funkelte ich ihn an.

»Mal sehen, was sich machen lässt«, fauchte ich, sprang hinaus in den Regen und schlug die Tür mit aller Kraft hinter mir zu.

Als er wegfuhr, lächelte er noch immer.

SCHAUERGESCHICHTEN

Ich saß in meinem Zimmer und versuchte, mich auf den dritten Akt von *Macbeth* zu konzentrieren, aber eigentlich lauerte ich auf das dröhnende Motorengeräusch meines Transporters. Ich hätte gedacht, dass es selbst bei prasselndem Regen nicht zu überhören sein dürfte. Doch als ich zum wiederholten Male aus dem Fenster sah, stand er plötzlich da.

Ich freute mich nicht gerade auf Freitag und sollte mit meinen schlechten Erwartungen mehr als Recht behalten. Zunächst mal waren da die unvermeidlichen Kommentare zu meinem Kollaps in Bio. Besonders Jessica schien es einen Riesenspaß zu bereiten, die Geschichte auszuwalzen. Zum Glück hatte Mike seine Klappe gehalten – offensichtlich wusste niemand etwas von Edwards Rolle bei der Sache. Dafür hatte Jessica jede Menge Fragen zum Mittagessen vom Vortag.

»Und, was wollte Edward Cullen gestern?«, fragte sie in Mathe.

»Weiß nicht«, antwortete ich wahrheitsgemäß. »Er kam nicht so richtig zum Punkt.«

»Du hast irgendwie wütend ausgesehen«, sagte sie tastend.

»Wirklich?« Ich verzog keine Miene.

»Schon komisch, das Ganze – ich hab ihn noch nie mit jemandem außer seinen Geschwistern zusammensitzen sehen.«

»Ja, komisch«, stimmte ich zu. Sie schien verärgert zu sein, jedenfalls warf sie ihre schwarzen Locken ungeduldig nach hinten. Wahrscheinlich hatte sie auf eine gute Geschichte zum Weitererzählen spekuliert.

Das Schlimmste am Freitag war, dass ich trotz allem gehofft hatte, er würde da sein. Als ich mit Jessica und Mike in die Cafeteria kam, schaute ich immer wieder zu seinem Tisch rüber, an dem Rosalie, Alice und Jasper die Köpfe zusammensteckten. Und ich konnte nicht verhindern, dass es mich bedrückte, nicht zu wissen, wann ich ihn wiedersehen würde.

An meinem Tisch waren alle damit beschäftigt, den nächsten Tag zu planen. Mike hatte seine Lebhaftigkeit wiedergefunden und setzte sein ganzes Vertrauen in die regionale Wettervorhersage, die für den Samstag Sonnenschein ankündigte. Mir fiel es schwer, daran zu glauben – ich würde es erst mit eigenen Augen sehen müssen. Aber immerhin, es war wärmer geworden heute, über fünfzehn Grad. Vielleicht würde der Ausflug ja doch nicht ganz so deprimierend werden.

Während des Essens fing ich ein paar unfreundliche Blicke von Lauren auf, die ich nicht deuten konnte, bis wir alle zusammen nach draußen gingen. Ich lief direkt hinter ihr, mein Gesicht einen halben Meter von ihren glänzenden, silberblonden Haaren entfernt, was ihr aber ganz offensichtlich nicht bewusst war.

»… keine Ahnung, warum sich Bella nicht gleich ganz zu den Cullens setzt«, sagte sie leise und verächtlich zu Mike. Mir war bislang gar nicht aufgefallen, was für eine unangenehme, nasale Stimme sie hatte, und mich überraschte die Missgunst, die darin mitschwang. Wir kannten uns kaum oder jedenfalls nicht so gut, dass sie eine Abneigung gegen mich hätte entwickeln können – hatte ich zumindest gedacht.

»Wir sind befreundet, und sie sitzt bei uns«, flüsterte Mike zurück – loyal, aber auch ein wenig besitzergreifend. Ich blieb stehen und ließ Jess und Angela vorgehen. Ich hatte keine Lust, mehr zu hören.

Abends beim Essen war Charlie ganz begeistert von meinem Ausflug nach La Push am nächsten Tag. Ich glaube, er hatte ein schlechtes Gewissen, weil er mich an den Wochenenden allein ließ, doch seine Gewohnheiten hatten sich über zu viele Jahre eingeschliffen, als dass er sie jetzt einfach hätte ändern können. Natürlich kannte er die Namen von allen, die mitfuhren, und die Namen ihrer Eltern, und wahrscheinlich auch noch die der Großeltern. Er schien einverstanden zu sein mit meinem Umgang. Ich fragte mich, ob er genauso einverstanden wäre, wenn ich ihm von meinem Plan erzählen würde, mit Edward Cullen nach Seattle zu fahren. Nicht, dass ich das vorhatte.

»Dad, kennst du eine Gegend namens Goat Rocks oder so? Irgendwo südlich von Mount Rainier?«, fragte ich beiläufig.

»Ja – warum?«

Ich zuckte mit den Schultern. »Ein paar aus der Schule haben darüber geredet, dort zu zelten.«

»Das ist kein guter Ort zum Zelten.« Er klang überrascht. »Zu viele Bären. Die meisten fahren dort nur zur Jagdsaison hin.«

»Ach«, murmelte ich. »Na, vielleicht hab ich was falsch verstanden.«

Eigentlich hatte ich vorgehabt, lange zu schlafen, aber ich wurde von einer ungewöhnlichen Helligkeit geweckt. Ich öffnete meine Augen und sah, dass helles Licht in mein Zimmer strömte. Unglaublich. Ich sprang auf, ging zum Fenster und sah tatsächlich blauen Himmel. Am Horizont zogen Wolken auf, aber über mir war alles frei. Ich rannte runter, zum Küchenfenster, und da war sie: die Sonne. Sie stand an der falschen Stelle am Himmel, viel zu tief, und kam mir weiter weg vor, als ich das in Erinnerung hatte, aber es war definitiv die Sonne. Aus lauter Angst, sie könnte wieder verschwinden, wenn ich nicht mehr hinschaute, blieb ich so lange wie möglich am Fenster stehen.

Das Geschäft von Mr Newton, *Olympic Outfitters*, befand sich ein kleines Stück jenseits des nördlichen Stadtrands. Ich war schon öfter vorbeigefahren, aber nie hineingegangen – ich hatte keinen Bedarf an Ausrüstung für längere Aufenthalte im Freien. Auf dem Parkplatz standen Mikes Chevy Suburban und Tylers Nissan Sentra. Ich parkte neben ihnen ein und guckte, wer sich am Suburban versammelt hatte: Eric war da, dazu zwei andere Jungen, die ich aus dem Unterricht kannte; ich war mir ziemlich sicher, dass sie Ben und Conner hießen. Jess war da, flankiert von Angela und Lauren. Dann standen da noch drei weitere Mädchen, darunter eines, über das ich am Freitag im Sportunterricht gestolpert war. Sie schaute mich böse an, als ich aus dem Transporter stieg, und flüsterte Lauren etwas zu. Lauren schüttelte ihre seidigen Haare und musterte mich geringschätzig.

Mir stand also einer *dieser* Tage bevor.

Wenigstens Mike war froh, mich zu sehen.

»Bella, das ist ja super!«, rief er voller Freude und ein wenig überrascht. »Und – hab ich nicht gesagt, dass heute die Sonne scheint?«

»Ich hab doch versprochen, dass ich komme«, erinnerte ich ihn.

»Wir warten nur noch auf Lee und Samantha … Es sei denn, du hast noch jemanden eingeladen«, fügte er hinzu.

»Nö«, log ich drauflos und hoffte, nicht ertappt zu werden.

Zugleich wünschte ich mir, dass ein Wunder passieren und Edward doch noch auftauchen würde.

Mike sah zufrieden aus.

»Fährst du bei mir mit? Ansonsten gibt's noch einen Platz im Minivan von Lees Mom.«

»Klar.«

Er lächelte selig. Es war so einfach, Mike glücklich zu machen.

»Du kannst vorne sitzen«, versprach er. Ich ließ mir meinen Verdruss nicht anmerken. Mike und Jessica gleichzeitig glücklich zu machen, war nicht ganz so einfach. Ich sah, wie sie uns finstere Blicke zuwarf.

Doch ich hatte Glück. Lee brachte noch zwei Freunde mit, und plötzlich wurden die Plätze knapp. Ich konnte es so einrichten, dass Jess vorne zwischen mir und Mike saß. Er hätte es ein wenig freundlicher aufnehmen können, aber wenigstens wirkte sie beschwichtigt.

Es waren nur fünfzehn Meilen von Forks nach La Push; ein großer Teil der Strecke wurde von wunderschönen, dichten grünen Wäldern gesäumt, und zweimal schlängelte sich der breite Quillayute River unter uns hindurch. Ich war froh, außen zu sitzen. Wir hatten die Fenster heruntergekurbelt – mit neun Passagieren im Suburban wurde einem etwas klaustrophobisch zu Mute –, und ich versuchte, so viel Sonnenlicht wie möglich abzubekommen.

In meinen Ferien in Forks war ich mit Charlie oft an den Stränden von La Push gewesen, die lange Sichel von First Beach war mir also vertraut. Trotzdem – der Anblick war immer wieder atemberaubend. Selbst an einem sonnigen Tag wie diesem war das Wasser dunkelgrau, die Wellen hatten weiße Kämme und wogten schwer gegen die raue, steinige Küste. Inseln erhoben sich steil und kantig aus dem stahlfarbenen Wasser, hinauf zu zerklüfteten Kuppen, auf denen hoch aufragende, schroffe Tannen standen. Nur ein kleiner Streifen Strand unmittelbar am Wasser war sandig, weiter oben bestand er aus Millionen großer, glatter Steine, die von fern gleichförmig grau wirkten, aus der Nähe jedoch jeden denkbaren Farbton aufwiesen: terrakottabraun, meeresgrün, lavendelblau, blaugrau, blassgolden. Die Flutmarke wurde von riesigen Gerippen aus Treibholz gesäumt, das die salzigen Wellen ausgebleicht hatten; manche türmten sich am Rande des Waldstreifens auf, andere lagen vereinzelt gerade außerhalb der Reichweite des Wassers.

Von den Wellen her kam kühl und salzig ein kräftiger Wind. Pelikane trieben auf der Dünung, über ihnen zogen Möwen und vereinzelt auch Adler ihre Kreise. Die Wolken türmten sich weiter am Horizont auf und drohten den Himmel jeden Augenblick zuzuziehen, doch fürs Erste schien die Sonne weiterhin tapfer aus ihrem blauen Rund.

Wir bahnten uns einen Weg hinunter zum Strand; Mike ging vorneweg und führte uns zu einem Rondell aus Treibholzstämmen, das offenbar schon für andere Partys dieser Art genutzt worden war. Es gab eine Feuerstelle voller schwarzer Asche. Eric und der Junge, von dem ich glaubte, dass er Ben hieß, sammelten Treibholzäste von den trockneren Haufen am Rand des Waldes ein und stellten sie im Handumdrehen kegelförmig über den verkohlten Resten zusammen.

»Hast du schon mal ein Treibholzfeuer gesehen?«, fragte mich Mike. Ich saß auf einer der knochenfarbenen, hölzernen Bänke, umgeben von den anderen Mädchen, die ihre Köpfe zusammensteckten und angeregt schnatterten. Mike hockte am Feuer und zündete ein kleineres Holzstück an.

»Nein«, sagte ich, während er das brennende Scheit behutsam gegen die aufgestellten Äste lehnte.

»Es wird dir gefallen – pass mal auf die Farben auf.« Er entzündete einen weiteren kleinen Ast und legte ihn an den ersten. Schnell züngelten die Flammen am trockenen Holz empor.

»Das ist ja blau!«, sagte ich überrascht.

»Wegen dem Salz. Hübsch, oder?« Er zündete noch ein Stück an, platzierte es so, dass die restlichen Stämme Feuer fingen, und setzte sich zu mir. Zum Glück saß Jess auf seiner anderen Seite – sie drehte sich zu ihm und redete auf ihn ein. Ich versenkte mich in den Anblick der blauen und grünen Flammen, die knisternd zum Himmel züngelten.

Nach einer halben Stunde hatten einige der Jungs genug vom Herumsitzen und wollten zu den Gezeitenbecken wandern, die sich in der Nähe befanden. Ich war hin- und hergerissen. Einerseits liebte ich diese Meerwasserteiche. Sie hatten mich schon als Kind fasziniert und gehörten zu den wenigen Dingen, auf die ich mich freute, wenn ich nach Forks fuhr. Andererseits war ich regelmäßig in einen von ihnen hineingeplumpst – kein Problem, wenn man sieben Jahre alt und mit seinem Vater unterwegs ist. Außerdem musste ich an Edwards Bitte denken, nicht ins Meer zu fallen.

Lauren nahm mir die Entscheidung ab. Sie hatte keine Lust auf einen Fußmarsch und auch eindeutig die falschen Schuhe dafür an. Außer Jessica und mir wollten alle Mädchen am Strand bleiben. Ich wartete, bis sich Tyler und Eric bereit erklärt hatten, ihnen Gesellschaft zu leisten, dann stand ich auf und schloss mich der Exkursion an. Mike schenkte mir ein strahlendes Lächeln.

Der Weg führte durch den Wald; wir mussten nicht sehr weit laufen, trotzdem vermisste ich schmerzlich den Himmel über mir. Das grüne Licht, das durch die Blätter fiel, bildete einen eigenartigen Kontrast zum unbeschwerten Gelächter um mich herum; es war zu trüb und zu abgründig, um im Einklang mit den sorglosen Späßen zu stehen. Ich achtete auf jeden meiner Schritte, wich mit den Füßen den Wurzeln und mit dem Kopf den niedrigen Ästen aus und blieb schnell ein Stück hinter den anderen zurück. Schließlich trat ich aus der smaragdgrünen Enge des Waldes ins Freie und fand mich erneut an der felsigen Küste wieder. Es war Ebbe, und vor uns floss ein Flutwasserbach zurück ins Meer. Sein Kieselufer wurde von flachen Becken gesäumt, aus denen das Wasser nie vollständig ablief; darin wimmelte es von Leben.

Ich gab darauf Acht, mich nicht zu weit über die kleinen Meerwasserteiche zu beugen. Die anderen waren wagemutiger, sprangen von Stein zu Stein und ließen sich bedenklich nahe an den Rändern nieder. Ich fand einen sehr solide wirkenden Felsen an einem der größten Becken, auf den ich mich vorsichtig setzte, fasziniert vom Anblick des natürlichen Aquariums zu meinen Füßen. Büschel von Seeanemonen wiegten sich unaufhörlich in der unsichtbaren Strömung, spiralförmige Muscheln huschten an den Rändern entlang und verbargen die Krabben in ihrem Innern, Seesterne hingen bewegungslos an Steinen oder aneinander, ein kleiner schwarzer Aal mit weißen Streifen schlängelte sich durch leuchtend grüne Algen und wartete auf die Rückkehr des Meeres. Ich war völlig versunken, nur ein kleiner Teil meines Gehirns war beständig mit der Frage beschäftigt, was Edward wohl gerade machte und was er sagen würde, wenn er hier bei mir wäre.

Irgendwann bekamen die Jungs Hunger, und ich erhob mich mit steifen Gliedern, um mit ihnen den Rückweg anzutreten. Dieses Mal versuchte ich Schritt zu halten und fiel natürlich prompt einige Male hin. Meine Handflächen waren ein bisschen aufgeschürft, und meine Jeans waren an den Knien grün gefleckt, aber es hätte schlimmer kommen können.

Als wir zurück zum Strand kamen, hatte die Gruppe Zuwachs erhalten. Schon aus einiger Entfernung sahen wir die glänzenden, glatten schwarzen Haare und die kupferfarbene Haut der Neuankömmlinge – Teenager aus dem Reservat, die gekommen waren, um uns Gesellschaft zu leisten. Das Essen wurde bereits herumgereicht, und die Jungs beeilten sich, um nicht zu kurz zu kommen; währenddessen stellte Eric uns vor. Ich war die Letzte, die an die Feuerstelle trat, und als Eric meinen Namen nannte, bemerkte ich einen Jungen, der etwas jünger aussah als der Rest; er saß auf einem Stein neben dem Feuer und schaute interessiert zu mir hoch. Ich setzte mich zu Angela, Mike brachte uns Sandwiches und eine Auswahl an Getränken, und der offensichtlich älteste der Neuankömmlinge ratterte die Namen seiner sieben Begleiter herunter. Ich bekam nur mit, dass unter ihnen ebenfalls eine Jessica war und dass der Junge, der mich angeschaut hatte, Jacob hieß.

Es war angenehm, neben Angela zu sitzen; sie hatte so eine ruhige Art und musste nicht jeden Moment der Stille mit Geplauder füllen. Wir aßen, und ich konnte meinen Gedanken nachhängen. Ich dachte darüber nach, wie unterschiedlich schnell hier in Forks die Zeit verstrich – mal verschwammen ganze Wochen in meiner Wahrnehmung, und nur einzelne Bilder traten klar aus ihnen hervor, mal war jede Sekunde wichtig und brannte sich in mein Gedächtnis ein. Den Grund dafür kannte ich ganz genau, und er beunruhigte mich.

Während des Essens zogen allmählich die Wolken vom Horizont herauf; sie schwebten vor dem blauen Himmel heran, schoben sich zeitweise vor die Sonne, warfen lange Schatten auf den Strand und verdunkelten die Wellen. Als alle gegessen hatten, zerstreute sich die Gruppe – man fand sich zu zweit oder zu dritt zusammen und ging seiner Wege. Einige liefen zum Wasser hinunter und versuchten Steine über die Wellen hüpfen zu lassen. Andere versammelten sich, um ihrerseits zu den Gezeitenbecken zu gehen. Mike machte sich – mit Jessica als seinem Schatten – auf den Weg zum einzigen Laden, den es im Dorf gab. Einige der Einheimischen gingen mit ihm, andere schlossen sich der Expedition zu den Becken an. Als schließlich alle unterwegs waren, saß ich allein auf meinem Stück Treibholz, während Lauren und Tyler sich mit dem CD-Player beschäftigten, den irgendjemand mitgebracht hatte. Drei Teenager aus dem Reservat saßen mit im Kreis, unter ihnen der Junge, der Jacob hieß, und der Älteste, der als ihr Wortführer aufgetreten war.

Ein paar Minuten nachdem Angela mit zu den Gezeitenbecken aufgebrochen war, schlenderte Jacob zu mir rüber und setzte sich auf ihren Platz. Er sah aus wie vierzehn, vielleicht auch fünfzehn, und hatte lange Haare, die im Nacken von einem Gummiband zusammengehalten wurden. Seine Haut war schön – glatt und rostbraun; die Augen waren dunkel und saßen oberhalb der hohen Backenknochen tief in ihren Höhlen. Seine Kinnpartie hatte ihre kindlichen Rundungen noch nicht völlig abgestreift. Insgesamt ein sehr hübsches Gesicht. Dann allerdings machte er mit seiner ersten Frage den ganzen positiven Eindruck mit einem Schlag zunichte.

»Du bist Isabella Swan, oder?«

Es war, als ginge der erste Schultag noch einmal von vorne los.

»Bella«, seufzte ich.

»Ich bin Jacob Black«, sagte er und reichte mir freundschaftlich seine Hand. »Dein Transporter hat vorher meinem Dad gehört.«

»Oh«, sagte ich erleichtert und schüttelte seine schmale

Hand. »Du bist Billys Sohn. Wahrscheinlich sollte ich mich an dich erinnern.«

»Nein, ich bin der Jüngste in der Familie – du erinnerst dich wahrscheinlich eher an meine älteren Schwestern.«

»Rachel und Rebecca!« Plötzlich war die Erinnerung wieder da. Charlie und Billy hatten uns drei bei meinen Besuchen in Forks oft zusammengebracht, damit wir uns nicht langweilten und sie in Ruhe angeln konnten. Wir waren aber zu schüchtern, um uns richtig anzufreunden. Und als ich dann elf war, hatte ich oft genug schlechte Stimmung verbreitet – und das war das Ende der Angelausflüge.

»Sind sie auch hier?« Ich schaute zu den Mädchen unten am Wasser hinüber und fragte mich, ob ich sie erkennen würde.

»Nein.« Jacob schüttelte den Kopf. »Rachel hat ein Stipendium von der Washington State bekommen, und Rebecca hat einen samoanischen Surfer geheiratet und lebt jetzt auf Hawaii.«

»Verheiratet. Wow.« Damit hatte ich nicht gerechnet. Die Zwillinge waren gerade mal ein gutes Jahr älter als ich.

»Und, gefällt dir der Transporter?«, fragte er.

»Ich find ihn großartig. Er läuft super.«

»Schon, aber er ist echt langsam«, erwiderte er lachend. »Ich war heilfroh, als Charlie ihn gekauft hat. Mein Dad hat mir nämlich nicht erlaubt, an einem anderen Auto zu basteln, solange eins vor der Tür stand, an dem es seiner Meinung nach rein gar nichts auszusetzen gab.«

»So langsam ist er nun auch nicht«, warf ich ein.

»Hast du schon mal versucht, schneller als sechzig Meilen pro Stunde zu fahren?«

»Das nicht«, gab ich zu.

»Ist auch besser so.« Er grinste.

Ich musste auch grinsen. »Er ist prima bei Unfällen«, verteidigte ich den Transporter.

»Das auf jeden Fall – ich glaub, selbst ein Panzer könnte ihn nicht plattmachen«, stimmte er lachend zu.

»Und du baust selber Autos zusammen?«, fragte ich beeindruckt.

»Wenn ich Zeit habe. Und die nötigen Ersatzteile. Du weißt nicht zufällig, wo ich einen Hauptbremszylinder für einen 86er VW Käfer kriegen kann?«, fügte er spaßeshalber hinzu. Er hatte eine angenehm raue Stimme.

»Tut mir leid«, sagte ich lachend, »in letzter Zeit hab ich keinen gesehen, aber ich halt die Augen offen.« Als ob ich wüsste, wie so etwas aussah. Es war unheimlich leicht, sich mit ihm zu unterhalten.

Er schenkte mir ein strahlendes Lächeln und musterte mich auf diese bewundernde Art, die mir langsam vertraut wurde. Ich war nicht die Einzige, der das auffiel.

»Du kennst Bella, Jacob?«, fragte Lauren – in einem, wie ich fand, überheblichen Tonfall – von der anderen Seite des Feuers.

»Eigentlich kennen wir uns, seit ich geboren wurde«, erwiderte er gutgelaunt und lächelte mich erneut an.

»Wie schön.« Sie klang, als ob sie das alles andere als schön fand, und kniff ihre blassen, trüben Augen zusammen.

»Bella«, fuhr sie fort und beobachtete aufmerksam mein Gesicht. »Tyler und ich dachten gerade, dass es eigentlich schade ist, dass niemand von den Cullens heute dabei ist. Warum ist eigentlich keiner auf die Idee gekommen, sie einzuladen?«, fragte sie, doch es klang verlogen.

»Du meinst die Familie von Dr. Carlisle Cullen?«, fragte – sehr zu Laurens Verdruss – der ältere Junge, noch bevor ich etwas erwidern konnte. Er war fast schon erwachsen, und seine Stimme war sehr tief.

»Ja, kennst du sie?«, fragte sie herablassend und wandte sich ihm halb zu.

Er ignorierte ihre Frage. »Die Cullens kommen nicht hierher«, sagte er in einem Ton, der das Thema beendete.

Um Laurens Aufmerksamkeit wiederzugewinnen, fragte Tyler sie nach ihrer Meinung zu einer CD, die er in der Hand hielt. Das lenkte sie ab.

Überrascht musterte ich den Jungen mit der tiefen Stimme, doch sein Blick war auf den Wald in unserem Rücken gerichtet. Er hatte gesagt, dass die Cullens nicht hierherkamen, doch sein Ton hatte noch etwas anderes zum Ausdruck gebracht – dass sie nicht durften, dass es ihnen nicht gestattet war hierherzukommen. Sein Auftreten hinterließ ein komisches Gefühl bei mir, das ich zu ignorieren versuchte, doch ohne Erfolg.

»Und, treibt dich Forks schon in den Wahnsinn?«, fragte Jacob und holte mich aus meiner Versunkenheit.

»Oh, ich würde sagen, das ist noch untertrieben.« Ich verzog mein Gesicht, und er grinste mitfühlend.

Die Bemerkung über die Cullens ging mir nicht aus dem Sinn, und plötzlich hatte ich eine Idee. Eine ziemlich blöde Idee, aber was Besseres fiel mir nicht ein. Ich hoffte, dass Jacob noch zu unerfahren mit Mädchen war, um meinen ganz sicher erbarmungswürdigen Flirt-Versuch zu durchschauen.

»Wollen wir ein bisschen am Strand spazieren gehen?«, fragte ich und versuchte, Edwards Verführerblick – aus gesenkten Augen nach oben blinzeln – zu imitieren. Er konnte unmöglich auch nur annähernd dieselbe Wirkung haben, aber immerhin sprang Jacob bereitwillig auf.

Während wir über die vielfarbigen Steine in nördlicher

Richtung liefen, auf den Uferdamm aus Treibholz zu, zogen sich über uns die Wolken endgültig zu einer geschlossenen Decke zusammen. Das Meer verdunkelte sich, die Temperatur sank, und ich schob meine Hände tief in die Taschen meiner Jacke.

»Wie alt bist du eigentlich – so sechzehn?«, fragte ich. Ich versuchte, meine Augenlider so flattern zu lassen, wie ich das bei Mädchen im Fernsehen gesehen hatte, und dabei keinen allzu dämlichen Anblick abzugeben.

»Ich bin gerade fünfzehn geworden«, erwiderte er geschmeichelt.

»Ehrlich?«, fragte ich mit gespielter Überraschung. »Ich hätte gedacht, du bist älter.«

»Ich bin groß für mein Alter«, erklärte er.

»Bist du öfter mal in Forks?«, fragte ich, als hoffte ich auf eine positive Antwort. Ich kam mir idiotisch vor und rechnete jeden Augenblick damit, dass er mich durchschaute und wütend von dannen zog. Vorerst jedoch schien er geschmeichelt zu sein.

»Leider nicht«, erwiderte er geknickt. »Aber wenn mein Auto erst mal fertig ist, kann ich so oft kommen, wie ich will. Das heißt, sobald ich meinen Führerschein hab.«

»Wer ist eigentlich der andere Junge, mit dem Lauren gesprochen hat? Er kam mir schon ein bisschen zu alt vor, um mit uns rumzuhängen.« Ich sortierte mich absichtlich bei den Jüngeren ein.

»Das ist Sam, der ist neunzehn«, erklärte er.

»Ich hab das gar nicht so richtig mitbekommen – was hat er noch mal über die Cullens gesagt?«, fragte ich beiläufig.

»Die Cullens? Sie sind nicht erwünscht im Reservat«, bestätigte er, was ich auf Grund von Sams Tonfall bereits vermutet hatte. Während er sprach, wandte er seinen Blick ab und schaute aufs Meer hinaus, in Richtung James Island.

»Warum denn nicht?«

Er blickte mich wieder an und biss sich auf die Lippe. »Ich weiß nicht – eigentlich darf ich darüber nicht reden.«

»Ich erzähl's nicht weiter, ich bin bloß neugierig.« Ich versuchte mich an einem verführerischen Lächeln und hoffte, dass ich nicht zu dick auftrug.

Doch er erwiderte mein Lächeln – es sah aus, als hätte er angebissen. Er zog eine Augenbraue hoch und ließ seine Stimme noch etwas rauer klingen als zuvor.

»Stehst du auf Schauergeschichten?«, fragte er raunend.

»Und wie!«, sagte ich und strahlte ihn an.

Jacob ging zu einem Treibholzbaum, dessen Wurzeln wie die hageren Beine einer riesenhaften, bleichen Spinne abstanden. Er lehnte sich gegen eine der bizarr geformten Wurzeln, ich setzte mich vor ihm auf den Baumstamm. Er starrte auf die Steine zu seinen Füßen; um seine Lippen spielte ein Lächeln. Ich sah ihm an, dass er sich Mühe geben würde mit seiner Geschichte, und konzentrierte mich darauf, mir mein enormes Interesse nicht anmerken zu lassen.

»Kennst du dich ein bisschen aus mit unseren alten Geschichten, über unsere Herkunft und so – also die der Quileute?«, begann er.

»Nicht so richtig«, gestand ich.

»Also, da gibt's jede Menge Legenden, manche stammen angeblich noch aus der Zeit der Sintflut. Es heißt, die alten Quileute hätten ihre Kanus auf den Berg gebracht und an den Gipfeln der höchsten Bäume befestigt und auf diese Weise überlebt wie Noah mit seiner Arche.« Er lächelte, um mir zu zeigen, wie wenig er auf diese Geschichten gab. »Einer anderen Legende zufolge stammen wir von den Wölfen ab und sind noch immer mit ihnen verbrüdert. Die Stammesgesetze verbieten es, sie zu töten.«

Er senkte seine Stimme. »Und dann gibt es die Geschichten über die *kalten Wesen*.«

»Die kalten Wesen?«, fragte ich mit nunmehr echter Neugierde.

»Genau. Die meisten Geschichten über die kalten Wesen stammen aus der Zeit der Wolfslegenden, aber es gibt auch einige, die sind noch gar nicht so alt. Einer Legende zufolge kannte mein Urgroßvater ein paar von ihnen. Er war es, der mit ihnen das Abkommen traf, nach dem sie sich von unserem Land fernzuhalten haben.« Er verdrehte seine Augen.

»Dein Urgroßvater?«, fragte ich, um ihm mehr zu entlocken.

»Er war Stammesältester, genau wie mein Vater. Die kalten Wesen sind die natürlichen Feinde des Wolfes, verstehst du – also, eigentlich nicht des Wolfes an sich, sondern der Wölfe, die sich in Menschen verwandeln, so wie meine Vorfahren. Werwölfe, wie ihr sie nennt.«

»Werwölfe haben Feinde?«

»Nur diesen einen.«

Ich blickte ihn mit ernstem Gesicht an und hoffte, dass er meine Ungeduld für Bewunderung hielt.

»Die kalten Wesen«, fuhr Jacob fort, »sind also traditionell unsere Feinde. Aber der Clan, der während der Zeit meines Urgroßvaters auf unser Territorium kam, war anders. Sie jagten nicht so wie der Rest ihrer Art und galten als ungefährlich für den Stamm. Also schloss mein Urgroßvater einen Waffenstillstand mit ihnen – sie versprachen, unserem Land fernzubleiben, und im Gegenzug würden wir sie nicht an die Bleichgesichter verraten.« Er zwinkerte mir zu.

»Aber wenn sie nicht gefährlich waren, warum ...?« Ich

bemühte mich, seine Gespenstergeschichte zu verstehen, und versuchte gleichzeitig, mir nicht anmerken zu lassen, wie ernst ich sie nahm.

»Kalte Wesen stellen für Menschen immer ein Risiko dar, selbst wenn sie zivilisiert sind wie dieser spezielle Clan. Man weiß nie, ob sie nicht doch irgendwann zu hungrig werden, um ihrer Natur zu widerstehen.« Er verlieh seiner Stimme einen bedrohlichen Klang.

»Was meinst du mit zivilisiert?«

»Sie behaupteten, keine Jagd auf Menschen zu machen. Offenbar waren sie in der Lage, stattdessen Tiere zu jagen.«

»Und was hat das jetzt mit den Cullens zu tun?«, fragte ich so beiläufig wie möglich. »Sind sie auch wie diese kalten Wesen, die dein Urgroßvater kannte?«

»Nein.« Er machte eine dramatische Pause. »Es sind dieselben.«

Er musste glauben, dass mein ängstlicher Gesichtsausdruck auf seine Erzählkünste zurückzuführen war. Zufrieden lächelnd sprach er weiter.

»Die Gruppe ist seitdem größer geworden, eine Frau und ein Mann sind dazugestoßen, aber ansonsten sind es dieselben. Schon vor der Zeit meines Urgroßvaters kannte man ihren Anführer, Carlisle. Als *dein* Volk hier ankam, war er bereits wieder verschwunden.« Er versuchte ein Lächeln zu unterdrücken.

»Und was sind das für Wesen?«, fragte ich schließlich. »Die kalten Wesen – was *sind* sie?«

Er lächelte düster.

»Bluttrinker«, erwiderte er mit frostiger Stimme. »Bei euch nennt man sie Vampire.«

Ich blickte starr auf die schäumende Brandung – ich hatte keine Ahnung, wie viel mein Gesicht preisgab.

»Du hast ja Gänsehaut«, sagte er entzückt und lachte.

»Du kannst eben gut erzählen«, sagte ich, ohne meinen Blick von den Wellen abzuwenden.

»Ziemlich abgefahren, oder? Kein Wunder, dass mein Dad nicht will, dass wir darüber reden.«

Ich hatte meinen Gesichtsausdruck immer noch nicht so weit unter Kontrolle, dass ich ihn anschauen konnte. »Keine Sorge, ich verrat dich nicht.«

»Ich schätz mal, ich hab grad das Abkommen gebrochen«, lachte er.

»Ich nehm das Geheimnis mit ins Grab«, versprach ich und erschauderte auf einmal.

»Ganz im Ernst, erzähl Charlie lieber nichts davon. Er war schon sauer genug auf meinen Dad, als er hörte, dass ein paar von uns sich nicht mehr im Krankenhaus behandeln lassen, seit Dr. Cullen dort arbeitet.«

»Keine Sorge.«

»Und, hältst du uns jetzt für einen Haufen abergläubischer Eingeborener, oder was?«, fragte er scherzhaft, doch es lag auch eine Spur von Besorgnis in seiner Stimme. Mein Blick war weiterhin auf das Meer gerichtet.

Ich drehte mich zu ihm um, lächelte und versuchte, so normal wie möglich zu wirken.

»Quatsch. Aber ich halte dich für einen ziemlich guten Geschichtenerzähler. Hier – ich hab immer noch Gänsehaut.« Ich zeigte ihm meinen Arm.

»Cool.« Er lächelte.

Dann hörten wir Steine knirschen – jemand kam. Gleichzeitig schossen unsere Köpfe hoch, und wir sahen in einiger Entfernung Mike und Jessica, die auf uns zuliefen.

»Da bist du ja, Bella«, rief Mike erleichtert und winkte.

»Ist das dein Freund?«, fragte Jacob, dem der eifersüchtige Unterton in Mikes Stimme nicht entgangen war. Ich war erstaunt, dass es derart offensichtlich war.

»Ganz bestimmt nicht«, flüsterte ich. Ich war Jacob wahnsinnig dankbar und wollte ihn nicht enttäuschen. Ich zwinkerte ihm zu, achtete aber darauf, dass Mike es nicht sehen konnte. Er lächelte – meine alberne Koketterie hatte ihn in Hochstimmung versetzt.

»Also, sobald ich meinen Führerschein hab …«, setzte er an.

»Dann musst du mich besuchen. Wir können mal zusammen was machen.« Ich hatte ein schlechtes Gewissen, als ich das sagte; mir war bewusst, dass ich ihn benutzt hatte. Andererseits mochte ich Jacob tatsächlich. Er war jemand, mit dem ich mir gut vorstellen konnte, befreundet zu sein.

Mike hatte uns inzwischen erreicht, Jessica war ein paar Meter hinter ihm. Ich sah, wie er Jacob musterte und mit sichtlicher Befriedigung registrierte, dass er jünger war als wir.

»Wo treibst du dich denn rum?«, fragte er überflüssigerweise.

»Jacob hat mir ein paar Geschichten aus der Gegend hier erzählt«, beeilte ich mich zu sagen. »Es war echt interessant.« Ich schenkte Jacob ein breites Lächeln, er grinste zurück.

Mike stutzte, als er merkte, wie vertraut wir miteinander waren. »Wir packen zusammen«, sagte er dann. »Es sieht nach Regen aus.«

Wir schauten alle zum Himmel, der sich immer mehr verfinsterte. Es sah tatsächlich nach Regen aus.

»Okay.« Ich sprang auf. »Ich komme.«

»War schön, dich mal *wieder*zusehen«, sagte Jacob, und ich wusste, dass sich darin ein kleiner Seitenhieb gegen Mike verbarg.

»Fand ich auch. Wenn Charlie das nächste Mal Billy besucht, komm ich mit«, versprach ich.

Sein Grinsen wurde noch breiter. »Das wäre toll!«

»Und danke«, fügte ich ernsthaft hinzu.

Wir stapften zum Parkplatz; ich zog mir die Kapuze über den Kopf. Die ersten Tropfen fielen und hinterließen schwarze Flecken auf den Steinen. Als wir beim Suburban ankamen, waren die anderen schon beim Einladen. Ich verkündete, dass ich schon auf dem Hinweg vorne gesessen hatte, und schlüpfte zu Angela und Tyler auf den Rücksitz. Angela schaute hinaus in den anschwellenden Sturm, und Lauren, die vorne in der Mitte saß, drehte sich zu uns um und nahm Tyler in Beschlag – ich konnte also in Ruhe meinen Kopf an den Sitz lehnen, meine Augen schließen und mich mit aller Kraft darauf konzentrieren, nicht nachzudenken.

Albtraum und Sonnenschein

Ich sagte Charlie, ich hätte massenweise Hausaufgaben und keinen Hunger. Im Fernsehen lief ein Basketballspiel, das ihn begeisterte – ich kapierte echt nicht, was so toll daran sein sollte –, also fiel ihm nichts Ungewöhnliches an meiner Miene oder meiner Stimme auf.

Sobald ich in meinem Zimmer war, schloss ich die Tür ab. Ich durchwühlte meinen Schreibtisch, bis ich meine alten Kopfhörer fand, und stöpselte sie in meinen kleinen CD-Player. Ich suchte eine CD heraus, die mir Phil zu Weihnachten geschenkt hatte. Sie war von einer seiner Lieblingsbands, was ich nicht ganz nachvollziehen konnte – für meinen Geschmack setzten sie ein bisschen zu sehr auf Bassgitarre und kreischende Stimmen. Ich legte die CD ein und ließ mich aufs Bett fallen. Dann setzte ich die Kopfhörer auf, drückte auf »Play« und drehte die Lautstärke hoch, bis mir die Ohren schmerzten. Ich schloss die Augen, aber es war immer noch zu hell, also zog ich mir zusätzlich ein Kissen übers Gesicht.

Ich vertiefte mich in die Musik, versuchte die Texte zu verstehen und die komplizierten Schlagzeugrhythmen zu entschlüsseln. Beim dritten Durchlauf kannte ich alle Refrains und stellte zu meiner Überraschung fest, dass ich die Band eigentlich doch ziemlich gut fand, trotz des Krachs. Ich nahm mir vor, mich noch mal bei Phil zu bedanken.

Es funktionierte. Die schmetternden Beats verhinderten, dass ich nachdenken konnte – was der ganze Zweck der Übung war. Ich hörte die CD wieder und wieder an, bis ich alle Titel mitsingen konnte und schließlich einschlief.

Ich öffnete die Augen und befand mich an einem vertrauten Ort. Unterschwellig war mir bewusst, dass ich träumte. Ich erkannte das grüne Licht des Waldes und hörte, wie irgendwo in der Nähe die Wellen gegen die Felsen schlugen. Und ich wusste, ich würde die Sonne sehen, wenn ich den Weg zum Ozean fand. Ich wollte dem Geräusch folgen, doch plötzlich war Jacob Black da, griff nach meiner Hand und zog mich in die entgegengesetzte Richtung, auf den dunkelsten Teil des Waldes zu.

»Jacob? Was ist los?«, fragte ich. Angst stand ihm ins Gesicht geschrieben, und er zerrte mit aller Kraft, um meinen Widerstand zu überwinden. Aber ich wollte nicht ins Dunkle gehen.

»Lauf weg, Bella, schnell!«, flüsterte er voller Entsetzen.

»Hierher, Bella!« Ich erkannte Mikes Stimme, der mich aus der Finsternis, aus den Tiefen der Baumwelt rief, doch ich konnte ihn nicht sehen.

»Warum? Ich will nicht!«, rief ich und stemmte mich mit aller Kraft gegen Jacobs Griff; ich musste die Sonne finden.

Auf einmal ließ Jacob meine Hand los, jaulte auf und fiel zitternd auf den fahlen Waldboden. Starr vor Schreck sah ich zu, wie es ihn gewaltsam durchzuckte.

»Jacob!«, schrie ich. Doch er war verschwunden und an seiner Stelle stand ein großer, rötlich brauner Wolf mit schwarzen Augen. Er hatte den Blick von mir abgewandt; seine Augen waren auf die unsichtbare Küste gerichtet. Das Fell auf seinen Schultern sträubte sich, seine Fangzähne waren entblößt, und aus seiner Kehle drang ein tiefes Knurren.

»Bella, lauf!«, schrie Mike hinter mir. Aber ich drehte mich nicht um. Mein Blick war auf ein Licht gerichtet, das vom Strand her auf mich zukam.

Und dann trat Edward zwischen den Bäumen hervor. Seine Haut war von einem schwachen Funkeln überzogen, seine Augen leuchteten schwarz und gefährlich. Er hob eine Hand und winkte mich zu sich. Zu meinen Füßen knurrte der Wolf.

Ich machte einen Schritt auf Edward zu. Er lächelte, und ich sah, dass seine Zähne spitz und scharf waren.

»Vertrau mir«, sagte er mit samtweicher Stimme.

Ich machte noch einen Schritt.

Zwischen mir und dem Vampir schoss der Wolf durch die Luft; seine Fangzähne zielten auf Edwards Kehle.

»Nein!«, schrie ich und richtete mich ruckartig auf.

Die Kopfhörer rissen den CD-Player vom Nachttisch, und er fiel polternd auf den Holzfußboden.

Das Licht brannte, und ich saß angezogen und mit Schuhen auf dem Bett. Schlaftrunken warf ich einen Blick auf die Uhr. Es war halb sechs am Morgen.

Stöhnend ließ ich mich zurück aufs Bett fallen, drehte mich auf den Bauch und schob mir die Stiefel von den Füßen. Doch an Schlaf war nicht zu denken, dafür war ich viel zu aufgewühlt. Also drehte ich mich wieder auf den Rücken, knöpfte meine Jeans auf und zerrte sie mir umständlich von den Beinen, um nicht aufstehen zu müssen. Mein Zopf drückte unangenehm im Nacken, also drehte ich mich zur Seite, zog das Gummi heraus und fuhr mir schnell mit den Fingern durch die verflochtenen Haare. Dann zog ich mir wieder das Kissen über das Gesicht.

Es nutzte natürlich alles nichts. Mein Traum hatte mir genau die Bilder vorgeführt, die ich unbedingt verdrängen wollte. Ich musste mich ihnen stellen.

Ich setzte mich auf. Das Blut schoss mir in die Füße, und ich musste erst mal kurz sitzen bleiben, bis der Schwindel nachließ. Immer der Reihe nach, sagte ich mir und war froh über den erzwungenen Aufschub. Dann stand ich auf und ging ins Badezimmer.

Doch das Duschen dauerte nicht annähernd so lange, wie ich gehofft hatte. Obwohl ich mir extra noch die Haare föhnte, war ich schnell fertig im Bad. In ein Handtuch gewickelt, ging ich zurück in mein Zimmer. Ich wusste nicht, ob Charlie noch schlief oder schon weg war, und warf einen Blick aus dem Fenster – der Streifenwagen war nicht da. Er war mal wieder angeln.

Ich nahm mir Zeit zum Anziehen, suchte mir meinen bequemsten Pullover raus und machte entgegen meiner Gewohnheit sogar mein Bett. Dann ließ es sich nicht länger aufschieben. Ich ging zum Schreibtisch und schaltete meinen alten Computer an.

Ich hasste es, von hier aus ins Internet zu gehen. Mein Modem war hoffnungslos veraltet und der Server miserabel; allein das Einwählen dauerte so lange, dass ich in der Zwischenzeit in die Küche ging, um mir eine Schüssel Cornflakes zu machen.

Ich aß langsam, kaute jeden Bissen sorgfältig, und als ich fertig war, spülte ich Schüssel und Löffel, trocknete sie ab und räumte sie weg. Als ich die Treppe hinaufstieg, zog ich unwillig meine Füße nach. Im Zimmer hob ich zuerst den CD-Player vom Boden auf und platzierte ihn genau in die Mitte des Nachttisches. Ich stöpselte die Kopfhörer aus und verstaute sie in der Schublade. Dann stellte ich dieselbe CD wieder an, drehte aber die Lautstärke runter, bis die Musik nur noch Hintergrundgeräusch war.

Ich seufzte und ging zum Computer. Wie nicht anders zu erwarten, war der Bildschirm mit Werbe-Pop-ups übersät. Ich setzte mich auf meinen Klappstuhl und begann die kleinen Fenster eins nach dem anderen zu schließen. Irgendwann war ich zu meiner Lieblingssuchmaschine vorgedrungen. Ich schloss ein paar weitere Werbefenster und gab ein einziges Wort ein.

Vampir.

Es dauerte natürlich nervenaufreibend lange, und als die Resultate erschienen, gab es jede Menge auszusieben – von Filmen und Fernsehserien über Rollenspiele und Underground-Metal bis hin zu Kosmetikfirmen, die sich auf Gothic Look spezialisiert hatten.

Dann fand ich eine vielversprechende Seite: Vampire A–Z. Ich klickte sie an, wartete ungeduldig und schloss hastig die neuen Werbebanner, die über den Bildschirm huschten. Dann hatte sich die Seite endlich fertig aufgebaut – ein schlichter weißer Hintergrund mit schwarzem Text, seriöse Gestaltung. Auf der Startseite begrüßten mich zwei Zitate:

In der ganzen weiten Schattenwelt der Gespenster und Dämonen gibt es kein Wesen, das so schrecklich ist, das so gefürchtet und verabscheut wird und das doch so eine unheimliche Faszination ausübt wie der Vampir, weder Gespenst noch Dämon, aber dennoch ein Teil der dunklen Seite der Natur, ausgestattet mit den geheimnisvollen und furchtbaren Eigenschaften von beiden. – Reverend Montague Summers

Wenn es für eine Sache in dieser Welt eine wohlbelegte Zeugenschaft gibt, dann ist es die Existenz der Vampire. Nichts fehlt: weder die offiziellen Berichte noch die beeideten Erklärungen prominenter Persönlichkeiten, Chirurgen, Priester, Beamter; die juristische Beweislast könnte kaum erdrückender sein. Und trotz allem, wen gibt es, der an Vampire glaubt? – Rousseau

Der Rest der Seite war eine alphabetische Auflistung verschiedener Vampirmythen aus aller Welt. Das Erste, was ich anklickte, war der Mythos von *Danag*, einem philippinischen Vampir, der angeblich vor langer Zeit die Wasserbrotwurzel auf die Inseln brachte und anpflanzte. Dem Mythos zufolge arbeiteten der *Danag* und die Menschen viele Jahre lang Seite an Seite, doch die friedliche Gemeinschaft endete, als sich eines Tages eine Frau in den Finger schnitt und ein *Danag*, der ihre Wunde aussaugte, den Geschmack so unwiderstehlich fand, dass er nicht aufhörte, bis ihr Körper blutleer war.

Ich las mir die Beschreibungen sorgfältig durch und suchte nach irgendetwas, das mir bekannt vorkam, wenn schon nicht plausibel. Die meisten Vampirmythen drehten sich offensichtlich um schöne dämonische Frauen und die Kinder, die ihnen zum Opfer fielen; ich hatte das Gefühl, sie dienten dazu, die hohe Sterblichkeitsrate von Kleinkindern zu rechtfertigen und Männern eine Ausrede für ihre Untreue zu liefern. In vielen der Geschichten kamen körperlose Geister und Warnungen vor unsachgemäßen Beerdigungen vor. Es gab nicht viel, was mich an die Filme erinnerte, die ich gesehen hatte; nur sehr wenige Vampire, der hebräische *Estrie* zum Beispiel und der polnische *Upier*, tranken überhaupt Blut.

Es gab eigentlich nur drei Einträge, die meine Aufmerksamkeit erregten: der zum rumänischen *Varacolaci*, einem mächtigen untoten Wesen, das als schöner blasshäutiger Mensch in Erscheinung treten konnte; der zum slowakischen *Nelapsi*, einer Kreatur, die so stark und schnell war, dass sie in der einen kurzen Stunde nach Mitternacht ein gesamtes Dorf abschlachten konnte, und ein dritter Eintrag, der zum *Stregoni benefici*.

Er war kurz.

Stregoni benefici: ein italienischer Vampir, der Überlieferung nach auf der Seite des Guten, Todfeind aller bösartigen Vampire.

Es war eine Erleichterung, dass es einen kleinen Eintrag – eine Legende von Hunderten – gab, der von der Existenz guter Vampire sprach.

Alles in allem jedoch fand ich wenig, was mit Jacobs Geschichten oder meinen eigenen Beobachtungen übereinstimmte. Beim Durcharbeiten der Mythen hatte ich in Gedanken eine kleine Liste zusammengestellt, mit der ich das Gelesene verglich: Geschwindigkeit, körperliche Stärke, Schönheit, blasse Haut, Augen, die ihre Farbe wechselten. Dazu Jacobs Kriterien: Bluttrinker, Feinde des Werwolfs, kalthäutig, unsterblich. Es gab sehr wenige Mythen, die ein einziges der Kriterien erfüllten.

Und da war noch eine andere Sache, an die ich mich aus den wenigen Gruselfilmen erinnerte, die ich gesehen hatte, und die durch meine Lektüre bestätigt wurde – Vampire konnten nicht ans Tageslicht kommen, die Sonne würde sie sonst zu Asche verbrennen. Sie schliefen den ganzen Tag in Särgen und kamen nur nachts heraus.

Genervt schaltete ich den Computer aus, ohne die Programme vorher ordnungsgemäß zu schließen. Ich war verärgert, doch zugleich war mir das alles furchtbar peinlich. Da saß ich in meinem Zimmer und recherchierte Vampirlegenden – wie dämlich war das denn! Was war bloß los mit mir? Ich entschloss mich, der Stadt Forks den Großteil der Schuld zuzuschreiben, oder besser gleich der ganzen durchnässten Halbinsel Olympic.

Ich musste dringend nach draußen, aber es gab keinen Ort, zu dem es mich zog, der weniger als drei Tagesreisen entfernt war. Nichtsdestotrotz zog ich meine Stiefel an und ging runter. Ohne zu schauen, wie das Wetter war, zog ich mir meine Regenjacke über und stapfte nach draußen. Ich hatte keine Ahnung, wo ich hinwollte.

Es war bewölkt, aber vorerst regnete es nicht. Ich ließ den Transporter stehen, durchquerte Charlies Garten und betrat den Wald, der sich endlos vor mir ausbreitete. Es dauerte nicht lange, und ich war so tief hineingelaufen, dass ich weder Haus noch Straße sehen konnte und nichts mehr zu hören war außer dem schmatzenden Geräusch der nassen Erde unter meinen Füßen und den jähen Schreien der Eichelhäher.

Ich lief einen schmalen Pfad entlang – wäre der nicht gewesen, hätte ich mich nie so weit hineingetraut. Mein Orientierungssinn war eigentlich gar nicht vorhanden; ich schaffte es auch, mich in sehr viel übersichtlicheren Umgebungen zu verlaufen. Der Pfad schlängelte sich tiefer und tiefer in den Wald hinein, zumeist in östlicher Richtung, soweit ich das beurteilen konnte. Er umkurvte Sitkafichten und Schierlingstannen, Eiben und Ahornbäume. Die meisten Baumarten um mich herum konnte ich allerdings nur ungefähr bestimmen – die wenigen Kenntnisse, die ich über sie hatte, waren Charlie zu verdanken, der mich früher immer auf sie hingewiesen hatte. Viele Bäume kannte ich nicht, und bei anderen war ich mir nicht sicher, weil sie zum großen Teil von Flechten und Moosen überzogen waren.

Solange mein Ärger über mich selbst anhielt, trieb er mich hastig voran; als er nachließ, wurde ich langsamer. Feuchtigkeit sickerte durch die grüne Kuppel über mir und tröpfelte hier und da zu Boden. Begann es zu regnen, oder war es nur das Wasser, das sich gestern hoch in der Luft auf den Blättern gesammelt hatte und sich nun langsam seinen Weg zurück zur Erde bahnte? Ich wusste es nicht. Ein umgefallener Baum, der noch nicht vollständig von Moos überzogen war, lehnte am Stamm eines gesunden Baumes und bildete einen geschützten kleinen Sitz in sicherer Nähe zum Weg. Ich machte einen Schritt über die Farne hinweg und setzte mich vorsichtig hin, wobei ich genau darauf achtete, dass sich meine Jacke zwischen dem nassen Holz und meiner Hose befand. Dann lehnte ich mich mit der Kapuze gegen den Stamm.

Das war nicht der richtige Ort für diesen Augenblick. Ich hätte es wissen müssen – aber wo hätte ich sonst hingehen sollen? Der Wald war tiefgrün und ähnelte so sehr dem Schauplatz meines Traumes, dass ich hier nicht zur Ruhe kommen konnte. Die Stille war allumfassend, jetzt, da das Geräusch meiner nassen Stiefel nicht mehr zu hören war. Selbst die Vögel schwiegen, die Tropfen dagegen fielen immer schneller – über dem Blätterdach regnete es wohl. So, wie ich dasaß, reichten die Farne höher als mein Kopf; wenn jemand auf dem Pfad vorbeikäme, dachte ich, würde er mich vermutlich nicht sehen, obwohl er nur seine Hand ausstrecken müsste, um mich zu berühren.

Hier, zwischen all den Bäumen, fiel es mir sehr viel leichter, den absurden Dingen Glauben zu schenken, die mir gerade noch so peinlich gewesen waren. Seit Jahrtausenden hatte sich in diesem grünen Labyrinth nichts verändert, und die Mythen und Legenden Hunderter verschiedener Länder erschienen mir plötzlich sehr viel wahrscheinlicher als kurze Zeit vorher, in den vier Wänden meines Zimmers.

Es gab zwei Fragen, die ich dringender als alle anderen beantworten musste. Ich zwang mich, sie nicht länger vor mir herzuschieben, doch ich tat es mit Unwillen.

Erstens musste ich mir darüber klarwerden, ob es stimmen konnte, was Jacob über die Cullens gesagt hatte.

Sofort protestierte mein Intellekt laut und deutlich dagegen, die Möglichkeit überhaupt nur zu erwägen – es war dumm und morbide, solchen lächerlichen Gedanken nachzugehen. Andererseits gab es keine vernünftige Erklärung dafür, dass ich noch am Leben war. Einmal mehr ging ich in Gedanken alles durch, was ich selbst beobachtet hatte: die übermenschliche Geschwindigkeit und Stärke, die wechselnde Augenfarbe – von Schwarz zu Gold und wieder zurück. Die unglaubliche Schönheit, die blasse, kalte Haut. Und dann die kleinen Sachen, die mir erst nach und nach aufgefallen waren – dass sie nie zu essen schienen oder die unheimliche Anmut ihrer Bewegungen. Und die Art, wie sich Edward manchmal ausdrückte – so gewählt, dass es eher in einen Fin-de-Siècle-Roman passte als in ein Klassenzimmer des 21. Jahrhunderts. An dem Tag, als wir unsere Blutgruppen bestimmen sollten, war er nicht zum Unterricht gekommen, und den Strandausflug hatte er erst abgesagt, als er hörte, wohin wir wollten. Er schien die Gedanken aller Leute in seiner Umgebung lesen zu können … außer meine. Er hatte mir gesagt, dass er gefährlich war …

War es möglich, dass die Cullens Vampire waren?

Irgendwie anders waren sie jedenfalls, das stand fest. Irgendwas, das den Rahmen rationaler Erklärungen sprengte, spielte sich vor meinen ungläubigen Augen ab. Ob nun eines von Jacobs *kalten Wesen* oder ein Superheld, Edward Cullen war jedenfalls kein … Mensch. Er war mehr als das.

Die Antwort lautete also: Vielleicht. Das musste für den Augenblick genügen.

Was mich zur wichtigsten Frage überhaupt brachte: Was, wenn es so war?

Wenn Edward – und alles in mir sträubte sich dagegen, es auch nur in Gedanken zu formulieren – ein Vampir war, was sollte ich dann tun? Jemanden einzuweihen kam definitiv nicht in Frage. Ich glaubte es mir ja nicht einmal selber; jeder, dem ich es erzählte, würde mich augenblicklich einweisen lassen.

Es gab anscheinend nur zwei praktikable Möglichkeiten. Die eine bestand darin, seinen Rat zu befolgen: klug zu sein und ihm so weit wie möglich aus dem Weg zu gehen. Unsere Verabredung abzusagen und mir alle Mühe zu geben, ihn zu ignorieren, genau wie am Anfang. So zu tun, als befände sich zwischen uns eine undurchdringliche dicke Glaswand, wenn wir eine Stunde am Tag gezwungen waren nebeneinanderzusitzen. Ihm zu sagen, er solle mich in Ruhe lassen – und es dieses Mal ernst zu meinen.

Bei dem bloßen Gedanken daran durchfuhr mich heftigste Verzweiflung, und ich wandte meine Aufmerksamkeit schnellstens der zweiten Möglichkeit zu.

Ich konnte genauso weitermachen wie bisher. Selbst wenn etwas … Böses in ihm war – mir hatte er bisher nichts getan. Im Gegenteil, hätte er nicht so schnell gehandelt, wäre ich jetzt bloß noch eine Delle in Tylers Kotflügel. So schnell gehandelt, überlegte ich, dass es wahrscheinlich purer Reflex gewesen war. Wenn es aber einer seiner Reflexe war, Leben zu retten, wie böse konnte er dann sein? Mein Kopf schwirrte vor Fragen, auf die ich keine Antwort hatte.

Wenn es irgendetwas gab, dessen ich mir sicher war, dann das: Der finstere Edward in meinem Traum war ein Abbild meiner Angst vor dem Wort, das Jacob gebraucht hatte, nicht aber vor Edward selber. Und trotz dieser Angst war es nicht die Sorge um den Wolf gewesen, die mich entsetzt »nein« schreien ließ, sondern die Befürchtung, dass *ihm* etwas zustoßen könnte. Selbst als er mich mit spitzen Fangzähnen zu sich rief, fürchtete ich noch für sein Leben.

Und damit, das war klar, hatte ich meine Antwort. Ich wusste nicht, ob es überhaupt eine wirkliche Wahl gegeben hatte – ich steckte schon viel zu tief drin. Jetzt, da ich Bescheid wusste – *falls* ich Bescheid wusste –, gab es nichts, was ich mit meinem schaurigen Geheimnis anfangen konnte. Denn wenn ich an ihn dachte, an seine Stimme, seinen hypnotischen Blick, seine fast magnetische Anziehungskraft, sein ganzes Wesen, dann wollte ich nichts mehr als sofort bei ihm sein. Selbst wenn … Doch ich brachte es nicht fertig, das zu denken. Nicht, während ich allein im Wald war, der sich immer mehr verdunkelte. Nicht, während der Regen plätscherte, als trippelte jemand über den von Flechten bedeckten Erdboden. Nicht, während sich die Taghelle unter dem Blätterdach in trübes Dämmerlicht verwandelte. Ich erschauderte und sprang hastig aus meinem Versteck auf, erfüllt von der plötzlichen Befürchtung, der Pfad könnte im Regen irgendwie verschwunden sein.

Doch er war da, klar und deutlich, ein sicherer Schlängelweg hinaus aus dem tropfenden grünen Labyrinth. Ich zog meine Kapuze eng um mein Gesicht zusammen und lief eilig zurück – ich rannte fast unter den Bäumen entlang. Es erstaunte mich, wie weit ich in den Wald gegangen war, und ich begann mich zu fragen, ob ich womöglich immer tiefer hineinlief anstatt hinaus, doch bevor die Panik von mir Besitz ergreifen konnte, blickte ich durch das Geflecht der Zweige auf offenes Gelände. Dann hörte ich ein Auto vorbeifahren, und kurz darauf trat ich aus dem Wald hinaus ins Freie; vor mir breitete sich Charlies Rasen aus, und das Haus lockte mit dem Versprechen von Wärme und trockenen Socken.

Es war gerade mal Mittag, als ich die Tür hinter mir schloss. Ich ging hoch in mein Zimmer und zog mir trockene Jeans und ein T-Shirt an; ich hatte nicht die Absicht, noch mal nach draußen zu gehen. Es fiel mir leicht, mich auf die Hausaufgaben zu konzentrieren, einen Aufsatz über *Macbeth*, der am Mittwoch fällig war. Zufrieden machte ich mich an die Ausarbeitung eines groben Konzepts. Seit Tagen war ich nicht von einer solchen inneren Ruhe erfüllt gewesen wie in diesem Augenblick ... seit Donnerstagabend, wenn ich ehrlich zu mir war.

Doch so war das schon immer gewesen bei mir: Mit den Entscheidungen quälte ich mich herum, doch wenn sie erst mal getroffen waren, hielt ich konsequent an ihnen fest – in der Regel voller Erleichterung darüber, dass die Sache beschlossen und besiegelt war. Manchmal wurde die Erleichterung von Schwermut getrübt, wie bei meinem Entschluss, nach Forks zu gehen. Aber das war immer noch besser, als sich ewig mit den Alternativen herumzuschlagen.

Und die Entscheidung, die ich eben gefällt hatte, war lächerlich leicht zu befolgen. Gefährlich leicht.

Es wurde also ein ruhiger und produktiver Tag; ich war vor acht mit meinem Aufsatz fertig. Charlie kam mit einem kapitalen Fang nach Hause, und ich nahm mir vor, nächste Woche in Seattle ein Fischkochbuch zu besorgen. Die Schauer, die mir beim Gedanken an diesen Ausflug über den Rücken liefen, waren noch dieselben wie vor meinem Spaziergang mit Jacob Black. Sie sollten sich verändert haben, dachte ich – ich sollte mich fürchten. Ich wusste das, doch ich war außer Stande, Angst zu empfinden.

In dieser Nacht schlief ich traumlos, erschöpft vom langen Tag und von der unruhigen letzten Nacht. Als ich erwachte, wurde ich zum zweiten Mal seit meiner Ankunft in Forks vom strahlenden Licht eines sonnigen Tages begrüßt. Ich sprang zum Fenster und sah zu meiner Verblüffung, dass der Himmel fast vollständig blau war, mit Ausnahme von ein paar fluffigen kleinen weißen Wölkchen, die unmöglich Regen enthalten konnten. Ich öffnete das Fenster – ich war überrascht, dass es weder klemmte noch knarrte, schließlich hatte ich es seit wer weiß wie vielen Jahren nicht geöffnet – und atmete die verhältnismäßig trockene Luft ein. Es war beinahe warm und es ging fast kein Wind. Prickelnd schoss mir das Blut durch die Adern.

Charlie beendete gerade sein Frühstück, als ich runterkam, und freute sich über meine gute Laune.

»Schönes Wetter, oder?«

»Ja«, stimmte ich grinsend zu.

Er lächelte zurück und bekam dabei lauter kleine Fältchen um seine braunen Augen. Wenn Charlie lächelte, war es leichter zu verstehen, wie es damals passieren konnte, dass meine Mutter und er so früh und überstürzt heirateten. Aber schon bevor ich ihn kannte, war von dem jungen Romantiker jener Tage wenig übrig geblieben; er war ebenso verschwunden wie die volle Pracht seiner braunen Locken. Seine Haare hatten dieselbe Farbe wie meine, wenn auch nicht dieselbe Beschaffenheit, und nach und nach hatten sie immer mehr von seiner Stirn entblößt. Doch wenn er lächelte, sah ich in ihm etwas von dem Mann, mit dem Renée durchgebrannt war, als sie gerade mal zwei Jahre älter war als ich jetzt.

Ich frühstückte in bester Laune und betrachtete den Tanz der Staubflocken im Sonnenlicht, das durch das hintere Fenster in die Küche fiel. Charlie verabschiedete sich, und ich hörte, wie sich der Streifenwagen entfernte. Beim Rausgehen griff ich nach meiner Regenjacke und zögerte: Sollte ich sie mitnehmen oder nicht? Sie hierzulassen hieße das Schicksal herauszufordern. Seufzend faltete ich sie über meinem Arm und trat hinaus in das hellste Licht, das ich seit Monaten gesehen hatte.

Ich musste ein wenig Gewalt anwenden, aber es gelang mir, beide Fenster des Transporters fast vollständig herunterzukurbeln. Ich war eine der Ersten in der Schule; ich hatte es so eilig gehabt, nach draußen zu kommen, dass ich gar nicht auf die Zeit geachtet hatte. Ich parkte und ging zu den selten benutzten Pausenbänken hinter der Cafeteria. Sie waren noch ein wenig feucht, also setzte ich mich auf meine Jacke, die so auch zu etwas gut war. Meine Hausaufgaben waren – dank meines stagnierenden Soziallebens – eigentlich erledigt, doch es gab ein paar knifflige Gleichungen in Mathe, bei denen ich mir nicht sicher war. Ich holte mein Buch aus der Tasche, aber noch während ich die erste Aufgabe durchging, träumte ich schon vor mich hin und betrachtete versunken das Spiel des Sonnenlichtes auf der roten Rinde der Bäume. In Gedanken kritzelte ich am Rand meiner Hausaufgaben herum. Nach ein paar Minuten bemerkte ich, dass ich fünf dunkle Augenpaare gezeichnet hatte, die vom Blatt zu mir hochstarrten. Ich radierte sie aus.

»Bella!«, hörte ich jemanden rufen; es klang ganz nach Mike. Ich schaute mich um; während ich hier gedankenverloren saß, hatte sich das Schulgelände mit Leben gefüllt. Alle trugen T-Shirts, einige sogar kurze Hosen, obwohl es kaum wärmer als siebzehn oder achtzehn Grad sein konnte. Mike winkte und kam in khakifarbenen Shorts und einem gestreiften Rugby-Shirt auf mich zu.

»Hey, Mike«, rief ich und winkte zurück – an einem Morgen wie diesem war ich zum Überschwang geradezu verdammt.

Er setzte sich zu mir; die akkurat gegelten Stacheln seiner Haare schimmerten golden in der Sonne, und er grinste wie ein Honigkuchenpferd. Er war so glücklich, mich zu sehen, dass ich gar nicht anders konnte, als mich darüber zu freuen.

»Ist mir noch nie aufgefallen, dass deine Haare einen Rotstich haben«, stellte er fest und nahm eine Strähne zwischen seine Finger, die von der leichten Brise nach vorn geweht worden war.

»Nur in der Sonne.«

Als er die Locke hinter mein Ohr steckte, war mir das ein bisschen unangenehm.

»Super Wetter, oder?«

»So, wie ich es mag«, sagte ich.

»Was hast du denn gestern gemacht?« Sein Ton war etwas zu besitzergreifend.

»Hauptsächlich an meinem Aufsatz geschrieben.« Ich erwähnte nicht, dass er schon fertig war – kein Grund zur Überheblichkeit.

Er schlug sich mit der flachen Hand gegen die Stirn. »Der Aufsatz, stimmt – bis Donnerstag, oder?«

»Äh, bis Mittwoch, glaub ich.«

»Mittwoch?« Er runzelte die Stirn. »Das ist nicht gut ... Worüber schreibst du deinen?«

»Darüber, ob Shakespeares Darstellung von weiblichen Figuren frauenfeindlich ist.«

Er schaute mich verständnislos an.

»Ich nehm an, ich werd mich da heute Abend ransetzen müssen«, sagte er trübsinnig. »Ich wollte dich eigentlich fragen, ob wir mal zusammen ausgehen.«

»Oh.« Ich war wie vor den Kopf geschlagen. Warum war es nicht mehr möglich, nett mit Mike zu plaudern, ohne dass es irgendwann unbehaglich wurde?

»Ich meine, wir könnten was essen gehen oder so ... und ich könnte dann später noch schreiben.« Er lächelte mich hoffnungsvoll an.

»Mike ...« Ich hasste es, so in die Enge getrieben zu werden. »Ich glaub nicht, dass das so eine gute Idee wäre.«

Er machte ein langes Gesicht. »Warum?«, fragte er. Sein Blick war wachsam. Mich durchzuckte der Gedanke an Edward, und ich fragte mich, ob es ihm genauso ging.

»Ich glaube … und wenn du irgendwas von dem, was ich dir jetzt sage, weitererzählst, schlage ich dich tot, ohne mit der Wimper zu zucken«, drohte ich – »also, ich glaube, das würde Jessica verletzen.«

Er war verdattert; an so etwas hatte er offensichtlich noch gar nicht gedacht. »Jessica?«

»Ehrlich, Mike, bist du *blind*?«

»Oh«, murmelte er, eindeutig verwirrt. Ich nutzte das aus und stand auf.

»Wir müssen los, ich kann nicht schon wieder zu spät kommen.« Ich sammelte meine Bücher zusammen und stopfte sie in meine Tasche.

Schweigend gingen wir zu Haus drei; seine Miene verriet, dass er in Gedanken versunken war. Welcher Art sie auch waren – ich hoffte, dass sie ihm die richtige Richtung wiesen.

Als ich in Mathe Jessica traf, sprühte sie vor Begeisterung. Sie, Angela und Lauren hatten beschlossen, nach der Schule nach Port Angeles zu fahren, um sich Kleider für den Ball zu kaufen, und sie wollte, dass ich mitkam, obwohl ich selber keins brauchte. Ich war unentschlossen. Eine Spritztour mit Freundinnen wäre bestimmt mal ganz nett, aber andererseits – mit Lauren? Und wer weiß, was ich stattdessen nach der Schule machen könnte … Aber das waren definitiv die falschen Überlegungen. Klar freute ich mich über die Sonne. Aber sie war keineswegs allein verantwortlich für meine euphorische Stimmung. Nicht einmal annähernd.

Ich sagte Jessica, dass ich vielleicht mitkäme, aber erst noch mit Charlie sprechen müsste.

Auf dem Weg zu Spanisch redete sie über nichts anderes als den Ball, und als die Stunde endlich, fünf Minuten über der Zeit, vorbei war, machte sie auf dem Weg zur Cafeteria nahtlos da weiter, wo sie aufgehört hatte. Allerdings bekam ich kaum etwas von dem mit, was sie sagte, so gespannt war ich. Ich brannte nicht nur darauf, Edward zu sehen, auch seine Geschwister wollte ich mit meinem neuen, quälenden Verdacht im Hinterkopf betrachten. Als ich die Cafeteria betrat, lief mir zum ersten Mal ein echter Angstschauer den Rücken hinab – und weiter hinein in die Magengrube. Würden sie wissen, was ich dachte? Doch gleich darauf durchzuckte mich ein anderer Gedanke: Ob Edward wohl wieder an einem separaten Tisch auf mich wartete?

Wie immer schaute ich als Erstes zum Tisch der Cullens. Panisches Kribbeln erfüllte meinen Magen, als ich sah, dass er ganz leer war. Ich ließ meinen Blick durch den Raum schweifen, in der Hoffnung, ihn vielleicht allein irgendwo zu entdecken. Der Saal war fast voll, schließlich waren wir wegen Spanisch spät dran, doch nirgendwo war eine Spur von Edward oder jemandem aus seiner Familie zu sehen. Lähmende Trostlosigkeit ergriff mich.

Ich trottete hinter Jessica her, ohne mir weiter die Mühe zu machen, so zu tun, als hörte ich ihr zu.

Wir waren die Letzten an unserem Tisch. Neben Mike war ein Platz frei, doch ich beachtete ihn nicht und setzte mich zu Angela. Aus den Augenwinkeln sah ich, wie Mike, ganz der Gentleman, für Jessica den Stuhl hervorzog und wie ein Leuchten über ihr Gesicht ging.

Angela stellte mir ein paar Fragen zum *Macbeth*-Aufsatz, die ich so normal wie möglich zu beantworten versuchte, während ich zugleich immer tiefer in meiner Trübsal versank. Sie lud mich ebenfalls ein, mit nach Port Angeles zu fahren, und dieses Mal sagte ich zu. Alles, was mich ablenkte, war mir willkommen.

Erst als ich den Biologieraum betrat, Edwards leeren Platz

sah und von einer weiteren Welle der Enttäuschung über-
schwemmt wurde, wusste ich, dass ich noch immer einen Funken Hoffnung bewahrt hatte.

Der Rest des Schultages verging mit einem Schneckentempo,
das zu meiner Niedergeschlagenheit passte. In Sport hörten wir
einen Vortrag über die Spielregeln von Badminton, die neueste
Foltermethode, die sie für mich vorgesehen hatten. Aber wenigstens konnte ich sitzen und zuhören, anstatt auf dem Spielfeld herumzustolpern. Außerdem kam Coach Clapp nicht bis
zum Ende, was meine Gnadenfrist um einen Tag verlängerte.
Sie würden mich also erst übermorgen mit einem Schläger be-
waffnen und auf den Rest der Klasse loslassen – wenn das nicht
beruhigend war!

Ich war heilfroh, das Schulgelände zu verlassen; so konnte ich
mich ungestört meiner schlechten Laune hingeben, bevor ich
mich mit Jessica und den anderen beiden auf den Weg machte.
Doch unmittelbar nachdem ich zu Hause ankam, klingelte das
Telefon und sie sagte ab. Ich versuchte, mich mit ihr darüber zu
freuen, dass Mike sie zum Abendessen eingeladen hatte – und
ich war ja tatsächlich froh, dass er es offensichtlich endlich kapiert hatte. Aber so richtig überzeugend klang meine Begeisterung nicht, zumindest nicht in meinen Ohren. Jessica verlegte
unseren Einkaufsbummel auf den nächsten Tag.

Mir blieb also wenig, um mich abzulenken. Der Fisch fürs
Abendessen schwamm schon in seiner Marinade, Salat und Brot
waren noch vom Vortag übrig, und mehr gab es in der Küche
nicht zu tun. Eine halbe Stunde brauchte ich für meine Hausaufgaben, dann war ich damit ebenfalls fertig. Ich ging ins Internet, öffnete mein Postfach und las die gesammelten Mails meiner Mutter, die immer schroffer wurden, je länger sie nichts von
mir gehört hatte. Ich seufzte und tippte eine kurze Antwort.

Mom,

 tut mir leid, ich war nicht da. Bin mit ein paar Freunden zum Strand gefahren. Und dann musste ich einen Aufsatz schreiben.

Meine Ausreden waren ziemlich erbärmlich, ich ließ es also besser sein.

Draußen scheint die Sonne (ich kann's auch kaum fassen), ich geh mal besser raus und versuche, so viel wie möglich davon aufzusaugen. Ich liebe Dich.

 Bella

Ich entschloss mich, ein bisschen Zeit mit außerschulischer Lektüre zu überbrücken. Ein paar Bücher hatte ich nach Forks mitgebracht, und das zerlesenste von ihnen war ein Band mit Jane-Austen-Romanen. Ich kramte ihn vor, dann holte ich mir eine zerschlissene alte Decke aus dem Wäscheschrank oben auf dem Treppenabsatz und ging auf die Wiese hinter dem Haus.

Ich suchte mir eine Stelle, die von den Schatten der Bäume nicht erreicht werden konnte, faltete die Decke einmal in der Mitte und breitete sie auf dem dichten Rasen aus, der immer ein wenig nass sein würde, egal, wie lange die Sonne schien. Dann legte ich mich auf den Bauch, kreuzte meine Knöchel in der Luft und blätterte die verschiedenen Romane durch, um herauszufinden, welcher von ihnen meine Gedanken am gründlichsten ablenken würde. Am liebsten mochte ich *Stolz und Vorurteil* und *Sinn und Sinnlichkeit*, und da ich *Stolz und Vorurteil* vor nicht allzu langer Zeit gelesen hatte, fing ich mit *Sinn und Sinnlichkeit* an, bis mir zu Beginn des dritten Kapitels wieder einfiel, dass der Held der Geschichte ein Mann namens *Edward* war. Wütend machte ich mit *Mansfield Park* weiter, doch da hieß der

Held *Edmund*, was eindeutig zu ähnlich war. Gab es denn keine anderen Namen im späten 18. Jahrhundert? Missmutig klappte ich das Buch zu und drehte mich auf den Rücken. Ich schob meine Ärmel so hoch, wie es ging, und schloss die Augen. Du wirst jetzt an nichts anderes als an die Wärme auf deiner Haut denken, verordnete ich mir. Eine schwache Brise blies mir dann und wann ein paar Strähnchen ins Gesicht, die mich kitzelten. Ich schob meine Haare so nach oben, dass sie sich über meinem Kopf fächerförmig auf der Decke ausbreiteten. Dann konzentrierte ich mich wieder auf die Wärme, die sich auf meine Augenlider legte, auf meine Wangenknochen, meine Nase, meine Unterarme, meinen Hals, die durch meine leichte Bluse drang ...

Das Nächste, was ich mitbekam, war das Geräusch von Charlies Streifenwagen auf dem Pflaster der Auffahrt. Überrascht setzte ich mich auf und sah, dass die Sonne hinter den Bäumen verschwunden war. Ich war eingenickt. Schlaftrunken schaute ich mich um und hatte mit einem Mal das Gefühl, nicht allein zu sein.

»Charlie?«, fragte ich. Doch ich hörte, wie seine Autotür auf der anderen Seite des Hauses ins Schloss fiel.

Ganz durcheinander sprang ich auf, raffte die feucht gewordene Decke und mein Buch zusammen und eilte ins Haus, um etwas Öl zu erhitzen. Ich war spät dran mit dem Abendessen. Charlie war gerade dabei, seinen Pistolengurt aufzuhängen und seine Stiefel auszuziehen.

»Essen ist noch nicht fertig, Dad, tut mir leid – ich bin draußen eingeschlafen.« Ich unterdrückte ein Gähnen.

»Macht nichts«, sagte er. »Ich wollte sowieso nachsehen, wie's beim Spiel steht.«

Nach dem Essen sah ich mit Charlie fern, um etwas zu tun zu

haben. Es lief nichts, was ich sehen wollte, aber da er wusste, dass ich Baseball nicht mochte, stellte er eine schwachsinnige Sitcom ein, die uns beide langweilte. Dennoch genoss er es sichtlich, dass wir etwas zusammen machten. Und trotz meiner Niedergeschlagenheit tat es mir gut zu wissen, dass ich ihm eine Freude bereitete.

»Dad«, sagte ich während einer Werbepause, »Jessica und Angela fahren morgen nach Port Angeles, um nach Kleidern für den Ball zu schauen, und sie wollen, dass ich ihnen beim Aussuchen helfe ... Hast du was dagegen, wenn ich mitfahre?«

»Jessica Stanley?«, fragte er.

»Und Angela Weber«, präzisierte ich mit einem genervten Stöhnen.

»Aber du gehst doch gar nicht zum Ball«, sagte er verwirrt.

»Nein, Dad, aber ich helfe *ihnen* dabei, etwas zu finden. Konstruktive Kritik und so.« Einer Frau hätte ich das nicht erklären müssen.

»Na ja, okay.« Er schien zu kapieren, dass solche Mädchensachen über seinen Horizont gingen. »Aber am nächsten Tag ist Schule.«

»Wir fahren gleich nach der letzten Stunde los, damit wir zeitig wieder zurück sind. Kriegst du das hin mit dem Abendessen?«

»Bells, bevor du gekommen bist, hab ich mich siebzehn Jahre lang selbstständig ernährt«, erinnerte er mich.

»Keine Ahnung, wie du das überlebt hast«, murmelte ich, dann sagte ich lauter: »Ich stell dir trotzdem ein paar Sachen für Sandwiches in den Kühlschrank, ja? Ganz oben.«

Er warf mir einen belustigten, aber nachsichtigen Blick zu.

Am nächsten Morgen schien wieder die Sonne. Ich erwachte mit neuer Hoffnung, die ich sogleich verbissen unterdrückte.

Für das wärmere Wetter suchte ich mir eine blaue Bluse mit V-Ausschnitt heraus, die ich in Phoenix im tiefsten Winter getragen hatte.

Ich fuhr absichtlich so spät los, dass mir gerade noch Zeit blieb, pünktlich zur ersten Stunde zu kommen. Betrübt drehte ich auf dem Parkplatz meine Runden, auf der Suche nach einer Lücke, aber auch nach einem silbernen Volvo, der ganz klar nirgends zu sehen war. Ich parkte in der letzten Reihe und rannte zu Englisch; ich kam gerade noch rechtzeitig an, bevor es zur Stunde klingelte – atemlos, aber gefasst.

Es war dasselbe wie am Tag zuvor – ich konnte es einfach nicht vermeiden, dass in mir wieder kleine Pflänzchen der Hoffnung heranwuchsen, nur um dann, als ich vergeblich meinen Blick durch die Cafeteria schweifen ließ und allein an meinem Tisch im Bioraum saß, umso schmerzhafter zertrampelt zu werden.

Die Fahrt nach Port Angeles wurde für mich noch reizvoller, als ich hörte, dass Lauren etwas anderes vorhatte. Ich wollte so schnell wie möglich raus aus Forks, damit ich aufhören konnte, mich ständig umzusehen, in der Hoffnung, dass er plötzlich aus heiterem Himmel auftauchte, wie das so seine Art war. Ich nahm mir vor, gute Laune zu haben, um Angela und Jessica die Freude an ihrem Einkaufsbummel nicht zu verderben. Vielleicht konnte ich mich ja auch nach ein paar Klamotten umsehen. Ich weigerte mich, auch nur in Erwägung zu ziehen, dass ich am Samstag in Seattle allein durch die Geschäfte gehen würde; so hatte ich es ursprünglich geplant, doch so wollte ich es nicht mehr. Er würde ja wohl wenigstens nicht abspringen, ohne mir Bescheid zu sagen.

Nach der Schule folgte mir Jessica in ihrem alten weißen Mercury nach Hause, damit ich meine Bücher und den Transporter wegbringen konnte. Drinnen bürstete ich mir kurz die Haare und spürte dabei einen Anflug von Vorfreude – gleich würde ich aus Forks rauskommen! Ich legte Charlie einen Zettel auf den Tisch, auf dem ich noch mal erklärte, wo das Abendessen stand, nahm mein abgegriffenes Portemonnaie aus meiner Schultasche und steckte es in eine selten benutzte Handtasche und rannte dann nach draußen zu Jessica. Wir fuhren zu Angela, die uns bereits erwartete. Meine Freude wuchs sprunghaft an, als wir tatsächlich die Ortsgrenze hinter uns ließen.

DINNER FOR TWO

Jess fuhr schneller als Charlie, und so waren wir schon um vier in Port Angeles. Seit meinem letzten richtigen Mädchenabend war reichlich Zeit vergangen, und der Östrogenausstoß regte meine Lebensgeister an. Im Auto hörten wir rührselige Rocksongs, und Jessica plapperte ohne Punkt und Komma über die Jungs, mit denen wir zu tun hatten. Ihr Abendessen mit Mike war gut verlaufen, und sie hoffte, dass sie Samstagabend beim ersten Kuss angelangt sein würden. Ich lächelte zufrieden in mich hinein. Angela hatte zwar Lust, zum Ball zu gehen, war aber nicht wirklich an Eric interessiert. Sofort versuchte Jess, aus ihr herauszubekommen, wer von den anderen Jungs ihr gefiel. Nach einer Weile half ich ihr aus der Patsche, indem ich das Gespräch auf Abendkleider und den bevorstehenden Einkauf lenkte. Sie warf mir einen dankbaren Blick zu.

Port Angeles war eine hübsche kleine Touristenfalle, viel malerischer und herausgeputzter als Forks. Jessica und Angela waren schon häufig hier gewesen und hatten keine Lust, an der pittoresken Strandpromenade Zeit zu verschwenden. Jess fuhr direkt zum einzigen großen Kaufhaus der Stadt, das ein paar Straßen stadteinwärts lag.

Der Ball war als semiformell ausgeschrieben; wir wussten alle nicht genau, wie wir das deuten sollten. Jessica und Angela waren überrascht und fast schon ungläubig, als ich ihnen erzählte, dass ich in Phoenix auf keinem einzigen Ball gewesen war.

»Bist du denn nie mit deinem Freund oder so zu einem gegangen?«, fragte Jess zweifelnd, als wir das Kaufhaus betraten.

Ich bemühte mich, überzeugend zu wirken, ohne meine Ungeschicklichkeit beim Tanzen eingestehen zu müssen. »Ehrlich«, versicherte ich ihr, »ich hatte nie auch nur ansatzweise so etwas wie einen Freund. Ich bin nicht viel ausgegangen.«

»Warum denn nicht?«, wollte Jessica wissen.

»Es hat mich keiner gefragt«, antwortete ich wahrheitsgemäß.

Sie schaute skeptisch. »Hier fragen sie dich«, erinnerte sie mich, »aber du sagst allen ab.« Wir waren mittlerweile in der Abteilung für junge Mode angekommen und schauten uns nach den etwas schickeren Sachen um.

»Na ja, außer Tyler«, berichtigte Angela leise.

»Wie bitte?«, sagte ich und schnappte nach Luft. »Was hast du gesagt?«

»Tyler hat allen erzählt, dass er mit dir zum Jahresabschlussball geht«, informierte mich Jessica mit argwöhnischem Blick.

»Er hat *was* gesagt?« Ich hörte mich an, als würde ich gleich ersticken.

»Wusste ich doch, dass das nicht stimmt«, murmelte Angela, zu Jessica gewandt.

Ich sagte gar nichts – ich hatte mich noch nicht von dem Schock erholt, der sich jetzt ziemlich schnell in Wut verwandelte. Doch dann fanden wir die Ständer mit den Abendkleidern und es gab Arbeit.

»Deshalb kann Lauren dich auch nicht leiden«, sagte Jessica kichernd, während wir ein Kleid nach dem anderen hervorzogen und begutachteten.

»Meinst du, wenn ich ihn mit meinem Transporter überfahre, kann ich ihn davon überzeugen, sich nicht mehr wegen des Unfalls schuldig zu fühlen?«, fragte ich bissig. »Dann sind wir endlich quitt, und er kann damit aufhören, Wiedergutmachung zu leisten.«

»Vielleicht«, prustete sie los. »*Falls* das der Grund ist.«

Die Auswahl an Kleidern war klein, trotzdem fanden beide ein paar Teile, die sie anprobieren wollten. Ich saß auf einem niedrigen Sessel neben dem dreiteiligen Spiegel und versuchte meinen Zorn zu zügeln.

Jess musste sich zwischen zwei Kleidern entscheiden – das eine war trägerlos, lang, schlicht und schwarz, das andere hatte Spaghettiträger, ging nur bis zu den Knien und war leuchtend blau. Ich ermunterte sie, das blaue zu nehmen; was sprach dagegen, den Augen etwas zu bieten? Angela suchte sich ein blassrosa Kleid aus, das vorteilhaft an ihrer großen Gestalt herabfloss und in ihren hellbraunen Haaren einen Honigton hervorbrachte. Ich sparte bei beiden nicht mit Komplimenten und brachte die aussortierten Kleider zurück zum Ständer. Das Ganze ging schneller und unkomplizierter vonstatten als ähnliche Unternehmungen zu Hause mit Renée. So gesehen war die geringe Auswahl von Vorteil.

Wir gingen weiter zu den Schuhen und Accessoires. Sie probierten Sachen an, ich beschränkte mich aufs Zuschauen und Kommentieren. Ich war nicht in der Stimmung, etwas zu kaufen, obwohl ich auch neue Schuhe brauchen konnte. Die Verärgerung über Tyler hatte meine Hochstimmung zerstört. Die Trübsal hatte mich wieder.

»Angela?«, fragte ich zögerlich. Sie probierte gerade ein Paar rosafarbene High Heels mit Riemchen an; sie war froh, einen Begleiter zu haben, bei dem sie überhaupt hochhackige Schuhe tragen konnte. Jessica war zum Schmuckstand hinübergegangen; wir waren allein.

»Ja?« Sie winkelte ihr Bein ab und drehte ihren Fuß, um den Schuh besser betrachten zu können.

Doch dann verließ mich der Mut. »Die sehen gut aus«, sagte ich.

»Ich glaube, ich nehm sie«, sagte sie abwägend. »Die werden zwar nie zu irgendwas anderem passen als zu dem einen Kleid, aber was soll's.«

»Genau – und außerdem sind sie runtergesetzt«, ermunterte ich sie. Sie lächelte und verschloss einen anderen Karton, der eher zweckmäßig wirkende, mattweiße Schuhe enthielt.

Ich nahm einen weiteren Anlauf. »Ähm, Angela ...« Sie blickte neugierig auf.

»Ist es eigentlich normal, dass die ... Cullens« – ich schaute beim Sprechen die Schuhe an – »öfter mal nicht zur Schule kommen?« Ich gab mir Mühe, so unverkrampft wie möglich zu klingen, und versagte auf ganzer Linie.

»Auf jeden Fall. Wenn das Wetter gut ist, machen sie ständig Wandertouren, selbst der Doktor. Sie sind ziemliche Freiluftfanatiker.« Sie sprach mit gesenkter Stimme und betrachtete dabei ebenfalls ihre Schuhe. Und sie stellte mir nicht eine einzige Frage, ganz zu schweigen von den Hunderten, mit denen Jessica mich an ihrer Stelle bestürmt hätte. Ich fing an, Angela wirklich zu mögen.

»Verstehe.« Dann kam Jessica zurück, um uns den Schmuck zu präsentieren, den sie passend zu ihren silbernen Schuhen ausgesucht hatte, und ich ließ das Thema fallen.

Wir hatten geplant, zum Essen in ein kleines italienisches Restaurant an der Uferpromenade zu gehen, doch der Einkauf hatte weniger Zeit als erwartet in Anspruch genommen. Jess und

Angela wollten ihre neuen Sachen zum Auto bringen und dann hoch zur Bucht laufen. Ich verabredete mit ihnen, dass wir uns eine Stunde später bei dem Italiener treffen würden – ich wollte noch in einen Buchladen gehen. Sie erklärten sich beide bereit, mir Gesellschaft zu leisten, doch ich redete ihnen zu, sich eine nette Stunde am Wasser zu machen – sie hatten ja keine Ahnung, wie versunken ich sein konnte, wenn ich von Büchern umgeben war; mir war es sowieso lieber, dabei allein zu sein. Sie gingen fröhlich plaudernd zum Auto, und ich machte mich in die Richtung auf, die Jessica mir gewiesen hatte.

Der Buchladen war leicht zu finden, aber er war nicht das, wonach ich suchte. Das Schaufenster war voller Kristalle, Traumfänger und Bücher über spirituelle Heilung. Durch das Glas sah ich eine vielleicht fünfzigjährige Frau mit langen grauen Haaren, die ihr offen über den Rücken herabfielen, und einem Kleid direkt aus den Sechzigern. Sie stand hinter ihrem Ladentisch und lächelte einladend. Ich ging gar nicht erst hinein – auf das Gespräch konnte ich getrost verzichten; es musste ja irgendwo noch einen normalen Buchladen geben.

Ich schlenderte durch die Straßen, die sich mit Feierabendverkehr füllten, und hoffte, dass ich in Richtung Zentrum unterwegs war. Ich achtete kaum darauf, wo ich mich befand; ich hatte genug damit zu tun, gegen meine Verzweiflung anzukämpfen und möglichst nicht an ihn zu denken oder daran, was Angela gesagt hatte. Doch am schwersten war es, meine Hoffnungen für Samstag herunterzuschrauben – ich hatte schreckliche Angst vor einer Enttäuschung. Und dann blickte ich auf und sah einen silberfarbenen Volvo am Straßenrand stehen, und alles kam mit Gewalt zurück. Blöder, unzuverlässiger Vampir, dachte ich.

Ich stapfte weiter in südlicher Richtung, auf ein paar vielversprechende Glasfassaden zu. Doch als ich dort ankam, stand ich vor einer Reparaturwerkstatt und einem leerstehenden Gebäude. Es war immer noch zu früh, um das Restaurant zu suchen, und ich musste mich auf jeden Fall wieder fangen, bevor ich Jess und Angela traf. Ich fuhr mir ein paarmal mit den Fingern durch die Haare und atmete tief durch, dann bog ich um die Ecke.

An der nächsten Straße, die ich überquerte, wurde mir klar, dass ich in die falsche Richtung ging. Die wenigen Fußgänger, die mir noch begegneten, liefen nach Norden, und die meisten Gebäude hier sahen aus wie Lagerhäuser. Ich wollte nicht denselben Weg zurücklaufen, deshalb entschloss ich mich, an der nächsten Ecke nach Osten abzubiegen und dann ein paar Straßen weiter einen Bogen zurück in Richtung Strandpromenade zu schlagen. Vielleicht hatte ich ja auf einer anderen Straße mehr Glück.

Vier Männer kamen um die Ecke, auf die ich zulief. Für Büroarbeiter auf dem Heimweg waren sie zu zwanglos gekleidet, für Touristen dagegen zu schmuddelig. Als sie näher kamen, sah ich, dass sie nicht viel älter waren als ich. Sie blödelten herum, lachten laut und mit rauen Stimmen und boxten sich gegenseitig auf die Oberarme. Ich wich so weit wie möglich an den Rand des Bürgersteiges aus, um ihnen Platz zu lassen, ging schneller und blickte an ihnen vorbei auf die Kreuzung.

»Hey, wie geht's?«, rief einer von ihnen im Vorbeigehen. Er konnte nur mich meinen – sonst war niemand in der Nähe. Automatisch blickte ich auf. Zwei von ihnen waren stehen geblieben, die beiden anderen wurden langsamer. Mir am nächsten stand ein kräftig gebauter, dunkelhaariger Mann Anfang zwanzig – dem Anschein nach war er es, der mich angesprochen hatte. Er trug ein offenes Flanellhemd über einem schmutzigen T-Shirt, dazu abgeschnittene Jeans und Sandalen. Er machte eine Bewegung auf mich zu.

»Hallo«, murmelte ich reflexartig. Dann schaute ich schnell weg und ging eilig auf die Ecke zu. Ich hörte, wie sie hinter mir in schallendes Gelächter ausbrachen.

»Hey, warte doch mal!«, rief einer hinter mir her, doch ich bog mit gesenktem Kopf – und einem erleichterten Seufzen – um die Ecke. Aus der Entfernung hörte ich noch immer ihr Lachen.

Ich befand mich auf einem Gehweg, der an der Rückseite von düster aussehenden Lagerhäusern vorbeiführte; sie hatten große Schiebetüren zum Entladen von Lastwagen, die für die Nacht mit Vorhängeschlössern gesichert waren. Auf der anderen Straßenseite gab es gar keinen Gehweg, nur einen Stacheldrahtzaun, der irgendein Lager für Maschinenteile absperrte. Ich war weit entfernt von dem Port Angeles, das für Touristen wie mich bestimmt war. Es wurde langsam dunkel – die Wolken waren zurückgekehrt, türmten sich am westlichen Horizont auf und sorgten für einen verfrühten Sonnenuntergang. Der östliche Himmel war noch immer klar, färbte sich aber grau und wurde von rosa- und orangefarbenen Streifen durchzogen. Mich fröstelte plötzlich, und ich schlang meine Arme fest um meine Brust; meine Jacke hatte ich im Auto gelassen. Ein Van fuhr an mir vorbei, dann war die Straße leer.

Schlagartig verdüsterte es sich noch mehr, und als ich mich verärgert nach der aufdringlichen Wolke umschaute, durchfuhr mich ein Schreck: In sechs oder sieben Metern Entfernung folgten mir lautlos zwei Männer.

Sie gehörten zu der Gruppe, der ich vor der Ecke begegnet war, doch der Dunkelhaarige, der mich angesprochen hatte, war nicht dabei. Ich drehte mich weg und lief schneller. Wieder durchfuhr mich ein Frösteln, doch dieses Mal hatte es nichts mit dem Wetter zu tun. Meine Handtasche trug ich um den Körper geschlungen, wie man es machen soll, damit sie einem niemand wegreißen kann. Ich wusste genau, wo sich mein Pfefferspray befand – in meiner Reisetasche unter dem Bett, wo es schon seit meiner Ankunft in Forks lag. Ich hatte nicht viel Geld dabei, nur einen Zwanziger und ein paar Eindollarscheine, und ich dachte kurz daran, »versehentlich« meine Tasche fallen zu lassen und weiterzugehen. Doch eine leise und ängstliche innere Stimme mahnte mich, dass diese Männer vielleicht schlimmere Absichten hatten als Raub.

Ich lauschte mit aller Kraft auf ihre Schritte, die im Vergleich zu ihrem polternden, lärmenden Auftreten zuvor viel zu leise waren. Es klang nicht so, als ob sie beschleunigten oder näher kamen. Immer schön durchatmen, sagte ich mir – du weißt ja gar nicht, ob sie dir folgen. Ich lief weiterhin, so schnell ich konnte, ohne tatsächlich zu rennen, und richtete meine Aufmerksamkeit auf eine Straße, die wenige Meter vor mir nach links einbog. Ich konnte die Männer hören, sie blieben auf Abstand. Ein blaues Auto kam aus der Seitenstraße und beschleunigte in die Richtung, aus der ich kam. Einen Moment lang dachte ich daran, auf die Straße zu springen, um es anzuhalten, doch ich zögerte, war mir nicht sicher genug, ob ich wirklich verfolgt wurde – und dann war es zu spät.

Ich erreichte die Seitenstraße, bog hinein, sah aber, dass es lediglich eine Sackgasse war, die an der Rückseite eines Gebäudes endete. Schnell machte ich kehrt, überquerte die Gasse und lief weiter die Straße entlang. Sie endete an der nächsten Ecke; dort stand ein Stoppschild. Ich konzentrierte mich auf die leisen Schritte hinter mir und überlegte fieberhaft, ob ich rennen sollte oder nicht. Es klang aber, als blieben die Männer zurück, und ich wusste, dass sie im Ernstfall sowieso schneller wären. Außerdem war ich mir sicher, dass ich straucheln und der Länge nach hinschlagen würde, wenn ich versuchte noch schneller zu laufen. Das Geräusch ihrer Schritte klang jetzt definitiv weiter entfernt. Ich riskierte einen kurzen Blick über meine Schulter und sah erleichtert, dass sie etwa fünfzehn Meter hinter mir waren. Doch beide schauten mich an.

Ein kleines Stück vor mir war die Straßenecke, aber es schien eine Ewigkeit zu dauern, dort hinzukommen. Ich behielt mein Tempo bei, und die Männer in meinem Rücken fielen mit jedem Schritt etwas weiter zurück. Vielleicht war ihnen bewusst geworden, dass sie mich erschreckt hatten, und es tat ihnen leid. Ich sah, dass vorne auf der Querstraße zwei Autos in Richtung Norden vorbeifuhren, und atmete auf. Wenn ich erst mal diese einsame Straße verlassen hätte, würden mir wieder mehr Menschen begegnen. Mit einem dankbaren Seufzen bog ich schwungvoll um die Ecke.

Und blieb stolpernd stehen.

Die Straße war beidseitig von Mauern gesäumt – blanken Wänden, ohne Türen und ohne Fenster. Weiter hinten, vielleicht zwei Kreuzungen entfernt, konnte ich Straßenlaternen, Autos und andere Fußgänger sehen, aber sie waren zu weit weg. Denn vor mir, etwa auf halbem Weg zur nächsten Seitenstraße, standen die beiden anderen Männer. Sie lehnten an der Wand des Gebäudes auf meiner Straßenseite und sahen mit hämischer Freude zu, wie ich starr vor Schreck auf dem Gehweg stand. Man war mir nicht gefolgt, das wurde mir jetzt klar.

Man hatte mich getrieben.

Meine Erstarrung währte nur eine Sekunde, aber es fühlte sich sehr viel länger an. Dann wandte ich mich ab und stürzte auf die andere Straßenseite. Ich hatte das beklemmende Gefühl, dass es vergeblich war. Die Schritte hinter mir wurden jetzt lauter.

»Na endlich!« Die Stimme des stämmigen, dunkelhaarigen Mannes klang dröhnend durch die angespannte Stille und ließ mich zusammenfahren. In der hereinbrechenden Dunkelheit sah es so aus, als schaute er an mir vorbei.

»Keine Sorge«, rief jemand laut hinter mir und ließ mich abermals zusammenzucken, während ich in panischer Hast die Straße entlanglief. »Wir haben nur einen kleinen Umweg gemacht.«

Ich musste mich bremsen. Die Entfernung zwischen mir und den beiden, die da so lässig an der Wand lehnten, verringerte sich zu schnell. Ich hatte immer eine kräftige Stimme gehabt und atmete tief ein, um jetzt Gebrauch davon zu machen, doch meine Kehle war so ausgetrocknet, dass ich mir nicht sicher war, ob ich überhaupt einen Ton herausbekommen würde. Mit einer schnellen Bewegung zog ich mir die Handtasche über den Kopf und hielt sie am Riemen in der Hand, um sie entweder zu opfern oder als Waffe zu verwenden.

Der bullige Mann löste sich von der Wand und kam langsam über die Straße. Ich erstarrte.

»Bleib, wo du bist«, warnte ich ihn mit einer Stimme, die stark und furchtlos klingen sollte. Aber ich hatte richtig vermutet, was meine trockene Kehle anging – es klang eher piepsig.

»Ach, Süße – sei doch nicht so«, rief er, und hinter mir ertönte wieder das raue Gelächter.

Ich nahm meine Füße etwas auseinander, um einen besseren Stand zu haben, und machte mich bereit. Trotz meiner Panik versuchte ich mich an das Wenige zu erinnern, was ich über Selbstverteidigung wusste. Handballen nach oben stoßen und hoffentlich die Nase brechen oder ins Hirn drücken. Finger in die Augenhöhle, das Auge zu fassen kriegen und rausstülpen. Und natürlich der Klassiker – Knie in die Weichteile. Wieder meldete sich die pessimistische Stimme in mir und erinnerte mich daran, dass ich wahrscheinlich nicht einmal gegen einen von ihnen eine Chance hätte, geschweige denn gegen alle vier. Ich würgte sie ab, bevor mich das Entsetzen ganz und gar lähmen konnte. Wenn sie mich erledigen wollten, würde einer von ihnen auch dran glauben. Ich versuchte zu schlucken, um einen anständigen Schrei hinzubekommen.

Urplötzlich schossen hinter dem Stämmigen Scheinwerfer um die Ecke, und er konnte sich nur durch einen Satz zurück in Richtung Gehweg retten. Ich stürzte auf die Straße – *dieses* Auto würde entweder anhalten oder mich überfahren müssen. Doch dann machte es einen plötzlichen Schlenker, schlitterte auf mich zu und blieb mit offener Beifahrertür stehen. Es war silberfarben.

»Steig ein«, kommandierte eine zornige Stimme.

Es war verblüffend, wie augenblicklich – noch bevor ich seiner Anweisung nachkommen konnte – die beklemmende Furcht von mir abfiel und ein Gefühl der Sicherheit mich einhüllte, als ich seine Stimme hörte. Ich schlüpfte hinein und schlug die Tür hinter mir zu.

Im Auto war es dunkel, und auch beim Öffnen der Tür war kein Licht angegangen; im glimmenden Licht der Armaturen konnte ich kaum sein Gesicht sehen. Er trat das Gaspedal durch und riss das Auto mit quietschenden Reifen in nördliche Richtung herum – es schlingerte und hätte fast die verdutzten Männer auf der Straße erfasst. Während er den Wagen wieder in den Griff bekam und beschleunigte, sah ich aus den Augenwinkeln, wie sie sich auf den Gehweg in Sicherheit brachten.

»Schnall dich an«, kommandierte er, und ich merkte, dass ich mich mit beiden Händen am Sitz festkrallte. Ich gehorchte sofort; das Klicken beim Einrasten des Verschlusses hallte in der

Dunkelheit. Wir rasten auf den Hafen zu, doch dann bog er scharf nach links ab und überfuhr eine Reihe von Stoppschildern, ohne das Tempo zu drosseln.

Doch ich fühlte mich vollkommen sicher, und für den Moment war es mir ganz und gar gleichgültig, wohin wir fuhren. Zutiefst erleichtert blickte ich in sein Gesicht – es war eine Erleichterung, die mehr umfasste als meine unerwartete Rettung. Ich musterte seine perfekten Züge im schwachen Licht und wartete darauf, dass sich mein Puls wieder beruhigte. Dann erst registrierte ich die mörderische Wut in seinem Ausdruck.

»Ist alles okay mit dir?«, fragte ich, überrascht davon, wie heiser meine Stimme klang.

»Nein«, sagte er schroff. Es hörte sich an, als sei er außer sich vor Zorn.

Schweigend betrachtete ich sein Gesicht; er blickte stur geradeaus, seine Augen funkelten. Dann hielt er plötzlich an. Ich schaute mich um, doch es war zu dunkel, um irgendetwas zu erkennen außer den vagen Umrissen der dunklen Bäume, die sich seitlich der Straße drängten. Wir hatten die Stadt verlassen.

»Bella?«, fragte er mit angespannter, mühsam kontrollierter Stimme.

»Ja?« Meine Stimme war immer noch kratzig. Ich versuchte mich geräuschlos zu räuspern.

»Ist alles okay mit *dir*?« Noch immer schaute er mich nicht an, doch die Wut stand ihm ins Gesicht geschrieben.

»Ja«, krächzte ich leise.

»Lenk mich bitte ab«, forderte er.

»Wie bitte – was?«

Gereizt atmete er aus.

»Du sollst irgendwas Unwichtiges plappern, bis ich mich wieder beruhigt hab«, erklärte er, schloss die Augen und drückte mit Daumen und Zeigefinger gegen seinen Nasenrücken.

»Äh« – ich durchforstete mein Hirn nach irgendwelchen Nichtigkeiten. »Ich werd wohl morgen früh vor der Schule Tyler Crowley überfahren müssen?«

Seine Augen blieben geschlossen, doch in seinem Mundwinkel zuckte es.

»Warum?«

Also plapperte ich los. »Er rennt rum und erzählt allen, dass er mit mir zum Jahresabschlussball geht – entweder er ist wahnsinnig, oder er versucht immer noch, Wiedergutmachung zu leisten, weil er mich fast totgefahren hätte letzten … na ja, du weißt ja, wann, jedenfalls scheint er zu denken, dass der Abschlussball irgendwie die korrekte Art ist, das zu tun. Deshalb dachte ich mir, wenn ich ihn auch fast totfahre, sind wir quitt, und er kann damit aufhören, Buße zu tun. Ich habe wirklich keine Lust auf irgendwelche Rivalitäten, und wenn er mich in Ruhe lässt, hört Lauren vielleicht auch auf, Gift zu sprühen. Kann allerdings sein, dass ich Schrott aus seinem Sentra machen muss. Ohne Auto kann er schließlich auch niemanden zum Ball ausführen, richtig?«

»Stimmt, ich hab auch schon davon gehört.« Er klang ein wenig ruhiger.

»*Du?*«, fragte ich ungläubig, und mein Ärger von vorhin flammte noch einmal auf. »Wenn er vom Hals abwärts gelähmt ist, kann er auch nicht zum Ball gehen«, präzisierte ich meinen Plan.

Edward seufzte, und dann öffnete er endlich seine Augen.

»Geht's dir besser?«

»Nicht so richtig.«

Ich wartete, aber mehr sagte er nicht. Er lehnte seinen Kopf gegen den Sitz und blickte zur Decke des Autos hoch. Seine Miene war starr.

»Was ist los?« Ich flüsterte.

»Gelegentlich fällt es mir sehr schwer, mich zu beherrschen, Bella.« Er flüsterte ebenfalls, und dann, als er seinen Kopf drehte und aus dem Fenster schaute, verengten sich seine Augen zu schmalen Schlitzen. »Aber es wäre ganz sicher *keine* gute Idee, jetzt umzudrehen und diese Typen zur Strecke zu bringen. Diese widerlichen …« Er beendete den Satz nicht, sondern schaute weg und rang erneut mit seiner Wut. »Zumindest«, fuhr er fort, »ist es das, wovon ich mich zu überzeugen versuche.«

»Oh.« Ein unzulängliches Wort, aber mir fiel kein besseres ein.

Wieder saßen wir schweigend da. Ich blickte auf die Uhr im Armaturenbrett. Es war nach halb sieben.

»Jessica und Angela werden sich Sorgen machen«, sagte ich leise. »Ich war mit ihnen verabredet.«

Ohne ein weiteres Wort ließ er den Motor an, wendete geschickt und raste zurück in Richtung Stadt. Wenig später fuhren wir schon – immer noch viel zu schnell – im Licht der Straßenlaternen und umkurvten die Spazierfahrer an der Bucht wie Slalomstangen. Er parkte am Straßenrand, in einer Lücke, die mir viel zu schmal für den Volvo erschien, in die er aber hineinglitt, ohne ein einziges Mal korrigieren zu müssen. Ich schaute aus dem Fenster auf die Lichter von *La Bella Italia* und sah Jess und Angela, die gerade herauskamen und in großer Eile davonliefen.

»Woher wusstest du denn, wo …?«, setzte ich an, doch dann schüttelte ich nur den Kopf. Ich hörte seine Tür aufgehen, drehte mich um und sah ihn aussteigen.

»Was hast du vor?«, fragte ich.

»Ich lade dich zum Essen ein«, erwiderte er mit einem schwachen Lächeln, doch sein Blick war leer. Er stand bereits auf der Straße und schlug die Autotür zu, während ich noch an meinem Gurt herumfummelte. Als ich es geschafft hatte, ebenfalls auszusteigen, stand er schon ungeduldig auf dem Bürgersteig.

Ich wollte etwas sagen, doch er war schneller. »Würdest du bitte Jessica und Angela aufhalten, bevor ich sie auch noch suchen muss? Ich glaub nicht, dass ich mich ein zweites Mal beherrschen könnte, wenn ich deine Freunde von vorhin wiedersehen würde.«

Der drohende Ton seiner Stimme jagte mir einen Schauer über den Rücken.

»Jess! Angela!«, schrie ich und winkte, als sie sich umdrehten. Sie hasteten auf mich zu, und ich sah, wie sich die Erleichterung auf ihren Gesichtern in blankes Erstaunen verwandelte, als sie sahen, wer neben mir stand. Als sie noch ein paar Schritte entfernt waren, blieben sie stehen.

»Wo warst du?« Jessicas Stimme klang argwöhnisch.

»Ich hab mich verlaufen«, gestand ich kleinlaut. »Und dann hab ich Edward getroffen.« Ich machte eine Handbewegung in seine Richtung.

»Wäre es in Ordnung, wenn ich euch Gesellschaft leiste?«, fragte er mit seiner seidenweichen, unwiderstehlichen Stimme. Ich sah ihren verdatterten Mienen an, dass sie zum ersten Mal in den Genuss seines Charmes kamen.

»Äh … na klar«, hauchte Jessica.

»Ehrlich gesagt, Bella, wir haben schon was gegessen, während wir gewartet haben«, gestand Angela. »Sorry.«

Ich zuckte mit den Schultern. »Macht nichts, ich hab sowieso keinen Hunger.«

»Ich finde, du solltest etwas essen.« Edwards Stimme war leise, aber bestimmt. Dann schaute er Jessica an und sprach etwas lauter. »Hättet ihr etwas dagegen, wenn ich Bella später nach Hause fahre? Dann müsst ihr nicht warten, bis sie gegessen hat.«

»Äh, nö, eigentlich nicht …« Sie biss sich auf die Lippe und versuchte meiner Miene zu entnehmen, ob das in meinem Sinne war. Ich zwinkerte ihr zu – es gab nichts, was ich mehr wollte, als mit meinem ständigen Retter allein zu sein. Ich brannte darauf, ihn mit all den Fragen zu bombardieren, die ich für mich behalten musste, solange jemand anderes dabei war.

»Okay.« Angela schaltete schneller als Jessica. »Bis morgen dann, Bella … Edward.« Sie griff sich Jessicas Hand und zog sie zum Auto, das ein Stückchen weiter weg auf der anderen Straßenseite stand. Beim Einsteigen blickte Jess sich noch einmal um und winkte; ihr Gesicht brannte vor Neugier. Ich winkte zurück und wartete, bis sie wegfuhren. Dann wandte ich mich ihm zu.

»Ehrlich, ich hab wirklich keinen Hunger«, beharrte ich. Ich musterte sein Gesicht. Seine Miene war unergründlich.

»Tu mir den Gefallen.«

Er ging zum Eingang und hielt mir die Tür auf; sein Gesichtsausdruck ließ keinen Zweifel daran, dass die Diskussion beendet war. Mit einem resignierten Seufzen ging ich an ihm vorbei und betrat das Restaurant.

Es war nicht sonderlich voll – um diese Jahreszeit war in Port Angeles Nebensaison. Die Wirtin begrüßte uns, und ich wusste, was das für ein Blick war, mit dem sie Edward musterte. Sie war viel zuvorkommender, als es das Protokoll verlangte. Und ich war erstaunt darüber, wie sehr mich das störte. Sie war ein ganzes Stück größer als ich und hatte blondgefärbte Haare.

»Ein Tisch für zwei Personen?« Ob beabsichtigt oder nicht,

seine Stimme klang verlockend. Ich sah, wie ihr Blick mich streifte, und nahm die Zufriedenheit wahr, mit der sie meine offensichtliche Durchschnittlichkeit und den Sicherheitsabstand, den er zu mir hielt, registrierte. Sie brachte uns zu einem Tisch für vier Personen im belebtesten Teil des Lokals.

Ich hatte meine Hand schon an der Stuhllehne, doch Edward schüttelte den Kopf.

»Vielleicht etwas, wo man ein wenig ungestörter sitzt?«, beharrte er mit verhaltener Stimme. Ich war mir nicht ganz sicher, aber es könnte sein, dass er ihr unauffällig ein Trinkgeld in die Hand drückte. Ich hatte noch nie jemanden einen Tisch ablehnen sehen, außer in alten Filmen.

»Ja, sicher.« Sie klang, als wäre sie ebenso überrascht wie ich, und führte uns hinter eine Trennwand, wo in einem kleinen Kreis ein paar Separees angeordnet waren – allesamt leer. »Wie ist es hier?«

»Perfekt.« Sie kam in den Genuss seines strahlenden Lächelns und war einen Moment lang wie benommen.

»Ähm« – sie schüttelte ihren Kopf, sichtlich um Fassung bemüht –, »die Kellnerin wird gleich da sein.« Dann ging sie auf wackligen Beinen davon.

»Das solltest du wirklich nicht tun«, kritisierte ich. »Das gehört sich nicht.«

»Was gehört sich nicht?«

»Leute so aus der Fassung bringen – wahrscheinlich muss sie sich jetzt in der Küche erst einmal beruhigen.«

Er schien nicht zu wissen, worauf ich hinauswollte.

»Ich bitte dich«, sagte ich ungläubig, »du willst mir doch nicht erzählen, dass du nicht weißt, wie du auf Leute wirkst.«

Er legte seinen Kopf schief und schaute mich neugierig an. »Ich bringe Leute aus der Fassung?«

»Ist dir das noch nicht aufgefallen? Dachtest du, alle kriegen so schnell, was sie wollen?«

Er ignorierte meine Fragen. »Bringe ich *dich* auch aus der Fassung?«

»Des Öfteren«, gab ich zu.

Und dann erschien die Kellnerin mit erwartungsvoller Miene an unserem Tisch – sie war bestimmt von der Wirtin vorbereitet worden und sah alles andere als enttäuscht aus. Kokett schob sie sich eine Strähne ihrer kurzen schwarzen Haare hinter das Ohr und lächelte übertrieben herzlich.

»Hallo, ich heiße Amber – was kann ich euch zu trinken bringen?« Es entging mir nicht, dass sie ausschließlich mit Edward sprach.

Er schaute mich an.

»Ich nehm eine Cola.« Es klang eher wie eine Frage.

»Zwei Cola«, sagte er.

»Kommt sofort«, versicherte sie ihm mit einem weiteren überflüssigen Lächeln. Doch er sah es gar nicht. Er musterte mich.

»Was?«, fragte ich, als sie gegangen war.

Sein Blick blieb auf mein Gesicht geheftet. »Wie fühlst du dich?«

»Okay«, erwiderte ich, erstaunt über die Eindringlichkeit seiner Frage.

»Dir ist also nicht schwindlig, schlecht, kalt …?«

»Wieso?«

Mein verdutzter Ton brachte ihn zum Schmunzeln.

»Na ja, ehrlich gesagt warte ich darauf, dass du einen Schock bekommst.«

Und dann verzog sich sein Gesicht zu diesem wundervollen schiefen Lächeln.

»Ich glaub, das wird nicht passieren«, sagte ich, als ich wieder Luft bekam. »Ich war schon immer gut darin, Unerfreuliches zu verdrängen.«

»Trotzdem, ich hab ein besseres Gefühl, wenn du was im Magen hast.«

Wie aufs Stichwort erschien die Kellnerin mit unseren Getränken und einem Korb mit Grissini. Beim Servieren drehte sie mir den Rücken zu.

»Habt ihr schon gewählt?«, fragte sie Edward.

»Bella?«, fragte er. Mit deutlichem Widerwillen wandte sie sich mir zu.

Ich warf einen Blick auf die Karte und bestellte das erste Gericht, das ich sah. »Ähm … ich nehme die Pilzravioli.«

»Und du?« Mit einem Lächeln wandte sie sich wieder Edward zu.

»Für mich bitte nichts«, sagte er. Natürlich nicht.

»Sag Bescheid, wenn du's dir anders überlegst.« Sie gab sich viel Mühe mit ihrem koketten kleinen Lächeln, doch er beachtete sie nicht, und sie zog enttäuscht von dannen.

»Trink was«, forderte er mich auf.

Als ich gehorsam an meiner Cola nippte, merkte ich, wie durstig ich war – und trank das Glas in langen Zügen leer. Er schob sein volles zu mir rüber.

»Danke«, sagte ich leise, noch immer durstig. Die Kälte der Flüssigkeit breitete sich in meiner Brust aus, und ein Frösteln huschte über meinen Körper.

»Ist dir kalt?«

»Liegt nur an der Cola«, erklärte ich und zitterte wieder.

»Hast du keine Jacke dabei?« Seine Stimme klang tadelnd.

»Doch.« Ich schaute auf den leeren Sitz neben mir. »Mist – die liegt in Jessicas Auto.«

Edward schälte sich aus seiner Jacke. Mir fiel plötzlich auf, dass ich bisher kaum darauf geachtet hatte, was er eigentlich anhatte – nicht nur heute, sondern generell. Scheinbar konnte ich meinen Blick nicht von seinem Gesicht lösen. Jetzt betrachtete ich bewusst seine Kleidung. Er zog eine hellbraune Lederjacke aus; darunter trug er einen enganliegenden, elfenbeinfarbenen Rollkragenpullover, der seine muskulöse Brust betonte.

Er machte meinem stummen Schmachten ein Ende, indem er mir die Jacke reichte.

»Danke«, sagte ich wieder und zog sie mir über. Sie fühlte sich kalt an, so wie meine Jacke, wenn ich sie morgens im zugigen Flur vom Haken nahm. Abermals zitterte ich. Aber ihr Duft! Verblüffend – und köstlich. Ich sog ihn ein und versuchte, ihn zu identifizieren; es roch nicht nach Parfüm. Die Ärmel waren viel zu lang; ich schob sie nach oben, um meine Hände frei zu haben.

»Dieses Blau sieht hübsch an dir aus – es passt so gut zu deinem Teint«, sagte er und beobachtete mich. Überrascht senkte ich den Blick und lief natürlich rot an.

Er schob den Brotkorb zu mir rüber.

»Ehrlich, ich krieg keinen Schock«, protestierte ich.

»Das solltest du aber – jeder *normale* Mensch würde einen kriegen. Du siehst völlig unbeeindruckt aus.« Beunruhigt schaute er mir in die Augen, und ich bemerkte, wie hell seine waren – heller, als ich sie je gesehen hatte. Ihre Farbe war die von goldenem Karamell.

»Ich fühle mich eben sehr sicher mit dir«, verriet ich ihm. Wieder einmal hatte ich unter dem Eindruck seines Blickes wie hypnotisiert die Wahrheit gesagt.

Mein Eingeständnis verstimmte ihn; er runzelte die Stirn, und seine Augenbrauen schoben sich düster zusammen.

»Das wird immer komplizierter«, murmelte er kopfschüttelnd.

Vertieft in sein Mienenspiel, nahm ich mir eine Brotstange und begann daran herumzuknabbern. Ich überlegte, wann ich wohl damit anfangen konnte, ihm Fragen zu stellen.

»Normalerweise hast du bessere Laune, wenn deine Augen so hell sind«, sagte ich, um ihn von den Gedanken abzulenken, die ihn so finster und trübsinnig dreinschauen ließen.

Verblüfft sah er mich an. »Wie bitte?«

»Wenn deine Augen schwarz sind, bist du unausstehlich – daran hab ich mich schon gewöhnt. Ich hab eine Theorie dazu.«

Seine Augen verengten sich. »Noch eine Theorie?«

»Hm-mhh«, bejahte ich kauend und versuchte, dabei cool auszusehen.

»Ich hoffe, du warst ein bisschen einfallsreicher als beim letzten Mal ... oder klaust du deine Ideen immer noch aus Comics?« Ein spöttisches Lächeln umspielte seinen Mund, doch sein Blick blieb ungerührt.

»Na ja, nein, aus einem Comic ist sie nicht, aber alleine bin ich auch nicht draufgekommen«, gab ich zu.

»Und?«, fragte er auffordernd.

Doch im selben Moment trat die Kellnerin mit meinem Essen hinter der Trennwand hervor. Ich merkte, dass wir uns unbewusst über den Tisch gelehnt hatten, aufeinander zu, denn als sie kam, richteten wir uns beide auf. Sie stellte den Teller vor mir ab – das Essen sah ziemlich gut aus – und wandte sich sofort wieder Edward zu.

»Hast du's dir überlegt?«, fragte sie. »Möchtest du wirklich nichts?« Gut möglich, dass ich mir den Hintersinn in ihren Worten nur einbildete.

»Vielen Dank, aber wir hätten gern noch etwas Cola.« Mit

einer langen weißen Hand deutete er auf die leeren Gläser, die vor mir standen.

»Okay.« Sie räumte die Gläser ab und ging.

»Du wolltest mir gerade etwas erzählen«, erinnerte er mich.

»Später, im Auto. Aber nur, wenn …« Ich hielt inne.

»Ach, du hast Bedingungen?«, fragte er mit bedrohlicher Stimme und zog eine Augenbraue hoch.

»Sagen wir mal so – ich hab natürlich ein paar Fragen.«

»Natürlich.«

Die Kellnerin kam mit den Colas. Dieses Mal stellte sie die Gläser ohne weiteren Kommentar ab und ging.

Ich nahm einen Schluck.

»Na dann los«, drängelte er. Seine Stimme klang immer noch hart.

Ich begann mit der am wenigsten komplizierten Frage – dachte ich zumindest. »Wie kommt es, dass du in Port Angeles bist?«

Er senkte den Blick und schob langsam seine großen Hände ineinander. Unter seinen Wimpern blinzelte er zu mir hoch, und fast unmerklich ging ein Grinsen über sein Gesicht.

»Nächste Frage.«

»Aber das ist noch die einfachste.«

»Die nächste, bitte.«

Frustriert blickte ich hinunter auf meinen Teller. Ich rollte mein Besteck aus der Serviette, nahm die Gabel in die Hand und spießte sorgfältig eine der kleinen Teigtaschen auf. Dann schob ich sie mir langsam in den Mund, kaute und dachte nach. Die Pilze schmeckten gut. Ich schluckte, trank noch ein bisschen von meiner Cola, dann hob ich wieder meinen Blick.

»Na gut, prima.« Ich funkelte ihn verärgert an und sprach langsam weiter. »Sagen wir mal, rein hypothetisch, versteht sich, jemand ... ist in der Lage ... Gedanken zu lesen – er weiß also, was die anderen Leute denken, mit ein paar Ausnahmen.«

»Mit *einer* Ausnahme«, korrigierte er – »hypothetisch.«

»Okay, also mit einer Ausnahme.« Ich war entzückt, dass er darauf einging, versuchte aber, mir nichts anmerken zu lassen.

»Wie funktioniert das? Wo sind die Grenzen? Wie würde dieser Jemand ... jemand anderen ... genau im richtigen Augenblick finden? Woher wüsste er, dass sie in Gefahr ist?« Ich fragte mich, ob meine gewundenen Fragen überhaupt einen Sinn ergaben.

»Rein hypothetisch?«

»Genau.«

»Also, wenn ... dieser Jemand ...«

»Sagen wir mal, er heißt Joe«, schlug ich vor.

Er grinste gequält. »Also gut, Joe. Wenn Joe gut aufpasst, muss das Timing gar nicht so genau stimmen.« Er schüttelte den Kopf und verdrehte die Augen. »Nur *du* könntest in einer so kleinen Stadt in Gefahr geraten. Wahrscheinlich hättest du ihre Verbrechensstatistik für die nächsten zehn Jahre verdorben.«

»Moment mal, haben wir nicht von einem hypothetischen Fall gesprochen?«, fragte ich trocken.

Er lachte. Sein Blick war warm.

»Ja, du hast Recht«, stimmte er zu. »Sollen wir dich Jane nennen?«

»So wollte ich schon immer mal heißen – woher wusstest du das?« Ich war jetzt außer Stande, meinen Eifer zu drosseln. Ich bemerkte, dass ich mich zu ihm hinüberbeugte.

Er schien zu zaudern, als trage er einen inneren Kampf aus. Unsere Blicke begegneten sich, und ich hatte das Gefühl, dass er sich in diesem Augenblick entschied, ob er mir nicht einfach die Wahrheit sagen sollte.

»Du kannst mir vertrauen, Edward«, sagte ich leise. Ohne

nachzudenken, hob ich meinen Arm, um seine gefalteten Hände zu berühren, doch er ließ sie zur Seite gleiten, ganz leicht nur, und ich zog meine Hand zurück.

»Ich weiß gar nicht, ob ich noch eine Wahl hab.« Seine Stimme war kaum mehr als ein Flüstern. »Ich habe mich geirrt – du bist sehr viel aufmerksamer, als ich es wahrhaben wollte.«

»Ich dachte, du hättest immer Recht.«

»Das dachte ich auch.« Wieder schüttelte er den Kopf. »Aber was dich betrifft, hab ich mich in noch einer anderen Sache geirrt. Du ziehst nicht nur Unfälle an – das trifft es nicht ganz. Du ziehst jede Art von Ärger an. Wenn es irgendeine Gefahr im Umkreis von zehn Meilen gibt, begegnest du ihr mit hundertprozentiger Sicherheit.«

»Und du rechnest dich selbst zu den Gefahren?«

Sein Gesicht wurde abweisend und ausdruckslos. »Ohne jeden Zweifel.«

Noch einmal streckte ich meine Hand über den Tisch, und dieses Mal ignorierte ich es, als seine zurückzuckten. Vorsichtig berührte ich seinen Handrücken mit meinen Fingerspitzen. Seine Haut war kalt und hart wie ein Stein.

»Danke. Das war schon das zweite Mal.« Meine Stimme bebte vor Dankbarkeit.

Der harte Ausdruck wich aus seinem Gesicht. »Wir lassen es besser nicht auf ein drittes Mal ankommen, okay?«

Ich warf ihm einen finsteren Blick zu, nickte aber. Er zog seine Hände unter meiner fort und schob sie unter die Tischfläche. Doch zugleich lehnte er sich in meine Richtung.

»Ich bin dir nach Port Angeles gefolgt«, gab er zu, und dann sprach er sehr hastig. »Ich hab vorher noch nie probiert, jemand zu beschützen, und es ist mühsamer, als ich gedacht hätte. Aber das liegt vermutlich daran, dass du es bist. Die meisten Menschen scheinen ohne größere Katastrophen durchs Leben zu kommen.« Er hielt inne. Ich fragte mich, ob ich sauer sein sollte, dass er mir gefolgt war, doch stattdessen überkam mich bei dem Gedanken ein seltsames Gefühl der Freude. Er sah mich prüfend an – vielleicht überlegte er, warum sich meine Lippen unwillkürlich zu einem Lächeln formten.

»Hast du dich eigentlich mal gefragt, ob vielleicht beim ersten Mal, bei der Sache mit dem Van, meine Tage schon gezählt waren und du ins Schicksal eingegriffen hast?«, fragte ich, um mich abzulenken.

»Das war nicht das erste Mal«, sagte er mit fast tonloser Stimme. Ich starrte ihn voller Erstaunen an, doch er blickte auf die Tischplatte. »Deine Tage waren gezählt, als ich dich das erste Mal gesehen hab.«

Angst durchzuckte mich – mit einem Schlag stand mir die abgründige Wucht seines Blickes an jenem ersten Tag wieder klar vor Augen … Doch das überwältigende Gefühl der Sicherheit in seiner Nähe bezwang die Erinnerung. Und als er mich wieder ansah, war die Angst aus meinen Augen verschwunden.

»Erinnerst du dich?«, fragte er; sein Engelsgesicht war todernst.

»Ja«, sagte ich ruhig.

»Und trotzdem sitzt du jetzt hier.« Es klang fast ungläubig. Er zog eine Augenbraue hoch.

»Ja, jetzt sitz ich hier … wegen dir.« Ich stockte. »Weil du heute irgendwie wusstest, wo du mich finden würdest.«

Er presste seine Lippen aufeinander und schaute mich aus zusammengekniffenen Augen an – noch einmal rang er um eine Entscheidung. Dann warf er einen Blick auf meinen vollen Teller.

»Du isst, ich rede«, schlug er vor.

An Stelle einer Antwort schob ich mir Ravioli in den Mund.

»Es ist schwieriger, als es sein sollte – dir auf der Spur zu bleiben. Normalerweise kann ich jemanden sehr leicht finden, vorausgesetzt, ich hab schon mal seine Gedanken gehört.« Er schaute mich besorgt an, und ich merkte, dass ich in der Bewegung erstarrt war. Ich schluckte runter und spießte die nächsten zwei Ravioli auf, um sie mir in den Mund zu schieben.

»Ich hatte Jessica sozusagen auf dem Schirm, ohne allzu genau aufzupassen – wie gesagt, nur du könntest in Port Angeles in Gefahr geraten. Zuerst fiel mir gar nicht auf, dass ihr euch getrennt hattet. Als ich dann mitbekam, dass du nicht mehr bei ihr warst, bin ich zu dem Buchladen gefahren, den ich in ihren Gedanken sah. Mir war klar, dass du ihn nicht betreten hattest und weiter in südlicher Richtung unterwegs warst. Und ich wusste, dass du bald umkehren musstest. Also hab ich einfach auf dich gewartet und wahllos die Gedanken der Leute, die unterwegs waren, durchsucht – um zu sehen, ob du jemandem aufgefallen bist, der mich dann zu dir hätte führen können. Es gab eigentlich keinen Grund zur Besorgnis … aber irgendwas machte mich nervös …« Er war in Gedanken versunken und blickte starr an mir vorbei, auf Dinge, die jenseits meiner Vorstellung lagen.

»Ich begann im Kreis zu fahren … und weiter nach Stimmen zu hören. Dann ging endlich die Sonne unter, und ich wollte gerade aussteigen, um dir zu Fuß zu folgen. Und dann …« Abrupt brach er den Satz ab und biss in rasender Wut seine Zähne aufeinander. Er versuchte sich zu beruhigen.

»Dann was?«, flüsterte ich. Er starrte immer noch auf einen Punkt über meinem Kopf.

»Dann hörte ich, was ihnen durch den Kopf ging«, knurrte er. Seine Oberlippe schob sich ein Stück nach oben und entblößte seine Zähne. »Ich sah dein Gesicht in seinen Gedanken.« Urplötzlich beugte er sich nach vorn, ein Ellbogen erschien auf dem Tisch, und eine Hand bedeckte seine Augen. Die Bewegung ging so schnell, dass sie mich erschreckte.

»Es war so … schwer, du kannst dir nicht vorstellen, wie schwer, dich nur ins Auto zu laden und sie … am Leben zu lassen.« Der Arm vor seinem Gesicht dämpfte seine Stimme. »Ich hätte dich mit Jessica und Angela fahren lassen können, aber ich hatte Angst, dass ich nach ihnen suchen würde, wenn du nicht mehr bei mir wärst«, verriet er flüsternd.

Ich saß benommen da und sagte kein Wort, unfähig, einen klaren Gedanken zu fassen. Meine Hände waren im Schoß gefaltet, mein Körper lehnte kraftlos im Stuhl. Sein Gesicht war noch immer in der Handfläche vergraben – eine Position, in der er so bewegungslos verharrte, als wäre er aus dem Stein gemeißelt, dem seine Haut ähnelte.

Irgendwann hob er den Blick und suchte meinen, seinerseits voller Fragen.

»Bist du so weit? Wollen wir nach Hause fahren?«, fragte er.

»Ich bin so weit«, antwortete ich und war über alle Maßen dankbar für die Stunde im Auto, die uns noch blieb. Allein der Gedanke, mich von ihm zu verabschieden, schmerzte.

Die Kellnerin tauchte auf, als hätte sie jemand gerufen. Oder als hätte sie uns beobachtet.

»Alles in Ordnung? Habt ihr noch einen Wunsch?«, fragte sie Edward.

»Danke, wir würden gern zahlen.« Seine Stimme war gedämpft und weniger freundlich als vorher, noch angestrengt von unserem Gespräch. Das schien sie etwas aus der Bahn zu werfen. Er blickte auf und sah sie erwartungsvoll an.

»Äh … j-ja klar«, stotterte sie, zog eine kleine schwarze Ledermappe aus der Vordertasche ihrer schwarzen Schürze und reichte sie ihm. »Bitte schön.«

Er hatte den Schein schon in der Hand, schob ihn in die Mappe und gab sie ihr sofort zurück.

»Stimmt so.« Er lächelte und erhob sich. Ich rappelte mich umständlich auf.

Sie warf ihm ein letztes verführerisches Lächeln zu. »Einen schönen Abend noch.«

Ohne seinen Blick von mir abzuwenden, bedankte er sich. Ich musste mir ein Lächeln verkneifen.

Er ging dicht neben mir zur Tür, immer noch darauf bedacht, mich nicht zu berühren. Ich dachte daran, was Jessica über sich und Mike gesagt hatte – dass sie kurz vor dem ersten Kuss standen. Ich seufzte. Edward schien das zu hören, denn er blickte neugierig zu mir herunter. Ich heftete meinen Blick auf das Pflaster und war dankbar dafür, dass er offensichtlich nicht in der Lage war, meine Gedanken zu lesen.

Er öffnete die Beifahrertür, hielt sie mir auf und schloss sie sanft, nachdem ich eingestiegen war. Ich sah zu, wie er vor dem Auto zur Fahrerseite herumging, und war wieder einmal verblüfft von der Anmut seiner Bewegungen. Vielleicht sollte ich daran längst gewöhnt sein, doch ich war es nicht. Überhaupt hatte ich nicht das Gefühl, dass Edward zu der Sorte Mensch gehörte, an die man sich irgendwann gewöhnte.

Als er saß, ließ er den Motor an und drehte die Heizung hoch. Es war sehr kalt geworden – mit dem schönen Wetter war es wohl vorbei. Doch mir war warm in seiner Jacke; und wenn ich mich unbeobachtet fühlte, atmete ich ihren Duft ein.

Scheinbar ohne sich umzusehen, manövrierte Edward den Volvo zwischen den vorbeifahrenden Autos hindurch auf die Gegenfahrbahn und brauste los in Richtung Freeway.

»Und jetzt«, sagte er bedeutungsvoll, »bist du dran.«

FÜR IMMER SIEBZEHN

»Darf ich dich noch eine Sache fragen?«, bat ich, während Edward viel zu schnell beschleunigte und die ruhige Straße entlangraste. Es kam mir vor, als würde er überhaupt nicht auf den Verkehr achten.

Er seufzte.

»Eine«, willigte er ein und kniff seine Lippen zu einer strengen Linie zusammen.

»Also … du hast doch gesagt, dass du wusstest, dass ich den Buchladen nicht betreten habe und stattdessen weiter in südlicher Richtung gegangen bin. Kannst du mir sagen, woher?«

Er schaute weg und überlegte.

»Ich dachte, mit den Ausweichmanövern sei Schluss«, maulte ich.

Fast lächelte er.

»Na schön, wie du willst. Ich bin deinem Geruch gefolgt. Aber dann hab ich die Spur wieder verloren.« Er schaute auf die Straße und ließ mir Zeit, meine Gesichtszüge zu kontrollieren. Mir fiel keine akzeptable Erwiderung ein, doch ich speicherte, was ich eben gehört hatte, sorgfältig ab, um später darauf zurückzukommen. Dann konzentrierte ich mich, so gut es ging. So schnell war ich nicht bereit, ihn von der Angel zu lassen – jetzt, da er mir endlich verriet, was ich wissen wollte.

»Und dann hast du meine erste Frage noch nicht beantwortet«, spielte ich auf Zeit.

Er schaute mich missbilligend an. »Welche?«

»Wie das geht, das Gedankenlesen. Kannst du die Gedanken von jedem lesen, egal wo? Wie machst du das? Und kannst nur du das oder auch die anderen aus deiner Familie?« Ich kam mir albern vor – als würde ich jemanden fragen, wie die Zauberei im Märchen funktioniert.

»Das ist mehr als eine«, stellte er fest. Ich verschränkte nur meine Finger und blickte ihn erwartungsvoll an.

»Nein, nur ich. Und ich kann auch nicht jeden hören, und überall. Ich muss halbwegs in der Nähe sein. Je vertrauter die … ›Stimme‹ ist, desto weiter kann ich sie hören. Trotzdem nicht mehr als ein paar Meilen weit.« Er überlegte. »Es ist ein bisschen so, als wäre man in einem riesigen Saal voller Menschen, die alle auf einmal reden. Alles ist ein einziges Summen – ein Hintergrundrauschen aus Stimmen. Bis man sich auf eine konzentriert, dann tritt sie klar hervor und man hört die Gedanken der Person.

Die meiste Zeit blende ich das alles aus«, fuhr er fort. »Es lenkt ziemlich ab. Und es ist einfacher, *normal*« – bei dem Wort runzelte er die Stirn – »zu erscheinen, wenn man nicht versehentlich auf die Gedanken von jemandem antwortet anstatt auf seine Worte.«

»Was meinst du, warum du mich nicht hören kannst?«, fragte ich neugierig.

Er schaute mich mit einem rätselhaften Blick an.

»Ich weiß es nicht«, sagte er leise. »Ich kann mir nur vorstellen, dass dein Gehirn irgendwie anders arbeitet als die der anderen. Als würden deine Gedanken auf Kurzwelle gesendet, aber ich kann nur UKW empfangen.« Der Gedanke schien ihn zu amüsieren – er grinste.

»Mein Gehirn funktioniert also nicht richtig, ist es das? Ich bin ein Freak?« Seine Worte nagten ungewöhnlich stark an mir, wahrscheinlich, weil seine Spekulation ins Schwarze traf. Ich hatte so etwas schon immer vermutet und war unangenehm berührt, es bestätigt zu bekommen.

Er musste lachen. »Ich höre Stimmen, und *du* machst dir Sorgen, ein Freak zu sein! Keine Angst, es ist nur eine Theorie ...« Seine Miene verhärtete sich. »Womit wir wieder beim eigentlichen Thema wären.«

Ich seufzte. Wo sollte ich bloß anfangen?

»Wie war das – Schluss mit den Ausweichmanövern?«, drängte er sanft.

Zum ersten Mal nach einer halben Ewigkeit löste ich meinen Blick von seinem Gesicht, um nach Worten zu suchen. Dabei fiel mein Blick auf den Tacho.

»Meine Güte!«, schrie ich. »Nicht so schnell!«

»Was ist denn?« Er war erschrocken, doch am Tempo änderte sich nichts.

»Du fährst hundert Meilen pro Stunde!« Ich schrie noch immer und warf einen panischen Blick aus dem Seitenfenster, doch es war zu dunkel, um viel zu erkennen. Die Straße war nur in der langgezogenen Bahn des bläulichen Scheinwerferlichts sichtbar. Der Wald, der sie zu beiden Seiten säumte, sah aus wie eine schwarze Wand – und hart wie eine Stahlwand würde er auch sein, wenn wir bei diesem Tempo von der Straße abkamen.

»Entspann dich, Bella.« Er verdrehte die Augen und dachte nicht daran, das Tempo zu drosseln.

»Willst du uns umbringen?«, fragte ich eindringlich.

»Es wird uns nichts passieren.«

Ich versuchte meine Stimme zu dämpfen. »Warum hast du's denn so eilig?«

»Das ist meine normale Geschwindigkeit«, sagte er und schaute mich mit seinem schiefen Lächeln an.

»Guck nach vorn!«

»Bella, ich hatte noch nie einen Unfall – ich hab noch nicht einmal einen Strafzettel bekommen.« Er grinste und tippte sich an die Stirn. »Eingebauter Radardetektor.«

»Sehr witzig«, giftete ich. »Charlie ist Polizist, falls du das vergessen hast. Man hat mir beigebracht, die Verkehrsregeln zu beachten. Und außerdem, wenn du den Volvo um einen Baum wickelst, kannst du wahrscheinlich einfach aussteigen und fortgehen.«

»Wahrscheinlich«, stimmte er mit einem kurzen, harten Lachen zu. »Aber du nicht.« Er seufzte, und ich sah mit Erleichterung, wie die Nadel allmählich auf achtzig zurückging. »Zufrieden?«

»Fast.«

»Ich hasse es, langsam zu fahren.«

»Das soll langsam sein?«

»Das waren jetzt genug Bemerkungen zu meinem Fahrstil«, wischte er meine Frage weg. »Ich warte immer noch auf deine neueste Theorie.«

Ich biss mir auf die Lippen. Eine Sekunde lang ließ er seinen Blick auf mir ruhen; seine honigfarbenen Augen waren unerwartet sanft.

»Ich lache nicht«, versprach er.

»Ich hab eher Angst, dass du sauer bist.«

»So schlimm?«

»Ziemlich.«

Er wartete. Ich schaute auf meine Hände, um seinen Gesichtsausdruck nicht zu sehen.

»Na los.« Seine Stimme war ruhig.

»Ich weiß nicht, wo ich anfangen soll«, gab ich zu.

»Am besten am Anfang ... Du hast gesagt, dass du nicht von allein darauf gekommen bist?«

»Nein.«

»Wie dann? Durch ein Buch? Einen Film?«

»Weder noch. Ich war doch Samstag am Strand ...« Ich wagte einen Blick auf sein Gesicht. Er sah verwundert aus, mehr nicht.

»Da hab ich einen alten Freund getroffen – Jacob Black«, fuhr ich fort. »Sein Dad und Charlie waren schon befreundet, da war ich noch ein Baby.«

Er sah immer noch eher ratlos aus.

»Sein Dad ist ein Stammesältester der Quileute.« Ich betrachtete ihn aufmerksam. Seine verwirrte Miene erstarrte. »Wir sind ein bisschen spazieren gegangen« – meine arglistige Täuschung ließ ich mal lieber unter den Tisch fallen – »und er hat mir ein paar alte Legenden erzählt; ich glaube, er wollte mir Angst einjagen. Jedenfalls, eine davon ...« Ich zögerte.

»Ja?«

»Eine handelte von Vampiren.« Mir fiel auf, dass ich flüsterte. Ich wagte nicht mehr, ihm ins Gesicht zu schauen, doch ich sah, dass sich seine Finger am Lenkrad verkrampften und seine Knöchel weiß hervortraten.

»Und du hast sofort an mich gedacht?« Noch immer war seine Stimme ganz ruhig.

»Nein. Er ... hat deine Familie erwähnt.«

Er schwieg und blickte starr auf die Straße vor uns.

Mit einem Mal war ich besorgt um Jacobs Sicherheit.

»Für ihn war das alles nur dummer Aberglaube«, sagte ich schnell. »Er wäre nie auf die Idee gekommen, dass ich mir irgendwas dabei denken könnte.« Das reichte nicht aus; ich musste wohl reinen Tisch machen. »Und ehrlich gesagt war es meine Schuld. Ich hab ihn dazu gebracht, mir die Geschichte zu erzählen.«

»Warum?«

»Zuerst fragte Lauren, warum du nicht dabei bist, um mich zu provozieren. Daraufhin sagte ein älterer Junge vom Stamm, dass deine Familie nicht ins Reservat kommt, nur dass es klang, als meinte er noch was anderes. Und dann hab ich mir Jacob zur Seite genommen und ihn bearbeitet, bis er es mir verriet.« Beschämt senkte ich den Kopf.

Eigenartigerweise fand er das lustig. Wütend blickte ich zu ihm auf. Er lachte, doch sein Blick war grimmig nach vorne gerichtet.

»Wie hast du das denn angestellt?«, fragte er.

»Ich hab versucht zu flirten. Es hat besser funktioniert, als ich dachte.« Ich konnte es eigentlich immer noch nicht glauben.

»Das hätte ich gern gesehen.« Er schmunzelte finster in sich hinein. »Aber mir vorwerfen, Leute aus der Fassung zu bringen! Armer Jacob Black.«

Ich wurde rot und schaute in die Nacht hinaus.

»Und was hast du dann gemacht?«, fragte er nach einer Weile.

»Ich hab ein bisschen im Internet recherchiert.«

»Und – hat dich das überzeugt?« Er klang desinteressiert, doch seine Hände umklammerten mit aller Gewalt das Lenkrad.

»Nein. Nichts passte. Und das meiste war ziemlich albern. Und dann …« Ich hielt inne.

»Und dann was?«

»Dann hab ich mir gesagt, dass es egal ist«, flüsterte ich.

»*Egal?*« Sein Tonfall ließ mich aufblicken; es war der Moment, in dem die sorgsam gepflegte Maske der Gelassenheit von ihm abfiel. Ungläubigkeit stand ihm ins Gesicht geschrieben, und eine Spur jener Verärgerung, vor der ich mich gefürchtet hatte.

»Ja«, sagte ich leise. »Es ist mir egal, was du bist.«

Ein harter, spöttischer Unterton trat in seine Stimme. »Es ist dir egal, ob ich ein Monster bin? Ob ich ein *Mensch* bin oder nicht?«

»Ja.«

Er verstummte und blickte wieder starr nach vorn. Sein Blick war düster und kalt.

»Jetzt bist du wütend«, seufzte ich. »Hätte ich lieber nichts gesagt.«

»Nein«, widersprach er, doch seine Stimme war so hart wie seine Miene. »Mir ist es lieber, wenn ich weiß, was du denkst – selbst wenn es völlig verrückt ist.«

»Soll das heißen, ich lieg wieder falsch?«, fragte ich schnippisch.

»Das meine ich nicht. ›Es ist mir egal‹!«, zitierte er mich und biss seine Zähne zusammen.

»Ich hab also Recht?« Ich hielt den Atem an.

»Ich denke, es ist *egal*?«

Ich holte tief Luft.

»Ist es auch.« Ich hielt inne. »Aber neugierig bin ich *trotzdem*.« Ich klang ganz gelassen, aber das täuschte.

Er klang mit einem Mal resigniert. »Worauf bist du denn neugierig?«

»Zum Beispiel darauf, wie alt du bist.«

»Siebzehn«, antwortete er, ohne zu zögern.

»Und wie lange bist du schon siebzehn?«

Er starrte auf die Straße; seine Lippen zuckten. »Eine Weile«, gab er schließlich zu.

»Okay.« Ich lächelte, froh darüber, dass er immer noch aufrichtig war. Er musterte mich mit einem wachsamen Blick, der dem von vorher ähnelte, als er dachte, ich würde einen Schock erleiden. Ich wollte ihn aufmuntern und strahlte ihn an; er runzelte die Stirn.

»Bitte nicht lachen – aber wie kommt es, dass du tagsüber rausgehen kannst?«

Er lachte trotzdem. »Alles Mythos.«

»Ihr werdet nicht von der Sonne verbrannt?«

»Mythos.«

»Ihr schlaft auch nicht in Särgen?«

»Mythos.« Er zögerte einen Moment, dann bekam seine Stimme einen eigenartigen Klang. »Ich kann nicht schlafen.«

Ich brauchte eine Weile, um das zu schlucken. »Gar nicht?«

»Nie«, sagte er mit fast tonloser Stimme. Er sah mich wehmütig an. Seine goldenen Augen fixierten meine, und ich verlor den Faden. Ich konnte ihn nur noch anstarren, bis er seinen Blick abwandte.

»Das Wichtigste hast du mich noch gar nicht gefragt.« Seine Stimme klang abweisend, und als er mich wieder ansah, waren seine Augen kalt.

Ich blinzelte, noch immer benommen. »Das wäre?«

»Machst du dir keine Gedanken über meine Ernährung?«, fragte er sarkastisch.

»Ach so«, murmelte ich. »Das meinst du.«

»Ja, das.« Seine Stimme klang mutlos. »Willst du nicht wissen, ob ich Blut trinke?«

Ich schrak vor seinen Worten zurück. »Na ja, Jacob hat was dazu gesagt.«

»Und was hat Jacob gesagt?«, fragte er trocken.

»Er hat gesagt, dass ihr keine … Menschen jagt. Und dass

deine Familie als ungefährlich galt, weil ihr nur Tiere gejagt habt.«

»Er hat gesagt, wir sind ungefährlich?« Er klang zutiefst skeptisch.

»Nicht ganz. Er hat gesagt, dass ihr als ungefährlich *galtet*, aber dass die Quileute euch trotzdem nicht auf ihrem Land haben wollten, um sicherzugehen.«

Er schaute geradeaus, doch ich hatte keine Ahnung, ob er auf die Straße achtete oder nicht.

»Und, hat er Recht? Dass ihr keine Menschen jagt?« Ich gab mir Mühe, mit ruhiger Stimme zu sprechen.

»Die Quileute haben ein langes Gedächtnis«, flüsterte er.

Ich interpretierte das als ein Ja.

»Kein Grund zur Sorglosigkeit«, warnte er mich. »Sie tun recht daran, uns fernzubleiben. Wir sind immer noch gefährlich.«

»Das verstehe ich jetzt nicht.«

»Wir tun unser Bestes«, erklärte er ruhig. »Und normalerweise sind wir sehr gut in dem, was wir tun. Aber manchmal unterlaufen uns Fehler. Mir zum Beispiel, wenn ich mir gestatte, mit dir allein zu sein.«

»Das ist ein Fehler?« Ich nahm die Traurigkeit in meiner Stimme wahr, wusste aber nicht, ob er sie ebenfalls hörte.

»Ein extrem gefährlicher«, sagte er leise.

Dann schwiegen wir beide. Ich sah zu, wie die Bewegungen der Scheinwerfer den Kurven der Straße folgten. Sie waren zu schnell; es sah nicht echt aus, eher wie ein Videospiel. Ich wurde mir der Zeit bewusst, die mit derselben rasenden Geschwindigkeit verstrich, mit der wir über die dunkle Straße flogen, und ich war erfüllt von der panischen Angst, dass ich nie wieder die Möglichkeit haben würde, so wie in diesem Moment mit ihm zusammen zu sein – vertrauensvoll, ohne die Mauern, die uns bis dahin getrennt hatten. Seine Worte enthielten den Gedanken an ein Ende, und ich schrak davor zurück. Solange ich bei ihm war, durfte ich keine Minute verschwenden.

»Erzähl mir mehr«, bat ich ihn verzweifelt. Es war mir egal, *was* er sagte, ich wollte nur wieder seine Stimme hören.

Sofort schaute er zu mir rüber, aufgeschreckt vom veränderten Klang meiner Stimme. »Was willst du denn noch wissen?«

»Verrat mir, warum du Tiere jagst und keine Menschen«, sagte ich. In meiner Stimme schwang noch immer die Niedergeschlagenheit mit. Mit Tränen in den Augen kämpfte ich gegen das Gefühl des Schmerzes an, das mich zu überwältigen drohte.

»Ich *möchte* kein Monster sein.« Seine Stimme war sehr leise.

»Aber Tiere genügen nicht?«

Er überlegte. »Ich bin mir natürlich nicht sicher, aber vielleicht kann man es mit einer Ernährung auf Tofu- und Sojamilchbasis vergleichen. Wir nennen uns Vegetarier – unser kleiner Insiderwitz. Es stillt nicht vollständig den Hunger, oder vielmehr den Durst. Aber es gibt uns genügend Kraft, um widerstehen zu können. Meistens zumindest.« Seine Stimme bekam einen unheilvollen Klang. »Zu manchen Zeiten ist es schwerer als zu anderen.«

»Ist es jetzt gerade sehr schwer?«, fragte ich.

Er seufzte. »Ja.«

»Aber du bist im Augenblick nicht hungrig«, sagte ich voller Überzeugung – es war eine Feststellung, keine Frage.

»Wie kommst du darauf?«

»Deine Augen. Ich hab dir doch gesagt, ich hab eine Theorie dazu. Mir ist aufgefallen, dass Leute – speziell Männer – schlechter gelaunt sind, wenn sie Hunger haben.«

Er lachte in sich hinein. »Dir entgeht aber auch gar nichts, oder?«

Ich erwiderte nichts; ich hörte nur auf den Klang seines Lachens, um mich später daran zu erinnern.

»Warst du am Wochenende mit Emmett jagen?«, fragte ich, als es wieder still war.

»Ja.« Er hielt kurz inne, als müsste er sich entscheiden, ob er mehr sagen sollte oder nicht. »Ich wollte nicht weg, aber es war notwendig. Es fällt mir etwas leichter, in deiner Nähe zu sein, wenn ich nicht durstig bin.«

»Warum wolltest du nicht weg?«

»Es macht mich ... nervös ... nicht in deiner Nähe zu sein.« Sein Blick war sanft, aber so eindringlich, dass er meine Knochen zu schmelzen schien. »Es war kein Witz, als ich dir am vergangenen Donnerstag sagte, du sollst aufpassen, dass du nicht in den Ozean fällst oder überfahren wirst. Das ganze Wochenende über konnte ich mich auf nichts konzentrieren, so besorgt war ich um dich. Und nach dem, was heute passiert ist, bin ich tatsächlich überrascht, dass du mehrere Tage am Stück unversehrt überstanden hast.« Er schüttelte den Kopf, dann schien ihm etwas einzufallen. »Na ja, nicht ganz unversehrt.«

»Wie bitte?«

»Deine Hände«, half er mir auf die Sprünge. Ich betrachtete die fast verheilten Abschürfungen auf meinen Handballen. Nichts blieb seinem Blick verborgen.

»Ich bin hingefallen«, sagte ich seufzend.

»Das dachte ich mir.« Seine Mundwinkel zogen sich ein klein wenig nach oben. »In deinem Fall würde ich das als glücklichen Umstand bezeichnen – es hätte weit schlimmer kommen können, und genau dieser Gedanke hat mir die ganze Zeit keine Ruhe gelassen. Es waren sehr lange drei Tage. Ich bin Emmett fürchterlich auf die Nerven gegangen.« Er lächelte zerknirscht.

»Drei Tage? Seid ihr nicht erst heute zurückgekommen?«

»Wir sind am Sonntag zurückgekommen.«

»Warum war dann keiner von euch in der Schule?« Ich war irritiert, fast schon wütend – wenn ich daran dachte, wie bitter enttäuscht ich gewesen war, ihn nicht zu sehen!

»Na ja, du wolltest doch wissen, ob die Sonne mich verletzt – das tut sie nicht, aber ich kann trotzdem bei Sonnenschein nicht rausgehen, zumindest nicht, wenn mich jemand sehen kann.«

»Warum nicht?«

»Ich zeig's dir bei Gelegenheit«, versprach er.

Ich dachte einen Augenblick lang darüber nach.

»Du hättest mich anrufen können«, sagte ich bestimmt.

Er war verwundert. »Wieso – ich wusste doch, dass du in Sicherheit bist.«

»Aber *ich* wusste nicht, wo *du* bist. Ich …« Ich zögerte und senkte den Blick.

»Was?« Seine samtene Stimme war entwaffnend.

»Es war nicht gut. Dich nicht zu sehen. Mich macht das auch nervös.« Das Geständnis ließ mich erröten.

Er war still. Vorsichtig blickte ich zu ihm auf und sah, dass sein Gesicht schmerzerfüllt war.

»Ah«, stöhnte er leise, »das darf nicht sein.«

Ich verstand nicht, warum er so reagierte. »Was hab ich denn gesagt?«

»Begreifst du nicht, Bella? Es ist eine Sache, wenn ich mich ins Unglück stürze, aber etwas völlig anderes, wenn du so tief drinsteckst.« Gequält blickte er auf die Kegel der Scheinwerfer; seine Worte kamen so schnell, dass ich ihn kaum verstehen konnte. »Ich will nicht hören, dass du dich so fühlst.« Seine Stimme klang leise, aber eindringlich. Und was er sagte, ging mir durch Mark und Bein. »Es ist falsch. Es ist nicht sicher. Ich bin gefährlich, Bella – kapier das bitte.«

»Nein.« Ich gab mir alle Mühe, nicht wie ein schmollendes Kind auszusehen.

»Ich meine es ernst«, knurrte er.

»Ich meine es auch ernst. Ich hab dir gesagt, es ist mir egal, was du bist. Es ist zu spät.«

»Sag das niemals.« Abrupt wie Schüsse kamen die Worte aus seinem Mund, leise und schroff.

Ich biss mir auf die Lippen und war froh, dass er nicht wusste, wie weh das getan hatte. Ich blickte hinaus auf die Straße. Es konnte nicht mehr weit sein. Er fuhr viel zu schnell.

»Was denkst du?«, fragte er; seine Stimme klang immer noch grob. Ich schüttelte nur den Kopf – ich war mir nicht sicher, ob ich sprechen konnte. Ich spürte seinen Blick auf mir ruhen, doch ich schaute ihn nicht an.

»Weinst du?« Er klang entsetzt. Ich hatte nicht bemerkt, dass sich Tränen in meinen Augen gesammelt hatten und mir über die Wangen liefen. Schnell wischte ich sie fort.

»Nein«, sagte ich, doch meine Stimme brach weg.

Ich sah, wie er zögernd seine rechte Hand nach mir aus-streckte, innehielt und sie langsam zurück auf das Lenkrad sinken ließ.

»Es tut mir leid.« Seine Stimme bebte vor Bedauern. Ich wusste, dass seine Entschuldigung nicht nur den Worten galt, die mich verletzt hatten.

Stumm flog die Dunkelheit an uns vorüber.

»Ich wollte dich was fragen«, sagte er nach einer Weile, und ich merkte, wie er um einen unbeschwerten Ton rang.

»Ja?«

»Was hast du gedacht vorhin, unmittelbar bevor ich um die

Ecke kam? Ich konnte mir keinen Reim auf deinen Gesichtsausdruck machen – du hast nicht ängstlich ausgesehen, eher hochkonzentriert.«

»Ich hab versucht mich daran zu erinnern, wie man einen Angreifer unschädlich macht – du weißt schon, Selbstverteidigung. Ich hatte vor, ihm die Nase ins Gehirn zu quetschen.« Bei dem Gedanken an den dunkelhaarigen Mann stieg Hass in mir auf.

»Du hattest vor, mit ihnen zu kämpfen?« Er wollte es nicht glauben. »Und du bist nicht auf die Idee gekommen wegzulaufen?«

»Ich fall ziemlich schnell hin, wenn ich renne«, erwiderte ich.

»Und was ist mit Schreien?«

»Dazu wollte ich gerade kommen.«

Er schüttelte den Kopf. »Du hattest Recht – wenn ich versuche dich zu beschützen, greife ich definitiv ins Schicksal ein.«

Ich seufzte. Wir rollten mit etwas gemächlicherem Tempo nach Forks hinein. Die Fahrt hatte nicht einmal zwanzig Minuten gedauert.

»Sehen wir uns morgen?«, wollte ich wissen.

»Ja – ich muss auch einen Aufsatz abgeben.« Er lächelte. »Ich halte dir beim Mittagessen einen Platz frei.«

Es war wirklich albern – nach allem, was wir gerade zusammen erlebt hatten, verschlug mir dieses kleine Versprechen die Sprache und kribbelte in meinem Magen wie ein Schwarm Schmetterlinge.

Wir waren bei Charlies Haus angelangt. Die Lichter brannten, mein Transporter stand an seinem Platz, alles hatte seine gewohnte Ordnung. Es war, als erwachte ich gerade aus einem Traum. Er hielt an, doch ich rührte mich nicht.

»*Versprichst* du, morgen zu kommen?«

»Ich verspreche es.«

Ich hielt einen Moment inne, dann nickte ich und zog seine Jacke aus. Nicht ohne ein letztes Mal ihren Geruch einzuatmen.

»Behalt sie – du hast doch keine für morgen«, erinnerte er mich.

Ich reichte sie ihm. »Aber ich hab auch keine Lust, das Charlie zu erklären.«

»Oh, verstehe.« Er grinste.

Meine Hand lag schon am Türgriff, doch ich wollte den Augenblick noch verlängern.

»Bella?«, fragte er in einem veränderten Tonfall – ernsthaft, aber zögerlich.

»Ja?« Ich drehte mich nur zu gern wieder zu ihm um.

»Versprichst du mir auch etwas?«

»Ja«, sagte ich und bereute meine bedingungslose Zusage sofort. Was, wenn er mich aufforderte, ihm fernzubleiben? Ich würde dieses Versprechen nicht halten können.

»Geh nicht allein in den Wald.«

Völlig verdutzt schaute ich ihn an. »Warum denn nicht?«

Er runzelte die Stirn und starrte an mir vorbei aus dem Fenster. Sein Blick war angespannt.

»Sagen wir einfach, ich bin nicht immer die größte Gefahr da draußen, okay?«

Die plötzliche Bedrohung, die in seiner Stimme mitschwang, ließ mich zwar etwas erschaudern, doch im Grunde war ich erleichtert. Das war ein Versprechen, das ich guten Gewissens geben konnte. »Wie du willst.«

»Bis morgen dann«, sagte er seufzend, und ich wusste, er wollte, dass ich jetzt ausstieg.

»Bis morgen.« Widerwillig öffnete ich die Tür.

»Bella?« Ich drehte mich um, und er beugte sich zu mir herüber; sein blasses, prachtvolles Gesicht war nur Zentimeter von meinem entfernt. Mein Herzschlag setzte aus.

»Schlaf gut«, sagte er. Sein Atem traf mein Gesicht und betäubte mich. Es war derselbe exquisite Duft, der seiner Jacke anhaftete, nur konzentrierter. Ich blinzelte, völlig benommen. Er lehnte sich wieder von mir weg.

Ich war unfähig, mich zu bewegen, bis meine Gedanken sich wieder halbwegs entwirrt hatten. Dann stieg ich umständlich aus; ich musste mich dabei am Rahmen abstützen. Ich bildete mir ein, ihn vor sich hin kichern zu hören, aber es war zu leise – ich war mir nicht sicher.

Er wartete, bis ich zur Haustür gestolpert war, dann ließ er seinen leise surrenden Motor an. Ich drehte mich um und sah, wie das silberne Auto um die Ecke bog und verschwand. Es war sehr kalt.

Mit mechanischen Bewegungen griff ich nach dem Schlüssel, öffnete die Tür und trat ein.

»Bella?«, rief Charlie aus dem Wohnzimmer.

»Ja, Dad, ich bin's.« Ich ging hinein, um ihn zu begrüßen. Im Fernsehen lief ein Baseballspiel.

»Du bist zeitig dran.«

»Wirklich?« Ich war überrascht.

»Es ist noch nicht mal acht«, sagte er. »Hattet ihr drei einen guten Ausflug?«

»Ja, hat Spaß gemacht.« Mein Kopf schwirrte beim Versuch, mich an mein ursprüngliches Vorhaben zu erinnern – der Einkaufsbummel mit den Mädchen. »Sie haben beide Kleider gefunden.«

»Geht's dir gut?«

»Ich bin nur müde. Wir sind viel rumgelaufen.«

»Vielleicht solltest du dich hinlegen.« Er klang besorgt. Ich fragte mich, wie mein Gesicht aussah.

»Ich ruf nur noch schnell Jessica an.«

»Seid ihr nicht zusammen gekommen?«, fragte er überrascht.

»Ja, aber ich hab meine Jacke im Auto liegenlassen. Die soll sie morgen auf jeden Fall mitbringen.«

»Na ja, lass sie erst mal nach Hause kommen.«

»Stimmt«, sagte ich.

Ich ging in die Küche und ließ mich erschöpft auf einen Stuhl fallen. Jetzt war mir tatsächlich schwindlig. Ich fragte mich, ob der Schock womöglich doch noch einsetzte. Reiß dich zusammen, ermahnte ich mich.

Das Klingeln des Telefons schreckte mich auf. Ich riss den Hörer von der Gabel.

»Hallo?«, fragte ich atemlos.

»Bella?«

»Hey, Jess, ich wollte dich auch gerade anrufen.«

»Du bist also zu Hause angekommen?« Ihre Stimme klang erleichtert … und überrascht.

»Ja. Sag mal, ich hab meine Jacke im Auto liegenlassen – kannst du sie morgen mitbringen?«

»Klar – aber jetzt erzähl doch mal! Was ist passiert?«

»Ähm, morgen, okay? In Mathe.«

Sie kapierte. »Hört dein Dad zu?«

»Ja, genau.«

»Okay, dann sprechen wir morgen. Tschüss!« Die Ungeduld in ihrer Stimme war nicht zu überhören.

»Tschüss, Jess.«

Ich ging langsam die Treppe nach oben, vollkommen benebelt. Mechanisch machte ich mich bettfertig, ohne wirklich mitzubekommen, was ich tat. Erst als ich unter der Dusche stand und das viel zu heiße Wasser auf meiner Haut brannte, merkte ich, dass ich fror. Einige Minuten lang stand ich still da, heftig zitternd, dann endlich entspannte die dampfende Brause meine versteiften Muskeln. Ich duschte immer weiter, bis das heiße Wasser zu Ende ging, zu müde, um mich zu bewegen.

Dann trat ich auf unsicheren Beinen aus der Dusche und hüllte mich eng in ein Handtuch ein, um die Wärme des Wassers zu bewahren – ich hatte Angst, dass der schmerzhafte Schüttelfrost wiederkam. In Windeseile zog ich mir mein Schlafzeug an und schlüpfte unter die Decke, wo ich die Knie an meinen Oberkörper zog und die Arme um meinen Brustkorb schlang, um mich zu wärmen. Ein paar winzige Schauder durchbebten mich.

Meine Gedanken taumelten noch immer unkontrolliert im Wirbel der Bilder – vieler Bilder, die ich nicht deuten konnte, und einiger, die ich zu verdrängen suchte. Zuerst schien alles wirr zu sein, doch je weiter ich dem Schlaf entgegentrieb, desto klarer traten die wenigen Gewissheiten hervor.

Es gab drei Dinge, deren ich mir absolut sicher war: Erstens, Edward war ein Vampir. Zweitens, ein Teil von ihm – und ich wusste nicht, wie mächtig dieser Teil war – dürstete nach meinem Blut. Und drittens, ich war bedingungslos und unwiderruflich in ihn verliebt.

Der Lauscher an der Wand

Am nächsten Morgen war es sehr schwer, den Teil von mir, der die Ereignisse des Abends für einen Traum hielt, davon zu überzeugen, dass sie wirklich passiert waren. Logik und gesunder Menschenverstand sprachen dagegen. Ich klammerte mich an die Details, die ich mir nicht eingebildet haben konnte, seinen Geruch zum Beispiel. Den hätte ich mir niemals selber ausdenken können, ganz sicher nicht.

Draußen war es neblig und düster, absolut perfekt. Es gab keinen Grund für ihn, nicht zur Schule zu kommen. Ich zog mir meine dicksten Sachen an – ich hatte ja keine Jacke. Ein weiterer Beleg dafür, dass mich meine Erinnerung nicht trog.

Als ich in die Küche kam, war Charlie wie so oft schon weg – ich war später dran, als ich gedacht hatte. Schnell schlang ich einen Müsliriegel hinunter und spülte mit Milch direkt aus der Packung nach; dann hastete ich nach draußen. Ich hoffte, es würde nicht zu regnen beginnen, bevor ich Jessica traf.

Es war ungewöhnlich neblig; der Dunst verschleierte die Luft wie Rauch und legte sich eiskalt auf die entblößte Haut in meinem Gesicht und meinem Nacken. Ich konnte es kaum erwarten, im Transporter zu sitzen und die Heizung aufzudrehen. So dicht war der Nebel, dass ich erst nach ein paar Schritten bemerkte, dass ein Auto in der Auffahrt stand: ein silbernes Auto.

Mein Herz setzte aus, stotterte und schlug dann doppelt so schnell weiter.

Ich sah ihn nicht kommen, aber plötzlich war er da und hielt mir die Tür auf.

»Möchtest du heute mit mir fahren?«, fragte er, erheitert von meinem überraschten Gesichtsausdruck. In seiner Stimme lag Unsicherheit. Er ließ mir tatsächlich die Wahl; ich konnte ablehnen, und ein Teil von ihm hoffte darauf – vergeblich.

»Sehr gern, danke«, sagte ich und gab mir Mühe, gelassen zu klingen. Als ich in das warme Auto stieg, sah ich, dass er seine hellbraune Jacke über die Kopfstütze des Beifahrersitzes gelegt hatte. Neben mir fiel die Tür zu, und einen Augenblick später – schneller, als es möglich sein sollte – saß er an meiner Seite und ließ den Motor an.

»Ich hab dir die Jacke mitgebracht. Nicht, dass du krank wirst oder so.« Seine Stimme war zurückhaltend. Mir fiel auf, dass er selber keine Jacke trug, nur einen hellgrauen Strickpulli mit langen Ärmeln und V-Ausschnitt. Wieder schmiegte sich der Stoff an die perfekten Formen seiner muskulösen Brust. Es war das größte Kompliment, das man seinem Gesicht machen konnte, dass es mich davon abhielt, seinen Körper anzustarren.

»So eine Mimose bin ich nun auch wieder nicht«, sagte ich, was mich nicht davon abhielt, meine Arme in die übermäßig langen Ärmel zu schieben. Ich war neugierig, ob der Geruch so gut war, wie ich ihn in Erinnerung hatte. Er war besser.

»Bist du nicht?«, fragte er zweifelnd – so leise, dass ich mir nicht sicher war, ob ich es hören sollte.

Wir fuhren, wie immer viel zu schnell, durch nebelverhangene Straßen und waren ein bisschen befangen, ich zumindest. Vergangene Nacht waren alle Mauern weggebrochen … fast alle. Ich wusste nicht, ob wir erneut so freimütig sein würden, und die Ungewissheit verschlug mir die Sprache. Ich wartete darauf, dass er etwas sagte.

Dann grinste er mich an. »Was denn, keine zwanzig Fragen heute?«

»Stören dich meine Fragen?«, fragte ich, erleichtert, dass er das Schweigen gebrochen hatte.

»Nicht so sehr wie deine Reaktionen.« Er guckte, als sollte das ein Witz sein, aber sicher war ich mir nicht.

Ich runzelte die Stirn. »Ich reagiere nicht richtig?«

»Genau, das ist das Problem. Du nimmst alles so cool hin – das ist unnatürlich. Ich frag mich dann immer, was du wirklich denkst.«

»Ich sag dir immer, was ich wirklich denke.«

»Du behältst Dinge für dich«, warf er mir vor.

»Nicht viele.«

»Genügend, um mich in den Wahnsinn zu treiben.«

»Du willst sie doch nicht hören«, murmelte ich so leise, dass es fast nur ein Flüstern war. Sobald die Worte meinen Mund verlassen hatten, bereute ich sie. Der Schmerz in meiner Stimme war sehr schwach gewesen – ich konnte nur hoffen, dass er ihm nicht aufgefallen war.

Er reagierte nicht, und ich dachte schon, ich hätte die Stimmung ruiniert. Sein Gesicht war unergründlich. Als wir auf den Parkplatz fuhren, fiel mir mit einiger Verspätung etwas auf.

»Wo ist eigentlich der Rest deiner Familie?«, fragte ich ihn. Ich war ja mehr als froh, mit ihm allein zu sein, dachte aber daran, dass der Volvo normalerweise voll besetzt war.

»Sie sind mit Rosalies Auto gekommen.« Er parkte neben einem glänzenden roten Kabrio mit geschlossenem Verdeck und zuckte mit den Schultern. »Ist das nicht protzig?«

»Ähm – wow«, brachte ich heraus. »Wenn das ihres ist, warum fährt sie dann immer mit dir?«

»Wie gesagt, es ist protzig. Wir *versuchen* zumindest, nicht aufzufallen.«

»Ohne Erfolg.« Lachend und kopfschüttelnd stieg ich aus. Dank seiner irrsinnigen Fahrweise waren wir mittlerweile alles andere als spät dran – ich hatte jede Menge Zeit bis zur ersten Stunde. »Wenn es so auffällig ist, warum ist Rosalie dann heute mit dem Kabrio gekommen?«

»Hast du noch nicht gemerkt, dass ich im Moment *sämtliche* Regeln breche?« Er wartete vor dem Volvo auf mich und blieb dicht an meiner Seite, als wir das Schulgelände betraten. Doch ein kleiner Abstand blieb. Ich sehnte mich danach, ihn zu berühren, doch ich hatte Angst, er würde das nicht wollen.

»Wenn ihr so unbehelligt wie möglich bleiben wollt, warum habt ihr dann überhaupt solche Autos?«, fragte ich verwundert.

»Genusssucht«, gestand er mit einem verschmitzten Lächeln. »Wir fahren alle gerne schnell.«

»Warum wundert mich das nicht?«, murmelte ich vor mich hin.

Unter dem Dachvorsprung der Cafeteria wartete Jessica und hielt meine Jacke im Arm, die Gute. Ihr fielen fast die Augen raus, als sie uns sah.

»Hallo, Jessica«, sagte ich, als wir nur noch ein paar Schritte entfernt waren. »Danke, dass du dran gedacht hast.« Ohne ein Wort reichte sie mir die Jacke.

»Guten Morgen, Jessica«, sagte Edward höflich. Er konnte ja eigentlich nichts dafür, dass seine Stimme so unwiderstehlich klang. Oder dass sein Blick seine Wirkung niemals verfehlte.

»Äh … hi.« Sie richtete ihre weit aufgerissenen Augen auf mich und versuchte ihre wirren Gedanken zu sortieren. »Wir sehen uns dann in Mathe, nehm ich an.« Sie schaute mir bedeutungsvoll in die Augen, und ich unterdrückte ein Seufzen – was, um Gottes willen, sollte ich ihr erzählen?

»Ja, genau, bis dann.«

Sie ging fort, nicht ohne sich noch zweimal verstohlen nach uns umzuschauen.

»Was willst du ihr erzählen?«, fragte Edward leise.

»Hey, ich dachte, du kannst meine Gedanken nicht lesen!«, zischte ich.

»Kann ich auch nicht«, sagte er verwundert. Dann begriff er, und ein Leuchten trat in seine Augen. »Aber dafür ihre – sie kann's kaum erwarten, dich nachher mit ihren Fragen zu bombardieren.«

Mit einem Stöhnen zog ich seine Jacke aus, reichte sie ihm und schlüpfte in meine eigene. Er legte sich seine über den Arm.

»Also – was willst du ihr sagen?«

»Wie wär's mit ein wenig Hilfe?«, fragte ich. »Was will sie denn wissen?«

Er schüttelte den Kopf und grinste spitzbübisch. »Das wäre nicht fair.«

»Ich sag dir, was nicht fair ist: dass du etwas weißt, was du mir nicht verrätst.«

Während wir liefen, dachte er darüber nach. Wir blieben vor Haus drei stehen.

»Sie will wissen, ob wir insgeheim zusammen sind. Und sie will wissen, was du für mich empfindest«, sagte er schließlich.

»Oje. Was soll ich bloß sagen?« Ich versuchte meinem Gesicht einen unschuldigen Ausdruck zu verleihen. Andere Schüler liefen an uns vorbei; wahrscheinlich zogen wir ihre Blicke auf uns, aber ich nahm sie kaum wahr.

»Hmmm.« Er hielt inne, nahm eine Strähne, die aus dem Haarknoten in meinem Nacken entwischt war, zwischen seine Finger und wickelte sie wieder auf. Mein Herz überschlug sich. »Vielleicht könntest du das Erste bejahen ... das heißt, wenn du nichts dagegen hast – es ist die einfachste Erklärung.«

»Ich hab nichts dagegen«, sagte ich mit schwacher Stimme.

»Und was die andere Frage angeht ... da bin ich auch schon gespannt, was du sagst.« Sein Mund zog sich an einer Seite zu meinem allerliebsten schiefen Lächeln hoch. Und als ich wieder Luft bekam, war es zu spät, um etwas zu erwidern. Er drehte sich um und ging.

»Bis zum Mittagessen«, rief er mir im Weggehen zu. Drei Schüler, die gerade reingehen wollten, blieben stehen und schauten mich verwundert an.

Mit rotem Kopf und Wut im Bauch hastete ich ins Klassenzimmer. So ein hinterhältiger ...! Jetzt wusste ich noch weniger, was ich Jessica sagen sollte. Ich ging zu meinem Platz und knallte meine Tasche auf den Tisch.

»Morgen, Bella«, sagte Mike neben mir. Ich schaute hinüber und sah, dass er seltsam mutlos, fast schon resigniert dreinblickte. »Wie war's in Port Angeles?«

»Oh, es war ...« Wie sollte man das auf ehrliche Weise zusammenfassen? »Super«, vollendete ich den Satz nicht gerade überzeugend. »Jessica hat ein echt süßes Kleid bekommen.«

»Hat sie irgendwas über Montagabend gesagt?«, fragte er, und ein Leuchten trat in seine Augen. Ich lächelte – ich war froh über den Kurs, den unser Gespräch nahm.

»Ja, sie fand's toll«, versicherte ich ihm.

»Sicher?«, fragte er begierig.

»Ganz sicher.«

Dann sorgte Mr Mason für Ruhe und sammelte die Aufsätze

ein. Englisch und Politik verstrichen, ohne dass ich viel davon mitbekam – ich war vollauf damit beschäftigt, was ich Jessica sagen sollte und ob Edward mich wirklich, auf dem Umweg über ihre Gedanken, belauschen würde. Wie lästig diese spezielle Begabung von ihm sein konnte – wenn sie einem nicht gerade das Leben rettete!

Nach der zweiten Stunde hatte sich der Nebel fast verzogen, aber der Tag war immer noch trübe; niedrig und bleiern hingen die Wolken am Himmel. Ich schaute zu ihnen auf und lächelte.

Edward behielt selbstverständlich Recht – als ich den Matheraum betrat, saß Jessica schon auf ihrem Platz in der letzten Reihe und brannte vor Neugierde. Unwillig ging ich zu ihr und redete mir ein, dass es das Beste war, das Gespräch so schnell wie möglich hinter mich zu bringen.

»Erzähl mir alles!«, verlangte sie, bevor ich überhaupt saß.

»Was willst du denn wissen?«, fragte ich ausweichend.

»Was gestern alles passiert ist.«

»Er hat mich zum Essen eingeladen und dann nach Hause gefahren.«

Unwillig schaute sie mich an; die Skepsis stand ihr überdeutlich ins Gesicht geschrieben.

»Wie bist du denn so schnell nach Hause gekommen?«

»Er fährt wie ein Irrer. Der blanke Horror.« Das konnte er ruhig hören.

»War das so was wie ein Rendezvous? Hattest du dich mit ihm dort verabredet?«

Darauf wäre ich nie gekommen. »Im Gegenteil – ich war vollkommen überrascht, ihn dort zu treffen.«

Sie schürzte ihre Lippen; die Enttäuschung war ihr deutlich anzumerken, besonders, da ich offensichtlich die Wahrheit sagte.

»Aber er hat dich heute früh zu Hause abgeholt?«, bohrte sie.

»Ja – das hat mich genauso überrascht. Ihm ist gestern aufgefallen, dass ich keine Jacke hatte«, fügte ich als Erklärung hinzu.

»Und, trefft ihr euch wieder?«

»Na ja, er hat mir angeboten, mich am Samstag nach Seattle zu fahren, weil er der Meinung ist, mein Transporter schafft das nicht – zählt das?«

»Das zählt.« Sie nickte.

»In dem Fall – ja.«

»W-o-w.« Sie zog das Wort zu drei Silben auseinander. »Edward Cullen.«

»Ich kann's auch kaum glauben«, sagte ich zustimmend. »Wow« traf die Sache noch nicht mal annähernd.

»Warte, warte!« Ihre Hände schossen in die Höhe, die Handflächen waren zu mir gedreht – als würde sie gerade ein Auto anhalten. »Hat er dich geküsst?«

»Nein«, murmelte ich. »So ist es irgendwie nicht.«

Sie sah enttäuscht aus. Ich bestimmt auch.

»Meinst du, dass er am Samstag …« Sie zog ihre Augenbrauen hoch.

»Ich glaub kaum.« Die Unzufriedenheit in meiner Stimme war nur zu deutlich.

»Worüber habt ihr geredet?« Flüsternd versuchte sie, mehr aus mir herauszubekommen. Die Stunde hatte begonnen, aber Mr Varner schien es nicht weiter zu stören, und wir waren nicht die Einzigen, die noch quatschten.

»Keine Ahnung, Jess, über alles Mögliche«, flüsterte ich zurück. »Ein bisschen über die Schule.« Ein winziges bisschen. Er hatte sie wohl mal kurz erwähnt.

»Bella, bitte«, quengelte sie. »Wie wär's mit ein paar Einzelheiten.«

»Mmmh … okay, also. Du hättest sehen sollen, wie die Kellnerin mit ihm geflirtet hat – es war nicht mehr zum Aushalten. Aber er hat sie nicht mal beachtet.« Sollte er davon halten, was er wollte.

»Das ist ein gutes Zeichen«, sagte sie nickend. »War sie hübsch?«

»Ziemlich – und wahrscheinlich so neunzehn oder zwanzig.«

»Noch besser. Er muss dich wirklich mögen.«

»Das Gefühl hab ich auch, aber es ist schwer zu sagen.« Ich seufzte. »Er ist immer so kryptisch«, fügte ich für ihn hinzu.

»Ich weiß gar nicht, woher du den Mut nimmst, mit ihm allein zu sein«, sagte sie mit tonloser Stimme.

»Wie meinst du das?« Ich war völlig entgeistert, was sie überhaupt nicht verstehen konnte.

»Er ist so … einschüchternd. Ich wüsste überhaupt nicht, was ich zu ihm sagen sollte.« Sie verzog das Gesicht; wahrscheinlich musste sie an den Morgen oder an den vorigen Abend denken, als er die Naturgewalt seines Blickes auf sie losgelassen hatte.

»Ehrlich gesagt, manchmal fehlen mir auch die Worte, wenn ich mit ihm zusammen bin.«

»Na ja. Dafür ist er wirklich unglaublich süß.« Jessica zuckte mit den Schultern, als wollte sie sagen, dass gutes Aussehen alle Fehler entschuldigte. Und wahrscheinlich dachte sie das wirklich.

»Es gibt noch viel mehr, was toll an ihm ist.«

»Wirklich? Was denn?«

Ich wünschte mir, ich hätte es darauf beruhen lassen. Fast so sehr, wie ich mir wünschte, dass seine Andeutung, was das Zuhören betraf, ein Scherz gewesen war.

»Ich kann's nicht so richtig erklären … aber *hinter* seinem Äußeren ist er noch viel unglaublicher.« Ein Vampir, der gut sein wollte, der Leuten das Leben rettete, um kein Monster zu sein … Ich starrte nach vorne zur Tafel.

»Und das *geht*?« Sie kicherte.

Ich ignorierte sie und tat so, als würde ich darauf achten, was Mr Varner sagte.

»Das heißt, du magst ihn?« So schnell gab sie nicht auf.

»Ja«, sagte ich schroff.

»Ich meine, so *richtig*?«, setzte sie nach.

»Ja«, sagte ich noch einmal und wurde rot. Ich hoffte, dass ihre Gedanken dieses kleine Detail nicht zur Kenntnis nahmen.

Sie hatte genug von meinen einsilbigen Antworten. »Wie *sehr* magst du ihn?«

»Viel zu sehr«, flüsterte ich zurück. »Mehr als er mich. Aber ich wüsste nicht, was ich dagegen tun sollte.« Ich seufzte und lief so richtig rot an.

Zum Glück rief Mr Varner in diesem Augenblick Jessica auf, und für den Rest der Stunde hatte sie keine weitere Möglichkeit, das Thema zu vertiefen. Als es dann klingelte, startete ich ein Ablenkungsmanöver.

»Mike hat mich in Englisch gefragt, ob du was zu Montag-abend gesagt hast«, berichtete ich ihr.

»Nicht dein Ernst! Und was hast du gesagt?!« Sie schnappte nach Luft – es funktionierte.

»Ich hab ihm gesagt, dass du's toll fandest. Und er hat sich ge-freut, als er das hörte.«

»Sag mir ganz genau, was er gefragt hat und was du ihm ge-antwortet hast.«

Den ganzen Weg zu Spanisch verbrachten wir damit, Mikes Satzstrukturen zu analysieren, und den größten Teil der nach-folgenden Stunde war ich mit minuziösen Beschreibungen sei-nes Gesichtsausdrucks zu verschiedenen Zeitpunkten beschäftigt. Sie würde mich nie dazu gebracht haben, das so lange auszuwalzen, wenn ich nicht befürchtet hätte, wir könnten noch einmal auf mich zu sprechen kommen.

Dann klingelte es zur Mittagspause. Ich sprang auf und stopfte die Bücher achtlos in meine Tasche; offensichtlich bemerkte Jessica die Vorfreude auf meinem Gesicht.

»Ich nehm mal an, du sitzt heute nicht bei uns, oder?«, fragte sie.

»*Wahrscheinlich* nicht.« Man konnte sich nie ganz sicher sein, dass er nicht zum unpassenden Zeitpunkt wieder verschwand.

Doch im Flur wartete – gegen die Wand gelehnt und einem griechischen Gott ähnlicher, als es irgendjemandem vergönnt sein sollte – Edward. Jessica warf einen kurzen Blick auf ihn, verdrehte die Augen und verzog sich.

»Bis später, Bella«, sagte sie bedeutungsvoll im Weggehen – ich würde wahrscheinlich heute Nachmittag das Telefon ausstöpseln müssen.

»Hallo.« Seine Stimme klang erheitert und verärgert zugleich. Es war offensichtlich, dass er zugehört hatte.

»Hi.«

Ich wusste nicht, was ich sagen sollte, und er schwieg ebenfalls – wahrscheinlich, dachte ich, wollte er den richtigen Augenblick abpassen. Es wurde also ein stiller Gang zur Cafeteria. An Edwards Seite mitten im Gedränge der Mittagspause unterwegs zu sein erinnerte mich stark an meinen ersten Tag hier: Alle glotzten.

Er ging vor mir her zur Warteschlange; noch immer sagte er nichts, doch alle paar Sekunden blickte er mir forschend ins Gesicht. Es kam mir so vor, als gewänne die Verärgerung die Oberhand. Nervös fummelte ich am Reißverschluss meiner Jacke.

Er trat an die Essensausgabe und häufte Unmengen von Essen auf ein Tablett.

»Was hast du vor?«, protestierte ich. »Soll das alles für mich sein?«

Er schüttelte den Kopf und ging weiter zur Kasse.

»Die Hälfte ist natürlich für mich.«

Ich zog eine Augenbraue hoch.

Er steuerte denselben Platz an wie letztes Mal. Als wir uns setzten, schauten vom anderen Ende des langen Tisches ein paar ältere Schüler voller Erstaunen zu uns herüber. Edward schien es nicht zu bemerken.

»Nimm dir, was du willst«, sagte er und schob das Tablett in meine Richtung.

Ich griff mir einen Apfel. »Aus reiner Neugier«, sagte ich und ließ den Apfel von einer Hand in die andere rollen. »Was würdest du machen, wenn jemand dich fragt, ob du dich traust, so was zu essen?«

»Aus reiner Neugier, wie immer.« Er verzog sein Gesicht und schüttelte den Kopf. Dann sah er mich grimmig an, nahm sich ein Stück Pizza vom Tablett, biss ab, kaute kurz und schluckte – alles, ohne den Blick von mir abzuwenden. Ich schaute mit aufgerissenen Augen zu.

»Wenn jemand dich fragt, ob du dich traust, Erde zu essen, dann könntest du das doch auch, oder?«, fragte er herablassend.

Ich rümpfte meine Nase. »Hab ich mal … es war eine Wette«, gab ich zu. »Es war gar nicht so schlimm.«

Er lachte. »Ich würde sagen, das überrascht mich nicht.«

Irgendetwas hinter mir erregte seine Aufmerksamkeit.

»Jessica analysiert jede meiner Bewegungen – sie wird das alles später haarklein vor dir ausbreiten.« Er schob den Rest der Pizza zu mir herüber. Als er Jessica erwähnte, trat der verärgerte Ausdruck von eben wieder in sein Gesicht.

Ich legte den Apfel beiseite und biss von der Pizza ab, ohne ihn anzuschauen – ich wusste, er würde gleich loslegen.

»Die Kellnerin war also hübsch, ja?«, fragte er beiläufig.

»Hast du das wirklich nicht bemerkt?«

»Nein. Ich hab sie nicht beachtet. Mir ging eine Menge durch den Kopf.«

»Armes Ding.« Jetzt konnte ich es mir ja erlauben, gönnerhaft zu sein.

Er ließ sich nicht ablenken. »Eine Sache, die du zu Jessica gesagt hast ... na ja, die wurmt mich.« Er hatte den Kopf gesenkt und schaute sorgenvoll unter seinen Wimpern hervor nach oben; seine Stimme klang rau.

»Das wundert mich gar nicht, dass du was gehört hast, was dir nicht gefallen hat. Du weißt ja, wie es dem Lauscher an der Wand ergeht«, erinnerte ich ihn.

»Ich hab dir gesagt, dass ich zuhören werde.«

»Und ich hab dir gesagt, dass du nicht alles wissen willst, was ich denke.«

»Das hast du gesagt«, pflichtete er mir bei, doch seine Stimme behielt ihren unwirschen Klang. »Aber das stimmt nicht ganz. Ich möchte sehr wohl wissen, was du denkst – alles. Ich wünschte nur ... dass du über einige Sachen anders denken würdest.«

Ich schaute ihn finster an. »Das ist ein ziemlicher Unterschied.«

»Aber darum geht's im Moment sowieso nicht.«

»Und worum geht es?«

Wir hatten uns über den Tisch hinweg einander zugeneigt. Seine großen weißen Hände waren unter seinem Kinn verschränkt, ich saß nach vorne gebeugt da und umfasste mit der rechten Hand meinen Nacken. Ich musste mir in Erinnerung rufen, dass wir uns in der gutgefüllten Cafeteria befanden und wahrscheinlich gerade etliche neugierige Augenpaare auf uns gerichtet waren. Es wäre ein Leichtes gewesen, mich in unserer spannungsgeladenen kleinen Zweisamkeit zu verlieren und die Außenwelt zu vergessen.

»Glaubst du wirklich, dass du mehr für mich empfindest als ich für dich?«, fragte er leise, wobei er sich weiter zu mir rüberlehnte und mich aus seinen tiefgoldenen Augen durchdringend anschaute.

Ich versuchte mich zu erinnern, wie man ausatmet – es fiel mir erst wieder ein, als ich meinen Blick abgewandt hatte.

»Du tust es schon wieder«, murmelte ich.

Überrascht weiteten sich seine Augen. »Was denn?«

»Du bringst mich aus der Fassung«, gestand ich ein und versuchte ihm wieder in die Augen zu schauen, ohne meine Konzentration einzubüßen.

»Oh.« Er runzelte die Stirn.

»Du kannst nichts dafür«, seufzte ich.

»Beantwortest du meine Frage?«

Ich schlug meine Augen nieder. »Ja.«

»Ja, du beantwortest die Frage, oder ja, du glaubst das wirklich?« Er klang erneut verärgert.

»Ja, ich glaube das wirklich.« Ich vertiefte mich in das Holzmuster, das auf das Laminat der Tischplatte gedruckt war. Das Schweigen hielt an. Dieses Mal wollte ich nicht diejenige sein, die es brach, und so widerstand ich der übergroßen Versuchung, einen Blick auf sein Gesicht zu werfen.

Als er schließlich sprach, war seine Stimme samtweich. »Du irrst dich.«

Ich blickte auf; seine Augen waren sanft.

»Das weißt du doch gar nicht«, widersprach ich flüsternd.

Zweifelnd schüttelte ich meinen Kopf, auch wenn seine Worte mein Herz lauter pochen ließen und ich ihnen so gerne Glauben geschenkt hätte.

»Wie kommst du denn darauf?« Er schaute mich so eindringlich aus seinen glänzenden Topasaugen an, als würde er – vergeblich – versuchen, die Wahrheit direkt aus meinen Gedanken zu schöpfen.

Ich hielt seinem Blick stand und bemühte mich, einen klaren Gedanken zu fassen und eine Erklärung zu formulieren. Während ich um Worte rang, sah ich, dass er ungeduldig wurde; je länger ich nichts sagte, desto finsterer wurde sein Blick. Ich löste meine Hand vom Nacken und hob den Zeigefinger.

»Lass mich bitte nachdenken«, verlangte ich. Seine Miene hellte sich auf, jetzt, da er wusste, dass ich vorhatte zu antworten. Ich ließ meine Hand auf den Tisch sinken und presste sie gegen die andere, so dass meine Ballen aneinanderlagen. Ich betrachtete meine Hände, verschränkte meine Finger, löste sie wieder voneinander – und schließlich sprach ich auch.

»Also, abgesehen von den offenkundigen Gründen ist es manchmal ...« Ich zögerte. »Ich bin mir nicht sicher – *ich* kann keine Gedanken lesen. Aber manchmal ist es, als würdest du versuchen, dich von mir zu verabschieden, obwohl du scheinbar etwas anderes sagst.« Besser konnte ich das quälende Gefühl nicht beschreiben, das seine Worte bisweilen in mir auslösten.

»Gut erkannt«, flüsterte er. Und mit seiner Bestätigung meiner Ängste war es sofort wieder da, dieses Gefühl. »Aber genau das ist der Grund, warum du dich irrst«, begann er zu erklären, doch dann stockte er und kniff seine Augen zusammen. »Aber von welchen ›offenkundigen Gründen‹ redest du eigentlich?«

»Guck mich doch an«, sagte ich – unnötigerweise, denn das tat er bereits. »Ich bin absolut durchschnittlich. Na ja, abgesehen von den negativen Besonderheiten wie dem Talent, ständig in Todesgefahr zu geraten, und einer Ungeschicklichkeit, die an körperliche Behinderung grenzt. Und dann guck dich an.« Ich machte mit meiner Hand eine Bewegung, die ihn und seine ganze verwirrende Perfektion einschloss.

Seine Brauen zogen sich verärgert zusammen, dann glättete sich seine Stirn und in seine Augen trat ein wissender Blick. »Du kannst dich selber nicht sonderlich gut einschätzen, weißt du das? Ich gebe zu, dass du vollkommen recht hast, was die negativen Besonderheiten angeht.« Er lachte verschmitzt vor sich hin. »Doch im Gegensatz zu mir hast du nicht mitbekommen, was jedem männlichen Wesen an dieser Schule durch den Kopf ging, als du zum ersten Mal hier aufgetaucht bist.«

Ich blinzelte erstaunt. »Kann ich mir nicht vorstellen …«, murmelte ich vor mich hin.

»Glaub mir, nur dieses eine Mal – du bist das exakte Gegenteil von durchschnittlich.«

Meine Verlegenheit war viel größer als meine Freude über den Blick, den er mir in diesem Moment schenkte. Ich beeilte mich, ihn an mein eigentliches Argument zu erinnern.

»Ich bin es aber nicht, die sich verabschiedet«, wandte ich ein.

»Verstehst du nicht? Genau das ist es doch, was mir Recht gibt. Du bedeutest mir mehr, denn wenn ich so etwas tun kann …« Er schüttelte seinen Kopf, als würde er mit dem Gedanken ringen. »Wenn es das Richtige ist, mich zurückzuziehen, und ich mache das, um dich nicht zu verletzen – dann heißt das, dass mir deine Sicherheit wichtiger ist als meine Wünsche.«

Ich funkelte ihn an. »Und du meinst nicht, ich würde dasselbe tun?«

»Du würdest nie in eine solche Lage kommen.«

Jäh wechselte seine unberechenbare Stimmung ein weiteres Mal; ein bezwingendes Lächeln verwandelte seine Gesichtszüge. »Andererseits – allmählich kommt es mir so vor, als erforderte deine Sicherheit meine Anwesenheit rund um die Uhr.«

»Heute hat noch niemand probiert, mich um die Ecke zu bringen«, erinnerte ich ihn, dankbar für das leichter verdauliche Thema. Ich wollte nicht, dass er noch länger vom Abschied redete. Wenn es sein musste, dachte ich, könnte ich mich wahrscheinlich auch absichtlich in Gefahr begeben, um seine Nähe zu erzwingen … Ich begrub die Idee, bevor seine schnellen Augen sie von meinem Gesicht ablesen konnten – sie würde mich definitiv in Schwierigkeiten bringen.

»Aber dennoch«, ergänzte er.

»Aber dennoch«, stimmte ich zu; normalerweise hätte ich es abgestritten, aber im Moment war es mir nur recht, wenn er mit Katastrophen rechnete.

»Ich hab da noch eine Frage.« Seine Miene war weiterhin unbeschwert.

»Na los.«

»Musst du wirklich nach Seattle am Samstag, oder brauchtest du nur eine Ausrede für deine ganzen Verehrer?«

Bei der Erinnerung verzog ich das Gesicht. »Ganz ehrlich, die Sache mit Tyler nehme ich dir immer noch übel«, warnte ich ihn. »Es ist deine Schuld, dass er jetzt denkt, ich würde mit ihm zum Jahresabschlussball gehen.«

»Ach, er hätte schon noch ohne mich eine Möglichkeit gefunden, dich zu fragen – und ich wollte so gern dein Gesicht sehen«, erwiderte er lachend. Und sein Lachen war viel zu zauberhaft, als dass ich ernsthaft wütend auf ihn sein konnte.

»Wenn *ich* dich gefragt hätte, hättest du mir auch eine Abfuhr erteilt?«, erkundigte er sich, immer noch vor sich hin lachend.

»Wahrscheinlich nicht«, gab ich zu. »Aber später hätte ich dann wegen Krankheit oder einem verstauchten Fuß abgesagt.«

Er war verdutzt. »Warum denn das?«

Betrübt schüttelte ich den Kopf. »Okay, du hast mich nie in Sport gesehen, aber ich hätte gedacht, dass du weißt, was ich meine.«

»Was denn – etwa die Tatsache, dass du nicht über eine gerade und feste Oberfläche laufen kannst, ohne zu stolpern?«

»Was sonst?«

»Das wäre kein Problem.« Er war sich seiner Sache sehr sicher. »Beim Tanzen kommt alles darauf an, wie geführt wird.« Er sah, dass ich protestieren wollte, und schnitt mir das Wort ab. »Aber was denn nun – willst du unbedingt nach Seattle fahren, oder wärst du auch einverstanden, wenn wir etwas anderes machen?«

Solange es um »uns« ging, war mir alles andere egal.

»Ich bin offen für Vorschläge«, räumte ich ein. »Aber ich muss dich um einen Gefallen bitten.«

Sein Blick war argwöhnisch, wie immer, wenn er nicht wusste, worauf ich hinauswollte. »Ja?«

»Kann ich fahren?«

Er runzelte die Stirn. »Warum?«

»Hauptsächlich deshalb, weil mich Charlie, als ich ihm erzählte, dass ich nach Seattle will, ausdrücklich gefragt hat, ob ich alleine fahre, und zu dem Zeitpunkt nahm ich das an. Wenn er mich noch mal fragt, werde ich sicher nicht lügen, aber ich vermute, dass er mich *nicht* noch mal fragen wird. Und wenn ich jetzt meinen Transporter zu Hause stehenlasse, beschwöre ich das Thema nur unnötigerweise herauf. Abgesehen davon macht mir deine Fahrweise Angst.«

Er verdrehte die Augen. »Von allem, was dir an mir Angst machen könnte, sorgst du dich ausgerechnet um meine Fahrweise.« Empört schüttelte er den Kopf, doch dann wurde sein Blick wieder ernst. »Willst du denn deinem Vater nicht sagen, dass du den Tag mit mir verbringst?« In seiner Stimme lag ein Unterton, den ich nicht verstand.

»Bei Charlie ist weniger grundsätzlich mehr.« Dessen war ich mir ganz sicher. »Wo fahren wir denn überhaupt hin?«

»Es wird schönes Wetter sein, ich werde mich also von der Öffentlichkeit fernhalten ... und du kannst mit mir kommen, wenn du magst.« Auch dieses Mal ließ er mir die Wahl.

»Heißt das, du zeigst mir, was du meinst, mit der Sonne?«, fragte ich, begeistert von der Aussicht, eine weitere Unbekannte aufzudecken.

»Ja.« Er lächelte, dann hielt er inne. »Wenn du allerdings nicht mit mir ... allein sein willst, wäre es mir trotzdem lieber, du würdest nicht ohne Begleitung nach Seattle fahren. Wenn ich daran denke, was dir in einer Stadt dieser Größe zustoßen könnte, läuft es mir kalt den Rücken runter.«

Ich war entrüstet. »Phoenix hat allein schon dreimal so viele Einwohner wie Seattle, und was die Größe angeht ...«

»Aber anscheinend«, unterbrach er mich, »waren deine Tage in Phoenix noch nicht gezählt. Deshalb wär's mir lieber, du bist in meiner Nähe.« Und dann traf mich wieder einer seiner glühenden Blicke.

Ich hatte dem nichts entgegenzusetzen, weder seinem Blick noch der Motivation dahinter – und eigentlich war es auch gar nicht meine Absicht. »Wie es der Zufall will, bin ich gar nicht abgeneigt, mit dir allein zu sein.«

»Ich weiß«, seufzte er grübelnd. »Trotzdem solltest du Charlie Bescheid sagen.«

»Warum um Himmels willen sollte ich das tun?«

Mit einem Mal war sein Blick grimmig. »Um mir einen kleinen Anreiz zu geben, dich heil zurückzubringen.«

Ich schluckte. Doch ich brauchte nur einen Moment des Nachdenkens, um mir sicher zu sein. »Ich glaube, ich lass es drauf ankommen.«

Aufgebracht blies er seine Backen auf und schaute zur Seite.

»Lass uns über was anderes reden«, schlug ich vor.

»Worüber willst du denn reden?«, fragte er, weiterhin verärgert.

Ich wollte mich davon überzeugen, dass uns niemand hören konnte, und schaute mich um. Mein Blick wanderte durch den Saal und begegnete dem seiner Schwester Alice – sie starrte mich an. Die Blicke der anderen drei waren auf Edward gerichtet. Sofort schaute ich zu ihm zurück und fragte das Erste, was mir in den Sinn kam.

»Warum seid ihr eigentlich am Wochenende zum ... Jagen in die Goat Rocks Wilderness gefahren? Charlie meinte, das sei keine gute Gegend, wegen der vielen Bären.«

Er schaute mich an, als hätte ich etwas sehr Offensichtliches nicht mitbekommen.

»Bären?« Ich schnappte nach Luft, und er grinste. »Und das, obwohl keine Jagdsaison ist«, fügte ich tadelnd hinzu, um meine Entgeisterung zu überspielen.

»Wenn du die Bestimmungen sorgfältig liest, dann wirst du feststellen, dass die Verbote lediglich das Jagen mit Waffen betreffen.«

Amüsiert betrachtete er mein Gesicht, während ich langsam kapierte, was er da gerade gesagt hatte.

»Bären?«, wiederholte ich zaghaft.

»Grizzlybären mag Emmett am liebsten.« Seine Stimme

klang immer noch unbekümmert, doch er verfolgte genau meine Reaktion. Ich versuchte mich zusammenzureißen.

»Hmmm«, sagte ich und nahm einen Bissen von der Pizza – ein Vorwand, um den Blick zu senken. Ich kaute langsam, dann trank ich ausgiebig von der Cola und schaute weiter nach unten.

»Und?«, fragte ich, als ich mich endlich traute, seinen mittlerweile besorgten Blick zu erwidern. »Was magst du am liebsten?«

Er zog eine Augenbraue nach oben, während sich seine Mundwinkel missbilligend senkten. »Puma.«

»Ah«, sagte ich mit höflichem Desinteresse und wandte mich wieder meiner Cola zu.

Er ging auf meinen Tonfall ein. »Selbstverständlich achten wir darauf, nicht durch unüberlegtes Jagdverhalten in die Umwelt einzugreifen«, sagte er. »Wir sind bemüht, uns auf Gegenden mit einem Überbestand an Raubtieren zu beschränken, und nehmen dafür auch weite Strecken in Kauf. Natürlich wären hier in der Gegend immer genügend Rehe und Elche verfügbar, aber es soll ja auch ein bisschen Spaß machen.« Er lächelte schalkhaft.

»Oh, selbstverständlich«, murmelte ich kauend.

»Die ersten Frühlingswochen sind Emmetts bevorzugte Bärensaison – da kommen sie gerade aus dem Winterschlaf und sind besonders reizbar.« Er lächelte, als erinnerte er sich an einen alten Witz.

»Es geht doch nichts über einen gereizten Grizzlybären«, pflichtete ich ihm bei und nickte.

Er kicherte und schüttelte den Kopf. »Bitte sag mir, was du wirklich denkst.«

»Ich versuche mir das vorzustellen, aber es gelingt mir nicht«, gab ich zu. »Wie jagt man einen Bären ohne Waffen?«

»Oh, Waffen haben wir schon.« Sein Mund verzog sich zu einem kurzen, bedrohlichen Lachen, das seine blitzenden Zähne entblößte. Ich unterdrückte ein Schaudern, bevor es mich verraten konnte. »Nur nicht solche, die unter die Jagdbestimmungen fallen. Falls du jemals im Fernsehen einen angreifenden Bären gesehen hast, dann kannst du dir ein Bild von Emmett beim Jagen machen.«

Jetzt konnte ich es nicht mehr verhindern – es rieselte mir eiskalt den Rücken hinab. Verstohlen blickte ich zu Emmett hinüber und war erleichtert, dass er nicht in meine Richtung schaute. Die dicken Muskelstränge an seinen Armen und seinem Oberkörper wirkten jetzt irgendwie noch bedrohlicher.

Edward folgte meinem Blick und lachte in sich hinein. Verunsichert schaute ich ihn an.

»Bist du auch wie ein Bär?«, fragte ich leise.

»Mehr wie eine Raubkatze, das sagen zumindest die anderen«, antwortete er gutgelaunt. »Vielleicht sind unsere kulinarischen Vorlieben ja bezeichnend für unser Wesen.«

Ich probierte zu lächeln. »Vielleicht«, wiederholte ich. Doch mein Kopf war mit widersprüchlichen Bildern gefüllt, die sich partout nicht miteinander vereinbaren ließen. »Werde ich das auch einmal zu sehen bekommen?«

»Auf gar keinen Fall!« Sein Gesicht wurde noch bleicher, als es ohnehin schon war, und seine Augen funkelten wütend. Überrascht und – obwohl ich es ihm gegenüber nie zugeben würde – verängstigt von seiner Reaktion wich ich zurück. Er lehnte sich ebenfalls nach hinten und verschränkte die Arme.

»Zu beängstigend für mich?«, fragte ich, als ich meine Stimme wiedergefunden hatte.

»Wenn es das wäre, würde ich dich noch heute Nacht mitnehmen«, sagte er schneidend. »Es gibt nichts, was du *dringender* nötig hast als eine gesunde Portion Angst.«

»Warum dann?«, drängte ich weiter und ignorierte seine verärgerte Miene, so gut es ging.

Eine Weile saß er nur da und starrte mich wütend an.

»Später«, sagte er schließlich und kam in einer einzigen geschmeidigen Bewegung auf die Beine. »Wir müssen los.«

Ich blickte mich um und sah zu meiner Verblüffung, dass es stimmte – die Cafeteria war fast leer. Wenn ich mit ihm zusammen war, verschwammen Ort und Zeit, bis ich beides vergessen hatte. Ich sprang auf und nahm meine Tasche von der Lehne.

»Okay, dann später«, willigte ich ein. Ich würde es nicht vergessen.

Elektrische Spannung

Als wir gemeinsam den Biologieraum betraten und zu unserem Tisch gingen, waren sämtliche Blicke auf uns gerichtet. Edward stellte jetzt nicht mehr seinen Stuhl schräg, um so weit wie möglich von mir entfernt zu sitzen. Stattdessen rückte er so nahe heran, dass unsere Arme sich fast berührten.

Dann betrat Mr Banner rückwärts den Raum – der Mann hatte ein exzellentes Timing – und zog ein großes Metallgestell auf Rädern herein, auf dem ein wuchtiger alter Fernseher nebst Videorekorder stand. Ein Film! Der Stimmungsumschwung im Raum war beinahe mit Händen zu greifen.

Mr Banner schob die Kassette in das widerspenstige Gerät und ging zur Wand, um das Licht auszuschalten.

Der Raum verdunkelte sich, und plötzlich wurde mir in gesteigertem Maße bewusst, dass Edward nur wenige Millimeter von mir entfernt saß. Benommen registrierte ich die unerwartete elektrische Spannung, die sich in meinem Körper ausbreitete – es war also möglich, seine Gegenwart *noch* intensiver zu spüren, als ich es ohnehin schon tat. Der wahnsinnige Impuls, meine Hand zu heben und ihn zu berühren, nur ein einziges Mal in der Dunkelheit über sein perfektes Gesicht zu streichen, war nahezu überwältigend. Ich verschränkte die Arme fest vor der Brust, ballte die Hände zu Fäusten – und verlor fast den Verstand.

Der Vorspann begann und hellte den Raum kaum wahrnehmbar auf. Meine Augen wandten sich ihm wie von selbst zu. Ich lächelte verschämt, als ich sah, dass seine Haltung meiner identisch war: Fäuste unter die Arme geklemmt, Blick zu mir. Er erwiderte mein Grinsen und schaffte es dabei trotz der Dunkelheit, seine Augen zum Glühen zu bringen. Ich schaute weg, um nicht zu hyperventilieren. Es war absolut lächerlich, aber mir wurde tatsächlich schwindlig.

Die Stunde schien eine halbe Ewigkeit zu dauern. Ich konnte mich nicht auf den Film konzentrieren, wusste nicht einmal, wovon er handelte. Ich unternahm ein paar Versuche, mich zu entspannen, doch ohne Erfolg – der elektrische Impuls, der von seinem Körper auszugehen schien, setzte nicht einen Moment lang aus. Von Zeit zu Zeit gestattete ich mir einen kurzen Blick auf ihn – er schien sich ebenfalls nicht zu entspannen. Auch die übermächtige Sehnsucht, ihn zu berühren, nahm nicht ab, und so quetschte ich meine Fäuste an die Rippen, bis mir die Finger schmerzten.

Ich seufzte erleichtert, als Mr Banner am Ende der Stunde das Licht anschaltete, streckte meine Arme aus und bewegte meine steifen Finger. Neben mir lachte Edward leise in sich hinein.

»Ich würde sagen, das war interessant«, murmelte er. Seine Stimme war düster, seine Augen wachsam.

»Mmmh« war alles, was ich herausbekam.

»Sollen wir?«, fragte er und erhob sich mit einer fließenden Bewegung vom Stuhl.

Als mir einfiel, was ich als Nächstes hatte, stöhnte ich fast auf – Sport. Ich war äußerst vorsichtig beim Aufstehen, für den Fall, dass die merkwürdige neue Intensität zwischen uns meinen Gleichgewichtssinn beeinträchtigt hatte.

Schweigend begleitete er mich zur Turnhalle und blieb am Eingang stehen. Ich wandte mich ihm zu, um mich zu verabschieden, und erschrak – sein Gesicht war so bekümmert, fast schon gequält, und zugleich so atemberaubend schön, dass dieses unbändige Verlangen, ihn zu berühren, erneut aufflammte. Mir blieb mein »bis später« im Hals stecken.

Er hob seine Hand, zögerte – in seinen Augen tobte der Konflikt – und strich mir dann flüchtig mit den Fingerspitzen über die Wange. Seine Haut war so eisig wie immer, doch die Spur seiner Finger brannte auf meinem Gesicht.

Ohne ein weiteres Wort machte er kehrt und ging mit schnellen Schritten davon.

Benommen und auf wackligen Beinen betrat ich die Turnhalle und lenkte meine Schritte mechanisch zur Umkleidekabine, wo ich wie in Trance meine Kleidung ablegte und meine Sportsachen anzog. Ich nahm kaum wahr, dass sich außer mir noch andere Leute im Raum befanden. Die Wirklichkeit holte mich erst wieder ein, als mir jemand einen Badmintonschläger reichte. Er war zwar nicht schwer, fühlte sich aber in meinen Händen alles andere als sicher an. Ich sah, wie ein paar aus der Klasse mir verstohlene Blicke zuwarfen. Coach Clapp forderte uns auf, Zweierteams zu bilden.

Glücklicherweise war Mikes Ritterlichkeit noch in Ansätzen vorhanden; er gesellte sich zu mir.

»Wie wär's – wir beide?«

»Danke, Mike, das ist nett. Du musst das aber nicht machen.« Entschuldigend verzog ich das Gesicht.

»Keine Sorge, ich achte auf Sicherheitsabstand.« Er grinste. Manchmal war es so einfach, Mike zu mögen.

Es ging trotzdem nicht alles glatt. Mir gelang das Kunststück, mit einem Schlag sowohl meinen Kopf zu treffen als auch Mikes

Schulter zu streifen. Danach zog ich mich für den Rest der Stunde in den hinteren Teil des Spielfeldes zurück und verwahrte den Schläger sicher hinter meinem Rücken. Mike war ziemlich gut, auch mit mir als Hemmschuh; ganz auf sich allein gestellt, gewann er drei von vier Spielen und klatschte mich unverdientermaßen ab, als Coach Clapp endlich die Stunde abpfiff.

»Und?«, fragte er auf dem Weg zu den Kabinen.

»Was – und?«

»Du und Cullen, oder wie?« Es klang herausfordernd. Sofort verschwand das Gefühl der Zuneigung.

»Das geht dich nichts an, Mike«, sagte ich drohend und wünschte Jessica die Pest an den Hals.

»Ich find das nicht gut«, brummelte er trotzdem.

»Das musst du auch nicht«, fauchte ich zurück.

Doch er ließ sich nicht bremsen. »Er schaut dich an, ich weiß nicht – als wärst du was zu essen«, sagte er.

Ich würgte einen hysterischen Anfall ab, aber ein kleines Kichern ließ sich trotz aller Anstrengung nicht unterdrücken. Er schaute mich wütend an. Ich winkte und verschwand in meinem Umkleideraum.

In Windeseile zog ich mich um. Etwas Mächtigeres als Schmetterlinge trommelte mir rücksichtslos gegen die Magenwände; die Auseinandersetzung mit Mike war bereits jetzt nicht mehr als eine vage Erinnerung. Ich fragte mich, ob Edward draußen auf mich warten oder ob wir uns am Auto treffen würden. Was, wenn seine Geschwister da waren? Mich überkam eine Welle echter Panik. Wussten sie, dass ich es wusste? Und wenn ja, erwarteten sie von mir, dass ich wusste, dass sie es wussten, oder nicht?

Als ich aus der Turnhalle trat, war ich kurz davor, nach Hause zu laufen, ohne auch nur einen Blick in Richtung Parkplatz zu werfen. Aber meine Befürchtungen waren überflüssig – Edward erwartete mich schon, lässig gegen die Wand gelehnt; sein atemberaubendes Gesicht war jetzt unbeschwert. Als ich auf ihn zuging, erfasste mich ein merkwürdiges Gefühl der Befreiung.

»Hi«, hauchte ich mit einem breiten Lächeln.

»Hallo«, sagte er und lächelte strahlend zurück. »Wie war Sport?«

Meine Miene verdüsterte sich ein wenig. »Okay«, log ich.

»Wirklich?« Er schien nicht überzeugt zu sein. Dann wandte er seinen Blick ein wenig ab und schaute über meine Schulter; seine Augen verengten sich. Ich drehte mich um und sah Mike weggehen.

»Was ist?«, wollte ich wissen.

»Newton geht mir langsam auf die Nerven.«

»Du hast nicht schon wieder zugehört?« Blankes Entsetzen packte mich. Meine gute Laune war wie verflogen.

»Wie geht's deinem Kopf?«, fragte er mit Unschuldsmiene.

»Du bist unglaublich!« Ich drehte mich um und stapfte in ungefährer Richtung des Parkplatzes davon, obwohl ich mir keineswegs sicher war, ob ich nicht vielleicht doch lieber laufen sollte.

Er hielt mit Leichtigkeit Schritt.

»Du meintest neulich, dass ich dich noch nie beim Sport gesehen hab – da bin ich neugierig geworden.« Das klang nicht gerade reumütig, also ignorierte ich ihn.

Schweigend – wobei mein Schweigen gleichermaßen mit Wut und Scham zu tun hatte – gingen wir zu seinem Auto. Ein paar Schritte davor war ich gezwungen anzuhalten: Es war von einem Pulk Jungs umringt. Dann sah ich, dass es gar nicht der Volvo war, dem ihre Aufmerksamkeit galt – sie bestaunten mit unmissverständlichem Begehren Rosalies rotes Kabrio und blickten nicht einmal auf, als Edward sich zwischen ihnen zur Fahrertür durchschlängelte. Ich konnte ebenso unbeachtet auf der Beifahrerseite einsteigen.

»Protzig«, grummelte er.

»Was für ein Auto ist das denn?«, fragte ich.

»Ein M3.«

»Die Sprache verstehe ich nicht.«

»Es ist ein BMW.« Er verdrehte die Augen, ohne mich anzuschauen; er war damit beschäftigt auszuparken, ohne einen der Autofans zu überfahren.

Ich nickte – davon hatte ich schon mal gehört.

»Bist du immer noch sauer?«, fragte er, während er den Volvo vorsichtig aus der Lücke manövrierte.

»Aber sicher.«

Er seufzte. »Verzeihst du mir, wenn ich mich entschuldige?«

»Vielleicht … wenn du es wirklich ernst meinst. *Und* wenn du versprichst, es nicht noch mal zu machen«, forderte ich.

»Wie wär's, wenn ich es wirklich ernst meine *und* dich am Samstag fahren lasse?«, bot er im Gegenzug an.

Ich ließ mir das durch den Kopf gehen und kam zu dem Schluss, dass es wahrscheinlich sein bestes Angebot war. »Abgemacht«, willigte ich ein.

»Okay, es tut mir wirklich leid, dass ich dich verärgert habe.« Einen ausgedehnten Moment lang glühten seine Augen voller Aufrichtigkeit und brachten meinen Herzrhythmus durcheinander, dann kehrte der spielerische Ausdruck in sie zurück. »Und am Samstag stehe ich dann in aller Herrgottsfrühe vor deiner Tür.«

»Ähm, wenn Charlie einen Volvo in der Auffahrt vorfindet, können wir uns die Umstände sparen.«

Sein Lächeln wurde süffisant. »Ich hatte nicht vor, mit dem Auto zu kommen.«

»Wie …«

Er schnitt mir das Wort ab. »Zerbrich dir darüber mal nicht den Kopf. Ich werde da sein, ohne Auto.«

Ich beließ es dabei. Es gab dringlichere Fragen.

»Ist es schon später?«, fragte ich bedeutungsvoll.

Er runzelte die Stirn. »Ich nehme mal an, es ist später, ja.«

Ich wartete höflich.

Er hielt an. Überrascht blickte ich auf – klar, wir waren schon bei Charlies Haus und standen hinter dem Transporter. Es war bekömmlicher, mit ihm zu fahren, wenn ich erst aus dem Fenster schaute, wenn wir angekommen waren. Als ich meinen Blick zurück auf ihn lenkte, sah er mich forschend an.

»Und du willst wirklich wissen, warum du mir nicht beim Jagen zusehen kannst?« Er klang ernst, doch ich meinte auch etwas Schalkhaftes tief in seinen Augen zu sehen.

»Na ja«, stellte ich klar, »ich war vor allem verwundert über deine Reaktion.«

»Hab ich dir Angst eingejagt?« Auf jeden Fall war da etwas Schalkhaftes.

»Nein«, log ich. Vergeblich.

»Das tut mir leid«, fuhr er unbeirrt fort, ein kleines Lächeln auf den Lippen. Dann jedoch verschwand alles Spöttische aus seiner Miene. »Es war nur … allein der Gedanke, du würdest dort sein, während wir jagen!« Seine Kiefermuskulatur spannte sich an.

»Das wäre so schlimm?«

Er sprach mit zusammengebissenen Zähnen. »Du ahnst nicht, wie schlimm.«

»Wieso denn?«

Er holte tief Luft und blickte durch die Windschutzscheibe auf die dichten, niedrig ziehenden Wolken, die so schwer über uns hingen, dass man beinahe die Hände nach ihnen ausstrecken konnte.

»Wenn wir jagen«, sagte er langsam, unwillig, »hören wir auf, uns mit dem Verstand zu kontrollieren, und überlassen uns stattdessen unseren Sinnen. Insbesondere unserem Geruchssinn. Wenn du in einem solchen Augenblick irgendwo in der Nähe wärst …« Er schüttelte den Kopf und blickte weiter missmutig auf die Wolkenmassen.

Ich war darauf eingestellt, dass er meine Reaktion mit einem schnellen Blick abschätzen würde, und versuchte deshalb, mir nichts anmerken zu lassen. Der Blick kam; meine Miene verriet nichts.

Doch dann blieben unsere Blicke ineinander verschränkt, und die Stille umhüllte uns. Seine Augen ruhten auf meinen, bis dieselben elektrischen Impulse die Luft durchzuckten, die mich heute während des Unterrichts erfasst hatten. Erst als mir schummrig wurde, fiel mir auf, dass ich nicht atmete. Jäh schnappte ich nach Luft und durchbrach so die Stille. Er schloss die Augen.

»Bella, ich glaube, du solltest jetzt lieber reingehen.« Seine Stimme war leise und schroff, sein Blick war wieder auf die Wolken gerichtet.

Ich öffnete die Tür, und die arktische Luft, die in das Auto strömte, klarte meinen Kopf ein wenig auf. Mit größter Vorsicht stieg ich aus – ich war noch so benommen, dass ich Angst hatte zu stolpern – und warf ohne einen Blick zurück die Tür zu. Als ich jedoch das Surren der elektrischen Scheibenheber hörte, drehte ich mich um.

»Ach, Bella?«, rief er mir nach. Seine Stimme klang jetzt kontrollierter, und als er sich zum offenen Fenster hinüberlehnte, umspielte ein Lächeln seine Lippen.

»Ja?«

»Morgen bin ich an der Reihe.«

»Womit?«

Sein Lächeln wurde breiter und entblößte seine blitzenden Zähne. »Mit den Fragen.«

Und dann gab er Gas, raste die Straße hinunter und war um die Ecke verschwunden, bevor ich meine Gedanken ordnen konnte. Ich ging lächelnd zum Haus. Zumindest hatte er vor, mich morgen zu sehen.

In dieser Nacht spielte er wie üblich die Hauptrolle in meinen Träumen, doch die Atmosphäre meiner unbewussten Welten war eine andere geworden – in ihnen pulsierte dieselbe Elektrizität, die den Nachmittag aufgeladen hatte. Ruhelos warf ich mich im Bett herum und wachte immer wieder auf. Erst am frühen Morgen sank ich endlich in einen erschöpften, traumlosen Schlaf.

Beim Aufstehen war ich noch müde, zugleich aber voller Unruhe. Ich zog meinen braunen Rollkragenpullover an, dazu die unvermeidlichen Jeans – beim Gedanken an Spaghettiträger und Shorts entrang sich mir ein sehnsüchtiges Seufzen. Das Frühstück verlief so still wie immer. Charlie briet sich ein paar Eier, ich aß eine Schale Cornflakes. Als ich mich gerade fragte, ob er die Sache mit Samstag wohl schon vergessen hatte, nahm er seinen leeren Teller, stand auf und gab mir die Antwort.

»Die Sache mit Samstag …«, begann er, während er zum Abwasch ging und den Wasserhahn aufdrehte.

Ich zuckte zusammen. »Ja, Dad?«

»Willst du immer noch nach Seattle fahren?«

»Eigentlich hatte ich das vor.« Ich verzog das Gesicht und

wünschte mir, er hätte das Thema nicht angeschnitten und würde mich nicht zwingen, mir spitzfindige Halbwahrheiten aus den Fingern zu saugen.

Er quetschte ein paar Tropfen Spülmittel auf seinen Teller und verteilte es mit der Bürste. »Und du bist dir sicher, dass du nicht rechtzeitig zum Ball wieder hier sein könntest?«

»Ich gehe nicht zum Ball, Dad.« Verärgerung trat in meine Augen.

»Hat dich niemand gefragt?« Er gab sich Mühe, seine Besorgnis zu überspielen, indem er sich auf das Abspülen seines Tellers konzentrierte.

Ich wich dem Minenfeld aus. »Es ist Damenwahl.«

»Oh.« Stirnrunzelnd trocknete er den Teller ab.

Er tat mir leid. Es war sicher nicht leicht, Vater einer Tochter zu sein – einerseits fürchtete man den Moment, in dem sie einen Jungen kennenlernte, den sie mochte, andererseits hatte man Angst, dass sie keinen kennenlernte. Wenn er auch nur die leiseste Ahnung hätte, spekulierte ich schaudernd, auf was für eine Art von Jungen meine Wahl gefallen war – eine grauenhafte Vorstellung!

Dann winkte Charlie zum Abschied und verließ das Haus. Ich ging nach oben, um meine Zähne zu putzen und die Schulbücher einzupacken. Als ich den Streifenwagen wegfahren hörte, konnte ich mich gerade mal ein paar Sekunden lang davon abhalten, zum Fenster zu gehen und hinauszusehen. Der silberne Volvo stand bereits auf Charlies Platz in der Auffahrt. Ich sprang mit langen Sätzen die Treppe hinunter und fragte mich, ob es von nun an jeden Morgen so sein würde. Ich wollte nicht, dass es jemals endete.

Edward wartete im Auto und schien mich gar nicht zu beachten, als ich die Tür ins Schloss fallen ließ, ohne mir die Mühe zu machen, sie zu verriegeln. Ich ging zum Auto und hielt schüchtern inne, bevor ich die Tür öffnete und einstieg. Er begrüßte mich mit einem entspannten Lächeln und sah wie immer unerträglich schön aus.

»Guten Morgen.« Seine Stimme war seidenweich. »Wie geht's?« Sein Blick strich über mein Gesicht, als wäre seine Frage mehr als bloße Höflichkeit.

»Gut, danke.« Mir ging es immer gut – viel besser als gut – in seiner Nähe.

Sein Blick verharrte auf den Ringen unter meinen Augen. »Du siehst müde aus.«

»Ich konnte nicht schlafen«, gestand ich und schob mir ganz automatisch die Haare schützend über die Schulter.

»Ich auch nicht«, scherzte er und ließ den Motor an. So langsam gewöhnte ich mich an das ruhige Surren. Höchstwahrscheinlich würde mir das donnernde Geräusch meines Transporters Angst einjagen, wenn ich mal wieder mit ihm fuhr.

Ich lachte. »Das glaub ich gern. Wahrscheinlich hab ich sogar noch ein bisschen mehr Schlaf bekommen als du.«

»Darauf möchte ich wetten.«

»Und, was hast du die ganze Nacht gemacht?«, fragte ich.

Er lachte. »Keine Chance. Heute stelle ich die Fragen.«

»Ach ja, stimmt. Was willst du wissen?« Meine Stirn legte sich in Falten. Ich konnte mir nicht vorstellen, dass irgendwas an mir auch nur halbwegs interessant für ihn sein könnte.

»Was ist deine Lieblingsfarbe?«, fragte er völlig ernsthaft.

Ich verdrehte die Augen. »Die ändert sich täglich.«

»Was ist heute deine Lieblingsfarbe?« Er meinte es wirklich ernst.

»Braun wahrscheinlich.« Ich suchte meine Klamotten meistens nach Stimmung aus.

Er schnaubte verächtlich und verlor seinen gravitätischen Ausdruck. »Braun?«, fragte er skeptisch.

»Klar, warum nicht? Braun ist warm. Ich *vermisse* Braun. Baumstämme, Felsen, Erde – alles, was braun sein sollte, ist hier ganz und gar mit pampigem, grünem Zeug bedeckt.«

Mein kleiner Ausbruch schien ihn zu faszinieren; er schaute mir in die Augen und dachte einen Moment darüber nach.

»Du hast Recht«, sagte er schließlich, wieder ernsthaft. »Braun ist warm.« Blitzschnell – und doch zögernd – hob er seine Hand und strich meine Haare zurück über meine Schulter.

Mittlerweile waren wir bei der Schule. Während er in eine Parklücke fuhr, wandte er sich mir wieder zu.

»Was ist in diesem Moment in deinem CD-Player?«, fragte er mit einer Miene von so feierlichem Ernst, als verlangte er mir ein Mordgeständnis ab.

Mir fiel ein, dass ich die CD von Phil nie herausgenommen hatte. Als ich den Namen der Band nannte, verzog sich sein Mund zu einem schiefen Lächeln und ein merkwürdiger Ausdruck trat in seine Augen. Er zog ein Schubfach unter dem CD-Player des Volvos auf, nahm eine der etwa dreißig CDs heraus, die darin eng aneinandergereiht waren, und reichte sie mir.

»Und dazu Debussy?« Er zog eine Augenbraue hoch.

Es war die gleiche CD. Ich ließ meinen Blick auf dem vertrauten Cover in meinem Schoß ruhen.

So ging es den Rest des Tages weiter. Während er mich zu Englisch begleitete, als er mich von Spanisch abholte und die ganze Mittagspause hindurch befragte er mich unablässig zu jeder unbedeutenden Einzelheit meines Lebens. Filme, die ich mochte oder verabscheute, die wenigen Orte, die ich kannte, und die vielen, die ich gerne sehen wollte, und Bücher – immer wieder Bücher.

Ich konnte mich nicht erinnern, wann ich das letzte Mal so viel geredet hatte. Die meiste Zeit war ich befangen und überzeugt davon, ihn zu langweilen. Doch der Ausdruck völliger Ernsthaftigkeit in seinem Gesicht und der schier endlose Strom seiner Fragen brachten mich immer wieder aufs Neue zum Reden. Die meisten waren leicht zu beantworten, nur einige wenige ließen mich erröten, wozu es bei mir nicht viel bedurfte. Wenn es aber passierte, folgte prompt eine neue Welle von Fragen.

So wie das eine Mal, als er nach meinem Lieblingsedelstein fragte und ich, ohne nachzudenken, »Topas« antwortete. Er hatte die Fragen in einer solchen Geschwindigkeit auf mich abgefeuert, dass ich mir vorkam wie bei einem dieser Psychotests, bei denen es darum geht, mit dem erstbesten Begriff zu antworten, der einem in den Sinn kommt. Er hätte zweifellos weiter seine unergründliche Liste abgearbeitet, wäre ich nicht rot geworden – bis vor kurzem war nämlich der Granat mein Lieblingsedelstein gewesen. Es war unmöglich, in seine topasfarbenen Augen zu schauen und mir nicht darüber bewusst zu werden, was den Sinneswandel herbeigeführt hatte. Und natürlich gab er keine Ruhe, bis er den Grund für meine Verlegenheit herausbekam.

»Sag's mir«, verlangte er schlichtweg, als seine Überredungskünste erfolglos blieben, wenn auch nur deshalb, weil ich es tunlichst vermied, ihn anzusehen.

»Es ist deine heutige Augenfarbe«, gab ich mich seufzend geschlagen. »Wenn du mich in zwei Wochen noch mal fragst, mag ich wahrscheinlich den Onyx am liebsten.« Ich schaute hinunter auf meine Hände und wickelte mir eine Strähne meiner Haare um den Finger. In meiner erzwungenen Ehrlichkeit hatte ich mehr als nötig verraten und befürchtete jetzt, die eigenartige

Verstimmung auszulösen, die immer dann aufflammte, wenn ich aus Versehen zu deutlich offenbarte, wie besessen ich von ihm war.

Aber er hielt nur kurz inne, dann ging das Feuerwerk der Fragen weiter. »Was für Blumen magst du am liebsten?«

Ich seufzte erleichtert und unterzog mich weiter der Psychoanalyse.

Biologie war erneut eine Herausforderung. Edward hatte seine Befragung fortgesetzt, bis Mr Banner hereinkam und wieder das Fernsehgestell hinter sich herzog. Als er sich dem Lichtschalter näherte, sah ich, dass Edward seinen Stuhl ein wenig von meinem wegrückte. Es nutzte nichts – sobald der Raum verdunkelt war, kehrten der elektrische Funkenschlag und das rastlose Verlangen zurück, mit meiner Hand die kurze Distanz zu überbrücken und seine kalte Haut zu berühren.

Ich lehnte mich über den Tisch nach vorn und legte das Kinn auf meine verschränkten Arme; darunter verborgen hielten meine Finger die Tischkante umklammert. Die Stunde war ein einziger Kampf gegen das irrationale Verlangen, das mich aufwühlte. Ich wagte es nicht, ihn anzuschauen, aus Angst, dass sein Blick mein Bemühen um Selbstkontrolle noch erschweren würde. Stattdessen versuchte ich ernsthaft, dem Film zu folgen, doch am Ende wusste ich wieder nicht, wovon er eigentlich gehandelt hatte. Als Mr Banner das Licht anschaltete, entrang sich mir abermals ein erleichtertes Seufzen. Ich blickte zu Edward; er schaute mich vieldeutig an.

Schweigend erhob er sich und wartete. Keiner von uns beiden sprach, als wir zur Turnhalle gingen, genau wie am Vortag. Und wie am Vortag berührte er wortlos mein Gesicht: Mit der Rückseite seiner kühlen Hand strich er einmal von der Schläfe hinab zur Wange. Dann drehte er sich um und ging davon.

Die Sportstunde verging schnell – ich stand da und schaute Mike bei seiner Ein-Mann-Badminton-Show zu. Er sprach nicht mit mir; entweder lag es an meinem abwesenden Gesichtsausdruck, oder er war immer noch sauer wegen unseres Zanks am Tag zuvor. Ganz leise meldete sich mein Gewissen, doch meine Gedanken waren woanders.

Hinterher hatte ich es eilig, in die Kabine zu kommen und mich umzuziehen. Je schneller ich war, desto eher würde ich bei Edward sein, und meine Ungeduld machte mich noch tollpatschiger als üblich; doch letztlich schaffte ich es nach draußen und erlebte wieder dasselbe Gefühl der Befreiung, als ich ihn dort stehen sah. Automatisch trat ein breites Lächeln auf mein Gesicht, und er lächelte zurück, bevor er sein Kreuzverhör fortsetzte.

Doch seine Fragen waren jetzt anders, weniger leicht zu beantworten. Er wollte wissen, was ich hier im Vergleich zu Arizona vermisste, und verlangte mir Beschreibungen von allem ab, was er nicht kannte. Wir saßen stundenlang vor Charlies Haus im Auto; dann verdunkelte sich der Himmel und schlagartig ging ein sintflutartiger Regenguss nieder.

Ich versuchte zu beschreiben, was sich kaum beschreiben ließ: den Duft des Kreosotbusches – bitter, leicht harzig, aber angenehm –, das zirpende Geräusch der Zikaden im Juli, die fedrige Kargheit der Bäume, die Weite des Himmels, der sich weißblau von Horizont zu Horizont erstreckte, kaum unterbrochen von den niedrigen, mit rotem Vulkangestein bedeckten Bergen. Am schwersten fiel es mir zu erklären, was ich an alldem so schön fand – eine Schönheit zu begründen, die nicht von der spärlichen, stachligen Vegetation abhing, die oft halb vertrocknet wirkte, sondern viel mehr mit den nackten Konturen des Landes zu tun hatte, mit den flachen Senken der Täler zwischen felsigen

Hügeln, und der Art, wie alles der Sonne trotzte. Unwillkürlich nahm ich meine Hände zu Hilfe, um es ihm zu veranschaulichen.

Die ruhige, forschende Art, mit der er mich befragte, hatte zur Folge, dass ich im trüben Licht des Unwetters freimütig und ohne Beschämen draufloserzählte, obwohl es die ganze Zeit nur um mich ging. Irgendwann, nachdem ich ihm gerade bis ins Detail die Einrichtung meines vollgestopften Zimmers in Phoenix geschildert hatte, reagierte er nicht mit der nächsten Frage, sondern blieb stumm.

»Ist das alles?«, fragte ich erleichtert.

»Nicht einmal annähernd – aber dein Vater wird bald nach Hause kommen.«

»Charlie!« Seufzend erinnerte ich mich, dass es ihn auch noch gab. Ich schaute zum regenverhangenen Himmel hoch, doch er ließ keine Rückschlüsse auf die Zeit zu. »Wie spät ist es denn?«, fragte ich und schaute auf die Uhr. Ich war überrascht, wie lange wir schon so im Auto saßen – Charlie musste bereits auf dem Heimweg sein.

»Das ist die Dämmerung«, sagte Edward leise und blickte zum westlichen Horizont, der verborgen hinter den Wolken lag. Seine Stimme klang nachdenklich, als sei er mit den Gedanken weit entfernt. Ich musterte ihn, wie er mit leerem Blick durch die Windschutzscheibe nach draußen schaute.

Das tat ich immer noch, als er seine Augen plötzlich wieder auf mich richtete.

»Für uns ist das die sicherste Stunde des Tages«, sagte er und beantwortete die unausgesprochene Frage in meinen Augen. »Die einfachste. Aber auch die traurigste, auf eine Art … das Ende eines Tages, der Anbruch der Nacht. Die Dunkelheit ist so vorhersehbar, findest du nicht?« Er lächelte wehmütig.

»Ich mag die Dunkelheit. Ohne sie würden wir nie die Sterne sehen.« Ich runzelte die Stirn. »Nicht, dass man sie hier besonders oft zu Gesicht bekommt.«

Er lachte, und augenblicklich hellte sich die Stimmung auf.

»Charlie wird in ein paar Minuten hier sein. Also, falls du nicht doch noch vorhast, ihm zu erzählen, dass du den Samstag mit mir verbringen willst ...« Er zog eine Augenbraue hoch.

»Danke, aber ich verzichte.« Als ich meine Bücher zusammenklaubte, merkte ich, dass ich ganz steif war vom langen Sitzen. »Also bin ich dann morgen wieder dran?«

»Mit Sicherheit nicht!« Sein Gesicht zeigte gespielte Entrüstung. »Ich hab dir doch gesagt, ich bin noch nicht fertig.«

»Was hast du denn noch nicht gefragt?«

»Das wirst du schon merken – morgen.« Er lehnte sich über mich hinweg, um meine Tür zu öffnen, und seine plötzliche Nähe brachte mein Herz zum Rasen.

Doch seine Hand verharrte am Türgriff.

»Auch das noch«, murmelte er.

»Was ist?« Verwundert nahm ich die Anspannung in seinem Gesicht wahr, die Unruhe in seinen Augen.

Er warf mir einen kurzen Blick zu. »Noch eine Komplikation«, sagte er bedrückt.

Dann stieß er mit einer einzigen, schnellen Bewegung die Tür auf und wich jäh vor mir zurück.

Das grelle Licht von Scheinwerfern im Regen ließ mich aufschauen; ein dunkles Auto fuhr an die Bordsteinkante heran und blieb wenige Meter von uns entfernt stehen.

»Charlie kommt gleich um die Ecke«, warnte mich Edward und starrte durch den prasselnden Regen auf den anderen Wagen.

Sofort schlüpfte ich aus dem Auto, trotz meiner Verwirrtheit und meiner Neugierde. Der Regen wurde lauter, als er auf meine Jacke traf und von ihr abperlte.

Ich versuchte die Gestalten im anderen Auto zu erkennen, doch es war zu dunkel. Ich sah nur Edward im Scheinwerferlicht; er schaute immer noch starr nach vorn, auf irgendwas, das mir verborgen blieb. Oder irgendwen. Der Ausdruck auf seinem Gesicht war eine seltsame Mischung aus Frustration und Trotz.

Dann ließ er den Motor aufheulen; die Reifen quietschten auf dem nassen Asphalt, und innerhalb von Sekunden war der Volvo verschwunden.

»Hallo, Bella«, rief eine bekannte, raue Stimme von der Fahrerseite des kleinen schwarzen Autos her.

»Jacob?«, fragte ich und kniff meine Augen zusammen, um im Regen etwas erkennen zu können. Im selben Augenblick kam Charlies Streifenwagen um die Ecke gebogen und erfasste im Kegel seiner Scheinwerfer die Insassen des Autos vor mir.

Jacob stieg bereits aus; sein breites Lächeln war selbst im schwachen Licht erkennbar. Auf der Beifahrerseite saß ein sehr viel älterer, kräftig gebauter Mann mit einem Gesicht, das man so schnell nicht vergaß – einem Gesicht, das überfloss, dessen Wangen auf den Schultern ruhten und dessen rostfarbene Haut von Falten durchzogen war wie eine alte Lederjacke. Dazu die überraschend vertrauten Augen – schwarze Augen, die gleichzeitig zu jung und viel zu alt wirkten für das breite Gesicht, aus dem sie herausblickten. Es war Jacobs Vater, Billy Black. Ich hatte ihn seit fünf Jahren nicht gesehen, doch ich erkannte ihn auf den ersten Blick, auch wenn mir sein Name kein Begriff mehr gewesen war, als Charlie nach meiner Ankunft von ihm gesprochen hatte. Er blickte mir eindringlich und prüfend ins Gesicht; ich lächelte zögerlich. Seine Augen waren weit aufge-

rissen, so als wäre er schockiert oder verängstigt; seine Nasenlöcher blähten sich. Mein Lächeln verschwand.

Noch eine Komplikation, hatte Edward gesagt.

Billys intensiver, beklommener Blick blieb unverwandt auf
mich gerichtet. Ich stöhnte innerlich auf. Hatte er Edward so
leicht erkannt? War es wirklich möglich, dass er an die unwahr-
scheinlichen Legenden glaubte, über die sein Sohn so abschät-
zig gesprochen hatte?

Die Antwort stand in Billys Augen geschrieben. Sie lautete ja.
Ja, es war möglich.

Abseits des Pfads

»Billy!«, rief Charlie, sobald er aus dem Auto gestiegen war.

Ich winkte Jacob zu und suchte Zuflucht unter dem Vordach. Hinter mir hörte ich, wie Charlie die beiden lautstark begrüßte.

»Ich werde mal so tun, als hätte ich dich nicht hinterm Steuer gesehen, Jake«, sagte er tadelnd.

»Im Reservat dürfen wir eher fahren«, sagte Jacob, während ich die Tür aufschloss und das Licht auf der Veranda anschaltete.

»Das glaub ich dir gerne«, sagte Charlie lachend.

»Irgenwie muss ich ja von A nach B kommen.« Billys klangvolle Stimme war mir sofort vertraut, trotz der Jahre, in denen ich sie nicht gehört hatte. Sie versetzte mich in meine Kindheit zurück.

Ich ging ins Haus und schaltete das Licht an, ließ aber die Tür offen. Dann hängte ich meine Jacke an die Garderobe und sah angespannt zu, wie Charlie und Jacob mit vereinten Kräften Billy aus dem Auto und in seinen Rollstuhl halfen.

Ich trat aus dem Weg, als die drei eilig ins Haus kamen und den Regen abschüttelten.

»Das ist eine Überraschung«, sagte Charlie.

»Ich war viel zu lange nicht hier«, antwortete Billy. »Ich hoffe, ich komme nicht ungelegen.« Abermals richtete er seine dunklen Augen auf mich; ihr Ausdruck war unergründlich.

»Überhaupt nicht, ich freue mich. Ich hoffe, ihr bleibt zum Spiel da.«

Jacob grinste. »Ich glaub, das war der Plan – unser Fernseher ist letzte Woche kaputtgegangen.«

Billy blickte seinen Sohn an und verzog das Gesicht. »Und natürlich konnte es Jacob kaum erwarten, Bella wiederzusehen«, ergänzte er. Jacob schaute böse und zog den Kopf ein. Ich kämpfte mit einem Anflug von Reue – vielleicht war meine Vorstellung am Strand etwas zu überzeugend gewesen.

»Habt ihr Hunger?«, fragte ich und wandte mich zur Küche. Ich wollte Billys forschendem Blick entkommen.

»Nee, wir haben vor dem Losfahren was gegessen«, antwortete Jacob.

»Wie sieht's bei dir aus, Charlie?«, rief ich im Weggehen.

»Klar«, erwiderte er. Seine Stimme klang, als käme sie schon fast aus dem Wohnzimmer, wo der Fernseher stand. Ich hörte, dass Billys Rollstuhl in dieselbe Richtung unterwegs war.

Die Käse-Sandwiches brieten in der Pfanne, und ich schnitt gerade eine Tomate in Scheiben, als ich spürte, dass jemand hinter mir stand.

»Und, wie geht's?«, fragte Jacob.

»Prima.« Ich lächelte. Seine gute Laune war ansteckend. »Und dir? Ist dein Auto fertig?«

»Nein.« Er runzelte die Stirn. »Ich hab immer noch nicht alle Teile. Der da ist geborgt.« Er deutete mit dem Daumen in Richtung Straße.

»Tut mir leid. Ich hab keinen ... was auch immer du gesucht hast, ich hab's nicht gesehen.«

»Einen Hauptbremszylinder.« Er grinste. »Ist eigentlich mit dem Transporter alles in Ordnung?«, fragte er plötzlich.

»Ja.«

»Oh. Ich dachte nur, weil du nicht mit ihm gefahren bist.«

Ich richtete meine Aufmerksamkeit auf die Pfanne und hob die Ecke eines Sandwiches an, um nach der Unterseite zu sehen. »Ein Freund hat mich mitgenommen.«

»Schönes Auto.« Jacobs Stimme klang bewundernd. »Aber ich hab den Fahrer gar nicht erkannt. Ich dachte, ich kenne die meisten Jungs aus der Gegend.«

Ich nickte unbestimmt und wendete die Sandwiches, ohne meinen Blick zu heben.

»Mein Dad schien ihn von irgendwoher zu kennen.«

»Jacob, könntest du mir mal ein paar Teller rausgeben? Die sind im Schrank über der Spüle.«

»Klar.«

Schweigend kam er meiner Bitte nach. Ich hoffte, er würde das Thema jetzt fallenlassen.

»Wer war's denn nun?«, fragte er und stellte zwei Teller neben dem Herd ab.

Seufzend gab ich nach. »Edward Cullen.«

Zu meiner Überraschung lachte er. Ich blickte auf. Er sah ein bisschen beschämt aus.

»Dann muss ich mich ja nicht wundern«, sagte er, »dass mein Dad sich so komisch benommen hat.«

»Stimmt.« Ich machte eine Unschuldsmiene. »Er mag die Cullens ja nicht.«

»Abergläubischer alter Mann«, brummelte Jacob vor sich hin.

»Meinst du, dass er Charlie was sagt?«, fragte ich leise – die Worte rutschten mir raus, bevor ich mich bremsen konnte.

Jacob musterte mich einen Moment lang, doch ich konnte den Ausdruck in seinen schwarzen Augen nicht deuten. »Das bezweifle ich«, erwiderte er schließlich. »Ich glaub, Charlie hat ihn beim letzten Mal ziemlich abgekanzelt. Seitdem haben sie nicht besonders viel miteinander gesprochen – das heute Abend ist so eine Art Versöhnung, glaub ich. Würde mich wundern, wenn er noch mal davon anfangen würde.«

»Verstehe«, sagte ich so gleichgültig wie möglich.

Nachdem ich Charlie sein Essen gebracht hatte, blieb ich mit im Wohnzimmer und tat so, als würde ich mir das Spiel anschauen, während Jacob auf mich einschwatzte. In Wirklichkeit verfolgte ich das Gespräch der beiden Männer, lauschte auf Anzeichen dafür, dass Billy mich verpfeifen würde, und überlegte mir, wie ich ihn notfalls bremsen könnte.

Es wurde ein langer Abend. Ich hatte eigentlich jede Menge Hausaufgaben, doch ich traute mich nicht, Billy mit Charlie allein zu lassen. Irgendwann war das Spiel endlich vorbei.

»Kommt ihr bald mal wieder zum Strand?«, fragte Jacob, als er seinen Vater über die Schwelle bugsierte.

»Ich bin mir nicht sicher«, sagte ich ausweichend.

»Das hat Spaß gemacht, Charlie«, sagte Billy.

»Kommt doch beim nächsten Spiel wieder vorbei«, schlug Charlie vor.

»Auf jeden Fall«, sagte Billy. »Wir kommen. Gute Nacht.« Dann richtete er seinen Blick auf mich und sein Lächeln verschwand. »Und du pass auf dich auf, Bella«, fügte er in ernstem Ton hinzu.

»Mach ich«, murmelte ich und schaute weg.

Als Charlie ihnen von der Tür aus nachwinkte, ging ich zur Treppe.

»Wart mal, Bella«, sagte er.

Ich zuckte zusammen. Hatte Billy etwas gesagt, bevor ich zu ihnen ins Wohnzimmer gekommen war?

Aber Charlie war entspannt und hatte noch immer ein Lä-

cheln auf den Lippen. Der unerwartete Besuch hatte ihn angeregt.

»Wir konnten heute noch gar nicht reden. Wie war dein
Tag?«

»Gut.« Ich blieb mit einem Fuß auf der untersten Treppen-
stufe stehen und kramte in meinem Kopf nach Dingen, die ich
ihm gefahrlos erzählen konnte. »Beim Badminton haben wir
alle vier Spiele gewonnen.«

»Wow, ich wusste gar nicht, dass du Badminton spielen
kannst.«

»Na ja, kann ich eigentlich auch nicht«, gab ich zu, »aber
mein Spielpartner ist richtig gut.«

»Wer ist es denn?«, fragte er ohne echtes Interesse.

»Ähm ... Mike Newton«, verriet ich ihm unwillig.

»Ach stimmt – du hast ja gesagt, dass du mit ihm befreundet
bist.« Er war jetzt hellhörig geworden. »Nette Familie.« Einen
Moment lang war er in Gedanken versunken. »Warum hast du
ihn denn nicht gefragt, ob er mit dir am Wochenende zum Ball
geht?«

»Dad!«, stöhnte ich. »Er ist so halb mit meiner Freundin Jessica zusammen. Außerdem weißt du genau, dass ich nicht tanzen
kann.«

»Ach ja«, brummelte er. Dann lächelte er bedauernd. »Dann
ist es ja vielleicht ganz gut, wenn du am Samstag rauskommst ...
Ich hatte vor, mit den Jungs vom Revier angeln zu gehen – es
soll richtig warm werden. Aber falls du vorhättest, deinen Ausflug zu verschieben, bis jemand mit dir mitkommt, könnte ich
auch zu Hause bleiben. Ich weiß, dass ich dich zu oft hier allein
lasse.«

»Dad, du machst deine Sache prima.« Ich lächelte und hoffte,
dass mir meine Erleichterung nicht anzumerken war. »Ich hatte

noch nie was dagegen, allein zu sein – was das angeht, komme ich eindeutig nach dir.« Ich zwinkerte ihm zu, und er lächelte und zauberte die Fältchen in seine Augenwinkel.

In dieser Nacht schlief ich besser; ich war zu müde zum Träumen. Als ich am Morgen erwachte, war der Himmel perlgrau, und meine Stimmung ungetrübt sonnig. Der angespannte Abend mit Billy und Jacob kam mir jetzt recht harmlos vor, und ich beschloss, ihn einfach zu vergessen. Unwillkürlich pfiff ich vor mich hin, während ich meine Haare mit einer Spange nach hinten zog, und auch, als ich beschwingt zur Treppe herunterkam. Charlie fiel das auf.

»Du bist heute so gut gelaunt«, kommentierte er beim Frühstück.

Ich zuckte mit den Schultern. »Es ist Freitag.«

Ich beeilte mich, um aufbruchbereit zu sein, sobald Charlie die Tür hinter sich schloss. Meine Tasche war gepackt, die Zähne waren geputzt, ich hatte meine Schuhe an, doch obwohl ich unverzüglich zur Tür stürmte, als ich mir sicher war, dass Charlie außer Sichtweite sein musste, war Edward schneller. Er saß wartend in seinem blitzenden Auto; der Motor war aus, die Scheiben waren heruntergelassen.

Dieses Mal zögerte ich nicht beim Einsteigen, sondern schlüpfte rasch auf den Beifahrersitz, um keine Sekunde unnötig verstreichen zu lassen, bis ich sein Gesicht sah. Er begrüßte mich mit seinem schiefen Lächeln, brachte meinen Atem zum Stocken und mein Herz zum Stillstand. Es erschien mir undenkbar, dass ein Engel mehr Herrlichkeit ausstrahlen konnte. Es gab nichts an ihm, was verbesserungswürdig war.

»Hast du gut geschlafen?«, fragte er. Ob er wohl eine Ahnung hatte, wie verführerisch seine Stimme war?

»Hab ich. Wie war deine Nacht?«

»Wohltuend.« Er lächelte verschmitzt, und ich kam mir vor, als hätte ich einen Insiderwitz nicht kapiert.

»Darf ich fragen, was du gemacht hast?«

»Darfst du nicht.« Er grinste. »Der Tag heute gehört immer noch mir.«

Er wollte mehr über die Menschen in meinem Leben erfahren: über Renée, unsere gemeinsamen Unternehmungen, darüber, was sie mochte und was nicht; über die eine Großmutter, die ich gekannt hatte; und über meine wenigen Schulfreunde. Er brachte mich in Verlegenheit, indem er nach den Jungs fragte, mit denen ich zusammen gewesen war. Ich war froh, dass es eigentlich keine gab, so dass dieses Gespräch nicht lange währte. Er schien über meine Unerfahrenheit in Liebesdingen nicht weniger erstaunt zu sein als Jessica und Angela.

»Du hast also nie jemanden kennengelernt, bei dem es dir ernst war?«, fragte er in einem so bedeutungsvollen Tonfall, dass ich mich fragte, was ihm wohl gerade durch den Kopf ging.

Widerstrebend sagte ich die Wahrheit. »Nicht in Phoenix.«

Seine Lippen formten eine strenge Linie.

Zu dem Zeitpunkt saßen wir bereits in der Cafeteria. Der Vormittag war schnell und verschwommen an mir vorbeigerauscht wie immer in den vergangenen Tagen. Ich nutzte seine kurze Pause, um von meinem Bagel abzubeißen.

»Ich hätte dich heute alleine fahren lassen sollen«, verkündete er ohne jeden Zusammenhang, während ich kaute.

»Warum?«, wollte ich wissen.

»Alice und ich verschwinden nach dem Essen.«

»Oh.« Ich sah ihn verständnislos an. Und enttäuscht. »Das ist schon okay, es ist nicht so weit zu laufen.«

Er runzelte genervt die Stirn. »Du musst natürlich nicht nach

Hause laufen. Wir holen deinen Transporter und stellen ihn hier ab.«

»Ich hab den Schlüssel nicht dabei«, seufzte ich. »Ehrlich, es macht mir nichts aus zu laufen.« Was mir etwas ausmachte, war die Zeit, in der ich nicht bei ihm war.

Er schüttelte den Kopf. »Dein Transporter wird da sein und der Schlüssel wird stecken – es sei denn, du machst dir Sorgen, dass ihn jemand klauen könnte.« Der Gedanke brachte ihn zum Lachen.

»Wie du meinst«, sagte ich und schürzte trotzig die Lippen. Ich war mir ziemlich sicher, dass der Schlüssel in der Tasche der Jeans war, die ich am Mittwoch getragen hatte und die jetzt unter einem Berg von Wäsche in der Waschküche lagen. Selbst wenn er – falls es das war, was er vorhatte – bei mir einbrach, würde er ihn nie finden. Er schien die Herausforderung zu spüren, die in meiner Zustimmung lag, und grinste, strotzend vor Selbstbewusstsein.

»Und wo wollt ihr hin?«, fragte ich so beiläufig wie möglich.

»Jagen«, antwortete er mit grimmiger Miene. »Wenn ich morgen mit dir allein bin, will ich vorher jede denkbare Vorsorge treffen.« Sein Gesicht wurde missmutig ... und flehend. »Du kannst immer noch absagen, Bella.«

Ich schlug meine Augen nieder, um der Überzeugungskraft seines Blickes zu entgehen. Ich wollte mich nicht dazu bewegen lassen, ihn zu fürchten, egal, wie real die Gefahr war. *Es ist egal*, wiederholte ich in Gedanken.

»Nein«, flüsterte ich und blickte ihm wieder ins Gesicht. »Kann ich nicht.«

»Vielleicht hast du Recht«, murmelte er trübsinnig. Seine Pupillen schienen sich vor meinen Augen zu verdunkeln.

Ich wechselte das Thema. »Wann kommst du morgen?«,

fragte ich, bedrückt von dem Gedanken, dass er mich gleich verlassen würde.

»Das kommt drauf an ... morgen ist Samstag – willst du nicht ausschlafen?«

»Nein«, antwortete ich allzu schnell. Er unterdrückte ein Lächeln.

»Dann um dieselbe Zeit wie immer«, legte er fest. »Ist Charlie dann da?«

»Nein, er fährt morgen angeln.« Ich strahlte beim Gedanken daran, wie praktisch sich alles ineinandergefügt hatte.

Seine Stimme wurde schneidend. »Und was wird er denken, wenn du nicht nach Hause kommst?«

»Keine Ahnung«, erwiderte ich trocken. »Er weiß, dass ich Wäsche waschen wollte. Vielleicht denkt er ja, ich bin in die Waschmaschine gefallen?«

Er funkelte mich böse an und ich funkelte zurück. Sein Zorn war sehr viel eindrucksvoller als meiner.

»Und, was jagt ihr heute?«, fragte ich, als ich mir sicher war, das Blickduell verloren zu haben.

»Was wir im Nationalpark finden können. Wir werden in der Umgebung bleiben.« Er schien etwas ratlos zu sein, was er von meiner beiläufigen Bezugnahme auf seine geheime Existenz halten sollte.

»Warum fährst du mit Alice?«, fragte ich interessiert.

»Alice ist am ... verständnisvollsten.« Er runzelte die Stirn, als er das sagte.

»Und die anderen?«, fragte ich zaghaft.

Für einen Moment zogen sich seine Augenbrauen zusammen. »Die sind vor allem skeptisch.«

Ich warf einen verstohlenen Blick über meine Schulter auf seine Familie. Sie starrten in verschiedene Richtungen, genau wie an dem Tag, als ich sie zum ersten Mal sah. Nur dass sie jetzt zu viert waren; ihr schöner Bruder mit den bronzefarbenen Haaren saß mir gegenüber und schaute mich besorgt aus seinen goldenen Augen an.

»Sie mögen mich nicht«, vermutete ich.

»Das ist es nicht«, widersprach er mit einer Unschuldsmiene, die mich an seiner Aufrichtigkeit zweifeln ließ. »Sie begreifen nicht, dass ich dich nicht in Ruhe lassen kann.«

Ich verzog das Gesicht. »Da geht's ihnen wie mir.«

Edward schüttelte langsam seinen Kopf und verdrehte die Augen zur Decke, bevor er mich wieder anschaute. »Ich hab's dir doch gesagt – du kannst dich offensichtlich selber überhaupt nicht richtig einschätzen. Du bist anders als alle Menschen, die ich je kennengelernt habe. Du faszinierst mich.«

Ich schaute ihn grimmig an, vollkommen sicher, dass er sich über mich lustig machte.

Er lächelte. »Dank meiner speziellen Talente«, sagte er leise und tippte sich unauffällig an die Stirn, »habe ich ein überdurchschnittliches Verständnis der menschlichen Natur. Menschen sind leicht zu durchschauen. Du dagegen … du tust nie das, was ich von dir erwarte. Du überraschst mich immer aufs Neue.«

Verlegen und unbefriedigt schaute ich weg und ließ meinen Blick wieder zu seinen Geschwistern wandern. Was er gesagt hatte, gab mir das Gefühl, ein wissenschaftliches Experiment zu sein; und es war einfach nur albern von mir, etwas anderes zu erwarten.

»So weit ist es einfach zu erklären«, fuhr er fort. Ich spürte seinen Blick auf mir ruhen, doch ich konnte ihn noch nicht erwidern, aus Angst, er würde den Verdruss in meinen Augen sehen. »Aber da ist mehr … und das ist nicht so einfach in Worte zu fassen –«

Während er sprach, hatte ich die Cullens betrachtet. Plötzlich drehte sich Rosalie, seine blonde und atemberaubend schöne Schwester, zu mir um und schaute mich an. Nein, sie schaute mich nicht an – sie durchbohrte mich mit einem hasserfüllten Blick aus ihren dunklen, kalten Augen. Ich wollte wegschauen, doch ihr Blick bannte mich, bis Edward mitten im Satz abbrach und ein leises, wütendes Geräusch ausstieß. Ein Geräusch fast wie ein Fauchen.

Rosalie drehte sich weg, und ich wandte mich erleichtert ab. Ich schaute Edward an – ich wusste, dass er die Verwirrung und die Angst in meinen Augen sah.

Als er weitersprach, war seine Miene angespannt. »Es tut mir leid. Sie ist nur besorgt. Verstehst du … es ist nicht nur für mich gefährlich, wenn die Sache mit uns, nachdem wir so viel Zeit in der Öffentlichkeit miteinander verbracht haben …« Er blickte nach unten.

»Wenn was?«

»Wenn die Sache ein schlechtes Ende nimmt.« Er ließ sein Gesicht in seine Handflächen sinken, wie an dem Tag in Port Angeles. Er litt, das war offensichtlich; ich wollte ihn trösten, doch ich wusste nicht, wie. Unwillkürlich streckte ich meine Hand nach ihm aus, doch rasch ließ ich sie wieder auf den Tisch sinken, aus Furcht, dass meine Berührung es nur noch schlimmer machen würde. Seine Worte sollten mich eigentlich abschrecken, das wusste ich, doch ich vermochte keine Angst zu empfinden. Umso stärker spürte ich seinen Schmerz.

Und Ärger – Ärger darüber, dass Rosalie unterbrochen hatte, was er gerade sagen wollte. Ich wusste nicht, wie ich noch einmal darauf zu sprechen kommen konnte. Noch immer verbarg er sein Gesicht in seinen Handflächen.

Ich versuchte mit normaler Stimme zu sprechen. »Und du musst jetzt gleich gehen?«

»Ja.« Er hob seinen Kopf; einen Moment lang war seine Miene ernst, dann lächelte er plötzlich. »Es ist wahrscheinlich das Beste. Wir haben immer noch fünfzehn Minuten dieses entsetzlichen Films in Bio vor uns – ich glaub nicht, dass ich das noch länger aushalten würde.«

Ich schreckte hoch – wie aus dem Nichts war Alice hinter seiner Schulter aufgetaucht. Ihre kurzen tintenschwarzen Haare formten einen Kranz aus stachliger Unordnung um ihr bezauberndes, elfenhaftes Gesicht; ihre zierliche, gertenschlanke Gestalt erschien selbst in absoluter Bewegungslosigkeit graziös.

Er begrüßte sie, ohne den Blick von mir zu wenden. »Alice.«

»Edward«, antwortete sie; ihre hohe Sopranstimme war fast so attraktiv wie seine.

»Alice, Bella – Bella, Alice«, stellte er uns vor, nachlässig mit der Hand wedelnd und ironisch lächelnd.

»Hallo, Bella.« Der Blick ihrer obsidianfarbenen Augen war unergründlich, doch ihr Lächeln war freundlich. »Endlich lernen wir uns kennen.«

Edward warf ihr einen finsteren Blick zu.

»Hi, Alice«, murmelte ich schüchtern.

»Bist du so weit?«, fragte sie ihn.

Seine Stimme klang distanziert. »Gleich. Wir treffen uns am Auto.«

Sie ging ohne ein weiteres Wort davon; ihr Gang war so flüssig, so geschmeidig, dass mich ein heftiger Anflug von Eifersucht überkam.

»Soll ich dir viel Spaß wünschen oder trifft es das nicht?«, fragte ich, wieder an ihn gewandt.

»Doch, doch – viel Spaß kann nicht schaden.« Er grinste.

»Viel Spaß dann.« Ich gab mir Mühe, ganz und gar aufrichtig zu klingen, aber natürlich konnte ich ihm nichts vormachen.

»Ich versuch's.« Er grinste immer noch. »Und du gib bitte darauf Acht, dass dir nichts zustößt, ja?«

»In Forks – was für eine Herausforderung.«

»Für dich ist es eine Herausforderung.« Sein Kiefer verhärtete sich. »Versprich es mir.«

»Ich verspreche, darauf Acht zu geben, dass mir nichts zustößt«, sagte ich auf. »Ich hab allerdings vor, heute Abend Wäsche zu waschen – dazu muss ich mich wohl oder übel in Gefahr begeben.«

»Fall nicht in die Maschine«, spottete er.

»Ich tu mein Bestes.«

Dann stand er auf, und ich erhob mich ebenfalls.

»Bis morgen«, seufzte ich.

»Es kommt dir vor wie eine lange Zeit, oder?«, fragte er grüblerisch.

Ich nickte bedrückt.

»Bis morgen – ich werde da sein«, versprach er und schenkte mir sein schiefes Lächeln. Er streckte seine Hand über den Tisch hinweg aus und strich mir abermals zart über den Wangenknochen. Dann drehte er sich um und ging. Ich schaute ihm nach, bis er weg war.

Es war eine enorme Versuchung, die verbleibenden Stunden zu schwänzen, oder zumindest Sport, doch etwas hielt mich zurück. Ich wusste, wenn ich jetzt verschwand, würden Mike und die anderen annehmen, dass ich mit Edward unterwegs war. Und Edward war besorgt über die Zeit, die wir in der Öffentlichkeit miteinander verbrachten … für den Fall, dass es ein schlechtes Ende nahm. Ich weigerte mich, den letzten Gedanken in Betracht zu ziehen, und konzentrierte mich einfach darauf, die Sache für ihn sicherer zu machen.

Meine Intuition sagte mir, dass der nächste Tag entscheidend sein würde, und ich spürte, dass er das auch wusste. Unsere Beziehung konnte nicht mehr länger auf Messers Schneide stehen bleiben – sie musste entweder zur einen oder zur anderen Seite kippen, und welche es wurde, hing voll und ganz von seiner Entscheidung ab, oder von seinen Instinkten. Meine Entscheidung war gefällt, sie stand schon fest, bevor ich sie bewusst getroffen hatte, und ich war entschlossen, nicht von ihr abzurücken. Es gab nichts Beängstigenderes, nichts Unerträglicheres für mich als den Gedanken, mich von ihm abzuwenden. Es war schlicht unmöglich.

Pflichtbewusst ging ich zum Unterricht, aber ich hätte nichts darüber berichten können, was in Biologie passierte – meine Gedanken waren viel zu sehr auf den nächsten Tag fixiert. In Sport sprach Mike wieder mit mir; er wünschte mir viel Spaß in Seattle. Ich erklärte ihm, dass ich die Fahrt verschoben hatte, weil ich mir unsicher war, ob der Transporter die Strecke schaffen würde.

»Gehst du jetzt mit Cullen zum Ball?«, fragte er und war plötzlich beleidigt.

»Nein, ich gehe überhaupt nicht zum Ball.«

»Was machst du denn dann?«, fragte er allzu interessiert.

Mein natürlicher Impuls war, ihm zu sagen, dass er sich um seinen eigenen Kram kümmern sollte. Stattdessen log ich fröhlich weiter.

»Wäsche waschen, und dann muss ich für den Mathetest lernen, sonst setz ich den in den Sand.«

»Hilft dir Cullen beim Lernen?«

»*Edward*«, sagte ich nachdrücklich, »hilft mir nicht beim Lernen. Er ist übers Wochenende weggefahren.« Überrascht stellte ich fest, dass mir das Lügen leichter fiel, als ich das von mir gewohnt war.

»Oh.« Er wurde hellhörig. »Ich meine, du könntest ja trotzdem mit uns allen zum Ball gehen – das wäre cool. Wir würden abwechselnd mit dir tanzen«, versprach er.

Der Gedanke an Jessica ließ meine Erwiderung gereizter klingen als nötig.

»Mike, ich werde *nicht* zum Ball gehen, *okay?*«

»Okay, schon gut.« Er war erneut beleidigt. »War ja nur ein Angebot.«

Als der Schultag endlich vorbei war, ging ich lustlos zum Parkplatz. Ich war nicht gerade wild darauf, nach Hause zu laufen, konnte mir aber nicht vorstellen, wie Edward es bewerkstelligt haben sollte, meinen Transporter zu holen. Andererseits glaubte ich allmählich, dass für ihn nichts unmöglich war. Der zweite Instinkt erwies sich als richtig – mein Transporter stand an derselben Stelle, wo er am Morgen den Volvo geparkt hatte. Ungläubig schüttelte ich den Kopf und öffnete die Tür. Der Schlüssel steckte im Zündschloss.

Auf dem Fahrersitz lag ein gefalteter Zettel. Ich nahm ihn in die Hand und stieg ein, dann faltete ich ihn auseinander. Zwei Worte standen da in seiner eleganten Schrift:

Sei vorsichtig.

Als der Motor des Transporters aufheulte, fuhr mir ein Schreck in die Glieder. Ich musste über mich selber lachen.

Die Tür des Hauses war verschlossen, aber nicht verriegelt, als ich dort ankam – genau wie am Morgen, als wir wegfuhren. Ich schloss auf und ging direkt zur Waschküche. Hier sah ebenfalls alles so aus, wie ich es hinterlassen hatte. Ich wühlte nach meinen Jeans und schaute in ihren Taschen nach. Leer. Vielleicht hatte ich ihn ja doch an den Haken gehängt, überlegte ich kopfschüttelnd.

Aus demselben Instinkt heraus, der mich dazu gebracht hatte, Mike anzulügen, rief ich Jessica an, unter dem Vorwand, ihr viel Glück beim Ball zu wünschen. Als sie mir ebenfalls viel Spaß für meinen Ausflug wünschte, erzählte ich ihr, dass die Fahrt abgeblasen war. Sie klang so enttäuscht, als wären es ihre Pläne gewesen. Ich beendete das Gespräch recht schnell.

Charlie wirkte zerstreut beim Abendessen; vielleicht bereitete ihm etwas bei der Arbeit Sorgen, oder er dachte an ein Basketballspiel, oder er ließ sich einfach nur die Lasagne schmecken – es war schwer zu sagen bei ihm.

Ich holte ihn aus seiner Träumerei. »Ach so, Dad?«, begann ich.

»Ja, Bell?«

»Ich glaub, du hast Recht mit Seattle. Ich warte lieber ab, bis Jessica oder jemand anderes mit mir fahren kann.«

»Oh«, sagte er überrascht. »Okay. Und soll ich dann zu Hause bleiben?«

»Nein, Dad, du brauchst deswegen nicht alles umzuschmeißen. Ich hab massenweise Sachen zu erledigen … Hausaufgaben, Wäsche … ich muss in die Bibliothek und ein paar Sachen einkaufen. Ich werde wahrscheinlich die ganze Zeit auf Achse sein … Mach du dir mal einen schönen Tag.«

»Bist du sicher?«

»Absolut. Und außerdem geht der Fischvorrat in der Tiefkühltruhe gefährlich schnell zur Neige – der reicht höchstens noch für zwei, drei Jahre.«

»Es ist wirklich unkompliziert, mit dir zusammenzuleben, Bella.« Er lächelte.

»Dasselbe könnte ich auch von dir sagen«, erwiderte ich und lachte. Es klang falsch in meinen Ohren, doch ihm fiel nichts auf. Ich fühlte mich so schuldig, ihn zu hintergehen, dass ich fast Edwards Rat befolgt und ihm die Wahrheit erzählt hätte. Fast.

Nach dem Essen legte ich Wäsche zusammen und stopfte eine neue Ladung in den Trockner. Leider war es die Art von Tätigkeit, die nur die Hände beschäftigt. Mein Verstand hatte definitiv zu wenig zu tun und geriet außer Kontrolle. Ich schwankte zwischen einer Vorfreude, die so intensiv war, dass sie fast schmerzte, und einer schleichenden Furcht, die an meinem Entschluss nagte. Unentwegt musste ich mir sagen, dass ich eine Entscheidung getroffen hatte und dass ich sie nicht rückgängig machen würde. Ständig zog ich seinen Zettel aus der Tasche und las die beiden Worte, die da standen. Er will nicht, dass mir etwas zustößt, sagte ich mir immer und immer wieder. Und ich musste einfach Vertrauen haben, dass dieses Verlangen am Ende über die anderen siegen würde. Und was war denn die Alternative – ihn aus meinem Leben zu verbannen? Unerträglich. Abgesehen davon schien sich mein Leben, seit ich nach Forks gekommen war, nur um ihn zu drehen.

Und doch war da eine schwache, bange Stimme in mir, die sich fragte, ob es *sehr* wehtun würde, wenn … wenn es ein schlechtes Ende nahm.

Ich war froh, als es spät genug war, um guten Gewissens ins Bett gehen zu können. Mir war klar, dass ich viel zu aufgewühlt war, um einschlafen zu können, also machte ich etwas, das ich noch nie getan hatte: Ich nahm ohne alle Krankheitssymptome eines dieser Erkältungsmittel, die einen für acht Stunden ruhigstellten. Normalerweise hätte ich mir so was nicht durchgehen lassen, aber der nächste Tag würde schon so kompliziert genug werden – da musste ich nicht auch noch auf Grund von Schlaf-mangel überdreht sein. Während ich darauf wartete, dass die Medizin ihre Wirkung tat, föhnte ich mir meine frischgewa-schenen Haare, bis sie ganz glatt waren, und räumte den halben Kleiderschrank aus, um mir zu überlegen, was ich anziehen sollte.

Endlich, als alles für den Morgen vorbereitet war, legte ich mich ins Bett. Doch ich stand wie unter Strom – es war schier unmöglich, nicht andauernd zu zucken. Ich sprang wieder auf und durchwühlte den Schuhkarton mit meinen CDs, bis ich Chopins *Nocturnes* fand. Ich stellte sie ganz leise an, legte mich wieder hin und konzentrierte mich darauf, jeden einzelnen Teil meines Körpers zu beruhigen. Irgendwann schlugen die Erkäl-tungspillen an und ich fiel erleichtert in einen tiefen Schlaf.

Ich wurde früh wach, nachdem ich – dank der unnötigen Erkäl-tungspillen – tief und traumlos geschlafen hatte. Obwohl ich gut ausgeruht war, verfiel ich augenblicklich wieder in die hektische Betriebsamkeit des Abends. Ich zog mich hastig an, strich den Kragen meiner Bluse glatt und zupfte an meinem hellbraunen Pullover herum, bis er mir wie gewünscht über die Jeans hing. Dann warf ich einen schnellen Blick aus dem Fenster und über-zeugte mich davon, dass Charlie bereits weg war. Eine dünne, flaumige Wolkenschicht verschleierte den Himmel. Sie sah nicht sonderlich dauerhaft aus.

Ich frühstückte, ohne etwas zu schmecken, und machte hinter-her in Windeseile den Abwasch. Dann warf ich einen weiteren raschen Blick aus dem Fenster, aber es hatte sich nichts verän-dert. Ich war gerade fertig mit Zähneputzen und wieder auf dem Weg nach unten, als ein leises Klopfen mein Herz gegen den Brustkorb pochen ließ.

Ich flog zur Tür; ich hatte ein paar Probleme mit dem schlichten Riegel, doch dann riss ich sie auf, und er stand vor mir. Alle Aufregung fiel von mir ab, als ich in sein Gesicht schaute; tiefe Ruhe erfüllte mich. Mir entfuhr ein erleichtertes, tonloses Seufzen – er war da, und alle Ängste vom Vorabend erschienen mir plötzlich sehr töricht.

Zunächst war sein Gesicht voller Ernst. Doch dann betrachtete er mich von Kopf bis Fuß und begann zu lachen.

»Guten Morgen«, sagte er kichernd.

»Stimmt was nicht?« Ich schaute an mir herab, um sicherzugehen, dass ich nichts Wichtiges vergessen hatte, die Schuhe etwa, oder die Hosen.

»Wir passen genau zusammen«, sagte er und lachte wieder. Ich sah, dass er einen langen, hellbraunen Pullover trug, aus dem oben ein weißer Kragen herausschaute, und dazu Bluejeans. Ich stimmte in sein Lachen ein und verbarg einen heimlichen Anflug von Neid – warum musste er wie ein Model aussehen, wenn mir das nicht vergönnt war?

Während ich die Tür hinter mir schloss, war er schon auf dem Weg zum Transporter, wo er dann mit der Miene eines Märtyrers an der Beifahrerseite auf mich wartete. Ich konnte es ihm nachfühlen.

»Du warst einverstanden«, erinnerte ich ihn süffisant, stieg ein und lehnte mich hinüber, um seine Tür zu öffnen.

»Wohin?«, fragte ich.

»Schnall dich an – ich bin jetzt schon ganz nervös.«

Ich warf ihm einen giftigen Blick zu und tat, was er gesagt hatte.

»Wohin?«, wiederholte ich seufzend.

»Auf der 101 nach Norden«, sagte er.

Es war überraschend schwierig, sich auf die Straße zu konzentrieren, während ich seinen Blick auf meinem Gesicht spürte. Ich glich das dadurch aus, dass ich vorsichtiger als sonst durch die noch schlafende Stadt fuhr.

»Hattest du die Absicht, Forks vor Einbruch der Dunkelheit zu verlassen?«

»Dieser Transporter ist alt genug, um der Großvater deines Autos zu sein – ein wenig mehr Respekt, bitte«, gab ich zurück.

Bald hatten wir die Stadt hinter uns gelassen, trotz seiner Schwarzmalerei. An Stelle der Rasenflächen und Häuser säumten jetzt dichtes Unterholz und grün verhüllte Baumstämme die Straße.

»Da vorne rechts auf die 110«, sagte er, als ich gerade fragen wollte. Ich gehorchte schweigend.

»Und jetzt immer geradeaus, bis die Straße endet.«

Ich hörte ein Lächeln in seiner Stimme, doch ich hatte zu viel Angst, von der Straße abzukommen und seine Befürchtungen zu bestätigen, um hinüberzuschauen und mich davon zu überzeugen.

»Und was ist da, wo die Straße endet?«, wollte ich wissen.

»Ein Pfad.«

»Wir wandern?« Gott sei Dank hatte ich Tennisschuhe angezogen.

»Ist das ein Problem?« Er klang, als ob er genau damit rechnete.

»Nö.« Ich bemühte mich, überzeugend zu lügen. Aber wenn er schon fand, mein Transporter wäre langsam …

»Keine Sorge, es sind nur fünf Meilen oder so, und wir haben es nicht eilig.«

Fünf Meilen. Ich gab keine Antwort – nicht ausgeschlossen, dass mir vor lauter Panik die Stimme versagen würde. Fünf Meilen entlang tückischer Wurzeln und loser Steine, die es nur darauf abgesehen hatten, meine Knöchel umzuknicken oder mich anderweitig außer Gefecht zu setzen. Mir stand ein entwürdigendes Erlebnis bevor.

Ich stellte mir vor, was auf mich zukam, er wartete auf eine Reaktion, und so fuhren wir ein paar Augenblicke, ohne dass jemand etwas sagte.

Dann brach er das Schweigen. »Woran denkst du?«, fragte er voller Ungeduld.

Ich log erneut. »Ich frage mich nur, wo wir hingehen.«

»Es ist ein Ort, an dem ich gern bin, wenn das Wetter schön ist.« Nachdem er das gesagt hatte, schauten wir beide aus dem Fenster, hoch zur dünner werdenden Wolkendecke.

»Charlie hat gesagt, es wird warm heute.«

»Und hast du Charlie gesagt, was du vorhast?«, fragte er.

»Nein.«

»Aber Jessica denkt, dass wir zusammen nach Seattle fahren?« Das schien ihn zu amüsieren.

»Nein, ich hab ihr gesagt, dass wir die Fahrt abgeblasen haben – was ja auch stimmt.«

Das dagegen schien ihn zu verärgern. »Niemand weiß, dass du mit mir unterwegs bist?«

»Kommt drauf an ... Ich geh mal davon aus, dass du es Alice gesagt hast?«

»Das ist wahnsinnig hilfreich, Bella«, sagte er wütend.

Ich tat so, als hätte ich ihn nicht gehört.

»Deprimiert dich Forks jetzt schon so sehr, dass du lebensmüde bist?«, wollte er wissen, als ich nicht reagierte.

»Du hast gesagt, dass es dich in Schwierigkeiten bringen kann ... wenn wir in der Öffentlichkeit zusammen sind«, erinnerte ich ihn.

»Heißt das, du machst dir Sorgen, dass *ich* in Schwierigkeiten

geraten könnte, wenn *du* nicht zurück nach *Hause* kommst?«
Seine Stimme klang immer noch wütend, und dazu beißend sarkastisch.

Ich nickte, ohne meinen Blick von der Straße zu lösen.

Er murmelte etwas vor sich hin, so schnell, dass ich es nicht verstand.

Den Rest des Weges schwiegen wir. Ich spürte seine Wut und wusste nicht, was ich sagen sollte.

Dann endete der Asphalt, und die Straße verengte sich zu einem Fußweg mit einem hölzernen Wegweiser. Ich parkte auf dem schmalen Seitenstreifen und stieg ängstlich aus – er war wütend auf mich, und mir war der Vorwand abhandengekommen, ihn nicht anzuschauen. Es war warm geworden, so warm wie noch nie seit meiner Ankunft in Forks, und mit den Wolken am Himmel war es beinahe schwül. Ich zog den Pullover aus und schlang ihn mir um die Hüfte; ich war froh, dass ich darunter eine leichte, ärmellose Bluse trug – besonders angesichts der bevorstehenden Fünf-Meilen-Wanderung.

Ich hörte seine Tür zuschlagen, und als ich hinüberschaute, sah ich, dass er seinen Pullover ebenfalls ausgezogen hatte. Er stand mit dem Rücken zu mir und blickte in den unberührten Wald neben dem Seitenstreifen.

»Hier entlang«, sagte er und warf mir über die Schulter einen Blick zu – er war noch immer sauer. Dann ging er geradewegs in den dunklen Wald hinein.

»Was ist mit dem Pfad?«, rief ich und beeilte mich, den Transporter zu umkurven und ihn einzuholen. Die Panik in meiner Stimme war unüberhörbar.

»Ich hab gesagt, dass am Ende der Straße ein Pfad ist – nicht, dass wir ihm folgen werden.«

»Kein Pfad?«, fragte ich verzweifelt.

»Ich sorg schon dafür, dass du nicht verlorengehst.« Mit einem spöttischen Lächeln drehte er sich zu mir herum. Ich unterdrückte ein Keuchen. Sein weißes Hemd war kurzärmlig und aufgeknöpft, so dass die glatte, weiße Haut seines Halses direkt in die marmornen Konturen seiner Brust überging und seine perfekte Muskulatur nicht länger eine bloße Andeutung unter dem Stoff war, der sie verbarg. Er war zu vollkommen, dachte ich und spürte, wie mich schmerzhaft die Verzweiflung durchfuhr. Es war unmöglich, dass diese gottgleiche Kreatur für mich geschaffen war.

Er starrte mich an, erschrocken vom gequälten Ausdruck in meinem Gesicht.

»Möchtest du nach Hause?«, fragte er leise, und seine Stimme war von einem anderen Schmerz durchdrungen.

»Nein.« Entschlossen machte ich ein paar Schritte, bis ich direkt hinter ihm stand; ich wollte keine Sekunde der Zeit verschwenden, die mir mit ihm vergönnt war.

»Was ist es dann?«, fragte er mit sanfter Stimme.

»Ich bin keine gute Wanderin«, antwortete ich schwach. »Du wirst sehr geduldig sein müssen.«

»Ich kann geduldig sein – wenn ich mir große Mühe gebe.« Lächelnd schaute er mir in die Augen, bemüht, meine plötzliche, unerklärliche Niedergeschlagenheit zu zerstreuen.

Ich versuchte sein Lächeln zu erwidern, doch es war nicht überzeugend. Er musterte mein Gesicht.

»Ich bring dich zurück nach Hause«, versprach er. Ich wusste nicht, ob das Versprechen uneingeschränkt galt oder an einen sofortigen Aufbruch geknüpft war. Ich wusste aber, dass er dachte, Angst sei der Grund für meine Stimmungsschwankung, und war einmal mehr froh, die Person zu sein, deren Gedanken er nicht hören konnte.

»Wenn du willst, dass ich mich noch vor Sonnenuntergang fünf Meilen durch diesen Dschungel schlage, dann solltest du langsam mal vorangehen«, sagte ich beißend. Er betrachtete mich mit gerunzelter Stirn und versuchte aus meinem Tonfall und meiner Miene schlau zu werden.

Dann gab er es auf und ging los, direkt in den Wald hinein.

Es war weniger anstrengend als gedacht. Der Untergrund war größtenteils eben, die nassen Farne und die vorhangartigen Moosgeflechte hielt er für mich beiseite. Wenn sein schnurgerader Kurs über Felsbrocken oder umgefallene Bäume führte, half er mir hinüber – er hielt mich am Ellbogen fest und ließ mich schnell wieder los, sobald ich das Hindernis überwunden hatte. Das Gefühl seiner kalten Hand auf meiner Haut führte unweigerlich dazu, dass mein Herz unkontrolliert pochte. Zweimal, als das passierte, schaute er mich so eigenartig an, dass ich überzeugt war, er könnte es irgendwie hören.

Ich versuchte ihn nicht ständig anzuschauen, verstieß aber immer wieder gegen den Vorsatz. Jedes Mal traf mich seine Schönheit wie ein Schlag und machte mich traurig.

Die meiste Zeit liefen wir, ohne zu reden. Gelegentlich stellte er mir irgendeine Frage, die er in den vergangenen zwei Tagen noch nicht untergebracht hatte. Er erkundigte sich nach meinen Geburtstagsfeiern, nach meinen Grundschullehrern, nach den Haustieren, die ich als Kind hatte. Ich musste gestehen, dass ich die Sache mit den Tieren aufgegeben hatte, nachdem drei Fische hintereinander infolge meiner Behandlung gestorben waren. Als er das hörte, lachte er, lauter als ich es gewohnt war; wie Glockenschläge hallten die Echos durch die menschenleeren Wälder.

Die Wanderung dauerte fast den ganzen Vormittag, doch er zeigte kein einziges Zeichen der Ungeduld. Der Wald breitete sich nach allen Seiten aus – ein unermessliches Labyrinth jahrhundertealter Bäume. Ich begann mich zu sorgen, ob wir je wieder herausfinden würden, doch er bewegte sich in dem grünen Geflecht wie ein Fisch im Wasser; nie schien er auch nur einen Moment an unserer Richtung zu zweifeln.

Nach einigen Stunden wandelte sich das Licht, das durch das Blätterdach drang – aus dem trüben Olivton wurde ein helleres Jadegrün. Wie angekündigt, war die Sonne hervorgekommen. Zum ersten Mal, seit wir den Wald betreten hatten, durchfuhr mich freudige Erregung – und verwandelte sich rasch in Ungeduld.

»Sind wir bald da?«, fragte ich mit gespielter Quengeligkeit und tat so, als würde ich schmollen.

»Fast.« Er lächelte, als er meinen Stimmungswandel bemerkte. »Siehst du das helle Licht dort vorn?«

Ich starrte angestrengt in den dichten Wald. »Ähm, sollte ich da was sehen?«

Er grinste. »Na ja, vielleicht ist es für *deine* Augen noch ein bisschen zu weit.«

»Zeit für einen Besuch beim Optiker«, grummelte ich. Sein Grinsen wurde breiter.

Doch dann, nach weiteren hundert Metern, sah ich deutlich eine Lichtung inmitten der Bäume vor uns – ein helles gelbes Leuchten. Ich wurde schneller; mit jedem Schritt wuchs meine Spannung. Er ließ mich vorangehen und folgte mir lautlos.

Ich erreichte den Rand der Lichtung und trat durch den letzten Ring der Farne auf den schönsten Flecken Erde, den ich je gesehen hatte. Die kleine Wiese, auf der ich stand, beschrieb einen perfekten Kreis und war voller Feldblumen – violetten, gelben und weißen. Von irgendwo in der Nähe hörte ich die plätschernde Melodie eines Baches. Die Sonne stand direkt über uns und füllte den Kreis mit einem Dunst buttrigen Lichtes. Ich ging langsam, fast ehrfürchtig durch das weiche Gras, durch die sich wiegenden Blumen und die warme, golddurchtränkte Luft. Ich wandte mich halb um, um meine Begeisterung mit Edward zu teilen, doch er war nicht hinter mir, wie ich gedacht hatte. Erschrocken fuhr ich ganz herum. Und dann entdeckte ich ihn – er stand noch immer am Rande der Wiese, im dichten Schatten des Blätterdaches, und beobachtete mich mit wachsamem Blick. Erst da fiel mir wieder ein, was die Schönheit der Wiese aus meinen Gedanken getilgt hatte – das Rätsel von Edward und der Sonne, das er mit mir teilen wollte.

Ich ging einen Schritt auf ihn zu; meine Augen glühten vor Neugier. Sein Blick war verhalten, zögernd. Ich lächelte und streckte einen Arm nach ihm aus. Als ich einen weiteren Schritt auf ihn zumachte, hob er wie zur Warnung seine Hand; ich hielt inne und sank zurück auf meine Fersen.

Edward schien tief durchzuatmen, und dann trat er in die helle Glut der Mittagssonne.

Lamm und Löwe

Edwards Anblick in der Sonne war ein Schock. Ich starrte ihn zwar schon den ganzen Nachmittag lang an, konnte mich aber einfach nicht daran gewöhnen. Seine Haut war blütenweiß, vielleicht mit dem Hauch einer Rötung von der Jagd am Vortag, und sie glitzerte, als hätte man Tausende winziger Diamanten in sie eingelassen. Er lag vollkommen reglos im Gras; das offene Hemd enthüllte die Skulptur seiner Brust, seine Arme waren unbedeckt und seine zart lavendelfarbenen Lider geschlossen, obwohl er natürlich nicht schlief. Und alles funkelte. Er war eine Statue der Vollkommenheit, gemeißelt aus einem unbekannten Stein, der glatt wie Marmor war und glänzend wie ein Kristall.

Hin und wieder bewegten sich seine Lippen, so schnell, dass es aussah, als bebten sie. Als ich ihn danach fragte, sagte er, dass er vor sich hin sang; die Töne waren so tief, dass ich sie nicht hören konnte.

Auch ich genoss das schöne Wetter, obwohl mir die Luft längst noch nicht trocken genug war. Ich hätte mich gerne, genau wie er, auf den Rücken sinken lassen, um die Wärme der Sonne auf meinem Gesicht zu spüren. Doch dann hätte ich meinen Blick von ihm abwenden müssen – und so saß ich mit angezogenen Beinen da, stützte mein Kinn auf die Knie und betrachtete ihn. Ein sanfter Wind blies durch meine Haare und bewegte das Gras rings um seine bewegungslose Gestalt.

Die Wiese, deren Schönheit mir vorher noch den Atem geraubt hatte, war neben seiner Pracht verblasst.

Zaghaft und wie immer voller Angst, dass er sich – zu schön, um tatsächlich wahr zu sein – wie ein Trugbild in Luft auflösen könnte, näherte ich meine Hand seinem Arm und strich ihm mit einem Finger über den Handrücken. Zum hundertsten Mal bestaunte ich die perfekte Beschaffenheit seiner Haut: glatt wie Seide und kühl wie Stein. Als ich wieder aufblickte, sah er mich an; die Jagd hatte seine Augen verändert – sie waren viel heller als vorher und hatten einen warmen karamellfarbenen Ton. Seine makellosen Lippen hoben sich zu einem flüchtigen Lächeln.

»Mach ich dir denn keine Angst?«, fragte er schalkhaft, doch es lag auch wirkliche Neugier in seiner weichen Stimme.

»Nicht mehr als sonst auch.«

Sein Lächeln wurde strahlender; seine Zähne blitzten in der Sonne.

Ich rutschte etwas näher zu ihm heran und strich mit allen Fingern einer Hand über seinen Unterarm. Sie zitterten – seiner Aufmerksamkeit, wusste ich, würde das nicht entgehen.

»Darf ich?«, fragte ich, da er seine Augen wieder geschlossen hatte.

»Ja«, sagte er und seufzte wohlig. »Du kannst dir nicht vorstellen, wie sich das anfühlt.«

Mit einer Hand fuhr ich leicht über die perfekt modellierte Muskulatur seines Armes und folgte dem blassen Muster der bläulichen Adern an seiner Innenseite. Mit der anderen Hand griff ich nach seiner, um sie umzudrehen, doch er erriet meine Absicht und kehrte seine Handfläche mit einer verstörend schnellen, kaum sichtbaren Bewegung nach oben. Ich erschrak, und für einen Moment erstarrten meine Finger an seinem Arm.

»Verzeihung«, murmelte er. Ich blickte ihn an und sah gerade noch, wie sich seine goldenen Augen wieder schlossen. »In deiner Nähe fällt es mir zu leicht, ich selbst zu sein.«

Ich hob seine Hand an, drehte sie hin und her und betrachtete das Glitzern der Sonne auf ihrer Innenfläche. Dann führte ich sie näher an mein Gesicht und versuchte, die verborgene Struktur seiner Haut zu erkennen.

»Sag mir, was du denkst«, flüsterte er. Ich blickte auf und sah, dass er mich eindringlich musterte. »Es ist immer noch so seltsam für mich, es nicht zu wissen.«

»So geht es uns anderen die ganze Zeit.«

»Was für ein hartes Leben.« Hörte ich wirklich eine Spur des Bedauerns in seiner Stimme? »Aber das war keine Antwort.«

»Ich hab mir auch gerade gewünscht zu wissen, was in dir vorgeht …« Ich stockte.

»Und?«

»Ich hab mir gewünscht, ich könnte glauben, dass es dich wirklich gibt. Und, dass ich keine Angst habe.«

»Ich will nicht, dass du Angst hast.« Seine Stimme war nicht mehr als ein sanftes Murmeln. Ich hörte ihr an, was er nicht sagen konnte, ohne zu lügen: dass es keinen Grund zur Angst gab – dass ich nichts zu befürchten hatte.

»Hmmm, na ja, das ist nicht die Angst, die ich meine, obwohl ich das vermutlich im Auge behalten sollte.«

Plötzlich – zu schnell für mich – hatte er sich halb aufgerichtet und stützte sich auf seinen rechten Arm. Seine linke Hand hielt ich immer noch in meiner, sein engelhaftes Antlitz war nur noch Zentimeter von meinem entfernt. Normalerweise wäre ich vor seiner unerwarteten Nähe zurückgezuckt, doch ich war unfähig, mich zu bewegen. Seine goldenen Augen hielten mich in ihrem Bann.

»Wovor hast du dann Angst?«, flüsterte er eindringlich.

Doch ich konnte nicht antworten. Zum zweiten Mal spürte ich seinen kühlen Atem auf meinem Gesicht, seinen süßen, köstlichen Duft, der keinem anderen glich, den ich kannte. Ohne nachzudenken, beugte ich mich vor und atmete tief ein.

Im nächsten Moment hatte er mir seine Hand entrissen und war verschwunden. Bis ich meine Augen scharf gestellt hatte, war er fast zehn Meter zurückgewichen. Er stand am Rand der kleinen Wiese unter einer Tanne und starrte mich mit einem unergründlichen Ausdruck an. Im Schatten des riesigen Baumes waren seine Augen dunkel.

Die Verletztheit und der Schock versteinerten mein Gesicht. Leer brannten meine Handflächen.

»Tut mir … leid … Edward«, flüsterte ich. Ich wusste, er konnte es hören.

»Lass mir einen Moment Zeit«, rief er gerade so laut, dass ich es mit meinem weniger feinen Gehör verstehen konnte. Ich rührte mich nicht.

Nach etwa zehn unendlich langen Sekunden kam er vorsichtig näher. Zwei Meter vor mir blieb er stehen und sank anmutig in den Schneidersitz, ohne seinen Blick von mir abzuwenden. Er atmete tief durch und lächelte entschuldigend.

»Es tut mir so leid.« Er zögerte. »Verstehst du, was ich meine, wenn ich sage, ich bin auch nur ein Mensch?«

Ich nickte einmal, doch mir war nicht nach Lachen zu Mute. Langsam wurde mir bewusst, wie real die Gefahr war, die von ihm ausging, und mir schoss nachträglich das Adrenalin ins Blut. Er konnte das riechen. Sein Lächeln wurde sarkastisch.

»Bin ich nicht das perfekte Raubtier? Alles an mir wirkt einladend auf dich – meine Stimme, mein Gesicht, selbst mein *Geruch*. Als ob ich das nötig hätte!« Abrupt kam er wieder auf die Beine, machte einen Satz nach hinten, verschwand und stand einen Moment später wieder unter demselben Baum – im Bruchteil einer Sekunde hatte er die Wiese umrundet.

»Als ob du mir davonlaufen könntest«, sagte er mit einem bitteren Lachen.

Er griff nach oben und brach mit einem ohrenbetäubenden Krachen mühelos einen halbmeterdicken Ast vom Baum, balancierte ihn einen Augenblick lang auf seiner Handfläche und schleuderte ihn dann mit atemberaubender Wucht gegen den Stamm eines anderen Baumriesen, an dem er zerschmetterte. Der Baum bebte.

Und dann stand er wieder vor mir, einen knappen Meter entfernt, regungslos wie eine Statue.

»Als ob du dich gegen mich wehren könntest«, sagte er sanft.

Ich saß da und rührte mich nicht – noch nie hatte ich eine solche Angst vor ihm gehabt, noch nie hatte er mich so weit hinter seine sorgsam gepflegte Fassade blicken lassen. Niemals war er mir weniger menschlich erschienen – oder schöner. Kreidebleich und mit weit aufgerissenen Augen saß ich vor ihm, wie eine Maus vor einer Schlange, fixiert vom Blick ihres Jägers.

Seine wundervollen Augen glühten vor Aufregung; dann wich ganz langsam der Glanz aus ihnen, und seine Gesichtszüge formten eine Maske tiefer, uralter Traurigkeit.

»Hab keine Angst«, murmelte er. Seine samtene Stimme war ungewollt verführerisch. »Ich verspreche …« Er stockte. »Ich *schwöre*, dass ich dir nichts tue.« Viel mehr als mich schien er sich selbst überzeugen zu wollen.

»Hab keine Angst«, flüsterte er wieder und trat mit übertriebener Langsamkeit auf mich zu. Er ließ sich geschmeidig zu Boden sinken, bedacht darauf, keine hastige Bewegung zu machen, bis unsere Gesichter auf derselben Höhe waren, nur dreißig Zentimeter voneinander entfernt.

»Bitte verzeih mir«, sagte er förmlich. »Ich *kann* mich zusammenreißen. Du hast mich auf dem falschen Fuß erwischt. Ab sofort zeige ich mich nur noch von meiner besten Seite.«

Er wartete, doch ich konnte noch immer nicht sprechen.

»Ich bin heute nicht durstig, ehrlich.« Er zwinkerte.

Ich musste lachen, doch es klang unsicher und atemlos.

»Alles okay mit dir?«, fragte er sanft, hob vorsichtig seine glatte, kalte Hand und legte sie langsam wieder in meine.

Ich betrachtete sie, dann schaute ich ihm in die Augen. Sein Blick war weich und voller Reue. An Stelle einer Antwort fuhr ich fort, die Linien seiner Hand mit meiner Fingerspitze nachzuzeichnen. Dann lächelte ich zaghaft.

Und er antwortete mit einem strahlenden Lächeln.

»Also, wo waren wir, bevor mein Betragen so ungehörig wurde?«, fragte er in der ritterlichen Sprache eines vergangenen Jahrhunderts.

»Ganz ehrlich – ich kann mich nicht erinnern.«

Verschämt lächelte er. »Ich glaube, wir haben darüber geredet, wovor du Angst hast, abgesehen von den offensichtlichen Dingen.«

»Stimmt.«

»Und?«

Ich senkte meinen Blick wieder auf seine Hand und ließ meinen Finger ziellos über die glatte, irisierende Haut wandern. Die Sekunden verstrichen.

»Wie schnell ich ungeduldig werde«, seufzte er. Ich schaute ihm in die Augen, und mit einem Mal wurde mir klar, dass das alles für ihn genauso neu war wie für mich. Wie viele Jahre unbegreiflicher Erfahrungen auch hinter ihm lagen – das zwischen uns beiden verunsicherte auch ihn. Der Gedanke ermutigte mich.

»Ich habe Angst … Na ja, aus naheliegenden Gründen kann ich nicht mit dir zusammenbleiben. Und ich habe Angst, dass ich genau das will, viel zu sehr.« Beim Reden schaute ich ihn nicht an; es kostete mich Überwindung, diesen Gedanken überhaupt auszusprechen.

»Ja«, sagte er langsam. »Davor solltest du auch Angst haben. Dass du mit mir zusammen sein willst. Das ist tatsächlich nicht vernünftig.«

Ich runzelte die Stirn.

»Ich hätte schon längst weggehen sollen.« Er seufzte. »Und spätestens jetzt sollte ich es *wirklich* tun. Doch ich weiß nicht, ob ich das kann.«

»Ich will nicht, dass du weggehst«, murmelte ich verzagt und senkte abermals den Blick.

»Und genau deshalb sollte ich es tun. Aber keine Sorge. Im tiefsten Innern bin ich eine selbstsüchtige Kreatur. Ich begehre deine Nähe zu sehr, um zu tun, was ich tun sollte.«

»Gut.«

»Nein, nicht gut!« Wieder entzog er mir seine Hand, doch sanfter als vorher. Seine Stimme klang rauer als gewöhnlich, wenn auch immer noch schöner als jede menschliche Stimme. Es war schwer, aus ihm schlau zu werden – seine abrupten Stimmungswechsel verwirrten mich immer wieder aufs Neue.

»Es ist nicht nur deine Nähe, die ich begehre! Vergiss das nie! Vergiss nie, dass ich für dich gefährlicher bin als für jeden anderen.« Er hielt inne, und als ich aufblickte, schaute er mit leerem Blick in den Wald.

Ich dachte darüber nach.

»Ich bin nicht sicher, ob ich das verstanden habe. Vor allem das Letzte«, sagte ich.

Er schaute mich an und lächelte unerwartet.

»Wie soll ich das bloß erklären?«, überlegte er laut. »Und am besten, ohne dir schon wieder Angst einzujagen … Hmmmm.« Scheinbar ohne darüber nachzudenken, legte er seine Hand wieder in meine; ich legte meine andere Hand obenauf und hielt seine fest umschlossen.

»Diese Wärme – das ist so angenehm«, sagte er ganz versunken.

Es dauerte einen Moment, dann hatte er seinen Faden wiedergefunden.

»Jeder hat doch seinen Lieblingsgeschmack, richtig?«, setzte er an. »Der eine mag Schokoeis, der andere Erdbeer.«

Ich nickte.

»Tut mir leid, dass ich ausgerechnet an Essen denke – mir fällt gerade nichts Besseres ein.«

Ich lächelte, und er grinste zerknirscht zurück.

»Die Sache ist, jeder Mensch hat einen anderen Geruch. Wenn du einen Alkoholiker in einem Raum voll mit abgestandenem Bier einschließt, wird er vermutlich nicht nein sagen. Doch er könnte widerstehen, wenn er wirklich wollte – wenn er zum Beispiel auf Entzug ist. Wenn man aber ein Glas mit hundertjährigem Brandy vor ihn hinstellt, mit dem edelsten Cognac, und wenn sich der Raum langsam mit dessen Aroma füllt – wie würde es ihm dann wohl ergehen?«

Wir saßen stumm da und schauten einander in die Augen; jeder versuchte die Gedanken des anderen zu lesen.

Dann brach er das Schweigen.

»Obwohl – vielleicht hinkt der Vergleich ja. Vielleicht wäre es zu einfach, dem Brandy zu widerstehen. Machen wir aus dem Alkoholiker lieber einen Drogenabhängigen.«

»Heißt das, ich rieche wie deine Lieblingsdroge?«, scherzte ich, um die Stimmung aufzuhellen.

Er lächelte, dankbar dafür, dass ich darauf einging. »Du *bist* meine Lieblingsdroge.«

»Passiert das öfter?«

Er schaute hinauf in die Wipfel der Bäume und dachte nach.

»Ich hab mit meinen Brüdern darüber gesprochen«, sagte er, den Blick in eine unbestimmte Ferne gerichtet. »Für Jasper seid ihr eigentlich alle gleich. Er ist als Letzter in unsere Familie gekommen und muss sich noch grundsätzlich zur Enthaltsamkeit zwingen. Es dauert seine Zeit, bis sich ein persönlicher Geschmack herausbildet, was den Geruch und das Aroma betrifft.« Er warf mir einen zerknirschten Blick zu.

»Tut mir leid«, sagte er.

»Es stört mich nicht. Tu mir einen Gefallen und mach dir nicht ständig Sorgen, mich zu kränken oder zu ängstigen oder sonst was. So denkst du nun mal, und ich verstehe das, oder ich kann's zumindest versuchen. Erklär es mir einfach, so gut es geht.«

Er atmete tief ein und schaute wieder in den Himmel.

»Jedenfalls, Jasper war sich nicht sicher, ob er schon mal jemandem begegnet war, der so …« – er zögerte und suchte nach dem richtigen Wort – »*anziehend* auf ihn gewirkt hat wie du auf mich. Also eher nicht. Emmett ist schon länger abstinent, sozusagen, und er wusste, was ich meine. Ihm ist es zweimal passiert, sagt er – einmal war es sehr heftig, das andere Mal nicht ganz so sehr.«

»Und dir?«

»Noch nie.«

Einen Moment lang schwebten die Worte in der warmen Luft.

»Was hat Emmett gemacht?«, fragte ich, um das Schweigen zu brechen.

Doch es war die falsche Frage. Seine Miene verfinsterte sich, und seine Hand ballte sich zwischen meinen Fingern zur Faust. Er schaute weg. Ich wartete, doch er antwortete nicht.

»Na ja, ich kann's mir denken«, sagte ich schließlich.

Er heftete seine Augen auf mich – wehmütig und flehend.

»Selbst die Stärksten haben ihre schwachen Momente, nicht?«

»Was soll das heißen? Bittest du mich um Erlaubnis?« Meine Worte klangen schärfer als beabsichtigt. Es tat mir leid – ich konnte mir vorstellen, welche Überwindung es ihn kosten musste, so ehrlich zu sein. »Ich meine, heißt das, es ist unvermeidlich?«, fragte ich beschwichtigend. Wie gelassen ich über meinen eigenen Tod sprechen konnte!

»Nein, natürlich nicht!«, erwiderte er hastig. »Klar ist es vermeidbar! Ich meine, ich könnte nie …« Er ließ den Satz unvollendet und schaute mir tief in die Augen. »Das mit uns ist anders. Bei Emmett … das waren Fremde, die er zufällig traf. Und es ist lange her – er war noch nicht so … erfahren und so vorsichtig wie jetzt.«

Er verstummte und musterte mich eindringlich; ich ließ mir seine Worte durch den Kopf gehen.

»Das heißt, wenn wir uns, weiß nicht … in einer dunklen Gasse getroffen hätten …«

»Es hat mich damals meine ganze Kraft gekostet, nicht vor der ganzen Klasse aufzuspringen und –« Er unterbrach sich und wandte den Blick ab. »Als du an mir vorbeigingst, war ich drauf und dran, in Sekunden alles zu zerstören, was Carlisle für uns aufgebaut hat. Wenn ich meinen Durst nicht bereits seit … allzu vielen Jahren unterdrückt hätte, wäre ich nicht in der Lage gewesen, mich zu bremsen.« Er hielt inne und betrachtete die Bäume.

Dann schaute er mich grimmig an, und uns beiden gingen dieselben Bilder durch den Kopf. »Du musst gedacht haben, ich bin wahnsinnig.«

»Ich hab's einfach nicht verstanden. Wie du mich so schnell hassen konntest.«

»Du kamst mir vor wie eine Art Dämon, der aus meiner persönlichen Hölle aufgestiegen ist, um mich zu ruinieren. Der Duft, der von deiner Haut ausging … an dem Tag war ich davon überzeugt, dass er mich um den Verstand bringt. Während dieser einen Stunde spielte ich in Gedanken hundert verschiedene Möglichkeiten durch, wie ich dich aus dem Raum locken könnte, irgendwohin, wo uns keiner sieht. Und eine nach der anderen schlug ich sie mir wieder aus dem Kopf, indem ich an die Folgen für meine Familie dachte. Als es dann klingelte, musste ich hinausrennen, um nichts zu sagen, was dich dazu gebracht hätte, mir zu folgen …«

Er sah, wie ich um Fassung rang, wie ich versuchte seine bitteren Erinnerungen zu begreifen. Unter seinen Wimpern waren seine goldenen Augen auf mich gerichtet – hypnotisch und potenziell tödlich.

»Und du wärst mitgekommen«, sagte er.

Ich gab mir Mühe, ruhig zu sprechen. »Auf jeden Fall wäre ich mitgekommen.«

Als er seinen Blick senkte und mit gerunzelter Stirn meine Hände betrachtete, war es, als hätte er mich freigegeben. »Und dann«, fuhr er fort, »während ich gerade vergeblich versuchte, dir aus dem Weg zu gehen, indem ich meinen Stundenplan änderte, warst du schon wieder da, und in dem warmen kleinen Raum war dein Duft schier überwältigend. Ich war so kurz davor, mich auf dich zu stürzen! Es war ja nur ein einziger anderer Mensch außer uns dort – so zerbrechlich, so einfach zu beseitigen.«

Trotz des warmen Sonnenscheins lief es mir kalt den Rücken runter. Erst jetzt wurde ich mir der Gefahr bewusst, in der ich geschwebt hatte. Arme Ms Cope – der Gedanke daran, dass ich beinahe ungewollt ihren Tod verschuldet hätte, ließ mich gleich noch einmal erzittern.

»Ich widerstand der Versuchung, aber frag mich nicht, wie. Ich zwang mich, *nicht* auf dich zu warten, dir *nicht* nach der Schule zu folgen. Als ich vor der Tür stand und dich nicht mehr riechen konnte, war es einfacher, klar zu denken und die richtige Entscheidung zu treffen. Ich stieg zu den anderen ins Auto; sie wussten, dass irgendetwas ganz und gar nicht stimmte, aber ich schämte mich meiner Schwäche zu sehr, um es ihnen zu erzählen. Ich setzte sie in der Nähe unseres Hauses ab und fuhr direkt zu Carlisle ins Krankenhaus, um mich zu verabschieden.«

Ich starrte ihn verblüfft an.

»Ich nahm sein Auto – es war vollgetankt, und ich wollte unterwegs möglichst nicht anhalten – und ließ ihm meines da. Ich traute mich nicht, nach Hause zu fahren und Esme unter die Augen zu treten – sie hätte mich nicht so ohne weiteres gehen lassen. Sie hätte versucht, mich zu überzeugen, dass es nicht nötig war …

Am nächsten Morgen war ich in Alaska.« Er klang so beschämt, als hätte er gerade eine unglaubliche Feigheit eingestanden. »Dort blieb ich zwei Tage bei alten Freunden … doch ich hatte Heimweh. Es schmerzte mich, Esme und den anderen Sorgen zu bereiten. Und in der klaren Bergluft fiel es mir plötzlich schwer zu glauben, dass du so unwiderstehlich sein solltest.

Ich redete mir ein, dass es ein Zeichen von Schwäche war, einfach Hals über Kopf davonzulaufen. Schließlich hatte ich schon früher mit Versuchungen zu kämpfen gehabt, zwar nicht in dem Ausmaß, nicht einmal annähernd, aber ich war immer stark geblieben. Wer warst du denn schon? Sollte wirklich irgendein kleines Mädchen« – er grinste mich an – »die Macht besitzen, mich ins Exil zu zwingen? Also kehrte ich zurück ...« Er starrte vor sich hin.

Ich war unfähig zu sprechen.

»Bevor ich dich wiedersah, traf ich meine Vorsichtsmaßnahmen: Ich jagte und trank dabei mehr als normalerweise. Keine Sekunde lang zweifelte ich daran, dass ich stark genug sein würde, dich wie jeden anderen Menschen auch zu behandeln. Ich war allzu selbstsicher und arrogant.

Allerdings konnte ich deine Gedanken nicht lesen, was die Sache definitiv erschwerte. Ich musste unbedingt wissen, was du über mich denkst, war es aber nicht gewohnt, dabei solche Umwege in Kauf zu nehmen – in Jessicas Gedanken nach deinen Worten zu lauschen und so. Außerdem sind ihre Gedanken nicht sonderlich originell, und ich war sauer, dass ich dazu gezwungen war. Dazu kam, dass ich nicht wusste, ob du immer meinst, was du sagst. Es war alles extrem ärgerlich.« Er runzelte die Stirn.

»Du solltest, wenn möglich, mein Verhalten vom ersten Tag vergessen, also versuchte ich ganz normal mit dir zu reden. Ich war sogar ziemlich erpicht darauf, mit dir ins Gespräch zu kommen, weil ich hoffte, dich ein wenig zu durchschauen. Aber von wegen – du warst viel zu interessant, und am Ende war ich einfach nur in deine Mimik vertieft ... und manchmal hast du mit deiner Hand oder deinen Haaren die Luft bewegt, und mich traf erneut dieser Duft ...

Na ja, und dann kam der Tag, an dem du fast vor meinen Augen zerquetscht worden wärst. Hinterher legte ich mir eine vollkommen logische Erklärung für mein Eingreifen zurecht: Ich musste dich retten, sonst wäre dein Blut geflossen und nichts hätte mich dann davon abhalten können, uns als das zu entblößen, was wir sind. Aber die Ausrede fiel mir erst später ein. Als es passierte, dachte ich nur: ›Nicht sie!‹«

Er schloss die Augen, tief versunken in seinem Geständnis. Ich hatte begierig an seinen Lippen gehangen, ohne dass mir auch nur einmal der Gedanke kam, dass ich eigentlich Angst haben müsste. Stattdessen war ich einfach nur erleichtert, endlich alles zu verstehen. Und noch etwas: Obwohl er mir eben sein Verlangen nach meinem Blut offenbart hatte, litt ich mit ihm.

Irgendwann fand ich meine Sprache wieder. »Und im Krankenhaus?«, fragte ich mit schwacher Stimme.

Er schlug die Augen auf. »Ich war so angewidert von mir selbst! Ich konnte es nicht fassen, dass ich uns tatsächlich in Gefahr gebracht, dass ich mich dir ausgeliefert hatte – ausgerechnet dir! Als hätte ich nicht schon genug Gründe gehabt, dich zu töten.« Wir zuckten beide zusammen, als ihm das Wort entwischte. »Doch es hatte den gegenteiligen Effekt«, fuhr er hastig fort. »Als Rosalie, Emmett und Jasper sagten, dass nun der Zeitpunkt gekommen war, stritt ich mich mit ihnen … so heftig wie nie zuvor. Carlisle war auf meiner Seite, und Alice.« Er verzog das Gesicht, als er ihren Namen nannte – ich hatte keinerlei Vorstellung, warum. »Esme sagte, ich solle tun, was ich tun musste, um hierbleiben zu können.« Er schüttelte den Kopf, vertieft in seine Erinnerung.

»Den ganzen nächsten Tag belauschte ich die Gedanken von allen Leuten, mit denen du sprachst, und war vollkommen verblüfft, dass du dein Versprechen hieltst. Du warst mir ein Rätsel.

Ich wusste nur, dass ich mich nicht weiter auf dich einlassen durfte, also bemühte ich mich, dir fernzubleiben. Doch der Duft deiner Haut, deines Atems, deiner Haare … er traf mich jeden Tag aufs Neue, so intensiv wie beim allerersten Mal.«

Wir schauten uns an; seine Augen waren überraschend sanft.

»Dabei wäre es letztendlich viel besser gewesen, wenn ich uns alle tatsächlich bei der ersten Begegnung verraten hätte, als wenn ich dir jetzt, hier – ohne Zeugen, ohne Hindernisse – etwas tun würde.«

Ich konnte mir die Frage nicht verkneifen. »Warum?«

»Isabella.« Sorgsam sprach er meinen Namen aus, dann verwuschelte er mit seiner freien Hand liebevoll meine Haare. Die beiläufige Berührung ließ mich erstarren. »Bella, wenn ich dir je wehtun würde, könnte ich mir nie wieder in die Augen sehen. Du hast ja keine Ahnung, wie es mich quält.« Wieder schaute er beschämt nach unten. »Der Gedanke, dass du bewegungslos, blass, kalt daliegst … dass ich nie mehr sehe, wie du rot anläufst oder wie die Erkenntnis in deinen Augen aufblitzt, wenn du wieder mal intuitiv durchschaust, dass ich dir etwas vormache … ich könnte es nicht ertragen.« Er richtete seine herrlichen, schmerzerfüllten Augen auf mich. »Du bist jetzt das Wichtigste in meinem Leben. Das Wichtigste, was es je gab in meinem Leben.«

Mir schwirrte der Kopf von der plötzlichen Wendung – eben waren wir noch beim heiteren Thema meines baldigen Ablebens, jetzt schon bei den Liebesgeständnissen. Er wartete, und ich musste nicht von unseren verschlungenen Händen aufblicken, um zu wissen, dass seine goldenen Augen auf mir ruhten.

»Was ich fühle, weißt du ja schon«, sagte ich schließlich. »Ich bin hier … mit dir … was, grob gesagt, bedeutet, dass ich lieber sterben würde, als mich von dir fernzuhalten.« Ich runzelte die Stirn. »Was bin ich nur für ein Idiot.«

»Das kannst du laut sagen«, stimmte er lachend zu. Unsere Blicke begegneten sich, und ich musste ebenfalls lachen. Gemeinsam lachten wir über den Aberwitz und die schiere Unwahrscheinlichkeit dieses Augenblicks.

»Und so verliebte sich der Löwe in das Lamm …«, murmelte er. Ich schaute zur Seite, um zu verbergen, wie erregt ich war. Verliebte … hatte er gesagt!

»Was für ein dummes Lamm«, seufzte ich.

»Was für ein abartiger, masochistischer Löwe.« Er starrte in die dunklen Tiefen des Waldes hinein; ich fragte mich, wo er wohl mit seinen Gedanken war.

Ich wollte ihn etwas fragen, wusste aber nicht recht, wie. »Warum …?«, setzte ich an, doch dann stockte ich.

Er schaute mich an und lächelte; Sonnenlicht glitzerte auf seinem Gesicht und seinen Zähnen.

»Ja?«

»Warum bist du vorhin weggerannt?«

Sein Lächeln verschwand. »Das weißt du doch.«

»Nein, ich meine, was *genau* hab ich falsch gemacht? Ich muss schließlich auf mich aufpassen, also sollte ich wissen, was ich besser sein lasse. Das zum Beispiel« – ich strich über seinen Handrücken – »scheint okay zu sein.«

Sein Lächeln kehrte zurück. »Du hast überhaupt nichts falsch gemacht, Bella. Es war meine Schuld.«

»Aber … was kann ich denn tun, um es dir nicht noch schwerer zu machen?«

»Hmmm …« Er überlegte. »Du warst einfach so nahe – die meisten Menschen schrecken instinktiv vor uns zurück. Unsere Fremdheit stößt sie ab. Ich hatte nicht damit gerechnet, dass du so nahe kommst. Dazu noch der Geruch deiner *Kehle*.« Er hielt inne, um zu sehen, wie ich reagierte.

»Das ist doch schon mal was«, sagte ich munter, um die plötzlich Anspannung zu zerstreuen. Ich drückte mein Kinn an die Brust. »Keine entblößte Kehle in deiner Gegenwart.«

Es funktionierte – er lachte. »Im Ernst, es war mehr die Überraschung als alles andere.«

Er hob seine freie Hand und legte sie sanft an die Seite meines Halses. Ich saß still da; der Schauer, den seine Berührung auslöste, war eine natürliche Warnung. Doch ich fürchtete mich nicht. Ich fühlte alles Mögliche, nur keine Angst …

»Siehst du«, sagte er. »Kein Problem.«

Das Blut schoss mir durch die Adern, und ich wünschte mir, ich könnte es abbremsen – mein frenetischer Pulsschlag machte es sicher noch viel schwerer für ihn. Ich war überzeugt davon, dass er ihn hörte.

»Es sieht so hübsch aus, wenn deine Wangen rot werden«, sagte er leise. Sanft entzog er mir seine Hand; schlaff fielen mir meine Hände in den Schoß. Er strich mir leicht über die Wange, und dann hielt er mein Gesicht zwischen seinen marmornen Handflächen.

»Nicht bewegen«, flüsterte er – als wäre ich nicht längst vollkommen erstarrt.

Er schaute mir in die Augen und kam langsam näher, bis er abrupt und sanft zugleich seine kalte Wange an die Senke unterhalb meiner Kehle legte. Reglos – selbst wenn ich gewollt hätte, wäre ich zu keiner Bewegung fähig gewesen – lauschte ich auf seinen Atem und betrachtete das Spiel der Sonne und des Windes in seinen bronzefarbenen Haaren, die so viel menschlicher wirkten als alles andere an seinem Körper.

Ganz langsam glitten seine Finger von meinen Wangen hinunter zu meinem Nacken. Ich zitterte und hörte ihn nach Luft schnappen. Doch er hielt in der Bewegung nicht inne, bevor seine Hände auf meinen Schultern lagen.

Sein Gesicht bewegte sich an meinem Hals entlang, seine Nase strich über mein Schlüsselbein, und dann, ganz sanft, drückte er seinen Kopf seitlich an meine Brust.

Und lauschte meinem Herzschlag.

»Ah«, seufzte er.

Ich weiß nicht, wie lange wir so saßen, ohne uns zu bewegen. Es fühlte sich an wie Stunden, und irgendwann beruhigte sich mein Puls. Solange er an mich geschmiegt blieb, sprach und bewegte sich Edward nicht. Ich wusste, es könnte jeden Augenblick zu viel für ihn werden – mein Leben könnte so schnell enden, dass ich es womöglich nicht einmal merkte. Doch ich vermochte keine Angst zu spüren. Ich dachte nur an eines: dass er mich berührte.

Und dann, viel zu früh, ließ er mich wieder los.

Seine Augen waren vollkommen ruhig.

»Von jetzt an wird es einfacher sein«, sagte er befriedigt.

»War es denn sehr schwer?«

»Es war nicht annähernd so schlimm, wie ich befürchtet hatte. Und für dich?«

»Nö, für mich war's … nicht schlimm.«

Er musste lächeln. »Du weißt schon, was ich meine.«

Ich lächelte auch.

»Schau mal.« Er griff nach meiner Hand und drückte sie an seine Wange. »Warm, oder?«

Und tatsächlich war seine sonst so eisige Haut beinahe warm, doch ich bekam es kaum mit, denn ich berührte sein Gesicht – davon hatte ich seit unserer ersten Begegnung geträumt.

»Beweg dich nicht«, flüsterte ich.

Niemand konnte so reglos sein wie Edward. Er schloss seine Augen und versteinerte unter meiner Hand zu einer Skulptur.

Darauf bedacht, keine unerwartete Bewegung zu machen, ließ ich meine Hand langsam – noch langsamer als zuvor er – über seine Haut wandern. Ich streichelte seine Wange, strich zart über seine Augenlider und die Schatten unterhalb seiner Augen; ich folgte der Linie seiner perfekt geformten Nase und berührte, ganz vorsichtig, seine makellosen Lippen. Als ich spürte, wie sehr es mich danach verlangte, mein Gesicht seinem zu nähern und seinen Geruch einzuatmen, zog ich meine Hand zurück und lehnte mich weg – ich wollte seine Selbstbeherrschung nicht überstrapazieren.

Er schlug seine Augen auf und sah mich hungrig an – nicht auf eine Art hungrig, die mir Angst einflößte, sondern so, dass mein Blut erneut wild zu pulsieren begann.

»Ich wünschte«, flüsterte er, »ich wünschte, du würdest das auch spüren … dieses Durcheinander … diese Verwirrung. Damit du weißt, was in mir vorgeht.«

Er hob seine Hand und berührte meine Haare; dann strich er mir sanft über das Gesicht.

»Kannst du es beschreiben?«, hauchte ich.

»Ich weiß nicht, ob das geht. Einerseits, wie gesagt, ist da diese Begierde – der Durst dieses grauenhaften Wesens, das ich bin. Ein bisschen verstehst du das, glaube ich, wenn auch nur bis zu einem gewissen Grad. Schließlich« – ein Lächeln umspielte seine Lippen – »konsumierst du keine illegalen Substanzen.

Aber dann …« Seine Finger berührten leicht meine Lippen, und wieder lief mir ein Schauer über die Haut. »Dann sind da noch andere Begierden, die ich noch nicht einmal selbst verstehe – die mir fremd sind.«

»*Diese* Art von Begierde verstehe ich vielleicht besser, als du denkst.«

»Ich bin es nicht gewohnt, mich so menschlich zu fühlen. Ist das immer so?«

»Für mich, meinst du?« Ich hielt inne. »Nein, nie. Das ist das erste Mal.«

Er hielt meine Hände in seinen. Sie fühlten sich klein und schwach an in seinem übermächtigen Griff.

»Ich weiß nicht, wie ich dir nahe kommen kann«, gestand er. »Ob ich dir nahe kommen kann.«

Ich schaute ihm in die Augen und beugte mich ganz langsam zu ihm hin; dann legte ich meine Wange an seine Marmorbrust. Ich hörte seinen Atem, sonst nichts.

»Das ist nahe genug«, flüsterte ich und schloss die Augen.

Mit einer sehr menschlichen Bewegung legte er seinen Arm um meine Schultern und vergrub sein Gesicht in meinen Haaren.

»Du machst das besser, als du denkst«, bemerkte ich.

»Ich hab durchaus menschliche Instinkte. Sie sind vielleicht tief vergraben, aber sie sind da.«

Wieder verharrten wir für die Dauer eines unmessbaren Augenblicks. Ob er sich wohl, fragte ich mich, ebenso wenig rühren mochte? Doch ich sah, dass das Licht schwächer wurde und die Schatten des Waldes sich nach uns ausstreckten. Ich seufzte.

»Du musst nach Hause«, sagte er.

»Ich dachte, du kannst meine Gedanken nicht lesen.«

»Sie werden langsam etwas klarer.« Ich hörte ein Schmunzeln in seiner Stimme.

Plötzlich ergriff er meine Schultern und funkelte mich begeistert an. »Kann ich dir was zeigen?«

»Was denn?«

»Wie *ich* durch den Wald laufe?« Ich zog ein Gesicht, was ihm nicht entging. »Keine Sorge, dir passiert nichts, und außerdem sind wir viel schneller beim Transporter.« Dann zuckten seine Mundwinkel und er zauberte sein schiefes Lächeln hervor. Es war so schön, dass beinahe mein Herzschlag aussetzte.

»Verwandelst du dich in eine Fledermaus oder so?«, fragte ich argwöhnisch.

Er lachte lauter als je zuvor in meiner Gegenwart. »Das ist ja *wirklich* mal was Neues!«

»Ja, stimmt, wahrscheinlich hörst du das öfter.«

»Na los, Angsthase – rauf auf meinen Rücken mit dir!«

Ich wartete, um zu sehen, ob das ein Scherz sein sollte, aber anscheinend meinte er es ernst. Er lächelte, als er mein Zögern sah, und dann ergriff er mich einfach und schwang mich auf seinen Rücken. Mein Herz raste – meine Gedanken konnte er zwar nicht hören, dafür aber meinen verräterischen Puls. Ich schlang meine Arme und Beine so fest um ihn, dass jeder normale Mensch daran erstickt wäre. Es fühlte sich an, als klammerte ich mich an einen Felsen.

»Ich bin ein bisschen schwerer als ein Rucksack«, warnte ich.

»Hah!«, stieß er verächtlich hervor. Noch nie hatte ich ihn in so guter Stimmung erlebt.

Dann erschreckte er mich, indem er nach meiner Hand griff, sie an sein Gesicht presste und tief einatmete.

»Sag ich doch, immer einfacher«, murmelte er vor sich hin. Und dann rannte er.

Sollte ich je zuvor in seiner Gegenwart Todesangst gehabt haben, war es nichts im Vergleich zu jetzt.

Er flog durch das dunkle, dichte Unterholz des Waldes wie ein Geschoss oder ein Geist. Ich hörte kein Geräusch – nichts deutete darauf hin, dass seine Füße den Boden berührten. Sein

Atem war gleichbleibend ruhig; nicht die geringste Anstrengung war ihm anzumerken. Doch die Bäume flogen mit tödlicher Geschwindigkeit zentimeterdicht an uns vorbei.

Ich war so verängstigt, dass ich meine Augen weit aufriss, obwohl die kühle Waldluft mir ins Gesicht peitschte und sie zum Tränen brachte. So musste es sich anfühlen, wenn man aus reiner Blödheit unterwegs seinen Kopf aus einem Flugzeug steckte. Nur dass mir beim Fliegen bislang nie schlecht geworden war.

Und dann war es vorüber. Am Vormittag waren wir stundenlang gewandert, um Edwards Wiese zu erreichen, nun waren wir innerhalb von Minuten wieder am Transporter angelangt.

»Aufregend, oder?« Die Begeisterung war ihm anzuhören.

Er stand still, damit ich von seinem Rücken rutschen konnte. Ich versuchte es, doch meine Muskeln verweigerten den Dienst. Arme und Beine waren in der Umklammerung erstarrt, mein Kopf schwirrte.

»Bella?«, fragte er besorgt.

»Ich glaub, ich muss mich hinlegen«, japste ich.

»Oh, tut mir leid.« Er wartete, doch ich konnte mich nicht bewegen.

»Ich glaub, ich schaff's nicht allein.«

Er lachte in sich hinein und löste sanft meinen Würgegriff von seinem Hals – gegen seine Kräfte war kein Kraut gewachsen. Dann zog er mich nach vorne und nahm mich wie ein Baby in die Arme. So hielt er mich einen Moment lang, bevor er mich vorsichtig auf die weichen Farne legte.

»Wie geht's dir?«, fragte er.

Ich konnte es nicht sagen, weil sich in meinem Kopf alles drehte. »Ich glaub, mir ist schwindlig.«

»Steck den Kopf zwischen die Knie.«

Ich probierte es aus, und es half ein wenig. Langsam atmete

ich ein und aus. Ich spürte, dass er neben mir saß. Die Sekunden verstrichen, und nach einer Weile konnte ich meinen Kopf wieder heben. Ich hatte ein dumpfes Klingen in den Ohren.

»Das war wohl doch keine so gute Idee«, stellte er fest.

»Wieso, war doch interessant.« Es sollte munter klingen, doch das Resultat war eher kläglich.

»Erzähl mir nichts. Du bist so blass wie ein Gespenst. So blass wie *ich*!«

»Ich hätte mal lieber meine Augen zumachen sollen.«

»Beim nächsten Mal.«

»Beim nächsten Mal?!«

Er lachte; seine Laune war noch immer blendend.

»Angeber«, brummelte ich.

»Mach mal die Augen auf, Bella«, sagte er leise.

Sein Gesicht war ganz nahe an meinem. Er war unbegreiflich und über alle Maßen schön. Zu schön, um sich je daran zu gewöhnen.

»Beim Laufen kam mir der Gedanke ...« Er stockte.

»Dass du aufpassen solltest, nicht gegen einen Baum zu rennen? Das beruhigt mich.«

»Bella, du Dummerchen«, sagte er glucksend. »Laufen ist meine zweite Natur, darüber muss ich nicht nachdenken.«

»Angeber«, brummelte ich noch einmal.

Er lächelte.

»Nein«, fuhr er fort. »Mir kam der Gedanke, dass ich gerne etwas probieren würde.« Und wieder nahm er mein Gesicht in seine Hände.

Mir stockte der Atem.

Er zögerte, doch nicht auf die übliche – menschliche – Art.

Nicht so, wie ein Mann zögert, bevor er eine Frau küsst, um ihre Reaktionen abzuschätzen, um ihre stumme Zustimmung einzuholen; nicht, um den Augenblick der Erwartung zu verlängern, der manchmal besser war als der Kuss selber.

Edward zögerte, um sich zu testen, um zu ermessen, ob es sicher war, ob er seine Begierde unter Kontrolle hatte.

Und dann trafen seine kalten, marmornen Lippen auf meine.

Doch es gab etwas, worauf keiner von uns beiden vorbereitet war: meine Reaktion.

Unter meiner Haut kochte das Blut und brannte in meinen Lippen. Ich atmete keuchend, griff in seine Haare und zog ihn an mich. Meine Lippen öffneten sich und ich saugte seinen berauschenden Duft ein.

Er versteinerte und löste meinen Mund sanft, aber bestimmt von seinem. Ich öffnete meine Augen und blickte in sein reserviertes Gesicht.

»Uups«, sagte ich tonlos.

»Ich würde sagen, das ist noch untertrieben.«

Seine Augen funkelten, seine Kiefer waren in gewaltsamer Selbstbeherrschung zusammengepresst, aber um eine Antwort war er trotzdem nicht verlegen. Er hielt mein Gesicht nur Zentimeter von seinem entfernt. Sein Anblick war überwältigend.

»Soll ich …?« Ich versuchte, mich loszumachen, um ihm etwas Platz zu lassen.

Doch seine Hände versagten mir auch nur einen Zentimeter Bewegung.

»Nein, es ist erträglich. Gib mir nur einen Moment.« Seine Stimme war freundlich und kontrolliert.

Ich schaute ihm weiter in die Augen und sah, wie das Funkeln in ihnen nachließ und ihr Ausdruck weicher wurde.

Dann grinste er.

»So«, sagte er mit zufriedener Miene.

»Erträglich?«, fragte ich.

Er lachte laut auf. »Ich bin stärker, als ich dachte. Gut zu wissen.«

»Ich wünschte, das könnte ich von mir auch behaupten. Tut mir leid.«

»Na ja, du bist schließlich *wirklich* nur ein Mensch.«

»Schönen Dank auch«, sagte ich bissig.

Er schwang sich mit einer dieser geschmeidigen Bewegungen, die fast zu schnell für meine Augen waren, auf die Beine und hielt mir seine ausgestreckte Hand hin. Ich ergriff sie und merkte, wie nötig ich sie hatte. Mein Gleichgewicht war noch nicht wiederhergestellt.

»Ist dir immer noch von unserem Lauf schwindlig, oder liegt es an meinem Talent beim Küssen?« Er lachte; seine Miene war verzückt und sorgenfrei. Wie unbekümmert und menschlich er wirkte! Das war ein anderer Edward als der, den ich bis dahin kannte. Der mich deshalb aber nur umso mehr um den Verstand brachte. Mich in diesem Augenblick von ihm zu trennen, hätte mir körperliche Schmerzen bereitet.

»Weiß nicht genau, ich bin noch ganz benommen«, erwiderte ich. »Ein bisschen von beidem, würde ich sagen.«

»Vielleicht solltest du jetzt mich fahren lassen.«

»Hast du sie noch alle?«, protestierte ich.

»Ich kann jederzeit besser fahren als du an deinen besten Tagen«, zog er mich auf. »Deine Reflexe können mit meinen nicht mithalten.«

»Das stimmt wahrscheinlich, aber ich glaube nicht, dass meine Nerven oder mein Transporter das aushalten würden.«

»Wie wär's mit ein bisschen Vertrauen, Bella?«

Meine Hand steckte in der Hosentasche und war fest um den Schlüssel geschlossen. Ich schürzte meine Lippen, dachte darüber nach, dann grinste ich und schüttelte den Kopf.

»Nein. Kommt nicht in Frage.«

Ungläubig hob er seine Augenbrauen.

Ich wollte mich an ihm vorbeischieben und zur Fahrertür gehen, und wer weiß – vielleicht hätte er mich ja gelassen, wenn ich nicht leicht geschwankt hätte. Vielleicht auch nicht. Jedenfalls legte sich sein Arm um meine Hüfte und ließ mich nicht entkommen.

»Bella, ich hab bereits zu viele Anstrengungen unternommen, dich zu schützen, um jetzt zuzulassen, dass du dich ans Steuer setzt, obwohl du nicht mal gerade laufen kannst. Außerdem: Echte Freunde lassen einen nicht betrunken fahren«, zitierte er aus der Verkehrserziehung und kicherte. Ich sog seinen unerträglich köstlichen Duft ein.

»Betrunken?«, fragte ich entrüstet.

»Meine bloße Gegenwart berauscht dich«, sagte er und grinste süffisant.

»Wo du Recht hast …«, seufzte ich. Es lag auf der Hand, dass ich ihm einfach nicht widerstehen konnte, worum es auch ging. Ich hielt den Schlüssel hoch und ließ ihn fallen – blitzartig schoss seine Hand hervor und fing ihn geräuschlos auf. »Lass es ruhig angehen, ja? Mein Transporter ist nicht mehr der Jüngste.«

»Sehr vernünftig«, sagte er zufrieden.

»Und du? Lässt dich denn *meine* Gegenwart ganz kalt?«, fragte ich verdrießlich.

Abermals wandelten sich seine Gesichtszüge: Sie wurden weich und liebevoll. Anstatt zu antworten, beugte er sich einfach vor und strich mit seinen Lippen an meinem Unterkiefer entlang, vom Ohr zum Kinn und wieder zurück. Ich zitterte.

»Trotzdem«, murmelte er schließlich. »Meine Reflexe sind besser.«

REINE WILLENSSACHE

Ich musste zugeben, dass er ausgezeichnet fuhr, wenn er nicht gerade raste. Wie so vieles andere schien ihn auch das keinerlei Anstrengung zu kosten. Er schaute kaum auf die Straße, doch die Spur unserer Räder wich nie auch nur einen Zentimeter von der Fahrbahnmitte ab. Eine Hand hatte er am Lenkrad, in der anderen hielt er meine. Mal schaute er in die untergehende Sonne, dann wieder auf mich: auf mein Gesicht, auf unsere ineinandergeschobenen Hände, auf meine Haare, die am offenen Fenster im Fahrtwind wehten.

Er hatte einen Oldies-Sender im Radio eingestellt und sang ein Lied mit, das ich noch nie gehört hatte, von dem er aber jede Zeile kannte.

»Magst du Musik aus den Fünfzigern?«, fragte ich.

»Es gab gute Musik damals, im Gegensatz zu den Sechzigern und Siebzigern – furchtbar!« Er schüttelte sich. »Die Achtziger waren halbwegs erträglich.«

»Verrätst du mir eigentlich irgendwann, wie alt du bist?«, fragte ich vorsichtig – ich wollte auf keinen Fall seine gute Stimmung vertreiben.

»Spielt es eine Rolle?« Ich war erleichtert, als ich sah, dass sein Lächeln ungetrübt blieb.

»Eigentlich nicht, aber ich bin eben neugierig …« Ich zog

eine Grimasse. »Nichts ist so interessant wie ein ungelöstes Geheimnis.«

»Wenn ich bloß wüsste, wie du das aufnimmst«, sagte er. Sein Blick verlor sich in der Sonne.

»Probier's doch aus«, sagte ich nach einer Weile.

Er seufzte und schaute mich an; die Straße schien er unterdessen ganz zu vergessen. Was immer er in meinen Augen sah, muss ihn ermutigt haben, jedenfalls richtete er seinen Blick wieder auf den Horizont – rubinrot funkelte das späte Licht auf seiner Haut – und begann zu erzählen.

»Ich wurde 1901 in Chicago geboren.« Er hielt inne und musterte mich aus den Augenwinkeln. Ich tat geflissentlich unbeeindruckt und wartete geduldig auf mehr. Er lächelte und fuhr fort: »Carlisle fand mich in einem Krankenhaus, im Sommer 1918. Ich war siebzehn, hatte die spanische Grippe und lag im Sterben.«

Mir stockte der Atem, ganz leise nur, doch er hörte es und schaute mir abermals in die Augen.

»Ich erinnere mich kaum – es ist schon so lange her, und menschliche Erinnerungen verblassen.« Ein paar Sekunden lang war er in Gedanken versunken, dann sprach er weiter. »Ich erinnere mich allerdings, wie es war, als Carlisle mich rettete. Das ist nichts, was man so schnell wieder vergisst.«

»Und deine Eltern?«

»Die waren schon an der Grippe gestorben. Ich war allein, deshalb wählte er mich aus. Er wusste, dass mich im Chaos der Epidemie niemand vermissen würde.«

»Wie hat er dich denn … gerettet?«

Es dauerte ein paar Sekunden, bevor er antwortete. Er schien seine Worte mit Bedacht zu wählen.

»Es war schwierig. Nur wenige von uns haben die Selbstbeherrschung, die dafür notwendig ist. Aber Carlisle war immer der Menschlichste, der Großherzigste von uns allen. Ich glaube nicht, dass es jemanden wie ihn noch einmal gibt ... oder gab.« Er hielt inne. »Für mich war es einfach sehr, sehr schmerzhaft.«

An der Art, wie er seine Lippen zusammenpresste, sah ich, dass er nicht mehr dazu sagen würde. Ich unterdrückte die Fragen, die mir auf der Seele brannten – und keinesfalls aus bloßer Neugierde. Es gab einiges, was ich mir durch den Kopf gehen lassen musste.

Er unterbrach meine Grübelei mit seiner weichen Stimme. »Er tat es aus Einsamkeit. Das ist meistens der Antrieb. Ich war der Erste in Carlisles Familie, doch kurze Zeit später fand er Esme. Sie war von einer Klippe gefallen und direkt ins Leichenschauhaus gebracht worden, doch ihr Herz schlug noch.«

»Heißt das, man muss im Sterben liegen, um ... verwandelt werden zu können?« Wir beide vermieden das Wort »Vampir«, und ich brachte es auch jetzt nicht über die Lippen.

»Nein, das macht nur Carlisle so. Er würde das nie jemandem antun, der eine andere Wahl hätte.« Seine Stimme war von tiefem Respekt erfüllt, wenn er von ihm sprach. »Es ist aber auch einfacher, sagt er, wenn das Blut schwach ist.« Er schaute auf die inzwischen dunkle Straße, und ich spürte, dass er das Thema schon wieder fallenlassen wollte.

»Und Emmett und Rosalie?«

»Rosalie kam als Nächstes in die Familie. Mir wurde erst viel später klar, dass Carlisle gehofft hatte, sie könnte für mich zu dem werden, was Esme für ihn war – er hielt sich mit seinen Gedanken sehr zurück, wenn ich in der Nähe war. Aber sie war nie mehr als eine Schwester für mich. Und nur zwei Jahre später – wir lebten damals in den Appalachen – fand sie Emmett. Sie war auf der Jagd und stieß auf einen Bären, der gerade dabei war, ihn zu töten. Aber weil sie nicht wusste, ob sie selber fähig sein würde, es zu tun, trug sie ihn zu Carlisle, mehr als hundert Meilen weit. Ich bekomme erst jetzt eine vage Vorstellung davon, wie schwierig es für sie gewesen sein muss.« Er schaute mir bedeutungsvoll in die Augen, hob unsere verschränkten Hände an und strich mit seinem Handrücken über meine Wange.

»Aber sie schaffte es«, sagte ich, damit er weitersprach. Ich löste meinen Blick von der unerträglichen Schönheit seiner Augen.

»Ja«, murmelte er. »Sie sah etwas in seinem Gesicht, das ihr die Kraft dazu gab. Und seitdem sind sie zusammen. Manchmal leben sie zu zweit als Ehepaar. Aber je jünger wir vorgeben zu sein, desto länger können wir an einem Ort bleiben. Forks schien perfekt zu sein, also meldeten wir uns an der Highschool an.« Er lachte. »Ich nehm an, in ein paar Jahren müssen wir wieder einmal zu ihrer Hochzeit gehen.«

»Alice und Jasper?«

»Alice und Jasper sind zwei ganz besondere Wesen – sie entwickelten ihr Gewissen, wie wir es nennen, unabhängig von jemand anderem. Jasper kam aus einer anderen ... Familie – einer sehr andersartigen Familie. Er wurde depressiv und sonderte sich ab. Alice fand ihn. Wie ich hat sie bestimmte Fähigkeiten, die über das hinausgehen, was für uns normal ist.«

»Wirklich?«, unterbrach ich ihn. »Aber du hast doch gesagt, du bist der Einzige, der Gedanken hören kann.«

»Das stimmt ja auch – sie kann andere Sachen. Sie *sieht* Dinge – Dinge, die passieren könnten, die bevorstehen. Aber es ist sehr subjektiv. Die Zukunft ist nicht in Stein gemeißelt. Dinge ändern sich.«

Sein Unterkiefer verhärtete sich, als er das sagte; er warf einen Blick auf mein Gesicht, wandte ihn aber so schnell wieder ab, dass ich meiner Wahrnehmung kaum traute.

»Und was sind das für Dinge, die sie sieht?«

»Zum Beispiel sah sie Jasper und wusste, dass er nach ihr suchte, bevor er es selbst wusste. Dann sah sie Carlisle und unsere Familie, und so machten sie sich gemeinsam auf die Suche nach uns. Außerdem reagiert sie außergewöhnlich sensibel auf nichtmenschliche Wesen und weiß immer, wenn Artgenossen von uns in der Nähe sind. Und ob sie eine Bedrohung darstellen.«

»Habt ihr denn viele … Artgenossen?« Ich war überrascht. Wie viele wohl unerkannt unter Menschen lebten?

»Nein, nicht viele. Und die wenigsten lassen sich an einem Ort nieder. Nur diejenigen, die wie wir die Jagd auf euch« – er warf einen verschmitzten Blick in meine Richtung – »aufgegeben haben, können sich überhaupt unter Menschen mischen. Wir haben bislang nur eine Familie gefunden, die genauso lebt, in einem kleinen Dorf in Alaska. Für eine Weile schlossen wir uns ihnen an, aber wir waren so viele, dass es auffällig wurde. Wer sich für unseren … Lebensstil entscheidet, neigt dazu, sich mit anderen zusammenzutun.«

»Und die anderen?«

»Die meisten sind Nomaden. Wir haben alle irgendwann mal so gelebt. Es verliert seinen Reiz, wie so vieles andere auch. Hin und wieder begegnen wir anderen von uns, weil die meisten im Norden leben.«

»Warum?«

Mittlerweile standen wir vor Charlies Haus. Es war still und dunkel, kein Mondlicht erhellte den Abend und auch das Licht auf der Veranda brannte nicht. Charlie war also noch unterwegs.

»Wo hast du denn deine Augen gehabt heute Nachmittag?«, zog Edward mich auf. »Glaubst du, ich könnte im Sonnenschein die Straße entlangspazieren, ohne Massenkarambolagen auszu-

lösen? Wir haben die Halbinsel Olympic nicht ohne Grund aus-
gewählt – sie ist eine der am wenigsten sonnigen Gegenden der
ganzen Welt. Es ist schön, die Möglichkeit zu haben, tagsüber
das Haus zu verlassen. Du kannst dir gar nicht vorstellen, wie
sehr einem nach gut achtzig Jahren die Nacht zum Hals raus-
hängt.«

»Kommen daher die Legenden?«

»Nehm ich an.«

»Und ist Alice auch aus einer anderen Familie, so wie
Jasper?«

»Nein, und das ist wirklich eigenartig. Alice erinnert sich
überhaupt nicht an ihr Menschenleben. Und sie hat keine Ahnung, wer sie geschaffen hat – als sie erwachte, war sie allein.
Wer auch immer es war, er verschwand, und keiner von uns versteht, warum er das gemacht hat. Hätte sie nicht schon damals
diese besondere Gabe gehabt und Jasper und Carlisle gesehen,
dann wäre vermutlich eine durch und durch wilde Kreatur aus
ihr geworden.«

Es gab so viel zu durchdenken und so viel, was ich noch fragen
wollte. Doch zu meiner Beschämung knurrte mir der Magen.
Edwards Erzählung hatte mich so gefesselt, dass ich überhaupt
nicht ans Essen gedacht hatte. Jetzt merkte ich, dass ich einen
Bärenhunger hatte.

»Tut mir leid, ich halte dich vom Abendessen ab.«

»Ist schon okay, wirklich.«

»Ich hab noch nie so viel Zeit mit jemandem verbracht, der
geregelte Mahlzeiten braucht. Ich vergesse das immer.«

»Ich möchte bei dir bleiben.« Die Dunkelheit machte es
leichter, das zu sagen, doch ich spürte, dass meine Stimme mich
und meine unstillbare Sehnsucht nach ihm verriet.

»Warum bittest du mich nicht hinein?«, fragte er.

»Möchtest du denn?« Ich konnte mir nicht vorstellen, wie diese gottgleiche Kreatur auf Charlies altem Küchenstuhl saß.

»Ja, wenn ich darf.« Dann hörte ich, wie sich seine Tür schloss, und im selben Moment tauchte er an der Beifahrerseite auf und hielt mir die Tür auf.

»Sehr menschlich«, lobte ich.

»So langsam kehrt die Erinnerung zurück.«

Er ging neben mir durch die Dunkelheit, so geräuschlos, dass ich ständig zu ihm hinüberschauen musste, um mich zu vergewissern, dass er noch da war. Er war immer noch blass, immer noch so schön wie ein Traumwesen, doch er war nicht mehr dieses fantastisch funkelnde Geschöpf unseres sonnendurchfluteten gemeinsamen Nachmittags.

Er war vor mir an der Tür und öffnete sie für mich. Verdutzt hielt ich inne.

»War nicht abgeschlossen?«

»Doch, ich hab den Schlüssel benutzt, der unter dem Dachvorsprung lag.«

Ich trat ein und schaltete das Verandalicht an. Dann drehte ich mich um und schaute ihn mit misstrauisch hochgezogenen Augenbrauen an. Ich war mir sicher, dass ich diesen Schlüssel nie vor seinen Augen benutzt hatte.

»Ich war eben neugierig auf dich«, sagte er.

»Du hast hinter mir hergeschnüffelt?« Doch irgendwie wollte es mir nicht gelingen, angemessen entrüstet zu klingen. Die Wahrheit war: Ich fühlte mich geschmeichelt.

Er zeigte auch keinerlei Reue. »Irgendwas muss man ja machen die ganze Nacht.«

Ich ließ die Bemerkung erst mal unkommentiert und ging durch den Flur zur Küche. Er war vor mir da – er kannte sich ja aus. Als ich hereinkam, saß er schon auf dem Stuhl, in dem ich ihn mir eben noch vergeblich vorzustellen versucht hatte. Seine Schönheit erhellte den Raum. Es dauerte, bis ich meinen Blick von ihm lösen und mich darauf konzentrieren konnte, mir etwas zu essen zu machen. Ich nahm die Lasagne vom Vorabend aus dem Kühlschrank, legte ein Stück davon auf einen Teller und erhitzte es in der Mikrowelle. Langsam erfüllte der Geruch von Tomaten und Oregano die Küche.

Dann brach ich das Schweigen. »Wie oft?«, fragte ich so beiläufig wie möglich und ohne meine Augen vom rotierenden Teller zu nehmen.

»Hmmm?« Er klang, als wäre er mit seinen Gedanken ganz woanders gewesen.

Ich drehte mich noch immer nicht um. »Wie oft bist du hergekommen?«

»Ich bin fast jede Nacht hier.«

Verdattert fuhr ich herum. »Wozu?«

»Es ist interessant, dir beim Schlafen zuzusehen«, sagte er ganz sachlich. »Beziehungsweise zuzuhören – du sprichst.«

»Nein!« Ich schnappte nach Luft und musste mich an der Spüle abstützen. Das Blut schoss mir ins Gesicht. Es war mir natürlich nicht neu, dass ich im Schlaf redete; meine Mutter hatte mich oft genug damit aufgezogen. Allerdings hatte ich nicht gedacht, dass ich mir hier deswegen Gedanken machen musste.

Sofort wurde seine Miene bekümmert. »Bist du sauer?«

»Das kommt darauf an!« Ich hörte mich an, als bekäme ich keine Luft, und genauso fühlte ich mich auch.

Er wartete.

»Und worauf?«, bohrte er, als ich nichts sagte.

»Darauf, was du gehört hast!«, sagte ich kläglich.

Geräuschlos tauchte er neben mir auf und nahm behutsam meine Hände in seine.

»Sei mir nicht böse!«, bat er. Er senkte seinen Kopf auf meine Höhe und schaute mir in die Augen. Verschämt versuchte ich seinem Blick auszuweichen.

»Du vermisst deine Mutter«, flüsterte er. »Du machst dir Sorgen um sie. Das Geräusch des Regens macht dich unruhig. Du hast anfangs viel über dein altes Zuhause geredet, aber das hat nachgelassen. ›Es ist zu *grün*‹, hast du einmal gesagt.« Er lachte sanft – voller Sorge, mich noch einmal zu verletzen.

»Sonst noch was?«, fragte ich.

Er wusste, worauf ich hinauswollte. »Meinen Namen hast du auch genannt«, gab er zu.

Ich seufzte resignierend. »Oft?«

»Wie oft genau ist ›oft‹?«

»O Gott!« Ich ließ den Kopf hängen.

Zärtlich und ganz selbstverständlich zog er mich an seine Brust.

»Fühl dich nicht bloßgestellt«, flüsterte er mir ins Ohr. »Wenn ich Träume hätte, würden sie alle von dir handeln. Und ich schäme mich nicht dafür.«

Dann hörten wir Reifen auf dem Pflaster der Auffahrt und sahen das Licht von Scheinwerfern in den Flur fallen. Ich verkrampfte in seinen Armen.

»Soll dein Vater wissen, dass ich hier bin?«, fragte er.

»Ich weiß nicht genau …« Ich versuchte die Sache in aller Schnelle zu durchdenken.

»Dann ein andermal …«

Und ich war allein.

»Edward!«, zischte ich.

Ich hörte ein gespenstisches Kichern, dann war alles still.

Der Schlüssel drehte sich im Schloss.

»Bella?«, rief Charlie. Bisher hatte mich die Frage immer genervt – wer sonst! Mit einem Mal erschien sie mir gar nicht mehr so abwegig.

»Hier bin ich.« Ich konnte nur hoffen, dass ihm der hysterische Unterton in meiner Stimme nicht auffiel. Meine Lasagne war mittlerweile fertig; ich holte sie aus der Mikrowelle und setzte mich an den Tisch. Nach meinem Tag mit Edward kamen mir Charlies Schritte im Flur unerträglich polternd vor.

»Kannst du mir auch so einen Teller machen?«, fragte er, als er in die Küche kam. »Ich bin total erledigt.« Er trat auf die Fersen seiner Stiefel, um sie sich von den Füßen zu streifen, und hielt sich dabei an der Lehne des Stuhles fest, auf dem eben noch Edward gesessen hatte.

Ich ging mit meinem Teller zur Anrichte und schlang meine Portion im Stehen hinunter, während ich seine zurechtmachte. Prompt verbrannte ich mir die Zunge. Ich goss zwei Gläser Milch ein, während seine Lasagne aufwärmte, und trank hektisch, um den Schmerz zu lindern. Als ich das Glas abstellte, sah ich, dass die Milch im Glas leicht hin und her schwappte – meine Hand zitterte. Charlie setzte sich; der Kontrast zwischen ihm und Edward war grotesk.

»Danke«, sagte er, als ich ihm sein Essen hinstellte.

»Und, wie war dein Tag?«, fragte ich hastig. Ich konnte es nicht erwarten, hoch in mein Zimmer zu gehen.

»Gut. Die Fische haben gebissen. Und du? Alles erledigt, was du vorhattest?«

»Nicht ganz – es war zu schön draußen, um im Haus zu bleiben.« Ich schob mir eine letzte Gabel Lasagne in den Mund.

»Hast Recht, es war ein schöner Tag.«

Was für eine maßlose Untertreibung, dachte ich.

Dann kippte ich den Rest meiner Milch in einem Zug hinunter.

Charlie verblüffte mich dadurch, dass ihm meine Unruhe auffiel. »Hast du's eilig?«

»Ja, ich bin müde. Ich geh zeitig schlafen.«

»Du wirkst eher aufgewühlt«, stellte er fest. Das ist doch nicht wahr, dachte ich verzweifelt – musste er ausgerechnet heute seinen aufmerksamen Tag haben?

»Ach, echt?« war alles, was ich erwidern konnte. Ich spülte eilig mein Geschirr ab und stürzte es zum Trocknen auf ein Küchentuch.

»Es ist Samstag«, überlegte er laut.

Ich antwortete nicht.

»Keine Pläne für den Abend?«, fragte er plötzlich.

»Nein, Dad, ich will einfach nur ins Bett.«

»Die Jungs hier sind alle nicht dein Typ, was?« Er war misstrauisch, versuchte aber locker zu klingen.

»Stimmt, von den Jungs ist mir bis jetzt noch keiner ins Auge gefallen.« Wieder wand ich mich mit meiner Antwort, um ihn nicht direkt anzulügen, und gab darauf Acht, das Wort »Jungs« nicht allzu sehr zu betonen.

»Ich dachte, dass vielleicht Mike Newton … Du meintest doch, er ist nett.«

»Wir sind nur befreundet, Dad.«

»Na ja, sie sind sowieso alle nicht gut genug für dich. Warte lieber bis zum College, bevor du dich umschaust.« Der Traum eines jeden Vaters: dass die Tochter aus dem Haus ist, bevor die Hormone zum Leben erwachen.

»Klingt nach einer guten Idee«, sagte ich und stand schon mit einem Fuß auf der Treppe.

»Nacht, Schatz«, rief er hinter mir her. Unter Garantie würde er jetzt den ganzen Abend mit gespitzten Ohren darauf warten, dass ich versuchte, mich hinauszuschleichen – da war ich mir sicher.

»Bis morgen, Dad.« Oder bis Mitternacht, wenn du heimlich in mein Zimmer kommst, um nach mir zu sehen.

Ich achtete darauf, meine Schritte auf der Treppe extra träge und abgeschlafft klingen zu lassen. Oben angekommen, zog ich meine Tür extra laut zu, sprintete auf Zehenspitzen zum Fenster, riss es auf und beugte mich in die Nacht hinaus. Meine Augen wanderten suchend durch das Dunkel, glitten über die undurchdringlichen Schatten der Bäume.

»Edward?«, flüsterte ich und kam mir völlig verblödet vor.

Ich hörte ein amüsiertes Räuspern, doch nicht aus der erwarteten Richtung. »Ja?«, fragte es hinter mir.

Erschrocken fuhr ich herum.

Er lag breit grinsend auf meinem Bett, die Arme hinter dem Kopf verschränkt, die Beine ausgestreckt – ein Bild der Behaglichkeit.

»Oh!«, sagte ich tonlos und ließ mich schwankend zu Boden sinken.

»Tut mir leid.« Er kniff seine Lippen zusammen, um nicht lachen zu müssen.

»Einen Augenblick … mein Herz muss nur wieder in Gang kommen.«

Langsam, um mich nicht noch einmal zu erschrecken, setzte er sich auf. Dann beugte er sich vor, streckte seine langen Arme nach mir aus und hob mich aufs Bett.

»Setz dich doch zu mir«, sagte er und legte eine kalte Hand auf meine. »Wie geht's dem Herzen?«

»Sag du's mir – ich bin sicher, du hörst es besser als ich.«

Sein lautloses Lachen ließ das Bett vibrieren.

Eine Weile saßen wir stumm da und lauschten darauf, wie mein Herzschlag sich beruhigte. Ich dachte daran, dass Charlie im Haus war – und Edward in meinem Zimmer.

»Kann ich mal kurz ein paar menschlichen Bedürfnissen nachgehen?«, fragte ich.

»Aber sicher.« Er signalisierte mit der Hand, dass ich mich nicht abhalten lassen sollte.

»Und du bleibst, wo du bist«, sagte ich und versuchte, streng zu gucken.

»Ja, Ma'am.« Er tat so, als würde er sich auf meiner Bettkante in eine Statue verwandeln.

Ich sprang auf, klaubte meinen Schlafanzug vom Boden, nahm den Waschbeutel vom Tisch und schlüpfte nach draußen. Hinter mir schloss ich die Tür; das Licht im Zimmer hatte ich gar nicht erst angeschaltet.

Von unten hörte ich den Fernseher. Ich schlug die Badezimmertür extra laut zu, damit Charlie nicht auf die Idee kam, jetzt zu mir raufzukommen.

Ich wollte keine Sekunde länger als absolut notwendig im Bad verbringen und putzte mir wie eine Irre die Zähne, wobei ich versuchte, sowohl schnell als auch gründlich zu sein. Als sämtliche Reste der Lasagne entfernt waren, stellte ich mich unter die Dusche, doch das heiße Wasser bremste meine Eile. Langsam entkrampfte es die verhärteten Muskeln in meinem Nacken und beruhigte meinen Puls. Der vertraute Duft des Shampoos gab mir das Gefühl, dieselbe Person wie am weit zurückliegenden Morgen dieses Tages zu sein. Ich zwang mich, nicht daran zu denken, dass Edward in meinem Zimmer auf mich wartete – anderenfalls hätte ich mit der Entspannung gleich wieder von vorne beginnen können. Schließlich aber hielt ich es nicht länger aus, stellte das Wasser ab – und schon hatte mich die Hektik wieder. In aller Schnelle trocknete ich mich ab und zog mir das löchrige T-Shirt und die graue Jogginghose an, in denen ich schlief – jetzt war es zu spät, um zu bedauern, dass ich den seidenen Schlafanzug von *Victoria's Secret*, ein Geburtstagsgeschenk von Mom, nicht mitgebracht hatte. Er lag mitsamt Etikett in irgendeinem Schubfach in Phoenix.

Ich rubbelte mir ein letztes Mal die Haare ab und kämmte sie notdürftig mit der Bürste durch. Dann flog das Handtuch in den Wäschekorb und das Zahnputzzeug in meinen Beutel. Im Schlafanzug und mit nassen Haaren polterte ich die Treppe runter, um mich Charlie bettfertig zu präsentieren.

»Nacht, Dad.«

»Nacht, Bella.« Er war tatsächlich erstaunt über meinen Aufzug. Vielleicht würde es ihn ja davon abhalten, später bei mir nach dem Rechten zu sehen.

So leise wie möglich – und trotzdem immer zwei Stufen auf einmal nehmend – lief ich die Treppe wieder hoch, schoss in mein Zimmer und schloss die Tür hinter mir.

Edward hatte sich keinen Millimeter bewegt: Noch immer saß er wie eine Adonisskulptur auf meiner ausgeblichenen Bettdecke. Als ich lächelte, zuckten seine Lippen und die Statue erwachte zum Leben.

Er ließ seinen Blick über mein nasses Haar und das zerschlissene T-Shirt wandern und hob eine Augenbraue. »Hübsch.«

Ich verzog das Gesicht.

»Nein, wirklich, es sieht gut an dir aus.«

»Danke«, flüsterte ich. Ich ging zum Bett, setzte mich im Schneidersitz neben ihn und betrachtete die Maserung des Holzfußbodens.

»Was war das denn für eine Vorführung?«

»Charlie denkt, ich will mich rausschleichen.«

»Oh.« Er dachte darüber nach. »Wie kommt er denn darauf?« Als wäre er nicht in der Lage, Charlies Gedanken viel besser zu lesen, als ich sie je erraten könnte.

»Anscheinend wirke ich ein wenig zu aufgekratzt.«

Er hob mein Kinn an und betrachtete mein Gesicht.

»Stimmt – du siehst tatsächlich ein wenig erhitzt aus.«

Langsam neigte er seinen Kopf und legte seine Wange an meine. Ich rührte mich nicht.

»Mmmmmm ...«, brummte er.

Es war sehr schwierig, eine sinnvolle Frage zu formulieren, während er mich berührte. Ich brauchte eine Weile, bis ich meine Gedanken einigermaßen beisammenhatte.

»Ich hab das Gefühl ... na ja, als würde es dir jetzt viel leichterfallen, mir nahe zu sein.«

»Ja?«, murmelte er und ließ seine Nase vom Kinn zu meinem Ohr gleiten. Ich spürte, wie seine Hand, zarter als der Flügel eines Falters, meine feuchten Haare nach hinten schob und wie seine Lippen sacht die weiche Senke unterhalb meines Ohres berührten.

»Auf jeden Fall«, sagte ich und versuchte auszuatmen.

»Hmm.«

»Und ich frag mich ...«, fuhr ich fort, doch dann spürte ich seine Finger auf meinem Schlüsselbein und verlor den Faden.

»Ja?«, hauchte er wieder.

»Woran das liegt«, beendete ich den Satz. Zu meiner Verlegenheit bebte meine Stimme.

Er lachte und sein Atem kitzelte an meinem Hals. »Reine Willenssache.«

Ich lehnte mich von ihm fort; im selben Moment erstarrte er und hielt seinen Atem an.

Wir blickten uns wachsam in die Augen; dann, als sich sein

Kiefer langsam entspannte, trat ein verwunderter Ausdruck in sein Gesicht.

»Hab ich was falsch gemacht?«

»Ganz im Gegenteil. Du treibst mich in den Wahnsinn«, erklärte ich.

Er ließ sich das kurz durch den Kopf gehen, dann breitete sich ein triumphierendes Lächeln auf seinem Gesicht aus. »Wirklich?«, fragte er zufrieden.

»Soll ich jetzt Beifall klatschen?«, fragte ich zurück.

Er grinste.

»Ich bin einfach nur angenehm überrascht«, stellte er klar. »So was hätte ich mir in den letzten, über den Daumen gepeilt, hundert Jahren nie träumen lassen. Dass ich mal jemandem begegne, mit dem ich auf diese Art zusammen sein will … anders als mit meinen Geschwistern. Und dann höre ich auch noch, dass ich gut darin bin, obwohl es so neu ist … gut darin, mit dir zusammen zu sein.«

»Du bist in allem gut«, sagte ich.

Er akzeptierte das Kompliment mit einem Schulterzucken, und dann brachen wir beide in ein unterdrücktes Lachen aus.

»Trotzdem«, bohrte ich weiter. »Wie kann es sein, dass es dir plötzlich so leicht fällt? Wenn ich an heute Nachmittag denke …«

»Es fällt mir überhaupt nicht leicht«, sagte er seufzend. »Aber heute Nachmittag war ich noch … wankelmütig. Und das tut mir sehr leid – es war unverzeihlich, wie ich mich verhalten habe.«

»Unverzeihlich nun nicht gerade«, widersprach ich.

»Danke.« Er lächelte, dann sprach er mit gesenktem Kopf weiter. »Verstehst du, ich war mir einfach nicht sicher, ob ich stark genug sein würde …« Er nahm meine Hand und drückte sie leicht an sein Gesicht. »Und solange ich die Möglichkeit noch nicht ausgeschlossen hatte, dass es mich« – er sog den Geruch meines Handgelenks ein – »überwältigen könnte, so lange war ich tatsächlich … anfällig. So lange, bis ich ganz sicher war, *wirklich* stark genug zu sein, verstehst du? Bis ich wusste, es gibt nicht die geringste Möglichkeit, dass ich jemals … dass ich je in der Lage wäre …«

Noch nie hatte ich ihn derartig um Worte ringen hören. Es war so … menschlich.

»Das heißt, jetzt gibt es die Möglichkeit nicht mehr?«

»Reine Willenssache«, wiederholte er lächelnd. Selbst in der Dunkelheit glänzten seine Zähne.

»Wow, das war ja einfach«, sagte ich.

Er warf seinen Kopf nach hinten und lachte – tonlos und doch überschwänglich.

»Für *dich* vielleicht!«, schränkte er ein und tippte mit dem Finger an meine Nasenspitze.

Und dann wurde sein Gesicht plötzlich ernst.

»Ich versuche es«, flüsterte er mit gequälter Stimme. »Und ich bin mir ziemlich sicher, dass ich mich losreißen und fortgehen kann, wenn es zu … übermächtig wird.«

Meine Miene verfinsterte sich – ich mochte es nicht, wenn er von Abschied sprach.

»Und morgen wird es wieder schwieriger sein«, fuhr er fort. »Ich hab deinen Geruch jetzt schon den ganzen Tag im Kopf und bin erstaunlich desensibilisiert. Aber wenn ich gehe, egal für wie lange, muss ich beim nächsten Mal wieder von vorne anfangen. Obwohl – wahrscheinlich nicht ganz von vorne.«

»Dann bleib doch hier«, erwiderte ich, und meine Stimme offenbarte meine ganze Sehnsucht.

»Passt mir prima«, entgegnete er und lächelte entspannt.

»Immer her mit den Fesseln – ich bin dein Gefangener.« Doch es waren *seine* langen Finger, die sich um meine Handgelenke legten. Er lachte – leise, musikalisch und vertraut. Er hatte an diesem Abend schon mehr gelacht als in der ganzen Zeit, die wir vorher miteinander verbracht hatten.

»Du wirkst irgendwie … optimistischer als sonst«, stellte ich fest. »So kenne ich dich gar nicht.«

»Sollte es nicht so sein?« Er lächelte. »Die Herrlichkeit der ersten Liebe und das alles? Ist es nicht unglaublich – man liest von etwas, man sieht es in Filmen, und dann erlebt man es, und es ist völlig anders?«

»Absolut«, stimmte ich zu. »Viel gewaltiger, als ich es mir je vorgestellt hätte.«

»Zum Beispiel« – seine Worte flossen jetzt so schnell, dass ich mich konzentrieren musste, um alles zu verstehen – »das Gefühl der Eifersucht. Ich hab eine Million Mal davon gelesen und tausend Schauspieler gesehen, die es im Kino oder Theater dargestellt haben, und ich dachte, ich hätte es einigermaßen kapiert. Aber dann war es wie ein Schock …« Er verzog sein Gesicht. »Erinnerst du dich an den Tag, an dem Mike dich fragte, ob du mit ihm zum Ball gehst?«

Ich nickte, allerdings erinnerte ich mich aus anderen Gründen. »Der Tag, an dem du wieder mit mir geredet hast.«

»Ich war überrascht, wie verärgert ich war – fast schon wütend. Zuerst wusste ich überhaupt nicht, was ich davon halten sollte. Ich war fuchsteufelswild, noch mehr als sonst, dass ich nicht wusste, was in dir vorgeht – warum du ihm abgesagt hattest. War es bloß wegen Jessica? Gab es einen anderen? Mir war klar, dass mich weder das eine noch das andere zu interessieren hatte. Und ich versuchte wirklich, mich nicht dafür zu interessieren.

Und dann«, fuhr er fort, »gab es diesen Stau auf dem Parkplatz.« Er kicherte, ich guckte grimmig.

»Ich wartete, weil ich wissen wollte, was du zu den anderen sagen würdest. Ich wollte unbedingt deine Reaktion sehen. Als du dann genervt dein Gesicht verzogst, war ich so erleichtert – aber sicher konnte ich mir nicht sein.

Am selben Abend kam ich zum ersten Mal hierher. Die ganze Nacht, während du schliefst, kämpfte ich mit mir und war hin- und hergerissen zwischen dem, was moralisch *richtig* war, und dem, was ich *wollte*. Ich wusste, wenn ich dich weiterhin ignoriere, wie es das Beste war, oder wenn ich für ein paar Jahre verschwinde, dann würdest du irgendwann Mikes Werben nachgeben, oder dem eines anderen wie ihm. Das machte mich rasend!

Und dann«, flüsterte er, »hörte ich meinen Namen. Deine Stimme war so deutlich, dass ich zuerst dachte, du wärst aufgewacht. Doch dann hast du dich unruhig auf die andere Seite geworfen und noch einmal meinen Namen genannt. Und geseufzt. Mich überkam ein Gefühl, das so überwältigend war, dass ich wusste, ich kann dich nicht länger ignorieren.«

Einen Moment lang blieb er stumm – wahrscheinlich lauschte er meinem plötzlich unregelmäßigen Herzschlag.

»Eifersucht ... das ist schon merkwürdig. Viel machtvoller, als ich dachte. Und irrational! Als Charlie dich vorhin nach diesem grässlichen Mike Newton fragte ...« Er schüttelte verärgert seinen Kopf.

»Ich hätte wissen müssen, dass du zuhörst«, stöhnte ich.

»Aber sicher!«

»Und *das* hat dich eifersüchtig gemacht? Ehrlich?«

»Na ja, das ist neu für mich. Du erweckst mein menschliches Empfinden, daran muss ich mich erst mal gewöhnen. Es fühlt sich alles noch besonders intensiv an.«

»Aber mal im Ernst«, zog ich ihn auf – »dass dich *das* aufregt, nachdem *ich* hören muss, dass Rosalie – *Rosalie*, die Inkarnation reiner Schönheit – für dich bestimmt war! Emmett hin oder her – wie soll ich da mithalten?«

»Das ist gar kein Vergleich.« Seine Zähne blitzten. Er zog meine Hände auf seinen Rücken und drückte mich an seine Brust. Ich hielt so still und atmete so flach wie möglich.

»Ich weiß«, murmelte ich. Meine Lippen lagen an seiner kalten Haut. »Das ist ja das Problem.«

»Klar ist Rosalie auf ihre Art schön, aber selbst wenn sie nicht wie eine Schwester für mich wäre oder zu Emmett gehören würde, fände ich dich immer noch zehnmal … ach was, hundertmal attraktiver als sie.« Er wirkte jetzt ernsthaft und nachdenklich. »Seit fast neunzig Jahren lebe ich unter meinesgleichen und unter euch … und nie hatte ich das Gefühl, nicht komplett zu sein. Ich hatte keine Ahnung, dass ich etwas suchte – geschweige denn, was. Und natürlich fand ich auch nichts, denn du warst ja noch nicht geboren.«

»Ist das nicht ungerecht?«, flüsterte ich. Mein Gesicht lehnte noch immer an seiner Brust; ich lauschte seinen Atemzügen. »Ich musste überhaupt nicht warten. Warum sollte es für mich so leicht sein?«

»Stimmt«, sagte er amüsiert. »Ich sollte es dir definitiv ein bisschen schwerer machen.« Er löste seinen Griff von einem meiner Handgelenke, doch nur, um es mit der anderen Hand zu umfassen. Mit der frei gewordenen Hand strich er zart über meine nassen Haare, vom Scheitel bis hinab zu den Spitzen. »Du riskierst ja nur in jeder Sekunde, die du mit mir zusammen bist, dein Leben – wenn's weiter nichts ist! Du musst ja nur deiner Natur den Rücken kehren, und den Menschen … was soll das schon wert sein?«

»Sehr wenig – ich hab nicht das Gefühl, dass mir irgendwas fehlt.«

»Noch nicht.« Und mit einem Mal war seine Stimme erfüllt von Schmerz.

Ich wollte mich von ihm lösen, um in sein Gesicht zu sehen, doch hinter seinem Rücken hielt er meine Gelenke fest in der Hand.

»Was –«, setzte ich an, als plötzlich eine Spannung durch seinen Körper ging. Ich erstarrte; dann ließ er meine Hände los und war plötzlich verschwunden – es fehlte nicht viel, und ich wäre flach auf die Nase geknallt.

»Leg dich hin«, zischte er. Ich konnte nicht ausmachen, aus welcher Ecke des dunklen Zimmers seine Stimme kam.

Ich legte mich mit angezogenen Knien auf die Seite und zerrte mir die Decke bis zum Kinn hoch – meine Schlafstellung. Die Tür ging auf und Charlie schaute herein, um zu sehen, ob ich war, wo ich hingehörte. Ich atmete gleichmäßig und nahm es sehr genau mit dem Heben und Senken der Brust – vielleicht ein wenig zu genau.

Eine kleine Ewigkeit verging. Ich lauschte angestrengt, war mir aber nicht sicher, ob sich die Tür schon wieder geschlossen hatte. Dann schob sich Edwards kühler Arm unter die Decke und um meinen Körper.

»Du bist eine grauenhafte Schauspielerin«, flüsterte er mir ins Ohr. »Die Laufbahn kommt für dich nicht in Frage, würde ich sagen.«

»Mist, hab ich's doch geahnt«, brummelte ich. Mein Herz hämmerte gegen den Brustkorb.

Er summte eine Melodie, die ich nicht kannte; es klang wie ein Schlaflied.

Dann hielt er inne. »Soll ich dich in den Schlaf singen?«

»Ja, klar!«, sagte ich lachend. »Als ob ich schlafen könnte, wenn du hier bist.«

»Das machst du ständig«, erinnerte er mich.

»Aber bislang hatte ich keine *Ahnung*, dass du hier warst«, erwiderte ich frostig.

Er ignorierte das. »Also gut, wenn du nicht schlafen willst ...«, begann er. Mir stockte der Atem.

»Wenn ich nicht schlafen will ...?«

Er schmunzelte. »Was willst du dann?«

Ich konnte nicht gleich antworten.

»Ich weiß nicht genau.«

»Sag mir Bescheid, wenn du's herausgefunden hast.«

Ich spürte seinen kühlen Atem an meinem Hals, fühlte seine Nase über meine Wange gleiten. Er atmete tief ein.

»Ich dachte, du bist desensibilisiert?«

»Dass ich dem Wein entsage, bedeutet nicht, dass ich das Bouquet nicht zu schätzen weiß«, flüsterte er. »Du hast einen sehr blumigen Duft, nach Lavendel ... oder Freesien. Da läuft einem das Wasser im Mund zusammen.«

»Genau – was wäre mein Tag, ohne dass mir jemand sagt, wie schmackhaft ich wieder rieche.«

Er lachte in sich hinein, und dann seufzte er.

»Ich weiß jetzt, was ich will«, sagte ich ihm. »Ich möchte mehr über dich wissen.«

»Frag mich alles, was dir einfällt.«

Ich ging meine Fragen durch und suchte die dringlichste heraus. »Warum das alles? Ich versteh immer noch nicht, wie du so hartnäckig versuchen kannst, dich dagegen zu wehren, was du ... *bist*. Versteh mich nicht falsch – ich bin froh, dass du es tust. Ich kapier nur nicht, warum.«

Er zögerte, bevor er antwortete. »Gute Frage. Du bist nicht

die Erste, die sie stellt. Die anderen – also die meisten unserer Artgenossen, die voll und ganz zufrieden sind mit ihrer Bestimmung – wollen auch immer wissen, wie wir so leben können. Aber, ich meine – nur weil man ein bestimmtes Los zugeteilt bekommt, muss man sich doch nicht damit abfinden. Kann ich mich denn nicht darüber erheben und die Grenzen des Schicksals ausweiten, das ich mir nicht selbst ausgesucht hab? Warum soll ich denn nicht versuchen, meine menschlichen Wesensarten, so schwach ausgeprägt sie auch sein mögen, zu erhalten?«

Reglos und stumm vor Ehrfurcht lag ich da.

»Bist du eingeschlafen?«, fragte er nach einer Weile.

»Nein.«

»Ist das alles, was du wissen wolltest?«

Ich verdrehte die Augen. »Nicht ganz.«

»Und, was noch?«

»Wie kommt es, dass du Gedanken lesen kannst … und die anderen nicht? Und dass Alice die Zukunft voraussehen kann?«

Ich fühlte ihn an meiner Seite mit den Schultern zucken. »Wir wissen es nicht genau. Carlisle hat so eine Theorie. Er meint, dass wir alle unsere stärksten menschlichen Eigenschaften mit uns in das andere Leben nehmen, wo sie dann noch intensiviert werden. Demnach war ich schon vorher sehr sensibel für die Gedanken der Leute um mich herum. Und Alice, wo auch immer sie lebte, hatte bereits präkognitive Fähigkeiten.«

»Was hat Carlisle mitgebracht, und die anderen?«

»Bei Carlisle ist es das Mitgefühl, bei Esme die Fähigkeit, leidenschaftlich zu lieben. Emmett hat seine Kraft mitgebracht, Rosalie ihre … Beharrlichkeit. Oder auch Sturheit, wie man mag.« Er schmunzelte. »Jasper ist ein interessanter Fall. Er war schon in seinem ersten Leben ziemlich charismatisch und konnte andere dazu bringen, Dinge mit seinen Augen zu sehen.

Heute ist er fähig, einen Raum voller wütender Leute zu beruhigen oder, umgekehrt, eine lethargische Menge zu stimulieren. Ein ausgesprochen raffiniertes Talent.«

Es war nicht leicht, die märchenhaften Dinge zu begreifen, die er mir offenbarte. Gedankenverloren lag ich da, während er geduldig wartete.

»Aber – wie hat das denn alles angefangen? Ich meine, Carlisle hat dich verwandelt, also muss ihn auch jemand verwandelt haben und so weiter …«

»Das könnte ich dich genauso fragen: Wo kommst du her? Evolution? Göttliche Schöpfung? Wäre es nicht möglich, dass wir uns wie andere Arten auch, also wie alle Raub- und alle Beutetiere, über lange Zeiträume entwickelt haben? Oder, falls du nicht glaubst, dass die ganze Welt von allein entstanden sein soll, was mir auch nicht leichtfällt – ist es dann so schwer vorstellbar, dass dieselbe Macht, die farbige Engelfische *und* Haie erschuf, Babyrobben *und* Killerwale – dass diese Macht auch unsere beiden Arten gemeinsam erschaffen konnte?«

»Moment mal – ich bin die Babyrobbe, hab ich das richtig verstanden?«

»Ja.« Er lachte, und etwas berührte meine Haare – seine Lippen? Ich wollte mich zu ihm umdrehen, wollte wissen, ob es wirklich seine Lippen waren, doch ich riss mich zusammen; ich wollte es nicht noch schwerer für ihn machen, als es ohnehin schon war.

»Meinst du, du kannst jetzt schlafen?«, fragte er in das kurze Schweigen hinein. »Oder hast du noch mehr Fragen?«

»Höchstens ein oder zwei Millionen.«

»Es gibt noch morgen und übermorgen und überübermorgen …«, erinnerte er mich. Ich lächelte – was für ein schöner Gedanke!

»Ich kann mich darauf verlassen, dass du morgen früh nicht verschwunden bist?« Was das betraf, wollte ich auf Nummer sicher gehen. »Schließlich bist du ein Mythos.«

»Ich verlasse dich nicht.« Und in seiner Stimme lag dasselbe Versprechen wie in seinen Worten.

»Dann nur noch eine für heute …«, begann ich und wurde rot. Da half auch die Dunkelheit nichts – ich war mir sicher, dass er die Wärme spürte, die mir plötzlich unter die Haut schoss.

»Ja?«

»Ach nichts, vergiss es. Ich hab's mir anders überlegt.«

»Bella, du kannst mich alles fragen.«

Ich erwiderte nichts; er stöhnte.

»Ich denke die ganze Zeit, ich müsste mich so langsam daran gewöhnen, deine Gedanken nicht zu kennen, aber es wird immer schlimmer.«

»Ich bin froh, dass du nicht weißt, was ich denke. Schlimm genug, dass du mich belauschst, wenn ich im Schlaf rede.«

»Bitte!« Seine Stimme war so beschwörend, dass Widerstand zwecklos war.

Ich schüttelte den Kopf.

»Wenn du's mir nicht sagst, dann nehme ich an, dass es was viel Schlimmeres ist«, drohte er düster. »Sagst du's mir? Bitte?« Wieder diese flehende Stimme!

»Na ja«, setzte ich an und war heilfroh, dass er mein Gesicht nicht sah.

»Ja?«

»Du hast doch gesagt, dass Rosalie und Emmett irgendwann heiraten.«

»Hmm-mh«, bestätigte er.

»Und, ähm … Heirat … und Ehe … also, ist das genauso wie bei Menschen?«

Er begriff und lachte. »Ach *darauf* willst du hinaus!«

Ich zappelte nervös unter der Decke, unfähig zu antworten.

»Ich würde sagen, im Grunde ist es dasselbe. Wie gesagt, die meisten menschlichen Verlangen haben wir auch, es gibt nur andere, stärkere, die sie überdecken.«

»Hmmm« war alles, was ich herausbrachte.

»Gibt's einen bestimmten Grund für deine Neugier?«

»Na ja, ich hab mich *schon* gefragt ... ob du und ich ... irgendwann mal ...«

Sofort wurde er ernst – ich merkte es an der plötzlichen Reglosigkeit seines Körpers. Ganz automatisch erstarrte ich ebenfalls.

»Bella, ich glaube nicht, dass ... das ... möglich wäre bei uns.«

»Weil es zu schwer für dich wäre, wenn ich so ... nahe bin?«

»Das wäre wahrscheinlich auch ein Problem, aber ich meine was anderes. Du bist so zart – so zerbrechlich. Wenn wir zusammen sind, muss ich mich ununterbrochen kontrollieren, um dich nicht zu verletzen.« Seine Stimme war nicht mehr als ein leises Murmeln. Er legte seine eisige Handfläche an meine Wange. »Ich muss nur eine hastige Bewegung machen ... eine Sekunde lang nicht richtig aufpassen – schon kann es passieren, dass ich versehentlich deinen Schädel zerschmettere, obwohl ich eigentlich nur meine Hand ausstrecken wollte, um dein Gesicht zu berühren. Du hast ja keine Ahnung, wie unglaublich *zerbrechlich* du bist. Ich darf es mir niemals auch nur eine Sekunde lang gestatten, in deiner Nähe die Kontrolle zu verlieren.«

Er wartete; als ich nicht reagierte, wurde er unruhig. »Hab ich dir Angst gemacht?«, fragte er besorgt.

Ich brauchte noch eine Weile, bevor ich ihm antworten konnte – ich wollte, dass es stimmte, was ich sagte. »Nein, mir geht es gut.«

Er schien nachzudenken. »Jetzt bin *ich* aber neugierig«, sagte er und klang wieder heiter. »Hast *du* denn schon mal ...?«

»Nein, natürlich nicht.« Ich lief erneut rot an. »Ich hab doch gesagt, ich hab so was noch nie für jemanden empfunden. Nicht mal annähernd.«

»Ich weiß. Ich frag nur, weil ich die Gedanken der anderen kenne, und Liebe und Lust gehen da nicht immer Hand in Hand.«

»Bei mir schon. Jetzt jedenfalls – und vorher gab es sie gar nicht.«

»Das ist schön. Dann haben wir wenigstens eine Sache gemeinsam.« Er klang zufrieden.

»Noch mal zu deinen menschlichen Instinkten ...«, begann ich. Er wartete. »Also, findest du mich denn auch ein bisschen attraktiv, auf *diese* Art?«

Er lachte und wuschelte leicht durch meine fast trockenen Haare.

»Ich bin zwar kein Mensch, aber ein Mann!«, sagte er.

Ich musste gähnen.

»Ich hab deine Frage beantwortet, und jetzt solltest du schlafen«, drängte er.

»Ich weiß nicht, ob ich schlafen kann.«

»Soll ich gehen?«

»Nein!«, sagte ich etwas zu laut.

Er lachte, und dann fing er an, das fremde Schlaflied von vorher zu summen; sanft, fast engelsgleich klang seine Stimme an meinem Ohr.

Ich war müder als gedacht; noch nie hatte ich eine solche Anspannung, solche Emotionen erlebt wie an diesem Tag. Und so schlief ich in seinen kalten Armen ein.

BEI DEN CULLENS

Das trübe Licht eines bewölkten Tages weckte mich. Matt und benommen lag ich da und beschirmte mit dem Arm meine Augen. Irgendetwas drängelte und schob an der Schwelle meines Bewusstseins – vage Traumbilder, die ich noch nicht zuordnen konnte. Ich stöhnte und drehte mich zur Wand, um weiterzuschlafen, doch dann fiel mir mit einem Schlag alles wieder ein.

»Oh!« Ich setzte mich so schnell auf, dass mir schwindlig wurde.

»Deine Haare sehen aus wie ein Heuhaufen ... aber mir gefällt's.« Seine muntere Stimme kam vom Schaukelstuhl in der Ecke.

»Edward! Du bist noch da!«, jubelte ich, eilte durch das Zimmer und warf mich, ohne nachzudenken, auf seinen Schoß. Dann schlossen meine Gedanken zu mir auf, und ich erstarrte, erschrocken über den unkontrollierten Ausbruch meiner Leidenschaft. Voller Sorge, eine Grenze überschritten zu haben, blickte ich zu ihm auf.

Doch er lachte.

»Was hast du denn gedacht?«, antwortete er, etwas perplex, aber offenbar erfreut über meine Begeisterung. Seine Hände strichen über meinen Rücken.

Vorsichtig legte ich meinen Kopf an seine Schulter und atmete den Geruch seiner Haut ein.

»Ich war mir sicher, ich hätte alles nur geträumt.«

»Das ist nicht gerade originell«, spottete er.

»O Gott, Charlie!« Kopflos sprang ich auf und lief zur Tür.

»Er ist vor einer Stunde gefahren. Nachdem er deine Batteriekabel wieder angeschlossen hat, sollte ich hinzufügen. Ich muss zugeben, ich war ein wenig enttäuscht. Sollte das etwa schon ausreichen, um dich davon abzuhalten, Reißaus zu nehmen?«

Unschlüssig verharrte ich in der Mitte des Zimmers – ich wollte am liebsten wieder zu ihm gehen, fürchtete aber, nach der Nacht keinen allzu frischen Atem zu haben.

»Normalerweise bist du morgens nicht so verwirrt«, merkte er an und breitete seine Arme aus. Eine unwiderstehliche Einladung. *Fast* unwiderstehlich.

»Ich muss noch mal kurz für Menschen«, sagte ich.

»Ich warte.«

Dann stürmte ich ins Bad. Meine Gefühle waren mir fremd, und das Gesicht im Spiegel erkannte ich auch kaum wieder – die Augen strahlten zu sehr, und die Wangen waren mit roten, hektischen Flecken übersät. Ich putzte mir die Zähne und kämpfte mit dem strubbeligen Chaos meiner Haare. Abschließend spritzte ich mir kaltes Wasser ins Gesicht und versuchte normal zu atmen, allerdings ohne Erfolg. Ich rannte fast zurück in mein Zimmer.

Es kam mir vor wie ein Wunder, dass er dort saß und noch immer seine Arme ausgebreitet hatte, um mich zu empfangen. Mein Herz machte wilde Sprünge.

»Da bist du ja wieder«, sagte er leise zur Begrüßung und schloss mich in seine Arme.

Stumm wiegte er mich eine Weile; dann sah ich, dass er etwas anderes anhatte als am Tag zuvor und dass seine Haare gekämmt waren.

»Du warst weg?«, fragte ich vorwurfsvoll und strich über den Kragen seines frischen Hemdes.

»Ich hätte unmöglich in denselben Sachen gehen können, in denen ich gekommen war – was sollen denn die Nachbarn denken?«

Ich zog eine Schnute.

»Du hast tief und fest geschlafen; ich hab nichts verpasst.« Dann blitzte etwas in seinen Augen auf. »Dein Monolog war schon vorbei.«

Ich stöhnte. »Und – was hast du diesmal gehört?«

Sein Blick wurde zärtlich. »Du hast gesagt, du liebst mich.«

»Das wusstest du doch schon«, sagte ich und senkte den Kopf.

»Trotzdem – es war schön, es zu hören.«

Ich verbarg mein Gesicht an seiner Schulter.

»Ich liebe dich«, flüsterte ich.

»Du bist mein Leben«, antwortete er schlicht.

Es gab nichts weiter zu sagen in diesem Moment. Er schaukelte uns sanft vor und zurück, während es im Zimmer langsam heller wurde.

»Zeit fürs Frühstück«, sagte er schließlich – wohl um mir zu beweisen, dass er keines meiner menschlichen Bedürfnisse vergaß.

Ich griff mir mit beiden Händen an die Kehle und starrte ihn mit angstvoll geweiteten Augen an. Er sah ziemlich erschrocken aus.

»Kleiner Scherz«, kicherte ich. »Von wegen, ich kann nicht schauspielern.«

Ungehalten runzelte er die Stirn. »Das war nicht witzig.«

»Es war sehr witzig, und das weißt du auch.« Was mich nicht davon abhielt, ihm prüfend in seine goldenen Augen zu sehen und mich zu vergewissern, dass er es mir nicht übelnahm.

»Okay, ich präzisiere: Frühstück für Menschen.«

»Ach so.«

Sanft, aber zugleich so schnell, dass mir der Atem stockte, warf er mich über seine steinharte Schulter und trug mich mühelos runter in die Küche. Ich protestierte zwar, doch er beachtete es nicht und setzte mich auf einen Stuhl.

Die Küche war hell und heiter, trotz der Wolken – genau wie meine Stimmung.

»Was gibt's denn zu essen?«, fragte ich gutgelaunt.

Das machte ihn kurz sprachlos.

»Äh, weiß nicht genau. Was hättest du denn gern?«

Grinsend sprang ich auf.

»Lass mal, ich kann ganz gut für mich sorgen. Pass auf: Jetzt jage ich.«

Während ich eine Schüssel mit Cornflakes füllte, Milch dazugoss und mir einen Löffel nahm, spürte ich seinen Blick auf mir ruhen. Ich trug mein Frühstück zum Tisch, blieb aber stehen.

»Kann ich dir auch irgendwas anbieten?«, fragte ich, um nicht unhöflich zu sein.

Er verdrehte die Augen. »Iss einfach, Bella.«

Ich setzte mich hin, begann zu löffeln und betrachtete ihn. Er folgte jeder meiner Bewegungen mit den Augen, was mich befangen machte. Ich schluckte runter und fragte etwas, um ihn abzulenken.

»Und, was machen wir heute?«

»Hmmm …« Er überlegte. »Was hältst du von der Idee, meine Familie kennenzulernen?«

Ich musste schlucken.

»Hast du jetzt Angst?«, fragte er hoffnungsvoll.

»Ja«, gab ich zu – wie hätte ich es auch leugnen sollen, während er mir in die Augen blickte.

»Keine Sorge«, sagte er grinsend. »Ich beschütze dich.«

»Ich hab keine Angst vor dem, was sie mir *antun* könnten«, erklärte ich. »Ich hab Angst, dass sie mich nicht mögen. Ich meine, werden sie nicht … überrascht sein, wenn du jemanden … wie mich … mit nach Hause bringst? Wissen sie, dass ich über sie Bescheid weiß?«

»Klar, sie wissen alles. Gestern haben sie noch Wetten abgeschlossen, ob, du weißt schon – ob ich dich heil wieder zurückbringe oder nicht.« Der scharfe Klang seiner Stimme stand im Gegensatz zu seinem Lächeln. »Allerdings begreife ich nicht, wie man gegen Alice wetten kann. Auf jeden Fall haben wir keine Geheimnisse voreinander. Wie auch, wenn ich Gedanken lesen und Alice die Zukunft voraussehen kann.«

»Und Jasper allen ein wohliges Gefühl gibt, wenn sie ihr Herz ausschütten – nicht zu vergessen.«

»Du hast aufgepasst«, lobte er lächelnd.

»Das soll hin und wieder vorkommen.« Ich verzog das Gesicht. »Das heißt, Alice hat mich kommen sehen?«

Darauf reagierte er sonderbar. »So was in der Art«, sagte er mit sichtlichem Unbehagen und schaute zur Seite, so dass ich seine Augen nicht sehen konnte. Ich musterte ihn neugierig.

Abrupt wandte er sich mir wieder zu. »Schmeckt das?«, fragte er und schaute mit gespielter Abscheu auf mein Frühstück. »Ganz ehrlich, besonders appetitlich sieht das nicht aus.«

»Es kann ja nicht immer Grizzly geben«, murmelte ich und ignorierte seinen finsteren Blick. Ich war mit den Gedanken woanders: Seine Reaktion, als ich Alice erwähnt hatte, ging mir

nicht aus dem Kopf. Nachdenklich rührte ich in meinen Cornflakes.

Wie eine Adonisstatue stand er da und starrte gedankenverloren aus dem Fenster, auf den Wald hinter dem Haus.

Dann schaute er mich an und lächelte auf diese Art, die mir
verlässlich das Herz zerriss.

»Und du solltest mich auch deinem Vater vorstellen.«

»Er kennt dich doch schon«, wandte ich ein.

»Als deinen Freund, meine ich.«

Ich musterte ihn misstrauisch. »Wozu?«

»Macht man das nicht so?«, fragte er unschuldig.

»Keine Ahnung«, sagte ich. Das entsprach der Wahrheit – ich
hatte tatsächlich keinerlei einschlägige Erfahrungen. Nicht, dass
die normalen Beziehungsregeln auf uns anwendbar gewesen wären. »Ich meine nur, das ist nicht notwendig, ehrlich. Ich erwarte
nicht, dass du … also, du musst wegen mir nicht so tun, als ob.«

Er lächelte geduldig. »Das mache ich auch nicht.«

Ich schob die pampigen Reste der Cornflakes in der Schüssel
umher und biss mir auf die Lippen.

»Sagst du nun Charlie, dass ich dein Freund bin, oder
nicht?«, wollte er wissen.

»Bist du das denn?« Bei der Vorstellung, Edward als meinen
»Freund« bei Charlie vorzustellen, wurde mir ganz mulmig.

»Okay, ich erfülle nicht ganz das klassische Anforderungspro-
fil, aber sonst?«

»Ehrlich gesagt, ich hatte das Gefühl, du bist mehr als das«,
gab ich zu und schaute auf die Tischplatte.

»Na ja, ich dachte, die blutigen Details verschweigen wir ihm
lieber.« Er kam zu mir an den Tisch, streckte seine Hand nach
mir aus und hob mit seinem kalten Finger sanft mein Kinn an.
»Aber wir müssen ihm eine Erklärung dafür geben, warum ich

so oft hier bin. Ich hab nämlich keine Lust, dass Chief Swan eine einstweilige Verfügung gegen mich erwirkt.«

»Meinst du das ernst?«, fragte ich sehnsüchtig. »Du wirst wirklich hier sein?«

»Solange du willst«, versicherte er mir.

»Das heißt dann wohl für immer«, warnte ich ihn.

Er ging langsam um den Tisch herum und blieb neben mir stehen. Mit den Fingerspitzen strich er über meine Wange. Sein Gesichtsausdruck war unergründlich.

»Macht dich das traurig?«, fragte ich.

Er sagte nichts und schaute mir lange in die Augen.

Schließlich fragte er mich, ob ich fertig sei.

»Ja«, sagte ich und sprang auf.

»Ich warte hier, du ziehst dich an.«

Leicht gesagt – aber was zog man an, wenn einen sein Vampirliebster einlud, seiner Vampirfamilie einen Besuch abzustatten? Es war befreiend, das Wort zu denken; ich wusste, dass ich davor zurückschreckte, es auszusprechen.

Nach einiger Überlegung entschied ich mich für meinen einzigen Rock – er war lang, hellbraun, aber nicht zu förmlich. Dazu die dunkelblaue Bluse, für die er mir schon mal ein Kompliment gemacht hatte. Ein Blick in den Spiegel zeigte mir, dass meine Haare völlig unmöglich aussahen, deshalb band ich sie zu einem Pferdeschwanz zusammen.

»Wie sehe ich aus?«, fragte ich, als ich mit Schwung die Stufen heruntergepoltert kam. »Geht das so?«

Er stand unmittelbar am Fuße der Treppe, und so rannte ich direkt in ihn hinein. Er fing mich auf, hielt mich kurz ein Stück von sich weg und zog mich dann an seine Brust.

»Nein«, flüsterte er mir ins Ohr. »Das geht ganz und gar nicht – so verführerisch auszusehen ist unfair.«

»Was meinst du mit verführerisch?« Ich war verunsichert. »Ich kann schnell was anderes anziehen …«

Er seufzte und schüttelte den Kopf. »Was du da wieder redest.« Er presste seine kühlen Lippen an meine Stirn. Alles um mich herum begann sich zu drehen. Sein süßer Atem vernebelte meine Gedanken.

»Soll ich dir erklären, wozu du mich verführst?« Es war eindeutig eine rhetorische Frage. Gemächlich glitten seine Finger an meinem Rückgrat hinab, sein Atem an meiner Haut wurde schneller. Meine Hände ruhten schlaff an seiner Brust; das Schwindelgefühl nahm zu. Langsam neigte er den Kopf und drückte zum zweiten Mal, ganz sanft, seine leicht geöffneten Lippen auf meine.

Und ich sackte weg.

Er fing mich auf. »Bella?«, fragte er besorgt und hielt mich aufrecht.

»Ich bin … ohnmächtig geworden … wegen dir«, sagte ich vorwurfsvoll. Ich war noch ganz benommen.

»Was soll ich bloß mit dir anstellen?«, stöhnte er verzweifelt. »Gestern küsse ich dich, und was machst du? Greifst mich an! Und heute fällst du in Ohnmacht!«

Ich lachte kraftlos und ließ mich in seinen Armen hängen. Mir schwirrte der Schädel.

»Und dabei hast du gesagt, ich bin in allem gut«, klagte er.

»Das ist ja das Problem.« Mir war immer noch schwindlig. »Du bist *zu* gut – viel zu gut.«

»Ist dir wieder schlecht?«, fragte er – es war nicht das erste Mal, dass er mich so sah.

»Nein – das war eine andere Art von Ohnmacht. Ich weiß auch nicht, was passiert ist.« Ich schüttelte den Kopf. »Ich glaub, ich hab vergessen zu atmen.«

»So kann ich dich doch nirgendwo mit hinnehmen.«

»Mir geht's prima«, beteuerte ich. »Außerdem: Deine Familie denkt ohnehin, dass ich sie nicht mehr alle habe.«

Er betrachtete mich. »Dieses Blau steht dir wirklich gut«, sagte er unerwartet. Ich lief rot an vor Freude und schaute weg.

»Was ist denn jetzt«, sagte ich gespielt mürrisch. »Ich versuch schon die ganze Zeit, nicht daran zu denken, was wir vorhaben, also gehen wir jetzt endlich?«

»Nur noch mal für die Akten: Du machst dir also keine Sorgen, weil du einem Haus voller Vampire einen Besuch abstattest, sondern du hast Angst, dass sie dich nicht mögen könnten?«

»Ja«, erwiderte ich, ohne zu zögern. Ich war überrascht, dass er das Wort plötzlich so beiläufig benutzte, ließ mir aber nichts anmerken.

Er schüttelte den Kopf. »Du bist unglaublich.«

Während er meinen Transporter aus Forks heraussteuerte, fiel mir auf, dass ich keine Ahnung hatte, wo er eigentlich wohnte. Wir überquerten den Calawah River und folgten dem Schlängelkurs der Straße nach Norden. Die Häuser, an denen wir vorbeirauschten, wurden immer größer, genau wie die Abstände zwischen ihnen. Irgendwann blieb das letzte Anwesen hinter uns zurück, und wir fuhren durch den nebelverhangenen Wald. Als ich gerade überlegte, ob ich nachfragen oder abwarten sollte, bog er urplötzlich auf einen unasphaltierten Weg, der keinerlei Markierungen hatte und zwischen den dichten Farnen kaum sichtbar war. Zu beiden Seiten drängte sich der Wald, so dass man immer nur ein paar Meter weit sehen konnte, bevor der Weg zwischen den uralten Bäumen ins Ungewisse abbog.

Nach ein paar Meilen lichtete sich der Wald, und wir gelangten auf eine Wiese. Am trüben Waldlicht änderte sich trotzdem nichts, denn ringsherum standen sechs jahrhundertealte Zedern, die mit ihrem weiten Astwerk fast einen halben Hektar Land beschirmten. Ihre Schatten reichten bis an die Mauern des Hauses in ihrer Mitte und machten die überdachte Veranda, die einen Ring um das Erdgeschoss bildete, überflüssig.

Keine Ahnung, was ich erwartet hatte – jedenfalls nicht so etwas. Das Haus war von zeitloser Eleganz und etwa hundert Jahre alt. Es hatte drei Etagen, einen rechteckigen Grundriss, harmonische Proportionen und einen verblichenen weißen Anstrich. Seine Türen und Fenster waren entweder originalbelassen oder perfekte Kopien. Mit Ausnahme meines Transporters war kein Auto zu sehen. Ich hörte das Rauschen eines Flusses, der irgendwo in der Nähe verlaufen musste, verborgen vom dichten Wald.

»Wow.«

»Gefällt's dir?« Er lächelte.

»Es ... hat seine Reize.«

Lachend zog er an meinem Pferdeschwanz.

»Bist du so weit?«, fragte er und hielt mir die Tür auf.

»Überhaupt nicht – lass uns reingehen.« Ich versuchte zu lachen, doch irgendwie blieb es mir in der Kehle stecken. Nervös strich ich mir über die Haare.

»Du siehst toll aus.« Und als wäre es die größte Selbstverständlichkeit, nahm er meine Hand.

Wir gingen über die beschattete Wiese zur Veranda. Er spürte meine Anspannung. Beruhigend ließ er seinen Daumen auf meinem Handrücken kreisen.

Er öffnete die Tür und ließ mich eintreten.

Das Innere des Hauses überraschte mich sogar noch mehr als sein Anblick von außen: Es war sehr hell, sehr offen und sehr groß. Ursprünglich musste es im Erdgeschoss mehrere

Zimmer gegeben haben, doch fast alle Trennwände waren entfernt worden, so dass wir jetzt in einem einzigen, weiten Raum standen, der auf eine durchgehende Glasfront zulief, die den Blick nach Süden freigab. Ich sah, dass sich der Rasen hinter den Zedern bis zum Ufer eines breiten Flusses – es musste der Sol Duc River sein – erstreckte. Rechts führte eine ausladende Wendeltreppe ins Obergeschoss. Alles – die Wände, die Decke, der Holzfußboden und die dicken Teppiche – war in hellen Tönen gehalten.

Links neben der Tür, auf einem flachen Podest neben einem spektakulären Konzertflügel, standen Edwards Eltern, um uns zu begrüßen.

Obwohl ich Dr. Cullen nicht das erste Mal sah, war ich erneut überwältigt von seiner Jugend und der ungeheuren Perfektion seiner Erscheinung. Die Frau an seiner Seite war, vermutete ich, Esme – die Einzige der Familie, der ich noch nicht begegnet war. Sie war klein und schlank und hatte dieselben bleichen und schönen Gesichtszüge wie die anderen – ihre waren allerdings runder, weniger kantig. Etwas an ihrem herzförmigen Gesicht und den weichen Wellen karamellfarbener Haare erinnerte mich an die unschuldigen Heldinnen der Stummfilmzeit. Beide waren salopp gekleidet, in hellen Farben, die zur Einrichtung des Hauses passten. Sie lächelten, machten aber keine Anstalten, uns entgegenzukommen – vermutlich wollten sie mich nicht ängstigen.

»Carlisle, Esme«, sagte Edward in die kurze Stille hinein. »Das ist Bella.«

»Willkommen bei uns, Bella. Wir freuen uns, dass du hier bist.« Mit gemessenen, ruhigen Schritten trat Dr. Cullen auf mich zu. Ich ging ihm entgegen und ergriff die Hand, die er zaghaft ausstreckte.

»Es ist schön, Sie wiederzusehen, Dr. Cullen.«

»Carlisle, bitte.«

»Carlisle.« Ich lächelte ihn an und war selbst am meisten überrascht über mein sicheres Auftreten. Ich spürte, wie Edwards Anspannung nachließ.

Lächelnd kam nun auch Esme auf mich zu und reichte mir ihre Hand. Ihr kalter, fester Händedruck war genau wie erwartet.

»Ich bin sehr froh, dich kennenzulernen«, sagte sie aufrichtig.

»Danke. Ich freue mich auch.« Und das stimmte. Es war, als würde ich einer Märchenfigur begegnen. Schneewittchen persönlich.

»Wo sind Alice und Jasper?«, fragte Edward, doch im selben Moment erschienen die beiden auf der Treppe.

»Hey, Edward!«, rief Alice überschwänglich. Sie rannte – ein Schweif schwarzer Haare und weißer Haut – die Treppe hinunter und blieb ebenso ruckartig wie anmutig vor mir stehen. Carlisle und Esme warfen ihr warnende Blicke zu, doch ich freute mich – es war natürlich, zumindest für sie.

»Hi, Bella!«, sagte Alice und schnellte nach vorn, um mich auf die Wange zu küssen. Wenn Carlisle und Esme eben noch zurückhaltend gewirkt hatten, dann waren sie jetzt vollkommen perplex. Vermutlich sah ich ebenfalls ein wenig überrumpelt aus, doch zugleich war ich sehr froh, dass sie mich offenbar ohne Vorbehalte akzeptierte. Ich erschrak allerdings, als ich merkte, dass Edward sich neben mir verkrampfte. Seine Miene war unergründlich.

»Du riechst wirklich gut, das ist mir noch nie aufgefallen«, sagte sie zu meiner enormen Verlegenheit.

Darauf schien niemand so recht zu wissen, was er sagen sollte.

Erst als der große, löwenhafte Jasper näher kam, entkrampfte sich die Stimmung; ich fühlte mich mit einem Mal vollkommen geborgen bei den Cullens. Als Edward Jasper stirnrunzelnd anschaute, fiel mir allerdings wieder ein, worin dessen spezielle Fähigkeit bestand.

»Hallo, Bella«, sagte Jasper. Er blieb in einiger Entfernung stehen, ohne mir die Hand zu reichen. Doch es war unmöglich, sich in seiner Nähe nicht wohl zu fühlen.

»Hallo, Jasper.« Ich lächelte schüchtern, und dann wandte ich mich an alle. »Ich freue mich, euch kennenzulernen. Ihr habt ein sehr schönes Haus«, fügte ich der Höflichkeit halber hinzu.

»Danke«, sagte Esme. »Wir sind froh, dass du gekommen bist.« Sie war sichtlich bewegt, und mir wurde plötzlich klar, dass sie mich für tapfer hielt.

Was mir noch auffiel, war die Abwesenheit von Rosalie und Emmett, und ich musste an Edwards allzu unschuldige Erwiderung denken, als ich ihn gefragt hatte, ob mich die anderen nicht mochten.

Carlisles eindringlicher Gesichtsausdruck riss mich aus meinen Gedanken: Er schaute Edward bedeutungsvoll an, der einmal nickte.

Aus Höflichkeit schaute ich weg. Mein Blick fiel auf das wunderschöne Instrument auf dem Podest; mir fiel ein, dass ich mir als Kind immer ausgemalt hatte, meiner Mutter, falls ich jemals im Lotto gewinnen sollte, einen solchen Flügel zu kaufen.

Sie spielte nur so zum Vergnügen auf unserem gebrauchten Klavier und auch nicht richtig gut, doch ich liebte es, ihr dabei zuzusehen. Beim Spielen wirkte sie glücklich und versunken; es war, als verwandelte sie sich in ein neues, geheimnisvolles Wesen, das nichts zu tun hatte mit der vertrauten Person, die ich als »Mom« kannte. Natürlich schickte sie mich auch zur Klavierstunde, doch wie die meisten Kinder quengelte ich so lange, bis ich aufhören durfte.

Esme bemerkte mein Interesse.

»Spielst du?«, fragte sie und deutete auf den Flügel.

Ich schüttelte den Kopf. »Kein bisschen. Aber er ist so schön. Gehört er dir?«

»Nein«, sagte sie lachend. »Hat Edward dir denn nichts von seinen musikalischen Begabungen erzählt?«

»Nein«, sagte ich und schaute ihn mit vorwurfsvoll zusammengekniffenen Augen an. Er machte eine Unschuldsmiene. »Aber ich hätte es mir ja denken können.«

Fragend hob Esme ihre schmalen Augenbrauen.

»Schließlich kann er doch alles, oder?«, sagte ich.

Jasper kicherte, Esme aber warf Edward einen tadelnden Blick zu.

»Ich hoffe, du hast nicht geprahlt«, wies sie ihn zurecht. »Das ist unhöflich.«

»Nur ein kleines bisschen«, sagte er und lachte ungehemmt. Ihre Miene wurde nachgiebig, und sie wechselten einen kurzen Blick, den ich nicht verstand. Doch ich sah den fast schon übermäßigen Stolz in Esmes Gesicht.

»Ehrlich gesagt war er viel zu bescheiden«, widersprach ich.

»Na dann – spiel ihr was vor«, forderte Esme ihn auf.

»Sagtest du nicht eben, angeben ist unhöflich?«, erwiderte er.

»Jede Regel hat ihre Ausnahmen.«

»Ich würde dich gerne spielen hören«, sagte ich.

»Also«, sagte Esme und schob ihn zum Flügel. Er zog mich hinter sich her und platzierte mich neben sich auf der Bank.

Bevor er seinen Blick auf die Tasten senkte, schaute er mir tief in die Augen.

Und dann flogen seine Finger rasant über das Elfenbein und

füllten den Raum mit einer so komplexen und opulenten Komposition, dass es mir unbegreiflich war, wie man sie zweihändig spielen konnte. Ich merkte, wie mir vor Staunen der Mund aufklappte, und hörte jemanden hinter mir unterdrückt kichern.

Nach einer Weile schaute Edward mich an, als ob gar nichts wäre; die Musik wogte ohne Unterbrechung weiter auf und ab. Er zwinkerte. »Und, gefällt's dir?«

Ich schnappte nach Luft. »Hast du das etwa komponiert?«

Er nickte. »Es ist das Lieblingsstück von Esme.«

Ich schloss die Augen und schüttelte den Kopf.

»Was ist?«

»Nichts, ich fühl mich nur extrem belanglos.«

Die Musik wurde langsamer und sanfter, und plötzlich hörte ich zu meiner Überraschung, verflochten im Gewebe der Töne, die Melodie seines Schlaflieds vom Vorabend.

»Dazu hast du mich inspiriert«, sagte er sanft, und die Musik wurde fast unerträglich süß.

Ich brachte keinen Ton heraus.

»Sie mögen dich«, sagte er beiläufig. »Besonders Esme.«

Ich blickte mich um, doch der große Raum war leer.

»Wo sind sie hin?«

»Ich nehm an, sie wollten diskret sein und uns allein lassen.«

Ich seufzte. »*Sie* mögen mich, okay. Aber Rosalie und Emmett ...« Ich wusste nicht, wie ich meine Sorge in Worte fassen sollte.

Er runzelte die Stirn. »Mach dir wegen Rosalie keine Gedanken«, sagte er. Voller Überzeugung schaute er mich an. »Sie kriegt sich schon ein.«

Skeptisch schürzte ich meine Lippen. »Und Emmett?«

»Na ja, er denkt, ich bin nicht ganz bei Trost, das stimmt

schon, aber er hat nichts gegen dich. Und er versucht, auf Rosalie einzuwirken.«

»Was genau ist denn eigentlich ihr Problem?«, fragte ich, obwohl ich mir gar nicht sicher war, ob ich die Antwort wirklich hören wollte.

Er seufzte tief. »Rosalie fällt es von uns allen am schwersten zu akzeptieren ... was wir sind. Deshalb kommt sie schlecht damit klar, dass ein Außenstehender über sie Bescheid weiß. Und sie ist ein bisschen eifersüchtig.«

»*Rosalie* ist eifersüchtig? Auf *mich*?!« Vergeblich versuchte ich mir eine Welt vorzustellen, in der jemand, der so atemberaubend war wie Rosalie, irgendeinen Grund haben könnte, auf jemanden wie mich eifersüchtig zu sein.

»Du bist ein Mensch.« Er zuckte mit den Schultern. »Sie wäre auch gern einer.«

»Oh.« Ich war immer noch verblüfft. »Aber Jasper wirkte irgendwie auch nicht so begeistert.«

»Das ist hauptsächlich meine Schuld«, sagte er. »Wie gesagt, er lebt noch nicht so lange auf unsere Weise. Ich hab ihn darum gebeten, dir nicht zu nahe zu kommen.«

Ich dachte an den Grund für die Vorsicht, und es lief mir kalt den Rücken runter.

»Und Esme und Carlisle ...?«, fragte ich schnell weiter, um mir nichts anmerken zu lassen.

»Sie sind glücklich, dass ich glücklich bin. Esme würde es auch nicht kümmern, wenn du ein drittes Auge oder Schwimmhäute zwischen den Zehen hättest. Die ganzen Jahre über war sie besorgt, dass mir etwas Wesentliches fehlen könnte – dass ich noch zu jung war, als Carlisle mich verwandelte. Jetzt ist sie außer sich vor Freude; jedes Mal, wenn ich dich berühre, macht sie fast Luftsprünge.«

»Alice scheint ziemlich … begeistert zu sein.«

»Alice hat ihre eigene Sicht der Dinge«, sagte er mit angespannter Miene.

»Die du aber jetzt nicht näher erläutern willst, richtig?«

Wir verstanden uns ohne Worte: Ihm war klar, dass ich wusste, dass er mir etwas vorenthielt. Und mir war klar, dass er nichts preisgeben würde. Zumindest noch nicht.

»Was hat dir Carlisle eigentlich vorhin gesagt?«

Seine Augenbrauen schoben sich zusammen. »Das ist dir also auch aufgefallen.«

Ich zuckte mit den Schultern. »Was hast du denn gedacht?«

Er betrachtete mich nachdenklich, bevor er antwortete. »Er wollte mir etwas mitteilen, wusste aber nicht, ob du es hören solltest.«

»Und, soll ich?«

»Du musst sogar. Ich werde nämlich in den nächsten Tagen … oder Wochen … etwas übertrieben beschützerisch sein und will nicht, dass du mich für einen geborenen Tyrannen hältst.«

»Was ist passiert?«

»Passiert ist gar nichts. Es ist nur – Alice sieht voraus, dass wir bald Besucher zu erwarten haben. Sie wissen, dass wir hier sind, und sie sind neugierig.«

»Besucher?«

»Ja. Die Sache ist … sie unterscheiden sich von uns, was ihre Jagdgewohnheiten angeht. Ich nehme nicht an, dass sie überhaupt in die Stadt kommen, aber solange sie hier sind, werde ich dich mit Sicherheit nicht aus den Augen lassen.«

Mir lief ein Schauer über den Rücken.

»Endlich mal eine vernünftige Reaktion!«, murmelte er. »Ich dachte schon, du hättest gar keinen Selbsterhaltungstrieb.«

Ich erwiderte nichts, sondern sah mich abermals in dem weiten Raum um.

Er folgte meinem Blick. »Nicht ganz, was du erwartet hast, oder?«, fragte er stolz.

»Nein«, gab ich zu.

»Keine Särge, keine Skeletthaufen in der Ecke; ich glaub, wir haben noch nicht mal Spinnweben. Das muss eine große Enttäuschung für dich sein«, sagte er schelmisch.

Doch ich ging nicht ein auf seinen Ton. »Es ist so hell … und offen.«

Als er antwortete, war seine Stimme wieder ernsthaft. »Das ist der einzige Ort, an dem wir uns nicht verstecken müssen.«

Dann ließ er das Lied – mein Lied – ausklingen. Die abschließenden Akkorde waren richtig melancholisch, und nachdem er geendet hatte, klang die letzte Note wehmütig in der Stille nach.

»Danke schön«, sagte ich leise und merkte, dass mir Tränen in den Augen standen. Verschämt wischte ich sie weg.

Er berührte mit dem Finger meinen Augenwinkel, ließ eine übrig gebliebene Träne darüberlaufen und betrachtete sie grüblerisch. Dann führte er seinen Finger zum Mund und leckte ihn ab, aber das Ganze geschah so schnell, dass ich meiner Wahrnehmung kaum traute.

Fragend schaute ich ihn an, er erwiderte meinen Blick, und so verharrten wir, bis er schließlich lächelte.

»Was hältst du davon, wenn ich dir den Rest des Hauses zeige?«

»Keine Särge, hast du gesagt?« Der Sarkasmus konnte meine Nervosität nicht ganz verbergen.

Er lachte, und dann nahm er meine Hand und führte mich vom Podest herunter.

»Keine Särge«, versprach er.

Wir gingen die breite Wendeltreppe hoch; ich ließ meine Hand über ihr glattes Geländer streichen. Der lange Gang, auf den die Treppe führte, war mit demselben honigfarbenen Holz verkleidet, aus dem die Dielen im Erdgeschoss gefertigt waren.

»Rosalies und Emmetts Zimmer ... Carlisles Büro ... das Zimmer von Alice ...«, erläuterte er, als wir an den Türen vorbeikamen.

Doch am Ende des Ganges unterbrach ich seine Führung: Abrupt blieb ich stehen und starrte ungläubig auf etwas, das über mir an der Wand hing. Edward sah meine verblüffte Miene und kicherte.

»Du kannst ruhig lachen«, sagte er. »Ich find's auch komisch.«

Ich lachte nicht. Einem inneren Zwang folgend, hob ich meine Hand und streckte einen Finger aus, aber dann berührte ich es doch nicht – das große hölzerne Kreuz, dessen dunkle Patina einen auffälligen Kontrast zum helleren Untergrund der Wand bildete. Ich hätte gern gewusst, ob sich das Holz so seidig anfühlte, wie es aussah, doch ich zog ehrfurchtsvoll meine Hand zurück.

»Das sieht sehr alt aus.«

Er zuckte mit den Schultern. »Um 1630, vielleicht etwas später.«

Ich starrte ihn an.

»Und warum habt ihr das hier hängen?«

»Aus nostalgischen Gründen. Es hat Carlisles Vater gehört.«

»Hat er Antiquitäten gesammelt?«, fragte ich überrascht.

»Nein. Das hat er selbst geschnitzt. Es hing an der Wand über der Kanzel des Pfarrhauses, in dem er gepredigt hat.«

Ich wusste nicht, wie deutlich mir die Verblüffung ins Gesicht geschrieben stand, aber vorsichtshalber schaute ich wieder auf das schlichte Kreuz. Meine schnelle Rechnung ergab: Es war über 370 Jahre alt. Das Schweigen hielt an – ich war vollauf mit dem Versuch beschäftigt, mir diese ungeheure Zeitspanne vorzustellen.

»Alles okay?« Er klang besorgt.

»Wie alt ist Carlisle?«, fragte ich leise, ohne auf seine Frage einzugehen oder meinen Blick vom Kreuz abzuwenden.

»Er hat vor kurzem seinen 362. Geburtstag gefeiert«, sagte Edward. Ich schaute ihn an, und er sah die Fragen in meinen Augen.

»Carlisle wurde in London geboren, in den 1640ern, nimmt er an.« Während er sprach, betrachtete er mich aufmerksam. »Damals wurden solche Daten noch nicht genau festgehalten, zumindest nicht unter einfachen Leuten. Auf jeden Fall war es kurz vor der Ära Cromwell.«

Ich war mir bewusst, dass er jede meiner Regungen unter die Lupe nahm, und ließ mir so wenig wie möglich anmerken. Es war einfacher, wenn ich erst gar nicht probierte, seine Worte für bare Münze zu nehmen.

»Er war der einzige Sohn eines anglikanischen Pfarrers. Seine Mutter war bei seiner Geburt gestorben. Sein Vater war ein intoleranter Mann. Als die Protestanten an die Macht kamen, verfolgte er fanatisch Katholiken und Angehörige anderer Religionen. Außerdem glaubte er fest an das personifizierte Böse und führte Hetzjagden auf Hexen, Werwölfe … und Vampire an.« Das Wort ließ mich erstarren, was Edward sicher bemerkte; doch er fuhr ohne Unterbrechung fort.

»Sie verbrannten viele unschuldige Menschen – die wirklichen Monster waren natürlich nicht so einfach zu fangen.

Als der Pfarrer alt wurde, übertrug er die Jagd seinem folgsamen Sohn. Zunächst erwies sich Carlisle als Enttäuschung – er war weniger schnell mit Anschuldigungen bei der Hand und sah keine Dämonen, wo keine waren. Doch er war beharrlich und stellte sich besser an als sein Vater, und so entdeckte er eine Gruppe wirklicher Vampire, die verborgen in den Abwasserkanälen der Stadt lebten und nur nachts zum Jagen herauskamen. Damals, als Monster nicht nur Mythen und Legenden waren, machten das viele von uns so.

Die Leute fanden sich mit Mistgabeln und Fackeln bewaffnet zusammen – wie man sich das so vorstellt.« Als er jetzt auflachte, klang es düsterer als vorher. »So begaben sie sich zu der Stelle, wo Carlisle die Vampire gesehen hatte. Und irgendwann kam einer hervor.«

Er sprach so leise, dass ich mich anstrengen musste, um ihn zu verstehen.

»Er muss uralt gewesen sein, und schwach vor Hunger. Carlisle hörte, wie er den anderen auf Latein etwas zurief, als er den Mob roch. Dann rannte er durch die Straßen davon, und Carlisle – er war 23 Jahre alt und schnell – führte die Verfolgung an. Die Kreatur hätte die Verfolger leicht abschütteln können, doch Carlisle meint, dass er wohl zu hungrig war – jedenfalls blieb er stehen und griff an. Zuerst fiel er über Carlisle her, aber da die anderen direkt hinter ihm waren, ließ er wieder von ihm ab, um sich zu verteidigen. Er tötete zwei Männer und schleppte einen dritten mit sich fort. Carlisle blieb blutend auf der Straße zurück.«

Er hielt inne. Ich spürte, dass er absichtlich etwas ausließ.

»Carlisle wusste, was sein Vater anordnen würde: die Verbrennung der Körper. Alles, was mit dem Monster in Berührung gekommen war, musste zerstört werden. Instinktiv versuchte er sein Leben zu retten. Während der Mob den Vampir und sein Opfer verfolgte, schleppte er sich von der Straße und versteckte sich in einem Keller. Drei Tage verharrte er dort, vergraben unter einem Berg fauliger Kartoffeln. Es grenzt an ein Wunder, dass er es schaffte, sich still zu verhalten und nicht entdeckt zu werden.

Und dann war es vorüber, und er erkannte, was aus ihm geworden war.«

Verriet mein Gesicht irgendetwas? Jedenfalls unterbrach Edward die Erzählung an dieser Stelle. »Wie fühlst du dich?«, fragte er.

»Mir geht's gut«, versicherte ich ihm. Ich biss mir auf die Lippen, um nicht allzu neugierig zu erscheinen, doch meine Augen verrieten mich.

Er lachte. »Ich nehm mal an, du hast noch ein paar Fragen?«

»Ein paar.«

Sein Lächeln wurde breiter und entblößte seine blitzenden Zähne. Dann nahm er meine Hand. »Na dann los«, sagte er. »Ich zeig dir alles.«

CARLISLES GESCHICHTE

Wir liefen den Gang zurück und blieben vor der Tür von Carlisles Büro stehen.

Einen Moment später hörten wir dessen Stimme: »Herein.«

Edward öffnete die Tür, und wir betraten ein hohes Zimmer mit großen Fenstern, die nach Westen hinausgingen. Die Wände waren auch hier vertäfelt, allerdings mit einem dunkleren Holz – zumindest, soweit man das sehen konnte, denn der Großteil der Wandfläche wurde von enormen Bücherregalen verdeckt, die mir hoch über den Kopf ragten und mehr Bücher enthielten, als ich je außerhalb einer Bibliothek gesehen hatte.

Carlisle saß hinter einem Mahagoni-Schreibtisch in einem Ledersessel und legte gerade ein Lesezeichen zwischen die Seiten eines gewichtigen Bandes. Das Zimmer war genauso, wie ich mir immer das Büro eines Universitätsrektors vorgestellt hatte; nur Carlisle sah zu jung aus, um ins Bild zu passen.

»Was kann ich für euch tun?«, fragte er freundlich und erhob sich.

»Ich wollte Bella etwas von unserer Geschichte zeigen«, sagte Edward. »Genauer gesagt, deiner Geschichte.«

»Wir hoffen, wir stören nicht«, sagte ich entschuldigend.

»Überhaupt nicht. Wo wollt ihr beginnen?«

»London«, erwiderte Edward. Er legte mir eine Hand auf die

Schulter und drehte mich zur Tür herum. Jedes Mal, wenn er mich berührte, und war es auch noch so beiläufig, begann mein Herz hörbar laut zu pochen, was in Carlisles Anwesenheit besonders peinlich war.

Die Wand, vor der wir standen, war nicht mit Bücherregalen, dafür aber mit gerahmten Bildern jeder Größe bedeckt, manche in leuchtenden Farben, andere eher blass und monochrom. Ich versuchte, die Logik der Sammlung, ihr verbindendes Element zu ergründen, konnte aber auf den ersten Blick keines erkennen.

Edward zog mich nach links und deutete auf ein kleines, quadratisches Ölbild in einem schlichten Holzrahmen, das zwischen den größeren und farbenfroheren Gemälden nicht weiter auffiel. Es war eine Stadtansicht in unterschiedlichen Sepiatönen: ein Meer von Häusern mit spitzen Dächern, ein paar Turmspitzen und, im Vordergrund, ein breiter Fluss, über den eine Brücke mit kleinen Aufbauten führte, die aussahen wie Miniaturkathedralen.

»Das ist London um 1630«, sagte Edward.

»Das London meiner Jugend«, fügte Carlisle hinzu, der plötzlich hinter uns stand. Ich zuckte zusammen – ich hatte ihn nicht kommen hören. Edward drückte meine Hand.

»Willst *du* lieber erzählen?«, fragte Edward. Ich wandte mich halb zu Carlisle um.

Er schaute mich an und lächelte. »Ich würde ja gern«, erwiderte er und richtete dann seinen Blick auf Edward. »Aber ich bin ein bisschen spät dran. Heute früh kam ein Anruf aus dem Krankenhaus – Dr. Snow hat sich für den Tag krankgemeldet. Und außerdem«, fügte er grinsend hinzu, »kennst du die Geschichte so gut wie ich.«

Eine wahrlich seltsame Mischung von Gesprächsthemen: die

alltäglichen Belange eines Kleinstadtarztes und Jugenderinnerungen an das 17. Jahrhundert.

Kaum weniger verstörend war das Wissen, dass sie nur mir zuliebe laut sprachen.

Carlisle lächelte mir noch einmal herzlich zu, dann verließ er das Zimmer.

Ich betrachtete das kleine Bild von Carlisles Geburtsstadt.

»Was geschah dann?«, fragte ich nach einer Weile und blickte Edward an. »Als er wusste, was mit ihm passiert war?«

Edward wandte sich wieder den Bildern zu, und ich folgte seinem Blick zu einem etwas größeren Landschaftsgemälde mit trüben, herbstlichen Farben; es zeigte eine schattige Wiese umgeben von Wald, mit einem zerklüfteten Berggipfel in der Ferne.

»Als ihm klarwurde, was er geworden war«, sagte Edward leise, »begehrte er dagegen auf. Er versuchte sich zu töten, doch das ist alles andere als einfach.«

»Wie hat er denn …?« Bevor ich sie zurückhalten konnte, platzte ich mit der Frage heraus.

»Er stürzte sich von Häusern und Brücken«, sagte Edward nüchtern. »Und er versuchte sich im Meer zu ertränken. Doch sein neues Leben war gerade erst in ihm erwacht und er war sehr stark. Es ist fast nicht zu glauben, dass er schaffte, seinem Durst zu widerstehen, obwohl die Verwandlung erst so kurz zurücklag. Am Anfang ist der Instinkt am stärksten, er drängt alle anderen Impulse in den Hintergrund. Carlisle jedoch war so angewidert von seinem Verlangen, dass er sogar die Kraft für den Versuch aufbrachte, sich zu Tode zu hungern.«

»Geht das?«, fragte ich mit schwacher Stimme.

»Nein. Es gibt nur sehr wenige Methoden, einen von uns zu töten.«

Die nächste Frage lag mir schon auf der Zunge, doch Edward sprach weiter und ließ mir keine Gelegenheit, sie zu stellen.

»Er wurde also immer hungriger und schwächer und hielt sich von Menschen so fern wie möglich, denn mit seiner körperlichen Stärke ließ auch seine Willenskraft nach. Monatelang durchstreifte er die Nacht und verkroch sich an den einsamsten Orten. Er war erfüllt von Selbsthass.

Eines Nachts kamen Rehe an seinem Versteck vorüber. Er war so rasend vor Durst, dass er sich auf sie stürzte, ohne nachzudenken. Als er merkte, dass er wieder zu Kräften kam, wurde ihm klar, dass es einen Ausweg gab – er musste nicht zu dem grauenhaften Monster werden, das er selber so verabscheute. Und hatte er nicht in seinem alten Leben auch Wild gegessen? Im Laufe der nächsten Monate entwickelte er seine Philosophie. Er konnte existieren, ohne ein Ungeheuer zu sein; er konnte zu sich selbst zurückfinden.

In der Folge begann er, seine Zeit besser zu nutzen. Er war schon immer intelligent und wissbegierig gewesen, und jetzt stand ihm unbegrenzte Zeit zur Verfügung. Nachts las er und lernte, tagsüber machte er Pläne. Dann schwamm er nach Frankreich und ...«

»Er schwamm nach *Frankreich*?«

»Bella, es schwimmt andauernd jemand durch den Ärmelkanal«, erinnerte er mich geduldig.

»Klar, stimmt schon. Es klang nur irgendwie komisch in dem Zusammenhang.«

»Schwimmen ist leicht für uns –«

»Alles ist leicht für euch«, motzte ich.

Er wartete, sichtlich amüsiert.

»Ich unterbreche dich nicht mehr, versprochen.«

Er lachte grimmig in sich hinein und beendete seinen Satz. »Weil wir, genau genommen, nicht atmen.«

»Ihr –«

»Denk an dein Versprechen!« Wieder lachte er und legte mir seinen kalten Finger an die Lippen. »Willst du die Geschichte nun hören oder nicht?«

»Du kannst mir nicht so was hinwerfen und erwarten, dass ich nichts dazu sage«, brummelte ich an seinem Finger vorbei.

Dann legte er seine flache Hand an meinen Hals; mein Herz raste, doch ich dachte nicht daran, lockerzulassen.

»Ihr müsst nicht *atmen*?«

Er zuckte mit den Schultern. »Es ist nicht notwendig, nein. Wir atmen nur aus Gewohnheit.«

»Wie lange hältst du es aus, ohne zu atmen?«

»Unbegrenzt lange, nehm ich an; ich weiß nicht genau. Man riecht nichts – das wird auf Dauer etwas unangenehm.«

»Etwas unangenehm«, wiederholte ich.

Ich hatte nicht auf meinen Gesichtsausdruck geachtet, doch irgendetwas daran stimmte ihn traurig. Er ließ seine Hand fallen und stand reglos da; seine Augen ruhten auf meinem Gesicht. Die Stille zog sich in die Länge. Seine Gesichtszüge waren wie aus Stein.

»Was ist?«, flüsterte ich zaghaft und berührte sein Gesicht; der starre Ausdruck verschwand.

Er seufzte. »Ich warte immer noch darauf, dass es passiert.«

»Dass was passiert?«

»Irgendwann werde ich etwas sagen oder du wirst etwas sehen, was du nicht mehr ertragen kannst. Und dann wirst du schreiend davonlaufen.« Ein Lächeln umspielte seine Lippen, doch sein Blick war voller Ernst. »Ich werde dich nicht zurückhalten, wenn das passiert. Ich wünsche mir ja, dass es passiert –

dass du dich in Sicherheit bringst. Aber zugleich will ich bei dir sein. Und beides zusammen geht nicht …« Er verstummte und sah mich an. Und wartete.

»Ich laufe nirgendwohin«, versprach ich.

»Wir werden sehen«, sagte er lächelnd.

Ich blickte ihn finster an. »Also weiter – Carlisle schwamm nach Frankreich.«

Edward hielt inne, um den Faden seiner Geschichte wiederaufzunehmen. Unwillkürlich fiel sein Blick auf ein anderes Bild, das farbigste, größte; es war doppelt so breit wie die Tür, neben der es hing, und von allen am prunkvollsten gerahmt. Die Leinwand war prall gefüllt mit leuchtenden Figuren in wallenden Gewändern, die sich um hohe Säulen wanden und auf marmornen Balkonen drängten. Ich war mir nicht sicher, ob das Bild Szenen aus der griechischen Mythologie darstellte oder ob die Figuren, die über der Szenerie in den Wolken schwebten, biblischen Ursprungs waren.

»Carlisle schwamm nach Frankreich und ging von dort aus auf Wanderschaft durch Europa und seine Universitäten. Abends und nachts studierte er – Musik, Naturwissenschaften, Medizin – und fand so seine Berufung und seinen Weg zur Buße: die Rettung von Menschenleben.« Ehrfurcht trat in Edwards Miene. »Mir fehlen die Worte, um seinen Kampf zu beschreiben – zwei Jahrhunderte mörderischer Anstrengung waren nötig, um seine Selbstbeherrschung zu perfektionieren. Heute ist er nahezu immun gegen den Geruch von menschlichem Blut und kann die Arbeit, die er liebt und die ihm seine innere Ruhe gibt, frei von Qualen ausüben …« Einige Momente lang war Edward ganz in seine Gedanken versunken, dann schien ihm plötzlich wieder einzufallen, warum wir vor den Bildern standen. Er tippte mit dem Finger auf das große Gemälde.

»Während seines Studiums in Italien traf er andere seiner Art. Sie waren ungleich zivilisierter und gebildeter als die Ungeheuer der Londoner Unterwelt.«

Er deutete auf eine Gruppe von vier ruhig wirkenden Figuren, die vom höchsten Balkon aus gelassen das turbulente Treiben zu ihren Füßen betrachteten. Ich schaute sie mir genauer an und lachte erschrocken auf, als ich einen von ihnen, einen goldblonden Mann, erkannte.

»Solimena wurde stark von Carlisles Freunden beeinflusst und malte sie oft als Götter«, erklärte Edward schmunzelnd. »Das ist Aro, das dort Marcus und das Caius«, sagte er und zeigte auf die anderen drei. Zwei von ihnen hatten schwarze, einer schneeweiße Haare. »Die nächtlichen Schutzheiligen der Künstler.«

»Was wohl aus ihnen geworden ist?«, überlegte ich laut und ließ meinen Finger andachtsvoll einen Zentimeter über der Figurengruppe auf der Leinwand schweben.

»Soviel ich weiß, sind sie immer noch dort.« Er zuckte mit den Schultern. »So wie seit wer weiß wie vielen Jahrtausenden. Carlisle blieb nicht lange bei ihnen, ein paar Jahrzehnte nur. Er bewunderte ihre Umgangsformen und ihre Kultiviertheit, doch sie versuchten immer wieder, ihn zur Rückkehr zu seiner, wie sie es nannten, ›natürlichen Ernährung‹ zu bewegen. Sie wollten ihn überzeugen, und er sie – beides war vergeblich. Das war der Zeitpunkt, als er seine Hoffnungen auf die Neue Welt zu richten begann; er träumte davon, in Amerika Seelenverwandte zu finden. Er war damals sehr einsam.

Lange Zeit blieb seine Suche erfolglos. Als Hexen, Werwölfe und Vampire im Bewusstsein der Menschheit immer mehr zu Figuren von Legenden und Märchen wurden, entdeckte er zwar, dass er mit ahnungslosen Menschen als ihresgleichen verkehren konnte – damals begann er auch, als praktischer Arzt zu arbeiten. Doch die Gemeinschaft, nach der er sich sehnte, blieb ihm verwehrt, da er es nicht riskieren konnte, jemandem zu nahe zu kommen.

Als die Grippeepidemie sich ausbreitete, arbeitete er nachts in einem Krankenhaus in Chicago. Seit Jahren geisterte ihm eine Idee durch den Kopf, und er war kurz davor, sie umzusetzen: Wenn er keinen Gefährten finden konnte, würde er sich einen schaffen. Er zögerte noch, weil er sich nicht völlig sicher war, wie seine eigene Verwandlung vonstattengegangen war. Außerdem verabscheute er die Vorstellung, jemandem das Leben zu nehmen, so wie man ihm seines genommen hatte. Und dann stieß er auf mich. Ich lag gemeinsam mit anderen Sterbenden auf der Station der hoffnungslosen Fälle. Er hatte meine Eltern gepflegt und wusste, dass ich keine Angehörigen hatte. Also entschied er sich, es zu versuchen ...«

Edward hatte zuletzt nur noch geflüstert; jetzt verstummte er ganz und starrte mit leerem Blick aus dem Fenster. Ich fragte mich, ob er mit den Gedanken bei Carlisles oder seinen eigenen Erinnerungen war. Schweigend wartete ich.

Als er sich wieder zu mir umwandte, erhellte ein zärtliches, engelhaftes Lächeln sein Gesicht.

»Und damit sind wir wieder in der Gegenwart«, sagte er abschließend.

»Und seitdem bist du immer bei Carlisle gewesen?«

»Fast immer.« Er legte seine Hand an meine Hüfte und schob mich sanft zur Tür hinaus. Ich warf einen letzten Blick auf die Bilder und fragte mich, ob ich jemals die anderen Geschichten hören würde.

Wir liefen den Gang entlang; als Edward nichts weiter sagte, fragte ich: »Fast immer?«

Er seufzte, dann antwortete er widerwillig: »Also, ungefähr zehn Jahre nach meiner ... Geburt ... Verwandlung – wie auch immer du es nennen willst – hatte ich eine typische Phase jugendlicher Rebellion. Ich kam mit seiner Abstinenz-Philosophie nicht klar und war wütend, dass er meinen Appetit zügelte. Also ging ich eine Zeit lang meiner eigenen Wege.«

»Wirklich?« Ich war eher fasziniert als ängstlich, wie es vielleicht normal gewesen wäre.

Das blieb Edward natürlich nicht verborgen. Wir gingen weiter nach oben, aber ich achtete kaum auf meine Umgebung.

»Du bist nicht angewidert?«

»Nein.«

»Warum nicht?«

»Ich finde, es klingt ... einleuchtend.«

Er lachte auf. Mittlerweile standen wir in einem weiteren vertäfelten Korridor.

»Vom Zeitpunkt meiner Neugeburt an«, sagte er leise, »wusste ich, was jeder in meiner Nähe, ob Mensch oder Monster, dachte. Das war der Grund, warum es zehn Jahre dauerte, bis ich mich Carlisle widersetzte – ich kannte seine absolute Aufrichtigkeit und verstand ganz genau, warum er so lebte.

Aber nach wenigen Jahren kehrte ich zu ihm zurück und lebte wieder ganz nach seiner Philosophie. Ich hatte gedacht, ich wäre immun gegen die ... seelischen Qualen, die mit einem belasteten Gewissen einhergehen. Wenn ich die Gedanken meiner Opfer kannte, dann konnte ich schließlich die Unschuldigen verschonen und nur die Bösen verfolgen. Was war denn so schlimm daran, dachte ich, wenn ich einem Mörder in eine dunkle Gasse folgte und ein junges Mädchen vor ihm rettete?«

Ich erschauderte; ich konnte mir die Situation – die nächtliche Gasse, das verängstigte Mädchen, die finstere Gestalt auf ihren Fersen und Edward, schrecklich und schön wie ein junger Gott, unaufhaltsam in seinem Jagdinstinkt – nur zu gut vorstellen. Ob es wohl dankbar gewesen war, dieses Mädchen, oder noch verängstigter als zuvor?

»Doch mit der Zeit erkannte ich immer deutlicher das Monster in mir – es schaute mich aus meinen eigenen Augen an. Ich konnte der Verantwortung für all die Menschenleben nicht entfliehen. Also ging ich zurück zu Carlisle und Esme, und sie nahmen mich auf wie einen verlorenen Sohn. Es war mehr, als ich verdient hatte.«

Wir waren vor der letzten Tür im Gang stehen geblieben.

»Mein Zimmer«, sagte er, öffnete die Tür und zog mich hinein.

Es war ein Südzimmer, und auch hier war die Außenwand komplett verglast – wie wahrscheinlich die gesamte Rückseite des Hauses. Man blickte hinab auf den Sol Duc River, der sich durch den unberührten Wald von der Gipfelkette der Olympic Mountains herunterschlängelte. Die Berge waren viel näher, als ich geglaubt hätte.

Die Wand rechts vom Fenster war komplett mit CD-Regalen bedeckt, die besser bestückt waren als manch ein Musikgeschäft. In der Ecke stand eine dieser High-End-Musikanlagen, die ich niemals anfassen würde, aus Angst, etwas kaputt zu machen. Es gab kein Bett, nur ein breites und einladendes schwarzes Ledersofa. Der Boden war mit einem dicken, goldfarbenen Teppich ausgelegt, die Wände waren mit einem etwas dunkleren, schweren Stoff verkleidet.

»Gute Akustik, nehm ich an.«

Er lachte und nickte. Dann nahm er eine Fernbedienung und stellte die Musik an. Leiser Jazz erfüllte den Raum, doch zugleich klang er so satt, als spielte die Band live im Zimmer. Ich ging zu seiner unglaublichen Musiksammlung.

»Sind die sortiert?«, fragte ich, als ich kein System erkennen konnte.

Er war mit den Gedanken woanders.

»Äh ... ja – nach Erscheinungsjahr und innerhalb des Jahres nach meinen Vorlieben«, erklärte er abwesend.

Ich drehte mich um. Er musterte mich mit einem merkwürdigen Ausdruck.

»Was?«

»Ich dachte, ich wäre einfach ... erleichtert, wenn du alles weißt und ich nichts mehr vor dir verheimlichen muss. Erleichtert, nicht mehr. Doch es ist anders. Es macht mich ... glücklich.« Er zuckte mit den Schultern und lächelte zaghaft.

»Das ist schön«, sagte ich und lächelte zurück. Ich war froh – ich hatte befürchtet, er würde es bereuen, mir das alles erzählt zu haben.

Doch dann verschwand sein Lächeln, und seine Stirn legte sich in Falten.

»Aber du wartest immer noch darauf, dass ich kreischend davonlaufe, hab ich Recht?«

Ein Lächeln umspielte seine Lippen; er nickte.

»Tut mir leid, dass ich dir die Illusionen nehmen muss, aber du bist keineswegs so beängstigend, wie du denkst. Ehrlich gesagt, ich finde dich überhaupt nicht beängstigend«, log ich munter drauflos.

Zuerst zog er nur ungläubig seine Augenbrauen nach oben, dann grinste er plötzlich verschlagen.

»*Das* hättest du nicht sagen sollen.«

Ein tiefes Knurren kam aus seiner Kehle, seine Lippen entblößten seine perfekten Zähne, und dann kauerte er sich kampfbereit hin – ein Löwe vor dem Sprung. Jede Faser seines Körpers war gespannt.

Ich wich zurück und funkelte ihn böse an.

»Das machst du nicht.«

Ich sah ihn nicht auf mich zuspringen – dafür ging es viel zu schnell. Ich spürte nur, dass ich plötzlich nicht mehr auf dem Boden stand, und dann krachten wir auch schon auf das Sofa, und mit dem Sofa gegen die Wand. Er hatte mit seinen Armen einen schützenden Käfig um meinen Körper geformt, der aus Stahl auch nicht stabiler gewesen wäre, so dass ich den Aufprall kaum spürte. Trotzdem schnappte ich nach Luft, als ich hinterher versuchte, mich wieder aufzurichten.

Doch anstatt mich loszulassen, drückte er mich eng an seine Brust, was mir genauso viel Bewegungsfreiheit ließ, als hätte man mich in Ketten gelegt. Mir blieb nichts anderes übrig, als ihn erschreckt anzustarren. Er dagegen, ganz Herr der Lage, grinste nur lässig. Das Einzige, was in seinen Augen funkelte, war der Schalk.

»Wie war das noch mal?«, knurrte er gespielt.

»Du bist ein sehr, sehr fürchterliches Monster«, sagte ich atemlos.

»Das hört sich schon besser an.«

»Ähm.« Ich versuchte, mich seinem Griff zu entwinden. »Darf ich jetzt wieder aufstehen?«

Er lachte nur.

»Können wir reinkommen?«, fragte es leise vor der Tür.

Ich versuchte noch mal, mich zu befreien, doch Edward rückte mich bloß ein wenig zurecht, so dass ich halbwegs gerade auf seinem Schoß saß. Alice stand in der Tür, und hinter ihr Jasper. Meine Wangen glühten, Edward dagegen schien überhaupt nicht verlegen zu sein.

»Herein mit euch.« Er lachte noch immer vor sich hin.

Alice schien nichts Ungewöhnliches an unserer Umarmung

zu finden; sie ging, oder vielleicht sollte man angesichts der Anmut ihrer Bewegungen sagen, sie *tanzte* zur Mitte des Raumes, wo sie sich geschmeidig zu Boden sinken ließ. Jasper blieb an der Tür stehen und sah doch ein wenig erschrocken aus. Sein Blick war auf Edwards Gesicht geheftet, und ich fragte mich, ob er seine außergewöhnliche Sensibilität dazu einsetzte, die Atmosphäre zu erspüren.

»Es klang, als würdest du Bella verspeisen, also haben wir gedacht, wir sehen mal nach, ob für uns was übrig bleibt«, verkündete Alice.

Ich zuckte zusammen, entspannte mich aber sofort wieder, als ich sah, dass Edward grinste – ob über ihren Kommentar oder meine Reaktion darauf, war mir nicht ganz klar.

»Tut mir leid, ich kann euch, glaube ich, nichts abgeben«, erwiderte er und zog mich gewagt nahe zu sich heran.

Selbst Jasper musste jetzt lachen. »Eigentlich«, sagte er und trat ins Zimmer, »wollten wir dich fragen, was du von einem Spielchen hältst. Emmett hatte die Idee – und Alice meint, es wird heute Abend noch ziemlich heftig gewittern.«

Das klang ja an sich ganz alltäglich – aber was hatte das eine mit dem anderen zu tun? Immerhin hörte ich heraus, dass Alice zuverlässiger war als der Wetterbericht.

In Edwards Augen blitzte es auf, doch er zögerte.

»Bella kannst du natürlich mitbringen«, zwitscherte Alice vergnügt. Jasper warf ihr einen kurzen Blick zu.

»Hast du Lust?«, fragte mich Edward erwartungsvoll. Seine Augen leuchteten.

»Warum nicht?« Wie konnte ich so ein Gesicht enttäuschen? »Ähm, was genau wollen wir denn machen?«

»Baseball spielen – wir müssen nur auf den Donner warten. Du merkst dann schon, warum.«

»Brauch ich einen Schirm?«

Alle drei lachten.

»Und?«, fragte Jasper und sah Alice an.

»Nein.« Sie war sich sicher. »Das Gewitter wird sich hauptsächlich über der Stadt entladen. Auf der Lichtung müsste es halbwegs trocken bleiben.«

»Prima.« Der Enthusiasmus in Jaspers Stimme war, wie nicht anders zu erwarten, ansteckend. Anstatt starr vor Angst zu sein, wäre ich am liebsten gleich aufgesprungen.

»Lass uns mal Carlisle anrufen, ob er Lust hat.« So, wie Alice aufsprang und zur Tür lief, hätte sie das Herz jeder Ballerina gebrochen.

»Was für eine Frage«, sagte Jasper lachend, und schon waren die beiden verschwunden. Jasper schaffte es, unauffällig die Tür hinter sich zu schließen.

»Als hätte ich in der Schule noch nicht genug Sport«, sagte ich und verdrehte die Augen.

»Keine Sorge, du schaust nur zu«, beruhigte mich Edward.

»Warum spielen Vampire überhaupt Baseball?«

»Es ist der amerikanische Nationalsport«, sagte er mit gespielter Feierlichkeit.

BASEBALL IM REGEN

Als Edward auf die Straße zu unserem Haus bog, begann es zu nieseln. Bis zu diesem Moment hatte ich nicht den geringsten Zweifel daran gehabt, dass er mir Gesellschaft leisten würde, während ich einige Stunden in der Realität verbrachte.

Dann jedoch erblickte ich das Auto in Charlies Auffahrt – einen schwarzen, in die Jahre gekommenen Ford – und hörte Edward aufgebracht etwas vor sich hin brummeln, was ich nicht verstand.

Unter dem schmalen Vordach, das nur wenig Schutz vor dem Regen bot, stand Jacob Black. Vor ihm saß Billy in seinem Rollstuhl und sah regungslos zu, wie Edward meinen Transporter neben der Bordsteinkante parkte. Jacob schaute betreten zu Boden.

»Das geht zu weit«, sagte Edward zornig. »Er hält sich nicht an die Abmachung.«

»Ist er hier, um Charlie zu warnen?«, fragte ich, eher entsetzt als wütend.

Edward nickte, ohne seinen Blick von Billy abzuwenden, der ihn durch den Regen anstarrte. Seine Augen verengten sich.

Ich war ganz schwach vor Erleichterung darüber, dass Charlie noch nicht da war.

»Lass mich reingehen und mit ihm reden«, schlug ich

vor, denn das, was ich in Edwards Augen sah, machte mich nervös.

Zu meiner Überraschung war er einverstanden. »Das ist wahrscheinlich das Beste. Aber sei vorsichtig – das Kind ahnt von alldem nichts.«

Das Kind? »Jacob ist nicht viel jünger als ich«, erinnerte ich ihn.

Er schaute mich an, und mit einem Mal war sein Zorn verraucht. »Ja«, sagte er grinsend. »Ich weiß.«

Seufzend legte ich meine Hand an den Türgriff.

»Bring sie ins Haus, damit ich verschwinden kann«, sagte er. »Ich bin wieder hier, bevor es dunkel wird.«

»Willst du meinen Transporter nehmen?«, fragte ich, auch wenn ich keine Ahnung hatte, wie ich Charlie sein Fehlen erklären sollte.

Er verdrehte die Augen. »Selbst wenn ich *nicht* renne, bin ich ohne ihn immer noch schneller als mit ihm.«

»Du kannst auch hierbleiben«, sagte ich wehmütig.

Er lächelte aufmunternd. »Besser nicht. Wenn du sie los bist« – er warf einen finsteren Blick auf die Blacks –, »musst du immer noch Charlie darauf vorbereiten, dass er gleich deinen neuen Freund kennenlernt.« Er grinste breit und entblößte seine Zähne.

Ich stöhnte. »Na großartig!«

Er schenkte mir mein heißgeliebtes schiefes Lächeln. »Ich bin nur kurz weg«, versprach er. Dann warf er einen Blick zur Veranda, beugte sich blitzschnell zu mir rüber und küsste mich direkt unter das Kinn. Mein Herz überschlug sich. Reflexartig schaute auch ich zum Haus und sah, dass alle Gelassenheit aus Billys Gesicht gewichen war; seine Hände umklammerten die Armstützen seines Rollstuhls.

»Aber *wirklich* nur kurz«, sagte ich nachdrücklich und kletterte hinaus in den Regen.

Ich spürte seinen Blick auf mir ruhen, während ich eilig durch das leichte Tröpfeln zur Veranda lief.

Ich begrüßte die beiden so unbeschwert wie möglich. »Hey, Billy, hallo, Jacob. Hoffentlich wartet ihr noch nicht so lange – Charlie ist heute unterwegs.«

»Nein«, sagte Billy verhalten und fixierte mich mit seinen schwarzen Augen. »Ich wollte ihm nur das hier vorbeibringen.« Er deutete auf eine braune Papiertüte, die in seinem Schoß lag.

»Das ist nett«, sagte ich, obwohl ich keine Ahnung hatte, was es war. »Kommt doch kurz rein, ihr werdet ja ganz nass.«

Ich schloss die Tür auf und trat zur Seite, um sie ins Haus zu lassen. Billy taxierte mich eindringlich, doch ich ließ mir nichts anmerken.

»Komm, ich nehm dir das ab«, sagte ich, um meine Verlegenheit zu überspielen, und ließ mir von Billy die Tüte reichen. Dann warf ich einen letzten Blick auf Edward, der mit ernster Miene reglos im Transporter saß, und schloss die Tür.

»Am besten, du tust es in den Kühlschrank«, sagte Billy. »Es ist Harry Clearwaters hausgemachte Kräutermischung für Fisch, die Charlie so mag. Gekühlt bleibt sie frischer.«

»Danke, Billy, das ist nett von dir«, sagte ich abermals, doch diesmal kam es von Herzen. »Mir gehen langsam die Fisch-Rezepte aus, und heute bringt er wahrscheinlich schon wieder welchen mit.«

»Ist er denn angeln?«, fragte Billy; in seinen Augen blitzte etwas auf. »An seiner üblichen Stelle? Vielleicht schaue ich auf dem Rückweg mal bei ihm vorbei.«

Meine Miene verhärtete sich. »Ich glaub nicht«, log ich

schnell. »Er wollte mal eine andere ausprobieren – keine Ahnung, wo.«

Nachdenklich registrierte er meinen veränderten Ausdruck.

»Jake«, sagte er, ohne seine Augen von mir abzuwenden. »Gehst du mal das neue Foto von Rebecca holen? Ich möchte es Charlie hierlassen.«

»Wo liegt das denn?«, fragte Jacob unwillig. Ich sah ihn an, doch er schaute missmutig zu Boden.

»Irgendwo im Kofferraum, glaub ich«, sagte Billy. »Kann sein, dass du ein bisschen suchen musst.«

Lustlos schlurfte Jacob raus in den Regen.

Billy und ich musterten uns schweigend. Als die Stille nach einigen Sekunden unangenehm wurde, drehte ich mich um und ging in die Küche. Hinter mir hörte ich das Quietschen der Räder auf dem Linoleum – er folgte mir.

»Es wird noch eine ganze Weile dauern, bis Charlie zurückkommt«, informierte ich ihn fast schon unfreundlich.

Er nickte, sagte aber nichts.

»Danke noch mal für die Kräutermischung.« Deutlicher konnte man kaum mit dem Zaunpfahl winken.

Er nickte weiter. Ich seufzte und verschränkte meine Arme vor der Brust.

Dann schien er zu spüren, dass ich den Versuch, Smalltalk zu machen, aufgegeben hatte. »Bella«, begann er, zögerte jedoch.

Ich wartete.

»Bella, Charlie ist einer meiner besten Freunde.«

»Ich weiß.«

Er verlieh jedem einzelnen Wort das ganze Gewicht seiner tiefen Stimme. »Mir ist aufgefallen, dass du viel Zeit mit einem der Cullens verbringst.«

»Und?«, erwiderte ich schroff.

Seine Augen verengten sich. »Es geht mich vielleicht nichts an, aber ich glaube, das ist keine gute Idee.«

»Du hast Recht«, sagte ich. »Es geht dich tatsächlich nichts an.«

Verwundert über meinen Tonfall zog er seine ergrauenden Augenbrauen hoch. »Wahrscheinlich weißt du das nicht, aber die Cullens haben nicht den besten Ruf im Reservat.«

»Das weiß ich sehr wohl«, informierte ich ihn kühl. Er schien überrascht. »Aber dieser Ruf ist ja wohl unberechtigt, oder? Schließlich hat keiner der Cullens je das Reservat betreten.« Ich sah, dass meine kaum verhohlene Anspielung auf das Abkommen, das seinen Stamm zugleich verpflichtete und schützte, ihn in die Schranken wies.

»Das stimmt«, gab er zu. »Du scheinst über die Cullens … im Bilde zu sein. Besser, als ich gedacht hatte.«

Ich hielt seinem Blick stand. »Vielleicht sogar besser als du.«

Nachdenklich schürzte er seine breiten Lippen. »Durchaus möglich«, räumte er ein, doch sein Blick war herausfordernd. »Gilt das denn auch für Charlie?«

Er hatte meine Schwachstelle getroffen.

»Charlie hat die Cullens sehr gern«, sagte ich ausweichend, was er richtig interpretierte. Er sah unglücklich aus, aber nicht überrascht.

»Es mag *mich* ja nichts angehen«, sagte er. »Aber vielleicht geht es Charlie etwas an.«

»Doch zu entscheiden, ob es Charlie etwas angeht, ist wiederum meine Sache, oder?«, erwiderte ich, entschlossen, keinen Fußbreit zurückzuweichen.

Ich war mir nicht sicher, ob er aus meiner verschlungenen Erwiderung überhaupt schlau geworden war, aber es schien so.

Er dachte nach. Abgesehen vom einsamen, tröpfelnden Geräusch des stärker werdenden Regens war alles still.

»Ja«, gab er sich schließlich geschlagen. »Vermutlich ist das ebenfalls deine Sache.«

Ich seufzte erleichtert. »Danke, Billy.«

»Trotzdem«, fügte er eindringlich hinzu, »solltest du darüber nachdenken, was du tust, Bella.«

»Okay«, sagte ich schnell.

Er runzelte die Stirn. »Was ich damit sagen will, ist: Tu es nicht.«

Ich schaute in seine Augen, und alles, was ich darin sah, war ehrliche Sorge um mich. Mir blieb nichts zu sagen übrig.

In diesem Moment knallte laut die Tür zu; ich schreckte hoch.

»In diesem Auto ist nirgendwo ein Bild.« Mit nassem Hemd und triefenden Haaren kam Jacob in die Küche. »Ich hab überall gesucht.«

»Hmm«, brummte Billy mit plötzlicher Reserviertheit. Er drehte sich mit Rollstuhl zu seinem Sohn herum. »Dann hab ich's wahrscheinlich zu Hause vergessen.«

Theatralisch verdrehte Jacob seine Augen. »Na super.«

»Also Bella, sag Charlie Bescheid« – an dieser Stelle machte Billy eine Pause –, »dass wir vorbeigeschaut haben.«

»Mach ich«, nuschelte ich.

Jacob war überrascht. »Fahren wir schon wieder?«

»Charlie kommt erst spät heim«, erklärte Billy und rollte an ihm vorbei.

»Ach so.« Jacob sah enttäuscht aus. »Na ja, dann bis zum nächsten Mal, Bella.«

»Bis dann«, sagte ich aufmunternd.

»Pass auf dich auf«, mahnte Billy. Ich antwortete nicht.

Jacob half ihm zur Tür hinaus. Ich winkte kurz, warf einen flüchtigen Blick auf meinen Transporter – er war leer – und schloss die Tür, noch bevor sie eingestiegen waren.

Ich blieb im Flur stehen und lauschte darauf, wie sie ausparkten und wegfuhren. Und auch als das Motorengeräusch schon verklungen war, stand ich noch dort und wartete, dass mein Ärger und meine Unruhe verflogen. Nach einer Weile ließ die Anspannung etwas nach, und ich ging hinauf, um mich umzuziehen.

Ich entledigte mich meiner Sonntagssachen und probierte verschiedene Oberteile an; mir war nicht ganz klar, was mich am Abend erwartete, aber was immer es war – der Gedanke daran ließ das, was eben passiert war, verblassen. Und da weder Edward noch Jasper in der Nähe waren, holte mich meine ängstliche Nervosität wieder ein. Es dauerte nicht lange, dann hatte ich die Suche nach einem passenden Outfit aufgegeben und zog mir Jeans und ein altes Hemd an – ich würde ohnehin den ganzen Abend im Regenmantel verbringen.

Das Telefon klingelte; ich rannte nach unten. Es gab nur eine Stimme, die ich hören wollte; alles andere, wusste ich, wäre eine Enttäuschung. Allerdings wusste ich auch, dass *er*, wenn er Redebedarf hätte, wahrscheinlich einfach in meinem Zimmer auftauchen würde.

»Hallo?«, fragte ich atemlos.

»Bella? Ich bin's.« Jessica.

»Ach, hallo – Jess.« Ich brauchte einen Moment, um mich zu fangen. Es war nur zwei Tage her, dass ich mit ihr gesprochen hatte, aber es fühlte sich an wie Monate. »Wie war der Ball?«

»Bella, es war so super!«, schoss es aus ihr heraus, und schon war sie mittendrin in einem minuziösen Bericht des vergangenen Abends. An den entsprechenden Stellen machte ich »mh-hmm« oder »ah«, doch ich konnte mich kaum auf ihre Erzählung konzentrieren. Jessica, Mike, der Ball, die Schule – das alles kam mir merkwürdig belanglos vor. Immer wieder schaute ich zum Fenster hinaus und versuchte, den Stand der Sonne hinter den Wolkenmassen abzuschätzen.

»Hast du gehört, Bella?«, fragte Jess ungehalten.

»Tut mir leid, was hast du gesagt?«

»Dass Mike mich geküsst hat! Was sagst du dazu?«

»Das ist super, Jess.«

»Und – was hast *du* gestern gemacht?«, wollte Jessica wissen. Sie war offensichtlich verärgert über meine Unaufmerksamkeit. Oder sie war sauer, weil ich nicht nach Einzelheiten fragte.

»Nichts weiter. Ich war draußen in der Sonne.«

Ich hörte Charlies Auto in der Auffahrt.

»Hast du eigentlich noch mal was von Edward Cullen gehört?«

Die Haustür fiel ins Schloss und ich hörte, wie Charlie polternd seine Ausrüstung unter der Treppe verstaute.

»Ähm.« Ich hatte völlig vergessen, was ich ihr dazu eigentlich erzählt hatte.

»Hallo, Bella!«, rief Charlie, als er in die Küche kam. Ich winkte ihm zu.

Jess hörte ihn. »Ah, verstehe – dein Dad ist da. Na ja, wir sehen uns ja morgen in Mathe. Bis dann.«

»Bis dann, Jess.« Ich hängte den Hörer auf die Gabel.

»Hallo, Dad«, sagte ich. Er schrubbte seine Hände im Waschbecken. »Wo ist der Fisch?«

»Schon in der Tiefkühltruhe.«

»Ich hol mal ein paar Stücke fürs Abendessen, bevor sie gefroren sind – Billy hat heute Nachmittag einen Beutel mit

Harry Clearwaters Kräutermischung vorbeigebracht«, sagte ich so schwungvoll wie möglich.

»Ach ehrlich?« Charlies Augen leuchteten. »Das ist meine Lieblingssorte.«

Ich machte das Abendessen, Charlie räumte auf. Kurze Zeit später saßen wir gemeinsam am Tisch und aßen. Niemand sprach. Charlie ließ es sich schmecken, während ich fieberhaft überlegte, wie ich es am besten anfing, ihm von Edward zu erzählen.

Charlie riss mich aus meiner Versunkenheit. »Was hast du denn eigentlich heute gemacht?«, fragte er.

»Am Nachmittag war ich hier ...« Na ja, zumindest am späten Nachmittag. Dann gab ich mir einen Ruck und sagte, mit flauem Magen und bemüht fröhlicher Stimme: »Und heute Vormittag war ich bei den Cullens zu Besuch.«

Charlie fiel die Gabel aus der Hand.

»Du warst bei Dr. Cullen zu Hause?«, fragte er verdattert.

Ich tat so, als wäre seine Reaktion völlig normal. »Ja.«

»Was wolltest du denn da?« Er hatte seine Gabel noch nicht wieder in die Hand genommen.

»Na ja, ich hab nachher so eine Art Verabredung mit Edward Cullen, und er wollte mich seinen Eltern vorstellen.«

Charlie sah aus, als hätte er einen Schlaganfall.

»Dad – alles okay?«

»Du verbringst den Abend mit Edward Cullen?«, polterte er los.

Oh-ooh. »Ich dachte, du magst die Cullens.«

»Er ist viel zu alt für dich«, wetterte er.

»Wir sind im selben Jahrgang«, korrigierte ich. Er wusste gar nicht, wie Recht er hatte.

»Wart mal ...« Er hielt inne. »Wer von ihnen ist Edwin?«

»*Edward* – er ist der Jüngste, der mit den rötlich braunen Haaren.« Der Wunderschöne, der Gottgleiche ...

»Oh, okay, das ist« – er rang um Worte – »besser, denk ich mal. Mir gefällt der Große nicht. Er ist bestimmt nett und so weiter, aber er sieht viel zu ... erwachsen für dich aus. Und dieser Edwin ist dein Freund?«

»Edward, Dad.«

»Edward, okay – und?«

»Irgendwie schon.«

»Gestern Abend hast du noch gesagt, dass dich keiner der Jungs aus der Stadt interessiert.« Wenigstens nahm er seine Gabel wieder in die Hand – das Schlimmste war also überstanden.

»Na ja, Edward wohnt nicht direkt in der Stadt.«

Er kaute und schaute mich missbilligend an.

»Außerdem haben wir uns gerade erst kennengelernt. Du willst mir jetzt aber nicht väterlich ins Gewissen reden, oder?«

»Wann kommt er vorbei?«

»In ein paar Minuten.«

»Wo wollt ihr hin?«

Ich stöhnte. »Dad, bitte – soll das ein Verhör werden? Wir spielen mit seiner Familie Baseball.«

Er verzog das Gesicht, und dann musste er lachen. »Baseball? *Du?*«

»Na ja, wahrscheinlich schaue ich eher zu.«

»Du musst diesen Jungen wirklich gernhaben.«

Theatralisch verdrehte ich die Augen.

Dann hörte ich ein Auto vorfahren. Ich sprang auf und begann mit dem Abwasch.

»Lass sein, ich mach das später. Du räumst mir ohnehin viel zu viel hinterher.«

Es klingelte, und Charlie ging, mit mir im Schlepptau, zur Tür.

Erst jetzt fiel mir auf, wie stark es inzwischen regnete. Edward stand im Kegel des Verandalichtes und sah aus wie ein Regenmantel-Model.

»Hallo, Edward, komm rein.«

Ich atmete auf – er hatte den Namen behalten.

»Danke, Chief Swan«, sagte Edward respektvoll.

»Nenn mich Charlie, okay? Gib her, ich nehm deine Jacke.«

»Danke, Sir.«

»Setz dich, Edward.«

Ich grinste unsicher.

Elegant nahm Edward auf dem einzigen Stuhl im Wohnzimmer Platz, so dass ich neben Charlie auf dem Sofa sitzen musste. Ich funkelte ihn böse an; er zwinkerte mir zu.

»Du nimmst also mein Mädchen mit zum Baseball?« Nur in dieser Gegend würde keiner die Idee ungewöhnlich finden, bei strömendem Regen unter freiem Himmel Sport zu treiben.

»Ja, Sir, das hab ich vor.« Er schien nicht überrascht zu sein, dass ich Charlie die Wahrheit gesagt hatte. Vielleicht hatte er aber auch gelauscht.

»Nur zu – ich hoffe, du spielst besser als sie.«

Charlie lachte, und Edward fiel ein.

»Okay.« Ich stand auf. »Genug der Witze auf meine Kosten. Lass uns fahren.« Ich ging in den Flur, um mir meine Jacke anzuziehen, und sie kamen hinterher.

»Komm nicht zu spät, Bell.«

»Keine Sorge, ich bring sie rechtzeitig nach Hause«, versicherte ihm Edward.

»Und du passt auf mein Mädchen auf, okay?«

Ich stöhnte, doch keiner von beiden beachtete mich.

»Sie ist bei mir in Sicherheit, Sir. Das verspreche ich.«

Charlie konnte unmöglich irgendwelche Zweifel an Edwards Ernsthaftigkeit haben – sie klang in jedem Wort mit.

Entrüstet über ihre gemeinschaftliche Bevormundung stolzierte ich zur Tür hinaus. Beide lachten, und Edward kam hinter mir her.

Auf der Veranda blieb ich wie versteinert stehen. Hinter meinem Transporter stand ein wahres Monstrum von einem Jeep. Seine Reifen gingen mir bis über die Hüfte. Die Scheinwerfer wurden von Gitterkäfigen geschützt, und an der Stoßstange waren zusätzlich vier große Strahler angebracht. Er war knallrot.

Charlie verschlug es die Sprache. »Schnallt euch an«, brachte er gerade noch heraus.

Edward ging hinter mir her zur Beifahrerseite und öffnete die Tür. Ich schätzte die Entfernung zum Sitz ab und machte mich gerade zum Sprung bereit, als er seufzte und mich mit einer Hand hineinhob. Ich hoffte, dass Charlie das nicht gesehen hatte.

Während er zur Fahrerseite ging, ausnahmsweise in normaler menschlicher Geschwindigkeit, versuchte ich, mich anzuschnallen, aber es gab zu viele Verschlüsse.

»Was ist das denn alles?«, fragte ich, als er einstieg.

»Das ist ein Sechspunktgurt fürs Gelände.«

»Ich hab's geahnt.«

Es dauerte seine Zeit, bis ich so langsam kapierte, was womit verbunden werden sollte. Er seufzte erneut und beugte sich hinüber, um mir zu helfen. Ich war froh, dass es zu stark regnete, um Charlie auf der Veranda deutlich erkennen zu können, denn das bedeutete, dass er seinerseits nicht sehen konnte, wie Edwards Finger an meinem Hals verweilten und über mein Schlüsselbein strichen. Ich hatte meine Versuche eingestellt, ihm zu helfen, und konzentrierte mich ausschließlich darauf, nicht in Ohnmacht zu fallen.

Er ließ den Motor an und fuhr los. Das Haus blieb hinter uns zurück.

»Das ist ein ziemlich … ähm … *großer* Jeep.«

»Er gehört Emmett. Ich dachte, du willst vielleicht nicht die ganze Strecke laufen.«

»Wo stellt ihr den denn unter?«

»Wir haben eins der Außengebäude zur Garage umgebaut.«

»Willst du dich nicht anschnallen?«

Er warf mir einen ungläubigen Blick zu.

Dann sickerte mit Verspätung etwas in mein Bewusstsein ein.

»Nicht die *ganze* Strecke laufen? Soll das heißen, dass wir immer noch einen *Teil* der Strecke laufen?« Meine Stimme schraubte sich einige Oktaven höher.

Er grinste verkniffen. »Du läufst sowieso nicht.«

»Stimmt – ich bin diejenige, der schlecht wird.«

»Schließ die Augen, dann passiert nichts.«

Ich biss mir auf die Lippen und kämpfte gegen die Panik.

Er beugte sich zu mir rüber, küsste mich auf den Kopf – und stöhnte auf. Verwundert schaute ich ihn an.

»Du riechst so verführerisch im Regen«, erklärte er.

»Auf eine gute oder schlechte Art?«, fragte ich vorsichtig.

Er seufzte. »Beides, wie immer.«

Irgendwie gelang es ihm trotz des düsteren Himmels und des Regens, eine Seitenstraße zu finden, die genau genommen eher einem Gebirgspfad glich. Eine ganze Weile war kein Gespräch möglich, weil ich in meinem Sitz auf- und abhüpfte wie ein Presslufthammer. Edward dagegen schien die Fahrt zu genießen – er grinste über das ganze Gesicht.

Dann endete der Weg, und der Jeep wurde von drei

Seiten von dichten grünen Baumwänden umschlossen. Der Regen war zu einem leichten Nieseln geworden, das von Minute zu Minute weiter nachließ. Der Himmel hatte sich aufgehellt.

»Tut mir leid, Bella – von hier aus müssen wir zu Fuß weiter.«

»Weißt du was? Ich warte einfach hier.«

»Wo ist dein ganzer Mut geblieben? Du warst unglaublich heute Vormittag.«

»Ich hab das letzte Mal noch nicht vergessen.« War es wirklich erst einen Tag her?

Er war so schnell auf meiner Seite, dass ich die Bewegung kaum sehen konnte, und begann meine Gurte zu öffnen.

»Ich mach das schon, lauf du los«, protestierte ich.

»Hmmm ...«, murmelte er und ließ sich nicht abhalten. »Sieht ganz so aus, als müsste ich deine Erinnerung etwas geraderücken.«

Bevor ich reagieren konnte, hatte er mich vom Sitz gezogen und auf den Boden gestellt. Mittlerweile lag nur noch neblige Feuchtigkeit in der Luft – Alice behielt Recht.

»Meine Erinnerung geraderücken?«, fragte ich nervös.

»So was in der Art.« Er musterte mich eindringlich; tief in seinen Augen leuchtete der Schalk. Dann drückte er mich an die Tür des Jeeps, stützte seine Hände links und rechts von mir ab und lehnte sich so nahe heran, dass unsere Gesichter sich fast berührten. Alle Fluchtwege waren mir versperrt.

»So«, flüsterte er, und allein sein Geruch verhinderte, dass ich klar denken konnte. »Und wovor genau hast du noch mal Angst?«

»Dass ich gegen einen Baum pralle und, äh« – ich schluckte –, »sterbe. Und dass mir schlecht wird.«

Er unterdrückte ein Lachen. Dann beugte er sich herab und berührte mit seinen kalten Lippen zärtlich die Senke unterhalb meiner Kehle.

Sein Mund bewegte sich an meiner Haut. »Hast du immer noch Angst?«, murmelte er.

»Ja.« Ich versuchte mich zu konzentrieren. »Vor Zusammenstößen mit Bäumen und vor Schwindelgefühlen.«

Seine Nasenspitze glitt von meiner Kehle hoch zu meinem Kinn. Sein kalter Atem kitzelte auf meiner Haut.

»Und jetzt?«, flüsterte er; sein Mund lag an meiner Wange.

»Ja – Bäume«, japste ich. »Schwindel.«

Er küsste meine Augenlider. »Bella, du denkst doch nicht ernsthaft, ich würde gegen einen Baum prallen, oder?«

»Nein, aber ich vielleicht.« Das klang nicht überzeugend. Er witterte einen leichten Sieg.

Langsam ließ er seine Küsse an meiner Wange hinabwandern; an meinem Mundwinkel hielt er inne.

»Würde ich denn zulassen, dass dir ein Baum etwas antut?« Seine Lippen schwebten über meiner zitternden Unterlippe, berührten sie, berührten sie nicht ganz.

»Nein«, flüsterte ich. Ich wusste, meine Argumentation hatte noch einen brillanten zweiten Teil, doch ich konnte mich an nichts erinnern.

»Siehst du«, sagte er. »Es gibt rein gar nichts, wovor du Angst haben musst.«

»Nein«, seufzte ich und gab auf.

Dann nahm er mein Gesicht beinahe grob in seine Hände und küsste mich mit ganzer Leidenschaft; unwiderstehlich schmiegten sich seine Lippen an meine.

Es gab wirklich keine Entschuldigung für mein Verhalten. Inzwischen wusste ich es eigentlich besser und konnte doch nicht verhindern, dass ich genau wie beim ersten Mal reagierte: Anstatt in sicherer Bewegungslosigkeit zu verharren, schlang ich meine Arme fest um seinen Hals und war plötzlich mit seiner steinernen Gestalt verschmolzen. Mit einem lustvollen Seufzen öffneten sich meine Lippen.

Er taumelte zurück und befreite sich mühelos aus meiner Umarmung.

»Verdammt, Bella«, keuchte er, »du bringst mich noch um, ganz ehrlich!«

Ich beugte mich nach vorne und stützte mich auf meinen Knien ab.

»Du bist unzerstörbar«, murmelte ich atemlos.

»Bis ich *dich* traf, dachte ich das auch. Und jetzt lass uns von hier verschwinden, bevor ich tatsächlich Dummheiten mache«, knurrte er.

Wie zuvor warf er mich auf seinen Rücken, doch ich merkte, dass er sich diesmal Mühe geben musste, sanft mit mir umzugehen. Ich schlang die Beine um seine Hüften und schloss die Arme im Würgegriff um seinen Hals.

»Vergiss nicht, die Augen zu schließen«, erinnerte er mich unwirsch.

Eilig schob ich das Gesicht zwischen seine Schultern und meinen Oberarm und kniff meine Augen fest zu.

Es war kaum zu spüren, dass er rannte. Ich bekam zwar mit, dass sein Körper sich gleitend fortbewegte, doch er hätte auch einen gemütlichen Spaziergang machen können, so sanft fühlte es sich an. Beinahe hätte ich meine Augen geöffnet, nur um zu sehen, ob er tatsächlich wie am Vortag durch den Wald flog; doch ich dachte an den abscheulichen Schwindel und widerstand der Versuchung. Ich begnügte mich damit, seinen regelmäßigen Atemzügen zu lauschen.

Dann spürte ich seine Hand auf meinen Haaren. »Bella, es ist vorbei.«

Vorsichtig öffnete ich meine Augen, und tatsächlich: Wir standen. Steifgliedrig löste ich meinen Griff von seinem Körper und rutschte zu Boden.

»Oh!«, schnaufte ich, als ich rücklings auf die nasse Erde plumpste.

Ungläubig starrte er mich an, so als wüsste er nicht genau, ob er immer noch zu sauer war, um mich lustig zu finden. Mein verdattertes Gesicht gab offenbar den Ausschlag: Er begann schallend zu lachen.

Ich rappelte mich auf, klopfte mir den Matsch und die Farne von der Jacke und tat so, als existierte er nicht. Er lachte nur noch lauter. Beleidigt stakste ich in den Wald hinein.

Dann lag sein Arm um meine Hüfte.

»Wo willst du denn hin, Bella?«

»Ich geh mir ein Baseballspiel ansehen. Du scheinst zwar keine Lust mehr darauf zu haben, aber ich bin mir sicher, die anderen haben auch ohne dich ihren Spaß.«

»Du läufst in die falsche Richtung.«

Ohne ihn anzuschauen, machte ich kehrt und lief in die andere Richtung davon. Wieder holte er mich ein.

»Sei nicht sauer, ich konnte mich nicht bremsen. Du hättest mal dein Gesicht sehen sollen.« Wieder fing er an zu lachen.

»Ach, aber *du* darfst sauer sein?«, fragte ich mit hochgezogenen Augenbrauen.

»Ich war nicht sauer, zumindest nicht auf dich.«

»›Bella, du bringst mich noch um‹?«, zitierte ich ihn grimmig.

»Das war lediglich eine Feststellung.«

Ich wollte mich wieder von ihm abwenden, doch er hielt mich fest.

»Du *warst* sauer«, beharrte ich.

»Klar war ich sauer.«

»Aber gerade hast du gesagt –«

»Dass ich nicht auf *dich* sauer war. Begreifst du nicht, Bella?«, fragte er eindringlich. Der Spott war wie verflogen. »Versteh doch!«

»Was soll ich verstehen?«, fragte ich, verwirrt von seinen Worten und seinem plötzlichen Stimmungsumschwung.

»Dass ich nie auf dich sauer bin – wie könnte ich? So mutig und vertrauensvoll und … liebevoll, wie du bist.«

»Warum bist du dann so?«, flüsterte ich und dachte an die düsteren Stimmungen, die ihn von mir entfernten. Ich hatte sie immer als gerechtfertigte Ungeduld interpretiert, ausgelöst von meiner Schwäche, meiner Langsamkeit, meinen unkontrollierbaren menschlichen Reaktionen …

Behutsam legte er seine Hände an meine Wangen. »Ich bin wütend auf mich selbst«, sagte er sanft. »Jedes Mal, wenn ich leichtsinnig deine Sicherheit aufs Spiel setze. Meine bloße Existenz bringt dich in Gefahr. Manchmal hasse ich mich dafür, dass ich nicht stärker bin, dass ich es nicht schaffe …«

Ich hielt ihm den Mund zu. »Hör auf.«

Er nahm meine Hand und drückte sie an seine Wange.

»Ich liebe dich«, sagte er. »Das ist eine schwache Entschuldigung für das, was ich tue, aber es ist trotzdem die Wahrheit.«

Das war das erste Mal, dass er mir das so sagte. Ihm mochte das nicht bewusst sein – mir schon.

»Und jetzt sei schön artig, ja?« Er beugte sich nach vorn und strich leicht mit seinen Lippen über meine.

Ich hielt still. Und seufzte.

»Denk dran, du hast Chief Swan versprochen, mich zeitig zu Hause abzuliefern. Wir sollten uns lieber beeilen.«

»Ja, Ma'am.«

Mit einem wehmütigen Lächeln nahm er meine Hand und bahnte mir einen Weg entlang der hohen, nassen Fächer des Adlerfarns, unter herabhängenden Moosgeflechten hindurch und um eine mächtige Schierlingstanne herum, bis wir nach ein paar Metern plötzlich am Rande eines riesigen freien Feldes standen. Eingebettet zwischen den Gipfeln der Olympic Mountains lag es vor uns und war doppelt so groß wie jedes Baseballstadion.

Die anderen hatten sich bereits vollzählig versammelt. Esme, Emmett und Rosalie waren uns am nächsten – sie saßen in etwa hundert Metern Entfernung auf einem kahlen Felsvorsprung. Weiter hinten sah ich Jasper und Alice, die mindestens eine Viertelmeile voneinander entfernt standen und sich etwas zuzuwerfen schienen – ich sah allerdings keinen Ball. Carlisle war dem Anschein nach damit beschäftigt, das Spielfeld zu markieren – doch konnte es wirklich einen so riesigen Umfang haben?

Als wir aus dem Wald traten, erhoben sich die drei. Esme kam auf uns zu, und Emmett folgte ihr, nachdem er einige Sekunden lang Rosalie nachgeblickt hatte, die würdevoll in Richtung Spielfeld davonstolzierte, ohne uns eines weiteren Blickes zu würdigen. Mir wurde flau im Magen.

»Warst du das, Edward?«, fragte Esme beim Näherkommen.

»Es klang wie ein erstickender Bär«, sagte Emmett.

Ich lächelte zögernd. »Er war's.«

»Bella war unfreiwillig komisch«, erklärte Edward, um das Thema schnell abzuhaken.

Alice kam auf uns zugerannt – zugetanzt, eher. Unmittelbar vor uns blieb sie ebenso abrupt wie geschmeidig stehen. »Es geht los.«

Sie hatte die Worte kaum ausgesprochen, da wurde der Wald

hinter uns von einem grollenden Donnerschlag erschüttert, der sich weiter nach Westen, in Richtung Stadt, ausbreitete.

»Unheimlich, oder?«, fragte Emmett mit zwangloser Vertrautheit und zwinkerte mir zu.

»Na los.« Alice ergriff Emmetts Hand und die beiden schossen davon, auf das riesige Spielfeld zu. Sie rannte wie eine Gazelle – ein Vergleich, der im Fall von Emmett absurd gewesen wäre, obwohl seine Bewegungen fast so anmutig und ebenso schnell waren wie ihre.

»Wie sieht's aus? Bist du bereit?«, fragte Edward mit leuchtenden Augen.

Ich bemühte mich um angemessene Begeisterung. »Hurra!«

Lachend verwuschelte er meine Haare und rannte los. Sein Laufstil war aggressiver und glich dem eines Gepards. Schnell hatte er zu Alice und Emmett aufgeschlossen und überholte sie. Seine Anmut und Kraft verschlugen mir den Atem.

Ich starrte ihm mit offenem Mund hinterher, bis Esmes weiche, melodische Stimme mich aus meiner Verzückung holte. »Wollen wir auch rübergehen?«, fragte sie. Ich riss mich zusammen und nickte. Sie hielt ein paar Schritte Abstand zwischen uns, und ich fragte mich, ob sie wohl immer noch darauf bedacht war, mich nicht zu ängstigen. Scheinbar ohne Ungeduld passte sie ihren Schritt meinem Tempo an.

»Spielst du nicht mit?«, fragte ich schüchtern.

»Nein, ich bin lieber die Schiedsrichterin. Irgendjemand muss ja dafür sorgen, dass es ehrlich zugeht.«

»Heißt das, sie schummeln?«

»Und wie – du solltest sie mal hören, wenn sie sich in die Haare kriegen! Oder vielleicht lieber nicht, sonst würdest du noch denken, sie haben überhaupt keine Kinderstube genossen.«

»Du klingst ja wie meine Mom«, lachte ich überrascht.

Sie lachte ebenfalls. »Na ja, sie sind tatsächlich in vielerlei Hinsicht wie Söhne und Töchter für mich. Ich hab meine Mutterinstinkte nie abgelegt – hat dir Edward erzählt, dass ich mal ein Kind verloren hab?«

»Nein«, murmelte ich erstaunt und versuchte zu begreifen, welches Leben es wohl war, an das sie sich erinnerte.

»Mein erstes und einziges Baby, ein Junge. Er starb wenige Tage nach seiner Geburt.« Sie seufzte. »Es brach mir das Herz – deshalb bin ich auch von der Klippe gesprungen«, fügte sie nüchtern hinzu.

»Oh – äh, Edward hat gesagt, du bist ... gefallen«, stammelte ich.

»Durch und durch ein Gentleman.« Sie lächelte. »Edward war der erste meiner neuen Söhne. Obwohl er, auf eine Art zumindest, älter ist als ich, war er für mich immer genau das – ein Sohn.« Sie schaute mich an und lächelte herzlich. »Deshalb bin ich auch so froh, dass er dich gefunden hat, Liebes.« Aus ihrem Mund klang das Kosewort ganz natürlich. »Er war viel zu lange ein Einzelgänger. Es tat mir in der Seele weh, ihn so allein zu sehen.«

»Du hast also nichts dagegen?«, fragte ich zögernd. »Obwohl ich ... na ja, nicht die Richtige für ihn bin?«

»Nein.« Sie war nachdenklich. »Du bist es, was er will. Der Rest wird sich irgendwie finden.« Doch ihre Stirn war mit Sorgenfalten überzogen. Es donnerte erneut.

Esme blieb stehen; offenbar hatten wir den Rand des Spielfeldes erreicht. Es sah aus, als hätten sie Teams gebildet. Edward hatte sich als Feldspieler weit draußen auf dem Spielfeld postiert, Carlisle wartete zwischen erstem und zweitem Base, und Alice stand mit dem Ball an der Stelle, die offenbar den Wurfhügel markierte.

Emmett ließ einen Aluminiumschläger durch die Luft schwingen, so schnell, dass man ihn kaum sah. Zuerst fragte ich mich, wann er wohl zum Schlagmal gehen würde, doch dann wurde mir klar, dass er längst dort war – nie hätte ich es für möglich gehalten, dass Pitcher und Schlagmann so weit voneinander entfernt sein könnten. Einige Meter hinter ihm stand Jasper, der zwar in Emmetts Mannschaft war, doch für das gegnerische Team fing, weil sie nur so wenige waren. Selbstverständlich trug niemand Handschuhe.

»Okay«, rief Esme in ihrer klaren Stimme. Ich wusste, dass auch Edward sie trotz der Entfernung hören konnte. Dann gab sie das Kommando: »Play ball!«

Alice stand aufrecht und reglos da. Sie setzte beim Werfen anscheinend eher auf den Überraschungseffekt als auf Einschüchterung. Mit beiden Händen hielt sie den Ball in Hüfthöhe, bis plötzlich ihre rechte Hand hervorschoss wie eine angreifende Kobra und der Ball in Jaspers Hand klatschte.

»War das ein Strike?«, flüsterte ich.

»Wenn bei ihnen der Schlagmann nicht trifft, ist es immer ein Strike«, sagte Esme.

Jasper schleuderte den Ball zurück zu Alice, die sich ein kurzes Grinsen gestattete. Dann schnellte erneut ihre Hand hervor.

Diesmal flog Emmetts Schläger schnell genug herum und traf den Ball mit einem schmetternden, donnernden Geräusch, das grollend von den Bergen widerhallte und mich sofort begreifen ließ, warum sie nur bei Gewitter spielen konnten.

Der Ball schoss wie ein Meteor über das Spielfeld und landete tief im Wald.

»Homerun«, murmelte ich.

»Wart's ab«, erwiderte Esme. Sie hatte eine Hand erhoben und lauschte angestrengt. Von Emmett war nur noch ein

Schweif zu sehen, der ums Spielfeld flog; Carlisle raste ihm nach. Doch wo war Edward?

»Out!«, rief Esme. Ungläubig sah ich, wie Edward unter den Bäumen auftauchte und den Ball in seiner erhobenen Hand hielt. Sein breites Grinsen war selbst auf die Entfernung deutlich zu erkennen.

»Emmett schlägt am härtesten«, erklärte Esme, »aber Edward rennt am schnellsten.«

Vor meinen erstaunten Augen nahm das Spiel seinen Lauf. Es war unmöglich, dem Flug des Balles oder den Bewegungen der Läufer um das Feld zu folgen – es ging alles viel zu schnell.

Als Jasper, um Edwards unfehlbare Fangkünste zu umgehen, einen Ball ganz flach über den Boden schlug, Carlisle ihn abfing und beide auf das erste Base zurannten, wo sie mit voller Wucht zusammenstießen, begriff ich, dass es noch einen zweiten Grund dafür gab, warum sie nur bei Gewitter spielen konnten: Es klang, als würden zwei mächtige Felsbrocken ineinanderkrachen. Erschrocken sprang ich auf, doch offenbar waren beide unversehrt.

»Safe«, rief Esme mit ruhiger Stimme.

Emmetts Team lag gerade vorn – Rosalie war nach einem von seinen langen Bällen ums ganze Feld gehuscht –, als Edward seinen dritten Ball fing und damit das Offensivrecht erkämpfte. Glühend vor Aufregung kam er zu mir gesprintet.

»Und?«, fragte er begierig.

»Eins steht fest – wenn ich mir noch eins dieser lahmen Major-League-Spiele anschauen muss, sterbe ich vor Langeweile.«

»Als ob du sie bisher spannend gefunden hättest«, lachte er.

»Ich muss sagen, ich bin enttäuscht«, zog ich ihn auf.

»Enttäuscht?«, fragte er verdutzt.

»Ja – es wäre schön, wenn's mal etwas gäbe, worin du nicht besser bist als jeder andere auf der Welt.«

Er schenkte mir ein schiefes Lächeln, drehte sich um und ließ mich atemlos zurück.

Dann stand er am Schlagmal.

Er spielte klug, hielt den Ball flach, um Rosalie weiter draußen nichts zu fangen zu geben, und erreichte blitzschnell das zweite Base, bevor Emmett den Ball wieder ins Spiel bringen konnte. Dann schlug Carlisle einen Ball so weit – und so laut, dass meine Ohren schmerzten – über das Spielfeld hinaus, dass nicht nur Edward den Run schaffte, sondern er selber den Homerun. Anmutig klatschte Alice die beiden ab.

Der Spielstand änderte sich ständig, und sie heizten sich gegenseitig mit den üblichen Sprüchen und Gesten von Streetballspielern an. Gelegentlich rief Esme sie zur Ordnung. Der Donner grollte weiter, doch wie Alice vorhergesagt hatte, blieben wir trocken.

Dann, als Carlisle gerade Jaspers Wurf erwartete, keuchte Alice plötzlich erschrocken auf. Meine Augen waren wie üblich auf Edward geheftet, der als Fänger hinter Carlisle stand und sofort zu ihr schaute. Ihre Blicke begegneten sich, und sie schienen sich stumm zu verständigen. Bevor die anderen sich erkundigen konnten, was los war, stand er schon an meiner Seite.

»Alice?«, fragte Esme nervös.

»Ich hab sie nicht kommen sehen – ich hab's nicht gewusst«, flüsterte sie.

Mittlerweile hatten sich alle um uns versammelt.

»Sie waren viel schneller, als ich dachte. Ich hab das vorher falsch eingeschätzt«, murmelte sie.

Jasper stellte sich schützend hinter sie. »Was ist passiert?«, fragte er.

»Sie haben uns spielen gehört und ihre Route geändert«, sagte sie zerknirscht, als fühlte sie sich verantwortlich für das, was sie gesehen hatte.

Dann waren einen Moment lang sieben Augenpaare auf mich gerichtet.

»Wie viel Zeit haben wir?«, fragte Carlisle, an Edward gewandt.

Edward schloss die Augen und verharrte in tiefer Konzentration.

»Nicht mehr als fünf Minuten. Sie rennen – sie wollen mitspielen.« Seine Miene verfinsterte sich.

»Schaffst du das?«, fragte ihn Carlisle und schaute erneut zu mir.

»Nein, nicht mit –« Er unterbrach sich. »Außerdem würden wir riskieren, dass sie die Witterung aufnehmen und zu jagen beginnen.«

Emmett wandte sich an Alice. »Wie viele sind es denn eigentlich?«

»Drei«, antwortete sie knapp.

»Drei?«, wiederholte er verächtlich. »Dann sollen sie mal kommen.« Die stählernen Stränge seiner Muskeln schwollen an.

Carlisle überlegte, die anderen warteten. Das Schweigen währte nur den Bruchteil einer Sekunde, fühlte sich aber viel länger an. Allein Emmett wirkte gelassen; die anderen hingen mit besorgten Blicken an Carlisles Lippen.

»Wir spielen weiter«, entschied Carlisle. Seine Stimme klang beherrscht und ruhig. »Alice hat gesagt, sie sind nur neugierig.«

Das ganze Gespräch hatte nur wenige Sekunden gedauert – ein rasendes Kreuzfeuer von Worten. Das meiste davon hatte ich mitbekommen, doch was Esme jetzt Edward fragte, konnte ich nicht verstehen. Ich sah nur die stumme Bewegung ihrer

Lippen und die Erleichterung auf ihrem Gesicht, als er kaum wahrnehmbar den Kopf schüttelte.

»Spielst du für mich weiter, Esme?«, fragte er. »Ich bleibe lieber hier.« Dann stellte er sich vor mich.

Die anderen kehrten auf das Spielfeld zurück und richteten ihre scharfen Augen auf den dunklen Wald. Alice und Esme postierten sich offenbar vorsorglich nicht allzu weit von mir entfernt.

»Öffne deine Haare«, sagte Edward mit leiser, ruhiger Stimme.

Gehorsam zog ich das Gummiband heraus und schüttelte sie frei.

Dann sprach ich aus, was längst offensichtlich war. »Die … anderen kommen?«

»Ja. Bitte sei ganz still, beweg dich möglichst wenig und bleib bei mir.« Ich hörte, wie angespannt er war, obwohl er es recht gut verbarg. Er schob mir meine Haare vor das Gesicht.

»Das wird nichts nutzen«, sagte Alice leise. »Ich konnte sie über das ganze Spielfeld riechen.«

»Ich weiß«, sagte er, und es klang ein bisschen mutlos.

Carlisle stand am Schlagmal; alle außer Edward wandten sich halbherzig dem Spiel zu.

»Was hat Esme dich gefragt?«, flüsterte ich.

Er zögerte einen Moment, bevor er unwillig antwortete. »Ob sie durstig sind«, murmelte er.

Die Sekunden vergingen; das Spiel nahm seinen Lauf, doch es hatte jeglichen Schwung verloren. Alle ließen die Bälle nur abtropfen, anstatt richtig zuzuschlagen, und standen viel näher beieinander als vorher. Trotz der Angst, die mein Denken lähmte, bemerkte ich, dass Rosalie einige Male zu mir herüberschaute. Ihr Blick war ausdruckslos, doch etwas in ihrem Gesicht verriet mir, dass sie wütend war.

Edward achtete nicht auf das Spiel; seine ganze Konzentration galt dem Wald.

»Es tut mir leid, Bella«, murmelte er verstört. »Es war dumm und unverantwortlich, dich so in Gefahr zu bringen. Es tut mir so leid.«

Dann hörte ich, wie er den Atem anhielt und seinen Blick auf den Waldrand jenseits des Spielfeldes heftete. Mit einem Schritt stellte er sich zwischen mich und das, was auf uns zukam.

Carlisle, Emmett und die anderen drehten sich in dieselbe Richtung. Sie hörten Bewegungen, die mir noch verborgen blieben.

Die Jagd

Im Abstand von einigen Sekunden traten sie nacheinander auf die Lichtung: zuerst ein Mann, der sofort stehen blieb, als er uns sah, um seinen nachfolgenden Gefährten – groß, dunkelhaarig, ebenfalls männlich – vorzulassen; ihre Körpersprache ließ keinen Zweifel daran, wer von beiden die Gruppe anführte. Zuletzt folgte eine Frau; aus der Entfernung fiel mir nur der ungewöhnliche rötliche Farbton ihrer Haare ins Auge.

In geschlossener Formation und mit der instinktiv respektvollen Haltung von Raubtieren, die einer größeren, unbekannten Gruppe der eigenen Art begegnen, liefen sie weiter.

Je näher sie kamen, desto deutlicher war zu erkennen, wie sehr sie sich von den Cullens unterschieden. Ihr Gang war katzenhaft – als wären sie ständig im Begriff, in die Hocke zu gehen. Sie waren angezogen wie normale Rucksacktouristen: Jeans und Button-down-Hemden, dazu leichte, aber wetterfeste Jacken. Allerdings war ihre Kleidung zerschlissen und sie gingen barfuß. Die Haare der Männer waren kurz geschnitten, doch in der leuchtend orangefarbenen Mähne der Frau hingen Blätter und Moosfetzen.

Ihre scharfen Augen registrierten die kultivierte, weltmännische Haltung von Carlisle, der, flankiert von Emmett und Jasper, mit reservierter Freundlichkeit auf sie zutrat, um sie zu begrüßen. Ohne sich untereinander zu verständigen, richteten die drei sich etwas auf und nahmen eine zwanglosere Haltung ein.

Der Mann, der sie anführte, war fraglos der Schönste der drei; seine Haut war trotz typischer Blässe olivfarben, seine Haare waren glänzend schwarz. Er hatte eine normale Statur, war aber muskulös, obwohl er im Vergleich zu Emmett geradezu schmächtig aussah. Er lächelte freimütig und entblößte zwei Reihen blitzend weißer Zähne.

Die Frau wirkte wilder, ihre Bewegungen waren katzenhaft. Ruhelos huschte ihr Blick zwischen der Gruppe um Carlisle und uns hin und her. Ihre hoffnungslos verfilzten Haare zitterten in der leichten Brise. Der andere Mann hielt sich unauffällig im Hintergrund. Er war zierlicher als der Anführer, und weder seine hellbraunen Haare noch seine Gesichtszüge waren irgendwie bemerkenswert. Er musterte uns mit ruhigem Blick, doch zugleich, so schien es mir, aufmerksamer als seine Gefährten.

Es gab noch einen Unterschied: Ihre Augen waren nicht golden oder schwarz, wie ich vermutet hätte, sondern hatten eine beunruhigende und unheimliche tiefrote Färbung.

Lächelnd trat der dunkelhaarige Mann auf Carlisle zu.

»Uns war, als hörten wir jemanden spielen«, sagte er mit ruhiger Stimme und einem kaum wahrnehmbaren französischen Akzent. »Ich bin Laurent, das sind Victoria und James.« Er deutete auf seine Begleiter.

»Ich bin Carlisle. Das ist meine Familie – Emmett und Jasper, Rosalie, Esme und Alice, Edward und Bella.« Er stellte uns gruppenweise vor, um niemanden in den Vordergrund zu rücken. Ich erschrak, als er meinen Namen nannte.

»Hättet ihr noch Platz für einige Mitspieler?«, fragte Laurent jovial.

Carlisle ging auf seinen freundlichen Ton ein. »Wir wollten

eben aufbrechen, aber ein andermal sehr gerne. Bleibt ihr eine Weile in dieser Gegend?«

»Wir sind eigentlich nach Norden unterwegs, waren aber neugierig, wer hier lebt. Wir haben lange niemanden mehr getroffen.«

»Hier gibt es tatsächlich nicht viele – nur uns und gelegentliche Besucher wie euch.«

Die anfängliche Anspannung hatte sich langsam aufgelöst; aus der steifen Begrüßung war ein zwangloses Gespräch geworden. Ich vermutete, dass Jasper sein besonderes Talent einsetzte, um die Stimmung zu beeinflussen.

»Wie weit reicht euer Jagdgebiet?«, erkundigte sich Laurent beiläufig.

Carlisle ignorierte die selbstverständliche Annahme hinter der Frage. »Wir sind hier in den Olympic Mountains unterwegs und gelegentlich entlang der Coast Ranges. Nicht weit von hier haben wir einen festen Wohnsitz. In der Nähe von Denali gibt es noch eine Ansiedlung wie unsere.«

Laurent wich kaum wahrnehmbar zurück.

»Ein fester Wohnsitz. Wie denn das?«, fragte er mit aufrichtiger Neugier.

»Warum kommt ihr nicht mit zu uns nach Hause, dann können wir uns in Ruhe unterhalten«, lud Carlisle sie ein. »Es ist eine recht lange Geschichte.«

James und Victoria wechselten einen erstaunten Blick, als Carlisle von einem Zuhause sprach; Laurent hatte seine Mimik besser unter Kontrolle.

»Das klingt sehr einladend und interessant.« Er lächelte herzlich. »Wir sind seit unserem Aufbruch in Ontario auf der Jagd und konnten schon lange kein Bad mehr nehmen.« Seine Augen wanderten anerkennend über Carlisles gepflegte Erscheinung.

»Versteht mich nicht falsch, aber wir würden euch bitten, in der unmittelbaren Umgebung auf das Jagen zu verzichten. Für uns ist es wichtig, kein Aufsehen zu erregen«, erklärte Carlisle.

»Selbstverständlich.« Laurent nickte. »Wir werden natürlich nicht in eurem Territorium wildern. Ohnehin haben wir gerade erst außerhalb von Seattle gegessen«, sagte er lachend. Es lief mir kalt den Rücken hinunter.

»Wenn ihr mit uns laufen wollt, zeigen wir euch den Weg – Emmett und Alice, geht ihr doch mit Edward und Bella den Jeep holen«, fügte er beiläufig hinzu.

Während Carlisle sprach, geschahen drei Dinge auf einmal. Ein Luftzug bewegte meine Haare, Edward erstarrte, und James, der unscheinbare zweite Mann, fuhr zu mir herum und taxierte mich. Seine Nasenlöcher waren gebläht.

Er machte einen Ausfallschritt und kauerte sich hin, bereit zum Sprung; alle erstarrten. Edward entblößte seine Zähne und ging gleichfalls in die Hocke. Aus seiner Kehle kam ein wildes Knurren, das keinerlei Ähnlichkeit mit den gespielten Jagdgeräuschen vom Morgen hatte. Es war das Bedrohlichste, was ich je gehört hatte. Kalte Schauder liefen mir vom Kopf bis hinunter in die Fersen.

»Was soll das bedeuten?«, rief Laurent überrascht aus. Aber weder James noch Edward gaben ihre aggressive Haltung auf. James machte eine Bewegung zur Seite, Edward reagierte sofort.

»Sie gehört zu uns.« Carlisles strenge Zurückweisung war an James gerichtet. Laurent schien meinen Geruch weniger intensiv wahrzunehmen, aber nun begriff auch er.

»Ihr habt euch einen Imbiss mitgebracht?«, fragte er mit ungläubiger Miene und machte unwillkürlich einen Schritt auf mich zu.

Edward knurrte noch wütender, noch wilder. Seine Oberlippe war weit über seine gefletschten Zähne zurückgeschoben. Laurent wich zurück.

»Ich sagte, sie gehört zu uns«, korrigierte Carlisle mit fester Stimme.

»Aber sie ist ein *Mensch*«, protestierte Laurent. Es klang nicht aggressiv, nur erstaunt.

»Ja.« Emmett hatte sich bedrohlich neben Carlisle aufgebaut und fixierte James, der sich langsam aufrichtete, ohne jedoch seinen Blick von mir abzuwenden. Seine Nasenlöcher blieben gebläht. Edward verharrte in seiner Position – ein Löwe vor dem Sprung, jeder Muskel angespannt.

Als Laurent wieder das Wort ergriff, war sein Ton besänftigend; offensichtlich wollte er die plötzliche Feindseligkeit entschärfen. »An Gesprächsstoff wird es uns nicht fehlen, würde ich sagen.«

»In der Tat.« Carlisles Stimme war weiterhin unterkühlt.

»Wir nehmen eure Einladung sehr gerne an.« Seine Augen wanderten zu mir, dann zurück zu Carlisle. »Und selbstverständlich werden wir dem Mädchen nichts tun. Wie gesagt, wir jagen nicht in eurem Gebiet.«

James starrte Laurent verständnislos und wütend an; dann wechselte er abermals einen flüchtigen Blick mit Victoria, die immer noch gehetzt von einem zum anderen schaute.

Carlisle blickte Laurent forschend ins Gesicht, dann sagte er: »Wir zeigen euch den Weg. Jasper, Rosalie, Esme?« Sie versammelten sich und schirmten mich dabei vor den Blicken der fremden Jäger ab. Alice gesellte sich sofort zu mir, Emmett entfernte sich langsam von James, ohne ihn aus den Augen zu lassen.

»Komm, Bella, wir gehen«, sagt Edward niedergeschlagen.

Ich stand wie angewurzelt da, starr vor Angst. Edward musste

mich am Ellbogen ziehen, um mich aus meiner Trance zu rei-
ßen. Mit menschlicher Geschwindigkeit liefen wir auf den Wald
zu – ich stolperte benommen neben Edward her, dem die Ungeduld deutlich anzumerken war, Alice und Emmett folgten uns
und verbargen mich so vor den Blicken der Fremden. Ich wusste
nicht, ob die anderen schon losgelaufen waren.

Sobald wir im Schutz des Waldes waren, warf mich Edward,
ohne auch nur stehen zu bleiben, über seine Schulter. Ich klammerte mich so fest wie möglich, und er rannte los. Meinen Kopf
hielt ich gesenkt, doch meine Augen waren weit aufgerissen –
ich war so verängstigt, es war unmöglich, sie zu schließen. Wie
Phantome schossen die drei durch den mittlerweile dunklen
Wald. Von der Hochstimmung, die ich an Edward kannte, wenn
er seinen Kräften freien Lauf lassen konnte, war nichts zu spüren. Ohnmächtiger Zorn erfüllte ihn – und trieb ihn noch
schneller voran. Selbst mit mir als Last fielen Alice und Emmett
hinter ihm zurück.

Wir erreichten den Jeep in unfassbar kurzer Zeit; fast aus vol-
lem Lauf warf Edward mich auf den Rücksitz.

»Schnall sie fest«, wies er Emmett an, der neben mir einstieg. Alice saß bereits auf dem Beifahrersitz. Edward startete
den Motor, legte den Rückwärtsgang ein und gab Gas. Der Jeep
schleuderte herum und preschte dann auf dem kurvigen Wald-
weg voran.

Edward brummelte etwas, das zu schnell für mein Gehör war,
doch es klang wie eine Kanonade von Schimpfwörtern.

Ich wurde noch viel stärker durchgerüttelt als auf dem Hinweg, und die Dunkelheit machte die Fahrt umso beängstigender. Emmett und Alice starrten wütend in die anbrechende
Nacht hinaus.

Dann bogen wir auf die Hauptstraße, und obwohl wir nun

noch schneller fuhren, konnte ich mich besser orientieren. Und ich wusste, dass wir in Richtung Süden rasten – weg von Forks.

»Wohin fahren wir?«, fragte ich.

Niemand antwortete, niemand würdigte mich auch nur eines Blickes.

»Verdammt, Edward! Wohin bringst du mich?«

»Du musst weg von hier. Weit weg. Sofort.« Er blickte sich nicht um. Der Tacho zeigte 105 Meilen pro Stunde an.

»Dreh um und fahr mich nach Hause!«, schrie ich und zerrte an den blöden Gurten herum.

»Emmett«, sagte Edward verbissen, und dieser nahm meine Hände in seinen eisernen Griff.

»Nein! Edward, das kannst du nicht machen! Hörst du?«

»Ich muss, Bella, und jetzt sei bitte still.«

»Nein, bin ich nicht. Du musst mich zurückbringen – Charlie ruft das FBI! Sie kommen zu euch nach Hause, zu Carlisle und Esme, und dann müsst ihr weg und euch verstecken!«

»Beruhige dich, Bella«, sagte er kühl. »Das wäre nicht das erste Mal.«

»Aber das erste Mal wegen mir! Du machst wegen mir alles kaputt!« Wütend und vollkommen vergeblich versuchte ich, mich Emmetts Griff zu entwinden.

Dann ergriff zum ersten Mal Alice das Wort: »Edward, halt an.«

Er warf ihr einen kalten Blick zu und beschleunigte.

»Wir müssen das besprechen.«

»Du hast ja keine Ahnung«, brüllte er verzweifelt. Nie zuvor hatte ich seine Stimme so ohrenbetäubend laut gehört wie in diesem Augenblick in der Enge der Fahrerkabine. Der Zeiger des Tachos näherte sich der 115. »Er ist ein Tracker, Alice, kapierst du das nicht? Ein Tracker!«

Ich spürte, wie Emmett neben mir erstarrte, konnte mir aber nicht erklären, wieso. Ein Tracker – offensichtlich hatte das Wort für sie eine Bedeutung, die ich nicht kannte, doch es gab keine Möglichkeit, etwas zu fragen.

»Halt an, Edward«, sagte Alice bedächtig, doch zugleich lag eine Autorität in ihrer Stimme, die ich zum ersten Mal bemerkte.

Der Tacho zeigte 120 Meilen pro Stunde an.

»Edward!«

»Alice, ich hab seine Gedanken gehört – das Spurenlesen, die Verfolgung ist seine Leidenschaft. Und er will sie, Alice, hörst du? Sie ganz speziell! Er wird noch heute Nacht anfangen zu jagen.«

»Woher soll er denn wissen, wo –«

Edward fiel ihr ins Wort. »Was meinst du, wie lange er braucht, um in der Stadt auf ihren Geruch zu stoßen und die Spur aufzunehmen? Sein Plan stand schon fest, bevor Laurent irgendetwas sagen konnte.«

Erschrocken schnappte ich nach Luft – ich wusste, wo ihn mein Geruch hinführen würde. »Charlie! Ihr könnt ihn nicht hier alleinlassen! Das könnt ihr nicht machen!« Ich warf mich gegen die Gurte.

»Sie hat Recht«, sagte Alice.

Das Auto wurde etwas langsamer.

»Lass uns kurz überlegen, welche Möglichkeiten wir haben«, drängte Alice.

Wieder wurden wir langsamer, diesmal deutlich, und dann trat Edward die Bremse durch und brachte uns mit quietschenden Reifen auf dem Randstreifen zum Stehen. Ich flog in die Gurte und dann zurück in den Sitz.

»Es gibt keine Möglichkeiten«, fauchte Edward.

»Ich lass Charlie nicht allein«, schrie ich.

Er schenkte mir nicht die geringste Aufmerksamkeit.

»Wir müssen sie zurückbringen«, sagte Emmett nach einer Weile.

»Nein.« Edwards Haltung war rigoros.

»Er ist uns nicht gewachsen, Edward. Er hat keine Chance, an sie heranzukommen.«

»Aber er hat Zeit.«

Emmett lächelte. »Die hab ich auch.«

»Du weißt nicht, was ich weiß – du hast es nicht gehört. Wenn er einmal eine Jagd begonnen hat, führt er sie bedingungslos zu Ende. Wir müssten ihn schon töten.«

Emmett schien nicht abgeneigt zu sein. »Das ist schon mal eine Möglichkeit.«

»Die Frau auch – sie hält zu ihm. Und wenn es zu einem Kampf kommt, wird auch der Anführer auf ihrer Seite stehen.«

»Wir sind genug.«

»Es gibt noch eine andere Möglichkeit«, sagte Alice leise.

Außer sich vor Wut fuhr Edward zu ihr herum. Seine Stimme wurde zu einem bestialischen Knurren. »Es – gibt – keine – andere – Möglichkeit!«

Emmett und ich blickten ihn erschrocken an, nur Alice zuckte nicht mal mit der Wimper. Stumm starrten die beiden sich an.

Dann durchbrach ich das Schweigen. »Möchte vielleicht jemand meinen Plan hören?«

»Nein«, brummte Edward. Alice warf ihm einen zornigen Blick zu.

»Also«, sagte ich. »Ihr bringt mich zurück.«

»Nein«, fiel Edward mir ins Wort.

Wütend schaute ich ihn an und redete weiter. »Ihr bringt mich nach Hause. Ich erzähl meinem Dad, dass ich zurück nach

Phoenix will. Ich pack meine Sachen. Wir warten, bis dieser Tracker auftaucht, dann verschwinden wir. Er folgt uns und lässt Charlie in Ruhe. Charlie hetzt euch nicht das FBI auf den Hals, und ihr könnt mich meinetwegen sonst wohin bringen.«

Erstaunt schauten sie mich an.

»Das ist gar keine so schlechte Idee.« Emmetts Verblüffung war alles andere als schmeichelhaft.

»Es kann funktionieren«, sagte Alice. »Wir können ihren Vater nicht einfach ungeschützt lassen, und das weißt du auch.«

Alle Blicke waren auf Edward gerichtet.

»Es ist zu gefährlich. Ich will nicht, dass er sich ihr auch nur bis auf hundert Meilen nähert.«

Emmett war unerschütterlich in seinem Selbstvertrauen. »Er kommt an uns nicht vorbei, Edward.«

Alice war in Gedanken versunken, dann sagte sie: »Ich sehe ihn nicht angreifen. Er wird darauf warten, dass wir sie allein lassen.«

»Es wird nicht lange dauern, bis er kapiert, dass das nicht passieren wird.«

»Ich *verlange*, dass du mich nach Hause bringst«, sagte ich mit aller Autorität, die ich aufzubringen im Stande war.

Edward presste seine Finger an die Schläfen und schloss die Augen.

»Bitte«, fügte ich flehend hinzu.

Er rührte sich nicht, und dann sprach er, ohne aufzublicken; seine Stimme klang müde.

»Du wirst noch heute von hier wegfahren, ob dich der Tracker dabei sieht oder nicht. Erzähl Charlie, dass du es keine Minute länger in Forks aushältst, oder erzähl ihm meinetwegen sonst was – Hauptsache, er kauft es dir ab. Es ist mir egal, was er zu dir sagt. Pack ein, was du in die Finger bekommst, und steig in deinen Transporter. Du hast eine Viertelstunde Zeit. Hast du verstanden? Fünfzehn Minuten von dem Moment an, in dem du das Haus betrittst.«

Er ließ den Motor an und wendete; die Reifen quietschten, die Tachonadel schnellte über die Anzeige.

»Emmett?«, fragte ich und deutete mit der Nase auf meine Hände.

»Oh, entschuldige.« Er ließ meine Handgelenke los.

Einige Minuten lang war nichts zu hören außer dem Brummen des Motors. Dann durchbrach Edward die Stille.

»Wir machen es wie folgt. Wenn wir zum Haus kommen und der Tracker nicht da ist, begleite ich Bella zur Tür. Dann hat sie fünfzehn Minuten.« Er warf mir im Rückspiegel einen strengen Blick zu. »Emmett, du bewachst das Haus. Alice, du machst den Transporter startklar. Ich bleibe im Haus, solange sie dort ist. Danach fahrt ihr mit dem Jeep nach Hause und sagt Carlisle Bescheid.«

»Auf keinen Fall«, unterbrach ihn Emmett. »Ich bleib bei dir.«

»Überleg dir das, Emmett. Ich weiß nicht, wie lange ich weg sein werde.«

»Bis wir wissen, wohin das Ganze führt, bleibe ich bei dir.«

Edward seufzte. »Wenn der Tracker allerdings schon da ist«, nahm er den Faden wieder auf, »fahren wir weiter, ohne anzuhalten.«

»Wir werden vor ihm dort sein«, sagte Alice voller Überzeugung.

Edward schien ihr zu glauben. Was immer er für ein Problem mit Alice hatte – in diesem Moment zweifelte er nicht an ihr.

»Was machen wir mit dem Jeep?«, fragte sie.

»Du fährst ihn nach Hause«, erwiderte er scharf.

»Nein«, sagte sie ruhig.

Es folgte eine weitere unverständliche Kanonade von Schimpf-wörtern.

»Wir passen nicht alle in den Transporter«, flüsterte ich.

Edward schien mich nicht zu hören.

»Ich finde, ihr solltet mich alleine fahren lassen«, sagte ich noch leiser.

Das hörte er.

»Bitte, Bella, mach es so, wie ich es sage, nur dieses eine Mal, ja?«, zischte er durch die Zähne.

»Aber Charlie ist kein Trottel«, wandte ich ein. »Wenn du morgen verschwunden bist, wird er misstrauisch.«

»Das spielt keine Rolle. Wir sorgen dafür, dass ihm nichts passiert, alles andere ist egal.«

»Und was ist mit dem Tracker? Er hat gesehen, wie du reagiert hast. Er wird denken, dass du bei mir bist – egal, wo du bist.«

Wieder schaute mich Emmett überrascht an, und wieder kam das einer Beleidigung gleich. »Edward«, sagte er eindringlich. »Ich finde, sie hat Recht.«

»Sie *hat* Recht«, stimmte Alice zu.

»Das kann ich nicht machen«, sagte Edward mit frostiger Stimme.

»Emmett sollte ebenfalls hierbleiben«, fuhr ich fort. »Ihn wird er definitiv auch im Auge behalten.«

»Wie bitte?«, fragte Emmett entrüstet.

»Das stimmt – außerdem erwischst du ihn eher, wenn du hier-bleibst«, sagte Alice.

Edward starrte sie ungläubig an. »Schlägst du vor, dass ich sie allein fahren lasse?«

»Natürlich nicht. Aber mit Jasper und mir.«

»Das kann ich nicht machen«, sagte er abermals, doch ich

merkte, dass sein Widerstand bröckelte. Die Logik war auf unserer Seite.

Ich gab mir Mühe, überzeugend zu klingen. »Du bleibst noch eine Woche oder so hier.« Doch dann sah ich sein Gesicht im Spiegel und korrigierte mich. »Oder ein paar Tage. Du sorgst dafür, dass Charlie weiß, dass du mich nicht verschleppt hast, und führst diesen James an der Nase herum, bis er meine Spur vollständig verloren hat. Dann kommst du mir nach, natürlich auf einem Umweg, wir treffen uns, und Jasper und Alice können nach Hause fahren.«

Ich sah, dass er darüber nachdachte.

»Und wo sollen wir uns treffen?«

»In Phoenix.« Wo sonst?

»Nein. Er wird dahinterkommen, dass du dorthin fährst«, sagte er unwirsch.

»Ja – und wir werden dafür sorgen, dass er es für eine List hält. Ihm ist klar, dass wir wissen, dass er uns belauscht. Er wird nie darauf kommen, dass ich tatsächlich nach Phoenix fahre, wenn ich das vorher laut herausposaune.«

Emmett lachte in sich hinein. »Sie ist teuflisch.«

»Und wenn er nicht darauf reinfällt?«

»Es gibt mehrere Millionen Menschen in Phoenix«, sagte ich.

»Und es gibt Telefonbücher.«

»Ich werde natürlich nicht nach Hause fahren.«

»Ach ja?«, erwiderte er skeptisch.

»Ich bin alt genug, mir eine Wohnung zu nehmen.«

»Edward, wir sind bei ihr«, erinnerte ihn Alice.

»Und was wollt *ihr* in Phoenix machen?«, fragte er beißend.

»Nicht nach draußen gehen.«

»Ich find die Idee ganz gut«, sagte Emmett. Zweifellos war er in Gedanken schon dabei, James in die Enge zu treiben.

»Halt dich da raus, Emmett.«

»Aber es stimmt – wenn wir ihn aus dem Verkehr ziehen, während Bella dabei ist, ist das Risiko viel größer, dass jemand verletzt wird: entweder sie oder du, wenn du sie verteidigst. Wenn wir ihn dagegen ohne sie erwischen ...« Er verstummte und lächelte.

Wir erreichten Forks. Es war, als schliche der Jeep jetzt die Straßen entlang. Ich hatte zwar unerschrocken dahergeredet, doch in Wirklichkeit war mir ganz elend vor Angst. Ich dachte an Charlie, allein in seinem Haus, und versuchte Mut zu fassen.

»Bella«, sagte Edward zärtlich. Alice und Emmett schauten aus dem Fenster. »Wenn du zulässt, dass dir irgendetwas passiert, egal was, mache ich dich persönlich dafür verantwortlich. Hörst du?«

»Ja.« Ich musste schlucken.

Er wandte sich Alice zu.

»Kommt Jasper mit der Situation klar?«

»Sei nicht ungerecht, Edward. Es gibt nichts, was du ihm vorwerfen kannst.«

»Kommst *du* damit klar?«

Und die graziöse kleine Alice fletschte ihre Zähne und ließ ein kehliges Knurren hören, bei dem ich vor Angst zusammenzuckte.

Edward lächelte. »Aber behalt deine Ansichten für dich«, murmelte er.

ABSCHIED

Charlie war noch auf und wartete auf mich. Sämtliche Lichter im Haus waren an. Ich suchte krampfhaft nach einer Idee, wie ich ihn dazu bringen könnte, mich gehen zu lassen, doch mir fiel nichts ein. Es würde nicht angenehm werden, so viel stand fest.

In sicherem Abstand zu meinem Transporter brachte Edward den Jeep behutsam zum Stehen. Er und die beiden anderen waren in akuter Alarmbereitschaft; kerzengerade saßen sie da und lauschten auf jedes Geräusch des Waldes, durchbohrten jeden Schatten mit ihren Blicken, fingen jeden Geruch auf – ihre Sinne waren darauf geeicht, alles zu registrieren, was nicht so war, wie es sein sollte. Auch als der Motor schon schwieg, blieben sie noch reglos sitzen.

Dann gab Edward das Signal. »Er ist nicht da«, sagte er angespannt. »Wir gehen.«

Emmett half mir aus den Gurten. »Mach dir keine Sorgen, Bella«, sprach er mir leise Mut zu. »Wir regeln das hier ganz fix.«

Ich sah ihn an und spürte die Tränen in mir aufsteigen. Obwohl ich ihn kaum kannte, war es schmerzhaft, nicht zu wissen, wann ich ihn nach dem heutigen Abend wiedersehen würde. Und ich wusste, das war nur der Vorgeschmack auf eine Reihe von Abschieden, die mir in der nächsten Stunde bevorstanden. Der Gedanke daran ließ meine Tränen hervorschießen.

»Alice. Emmett.« Edwards Stimme gab das Kommando, und die beiden glitten geräuschlos in die Dunkelheit, die sie sofort umschloss. Edward öffnete die Tür für mich, nahm mich bei der Hand und legte schützend seine Arme um mich. So liefen wir eilig zum Haus; sein Blick wanderte ununterbrochen durch die Nacht.

»Fünfzehn Minuten«, erinnerte er mich leise.

»Ich schaff das«, sagte ich schniefend. Meine Tränen hatten mich auf eine Idee gebracht.

Auf der Veranda blieb ich stehen, nahm sein Gesicht in meine Hände und schaute ihm beschwörend in die Augen.

»Ich liebe dich«, sagte ich leise und leidenschaftlich. »Ich werde dich immer lieben, egal, was jetzt passiert.«

»Dir wird nichts passieren, Bella«, erwiderte er vehement.

»Mach es einfach so, wie wir gesagt haben, okay? Pass für mich auf Charlie auf. Er wird mich gleich nicht mehr besonders mögen, und ich will ihn später um Verzeihung bitten können.«

»Geh jetzt rein, Bella. Wir haben keine Zeit«, drängte er.

»Nur noch eins«, flüsterte ich. »Glaub mir ab jetzt kein Wort mehr, zumindest nicht heute Abend!« Er beugte sich vor, und ich musste mich nur auf die Zehenspitzen stellen, um seine kalten Lippen mit aller Kraft zu küssen. Dann wandte ich mich von seinem verdatterten Gesicht ab und riss die Tür auf.

»Du sollst verschwinden, Edward!«, brüllte ich ihn an und knallte ihm die Tür vor der Nase zu.

»Bella?« Charlie hatte im Wohnzimmer gewartet und kam mir bereits entgegen.

»Lass mich in Ruhe!«, schrie ich ihn mit tränenüberströmtem Gesicht an. Ich rannte hoch in mein Zimmer und schloss die Tür hinter mir ab. Dann warf ich mich vor meinem Bett zu Boden, zerrte meine Reisetasche hervor und griff unter die Matratze, wo ich die verknotete alte Socke mit meinen geheimen Geldreserven versteckt hatte.

Charlie hämmerte gegen die Tür.

»Bella, ist alles in Ordnung mit dir? Was ist denn los?«, rief er angsterfüllt.

»Ich fahre nach *Hause*«, schrie ich, wobei meine Stimme genau im richtigen Moment wegbrach.

»Hat er dir was angetan?« Ich hörte, wie sich Wut in die Panik mischte.

»Nein«, kreischte ich einige Oktaven höher. Ich wandte mich zum Kleiderschrank um, doch Edward war schon da, riss die Schubfächer auf und warf mir stumm alles zu, was er zu fassen bekam.

»Hat er mit dir Schluss gemacht?«, fragte Charlie hilflos.

»Nein!«, schrie ich atemlos und stopfte die Sachen in die Tasche. Edward leerte ein weiteres Schubfach, dann war sie voll.

»Bella! Was ist passiert?«, schrie Charlie und hämmerte wieder gegen die Tür.

»*Ich* hab Schluss gemacht!«, brüllte ich zurück und zerrte am Reißverschluss der Tasche. Edwards geschickte Hände schoben meine beiseite und zogen ihn ohne Schwierigkeiten zu. Dann legte er mir den Trageriemen über die Schulter.

»Ich bin im Transporter – geh jetzt!«, flüsterte er und schob mich zur Tür. Er verschwand aus dem Fenster.

Ich schloss die Tür auf, drängelte mich ruppig an Charlie vorbei und rannte schwer beladen die Treppe runter. Er kam hinter mir her.

»Was ist denn los?«, brüllte er. »Ich dachte, du magst ihn.«

In der Küche bekam er mich am Ellbogen zu fassen. Er war zwar immer noch fassungslos, doch sein Griff war fest.

Er drehte mich zu sich herum, und ich sah, dass er nicht die Absicht hatte, mich gehen zu lassen. Mir fiel nur eine Möglichkeit ein, ihn dazu zu bringen, aber dabei musste ich ihn so sehr verletzen, dass ich mich dafür hasste, sie auch nur in Erwägung zu ziehen. Doch mir blieb keine Zeit, und ich musste dafür sorgen, dass er in Sicherheit war.

Ich funkelte ihn an; das, was ich ihm gleich an den Kopf werfen würde, trieb mir neue Tränen in die Augen.

»Ich mag ihn auch, das ist ja das Problem. Aber ich kann so nicht weitermachen! Ich will mich nicht an dieses öde Nest ketten! Am Ende sitze ich hier fest, genau wie Mom damals. Auf keinen Fall werde ich denselben dummen Fehler machen wie sie. Ich hasse es hier – ich halte es keine Minute länger aus!«

Seine Hände fielen herunter, als hätte ich ihm einen Stromschlag versetzt. Schockiert und tief getroffen stand er da; ich drehte mich um und ging zur Tür.

»Bella, du kannst jetzt nicht weg«, flüsterte er. »Es ist mitten in der Nacht.«

Ich drehte mich nicht um. »Ich kann auch im Transporter schlafen, wenn ich müde bin.«

»Warte wenigstens noch eine Woche«, bat er. »Dann ist Renée wieder zu Hause.«

Das warf mich völlig aus der Bahn. »Wie bitte?«

Erleichtert sah er, dass ich innehielt, und redete gehetzt weiter. »Sie hat angerufen, während du weg warst. Es läuft nicht so gut in Florida, und wenn Phil bis Ende nächster Woche keinen Vertrag hat, gehen sie zurück nach Arizona. Anscheinend hat der Assistenztrainer der Sidewinders in Aussicht gestellt, dass sie noch einen Shortstop gebrauchen könnten.«

Ich schüttelte den Kopf und versuchte mich wieder zu fangen. Mit jeder Sekunde, die verging, erhöhte sich die Gefahr für Charlie.

»Ich hab einen Schlüssel«, murmelte ich und hatte die Tür schon geöffnet, doch er stand direkt hinter mir und streckte seine Hand nach mir aus. Er war völlig verstört, doch ich konnte nicht länger mit ihm diskutieren – mir blieb nichts anderes übrig, als ihn noch mehr zu verletzen.

»Lass mich gehen, Charlie.« Meine Worte waren die gleichen, die meine Mutter zu ihm gesagt hatte, als sie vor all den Jahren durch dieselbe Tür gegangen war, um ihn für immer zu verlassen. Ich sagte es so zornig, wie ich konnte, und riss die Tür auf. »Es hat nicht funktioniert, okay? Ich hasse Forks, ich hasse es wie die Pest!«

Meine brutalen Worte erfüllten ihren Zweck – wie angewurzelt stand Charlie auf der Schwelle, während ich panisch vor Angst durch den leeren, nächtlichen Vorgarten rannte, gehetzt von dem dunklen Schatten, der in meiner Einbildung nach mir griff. Ich warf meine Tasche auf die Ladefläche des Transporters und riss die Tür auf. Der Schlüssel steckte im Zündschloss.

»Ich ruf dich morgen an!«, brüllte ich und wünschte mir nichts mehr, als ihm alles auf der Stelle erklären zu können. Doch ich würde es ihm nie erklären können. Ich ließ den Motor aufheulen und fuhr davon.

Edward griff nach meiner Hand.

»Halt an«, sagte er, als Charlie und das Haus hinter uns verschwunden waren.

»Ich kann fahren«, sagte ich mit tränenerstickter Stimme.

Da umfassten seine langen Hände meine Hüften und sein

Fuß schob meinen vom Gaspedal. Er zog mich über seinen Schoß, entwand meinen Fingern das Lenkrad und saß plötzlich selber auf dem Fahrersitz. Der Transporter hatte nicht einmal geschlingert.

»Du würdest das Haus nicht finden«, erklärte er.

Jäh leuchteten hinter uns Scheinwerfer auf. Zu Tode erschrocken starrte ich durch die Heckscheibe.

»Das ist nur Alice«, beruhigte er mich und ergriff wieder meine Hand.

Ich dachte an Charlie – wie er dort verlassen auf der Schwelle stand. »Was ist mit dem Tracker?«

»Er hat den letzten Teil deines Auftritts mitbekommen«, sagte Edward bekümmert.

Ich erschrak. »Charlie!«

»Keine Sorge, er ist uns gefolgt. Er rennt hinter uns her.«

Ich erstarrte.

»Können wir ihn abhängen?«

»Nein.« Trotzdem gab er mehr Gas. Der Motor heulte protestierend auf.

Mit einem Mal kam mir mein Plan nicht mehr so brillant vor.

Ich starrte gerade auf die Scheinwerfer des Jeeps hinter uns, als der Transporter durchgerüttelt wurde und eine dunkle Gestalt sich aufs Dach schwang.

Mein markerschütternder Schrei währte nur den Bruchteil einer Sekunde – dann hatte Edwards Hand meinen Mund verschlossen.

»Es ist Emmett!«

Er nahm die Hand weg und legte seinen Arm um meine Hüfte.

»Hab keine Angst, Bella«, sagte er. »Dir passiert nichts.«

Wir rasten durch das nächtliche Forks zum Highway in Richtung Norden.

»Ich wusste gar nicht, dass dich das Kleinstadtleben immer noch so langweilt«, plauderte er drauflos. Ich wusste, er wollte mich ablenken. »Ich hatte eher den Eindruck, dass du dich ganz gut eingelebt hast, besonders in letzter Zeit. Aber vielleicht ist es ja nur meiner Eitelkeit zuzuschreiben, dass ich dachte, ich hätte dein Leben interessanter gemacht.«

Ich ging nicht darauf ein. »Das war so gemein von mir«, sagte ich beschämt und ließ den Kopf hängen. »Dasselbe hat Mom gesagt, als sie ihn verließ. Das war ein Schlag unter die Gürtellinie.«

»Mach dir keine Sorgen, er wird dir verzeihen.« Er lächelte leicht, doch sein Blick blieb davon unberührt.

Ich starrte ihn an, und er sah die nackte Panik in meinen Augen.

»Alles wird gut, Bella.«

»Nichts ist gut, wenn ich nicht bei dir bin«, flüsterte ich.

»In ein paar Tagen sind wir wieder zusammen«, sagte er und zog mich näher zu sich heran. »Vergiss nicht, es war deine Idee.«

»Wessen sonst – es war schließlich die beste Idee.«

Sein Lächeln war trostlos und währte nur einen Moment.

»Ich verstehe nicht, warum das passiert ist«, sagte ich mit stockender Stimme. »Warum ich?«

Er starrte düster auf die Straße, die vor uns lag. »Es ist meine Schuld – es war unfassbar dumm, dich so offen ... dich so der Gefahr auszusetzen.« Der Zorn in seiner Stimme galt ihm selbst.

»Das meine ich nicht«, hakte ich nach. »Ich war da – na und? Den anderen beiden war das ziemlich egal. Warum hat dieser

James beschlossen, ausgerechnet mich zu töten? Hier sind überall Menschen – warum ich?«

Edward dachte nach.

»Ich hab heute Abend einen ziemlich guten Einblick in seine Denkweise bekommen«, sagte er dann leise. »Ich bin mir nicht sicher, ob ich irgendwas hätte tun können, um es zu verhindern – nachdem er einmal auf dich aufmerksam geworden war. Es ist tatsächlich teilweise deine Schuld. Wenn du nicht so schrecklich gut riechen würdest, hätte er vielleicht nicht solche Lust auf die Sache bekommen. Und dass ich dich dann verteidigt habe, hat alles noch verstärkt. Der Anreiz kann noch so klein sein – er ist es einfach nicht gewohnt, dass ihm jemand in die Quere kommt. Er sieht sich als Jäger und sonst nichts – seine Existenz besteht darin, Spuren zu verfolgen und seine Beute in die Enge zu treiben. Alles, was er vom Leben verlangt, ist eine Herausforderung, und wir haben ihm eine wundervolle Herausforderung geliefert: ein großer Clan starker Kämpfer, der alles daransetzt, sein einziges verwundbares Element zu schützen. Du kannst dir nicht vorstellen, wie euphorisch er jetzt ist. Er ist eine Spielernatur, und dieses Spiel verspricht aufregender zu werden als alle früheren.« Seine Stimme war voller Abscheu.

Er hielt einen Moment lang inne.

»Andererseits – wenn ich nicht reagiert hätte, wärst du jetzt tot. Es gab keinen Ausweg.«

»Aber ich dachte … mein Geruch wirkt auf andere nicht so … wie auf dich«, sagte ich.

»Das stimmt. Trotzdem bist du eine große Versuchung für jeden von ihnen. Wenn du auf den Tracker – oder einen von den anderen – tatsächlich genauso gewirkt hättest wie auf mich, dann hätte es sofort einen Kampf gegeben.«

Es lief mir kalt den Rücken hinunter.

»Mir bleibt jetzt wahrscheinlich nichts anderes übrig, als ihn zu töten«, murmelte er. »Carlisle wird nicht glücklich sein darüber.«

Es war zu dunkel, um den Fluss zu erkennen, doch ich hörte am Geräusch der Reifen, dass wir über die Brücke fuhren. Wir waren bald da – wenn überhaupt, musste ich ihn jetzt fragen.

»Wie tötet man einen Vampir?«

Er schaute mich mit einem undefinierbaren Ausdruck an. »Die einzig sichere Methode ist es, ihn zu zerfetzen und die Körperteile zu verbrennen«, sagte er brüsk.

»Und die anderen zwei werden gemeinsam mit ihm kämpfen?«

»Die Frau ja. Bei Laurent bin ich mir nicht sicher. Es gibt keine starke Bindung zwischen ihnen – er ist aus rein pragmatischen Gründen mit den beiden unterwegs. James' Auftritt heute Abend war ihm peinlich ...«

»Aber James und die Frau ... wollen dich umbringen?«, fragte ich mit trockener Kehle.

»Wehe, du machst dir Sorgen um mich, Bella. Ich will, dass du ausschließlich an deine eigene Sicherheit denkst. Und ich flehe dich an – sei bitte, bitte nicht leichtsinnig!«

»Folgt er uns immer noch?«

»Ja, aber er wird das Haus nicht angreifen. Jedenfalls nicht heute.«

Er bog auf den unsichtbaren Weg ein. Alice folgte uns.

Wir fuhren bis direkt vor das Haus. Es war hell erleuchtet, doch ringsherum breiteten sich dunkel die Wälder aus. Wir rollten noch, da öffnete Emmett schon die Tür, riss mich wie einen Football an seine breite Brust und rannte mit mir hinein. Edward und Alice waren Momente später an unserer Seite.

Als wir in den großen weißen Raum stürzten, waren alle anderen schon versammelt. Emmett stellte mich neben Edward ab; ich hörte ein leises Knurren tief in seiner Kehle und wusste, wem es galt: Laurent, der inmitten der anderen stand.

»Er verfolgt uns«, verkündete Edward und blickte ihn feindselig an.

Laurent sah betrübt aus. »Ich hab es kommen sehen.«

Alice tänzelte zu Jasper und flüsterte ihm etwas ins Ohr; stumm bebten ihre Lippen. Dann verschwanden sie gemeinsam nach oben. Rosalie schaute ihnen nach und gesellte sich rasch zu Emmett. Der Blick ihrer schönen Augen war eindringlich und, sobald er versehentlich meinem begegnete, wütend.

»Was wird er jetzt tun?«, fragte Carlisle eisig.

»Es tut mir leid«, erwiderte Laurent. »Als dein Junge sie verteidigte, befürchtete ich schon, dass es James anstacheln würde.«

»Kannst du ihn stoppen?«

Laurent schüttelte den Kopf. »Nichts kann James stoppen, wenn er einmal die Spur aufgenommen hat.«

»Wir werden ihn stoppen«, versicherte Emmett. Es war vollkommen klar, was er damit meinte.

»Ihr könnt ihn nicht zur Strecke bringen. So etwas wie ihn hab ich in meinen dreihundert Jahren noch nie gesehen. Er ist absolut tödlich – deshalb hab ich mich ihm angeschlossen.«

Natürlich, dachte ich – so rum war's in Wirklichkeit. Laurent hatte sich *ihm* angeschlossen. Ihr demonstrativer Auftritt auf der Lichtung war nicht mehr als das gewesen: ein Auftritt.

Laurent schüttelte den Kopf und warf einen ungläubigen Blick auf mich. Dann wandte er sich wieder an Carlisle: »Seid ihr euch sicher, dass sie es wert ist?«

Wütend brüllte Edward auf; Laurent zuckte zurück.

Carlisle musterte ihn ernst. »Ich fürchte, du musst eine Entscheidung treffen.«

Laurent verstand und zögerte. Er schaute jedem der Cullens ins Gesicht, dann ließ er seinen Blick durch den Raum schweifen.

»Mich fasziniert das Leben, das ihr euch hier geschaffen habt, aber ich halte mich aus der Sache heraus. Ich betrachte niemanden von euch als meinen Feind, doch ich werde mich nicht gegen James wenden. Vermutlich mache ich mich auf den Weg nach Norden, zu dem Clan in Denali.« Er hielt inne. »Unterschätzt James nicht. Er hat einen brillanten Verstand und einmalig scharfe Sinne. Er kann sich genauso sicher unter Menschen bewegen wie ihr und er wird euch nicht offen angreifen … Ich bedaure sehr, dass es dazu gekommen ist.« Er senkte seinen Kopf, doch ich sah noch, wie er mir einen weiteren verwunderten Blick zuwarf.

»Gehe in Frieden«, sagte Carlisle förmlich.

Laurent schaute sich noch einmal um, dann lief er eilig hinaus.

Die Stille hielt weniger als eine Sekunde an.

»Wie nahe?« Carlisle schaute Edward an.

Esme war schon zur Wand gegangen und berührte ein unauffällig wirkendes Tastenfeld; entgeistert sah ich zu, wie sich riesige Metallläden ächzend vor die Glaswand schoben.

»Ungefähr drei Meilen hinter dem Fluss; er pirscht dort umher, um sich mit der Frau zu treffen.«

»Was habt ihr vor?«

»Wir lenken ihn von ihrer Spur ab, dann bringen Jasper und Alice sie in den Süden.«

»Und dann?«

»Sobald Bella außer Reichweite ist«, sagte Edward kategorisch, »jagen wir ihn.«

»Es gibt wohl keine andere Möglichkeit«, stimmte Carlisle betrübt zu.

Edward wandte sich an Rosalie.

»Nimm sie mit hoch und tausch deine Kleidung mit ihr«, kommandierte er. Rosalie starrte ihn fassungslos an.

»Warum sollte ich das tun?«, zischte sie. »Was bedeutet sie mir? Abgesehen von Gefahr – eine Gefahr, der du uns alle aussetzt.«

Es klang so hasserfüllt, dass ich zurückzuckte.

»Rose …«, sagte Emmett besänftigend und griff nach ihrer Schulter, doch sie schüttelte seine Hand ab.

Besorgt schaute ich Edward an – ich kannte sein Temperament und rechnete mit einem Wutausbruch.

Doch zu meiner Überraschung wandte er sich von Rosalie ab, als wäre nichts gewesen, als existierte sie gar nicht.

»Esme?«, fragte er mit ruhiger Stimme.

»Na klar«, murmelte Esme.

Und bevor ich erschrocken nach Luft schnappen konnte, hatte sie mich wie eine Puppe in ihre Arme genommen und schoss mit mir die Treppe hoch.

»Was machen wir?«, fragte ich atemlos, als sie mich irgendwo in einem dunklen Zimmer im ersten Stock abgesetzt hatte.

»Die Gerüche durcheinanderbringen. Es wird nicht lange anhalten, aber vielleicht verschafft es dir einen kleinen Vorsprung.« Ich hörte ihre Sachen zu Boden fallen.

»Ich glaub nicht, dass sie mir passen werden«, sagte ich zögernd, doch ihre Hände zogen mir schon mein Hemd über den Kopf. Schnell zog ich meine Jeans aus. Sie reichte mir irgendwas, es fühlte sich an wie eine Bluse. Hastig suchte ich nach den richtigen Löchern. Als ich so weit war, drückte sie mir ihre Hose in die Hand. Ich zog sie an, doch sie war zu lang. Geschickt krempelte sie die Hosenbeine ein paarmal um, so dass ich darin gehen konnte. Irgendwie hatte sie es schon geschafft, meine Sachen anzuziehen. Sie zog mich hinter sich her zur Treppe, wo Alice mit einer kleinen Ledertasche in der Hand wartete und meinen anderen Ellbogen ergriff. In ihrer Mitte flog ich hinab ins Erdgeschoss.

Dort schien in unserer Abwesenheit alles Nötige vorbereitet worden zu sein. Edward und Emmett, der einen großen Rucksack auf den Schultern hatte, waren aufbruchsbereit. Carlisle reichte Esme einen kleinen Gegenstand, dann drehte er sich um und gab Alice dasselbe – es waren winzige silberfarbene Handys.

»Esme und Rosalie nehmen deinen Transporter«, sagte er im Vorbeigehen. Ich nickte und warf Rosalie einen vorsichtigen Blick zu. Sie schaute wütend zu Carlisle.

»Alice, Jasper – ihr nehmt den Mercedes. Die getönten Scheiben werdet ihr dort unten brauchen.«

Sie nickten ebenfalls.

»Wir nehmen den Jeep.«

Ich war überrascht, dass Carlisle sich Edward und Emmett anschloss. Dann begriff ich: Die drei waren James' Jäger.

»Alice«, fragte Carlisle, »werden sie anbeißen?«

Alle Blicke waren auf Alice gerichtet, die ihre Augen schloss und wie zu Stein erstarrte.

Dann schlug sie die Augen auf und sagte: »Er wird dem Jeep folgen, die Frau dem Transporter. Danach müssten wir freie Bahn haben.« Ihre Stimme war fest.

»Dann los.« Carlisle ging zur Küche.

Sofort war Edward bei mir und nahm mich so fest in seine Arme, dass meine Füße vom Boden abhoben. Er schien seine Familie nicht wahrzunehmen, nur mein Gesicht. Einen Moment lang waren seine kalten, harten Lippen an meine gepresst, dann war es vorüber. Er setzte mich ab, hielt aber noch immer mein Gesicht in seinen Händen; unsere Blicke verschmolzen.

Dann wich aller Ausdruck aus seinen herrlichen Augen; er drehte sich um.

Und sie waren verschwunden.

Die Stille zog den Moment in die Länge, dann vibrierte Esmes Telefon in ihrer Hand. »Jetzt«, sagte sie einen Augenblick später.

Rosalie stolzierte zur Tür, ohne mich eines weiteren Blickes zu würdigen, doch Esme berührte im Vorbeigehen meine Wange.

»Sei vorsichtig.« Ihre geflüsterten Worte schwebten im Raum, nachdem die beiden hinausgegangen waren. Ich hörte, wie mein Transporter donnernd ansprang und das Geräusch sich nach und nach verlor.

Wir warteten. Alice' Handy schien an ihrem Ohr zu sein, bevor es überhaupt surrte.

»Edward sagt, die Frau folgt Esme. Ich hol das Auto.« Sie verschwand auf demselben Weg wie Edward.

Jasper und ich schauten uns an. Er stand mir gegenüber, immer noch sorgsam auf Abstand bedacht.

»Du irrst dich«, sagte er leise.

»Was?«, stieß ich hervor.

»Ich weiß, was du gerade fühlst, und es stimmt nicht – du *bist* es wert.«

»Nein«, murmelte ich. »Wenn ihnen irgendwas passiert, ist es umsonst.«

»Du irrst dich«, wiederholte er und lächelte.

Geräuschlos trat Alice zur Tür herein und kam mit ausgebreiteten Armen auf mich zu.

»Darf ich?«, fragte sie.

»Du bist die Erste, die um Erlaubnis fragt.« Ich lächelte.

Mit derselben Leichtigkeit wie Emmett hob sie mich auf ihre dünnen Arme und barg mich schützend an ihrem Körper. Dann flogen wir zur Tür hinaus; die hellen Lichter blieben hinter uns zurück.

UNGEDULD

Verwirrt wachte ich auf. Meine Gedanken waren völlig konfus – ein Durcheinander von Träumen und Albträumen. Ich lag in einem völlig steril eingerichteten Raum, doch es dauerte eine Weile, bis mir klarwurde, wo ich mich befand.

Es konnte nur ein Hotelzimmer sein. Die festgeschraubten Nachttischlampen, der lange Vorhang, der aus demselben Material bestand wie die Überdecke auf dem Bett, die typischen Aquarelldrucke an der Wand – all das war Hinweis genug.

Ich versuchte zu rekonstruieren, wie ich in dieses Bett gekommen war, doch zunächst ließ mich die Erinnerung im Stich.

Ich wusste noch, ich war in diese schwarze Nobellimousine gestiegen, deren Scheiben noch dunkler waren, als man das von Promi-Schlitten kennt. Der Motor war fast geräuschlos, auch dann noch, als wir mehr als doppelt so schnell wie erlaubt über die dunklen Freeways rasten.

Ich erinnerte mich an das dunkle Leder des Rücksitzes und daran, dass Alice neben mir saß. Irgendwann im Laufe der langen Nacht war mein Kopf gegen ihren steinharten Hals gesunken. Meine Nähe schien sie nicht im Geringsten zu stören, und die Berührung ihrer kühlen, festen Haut war auf eigenartige Weise tröstlich. Ihr dünnes Baumwoll-T-Shirt war kalt und feucht von den Tränen, die mir unaufhörlich aus den geröteten Augen gelaufen waren, bis die Quelle versiegt war.

Aber ich fand keinen Schlaf; meine schmerzenden Augen wollten sich nicht schließen lassen, und dann war die Nacht vorbei und die Helligkeit der Morgendämmerung kroch über eine flache Hügelkette, irgendwo in Kalifornien. Graues Licht überzog den wolkenlosen Himmel und stach mir in die Augen, doch noch immer konnte ich sie nicht schließen – die Bilder, die mit unerträglicher Klarheit vor meinem inneren Auge abliefen wie eine Diashow, wenn ich es doch tat, waren schlimmer. Charlies gequältes Gesicht, Edwards wildes Knurren und seine gefletschten Zähne, Rosalies verächtliche Miene, die Gier in den Augen des Trackers, der erloschene Ausdruck von Edwards Blick, nachdem er mich zum letzten Mal geküsst hatte ... das zu sehen, hielt ich nicht aus. Und so kämpfte ich, während die Sonne am Himmel aufstieg, gegen die Müdigkeit an.

Ich war auch noch wach, als wir zwischen zwei Gipfeln hindurchfuhren und die Sonne, die längst den Zenit überschritten hatte, von den Ziegeldächern meiner Heimatstadt reflektiert wurde. Doch ich war vollkommen ausgelaugt – ich wunderte mich nicht mal mehr, dass wir eine Strecke von drei Tagen in nur einem Tag zurückgelegt hatten. Mit leerem Blick starrte ich auf die flache Weite, die vor uns ausgebreitet lag – auf die Palmen, die struppigen Kreosotbüsche, das Kreuz und Quer der Highways, die grünen Bahnen der Golfplätze, die türkisfarbenen Kleckse der Swimmingpools. All das war in dichten Smog getaucht und wurde von kurzen, felsigen Höhenzügen eingerahmt, die zu flach waren, um ernsthaft als Berge durchzugehen.

Die Schatten der Palmen streckten sich über die Straße – klarer konturiert, als ich es in Erinnerung hatte, aber irgendwie zu blass. Nichts konnte sich in diesen Schatten verstecken. Breit und offen lag der Freeway in der Sonne und strahlte freundliche Normalität aus, doch ich verspürte keine Erleichterung. Ich kam nach Hause, aber es fühlte sich nicht an wie eine Heimkehr.

»Wo lang geht's zum Flughafen, Bella?«, hatte Jasper dann gefragt, und ich war erschrocken zusammengezuckt, obwohl seine Stimme weich und unaufgeregt klang. Abgesehen vom Surren des Motors war es das erste Geräusch, das die Stille der Fahrt durchbrach.

»Bleib auf der Interstate 10«, antwortete ich automatisch. »Wir kommen direkt daran vorbei.«

Langsam bahnten sich meine Gedanken einen Weg durch die verworrene Landschaft meines müden Gehirns.

»Fliegen wir irgendwohin?«, fragte ich Alice.

»Nein, aber wir bleiben vorsichtshalber in der Nähe.«

Dann waren wir auf den Ring um den Flughafen gefahren, das wusste ich auch noch ... doch ich erinnerte mich nicht, ihn wieder verlassen zu haben. Irgendwann dazwischen musste ich also eingeschlafen sein.

Allerdings hatte ich auch eine vage Erinnerung daran, aus dem Auto gestiegen zu sein. Die Sonne ging gerade unter ... mein Arm lag über Alice' Schulter ... sie umfasste meine Hüfte und ich stolperte durch die warmen, trockenen Schatten neben ihr her.

Doch dieses Zimmer sah ich zum ersten Mal.

Ich schaute auf die Uhr, die auf dem Nachttisch stand. Ihre Ziffern zeigten drei Uhr an, aber ich wusste nicht, ob es Nachmittag oder Nacht war. Kein Lichtstrahl drang durch den dichtgeschlossenen, schweren Vorhang. Alle Lichter im Zimmer brannten.

Ich erhob mich mit steifen Gliedern, taumelte zum Fenster und zog den Vorhang beiseite.

Es war dunkel draußen – drei Uhr morgens also. Durch das Fenster sah ich den leeren Freeway und das neue Parkhaus des Flughafens. Es beruhigte mich ein wenig, Ort und Zeit bestimmen zu können.

Ich blickte an mir herab. An meinem Körper hingen noch immer Esmes viel zu große Sachen. Ich schaute mich um und war froh, auf einer Kommode meine Tasche zu entdecken.

Als ich gerade dabei war, etwas anderes zum Anziehen herauszusuchen, klopfte es leise. Ich zuckte zusammen.

»Darf ich?«, hörte ich Alice fragen.

Ich atmete tief ein. »Klar.«

Sie kam herein und musterte mich skeptisch. »Du siehst aus, als könntest du noch mehr Schlaf vertragen«, sagte sie.

Ich schüttelte nur den Kopf.

Sie glitt geräuschlos zum Fenster und zog sorgfältig den Vorhang zu.

»Wir werden nicht rausgehen können«, sagte sie.

»Okay«, sagte ich mit heiserer Stimme.

»Hast du Durst?«, fragte sie.

Ich zuckte mit den Schultern. »Mir fehlt nichts. Und dir?«

»Ein paar Kleinigkeiten.« Sie lächelte. »Ich hab was zu essen für dich bestellt, es steht nebenan. Edward hat mich daran erinnert, dass du sehr viel regelmäßiger was zu dir nehmen musst als wir.«

Augenblicklich war ich hellwach. »Hat er angerufen?«

»Nein«, sagte sie. »Das war, bevor wir losfuhren.«

Sie musste mir meine Enttäuschung angesehen haben, denn sie nahm meine Hand und führte mich in das Wohnzimmer der Hotelsuite. Aus dem Fernseher kamen leise Stimmen. Am Schreibtisch in der Ecke des Zimmers saß Jasper und verfolgte ohne einen Funken von Interesse die Nachrichten.

Auf einem niedrigen Couchtisch stand ein Tablett mit Essen. Ich setzte mich auf den Boden und begann, darin herumzustochern, ohne darauf zu achten, was ich aß.

Alice lümmelte sich auf die Sofalehne und starrte ebenfalls mit leerem Blick auf den Fernseher.

Während ich mir langsam Bissen um Bissen in den Mund schob, beobachtete ich sie. Hin und wieder drehte ich mich zu Jasper um. Beide wandten ihre Augen nicht ein einziges Mal vom Bildschirm ab, auch nicht in der Werbepause. Ich schob das Tablett von mir weg; ich hatte mit einem Mal ein flaues Gefühl im Magen. Alice schaute mich fragend an.

»Was ist los, Alice?«

»Gar nichts.« Ihre Augen waren groß und treuherzig ... und ich traute ihnen nicht.

»Was machen wir jetzt?«

»Wir warten darauf, dass Carlisle anruft.«

»Heißt das, er hätte schon anrufen sollen?« Ich sah, dass ich ins Schwarze getroffen hatte. Alice' Blick huschte von mir zum Telefon und wieder zurück.

»Und was bedeutet das?« Meine Stimme bebte, und ich versuchte, sie zu kontrollieren. »Dass er noch nicht angerufen hat?«

»Es bedeutet, dass er uns nichts mitzuteilen hat, das ist alles.« Doch es klang zu glatt; irgendetwas schnürte mir die Luft ab.

Plötzlich stand Jasper neben mir, ohne seinen sonst üblichen Sicherheitsabstand zu mir einzuhalten.

»Bella«, sagte er mit verdächtig beruhigender Stimme. »Es gibt keinen Grund zur Sorge. Du bist sicher hier.«

»Das weiß ich.«

»Wovor hast du dann Angst?«, fragte er verblüfft. Er konnte zwar meine Stimmung spüren, doch der Grund dafür blieb ihm verborgen.

»Du hast doch gehört, was Laurent gesagt hat.« Ich flüsterte nur, doch ich wusste, sie konnten mich hören. »James ist tödlich. Was ist, wenn etwas schiefgeht und sie getrennt werden? Wenn einem von ihnen etwas passiert, Carlisle oder Emmett oder ... Edward ...« Ich schluckte. »Oder wenn diese wilde Frau Esme etwas antut ...« Meine Stimme war lauter geworden, höher, hysterischer. »Es wäre alles meine Schuld, und das könnte ich mir nie verzeihen. Niemand von euch sollte sein Leben für mich aufs Spiel setzen –«

»Bella, Bella – bitte«, unterbrach Jasper mich. Die Worte sprudelten so schnell aus seinem Mund, dass ich sie kaum verstand. »Du sorgst dich grundlos, glaub mir – niemand von uns ist in Gefahr. Du bist ohnehin schon viel zu angespannt, mach es nicht noch schlimmer, indem du dich unnötig ängstigst. Unsere Familie ist stark. Unsere einzige Sorge ist, dass wir dich verlieren.«

»Aber warum solltet ihr euch –«

Diesmal war es Alice, die mich unterbrach, indem sie meine Wange mit ihren kalten Fingern berührte. »Edward ist schon fast ein Jahrhundert lang allein. Jetzt hat er dich gefunden. Du weißt nicht, wie er sich seitdem verändert hat, wir schon. Meinst du, irgendjemand von uns könnte ihm in den nächsten hundert Jahren in die Augen sehen, wenn er dich verliert?«

Ich schaute in ihre dunklen Augen und spürte, wie meine Schuldgefühle langsam nachließen. Ich kam etwas zur Ruhe, doch ich wusste, dass ich meinen Gefühlen in Jaspers Gegenwart nicht trauen konnte.

Es wurde ein sehr langer Tag.

Niemand verließ die Suite. Alice rief bei der Rezeption an und bestellte den Reinigungsservice ab. Die Vorhänge blieben geschlossen und der Fernseher lief weiter, obwohl niemand hinschaute. In regelmäßigen Abständen brachte jemand Essen für mich herauf. Das silberfarbene Telefon, das auf Alice' Tasche lag, schien immer größer zu werden.

Alice und Jasper kamen mit der Anspannung weit besser zurecht als ich. Je zappliger ich wurde, je nervöser ich umherlief, desto ruhiger wurden sie – zwei Statuen, deren Blicke unauffällig jeder meiner Bewegungen folgten. Um mich zu beschäftigen, prägte ich mir die Einzelheiten des Raumes ein, das gestreifte Muster der Couch zum Beispiel: hellbraun, gelb, cremefarben, ein blasses Gold und wieder hellbraun. Dann starrte ich auf die abstrakten Drucke an der Wand und suchte nach versteckten Bildern, so wie ich als Kind in vorüberziehenden Wolken Figuren entdeckt hatte. Ich sah eine blaue Hand, eine Frau, die ihre Haare kämmte, eine Katze, die sich streckte. Als mich irgendwann aus einem roten Kreis ein Auge anstarrte, wandte ich meinen Blick ab.

Dann wurde es Abend, und ich ging ins Bett, hauptsächlich der Abwechslung wegen. Allein in der Dunkelheit würde ich mich den furchtbaren Ängsten hingeben können, die unterschwellig in mir brodelten und von Jasper in Schach gehalten wurden.

Doch Alice folgte mir scheinbar zufällig nach nebenan, so als hätte sie im selben Moment Lust verspürt, den Raum zu wechseln – zu gerne hätte ich gewusst, was genau Edward ihr aufgetragen hatte. Ich legte mich ins Bett, sie setzte sich mit gekreuzten Beinen neben mich. Zuerst ignorierte ich sie – ich war mit einem Mal tatsächlich müde genug zum Schlafen. Doch nach ein paar Minuten kehrte die Panik zurück, die Jasper aus meinem Bewusstsein gedrängt hatte. Ich ließ den Gedanken an Schlaf fallen, schlang die Arme um meine Knie und kugelte mich zusammen.

»Alice?«

»Ja?«

»Was machen sie wohl gerade?«

»Carlisle wollte den Tracker erst so weit wie möglich nach Norden führen, ihn nahe herankommen lassen, dann kehrtmachen und ihn überwältigen. Esme und Rosalie sollten in Richtung Küste fahren, bis die Frau ihnen nicht mehr folgt, und dann nach Forks zurückkehren und auf deinen Dad aufpassen. Ich denk mal, dass alles wie geplant läuft und dass Carlisle deshalb nicht anrufen kann. Wenn der Tracker in der Nähe ist, müssten sie nämlich befürchten, belauscht zu werden.«

»Und Esme?«

»Ich vermute, sie ist wieder in Forks. Sie wird sich aber auch nicht melden, wenn sie nicht ausschließen kann, dass sie belauscht wird. Ich nehme an, sie sind einfach alle sehr vorsichtig.«

»Glaubst du wirklich, dass sie in Sicherheit sind?«

»Bella, wie oft sollen wir dir denn noch sagen, dass für uns keine Gefahr besteht?«

»Aber würdest du mir auch die Wahrheit sagen?«

»Ja. Ich werde dir immer die Wahrheit sagen.« Es klang aufrichtig.

Ich ließ ihre Worte auf mich wirken und kam zu dem Schluss, dass ich ihr glauben konnte.

»Verrätst du mir dann bitte … wie man zum Vampir wird?«

Darauf war sie nicht gefasst. Sie schwieg. Ich rollte mich herum und musterte sie, doch ich wurde aus ihrer Miene nicht schlau.

»Edward möchte nicht, dass du das weißt«, sagte sie bestimmt, doch ich spürte, dass sie anderer Meinung war als er.

»Das ist unfair. Ich finde, ich habe ein Recht darauf, das zu wissen.«

»Finde ich auch.«

Ich schaute sie erwartungsvoll an.

Sie seufzte. »Er wird *extrem* sauer sein.«

»Er muss es ja nicht erfahren – das bleibt zwischen uns. Bitte, Alice, sag es mir als Freundin.« Denn Freundinnen waren wir inzwischen – was sie wahrscheinlich längst vorausgesehen hatte.

Sie schaute mich aus ihren schönen, weisen Augen an … und traf eine Entscheidung.

»Ich kann dir sagen, wie es vor sich geht«, begann sie, »aber ich erinnere mich selber nicht daran und war nie bei einer Verwandlung dabei – es ist also alles nur Theorie.«

Ich wartete.

»Wie alle anderen Raubtiere sind wir im Übermaß mit Fähigkeiten und Waffen ausgestattet, viel üppiger als eigentlich notwendig: die körperliche Stärke, die Geschwindigkeit, die scharfen Sinne, abgesehen von zusätzlichem Wahrnehmungsvermögen wie bei Edward, Jasper oder mir. Dazu kommt, dass wir äußerlich attraktiv auf unsere Beute wirken, genau wie Fleisch fressende Pflanzen.«

Ich rührte mich nicht; ich war in Gedanken bei dem sonnigen Nachmittag auf der Wiese, als Edward mir genau das vorgeführt hatte.

Dann grinste sie breit – und seltsam bedrohlich. »Und wir haben noch eine weitere Waffe, eine ziemlich überflüssige, wenn du mich fragst. Wir sind nämlich auch giftig.« Ihre Zähne blitzten. »Das Gift ist nicht tödlich, es macht nur bewegungsunfähig. Es breitet sich langsam durch die Blutbahn aus, so dass unser Opfer, wenn es erst mal gebissen ist, zu große Schmerzen hat, um zu entkommen. Überflüssig, wie gesagt – wenn wir nahe genug herankommen, um zu beißen, gibt es sowieso kein Entkommen. Es gibt natürlich immer Ausnahmen. Carlisle zum Beispiel.«

»Das heißt ... wenn sich das Gift ungehindert ausbreiten kann ...«, murmelte ich.

»Dann dauert es einige Tage, bis die Verwandlung abgeschlossen ist; wie lange genau, hängt davon ab, wie hoch die Konzentration des Giftes im Blut ist und wie nahe am Herzen das Opfer gebissen wurde. Solange das Herz schlägt, breitet sich das Gift aus und stärkt den Körper – doch zugleich verändert es ihn. Wenn das Herz aufhört zu schlagen, ist die Umwandlung vollendet. Doch solange sie andauert, gibt es keine Minute, in der das Opfer sich nicht wünscht, tot zu sein.«

Es lief mir kalt den Rücken runter.

»Es ist kein angenehmes Gefühl.«

»Edward meinte, es sei auch schwierig durchzuführen ... Ich versteh das nicht richtig.«

»Ein bisschen sind wir wie Haie, Bella. Sobald wir Blut gerochen oder gar gekostet haben, ist es fast unmöglich, nicht zu trinken. Und manchmal *ist* es unmöglich. Das heißt, wenn ich jemanden beißen und von seinem Blut kosten würde, geht der Kampf erst los. Es ist für beide Seiten schwierig – hier die Blutgier, dort die schrecklichen Schmerzen.«

»Was glaubst du, warum du dich nicht erinnern kannst?«

»Ich weiß es nicht. Für alle anderen sind die Schmerzen der Verwandlung die deutlichste Erinnerung an ihr menschliches Leben. Ich dagegen«, sagte sie wehmütig, »habe keine einzige.«

Dann schwiegen wir und hingen unseren jeweiligen Gedanken nach.

Die Zeit verging, und ich hatte ihre Gegenwart fast vergessen, so tief war ich in meine Grübelei versunken.

Dann, urplötzlich, schnellte Alice vom Bett hoch und landete weich auf ihren Füßen. Erschrocken blickte ich zu ihr auf.

»Etwas ist anders«, sagte sie aufgeregt, doch ihre Worte waren nicht mehr an mich gerichtet.

Sie erreichte gleichzeitig mit Jasper, der offensichtlich ihren Ausruf gehört hatte, die Tür. Er legte seine Hände auf ihre Schultern, führte sie zurück zum Bett und drückte sie sanft auf die Kante.

»Was siehst du?«, fragte er eindringlich und schaute ihr in die Augen, die in eine unbestimmte Ferne blickten. Ich setzte mich neben sie und beugte mich näher heran, um ihre leisen, schnellen Worte zu verstehen.

»Einen Raum. Er ist lang und voller Spiegel und hat einen Holzfußboden. Er ist dort – er wartet. Vor den Spiegeln verläuft etwas, eine Art goldener Streifen.«

»Und wo? Wo ist der Raum?«

»Ich weiß nicht. Irgendetwas fehlt; eine Entscheidung steht noch aus.«

»Wann?«

»Bald. Er wird vielleicht schon heute in diesem Raum sein, auf jeden Fall morgen. Er wartet auf etwas, davon hängt es ab. Und jetzt sehe ich ihn im Dunkeln.«

Methodisch, mit ruhiger Stimme, fragte Jasper sie aus. »Was tut er?«

»Er sieht fern ... Nein, er schaut sich ein Video an, im Dunkeln, woanders.«

»Weißt du, wo?«

»Nein, man sieht nichts, es ist zu dunkel.«

»Und im Spiegelraum, was ist da noch?«

»Nur die Spiegel und dieses Goldband. Es umschließt den ganzen Raum. Dann steht da noch ein schwarzer Tisch mit einer großen Stereoanlage, und ein Fernseher mit Videorekorder. Er bedient zwar den Videorekorder, aber er schaut sich nichts an, wie er es in dem dunklen Raum tut. Er wartet.« Ihr Blick wanderte umher und verharrte dann auf Jasper.

»Sonst nichts?«, fragte er.

Sie schüttelte den Kopf. Reglos schauten sie sich an.

»Was bedeutet das?«, fragte ich.

Zuerst antwortete mir niemand, dann richtete Jasper seinen Blick auf mich.

»Es bedeutet, dass der Tracker seinen Plan geändert hat. Er hat eine Entscheidung getroffen, die ihn in den verspiegelten und in den dunklen Raum führen wird.«

»Aber wir wissen nicht, wo diese Räume sind, oder?«

»Nein.«

»Wir wissen nur, dass er wohl nicht in den Bergen nördlich von Washington ist, auf der Flucht vor den anderen«, sagte Alice trübsinnig. »Er wird ihnen entkommen.«

»Sollen wir sie anrufen?«, fragte ich. Sie schauten sich fragend an; offenbar waren sie unentschlossen.

Das Telefon klingelte.

Alice hatte das Zimmer durchquert, bevor ich meinen Kopf auch nur heben konnte.

Sie hielt das Handy an ihr Ohr, doch zunächst sagte sie nichts.

»Carlisle«, flüsterte sie dann. Anders als ich schien sie weder überrascht noch erleichtert zu sein.

»Ja«, sagte sie und schaute zu mir. Dann hörte ich wieder zu.

»Ich hab ihn gerade gesehen.« Und sie beschrieb erneut die beiden Räume. »Was auch immer ihn dazu bewogen hat, das Flugzeug zu besteigen … es führt ihn dorthin.« Sie hielt inne. »Ja«, sagte sie und dann, an mich gerichtet: »Bella?«

Sie hielt mir das Telefon hin, und ich rannte zu ihr.

»Hallo?«, hauchte ich.

»Bella«, sagte Edward.

»Edward! Ich hatte solche Angst!«

»Bella«, sagte er seufzend. »Ich hab dir doch gesagt, du sollst um nichts Angst haben als um dich selbst.« Es war so unbeschreiblich gut, seine Stimme zu hören. Ich spürte, wie die beklemmende Verzweiflung mich langsam losließ und sich auflöste.

»Wo bist du?«

»Wir sind in der Nähe von Vancouver. Bella, es tut mir so leid – wir haben ihn verloren. Er war auf der Hut und kam nie weit genug heran, dass ich seine Gedanken hören konnte. Und jetzt ist er weg – es scheint, als habe er einen Flug genommen. Wir nehmen an, dass er auf dem Weg zurück nach Forks ist, um noch mal von vorne anzufangen.« Hinter mir hörte ich, wie Alice Jasper auf den neuesten Stand brachte; ihre schnellen Worte verschmolzen zu einem summenden Geräusch.

»Ich weiß. Alice hat gesehen, dass er entkommen ist.«

»Aber keine Sorge – er wird nichts finden, was ihn zu dir führen kann. Du musst nur dort bleiben, wo du bist, bis wir ihn wieder aufgespürt haben.«

»Das ist okay. Ist Esme bei Charlie?«

»Ja. Die Frau war in der Stadt. Sie ist ins Haus gegangen, während Charlie bei der Arbeit war. Aber ihm hat sie sich nicht genähert, also hab keine Angst. Er ist in Sicherheit – Esme und Rosalie passen auf.«

»Was will die Frau?«

»Sie versucht wahrscheinlich, deine Spur aufzunehmen. Letzte Nacht hat sie die ganze Stadt durchstöbert. Rosalie ist ihr zum Flugplatz, durch sämtliche Straßen und in die Schule gefolgt. Sie sucht nach Hinweisen, Bella, aber es gibt keine.«

»Und du bist sicher, dass Charlie nichts passieren kann?«

»Ja, Esme lässt ihn nicht aus den Augen. Und wir sind auch

bald wieder da. Sobald der Tracker zurück nach Forks kommt, haben wir ihn.«

»Ich vermisse dich«, flüsterte ich.

»Ich weiß, Bella. Ich weiß genau, wie du dich fühlst. Es ist, als hättest du einen Teil von mir mit dir genommen.«

»Dann komm und hol ihn dir.«

»Bald – so bald wie möglich. Aber zuerst werde ich dafür sorgen, dass du in Sicherheit bist.« Seine Stimme klang streng.

»Ich liebe dich«, sagte ich.

»Glaubst du mir, dass ich dich auch liebe, trotz allem, was ich dir zumute?«

»Ja.«

»Ich bin bald bei dir.«

»Ich warte auf dich.«

Dann war die Verbindung beendet, und die Verzweiflung kehrte zurück.

Ich ging zu Alice, um ihr das Handy zu geben. Sie und Jasper waren über den Tisch gebeugt, und Alice zeichnete etwas auf einen Bogen Hotelbriefpapier. Ich schaute ihr über die Schulter.

Sie skizzierte einen langen, rechteckigen Raum mit einem schmaleren, quadratischen Abschnitt an einem Ende. Parallel zur langen Wand waren Dielen verlegt. Vertikale Linien an den Wänden markierten die schmalen Lücken zwischen den einzelnen Spiegeln. Und entlang der Wand, etwa in Hüfthöhe, verlief eine Art Band. Alice hatte gesagt, es war goldfarben.

Das alles kam mir bekannt vor, und dann wusste ich auch, woher. »Es ist ein Ballettstudio.«

Überrascht schauten sie mich an.

»Kennst du den Raum?« Jasper klang gelassen, doch da war ein Unterton in seiner Stimme, den ich nicht deuten konnte. Alice zeichnete weiter – ihre Hand flog jetzt förmlich über das

Papier. Am schmalen Ende war ein Notausgang, in der vorderen rechten Ecke stand ein niedriger Tisch mit einer Stereoanlage und einem Videorekorder.

»Er sieht aus wie der, in dem ich Ballettstunden hatte, als ich acht oder neun war. Der war genauso geschnitten.« Ich zeigte auf den schmaleren, quadratischen Teil an der hinteren Seite. »Da waren die Toiletten, an der anderen Seite war noch ein Ballettraum. Aber die Anlage stand hier« – ich deutete auf die linke Ecke – »und war älter. Es gab auch keinen Fernseher. So, wie du den Raum gezeichnet hast, konnte man ihn sehen, wenn man vom Vorraum aus hineinschaute.«

Alice und Jasper starrten mich an.

»Bist du sicher, dass es derselbe Raum ist?«, fragte Jasper ruhig.

»Überhaupt nicht. Ich vermute, dass die meisten Ballettstudios so aussehen, mit den Spiegeln und der Stange und so. Aber die Art, wie der Raum geschnitten ist, kam mir bekannt vor.« Ich deutete auf die Tür, die sich genau dort befand, wo sie damals bei meinen Ballettstunden war.

Alice riss mich aus der Erinnerung. »Kannst du dir einen Grund vorstellen, warum du dort hingehen solltest?«, fragte sie.

»Nein. Ich bin seit fast zehn Jahren nicht mehr dort gewesen. Ich war so schlecht, dass sie mich bei Aufführungen immer in die hinterste Reihe stellten.«

»Gibt es irgendeine Möglichkeit, wie man dich mit dem Gebäude in Verbindung bringen könnte?«

»Nein. Ich glaube, der Besitzer ist nicht einmal mehr derselbe. Bestimmt ist es einfach irgendein Tanzstudio.«

»Und wo befand sich das, in dem du warst?«, fragte Jasper beiläufig.

»Direkt um die Ecke von unserem Haus. Ich bin da immer

nach der Schule hingelaufen ...« Ich verstummte; der Blick, den die beiden sich zugeworfen hatten, war mir nicht entgangen.

»Also hier in Phoenix?«

»Ja«, flüsterte ich. »Ecke 58. Straße und Cactus.«

Schweigend saßen wir da und starrten auf die Zeichnung.

»Alice, ist das Handy sicher?«

»Ja«, versicherte sie mir. »Die Nummer könnte man höchstens nach Washington zurückverfolgen.«

»Dann kann ich also damit meine Mom anrufen?«

»Ist sie nicht in Florida?«

»Ja – aber sie kommt bald zurück, und sie kann auf keinen Fall nach Hause gehen, solange ...« Meine Stimme bebte. Ich dachte daran, was Edward über die rothaarige Frau gesagt hatte: dass sie in Charlies Haus und in der Schule gewesen war. Und in der Schule waren meine Unterlagen ...

»Wie erreichst du sie?«

»Ich spreche auf den Anrufbeantworter zu Hause, den hört sie regelmäßig ab.«

»Was sagst du, Jasper?«, fragte Alice.

Er überlegte. »Es kann nicht schaden – Hauptsache, du erwähnst nicht, wo du bist.«

Hastig griff ich nach dem Handy und wählte die vertraute Nummer. Es klingelte viermal, dann forderte mich Moms vergnügte Stimme auf, eine Nachricht zu hinterlassen.

»Hallo, Mom«, sagte ich nach dem Signalton. »Ich bin's. Pass auf, du musst mich unbedingt sofort unter folgender Nummer anrufen, es ist wichtig.« Alice stand schon neben mir und kritzelte die Ziffern unter ihre Skizze. Ich las sie zweimal laut und deutlich vor. »Fahr auf keinen Fall irgendwohin, bevor du mich angerufen hast. Keine Sorge, mir geht es gut, aber ich muss dringend mit dir sprechen. Also, ruf an, egal, wie spät es ist, okay? Ich liebe dich, Mom. Bis bald.« Ich schloss meine Augen und betete, dass sie nicht aus irgendwelchen Gründen ihre Pläne änderte und nach Hause kam, bevor sie meine Nachricht hörte.

Dann ließ ich mich aufs Sofa fallen, knabberte an einem Apfel herum und stellte mich auf einen langen Abend ein. Ich überlegte, ob ich Charlie anrufen sollte, aber dann war ich mir nicht sicher, ob ich mit dem Transporter überhaupt schon in Phoenix wäre. Stattdessen konzentrierte ich mich auf die Nachrichten und horchte auf, wann immer Florida erwähnt wurde, voller Panik, dass etwas passiert war – ein Streik, ein Wirbelsturm, ein Terroranschlag, was auch immer –, das Mom veranlassen könnte, eher nach Phoenix zu kommen.

Unsterblichkeit verlieh offenbar endlose Geduld, jedenfalls schienen weder Alice noch Jasper das Bedürfnis zu haben, irgendetwas zu tun. Eine Weile war Alice damit beschäftigt, die ungefähren Umrisse des dunklen Raumes zu skizzieren, soweit sie die in ihrer Vision erahnt hatte. Danach saß sie einfach nur da und starrte an die Wand. Auch Jasper hatte, anders als ich, anscheinend keinen Drang, nervös durchs Zimmer zu tigern oder durch die Vorhänge zu schauen oder am besten gleich schreiend hinauszurennen.

Beim Warten auf das Klingeln des Telefons musste ich auf der Couch eingenickt sein. Ich wurde kurz wach, als Alice' kalte Hände mich berührten; sie trug mich zum Bett, und noch bevor mein Kopf ins Kissen sank, schlief ich schon wieder.

EIN MORGENDLICHER ANRUF

Ich schlug die Augen auf und wusste, dass es erneut viel zu früh war – der Rhythmus meiner Tage und Nächte kehrte sich langsam um. Hellwach lag ich im Bett und lauschte dem Gemurmel von Alice und Jasper im anderen Zimmer. Es war seltsam, dass ich sie überhaupt hörte. Ich rollte mich herum, bis meine Füße auf dem Boden standen, und ging nach nebenan.

Die Uhr auf dem Fernseher zeigte an, dass es kurz nach zwei war – mitten in der Nacht. Alice und Jasper saßen auf dem Sofa; sie zeichnete wieder, er schaute ihr zu. Sie blickten nicht einmal auf, als ich hereinkam, so vertieft waren sie.

Ich ging zu ihnen und schaute über Jaspers Schulter.

»Hat sie etwas Neues gesehen?«, fragte ich ihn leise.

»Ja. Er ist wieder im Raum mit dem Videorekorder, doch jetzt ist es hell.«

Ich sah zu, wie Alice die Zeichnung eines Raumes mit quadratischem Grundriss vervollständigte. Die Wände waren mit altmodisch dunklem Holz verkleidet, die niedrige Decke wurde von Querbalken gestützt. Der Boden war mit gemusterter Auslegeware bedeckt. Links war ein breites Fenster, die Wand rechts davon wurde von einem Kamin aus hellbraunen Ziegeln durchbrochen. Neben dem Kamin führte eine Türöffnung ins Nebenzimmer. In der Ecke drängten sich auf einem viel zu schmalen Tischchen ein Fernseher und ein Videorekorder, davor standen ein, wie es schien, abgewetztes Sofa und ein runder Kaffeetisch.

»Da kommt das Telefon hin«, sagte ich und deutete auf eine Ablage neben dem Fenster.

Zwei Augenpaare starrten mich an.

»Das ist unser Haus.«

Alice stand bereits, hielt das Telefon in der Hand und wählte. Ich starrte auf die präzise Zeichnung unseres Wohnzimmers. Entgegen seiner Gewohnheit rückte Jasper nahe an mich heran und legte mir eine Hand auf die Schulter. Die Berührung schien die besänftigende Wirkung seiner Nähe zu verstärken, jedenfalls blieb meine Panik dumpf und vage.

Alice' Lippen vibrierten, doch ich konnte mich nicht genug konzentrieren, um das leise Summen ihrer Worte zu entschlüsseln.

»Bella«, sagte Alice. Benommen blickte ich zu ihr auf.

»Bella, Edward kommt dich abholen. Er, Carlisle und Emmett bringen dich weg, um dich für eine Weile zu verstecken.«

»Edward kommt?« Die Worte waren wie ein Rettungsring, der mich vor dem Untergehen bewahrte.

»Ja, er nimmt den ersten Flug von Seattle. Wir treffen ihn am Flughafen, und dann fährst du mit ihm weg.«

»Aber … meine Mutter! Der Tracker ist wegen ihr hierhergekommen!« Hysterisch überschlug sich meine Stimme, trotz Jasper an meiner Seite.

»Jasper und ich bleiben hier, bis sie in Sicherheit ist.«

»Es gibt keinen Ausweg, Alice. Wollt ihr ewig jeden bewachen, den ich kenne? Kapierst du nicht, was er macht? Er folgt überhaupt nicht meiner Spur, sondern sucht sich jemanden, den ich liebe, um ihm was anzutun. Alice, ich kann nicht –«

»Wir kriegen ihn, Bella«, versicherte sie mir.

»Und was ist, wenn euch was passiert? Meinst du, das ist okay für mich? Meinst du, er kann mich nur treffen, indem er meine *menschliche* Familie angreift?«

Alice schaute Jasper bedeutungsvoll an. Bleierne Müdigkeit hüllte mich ein und gegen meinen Willen schlossen sich meine Augen. Doch ich wusste, was passierte, und wehrte mich dagegen. Ich zwang mich, meine Augen zu öffnen, entzog mich Jaspers Berührung und stand auf.

»Ich will nicht schlafen«, sagte ich aufgebracht.

Dann ging ich nach nebenan und knallte die Tür hinter mir zu, um in Ruhe zusammenzubrechen. Dieses Mal ließ Alice mich allein. Ich zog die Beine an die Brust und schlang die Arme um meine Knie; dann schaukelte ich hin und her und starrte an die Wand – dreieinhalb Stunden lang. Auf der Suche nach einer Lösung durchrasten meine Gedanken fieberhaft die immergleichen Schleifen und fanden nicht hinaus. Es gab keinen Ausweg aus diesem Albtraum, keine Erlösung – alle Wege führten unweigerlich auf das einzig vorstellbare Ende zu. Die Frage war nur noch, wie viele andere Menschen verletzt wurden, bevor es dazu kam.

Mein einziger Trost war, dass Edward bald bei mir sein würde. Es war zugleich meine letzte Hoffnung. Vielleicht, dachte ich, genügte ja ein Blick in sein Gesicht und mir würde die Lösung einfallen, die ich jetzt nicht erkennen konnte.

Als das Telefon klingelte, ging ich, ein wenig beschämt von meinem Verhalten, ins andere Zimmer zurück. Ich hoffte, dass ich sie nicht verletzt hatte. Ich hoffte, sie wussten, wie dankbar ich ihnen für alles war.

Alice sprach so schnell wie gewöhnlich, doch ich war ohnehin abgelenkt: Jasper war verschwunden. Ich schaute auf die Uhr – es war halb sechs.

»Sie gehen gerade an Bord«, sagte Alice. »Um Viertel vor zehn sind sie hier.« Nur noch ein paar Stunden weiteratmen, dann war er da.

»Wo ist Jasper?«

»Beim Auschecken.«

»Bleibt ihr nicht hier?«

»Nein, wir suchen uns was in der Nähe deiner Mutter.«

Mir wurde flau im Magen, als ich das hörte.

Doch dann klingelte abermals das Telefon und lenkte mich ab. Alice sah überrascht aus, doch ich ging bereits auf sie zu und streckte hoffnungsvoll meine Hand aus.

»Hallo?«, fragte Alice. »Ja, sie steht direkt neben mir.« Sie hielt mir das Telefon hin. Ihre Lippen formten die Worte »deine Mutter«.

»Hallo?«

»Bella? Bella?« Es war die Stimme meiner Mutter, und es war der Tonfall, den ich als Kind Tausende Male gehört hatte – wenn ich zu dicht am Straßenrand lief oder sie mich in einer Menschenmenge nicht mehr sehen konnte. Es war der vertraute Klang ihrer Panik.

Ich seufzte. So etwas hatte ich mir schon gedacht, obwohl meine Nachricht, trotz der Dringlichkeit, so unaufgeregt wie möglich formuliert hatte.

»Beruhige dich, Mom«, sagte ich besänftigend und ging langsam ein paar Schritte von Alice weg. Ich war mir nicht sicher, ob ich gut lügen konnte, wenn sie mir dabei zuschaute. »Alles ist in Ordnung, okay? Ich muss dir nur kurz was erklären.«

Dann hielt ich überrascht inne – sie hatte mich noch nicht unterbrochen.

»Mom?«

»Ab sofort solltest du besser nur noch sagen, was ich dir diktiere.« Die Stimme war so unbekannt wie unerwartet; es war eine helle, sehr freundliche, auf eine anonyme Art irgendwie vertraute Stimme – eine Stimme wie aus einer Werbung für Luxuslimousinen. Es war nicht die Stimme meiner Mutter, sondern die eines Mannes. Er sprach sehr schnell.

»Wenn du willst, dass ich deiner Mutter nicht wehtue, dann solltest du alles genau so machen, wie ich es sage.« Er schwieg und ich wartete, stumm vor Entsetzen, wie es weiterging. »So ist es gut«, sagte er zufrieden. »Wenn du mir jetzt bitte nachsprechen würdest – und versuch bitte, so natürlich wie möglich zu klingen: ›Nein, Mom, bleib, wo du bist.‹«

»Nein, Mom, bleib, wo du bist.« Es war kaum mehr als ein Flüstern.

»Hmm. Ich merk schon, das wird nicht so einfach werden.« Er klang amüsiert und weiterhin freundlich. »Am besten ist es, du gehst jetzt nach nebenan, damit dein Gesicht uns keinen Strich durch die Rechnung macht. Wir wollen doch nicht, dass deine Mutter unnötig leidet. Beim Gehen sagst du bitte: ›Mom, hör mir doch zu.‹ Sag es jetzt.«

»Mom, hör mir doch zu«, sagte ich flehend. Langsam ging ich in das andere Zimmer und spürte dabei Alice' besorgten Blick auf mir ruhen. Ich schloss die Tür und versuchte, trotz meiner Angst einen klaren Gedanken zu fassen.

»So, bist du jetzt allein? Antworte mit Ja oder Nein.«

»Ja.«

»Aber sie können dich immer noch hören, richtig?«

»Ja.«

»Also gut«, fuhr er unverändert freundlich fort. »Dann sag jetzt: ›Mom, du musst mir vertrauen!‹«

»Mom, du musst mir vertrauen!«

»Ich muss sagen, das klappt alles besser, als ich dachte. Ich hatte mich schon darauf eingestellt, ein bisschen Zeit hier zu verbringen, aber deine Mutter ist früher als erwartet nach Hause gekommen. Aber eigentlich ist es so besser, meinst du nicht auch? Die ganze Anspannung und Nervosität, die dir jetzt erspart bleibt!«

Ich wartete ab.

»Jetzt hör genau zu. Es ist notwendig, dass du deine Freunde loswirst; schaffst du das? Ja oder nein?«

»Nein.«

»Es tut mir leid, das zu hören. Ich hatte gehofft, du wärst ein wenig einfallsreicher. Meinst du wirklich nicht, du könntest sie loswerden, wenn das Leben deiner Mutter davon abhinge? Ja oder nein?«

Es musste einen Weg geben. Mir fiel ein, dass wir bald zum Flughafen fahren würden. Sky Harbor International Airport: überfüllt und unübersichtlich.

»Ja.«

»Schon besser. Es wird sicher nicht einfach werden, aber sollte ich den kleinsten Anlass zu der Vermutung haben, dass du nicht allein bist, wäre das überhaupt nicht gut für deine Mutter. Ich nehme an, dass du ausreichend über uns im Bilde bist, um zu wissen, wie schnell ich merken würde, dass jemand dir folgt. Und wie wenig Mühe es mich in dem Fall kosten würde, das Leben deiner Mutter zu beenden. Verstehen wir uns? Ja oder nein?«

»Ja.« Meine Stimme versagte.

»Ausgezeichnet, Bella. Du wirst Folgendes tun: Du begibst dich zum Haus deiner Mutter. Neben dem Telefon findest du eine Nummer. Ruf sie an, und ich werde dir sagen, wo du hingehen sollst.« Ich wusste bereits, wohin er mich schicken würde.

Wo alles enden würde. Doch ich war entschlossen, seine Anweisungen genau zu befolgen. »Schaffst du das? Ja oder nein?«

»Ja.«

»Und bitte bis mittags, Bella. Ich hab nämlich nicht den ganzen Tag Zeit«, sagte er höflich.

»Wo ist Phil?«, fragte ich knapp.

»Vorsicht, Bella. Ich muss dich bitten, ohne meine Anweisung nicht zu reden.«

Ich wartete.

»Wichtig ist jetzt, dass deine Freunde keinen Verdacht schöpfen, wenn du wieder zu ihnen gehst. Sag ihnen, dass du deiner Mutter fürs Erste ausgeredet hast, nach Hause zu kommen. Jetzt sprich mir nach: ›Danke, Mom.‹ Los.«

»Danke, Mom.« Ich musste schlucken.

»Sag: ›Ich liebe dich, Mom. Bis bald.‹«

»Ich liebe dich, Mom.« Mir kamen die Tränen. »Bis bald«, sagte ich.

»Bis bald, Bella. Ich freue mich auf unser Wiedersehen.« Er legte auf.

Ich presste das Telefon an mein Ohr; meine Gelenke waren vor Entsetzen so steif, dass ich meine Finger nicht bewegen konnte.

Ich wusste, ich musste nachdenken, doch die panische Stimme meiner Mutter geisterte durch meinen Kopf. Ich versuchte, mich wieder zu fangen.

Ganz, ganz langsam drangen die ersten Gedanken durch den Schmerz. Ich brauchte eine Idee, denn mir blieb keine andere Wahl: Ich musste zum Spiegelsaal gehen und sterben. Es gab keine Garantie, dass er meine Mutter am Leben lassen würde; ich konnte nur darauf hoffen, dass ihm sein Sieg über Edward genügen würde. Verzweiflung erfasste mich; ich hatte nichts, was ich anbieten oder zurückhalten konnte, um ihn zu beeinflussen. Trotzdem musste ich es riskieren.

Ich unterdrückte meine Angst, so gut es ging. Meine Entscheidung war gefällt, und es war sinnlos, damit zu hadern. Ich hatte keine Zeit zu verlieren; Alice und Jasper warteten auf mich, und ich musste sie irgendwie loswerden – das war wichtiger als alles andere. Abgesehen davon war es vollkommen unmöglich.

Plötzlich war ich froh, dass Jasper gerade an der Rezeption war. Wenn er während des Telefonats im Nebenzimmer gewesen wäre und meine inneren Qualen gespürt hätte, wäre es von vornherein undenkbar gewesen, die beiden zu täuschen. Ich kämpfte gegen die Angst und die Panik an – sie musste ich zuallererst loswerden, denn Jasper konnte jeden Augenblick zurückkommen.

Ich konzentrierte mich auf die Flucht. Meine einzige Chance war der Flughafen – ich musste Kapital aus meiner Ortskenntnis schlagen. Irgendwie musste ich Alice abschütteln.

Ich wusste, sie wartete nebenan auf mich und wollte wissen, was meine Mutter gesagt hatte. Doch da war noch etwas anderes, das ich nicht mit ins andere Zimmer tragen durfte.

Ich musste mich damit abfinden, Edward nie wiederzusehen, nicht einmal einen letzten Blick auf sein Gesicht werfen zu können, bevor ich den Spiegelsaal betrat. Ich musste ihn verletzen, und ich konnte mich nicht einmal von ihm verabschieden. Eine Weile ergab ich mich den quälenden Gedanken, dann unterdrückte ich auch sie und ging zurück zu Alice.

Der einzige Gesichtsausdruck, den ich hinbekam, war ein trüber, leerer Blick. Ich sah die Sorge in ihrem Gesicht und kam ihren Fragen zuvor – ich hatte nur dieses eine Skript, und ich konnte mir nicht erlauben, davon abzuweichen.

»Mom hat sich Sorgen gemacht, sie wollte nach Hause kommen. Aber ich konnte sie überzeugen dortzubleiben.« Meine Stimme klang leblos.

»Hab keine Angst, Bella – wir lassen nicht zu, dass ihr jemand etwas antut.«

Ich drehte mich weg, damit sie mein Gesicht nicht sehen konnte.

Mein Blick fiel auf das Briefpapier, das auf dem Tisch lag. Das brachte mich auf eine Idee. Langsam ging ich darauf zu; es gab auch Umschläge, das war gut.

»Alice«, fragte ich langsam und ruhig, ohne mich umzudrehen. »Wenn ich meiner Mutter einen Brief schreibe, kannst du ihn ihr geben? Also, ihn irgendwie im Haus hinlegen, wo sie ihn findet?«

»Na klar, Bella«, sagte sie bekümmert. Sie sah, wie aufgelöst ich war. Ich musste mich noch mehr zusammenreißen.

Ich ging zurück ins Schlafzimmer und kniete mich neben den kleinen Nachttisch.

»*Edward*«, schrieb ich. Meine Hand zitterte; was ich schrieb, war kaum zu entziffern.

Ich liebe Dich. Es tut mir so leid. Er hat Mom, ich muss es probieren. Es kann sein, dass es umsonst ist. Es tut mir so leid.

Sei nicht böse auf Alice und Jasper. Wenn ich es schaffe, ihnen zu entwischen, dann nur durch ein Wunder. Richte ihnen meinen Dank aus, bitte – besonders Alice.

Und bitte, bitte, such nicht nach ihm, denn das ist es, was er will. Ich könnte es nicht ertragen, wenn jemand wegen mir verletzt würde. Wenn Du verletzt würdest. Das ist das Einzige, worum ich Dich bitte.

Ich liebe Dich. Verzeih mir.

Bella

Ich faltete den Bogen sorgfältig zusammen und schob ihn in den Umschlag. Dann verschloss ich den Brief. Früher oder später würde er ihn finden. Ich hoffte nur, er würde es verstehen und nur dieses eine Mal auf mich hören.

Und dann verschloss ich sorgfältig mein Herz.

Unheimliche Heimkehr

Verging die Zeit langsamer als sonst? Die Angst, die Verzweiflung, das Zerspringen meines Herzens – hatte das alles wirklich nur wenige Minuten gedauert? Es musste wohl so sein, denn als ich wieder nach nebenan ging, war Jasper noch immer nicht zurückgekehrt. Ich fürchtete mich davor, im selben Zimmer zu sein wie Alice – ich hatte Angst, dass sie etwas merken würde … und Angst, etwas vor ihr zu verbergen.

Ich hätte nicht gedacht, dass mich, so aufgewühlt wie ich war, noch etwas überraschen könnte, doch ihr Anblick brachte mich aus der Fassung: Sie war über den Schreibtisch gebeugt, umfasste seine Kanten mit ihren Händen und wiegte ihren Kopf langsam hin und her.

»Alice?«

Sie reagierte nicht. Dann sah ich ihr Gesicht und den leblosen, benommenen Ausdruck ihrer Augen. Mom!, dachte ich panisch. War es schon zu spät?

Ich eilte zu ihr und wollte ihre Hand berühren, doch Jasper kam mir zuvor.

»Alice!«, rief er aus. Im selben Moment stand er schon hinter ihr, ergriff ihre Hände und löste sie von der Tischkante. Mit einem leisen Klicken fiel die Zimmertür ins Schloss.

»Was ist los?«, wollte er wissen.

Sie wandte sich um und verbarg ihr Gesicht an seiner Brust. »Bella«, sagte sie.

»Ich bin hier«, sagte ich.

Ihr Kopf schnellte herum, und ein seltsam leerer Blick erfasste mich. Sie hatte nicht mit mir gesprochen, schoss es mir durch den Kopf – sie hatte auf Jaspers Frage geantwortet.

»Was hast du gesehen?«, fragte ich mit ausdrucksloser Stimme, obwohl ich die Antwort kannte.

Jasper musterte mich scharf, doch ich schaute teilnahmslos zur Seite. Er spürte das Chaos der Gefühle; verwirrt schoss sein Blick zwischen Alice und mir hin und her.

Dann merkte ich, wie eine tiefe Ruhe mich erfüllte, und dieses Mal war ich dankbar dafür, denn sie machte es leichter, meine Gefühle zu unterdrücken.

Auch Alice fing sich wieder.

»Gar nichts, wirklich«, antwortete sie bemerkenswert gelassen und überzeugend. »Nur denselben Raum wie vorher.«

Sie schaute mich an; ihr entrückter Ausdruck gab nichts preis. »Möchtest du etwas frühstücken?«

»Ich esse lieber am Flughafen was.« Auch ich war auf einmal sehr ruhig. Und als hätte ich für einen Moment Jaspers Gabe, spürte ich Alice' dringendes, wenn auch gut verstecktes Verlangen, allein mit ihm zu sein, um ihm zu sagen, dass sie einen Fehler machen, dass sie versagen würden …

Ich ging duschen und bereitete mich Schritt für Schritt auf den Tag vor. Meine Haare trug ich offen, so dass sie frei über mein Gesicht fallen konnten. Die entspannte Stimmung, die Jasper erzeugt hatte, half mir dabei, klar zu denken und mein Vorgehen zu planen. Ich durchwühlte meine Tasche, bis ich die Socke mit dem Geld fand, nahm es heraus und schob es in meine Hosentasche.

Dann saß ich wie auf glühenden Kohlen, bis wir um sieben endlich zum Flughafen aufbrachen. Diesmal hatte ich die Rückbank für mich allein. Vorne lehnte sich Alice gegen die Beifahrertür. Ihr Gesicht war Jasper zugewandt, doch alle paar Sekunden warf sie einen schnellen Blick zu mir nach hinten.

»Alice?«, fragte ich so beiläufig wie möglich.

Sie wurde sofort hellhörig. »Ja?«

»Wie funktioniert das eigentlich? Das mit den Visionen, meine ich?« Ich schaute aus dem Fenster und versuchte, meine Stimme gleichgültig klingen zu lassen. »Edward hat gesagt, es ist nicht immer hundertprozentig sicher … und dass sich Dinge ändern können.« Es fiel mir ungeahnt schwer, seinen Namen auszusprechen. Jasper muss das gespürt haben, denn eine neue Woge des Gleichmuts durchströmte das Auto.

»Ja, Dinge ändern sich …«, murmelte sie – voller Hoffnung, wie ich fand. »Auf manche der Visionen kann man sich ziemlich sicher verlassen, wenn's ums Wetter geht zum Beispiel. Bei Menschen ist das nicht so klar – ich sehe ja nur das Ende des Weges, auf dem sie sich schon befinden. Wenn sie dann ihre Pläne ändern, kann das ihrer Zukunft eine ganz andere Richtung geben. Manchmal reicht schon eine winzig kleine Entscheidung.«

Ich nickte nachdenklich. »Deshalb konntest du James nicht in Phoenix sehen, bis er sich entschloss hierherzukommen.«

»Ja«, stimmte sie argwöhnisch zu.

Und deshalb, spann ich den Gedanken weiter, konnte sie mich erst dann mit James im Spiegelsaal sehen, als ich mich entschlossen hatte, dort hinzugehen. Ich wollte mir gar nicht erst vorstellen, was sie womöglich außerdem gesehen hatte; die beiden bewachten mich jetzt ohnehin mit doppelter Aufmerksamkeit, und wenn ich Panik bekam, würde das Jaspers Misstrauen noch verstärken. Ich hatte so schon keine Ahnung, wie ich mein Vorhaben umsetzen sollte.

Wir kamen an, und ich hatte Glück: Edwards Flug landete am Terminal vier, dem größten des Flughafens. Vielleicht war es auch nur eine Frage der Wahrscheinlichkeit, denn die meisten Flüge landeten dort – auf jeden Fall war es genau der Terminal, den ich brauchte: der weitläufigste und unübersichtlichste. Und auf Ebene drei, wo die Reisenden ankamen, gab es eine Tür, hinter der meine vermutlich einzige Chance lag.

Wir stellten das Auto im vierten Stock des riesigen Parkhauses ab. Ich ging voran – dieses eine Mal kannte ich mich besser aus als sie. Wir fuhren mit dem Fahrstuhl runter auf Ebene drei und suchten uns einen Platz zum Warten. Alice und Jasper betrachteten lange die Anzeigetafel mit den Abflugszeiten und diskutierten über die Vor- und Nachteile von New York, Atlanta, Chicago und anderen Orten, die ich nicht kannte – und nie kennenlernen würde.

Ich wartete ungeduldig auf meine Gelegenheit; nervös trommelte meine Fußspitze auf den Boden. Wir saßen in einer langen Stuhlreihe neben den Metalldetektoren, und meine beiden Leibwächter taten so, als machte es ihnen Vergnügen, die Leute zu beobachten, die dort hindurchmussten – in Wirklichkeit jedoch beobachteten sie nur mich. Die kleinste meiner Bewegungen führte dazu, dass beide zugleich zu mir rüberschauten. Es war hoffnungslos. Ich fragte mich, ob ich einfach losrennen sollte. Würden sie es wagen, mich vor allen Leuten aufzuhalten? Oder würden sie mir einfach folgen?

Ich nahm den Briefumschlag hervor und legte ihn auf Alice' Tasche. Fragend schaute sie mich an.

»Mein Brief«, sagte ich. Sie nickte und schob ihn in das vorderste Fach. Er würde ihn bald finden.

Die Minuten verstrichen, Edwards Ankunft rückte näher. Jede einzelne Zelle meines Körpers schien das zu spüren und ihn herbeizusehnen. Es brach mir das Herz. Mit lauter fadenscheinigen Begründungen redete ich mir ein, dass ich genauso gut warten und ihn noch einmal sehen könnte, bevor ich verschwand. Doch eigentlich wusste ich genau, dass das, wenn ich überhaupt eine Chance haben wollte, unmöglich war.

Alice fragte mich mehrmals, ob sie mit mir frühstücken gehen sollte. Später, antwortete ich jedes Mal.

Ich starrte auf die Tafel mit den Ankunftszeiten und verfolgte, wie Flugzeug um Flugzeug pünktlich landete und der Flug von Seattle immer weiter nach oben in der Liste rückte.

Und dann, als mir nur noch dreißig Minuten blieben, änderte sich plötzlich die Ankunftszeit: Edwards Maschine würde zehn Minuten früher landen. Ich musste sofort handeln.

»Ich geh jetzt mal was essen«, sagte ich schnell.

Alice stand auf. »Ich komm mit.«

»Ähm, ist das okay, wenn ich mit Jasper gehe? Ich fühl mich ein bisschen ...« Ich musste nicht weiterreden, meine Augen flackerten wild genug, um zu vermitteln, was ich ungesagt ließ.

Jasper stand auf. Alice war verwirrt, doch glücklicherweise schöpfte sie keinen Verdacht. Ich nahm an, dass sie ihre jüngste Vision auf einen Schachzug von James schob, nicht auf einen Betrug von mir.

Schweigend ging Jasper neben mir her. Seine Hand lag auf meinem Rücken, so als würde er mir den Weg weisen. Ich tat so, als hätte ich kein Interesse an den ersten Cafés, an denen wir vorüberkamen, und hielt Ausschau nach dem, was ich wirklich suchte. Als wir um die Ecke bogen und Alice uns nicht mehr sehen konnte, sah ich sie: die Damentoiletten.

»Darf ich mal kurz?«, fragte ich Jasper, als wir daran vorbeigingen. »Geht ganz schnell.«

»Ich warte hier«, sagte er.

Die Tür schloss sich hinter mir und ich rannte los. Ich hatte mich in diesen Toiletten mal verlaufen, deshalb wusste ich, dass sie noch einen zweiten Ausgang hatten.

Von dort war es nicht weit bis zu den Fahrstühlen, und wenn Jasper blieb, wo er war, würde er mich nicht sehen können. Ich rannte, ohne mich umzuschauen – das war meine einzige Chance, und selbst wenn er mich entdeckte, gab es nichts anderes, was ich tun konnte. Ich ignorierte die Blicke der Leute, bog um die Ecke und hielt meine Hand zwischen die sich schließenden Türen eines vollbesetzten Fahrstuhls. Er fuhr nach unten. Ich quetschte mich zwischen die verärgerten Passagiere und schaute, ob der Knopf für Ebene eins gedrückt war. Er leuchtete, und die Tür schloss sich.

Sobald sie sich wieder öffnete, rannte ich weiter; hinter mir hörte ich empörte Stimmen. Unter den Augen der Sicherheitsbeamten am Gepäckband bremste ich etwas ab, nur um sogleich wieder zu rennen, als die Ausgänge in Sicht kamen. Ich wusste nicht, ob Jasper schon nach mir suchte. Falls ja, falls er schon dabei war, meinem Geruch zu folgen, blieben mir nur Sekunden. Ich raste auf die automatischen Türen zu und wäre fast auf das Glas geprallt, weil sie sich zu langsam öffneten.

Draußen warteten jede Menge Menschen, aber kein einziges Taxi.

Mir blieb keine Zeit. Falls Alice und Jasper mein Verschwinden bislang noch nicht bemerkt hatten, war es nur eine Frage von Sekunden. Und ebenso schnell würden sie mich anschließend aufspüren.

Ein paar Schritte entfernt schlossen sich gerade die Türen eines Busses.

»Halt!«, rief ich und winkte dem Fahrer.

»Das ist der Shuttle zum Hyatt«, sagte er verdutzt, als er die Tür öffnete.

»Ja«, schnaufte ich. »Da muss ich hin.«

Er schaute zwar etwas entgeistert, als ich atemlos und ohne jedes Gepäckstück einstieg, schüttelte dann aber bloß den Kopf und fuhr los.

Der Bus war fast leer. Ich suchte mir einen Platz in größtmöglicher Entfernung von den anderen Fahrgästen und sah zu, wie zuerst der Gehweg und dann der Flughafen selber hinter uns zurückblieben und schließlich verschwanden. Unwillkürlich dachte ich an Edward und stellte mir vor, wie er an der Bordsteinkante stand, wo meine Spur endete. Nicht weinen, sagte ich mir. Nicht jetzt. Ich hatte noch einen langen Weg vor mir.

Mein Glück hielt an. Vor dem Hyatt nahm gerade ein erschöpftes Paar die letzten Gepäckstücke aus dem Kofferraum eines Taxis. Ich sprang aus dem Bus, rannte zum Taxi und stieg hinter dem Fahrer ein. Das Paar und der Busfahrer starrten mich an.

Ich nannte dem verblüfften Fahrer die Adresse meiner Mutter. »Ich muss so schnell wie möglich dort sein.«

»Das ist in Scottsdale«, wandte er ein.

Ich reichte ihm vier Zwanziger nach vorne.

»Reicht das?«

»Aber sicher, kein Problem.«

Ich ließ mich in den weichen Sitz sinken und verschränkte meine Arme. Die vertrauten Gebäude flogen an mir vorbei, doch ich hatte keinen Blick für sie. Ich war damit beschäftigt, meine Gefühle im Zaum zu halten. Jetzt, da ich meinen Plan erfolgreich umgesetzt hatte, war ich entschlossen, mich nicht der Angst und der Panik zu ergeben. Wozu auch? Mein Weg lag vor mir. Ich musste ihn nur noch zu Ende gehen.

Also schloss ich die Augen und verbrachte die nächsten zwanzig Minuten mit Edward.

Ich stellte mir vor, ich wäre am Flughafen geblieben, um ihn zu empfangen: wie ich mich auf die Zehenspitzen gestellt hätte, um sein Gesicht ein bisschen früher zu erblicken, wie schnell und elegant er sich seinen Weg durch die Menschenmenge gebahnt hätte, wie ich ihm – leichtsinnig und stürmisch wie immer – auf den letzten Metern entgegengerannt wäre und er mich in seine harten Arme genommen hätte. Wie ich endlich in Sicherheit gewesen wäre.

Ich überlegte, wo wir wohl hingefahren wären. Vielleicht hätte er mich nach Norden gebracht, um tagsüber nicht drinnen bleiben zu müssen. Oder vielleicht an einen ganz entlegenen Ort – dann hätten wir wieder gemeinsam in der Sonne liegen können. Ich sah ihn vor mir, am Strand, seine Haut glitzernd wie das Meer. Er hätte mich verstecken können, solange er wollte; mit *ihm* in ein Hotelzimmer gesperrt zu sein, wäre der Himmel auf Erden gewesen. Ich hatte noch so viele Fragen – ich wollte bis in alle Ewigkeit mit ihm reden, niemals schlafen und nie von seiner Seite weichen.

Ich sah sein Gesicht klar vor meinem inneren Auge, hörte in Gedanken seine Stimme und erlebte, trotz des Schreckens und der Hoffnungslosigkeit, einen flüchtigen Moment des Glücks. So versunken war ich in meinen Tagtraum, so stark war der Wunsch, der Wirklichkeit zu entfliehen, dass ich völlig die Zeit vergaß.

»Welche Hausnummer war das noch mal?«

Die Frage des Fahrers riss mich unsanft aus meiner Fantasie. Die hässliche, beängstigende Realität schob sich vor die wunderbare Illusion.

»58-21«, sagte ich mit erstickter Stimme. Der Fahrer schaute nervös in seinen Rückspiegel, als machte er sich Sorgen, dass ich gerade einen Zusammenbruch oder so was hatte.

»Dann sind wir jetzt da.« Er wollte mich schnellstens aus seinem Auto haben, vermutlich am liebsten ohne mein Wechselgeld.

»Danke«, flüsterte ich und stieg aus. Ich ermahnte mich, dass es keinen Grund zur Angst gab, dass niemand im Haus war, und dann trieb ich mich zur Eile: Mom wartete auf mich, ihr Leben hing von mir ab!

Ich rannte zur Tür, nahm den Schlüssel aus dem vertrauten Versteck unter dem Dachvorsprung hervor und schloss auf. Das Haus war dunkel und leer – alles war wie immer. Ich eilte zum Telefon und schaltete auf dem Weg dahin das Licht in der Küche an. An der weißen Magnettafel stand in einer kleinen, sauberen Handschrift eine zehnstellige Nummer. Ich begann, hastig zu wählen, vertippte mich und begann wieder von vorne. Diesmal konzentrierte ich mich nur auf die Tasten, drückte sorgfältig eine nach der anderen und hielt mir mit zitternder Hand den Hörer ans Ohr. Es klingelte nur einmal.

»Hallo, Bella«, sagte der Tracker gutgelaunt. »Das ging ja schnell. Ich bin beeindruckt.«

»Wie geht es meiner Mom?«

»Ihr geht's wunderbar. Keine Sorge, Bella, ich habe nicht die Absicht, ihr etwas zu tun. Es sei denn«, schränkte er vergnügt ein, »du bist nicht allein gekommen.«

»Ich bin allein.« So allein wie nie zuvor in meinem Leben.

»Sehr gut. Kennst du das Ballettstudio gleich um die Ecke?«

»Ja.«

»Na dann – bis gleich.«

Ich legte auf und rannte hinaus in die brütende Hitze.

Mir blieb keine Zeit für einen letzten Blick auf unser Haus. Ich wollte es auch gar nicht sehen, nicht so: menschenleer, nicht länger ein Ort der Geborgenheit, sondern ein Symbol der Angst. Die letzte Person, die durch die vertrauten Räume gegangen war, wollte mich töten.

Fast war mir, als könnte ich aus den Augenwinkeln meine Mutter unter dem großen Eukalyptusbaum stehen sehen, wo ich als Kind immer gespielt hatte. Oder bei dem kleinen Beet neben dem Briefkasten, auf dem mit schöner Regelmäßigkeit die Blumen eingingen, die sie immer wieder anpflanzte. Die Erinnerungen waren besser als die Realität dieses Tages, doch ich ließ sie und alles andere hinter mir zurück.

Ich hatte das Gefühl, durch tiefen Schlamm zu laufen, so langsam kam ich voran. Ein paarmal stolperte ich, einmal fiel ich sogar hin, schürfte mir die Hände auf und taumelte weiter. Aber irgendwie schaffte ich es bis zur Ecke; es war nur noch eine Straße. Ich rannte und keuchte, der Schweiß strömte mir über das Gesicht, die Hitze der Sonne brannte auf meiner Haut, und ihr Licht, gleißend reflektiert vom Asphalt der Straße, stach mir in die Augen. Ich fühlte mich ausgeliefert, entblößt, und plötzlich wünschte ich mir nichts sehnlicher, als in den ungeliebten, viel zu grünen, schützenden Wäldern von Forks zu sein … zu Hause.

Ich bog um die letzte Ecke und erblickte das Ballettstudio; es sah genauso aus wie in meiner Erinnerung. Der Parkplatz war leer, in sämtlichen Fenstern waren die Jalousien heruntergelassen. Ich konnte nicht mehr rennen, konnte kaum noch atmen vor lauter Anstrengung und Angst. Ich dachte an Mom und zwang mich weiterzulaufen, Schritt für Schritt.

Als ich näher kam, sah ich den pinkfarbenen Zettel mit der handgeschriebenen Notiz am Eingang, dass das Studio während der Ferien geschlossen war. Vorsichtig griff ich nach der Klinke – die Tür war offen. Dann holte ich tief Luft und trat ein.

Der Vorraum war kühl, dunkel und leer. Das einzige Geräusch war das Surren der Klimaanlage. Schalensessel aus Plastik standen gestapelt an den Wänden, die Auslegeware roch nach Teppichspray. Ich sah, dass der kleinere der beiden Säle dunkel, der größere dagegen hell erleuchtet war.

Dann hörte ich meine Mutter nach mir rufen.

»Bella? Bella?« Derselbe panische, hysterische Tonfall. Ich rannte zur Tür, auf die Stimme zu.

»Bella, hast du mir einen Schrecken eingejagt! Mach das nie wieder, hast du gehört!«

Ich kam in den langen, hohen Raum und schaute mich um, suchte nach ihr, konnte sie aber nirgendwo sehen. Sie lachte; ich fuhr herum.

Und da war sie, auf dem Fernsehbildschirm, und verwuschelte mir erleichtert die Haare. Es war an Thanksgiving, und ich war zwölf. Wir hatten meine Großmutter in Kalifornien besucht, im Jahr vor ihrem Tod. Am Tag der Aufnahme waren wir ans Meer gefahren, und ich hatte mich zu weit über die Hafenmauer gelehnt. Beim Versuch, die Balance wiederzufinden, ruderten meine Beine in der Luft, und Mom schrie ängstlich auf: »Bella? Bella?«

Und dann wurde der Bildschirm blau.

Langsam drehte ich mich um. Er stand so bewegungslos am Hinterausgang, dass ich ihn vorher übersehen hatte. Wir starrten uns an, und dann lächelte er.

Er kam auf mich zu, ging dann aber an mir vorbei, um die

Fernbedienung neben dem Videorekorder abzulegen. Ich folgte ihm mit den Augen.

»Tut mir leid, Bella«, sagte er wohlwollend. »Aber es ist doch eigentlich besser, dass wir deine Mutter nicht hineinziehen mussten in die ganze Sache, findest du nicht auch?«

Und dann fiel es mir wie Schuppen von den Augen. Meine Mutter war in Sicherheit. Sie hatte Florida nie verlassen und meine Nachricht gar nicht bekommen. Sie hatte keine Angst ausstehen müssen, hatte nie den Blick dieser dunkelroten Augen in dem unnatürlich blassen Gesicht auf sich gespürt, so wie ich jetzt. Sie war in Sicherheit.

»Ja«, antwortete ich erleichtert.

»Du scheinst gar nicht verärgert zu sein, dass ich dich reingelegt habe.«

»Bin ich auch nicht.« Meine plötzliche Hochstimmung machte mich mutig. Wie ich mich jetzt verhielt, war ohnehin egal. Bald war alles vorüber, Charlie und Mom würde nichts zustoßen, sie würden keine Angst erleiden. Ich war fast schon aufgekratzt, obwohl mein Verstand mir sagte, dass ich kurz vor einem Nervenzusammenbruch stand.

»Wie eigenartig. Du meinst es wirklich ernst.« Er musterte mich aufmerksam. Die Iris seiner Augen war fast vollständig schwarz, nur an den Rändern leuchtete sie noch schwach rubinrot. Er war durstig. »Ihr Menschen seid manchmal recht interessant, da muss ich deinen seltsamen Vampiren zustimmen. Ich kann mir vorstellen, dass es einen gewissen Reiz hat, euch zu beobachten. Es ist schon erstaunlich – einige von euch scheinen vollkommen uneigennützig zu sein.«

Der Jäger stand mit verschränkten Armen wenige Meter entfernt und betrachtete mich neugierig. Seine Haltung, seine Miene – all das wirkte nicht im Geringsten bedrohlich. Nichts an ihm, weder sein Gesicht noch sein Körper, war auf irgendeine Weise bemerkenswert; abgesehen von der weißen Haut und den Augenringen, an die ich mich so gewöhnt hatte, sah er vollkommen durchschnittlich aus. Er trug ein hellblaues Hemd mit langen Ärmeln und ausgeblichene Jeans.

»Ich nehm an, du erzählst mir gleich, dass dein Freund dich rächen wird«, sagte er, und in seiner Stimme schwang Hoffnung mit.

»Ich glaube nicht, dass er das tun wird. Zumindest habe ich ihn darum gebeten.«

»Und wie hat er darauf reagiert?«

»Weiß ich nicht.« Es war eigenartig leicht, mit diesem weltmännisch plaudernden Jäger zu reden. »Ich hab ihm einen Brief geschrieben.«

»Wie romantisch, ein Abschiedsbrief. Und meinst du, er wird deinen Wunsch respektieren?« Sein Tonfall wurde härter, Sarkasmus mischte sich unter die Höflichkeit.

»Das hoffe ich.«

»Hmmm. Dann gehen unsere Hoffnungen wohl auseinander. Mir ging das nämlich alles ein bisschen zu einfach und zu schnell. Und ehrlich gesagt, ich bin ein wenig enttäuscht. Ich hatte eine viel größere Herausforderung erwartet. Dabei brauchte ich nichts weiter als ein bisschen Glück.«

Ich blieb stumm.

»Als Victoria nicht an deinen Vater herankam, schickte ich sie los, um ein bisschen mehr über dich herauszufinden. Ich dachte mir, warum soll ich dir durch die halbe Welt folgen, wenn ich genauso gut an einem Ort meiner Wahl auf dich warten kann? Victoria erzählte mir ein bisschen was über dich, und ich entschloss mich, nach Phoenix zu kommen und deiner Mutter einen Besuch abzustatten. Ich hatte dich sagen hören, dass du nach

Hause fährst. Zuerst war ich mir sicher, dass du lügst, um mich zu täuschen. Doch dann habe ich mir die Sache noch mal durch den Kopf gehen lassen. Menschen sind im Allgemeinen sehr berechenbar – am sichersten fühlen sie sich an Orten, die ihnen vertraut sind. Und wäre es nicht der perfekte Bluff, sich genau dort zu verstecken, wo man sich auf gar keinen Fall verstecken sollte?

Sicher konnte ich mir natürlich nicht sein, es war nur so eine Ahnung. Normalerweise habe ich allerdings ein gutes Gespür für meine Beute – eine Art sechsten Sinn sozusagen. Und dann hörte ich die Nachricht, die du für deine Mutter hinterlassen hast. Es war natürlich sehr praktisch, deine Nummer zu haben, allerdings wusste ich nicht, woher der Anruf kam – du hättest genauso gut in der Antarktis sein können, und für das, was ich vorhatte, musstest du in der Nähe sein.

Doch dann nahm dein Freund einen Flug nach Phoenix. Victoria hat die anderen für mich überwacht; bei so vielen Gegnern war ich auf etwas Hilfe angewiesen. Als sie mich anrief, hatte ich Gewissheit: Du warst hier, ganz wie erhofft. Eure reizenden Amateurfilme hatte ich mir zu dem Zeitpunkt schon angeschaut, und der Rest war nur eine Frage des Bluffs.

Du siehst, es war alles sehr einfach, unter meinem Niveau, um ehrlich zu sein. Aber ich habe ja immer noch die Hoffnung, dass dein Freund nicht auf dich hört. Edward, so heißt er doch, nicht wahr?«

Ich antwortete nicht. Von meinem Wagemut war kaum etwas übrig geblieben, und ich ahnte, dass er sich nicht viel länger in seinem Erfolg sonnen würde. Das alles hatte sowieso herzlich wenig mit mir zu tun. Mich zu besiegen, einen schwachen Menschen, war nicht der Triumph, auf den er aus war.

»Du hast doch sicher nichts dagegen, wenn ich auch einen kleinen Brief an Edward hinterlasse, oder?«

Er trat einen Schritt zurück und berührte eine kleine Digitalkamera, die er auf dem Videorekorder platziert hatte. Ein kleines rotes Licht zeigte an, dass die Aufnahme lief. Er korrigierte die Einstellungen und rückte die Kamera so hin, dass sie möglichst viel vom Raum erfasste. Starr vor Entsetzen blickte ich ihn an.

»Es tut mir leid, aber ich glaube nicht, dass er der Versuchung, mich zu jagen, widerstehen kann, wenn er das gesehen hat. Und ich will ja nicht, dass er etwas verpasst, schließlich habe ich das alles für ihn gemacht. Du bist nur ein Mensch, der bedauerlicherweise zur falschen Zeit am falschen Ort war und sich, wenn ich das hinzufügen darf, die falschen Freunde ausgesucht hat.«

Er kam auf mich zu und lächelte. »Bevor wir beginnen ...«

Ich spürte, dass mir übel wurde – damit hatte ich nicht gerechnet.

»Ich würde gern noch ein wenig deutlicher werden, nur ein bisschen. Die Lösung lag die ganze Zeit auf der Hand, und ich hatte solche Angst, dass Edward darauf kommen und mir den Spaß verderben würde. Einmal, ein einziges Mal nur, vor langer Zeit, ist es nämlich passiert, dass mir meine Beute entkam.

Der alte Vampir, der seinerzeit eine ganz ähnliche idiotische Zuneigung für mein Opfer hegte, traf die Entscheidung, für die Edward zu schwach war. Als er merkte, dass ich hinter seiner kleinen Freundin her war, befreite er sie aus der Anstalt, in der er arbeitete – nebenbei gesagt, ich werde *nie* verstehen, woher diese Besessenheit mancher Vampire für euch Menschen kommt. Und dann brachte er sie in Sicherheit, aber nicht, indem er sie versteckte. Sie schien den Schmerz nicht mal zu spüren, die arme Kleine, so lange war sie schon in ihrer dunklen Zelle eingesperrt gewesen. Hundert Jahre zuvor hätte man sie für ihre Visionen auf dem Scheiterhaufen verbrannt, in den zwanziger Jahren gab es stattdessen Anstalten und Elektroschocktherapie. Als sie die Augen aufschlug, jung und kraftstrotzend, war es, als erblickte sie zum ersten Mal die Sonne. Der Alte hatte sie in einen starken Vampir verwandelt, und dadurch gab es keinen Grund mehr für mich, ihr etwas zu tun.« Er seufzte. »Stattdessen tötete ich den Alten, aus Rache.«

»Alice«, flüsterte ich verblüfft.

»Ja, deine kleine Freundin. Ich war wirklich überrascht, als ich sie auf der Lichtung wiedersah. Vielleicht können sich deine Freunde ja damit trösten: Ich bekomme dich, dafür haben sie Alice bekommen. Das einzige meiner Opfer, das je entkommen ist – eine ziemliche Ehre.

Und sie roch so köstlich! Ich ärgere mich immer noch, dass ich nicht die Möglichkeit hatte, von ihr zu kosten. Sei mir nicht böse, aber sie roch sogar noch besser als du. Dabei hast du auch einen sehr schönen Geruch. Irgendwie blumig ...«

Der Jäger kam näher und stand nun direkt vor mir. Er nahm eine Strähne meiner Haare zwischen seine Finger, roch genießerisch daran und legte sie sorgsam wieder ab. Ich spürte seine kühlen Fingerspitzen an meinem Hals; dann glitt er mit der Hand über mein Kinn und strich, das Gesicht voller Neugier, einmal mit dem Daumen über meine Wange. Ich wollte nur noch davonlaufen und war doch so erstarrt, dass ich nicht einmal zurückzucken konnte.

»Nein«, murmelte er vor sich hin, als er seine Hand fallen ließ. »Ich versteh's einfach nicht.« Er seufzte. »Na dann, ich denke, wir sollten zur Sache kommen, damit ich deine Freunde anrufen und ihnen mitteilen kann, wo sie dich und meine kleine Botschaft finden können.«

Mittlerweile war mir richtig übel. Er würde mir wehtun, das

sah ich in seinen Augen. Es genügte ihm nicht, zu gewinnen, seinen Durst zu löschen und zu verschwinden. Die Gnade eines schnellen Endes würde er mir nicht erweisen. Meine Knie zitterten so sehr, dass ich mich kaum auf den Beinen halten konnte.

Er trat einen Schritt zurück und umkreiste mich wie ein Museumsbesucher, der in die Betrachtung einer Statue versunken ist. Noch immer wirkte er freundlich und charmant.

Urplötzlich ließ er sich nach vorne fallen und ging in die Kauerstellung, die ich bereits kannte. Sein liebenswürdiges Lächeln verzog sich, immer weiter, bis nur noch grotesk entblößte, blitzende Zähne zu sehen waren.

Ich konnte nicht anders, ich versuchte zu fliehen. So nutzlos es war, sowenig mich meine wackligen Beine überhaupt noch trugen – die Panik überwältigte mich, und ich stürzte auf den Notausgang zu.

Im Bruchteil einer Sekunde hatte er mir den Weg abgeschnitten. Ich sah nicht, ob es seine Hand oder sein Fuß war, dafür ging es zu schnell – ich spürte nur, dass ich einen ungeheuren Schlag auf die Brust erhielt und rückwärts durch den Raum flog. Dann hörte ich, wie mein Kopf in den Spiegel schlug, wie das Glas klirrend zerbarst und auf den Boden regnete.

Doch ich war zu betäubt, um Schmerzen zu empfinden. Ich konnte nicht atmen.

Langsam kam er auf mich zu.

»Das ist ein wirklich hübscher Effekt«, sagte er freundlich und betrachtete die Scherben. »Ich hatte mir schon gedacht, dass der Raum die Handlung meines kleinen Films sehr schön unterstreichen wird. Deshalb habe ich ihn auch als Treffpunkt ausgesucht. Perfekt, findest du nicht?«

Ich ignorierte ihn, kämpfte mich auf alle viere hoch und kroch auf die Eingangstür zu.

Sofort stand er über mir und trat mit voller Wucht auf mein Bein. Zuerst hörte ich nur das abscheuliche Knacken, doch dann spürte ich auch den Schmerz und konnte den Schrei nicht länger zurückhalten. Ich versuchte mich hinzusetzen und griff nach meinem Bein; er stand vor mir und lächelte.

»Möchtest du deinen letzten Wunsch vielleicht noch einmal überdenken?«, fragte er und berührte mit der Fußspitze mein gebrochenes Bein. Ich hörte einen durchdringenden Schrei – es war meiner.

»Möchtest du nicht doch, dass Edward mich findet?«, fragte er weiter.

»Nein!«, krächzte ich. »Nein, Edward, er –« Doch bevor ich weiterreden konnte, schlug mir etwas ins Gesicht und ich landete wieder in den zerbrochenen Spiegeln.

Trotz des Schmerzes in meinem Bein spürte ich den langen, tiefen Schnitt in meiner Kopfhaut. Mit beängstigender Geschwindigkeit breitete sich die warme Nässe in meinen Haaren aus. Ich merkte, wie mir das Blut am Kopf hinablief, mein T-Shirt durchnässte und auf den Holzboden tropfte. Sein Geruch drehte mir den Magen um.

Obwohl die Übelkeit und der Schwindel meine Sinne vernebelten, sah ich plötzlich etwas, das mir neue – letzte – Hoffnung gab. Sein Blick war nicht mehr nur eindringlich, wie vorher, sondern brannte vor unkontrollierbarem Begehren. Das Blut, das sich dunkelrot in mein weißes T-Shirt saugte und auf dem Boden zu immer größeren Pfützen zusammenlief, trieb ihn in den Wahnsinn; er hielt es nicht mehr aus vor Durst. Was auch immer seine ursprüngliche Absicht war – viel länger konnte er das nicht mehr ausdehnen.

Lass es schnell zu Ende sein, war mein letzter Gedanke, bevor mit dem Blut auch mein Bewusstsein schwand. Meine Augenlider senkten sich.

Ich hörte das triumphierende Knurren des Jägers, doch es klang, als wäre ich unter Wasser. Durch einen langen Tunnel sah ich seine dunkle Gestalt auf mich zukommen. Mit allerletzter Kraft hob ich eine Hand vor mein Gesicht; dann waren meine Augen geschlossen und ich sank.

Der Engel

Und als ich sank, träumte ich.

Ich trieb im dunklen Wasser und vernahm den wundervollsten Klang, der in meiner Vorstellung existierte. Er war ebenso schön und erhebend wie gespenstisch: Es war ein Knurren – noch wilder, noch wütender, doch aus einer anderen Kehle.

Ein scharfer Schmerz in meiner Hand riss mich hoch, fast bis zur Oberfläche, doch nicht weit genug, dass meine Augen sich öffneten.

Und dann wusste ich, dass ich tot war.

Denn durch das schwere Wasser, das mich umgab, hörte ich einen Engel meinen Namen sagen und mich zu sich rufen, in den einzigen Himmel, den ich ersehnte.

»O nein, Bella, nein!«, rief die Stimme mit panischem Entsetzen.

Im Hintergrund hörte ich andere Geräusche, einen grässlichen, tumultartigen Lärm, vor dem ich zurückschreckte – zuerst ein böses, tiefes Knurren, dann ein fürchterliches Krachen und ein schrilles Heulen, das abrupt abbrach.

Doch ich versuchte die schlimmen Geräusche auszublenden und konzentrierte mich auf die Stimme des Engels.

»Bella, bitte nicht! Hör mir zu, Bella ... bitte, Bella, bitte!«

Ja, wollte ich sagen. Alles, was du willst. Aber meine Lippen waren nicht da, ich spürte sie nicht.

»Carlisle!«, rief der Engel, und seine wunderschöne Stimme war erfüllt von Schmerz. »Bella, Bella, nein, bitte, nein!« Seine Stimme brach, und der Engel schluchzte, lautlos, ohne Tränen.

Der Engel durfte nicht weinen, das war nicht richtig. Ich wollte zu ihm, wollte ihm sagen, dass alles gut ist, doch das Wasser war tief, schwer lastete es auf mir, und ich bekam keine Luft.

Dann spürte ich einen Druck auf meinem Kopf, es tat weh. Der Schmerz drang durch die Dunkelheit in mein Bewusstsein und hatte andere Schmerzen im Gefolge, stärkere Schmerzen. Ich schrie auf, schnappte nach Luft, schnellte hoch aus der dunklen Schwerelosigkeit.

»Bella!«, schrie der Engel.

»Sie hat Blut verloren, aber die Wunde am Kopf ist nicht tief«, hörte ich eine ruhige Stimme sagen. »Pass auf ihr Bein auf, es ist gebrochen.«

Wütendes Heulen drang aus dem Mund des Engels.

Ich spürte ein Stechen in meiner Seite. Konnte das der Himmel sein? So voller Schmerz?

»Wahrscheinlich auch ein paar Rippen«, fuhr die sachliche Stimme fort. Sie gehörte Carlisle.

Langsam flauten das Stechen und der Druck ab und etwas anderes trat an ihre Stelle: ein glühender Schmerz in meiner Hand, der alles andere überdeckte.

Jemand verbrannte mich.

»Edward.« Ich wollte es ihm sagen, doch die Worte waren wie Lava in meinem Mund, schwer und zähflüssig; ich verstand mich selbst nicht.

»Bella, wir kriegen dich wieder hin. Hörst du mich, Bella? Ich liebe dich.«

»Edward«, setzte ich noch einmal an. Meine Stimme wurde etwas klarer.

»Ich bin hier.«

»Es tut weh«, wimmerte ich.

»Ich weiß, Bella, ich weiß.«

»Kannst du nichts dagegen machen?«, fragte eine Stimme, ein Stück von mir entfernt.

»Meine Tasche, bitte … du wirst sehen, Alice, es hilft«, versprach Carlisle.

»Alice?«, stöhnte ich.

»Sie ist hier, sie wusste, wo wir dich finden würden«, sagte Edward.

»Meine Hand tut weh«, versuchte ich ihm klarzumachen.

»Ich weiß, Bella. Carlisle gibt dir gleich was, dann hört es auf.«

»Meine Hand brennt!«, schrie ich und brach endlich an die Oberfläche, heraus aus der Dunkelheit. Meine Augen flogen auf, doch ich konnte ihn nicht sehen – etwas Trübes, Warmes verschleierte meine Sicht. Bemerkte denn keiner das Feuer? Warum löschten sie es nicht endlich!?

»Bella?«, fragte er mit verängstigter Stimme.

»Das Feuer! Macht doch das Feuer aus!«, schrie ich.

»Carlisle! Ihre Hand!«

»Er hat sie gebissen.« Carlisles Stimme klang nicht länger ruhig, sondern entsetzt.

Ich hörte, wie Edward der Atem stockte.

»Edward, du musst es tun.« Die Stimme von Alice, ganz nah an meinem Kopf. Kühle Finger strichen über die Nässe in meinen Augen.

»Nein!«, brüllte er.

»Alice«, stöhnte ich.

»Vielleicht gibt es eine Möglichkeit«, sagte Carlisle.

»Welche?«, fragte Edward flehend.

»Vielleicht kannst du das Gift heraussaugen. Die Wunde ist ziemlich sauber.« Während Carlisle sprach, nahm der Druck auf meinem Kopf zu – es war, als drückte und zöge jemand an meiner Kopfhaut herum, doch die Empfindung ging unter im Brennen des Feuers.

»Kann das denn funktionieren?«, fragte Alice angespannt.

»Ich weiß es nicht«, sagte Carlisle. »Aber wir müssen uns beeilen.«

»Carlisle, ich …« Edward hielt inne. »Ich weiß nicht, ob ich das kann.« Seine Stimme war wunderschön, doch sie klang schmerzerfüllt, immer noch.

»Entweder oder – es ist deine Entscheidung, Edward. Dabei kann ich dir nicht helfen. Ich muss diese Blutung hier stoppen, sonst kannst du ohnehin kein Blut aus ihrer Hand saugen.«

Gequält warf ich mich herum, doch die Bewegung führte dazu, dass die Schmerzen in meinem Bein umso wilder aufzuckten.

»Edward!«, schrie ich. Ich merkte, dass sich meine Augen wieder geschlossen hatten, und riss sie auf, um endlich sein Gesicht zu sehen. Ich musste es sehen, und dann sah ich es, sein perfektes Antlitz, verzerrt zu einer Maske des Schmerzes, geplagt von Zweifeln.

»Alice, ich brauch etwas, um ihr Bein zu schienen!« Carlisle hatte sich über mich gebeugt und machte sich an meinem Kopf zu schaffen. »Edward, wenn du es jetzt nicht tust, ist es zu spät.«

Edwards Gesicht war angespannt, doch dann loderte etwas in seinen Augen auf, und an die Stelle des Zweifels trat wilde Entschlossenheit. Ich sah, wie sein Kiefer sich anspannte, spürte, wie er meine brennende Hand mit seinen kühlen, starken Fingern ergriff und festhielt. Dann senkte sich sein Kopf, und seine kalten Lippen saugten sich an meine Haut.

Zuerst wurde der Schmerz schlimmer. Ich schrie und warf mich gegen die Hände, die mich hielten. Alice redete beruhigend auf mich ein. Etwas Schweres fixierte mein Bein am Boden, und meinen Kopf hielt Carlisle im eisernen Griff seiner Arme.

Dann wurde meine Hand ganz allmählich von Taubheit erfüllt, und ich wurde ruhiger. Das Feuer klang ab und schrumpfte auf einen immer kleiner werdenden Punkt zusammen.

Ich spürte, wie mir mit nachlassendem Schmerz mein Bewusstsein entglitt. Ich hatte Angst, wieder in das Wasser zu sinken und ihn in der Dunkelheit zu verlieren.

»Edward«, sagte ich, ohne zu wissen, ob wirklich ein Laut meinen Mund verlassen hatte. Sie hörten mich.

»Er ist hier, Bella.«

»Bleib bei mir, Edward, geh nicht weg.«

»Ja, ich bleibe bei dir.« Seine Stimme war angespannt, doch zugleich triumphierend.

Ich seufzte zufrieden. Das Feuer war aus, und die anderen Schmerzen wurden gedämpft durch die Schläfrigkeit, die sich weich und schwer auf mich legte.

Von weit her drang Carlisles Stimme an mein Ohr. »Ist alles raus?«

»Ihr Blut schmeckt sauber«, sagte Edward leise. »Sogar das Morphium hab ich gemerkt.«

»Bella?«, sprach Carlisle mich an.

Ich versuchte zu antworten. »Mmmmmh?«

»Ist das Feuer weg?«

»Ja«, seufzte ich. »Danke, Edward.«

»Ich liebe dich«, antwortete er.

»Ich weiß«, hauchte ich, bleiern vor Müdigkeit.

Dann hörte ich mein liebstes Geräusch auf der Welt: Edwards leises, erleichtertes, glückliches Lachen.

»Bella?«, fragte Carlisle abermals.

Gequält verzog ich das Gesicht; ich wollte schlafen. »Ja?«

»Wo ist deine Mutter?«

»In Florida.« Ich seufzte. »Edward, er hat mich reingelegt. Er hat unsere Videos gesehen.« Meine Empörung war kläglich schwach.

Doch das erinnerte mich an etwas anderes.

»Alice.« Ich versuchte meine Augen zu öffnen. »Er kannte dich, Alice, er wusste, wo du herkommst.« Es sollte dringlich klingen, doch meine Stimme war kaum mehr als ein Flüstern. Dann roch ich etwas, trotz meiner Taubheit. »Es riecht nach Benzin«, sagte ich erstaunt.

»Es wird Zeit«, sagte Carlisle. »Wir müssen sie hier wegbringen.«

»Nein«, protestierte ich. »Ich will schlafen.«

»Du kannst schlafen, Liebste. Ich trage dich«, besänftigte mich Edward.

Und dann lag ich in seinen Armen, geborgen an seiner Brust, und schwebte. Aller Schmerz war verschwunden.

»Schlaf jetzt, Bella« waren die letzten Worte, die ich hörte.

Nadeln und Küsse

Grelles Licht blendete mich, als ich die Augen aufschlug; unbarmherzig strahlte es von der Decke auf mich herab. Der Raum, in dem ich mich befand, war weiß gestrichen, die Wand neben mir mit vertikalen Jalousien verhängt. Ich lag auf einem harten Bett, das von einer Art Geländer eingefasst war. Das Kissen war platt gelegen und klumpig, und von irgendwo neben meinem Ohr kam ein monotones, anstrengendes Piepen. Ich wusste nicht, wo ich war, machte mir aber gewisse Hoffnungen, am Leben zu sein – schwer vorstellbar, dass der Tod so unbequem war.

Meine Hände waren mit durchsichtigen Schläuchen umwickelt; unter meiner Nase klebte irgendwas, das mir quer übers Gesicht verlief. Ich hob meine Hand, um es abzureißen.

»Auf keinen Fall.« Kühle Finger hielten meine Hand fest.

»Edward?« Ich drehte meinen Kopf zur anderen Seite und blickte in sein vollendet schönes Gesicht. Sein Kinn lag auf dem Rand meines Kissens. Ich bin am Leben!, jubelte es in mir. Erst jetzt wurde es mir tatsächlich bewusst; tiefe Dankbarkeit durchströmte mich. »Edward, es tut mir so leid!«

»Pschhhh«, machte er beruhigend. »Alles ist gut.«

»Was ist passiert?« Ich erinnerte mich nur undeutlich, doch beim Versuch, den Nebel zu vertreiben, wurde mir schwindlig.

»Ich bin fast zu spät gekommen«, flüsterte er mit gequälter Stimme. »Es hätte zu spät sein können.«

»Es war so dumm von mir, Edward. Ich dachte, er hätte meine Mutter.«

»Er hat uns alle reingelegt.«

Ein Gedanke durchzuckte mich. »Ich muss Charlie und Mom anrufen.«

»Hat Alice schon gemacht. Renée ist hier – das heißt im Krankenhaus. Sie ist gerade was essen gegangen.«

»Sie ist hier?« Ich versuchte mich aufzusetzen, doch das Schwindelgefühl wurde stärker, und Edward drückte mich sanft zurück auf das Kissen.

»Sie wird gleich wieder hier sein«, versprach er. »Und du darfst dich nicht bewegen.«

»Aber – was hast du ihr denn gesagt?« Ich war panisch und dachte nicht daran, mich besänftigen zu lassen – Mom war da, und ich erholte mich gerade von einem Vampirangriff! »Was denkt sie, warum ich hier bin?«

»Du bist zwei Treppen heruntergefallen und dann durch ein Fenster gestürzt«, sagte er. »Du musst zugeben, so unrealistisch ist das gar nicht.«

Ich seufzte – selbst das tat schon weh. Dann betrachtete ich die Konturen meines Körpers, die sich unter der Decke abzeichneten. Mein Bein war ein einziger dicker Klumpen.

»Wie schlimm hat's mich denn erwischt?«, fragte ich.

»Du hast ein gebrochenes Bein, vier gebrochene Rippen, ein paar Risse im Schädel, dazu Prellungen und Blutergüsse am ganzen Körper. Und du hast viel Blut verloren. Du brauchtest eine Transfusion, was mir überhaupt nicht gefallen hat – eine Weile hast du völlig falsch gerochen.«

»Das war bestimmt mal 'ne nette Abwechslung.«

»War es nicht – ich mag, wie *du* riechst.«

»Wie hast du es geschafft?«, fragte ich leise. Er wusste sofort, was ich meinte.

»Ich weiß es nicht.« Er wich meinem fragenden Blick aus und nahm meine dick verbundene Hand in seine – ganz behutsam, um mir nicht wehzutun oder das Kabel, das mich mit einem der Monitore verband, abzureißen.

Geduldig wartete ich, dass er fortfuhr.

Er seufzte; sein Blick war noch immer gesenkt. »Eigentlich war es unmöglich … aufzuhören«, flüsterte er. »Unmöglich. Aber ich hab es geschafft.« Dann endlich schaute er mich an und lächelte zaghaft. »Ich muss dich wirklich lieben.«

Ich lächelte zurück und merkte dabei, dass selbst mein Gesicht wehtat. »Und – schmecke ich so gut, wie ich rieche?«, fragte ich scherzhaft.

»Besser! Sogar noch besser, als ich gedacht hatte.«

»Tut mir leid.«

Er hob seinen Blick zur Decke. »Ausgerechnet dafür entschuldigst du dich.«

»Wofür soll ich mich denn deiner Meinung nach entschuldigen?«

»Dafür, dass du mich fast für immer verlassen hättest.«

»Tut mir leid«, sagte ich noch einmal.

»Ich weiß, warum du das gemacht hast«, sagte er beschwichtigend. »Trotzdem war es natürlich vollkommen unvernünftig. Du hättest auf mich warten sollen, du hättest es mir sagen sollen.«

»Du hättest mich nicht gehen lassen.«

»Stimmt«, sagte er verbissen, »hätte ich nicht.«

Einige sehr unangenehme Erinnerungen wurden wach, und ich zuckte zusammen.

Edward erschrak. »Bella, was ist denn?«, fragte er besorgt.

»Was ist mit James passiert?«

»Als ich ihn von dir weggerissen hatte, haben sich Emmett und Jasper um ihn gekümmert«, sagte er mit grimmigem Bedauern.

Ich war verwundert. »Komisch, die beiden habe ich gar nicht gesehen.«

»Sie mussten rausgehen … es war alles voller Blut.«

»Aber du bist geblieben.«

»Ich bin geblieben, ja.«

»Und Carlisle und Alice auch …«

»Sie lieben dich, Bella.«

Als ich an Alice dachte, kamen noch mehr Erinnerungen zurück. »Hat sie das Video gesehen?«, fragte ich besorgt.

»Ja«, sagte er – düster und hasserfüllt.

»Sie war jahrelang im Dunkeln, deshalb konnte sie sich an nichts erinnern.«

»Ja, ich weiß. Und es ist gut, dass sie sich selbst kein Rätsel mehr ist.« Seine Stimme war ruhig, doch sein Gesicht war verzerrt vor Wut.

Ich wollte meine unverletzte Hand heben, um ihn zu berühren, um seine Falten zu glätten, doch irgendwas hielt mich fest. Ich schaute an mir herab und sah, dass ein Infusionsschlauch mit meinem Handrücken verbunden war.

»Auuu.« Ich zuckte zusammen.

»Was ist?«, fragte er. Die Sorge um mich lenkte ihn ein wenig ab, doch nicht genug, um die Niedergeschlagenheit ganz aus seinen Augen zu vertreiben.

»Nadeln«, erklärte ich und schaute geflissentlich von meiner Hand weg. Ich konzentrierte mich auf eine schiefe Deckenplatte und versuchte, tief durchzuatmen, trotz meiner schmerzenden Rippen.

»Sie hat Angst vor Nadeln«, brummelte er vor sich hin und schüttelte den Kopf. »Ein sadistischer Vampir, der sie zu Tode foltern will – kein Problem. Ein Anruf von ihm, und sie lässt alles stehen und liegen. Eine Infusionsnadel dagegen …«

Ich verdrehte die Augen – wenigstens etwas, das keine Schmerzen auslöste, wie ich befriedigt feststellte. Dann wechselte ich das Thema.

»Warum bist *du* eigentlich hier?«, fragte ich.

Er starrte mich an – zuerst überrascht, dann verletzt. »Soll ich gehen?«

»Nein!«, protestierte ich; der bloße Gedanke ließ mich zusammenfahren. »Ich meine nur, was denkt meine Mutter, warum du hier bist? Ich muss schließlich wissen, was ich sagen soll, wenn sie zurückkommt.«

»Ach so«, sagte er. Seine Stirn glättete sich. »Ich bin nach Phoenix geflogen, um dich zur Vernunft zu bringen und davon zu überzeugen, zurück nach Forks zu kommen.« Er sagte das so ernsthaft und aufrichtig, dass ich es fast selbst glaubte. »Du hast eingewilligt, dich mit mir zu treffen, und bist zu dem Hotel gefahren, wo ich mit Carlisle und Alice wohnte – selbstverständlich war ich in elterlicher Begleitung. Doch auf dem Weg hoch zu meinem Zimmer bist du auf der Treppe gestolpert und … na ja, den Rest kennst du ja. Du musst dich an keine Einzelheiten erinnern – du hast eine erstklassige Ausrede dafür, dass dein Gedächtnis dich bei den Details etwas im Stich lässt.«

Ich ließ mir das durch den Kopf gehen. »Die Geschichte hat ein paar Schwachstellen. Zum Beispiel müsste es ja kaputte Fenster geben.«

»Gibt es auch«, erwiderte er. »Glaub mir, Alice hatte viel Freude daran, den Unfallort zu präparieren. Es sieht alles sehr überzeugend aus – wahrscheinlich könntest du jetzt sogar das

Hotel verklagen. Auf jeden Fall musst du dir um nichts Gedanken machen«, versprach er und streichelte sanft meine Wange. »Du musst nur gesund werden.«

Weder meine Wunden noch die Schmerzmittel konnten verhindern, dass ich auf seine Berührung reagierte, und zwar genau wie immer. Das Piepen des Monitors überschlug sich – Edward war also nicht mehr der Einzige, der die Kapriolen meines Herzens hören konnte.

»Das kann ja noch peinlich werden«, murmelte ich.

Edward lachte, und dann schien er plötzlich eine Idee zu haben. »Hmm, ich frag mich ...«

Langsam beugte er sich über mein Gesicht. Je näher er kam, desto rasender wurde das Piepen – doch als seine Lippen sich ganz sanft auf meine senkten, setzte es schlagartig aus.

Erschrocken sprang er zurück, um dann erleichtert zu registrieren, dass mein Herz den Betrieb wiederaufnahm.

»Scheint so, als müsste ich *noch* vorsichtiger mit dir umgehen als sonst.« Er runzelte die Stirn.

»Soll das ein Kuss gewesen sein?«, schimpfte ich. »Oder willst du, dass ich aufstehe und ihn mir hole?«

Er grinste, beugte sich wieder zu mir herunter und gab mir einen zärtlichen Kuss. Der Monitor spielte verrückt.

Plötzlich wurden seine Lippen hart und er richtete sich auf.

»Ich glaub, ich hör deine Mutter«, sagte er grinsend.

Grundlose Panik ergriff mich. »Du gehst doch nicht weg, oder?«, fragte ich ängstlich. Ich durfte ihn nicht noch einmal fortlassen.

Er sah das Entsetzen in meinen Augen. »Ich gehe nicht weg«, versprach er feierlich. Dann lächelte er. »Ich mach ein Nickerchen.«

Er erhob sich von dem harten Plastikstuhl, ließ sich in den

türkisfarbenen Sessel am Fußende des Bettes sinken und schloss die Augen. Dann bewegte er sich nicht mehr.

»Vergiss nicht zu atmen«, flüsterte ich. Er holte tief Luft, ohne die Augen zu öffnen.

Jetzt hörte auch ich meine Mutter. Sie sprach mit jemandem, einer Krankenschwester vielleicht, und klang dabei so abgekämpft und aufgewühlt, dass ich am liebsten aus dem Bett gesprungen wäre, um sie zu beruhigen und ihr zu versichern, dass alles in Ordnung war. Springen kam allerdings in meiner Verfassung nicht in Frage, also wartete ich geduldig.

Die Tür öffnete sich einen Spalt, und sie steckte ihren Kopf herein.

»Mom!«, flüsterte ich liebevoll und erleichtert.

Sie sah Edward auf dem Sessel sitzen und schlich auf Zehenspitzen zu mir.

»Ist er überhaupt schon mal rausgegangen?«, murmelte sie vor sich hin.

»Mom, ich bin so froh, dich zu sehen!«

Sie beugte sich zu mir herunter und umarmte mich zärtlich. Tränen fielen auf meine Wange.

»Bella, ich war krank vor Sorge!«

»Es tut mir so leid, Mom. Aber jetzt ist alles in Ordnung«, sagte ich tröstend.

»Bin ich froh, dich endlich wieder wach zu sehen!« Sie setzte sich auf die Bettkante.

Endlich? Mir fiel auf, dass ich keine Ahnung hatte, wie viel Zeit vergangen war. »Wie lange habe ich denn geschlafen?«

»Es ist Freitag, Schatz, du warst eine ganze Weile nicht bei Bewusstsein.«

»Freitag?« Verwundert versuchte ich mich zu entsinnen, an welchem Tag ... Doch daran wollte ich nicht denken.

»Sie mussten dich eine Zeit lang ruhigstellen – du hast viele Verletzungen.«

»Ich weiß.« Ich spürte sie.

»Zum Glück war Dr. Cullen gleich zur Stelle. Er ist so ein netter Mann … aber ganz schön jung. Man würde denken, er ist Model, kein Arzt …«

»Dann hast du Carlisle schon kennengelernt?«

»Ja, und Edwards Schwester Alice auch. Ein reizendes Mädchen.«

»Das ist sie«, stimmte ich von ganzem Herzen zu.

Sie schaute sich um und betrachtete Edward, der mit geschlossenen Augen im Sessel lag. »Du hast mir gar nicht erzählt, dass du so gute Freunde hast in Forks.«

Ich zuckte zusammen und stöhnte.

Sofort fuhr sie zu mir herum. »Tut dir was weh?«, fragte sie besorgt. Edward hatte die Augen geöffnet und sah mich ebenfalls an.

»Geht schon wieder«, versicherte ich beiden. »Ich muss nur daran denken, mich nicht zu bewegen.« Edward fiel wieder in seinen Scheinschlaf.

Ich nutzte die Situation, um von meinen töchterlichen Versäumnissen abzulenken. »Wo ist Phil?«, fragte ich schnell.

»In Florida – oh, Bella, es ist so toll! Stell dir vor! Wir waren schon dabei, unsere Zelte abzubrechen, und dann kam der Bescheid!«

»Phil hat einen Vertrag bekommen!«, mutmaßte ich.

»Ja! Woher weißt du das? Und rate mal, von wem! Den Suns – kannst du dir das vorstellen?«

»Ehrlich? Super, Mom«, sagte ich so enthusiastisch wie möglich, obwohl ich keine Ahnung hatte, ob das gut war oder schlecht.

»Und in Jacksonville wird es dir so gut gefallen«, sprudelte sie weiter, während ich sie verständnislos anstarrte. »Dabei hat Phil vor kurzem noch von Akron geredet, und ich dachte schon, o nein, der ganze Schnee und das alles – du weißt ja, wie sehr ich die Kälte hasse. Aber Jacksonville! Immer Sonne, und die Feuchtigkeit ist gar nicht sooo schlimm. Und wenn du erst das Haus siehst, das wir gefunden haben, so hübsch, gelb mit weißen Verzierungen, und der Vorgarten ist wie aus einem alten Film, mit einer großen Eiche, und es sind nur fünf Minuten bis zum Meer. Und weißt du was? Du hast sogar dein eigenes Badezimmer –«

»Mom, Mom, warte mal!«, unterbrach ich sie. Edwards Augen waren zwar immer noch geschlossen, aber für einen Schlafenden war sein Gesicht eindeutig zu angespannt. »Wovon redest du? Ich ziehe nicht nach Florida – ich wohne in Forks.«

»Aber das musst du nicht mehr, Dummerchen«, sagte sie lachend. »Ab jetzt ist Phil viel öfter zu Hause. Wir haben schon über alles geredet, und ich hab mir überlegt, dass ich die Auswärtsspiele einfach aufteile – die Hälfte der Zeit bin ich bei dir, die Hälfte bei ihm.«

»Mom.« Ich zögerte, unsicher, wie ich es ihr am besten beibringen sollte. »Ich *will* aber in Forks bleiben. Ich hab mich in der Schule schon eingewöhnt und Freunde gefunden.« Beim Wort »Freunde« schaute sie zu Edward, also suchte ich schnell nach einem anderen Argument. »Und außerdem braucht mich Charlie. Er ist ganz alleine dort oben, und er kann kein bisschen kochen.«

»Du möchtest in Forks bleiben?«, fragte sie verwirrt. Sie verstand die Welt nicht mehr. Wieder wanderte ihr Blick zu Edward. »Warum?«

»Hab ich doch gesagt – die Schule, Charlie – aua!« Ich hatte mit den Schultern gezuckt – keine gute Idee.

Hilflos flatterten ihre Hände über mir herum und suchten nach einer Stelle, wo sie mich gefahrlos tätscheln konnten. Schließlich fanden sie meine Stirn, die nicht unter einem Verband begraben lag.

»Aber Bella – du hasst Forks.«

»Es ist eigentlich gar nicht so übel.«

Sie runzelte die Stirn und schaute bedeutungsvoll zwischen Edward und mir hin und her.

»Ist es wegen diesem Jungen?«, flüsterte sie.

Ich hatte die Lüge schon parat, doch dann sah ich ihren prüfenden Blick und wusste, dass sie mich durchschauen würde.

»Auch«, gab ich zu. Wie sehr, musste ich ihr ja nicht unbedingt verraten. »Habt ihr euch schon kennengelernt?«

»Ja.« Sie hielt inne und betrachtete seine reglose Gestalt. »Und deshalb will ich mit dir reden.«

Oje. »Worüber denn?«, fragte ich.

»Ich glaube«, verkündete sie vorwurfsvoll mit leiser Stimme, »er ist in dich verliebt.«

»Glaube ich auch.«

»Und? Was bedeutet er dir?« Ihre Neugier war kaum verhohlen.

Seufzend schaute ich zur Seite. Sosehr ich Mom auch liebte – auf solche Gespräche hatte ich keine Lust. Dann gab ich mir einen Ruck. »Ich bin ziemlich verrückt nach ihm.« So! Das klang doch halbwegs nach dem, was ein frisch verliebter Teenager sagen würde.

»Na ja, er scheint ja wirklich sehr nett zu sein, und – meine Güte – er sieht unglaublich gut aus, aber, Bella, du bist doch noch so jung ...« Sie klang unsicher; soweit ich mich erinnerte, war das ihr erster Versuch, mütterliche Autorität auszuüben, seit ich acht Jahre alt war. Allerdings kannte ich den halb besonnenen, halb strengen Tonfall noch gut von den Gesprächen, die ich mit ihr über Männer geführt hatte.

»Ich weiß, Mom – mach dir keine Gedanken«, sagte ich, um sie zu beruhigen. »Es ist nichts Ernstes.«

Damit gab sie sich zufrieden. »Okay«, sagte sie erleichtert.

Dann seufzte sie und schaute schuldbewusst zur großen, runden Uhr an der Wand.

»Musst du los?«, fragte ich.

»Na ja, Phil ruft gleich an ...« Sie biss sich auf die Lippen. »Ich wusste ja nicht, dass du aufwachst ...«

»Macht doch nichts, Mom.« Ich bemühte mich, meine Erleichterung zu verbergen. »Ich bin ja nicht allein.«

»Ich bleibe nicht lange weg«, sagte sie und fügte stolz hinzu: »Ich schlaf schon seit Tagen hier.«

»Mom, das musst du nicht! Du kannst wirklich zu Hause schlafen – ich merk doch gar nicht, wenn du nachts nicht hier bist.« Die Schmerzmittel machten mich so duselig, dass ich immer noch Schwierigkeiten hatte, mich zu konzentrieren, obwohl ich nach mehreren durchschlafenen Tagen eigentlich ganz munter hätte sein müssen.

»Na ja, mir war auch nicht ganz wohl zu Hause«, gab sie kleinlaut zu. »In der Nachbarschaft hat es ein Verbrechen gegeben, und ich bin gerade nicht so gerne allein dort.«

»Ein Verbrechen?«, fragte ich erschrocken.

»Ja, jemand ist in das Ballettstudio um die Ecke eingebrochen und hat dort Feuer gelegt. Es ist vollkommen abgebrannt. Und außerdem stand ein gestohlenes Auto direkt vor der Tür. Du warst mal dort tanzen, Liebling – erinnerst du dich?«

»Ja.« Und die Erinnerung ließ mich am ganzen Leib zittern.

»Wenn du mich brauchst, mein Schatz – ich kann auch bleiben.«

»Danke, Mom, es geht schon. Und Edward ist ja bei mir.«

Ihrer Miene nach zu urteilen, war das genau der Grund, warum sie am liebsten auch dageblieben wäre. »Ich bin abends wieder hier.« Es klang wie Vorwarnung und Versprechen zugleich, und prompt warf sie noch einen Blick auf Edward.

»Ich liebe dich, Mom.«

»Ich liebe dich auch. Pass in Zukunft ein bisschen mehr auf beim Laufen, ja – ich möchte dich nicht verlieren.«

Edwards Augen blieben geschlossen, doch er grinste breit.

Eine Krankenpflegerin kam geschäftig herein, um meine Schläuche und Kabel zu überprüfen. Mom küsste mich auf die Stirn, tätschelte den Mullverband, unter dem meine Hand war, und ging.

Die Pflegerin warf einen Blick auf mein EKG.

»Bist du unruhig?«, fragte sie mich. »Deine Herzfrequenz war zwischenzeitlich ganz schön hoch.«

»Nein, mir geht's gut«, versicherte ich ihr.

»Ich sag der Schwester Bescheid, dass du wach bist. Sie kommt gleich mal nach dir gucken.«

Sobald sie die Tür geschlossen hatte, war Edward an meiner Seite.

Ich zog meine Augenbrauen hoch. »Ihr habt ein Auto geklaut?«

Er grinste, von Reue keine Spur. »Es war ein gutes Auto, sehr schnell.«

»Wie war dein Nickerchen?«

»Interessant.« Seine Augen verengten sich.

»Was?«

Er senkte den Blick. »Ich hab mich nur gewundert. Ich dachte, dass Florida … und deine Mutter … na ja – ich dachte, das ist das, was du willst.«

Ich starrte ihn verständnislos an. »Aber in Florida müsstest du den ganzen Tag drinbleiben. Du könntest nur nachts rausgehen, genau wie ein richtiger Vampir.«

Fast lächelte er, aber nur fast. Dann wurde sein Gesicht ernst. »Ich würde nicht mit nach Florida kommen, Bella. Ich würde in Forks bleiben. Oder irgendwo anders hingehen. Irgendwohin, wo ich dich nicht mehr verletzen könnte.«

Zuerst kapierte ich gar nicht, was er gesagt hatte. Dann, während ich ihn weiter anstarrte, fügten sich seine Worte zusammen, eins zum anderen, und ergaben einen furchtbaren Sinn. Ich war mir kaum bewusst, dass mein Herz zu rasen begann; ich merkte es erst, als ich so hastig atmete, dass ein stechender Schmerz durch meine gemarterten Rippen fuhr.

Er blieb stumm und musterte argwöhnisch mein Gesicht, während ein anderer Schmerz, der unendlich viel schlimmer war und rein gar nichts mit gebrochenen Knochen zu tun hatte, mich zu ersticken drohte.

Mit energischen Schritten kam eine Krankenschwester ins Zimmer und warf einen geschulten Blick auf mein Gesicht. Edward rührte sich nicht.

»Was meinst du, Isabella – sollen wir dir noch etwas gegen die Schmerzen geben?« Sie tippte auf den Infusionsschlauch.

»Nicht nötig«, murmelte ich und versuchte, mir meine Qualen nicht anhören zu lassen. »Es geht schon.« Ich wollte auf keinen Fall meine Augen schließen.

»Du musst nicht die Heldin spielen. Es ist besser, wenn du dich so wenig wie möglich anstrengst – dein Körper braucht viel Ruhe.« Sie schaute mich abwartend an, doch ich schüttelte den Kopf.

»Okay«, sagte sie seufzend. »Wenn du was brauchst, drück einfach den Knopf.«

Dann warf sie Edward einen strengen Blick zu, schaute noch einmal besorgt auf den Monitor und verließ das Zimmer.

Er legte seine kühlen Hände auf mein Gesicht; ich starrte ihn mit flackerndem Blick an.

»Schhh, Bella, ganz ruhig.«

»Verlass mich nicht«, flehte ich mit erstickter Stimme.

»Ich verlass dich nicht«, versprach er. »Und jetzt beruhige dich, bevor ich nach der Schwester rufe und dich ruhigstellen lasse.«

Doch mein Herz wollte sich nicht besänftigen lassen.

»Bella.« Bekümmert streichelte er mein Gesicht. »Ich gehe nirgendwohin. Ich bin hier, solange du mich brauchst.«

»Schwörst du, dass du mich nicht verlässt?«, flüsterte ich. Ich bemühte mich, halbwegs ruhig zu atmen, um die rasenden Schmerzen im Brustkorb zu mildern.

Er nahm mein Gesicht zwischen seine Hände, beugte sich über mich und schaute mich mit großen, ernsten Augen an. »Ich schwöre es«, sagte er.

Der Geruch seines Atems dämpfte meine Panik und meinen Schmerz. Er blieb so, bis mein Körper sich langsam entspannte und das Piepen auf eine normale Frequenz zurückging. Seine Augen waren dunkel, eher schwarz als golden.

»Besser?«, fragte er.

»Ja«, antwortete ich verhalten.

Er schüttelte den Kopf und brummelte leise etwas vor sich hin. Ich bildete mir ein, das Wort »Überreaktion« zu hören.

»Warum hast du das gesagt?« Ich flüsterte, weil meine Stimme sonst gezittert hätte. »Hast du genug davon, mir ständig das Leben zu retten? Willst du vielleicht, dass ich weggehe?«

»Nein, Bella, ich will nicht von dir getrennt sein. Natürlich nicht. Was redest du dir denn bloß ein! Mir macht es auch nichts aus, dir das Leben zu retten – aber ich bin es doch, der es erst in Gefahr bringt. Ohne mich würdest du nicht hier liegen.«

»Du hast vollkommen recht.« Ich schaute ihn aufgebracht an. »Ohne dich wäre ich nicht mehr am Leben.«

»Mehr tot als lebendig – bewegungsunfähig und am ganzen Körper verbunden«, flüsterte er.

»Ich hab nicht von meiner jüngsten Todeserfahrung gesprochen«, sagte ich gereizt. »Sondern von den anderen – such dir eine aus. Ohne dich würde ich schon längst auf dem Friedhof von Forks verfaulen.«

Er zuckte zusammen, doch der gequälte Blick wich nicht aus seinen Augen.

»Aber es ist nicht einmal das Schlimmste, dich so zu sehen«, flüsterte er weiter, als hätte er mich gar nicht gehört. »Oder dich dort auf dem Boden zu sehen, mit verrenkten und gebrochenen Gliedern – auch das war nicht das Schlimmste. Auch nicht, als ich dachte, ich komme zu spät.« Seine Stimme erstickte. »Und noch nicht einmal deine Schreie und alles andere, woran ich mich bis in alle Ewigkeit erinnern werde. Am schlimmsten war es, zu denken ... nein, zu wissen ... dass ich nicht aufhören kann – dass ich dich selber töten werde.«

»Das ist nicht passiert.«

»Aber es hätte passieren können. Ohne weiteres.«

Ich wusste, ich musste ruhig bleiben, doch er war gerade dabei, sich einzureden, dass es das Beste für mich wäre, wenn er mich verließe, und alles in mir schrie verzweifelt auf.

»Versprich es mir«, flüsterte ich.

»Was soll ich dir versprechen?«

»Du weißt genau, was.« Ich wurde langsam richtig wütend – konnte er denn alles nur negativ sehen?

Er hörte meinen gereizten Tonfall. Seine Augen verengten

sich, und seine Antwort war fast schon giftig. »Ich bin ja anscheinend sowieso nicht stark genug, um mich von dir fernzuhalten, also nehm ich mal an, dass du kriegst, was du willst … ob es dich nun umbringt oder nicht.«

»Schön.« Er hatte allerdings nichts versprochen, was mir keineswegs entgangen war. Ich war so panisch und kraftlos, dass ich meine Verärgerung nicht länger im Zaum halten konnte. »Ich weiß jetzt, dass du es geschafft hast aufzuhören«, sagte ich. »Jetzt will ich wissen, warum du überhaupt angefangen hast.«

»Wie meinst du das?«, fragte er misstrauisch.

»Warum hast du es getan? Warum hast du das Gift daran gehindert, sich auszubreiten? Wenn nicht, wäre ich nämlich jetzt wie du.«

Der Rest von Helligkeit schien aus Edwards Augen zu schwinden; wenn es nach ihm gegangen wäre, fiel mir plötzlich wieder ein, hätte ich diese Dinge nie erfahren. Entweder war Alice so sehr mit dem beschäftigt, was sie über ihre Vergangenheit erfahren hatte, oder sie hielt sich in Edwards Nähe mit ihren Gedanken zurück – jedenfalls war es offensichtlich, dass er bislang nicht geahnt hatte, dass ich über die Einzelheiten des Verwandlungsprozesses Bescheid wusste. Er fiel aus allen Wolken, und er war wütend. Seine Nasenflügel bebten, und sein Mund sah aus, als wäre er aus Stein gemeißelt.

Ich würde keine Antwort erhalten, so viel stand fest.

»Ich gebe gerne zu, dass ich nicht viel Erfahrung mit Beziehungen hab«, sagte ich. »Aber ich finde es falsch … wenn ein Mann und eine Frau einander nicht ebenbürtig sind. Es kann nicht immer der eine sein, der plötzlich auftaucht und die andere rettet. Sie müssen sich *gegenseitig* retten können.«

Er verschränkte seine Arme auf meiner Bettkante und legte sein Kinn darauf. Seine Miene hatte sich geglättet, sein Ärger war gut verborgen. Offensichtlich war er nicht auf mich böse. Ich konnte nur hoffen, dass ich die Chance haben würde, Alice zu warnen, bevor er sie traf.

»Du *hast* mich gerettet«, sagte er leise.

»Ich kann nicht immer nur Lois Lane sein«, sagte ich. »Ich möchte auch Superman sein.«

»Du weißt nicht, um was du mich da bittest«, sagte er sanft. Er blickte starr auf die Naht des Kopfkissenbezugs.

»Ich glaube schon.«

»Nein, Bella, eben *nicht*. Ich denke seit neunzig Jahren darüber nach, und ich bin mir immer noch nicht sicher.«

»Wünschst du dir, Carlisle hätte dich nicht gerettet?«

»Nein, das wünsche ich mir nicht.« Er hielt inne. »Aber mein Leben war vorbei. Ich hab nichts aufgegeben.«

»*Du* bist mein Leben. Du bist das Einzige auf der Welt, das ich um keinen Preis verlieren will.« Ich wurde immer besser in diesen Dingen – zuzugeben, wie sehr ich ihn brauchte, ging mir neuerdings ganz leicht über die Lippen.

Doch er war sehr ruhig und entschlossen.

»Ich kann das nicht tun, Bella. Ich werde dir das nicht antun.«

»Warum nicht?« Es kratzte in meiner Kehle, und die Worte klangen weniger energisch, als ich wollte. »Und erzähl mir nicht, es ist zu schwer! Im Vergleich zu heute oder, keine Ahnung, wie viele Tage das jetzt her ist … jedenfalls, im Vergleich zu dieser Sache sollte es dir leichtfallen.«

Er schaute mich böse an.

»Und was ist mit den Schmerzen?«, fragte er.

Es half nichts: Ich erbleichte. Doch ich riss mich zusammen, so gut es ging – er sollte mir nicht anmerken, wie deutlich ich mich an das Gefühl erinnerte … an das Feuer in meinen Adern.

»Das ist meine Sache. Ich komm schon klar damit.«

»Man kann's auch übertreiben mit dem Mut. Bis es nichts als Wahnsinn ist.«

»Wo ist das Problem? Drei Tage – es gibt Schlimmeres.«

Meine Worte erinnerten ihn wieder daran, dass ich besser Bescheid wusste, als ihm lieb war. Ich sah, wie er seinen Ärger unterdrückte. Sein Blick wurde grüblerisch.

»Was ist mit Charlie?«, fragte er knapp. »Und Renée?«

Er wartete, ich schwieg. Eine halbe Ewigkeit lang rang ich um eine Antwort auf seine Frage. Ich öffnete meinen Mund, doch kein Ton kam heraus. Ich schloss ihn wieder. Ein siegessicherer Ausdruck trat in sein Gesicht – er wusste, ich hatte keine.

»Das ist auch kein Problem«, murmelte ich schließlich, doch es klang so wenig überzeugend wie immer, wenn ich log. »Renée hat von jeher die Entscheidungen getroffen, die für sie richtig waren. Und Charlie ist unverwüstlich – er ist es gewohnt, allein zu sein. Ich kann nicht ewig auf die beiden aufpassen. Ich muss mein eigenes Leben führen.«

»Völlig richtig«, sagte er. »Und genau deshalb werde ich es nicht beenden.«

»Falls du darauf wartest, dass ich im Sterben liege, dann lass dir gesagt sein, dass ich das gerade hinter mir hab.«

»Du erholst dich wieder«, erinnerte er mich.

Ich holte tief Luft, um mich zu beruhigen, und ignorierte den scharfen Schmerz, den das Heben und Senken der Brust auslöste. Wir starrten uns an. Seine Miene war unnachgiebig.

»Du irrst dich«, sagte ich langsam.

Er zog seine Stirn in Falten. »Quatsch. Vielleicht behältst du ein paar Narben, aber …«

»Du irrst dich«, beharrte ich. »Ich werde sterben.«

»Jetzt hör schon auf, Bella«, sagte er aufgewühlt. »In ein paar Tagen, maximal zwei Wochen, bist du hier wieder raus.«

Ich funkelte ihn an. »Vielleicht sterbe ich nicht jetzt … aber irgendwann schon. Mit jeder Minute rückt mein Tod näher. Und vorher werde ich alt.«

Er begriff und runzelte die Stirn. Dann presste er seine langen Finger an die Schläfen und schloss die Augen. »So ist es ja auch richtig. Genauso soll es sein. Und so würde es auch sein, wenn es mich nicht gäbe. Und es *sollte mich nicht geben*.«

»Pfff«, machte ich verächtlich. Erstaunt öffnete er seine Augen. »Das ist doch albern. Das ist dasselbe, als würde man im Lotto gewinnen und sagen: ›Es ist besser, wir nehmen das Geld nicht und leben so weiter, wie wir eigentlich leben sollten.‹ So was lass ich mir nicht einreden.«

»Ich bin ja wohl kaum ein Lottogewinn«, knurrte er.

»Stimmt. Du bist viel besser als ein Lottogewinn.«

Er verdrehte die Augen und presste seine Lippen zusammen. »Bella, ich werde mich nicht mehr mit dir darüber streiten. Ich weigere mich, dich zur ewigen Nacht zu verdammen, und damit Schluss.«

»Wenn du denkst, dass damit Schluss ist, kennst du mich aber schlecht«, erwiderte ich. »Du bist nicht der einzige Vampir auf der Welt.«

Wieder wurden seine Augen schwarz. »Alice würde es nicht wagen!«

Und einen Moment lang sah er so furchteinflößend aus, dass ich ihm aufs Wort glaubte – dass ich mir nicht vorstellen konnte, woher irgendjemand den Mut nehmen sollte, ihn gegen sich aufzubringen.

»Alice hat es vorausgesehen, hab ich Recht?«, mutmaßte ich. »Deshalb regt es dich so auf, was sie sagt. Sie weiß, dass ich eines Tages so sein werde wie du.«

»Sie irrt sich. Sie hat dich auch tot gesehen, und das ist auch nicht passiert.«

»*Ich* werde jedenfalls nicht gegen Alice wetten.«

Stumm starrten wir uns an. Nur das Piepen und Tropfen, das Surren der Maschinen und das Ticken der Uhr durchbrachen die Stille. Das Schweigen hielt an, bis irgendwann die Härte aus seinem Blick wich.

»Tja, und was heißt das jetzt?«, fragte ich.

Er lachte trocken. »Patt, würde ich sagen.«

Ich seufzte – und stöhnte prompt auf vor Schmerzen.

»Wie fühlst du dich?«, fragte er und schaute zum Klingelknopf.

»Gut«, log ich.

»Ich glaub dir kein Wort«, sagte er sanft.

»Ich werde jetzt nicht schlafen.«

»Du brauchst Ruhe. Diese Streiterei ist nicht gut für dich.«

»Dann gib doch einfach nach.«

»Das könnte dir so passen.« Er streckte seine Hand nach dem Knopf aus.

»Nein!«

Er beachtete mich nicht.

»Ja?«, quäkte es aus dem Lautsprecher an der Wand.

»Sie könnte jetzt etwas gegen die Schmerzen vertragen«, sagte er ruhig und ignorierte meine wütende Miene.

»Die Schwester kommt gleich«, sagte eine gelangweilte Stimme.

»Ich nehm es nicht«, drohte ich.

Er schaute auf den Tropf, der neben meinem Bett hing. »Ich glaub nicht, dass sie dir was zum Schlucken geben werden.«

Mein Herz begann zu rasen. Er sah die Angst in meinen Augen und seufzte entnervt.

»Bella, du hast Schmerzen. Du musst dich entspannen, um gesund zu werden. Warum stellst du dich so an? Sie kommen jetzt nicht mehr mit Nadeln.«

»Ich hab keine Angst vor den Nadeln«, murmelte ich. »Ich hab Angst zu schlafen.«

Er schenkte mir sein schiefes Lächeln und nahm mein Gesicht in seine Hände. »Ich rühre mich nicht von der Stelle, das hab ich doch gesagt. Hab keine Angst. Solange es dich glücklich macht, bleibe ich bei dir.«

Ich erwiderte sein Lächeln und ignorierte den Schmerz in meinen Wangen. »Das bedeutet: für immer – das ist dir hoffentlich klar!«

»Ach, du kommst da schon drüber hinweg – es ist doch nichts Ernstes.«

Ich schüttelte den Kopf, wovon mir augenblicklich schwindlig wurde. »Ich war völlig perplex, als Renée das so ohne weiteres schluckte. Aber ich weiß, dass *du* es besser weißt.«

»Das ist das Schöne daran, ein Mensch zu sein«, sagte er. »Dinge ändern sich.«

Ich kniff meine Augen zusammen. »Darauf kannst du lange warten.«

Er lachte, als die Schwester mit einer Spritze in der Hand den Raum betrat.

»Darf ich mal«, sagte sie schroff zu ihm.

Er stand auf, ging zum anderen Ende des kleinen Zimmers, lehnte sich mit verschränkten Armen an die Wand und wartete. Ich schaute ihn unverwandt an, und er sah die Verzagtheit in meinen Augen. Sein ruhiger Blick antwortete mir.

»Okay.« Die Schwester injizierte die Flüssigkeit in meinen Schlauch und lächelte. »Jetzt wirst du dich gleich besser fühlen.«

»Danke«, murmelte ich ohne Begeisterung. Es dauerte nicht

lange – schon einen Augenblick später merkte ich, wie die Schläfrigkeit mich durchströmte.

»Das sollte genügen«, sagte sie leise. Meine Augenlider fielen zu.

Dann muss sie hinausgegangen sein, denn etwas Kühles und Glattes berührte mein Gesicht.

»Bleib hier«, lallte ich.

»Ja«, versprach er. Seine Stimme war so schön wie ein Wiegenlied. »Wie gesagt, solange es dich glücklich macht ... und zu deinem Besten ist.«

Ich versuchte den Kopf zu schütteln, doch er war zu schwer. »'s nicht dasselbe«, murmelte ich.

Er lachte. »Jetzt nicht, Bella. Du kannst wieder mit mir streiten, wenn du aufwachst.«

Ich glaube, ich lächelte. »Mmh.«

Dann spürte ich seine Lippen an meinem Ohr.

»Ich liebe dich«, flüsterte er.

»Lieb dich auch.«

»Ich weiß.« Er lachte leise.

Ich drehte ihm, so gut es ging, meinen Kopf zu. Sanft berührten sich unsere Lippen.

»Danke.«

»Jederzeit.«

Ich war gar nicht mehr richtig da, doch noch immer kämpfte ich mit schwindenden Kräften gegen die Besinnungslosigkeit. Es gab noch etwas, das ich ihm sagen wollte.

»Edward?« Ich hatte Mühe, seinen Namen deutlich auszusprechen.

»Ja?«

»Ich setze auf Alice.«

Und dann senkte sich die Nacht über mich.

*E*PILOG: TANZ DER VAMPIRE

Edward half mir beim Einsteigen und passte auf wie ein Luchs, dass die Stoffmassen aus Chiffon und Seide, die Blumen, die er mir eben noch eigenhändig in den kunstvoll hochgesteckten Locken befestigt hatte, und mein sperriger Gehgips unversehrt blieben. Meine missmutige Miene ignorierte er einfach.

Als ich zu seiner Zufriedenheit im Auto saß, stieg auch er ein und fuhr auf dem langen, schmalen Weg zur Straße.

»Wann genau hast du eigentlich vor, mir zu sagen, was das alles soll?«, fragte ich launisch. Ich hasste Überraschungen, das wusste er genau.

»Ich bin entsetzt, dass du noch nicht selber draufgekommen bist.« Er lächelte spöttisch, und mir stockte wieder einmal der Atem. Ob ich mich wohl jemals an seine Schönheit gewöhnen würde?

»Ich hab bereits erwähnt, dass du sehr gut aussiehst, oder?«, fragte ich.

»Hast du«, bejahte er grinsend. Noch nie zuvor hatte ich ihn in Schwarz gesehen, und es war nicht zu leugnen, dass der Kontrast zur Blässe der Haut seine Schönheit auf eine Weise unterstrich, die absolut überirdisch war. Nichtsdestotrotz machte mich die Tatsache, dass er einen Smoking trug, ziemlich nervös.

Noch nervöser machte mich allerdings dieses Kleid. Und der

Schuh. Nur ein Schuh, wohlgemerkt – der andere Fuß war sicher im Gips verwahrt, weswegen ich mich ohnehin kaum auf den Beinen halten konnte. Und der hohe Absatz, der nur von Satinbändern gehalten wurde, würde meine Standsicherheit bestimmt nicht erhöhen.

»Wenn Alice mich jetzt jedes Mal wie ein Versuchskaninchen behandelt, komm ich nicht mehr zu euch«, maulte ich. Zuerst hatte sie mich in ihr atemberaubend großes Schlafzimmer verschleppt, dann hatte sie stundenlang Friseuse und Kosmetikerin gespielt, als wäre sie sechs und ich ihre Barbiepuppe. Wenn ich zappelig wurde oder mich beschwerte, machte sie mir ein schlechtes Gewissen: Sie habe schließlich keinerlei Erinnerungen an ihr menschliches Leben und ob ich ihr den Spaß nicht gönnen könnte, ein bisschen was von ihrer verlorenen Kindheit nachzuholen. Zur Krönung steckte sie mich in ein absolut unglaubliches Kleid – tiefblau und schulterfrei, mit Rüschen und französischen Etiketten, die ich nicht lesen konnte. Kurzum: Wir waren in Abendgarderobe irgendwohin unterwegs, und das konnte nichts Gutes bedeuten, da war ich mir sicher. Außer … doch das traute ich mich nicht zu formulieren, nicht einmal in Gedanken.

Edwards Handy klingelte. Er zog es aus der Innentasche seines Smokings, warf einen Blick aufs Display und ging ran.

»Hallo, Charlie«, sagte er zurückhaltend.

Charlie? Auch das konnte nichts Gutes bedeuten.

Charlie war ziemlich … na ja, schwierig gewesen seit meiner Rückkehr nach Forks. Carlisle behandelte er fast wie einen Heiligen, Edward dagegen hielt er nach wie vor für den Schuldigen an meiner Verletzung, weil ich ohne ihn gar nicht erst nach Phoenix gefahren wäre – Edward selber war ganz seiner Meinung. Die Folge war, dass es zu Hause neuerdings Regeln gab:

Ich hatte jetzt meine persönlichen Sperrstunden und Besuchszeiten.

Irgendwas, das Charlie sagte, brachte Edward dazu, zuerst ungläubig zu gucken und dann zu grinsen.

»Das ist nicht dein Ernst!« Er lachte.

»Was denn?«, wollte ich wissen.

Er ignorierte mich. »Gib ihn mir doch mal«, sagte er mit sichtlichem Vergnügen. Ein paar Sekunden vergingen.

»Hallo, Tyler, hier ist Edward Cullen.« Seine Stimme war sehr freundlich, zumindest oberflächlich – ich kannte ihn jedoch gut genug, um den leisen Anklang der Drohung nicht zu überhören. Aber was machte Tyler bei mir zu Hause? Doch nicht etwa … Ich schaute an mir herab, auf das viel zu elegante Kleid, in das Alice mich gezwängt hatte. Und dann war der Groschen gefallen.

»Es tut mir leid, wenn es da ein Missverständnis gegeben haben sollte, aber Bella ist heute Abend unabkömmlich.« Dann wurde sein Ton schärfer. »Und um ganz ehrlich zu sein, sie wird jeden Abend unabkömmlich sein, zumindest für alle außer mir. Ist nicht bös gemeint. Und tut mir leid, wenn ich dir den Abend verdorben habe.« Es klang so, als täte es ihm überhaupt nicht leid. Dann klappte er das Handy zu und grinste zufrieden.

Zornesröte schoss mir ins Gesicht, und Tränen traten mir in die Augen.

Er schaute mich überrascht an. »War das Letzte ein bisschen übertrieben? Ich wollte dich nicht kränken.«

Anstatt zu antworten, schrie ich ihn an: »Wir gehen auf den *Jahresabschlussball*?«

Mit einem Mal war alles geradezu schmerzhaft offensichtlich. Ich hätte nur mal auf die Idee kommen müssen, mir die Plakate etwas genauer anzuschauen, die jede Wand in der Schule zierten – dann wäre mir sicherlich auch das Datum aufgefallen. Allerdings hätte ich nicht im Traum damit gerechnet, dass er mich *dazu* nötigen würde. Kannte er mich denn so schlecht!?

Jedenfalls hatte er nicht mit einer so heftigen Reaktion gerechnet. Seine Lippen waren zusammengepresst, seine Augen verengten sich. »Bella, stell dich doch nicht so an.«

Ich schaute nach draußen; wir waren schon auf halbem Weg zur Schule.

»Warum tust du mir das an?«, fragte ich voller Entsetzen.

Er deutete auf seinen Smoking. »Ehrlich, Bella, was hast du denn gedacht, wo wir hingehen?«

Am liebsten wäre ich im Boden versunken, so peinlich war mir das alles. Zum einen, weil ich offensichtlich ein Brett vor dem Kopf gehabt hatte. Zum anderen, weil die unbestimmte Erwartung, die ich den ganzen Tag lang, während Alice versuchte, mich in eine Schönheitskönigin zu verwandeln, gehegt hatte, so weit von der Realität entfernt war. Eine ängstliche Hoffnung, die mir jetzt bloß noch dämlich vorkam.

Klar hatte ich gedacht, dass ein besonderer Anlass bevorstand. Aber ein Schulball? Nie im Leben wäre ich darauf gekommen.

Wütende Tränen rollten mir über die Wangen. Dann fiel mir zu meiner Bestürzung ein, dass Alice mir Wimperntusche aufgetragen hatte, und ich wischte mir im Gesicht herum, um das Gröbste zu verhindern. Doch meine Hand war nicht geschwärzt – wahrscheinlich hatte sie sich schon gedacht, dass für mich nur wasserfestes Make-up in Frage kam.

Er verstand die Welt nicht mehr. »Das ist doch lächerlich! Warum weinst du denn jetzt?«

»Warum? Weil ich sauer bin!«

»Bella.« Er entfesselte die ganze Kraft seiner goldenen Augen.

»Was?«, fragte ich verwirrt.

»Tu es mir zuliebe.«

Sein Blick löste meine Wut einfach auf – es war unmöglich, mit ihm zu streiten, wenn er zu solchen unlauteren Mitteln griff. Schmollend gab ich mich geschlagen.

»Schön«, sagte ich eingeschnappt – leider war ich unfähig, dabei so böse zu gucken, wie ich wollte. »Wie du willst. Aber du wirst schon sehen – ich bin längst wieder mal fällig für einen Unfall. Wahrscheinlich breche ich mir mein anderes Bein auch noch. Hast du diesen Schuh gesehen? Das ist kein Schuh, sondern eine tödliche Falle.« Zum Beweis hob ich mein heiles Bein ein Stück an.

»Hmmm.« Er schaute viel länger hin als notwendig. »Erinnerst du mich daran, dass ich mich nachher bei Alice bedanke?«

»Alice kommt auch?« Wenigstens ein kleiner Trost.

»Ja, mit Jasper. Und Emmett auch … mit Rosalie.«

Das tröstliche Gefühl verschwand wieder. Mit Rosalie war ich keinen Schritt vorangekommen, obwohl ich mich prima mit Emmett verstand. Er freute sich, wenn er mich sah – er fand meine menschlichen Verhaltensweisen wahnsinnig komisch. Oder vielleicht war es auch nur die Tatsache, dass ich ständig hinfiel. Rosalie dagegen behandelte mich wie Luft. Ich schüttelte den Kopf, um den Gedanken an sie zu verscheuchen; dabei fiel mir etwas anderes ein.

»War Charlie eigentlich eingeweiht?«, fragte ich misstrauisch.

»Na klar.« Er grinste, dann lachte er in sich hinein. »Aber Tyler nicht, wie's aussieht.«

Ich verzog mein Gesicht. Wie Tyler sich derartig täuschen konnte, war mir ein Rätsel. In der Schule, wo Charlie uns nicht in die Quere kommen konnte, waren Edward und ich unzertrennlich – abgesehen von den seltenen sonnigen Tagen.

Dann waren wir da; Rosalies rotes Kabrio war nicht zu übersehen. Edward stieg aus, öffnete mir die Tür und bot mir seine Hand.

Doch ich verschränkte stur die Arme vor der Brust, blieb sitzen und gönnte mir ein kleines Gefühl des Triumphes: Der Parkplatz war voller Menschen in Anzügen und Abendkleidern – lauter Zeugen. Er konnte mich also nicht gewaltsam aus dem Auto zerren, als wären wir allein im Wald.

Er seufzte. »Wenn dich jemand umbringen will, bist du tapfer wie ein Löwe – aber wenn vom Tanzen die Rede ist ...« Er schüttelte den Kopf.

Ich schluckte. Tanzen!

»Bella, ich pass auf, dass dich nichts und niemand verletzt, nicht einmal du selbst. Ich lass dich nicht ein einziges Mal los, versprochen.«

Ich ließ mir das durch den Kopf gehen und fühlte mich augenblicklich besser, was ihm nicht entging.

»Na los«, sagte er zärtlich. »Das wird schon nicht so schlimm.« Dann beugte er sich zu mir herunter und legte einen Arm um meine Hüfte. Ich ergriff seine andere Hand und ließ mich aus dem Auto heben.

Auf seinen Arm gestützt humpelte ich zur Schule. Weit hinten, am westlichen Horizont, brachen ein paar Sonnenstrahlen durch die dünne Wolkendecke.

In Phoenix fanden Abschlussbälle in Ballsälen statt. In Forks musste man mit der Turnhalle vorliebnehmen – dem wahrscheinlich einzigen Raum in der Stadt, der ausreichend Platz bot. Als wir hereinkamen, konnte ich mir ein Lachen nicht verkneifen: Die Wände waren tatsächlich mit Luftballons und Girlanden aus pastellfarbenem Krepppapier geschmückt.

»Das sieht aus wie der Vorspann zu einem Horrorfilm«, kicherte ich.

»Na ja«, murmelte er, als wir langsam auf die Kasse zugingen. »Ausreichend Vampire sind ja da.« Der Großteil meines Gewichts lastete auf ihm, aber immerhin musste ich meine Füße selbstständig vorwärtswuchten.

Ich schaute auf die Tanzfläche; in ihrer Mitte hatte sich ein großer Freiraum gebildet, durch den in vollendeter Anmut zwei Paare wirbelten. Die anderen Tänzer hatten sich an den Rand des Geschehens zurückgezogen, um ihnen Platz zu machen. Niemand sonst tanzte – keiner wollte sich dem Vergleich mit dieser Pracht aussetzen. Emmett und Jasper sahen geradezu einschüchternd perfekt aus in ihren klassischen Smokings. Alice war atemberaubend; durch die großen, dreieckigen Aussparungen ihres tiefschwarzen Satinkleides strahlte ihre schneeweiße Haut. Und Rosalie war … na ja, einfach Rosalie: unglaublich schön. Ihr leuchtend rotes Kleid war rückenfrei und schmiegte sich bis hinunter zu den Waden eng an ihren Körper, um dann in einer weiten, gerafften Schleppe auszulaufen. Der Ausschnitt reichte bis zur Taille. Ich bedauerte jedes anwesende Mädchen, mich eingeschlossen.

»Soll ich die Türen verriegeln, damit du die ahnungslosen Kleinstädter massakrieren kannst?«, flüsterte ich verschwörerisch.

»Und welche Rolle spielst du dabei?« Er funkelte mich an.

»Ich? Ich mach bei den Vampiren mit, was denn sonst?«

Er lächelte. »Hauptsache, du musst nicht tanzen.«

»Genau.«

Er kaufte zwei Eintrittskarten und schob mich in Richtung Tanzfläche. Ich stemmte mich gegen seinen Arm und machte mich schwer.

»Ich hab Zeit«, drohte er. »Den ganzen Abend, wenn's sein muss.«

Irgendwann hatte er mich dort hingeschleppt, wo die anderen

vier schon elegant herumwirbelten, wenn auch auf eine Art, die weder in die Gegenwart noch zur Musik passte. Mutlos schaute ich ihnen zu.

»Edward.« Meine Kehle war so trocken, dass ich nur ein Flüstern herausbekam. »Ich kann *wirklich* nicht tanzen!« Panik stieg in mir auf.

»Aber ich, Dummerchen«, flüsterte er zurück. Er legte meine Arme um seinen Nacken und stellte mich auf seine Füße.

Und dann wirbelten auch wir umher.

»Ich fühl mich wie eine Fünfjährige«, sagte ich lachend, nachdem wir minutenlang mühelos über die Tanzfläche geglitten waren.

»So siehst du aber nicht aus«, murmelte er und zog mich für einen Moment an seine Brust, so dass meine Füße in der Luft baumelten.

Alice kreiselte an uns vorbei. Unsere Blicke begegneten sich, und sie lächelte mir ermutigend zu. Ich lächelte zurück. Erstaunt merkte ich, dass es mir tatsächlich Spaß machte ... ein bisschen zumindest.

»Okay, ich hab's mir schlimmer vorgestellt«, gab ich zu.

Doch Edward blickte verärgert zur Tür.

»Was ist denn?«, fragte ich und folgte seinem Blick. Unsere Drehungen erschwerten die Orientierung, doch schließlich sah ich, was ihm nicht passte. Jacob Black, nicht im Smoking, aber mit weißem Hemd und Krawatte, lief über die Tanzfläche und wollte anscheinend zu uns. Seine Haare waren wie üblich zu einem Pferdeschwanz zusammengebunden.

Nach der ersten Überraschung kam ich nicht umhin, ihn zu bemitleiden – es war offensichtlich, dass er sich geradezu schmerzhaft unwohl fühlte in seiner Haut. Mit zerknirschter Miene kam er auf mich zu.

Edward gab ein kaum hörbares Knurren von sich.

»Lass ihn in Ruhe!«, zischte ich.

»Er möchte ein Schwätzchen mit dir halten«, sagte er bissig.

Dann stand Jacob vor uns; seine Verlegenheit war nicht zu übersehen.

»Hey, Bella, ich hatte gehofft, dass du hier bist.« Es klang, als hätte er genau das nicht gehofft. Doch sein Lächeln war so liebenswürdig wie immer.

»Hi, Jacob.« Ich lächelte zurück. »Was gibt's?«

»Darf ich?«, fragte er, an Edward gewandt, und trat auf mich zu. Ich war verblüfft, dass er nicht zu ihm aufschauen musste – er war mindestens zehn Zentimeter gewachsen, seit ich ihn das letzte Mal gesehen hatte.

Edwards Gesicht war beherrscht, sein Blick ausdruckslos. Statt einer Antwort stellte er mich vorsichtig auf den Boden und trat einen Schritt zurück.

»Danke«, sagte Jacob freundschaftlich.

Edward nickte nur und schaute mir eindringlich in die Augen. Dann drehte er sich um und ging.

Jacob legte seine Hände an meine Hüften, ich hob meine zu seinen Schultern.

»Wow, Jake, wie groß bist du denn?«

»Eins fünfundachtzig«, sagte er stolz.

Eigentlich tanzten wir gar nicht – mein Gipsbein machte das unmöglich –, sondern wippten nur unbeholfen hin und her, ohne unsere Füße zu heben. Aber das war okay; er war schlaksig und linkisch und tanzte wahrscheinlich genauso schlecht wie ich.

»Und, wie kommt's, dass du hier bist?«, fragte ich, doch ich musste die Neugier vortäuschen, denn nach Edwards Reaktion konnte ich es mir schon denken.

»Du wirst es nicht glauben, aber mein Dad gibt mir zwanzig Dollar dafür«, gestand er beschämt.

»Verstehe«, murmelte ich. »Na ja, ich hoffe, du hast wenigstens ein bisschen Spaß. Schon einen Blick auf jemanden geworfen?«, erkundigte ich mich scherzhaft und deutete mit dem Kopf auf ein paar Mädchen, die wie ein Sortiment buntes Konfekt aufgereiht an der Wand standen.

»Ja«, sagte er seufzend. »Aber sie ist schon vergeben.«

Er blickte mir flüchtig in die Augen, dann schauten wir beide verschämt zur Seite.

»Du siehst übrigens sehr hübsch aus«, fügte er schüchtern hinzu.

»Danke, äh – und weshalb wollte Billy, dass du herkommst?« Doch ich kannte die Antwort bereits.

Jacob schien nicht sonderlich froh zu sein über meine Frage. Wieder war ihm sichtlich unwohl; er schaute zur Seite. »Er meinte, es sei ein ›sicherer‹ Ort, um mit dir zu reden. Ganz ehrlich, langsam glaub ich, er verliert den Verstand.«

Halbherzig stimmte ich in sein Lachen ein.

»Na ja, und er will mir den Hauptbremszylinder kaufen, den ich brauche, wenn ich dir etwas ausrichte«, gestand er kleinlaut und grinste verlegen.

»Na dann los – ich will schließlich, dass dein Auto fertig wird.« Ich grinste zurück. Wenigstens glaubte Jacob nichts von alldem, das machte die Situation halbwegs erträglich. Ich sah, dass Edward an der Wand lehnte und mich mit ausdrucksloser Miene beobachtete. Ein Mädchen aus der Klassenstufe unter uns taxierte ihn schüchtern, doch er schien es gar nicht zu bemerken – trotz seines pinkfarbenen Kleides.

Jacob schlug beschämt die Augen nieder. »Nicht sauer sein, okay?«

»Ich wüsste nicht, warum ich auf dich sauer sein sollte«, beteuerte ich. »Ich werde noch nicht mal auf Billy sauer sein. Sag einfach, was du mir sagen sollst.«

»Also – o Gott, das ist so dämlich … tut mir leid, Bella. Okay – er will, dass du mit deinem Freund Schluss machst. ›Bitte!‹, soll ich dir sagen.« Verächtlich schüttelte Jacob den Kopf.

»Er ist also immer noch abergläubisch, was?«

»Und wie. Er war irgendwie völlig … außer sich, als er hörte, dass du in Phoenix einen Unfall hattest. Er wollte nicht glauben –« Verlegen verstummte er.

Meine Augen verengten sich. »Dass ich die Treppe runtergefallen bin?«

»Ich weiß, es ist verrückt«, sagte Jacob schnell.

»Er glaubt, dass Edward was mit meinem Unfall zu tun hatte.« Ich wusste, ich hatte den Nagel auf den Kopf getroffen. Und ich *war* sauer, trotz meines Versprechens.

Jacob traute sich nicht, mir in die Augen zu sehen. Wir hatten es mittlerweile ganz aufgegeben, im Rhythmus der Musik zu schaukeln, obwohl seine Hände noch immer an meinen Hüften lagen und meine um seinen Hals geschlossen waren.

»Jacob, wahrscheinlich wird Billy mir das nicht glauben, aber ich will, dass du es weißt.« Mein ernster Ton ließ ihn aufhorchen; er schaute mich wieder an. »Edward hat mir das Leben gerettet. Ohne ihn und seinen Vater wäre ich jetzt tot.«

»Ich weiß«, beteuerte er, doch ich hörte, dass meine Aufrichtigkeit ihn berührt hatte. Vielleicht würde er Billy wenigstens davon überzeugen können.

»Hey, tut mir leid, dass du das machen musstest«, sagte ich aufmunternd. »Aber die Ersatzteile waren's doch wert.«

Er wich meinem Blick aus. »Hmmm«, brummte er, immer noch ziemlich geknickt.

»Sag bloß, da ist noch mehr.« Ich konnte es nicht fassen.

»Nein, vergiss es«, murmelte er. »Ich besorg mir 'nen Job und spar mir das Geld selber zusammen.«

Ich schaute ihm in die Augen, bis er meinen Blick erwiderte. »Spuck's aus, Jacob.«

»Es ist zu peinlich.«

»Egal. Erzähl's mir.«

»Okay … aber es ist echt peinlich.« Er schüttelte den Kopf. »Ich soll dir sagen … nein, ich soll dich *warnen*, dass« – er malte Gänsefüßchen in die Luft – »›wir dich nicht aus den Augen lassen‹. Das ist nicht mein Plural, sondern seiner.« Er hielt den Atem an und wartete auf meine Reaktion.

Es klang wie aus einem Mafiafilm. Ich brach in schallendes Lachen aus.

»Du Ärmster! Tut mir leid, dass du dazu gezwungen warst.«

»Na ja, es gibt Schlimmeres«, wehrte er ab und grinste erleichtert. Sein Blick glitt anerkennend über mein Kleid. »Und, was soll ich ihm ausrichten?«, fragte er frohlockend. »Dass er sich gefälligst um seinen eigenen Kram kümmern soll?«

»Nein«, antwortete ich seufzend. »Richte ihm meinen Dank aus. Ich weiß, dass er es gut meint.«

Das Lied endete, und ich nahm meine Arme von seiner Schulter.

Er blickte auf mein schlimmes Bein und ließ seine Hände vorsichtshalber an meinen Hüften liegen. »Willst du weitertanzen? Oder soll ich dich irgendwo hinbringen?«

Edward antwortete für mich. »Danke, Jacob, ich mach das schon.«

Jacob zuckte zusammen und fuhr herum; Edward stand direkt hinter ihm.

»Hallo, ich hab dich gar nicht bemerkt«, sagte er. Und dann, an mich gewandt: »Äh, ja, dann bis bald, Bella.« Er trat zur Seite und hob schüchtern seine Hand.

Ich lächelte. »Ja, bis bald.«

»Tut mir leid«, sagte er, dann drehte er sich um und ging.

Das nächste Lied begann und Edward schloss mich in seine Arme. Die Musik war ein bisschen zu schnell für einen Engtanz, doch das schien ihn nicht zu stören. Zufrieden legte ich meinen Kopf an seine Brust.

»Und, fühlst du dich jetzt besser?«, fragte ich scherzhaft.

»Kann ich nicht behaupten«, sagte er kurz angebunden.

»Sei nicht sauer auf Billy«, sagte ich. »Er ist Charlies bester Freund, da macht er sich eben Sorgen um mich. Es hat nichts mit dir speziell zu tun.«

»Ich bin gar nicht sauer auf Billy«, korrigierte er gereizt. »Aber sein Sohn geht mir langsam auf die Nerven.«

Verwundert hob ich den Kopf von seiner Brust und schaute ihm ins Gesicht. Er schien es ernst zu meinen.

»Warum denn das?«

»Erstens hab ich wegen ihm mein Versprechen gebrochen.«

Verständnislos starrte ich ihn an.

Ein Lächeln umspielte seine Lippen. »Ich hab versprochen, dich den ganzen Abend nicht loszulassen«, erinnerte er mich.

»Stimmt. Aber ich verzeih dir.«

»Danke. Aber da ist noch etwas.« Er runzelte die Stirn.

Ich wartete geduldig.

»Er hat gesagt, du bist *hübsch*«, sagte er schließlich. Seine Miene verfinsterte sich noch mehr. »So wie du aussiehst, kommt das quasi einer Beleidigung gleich. Du bist mindestens wunderschön.«

Ich lachte. »Meinst du nicht, du bist ein wenig voreingenommen?«

»Das hat damit nichts zu tun.«

Wir wirbelten wieder umher; ich stand auf seinen Füßen und lag in seinen Armen.

»Willst du mir nicht langsam mal erklären, was das alles soll?«, fragte ich ihn.

Verwirrt schaute er mich an; ich runzelte die Stirn und umfasste mit einem bedeutungsvollen Blick die ganze Veranstaltung.

Er schien kurz zu überlegen, dann schwenkte er mich plötzlich herum und wirbelte mit mir durch die Schülermenge auf die Hintertür der Turnhalle zu. Ich erhaschte einen flüchtigen Blick auf Jessica und Mike, die auch gerade tanzten und mich neugierig beäugten. Jessica winkte, ich lächelte. Angela lag, strahlend vor Glück, in den Armen von Ben Cheney, der einen Kopf kleiner war als sie; sie wandte ihren Blick nicht von seinen Augen. Ich sah Lee und Samantha; ich sah Lauren, die uns böse Blicke zuwarf, und Conner – jedem Gesicht, das an mir vorbeiflog, konnte ich einen Namen zuordnen. Und dann standen wir vor der Tür und schauten in das kühle, matte Licht der eben untergegangenen Sonne.

Als uns niemand mehr sehen konnte, nahm er mich hoch und trug mich über den dunklen Schulhof, bis wir bei den Bänken unter den Erdbeerbäumen ankamen, wo er sich, mit mir in seinen Armen, hinsetzte. Mein Kopf lag an seiner Brust. Der Mond stand schon am Himmel, deutlich sichtbar durch die zarte Wolkendecke. Bleich leuchtete Edwards Gesicht im weißen Licht – dem letzten Licht des Tages. Seine Lippen bildeten eine schroffe Linie.

»Und – wozu das Ganze?«, drängte ich sanft.

Doch er blickte betrübt zum Mond und ignorierte mich.

»Wieder eine Dämmerung«, sagte er leise. »Wieder ein Ende. Egal, wie perfekt ein Tag ist, er endet immer.«

Ich war sofort hellhörig. »Manche Dinge müssen nicht enden«, murmelte ich.

Er seufzte, und dann beantwortete er meine Frage.

»Ich bin mit dir zum Ball gegangen«, sagte er langsam, »weil ich nicht will, dass du irgendetwas verpasst. Ich möchte nicht, dass dir durch mich etwas entgeht. Ich möchte, dass du ein Mensch bist, dass dein Leben so weitergeht, wie es verlaufen wäre, wenn ich 1918 gestorben wäre, wie es hätte sein sollen.«

Ich erschrak; dann schüttelte ich verärgert den Kopf. »Edward – in welchem Paralleluniversum wäre ich *je* auf die Idee gekommen, freiwillig zu einem Schulball zu gehen? Wenn du nicht tausendmal stärker wärst als ich, hätte ich das nie mit mir machen lassen.«

Er lächelte flüchtig, doch sein Blick blieb traurig. »So schlimm ist es doch nicht, das hast du selber gesagt.«

»Aber nur, weil ich mit dir hier bin.«

Eine Weile sagte keiner etwas; er blickte zum Mond, ich auf sein Gesicht. Ich wünschte mir, ihm erklären zu können, wie wenig Interesse ich an einem normalen Leben hatte.

»Verrätst du mir etwas?«, fragte er und schaute mit einem schwachen Lächeln auf mich herab.

»Habe ich dir je etwas vorenthalten?«

»Versprich einfach, dass du's mir sagst«, beharrte er und grinste.

Ich wusste, dass ich das sofort bereuen würde. »Wie du willst.«

»Ich hatte den Eindruck, dass du vorhin ernsthaft überrascht warst, als dir klarwurde, wohin wir fahren.«

»Das stimmt.«

»Das dachte ich mir. Aber du hattest doch bestimmt eine

andere Theorie, oder? Was hast du denn geglaubt, was ich vorhatte?«

Ich hatte gewusst, ich würde es bereuen. Unwillig schürzte ich meine Lippen. »Das würde ich dir lieber nicht sagen.«

»Du hast es versprochen«, protestierte er.

»Ich weiß.«

»Warum willst du es nicht sagen?«

Ich wusste genau, was er dachte: dass mir die Antwort peinlich war, sonst nichts. »Weil du wahrscheinlich sauer sein wirst. Oder traurig.«

Nachdenklich schoben sich seine Augenbrauen zusammen. »Trotzdem, ich will es wissen. Sagst du es mir – bitte?«

Ich seufzte. Er wartete.

»Na ja … ich dachte, es wäre ein … besonderer Anlass. Aber nicht so was Banales und Menschliches.« Ich rümpfte die Nase. »Jahresabschlussball!«

»Nicht so was Menschliches?«, wiederholte er verständnislos.

Ich blickte an meinem Kleid hinab und nestelte an einer Chiffonschleife herum. Er schwieg und wartete.

Ich gab mir einen Ruck und sagte ihm die Wahrheit. »Also meinetwegen – ich hatte gehofft, dass du deine Meinung vielleicht geändert hast und mich … doch verwandeln würdest.«

Ein Dutzend Emotionen liefen über sein Gesicht. Verärgerung … Schmerz … Dann schien er sich zu fangen und setzte eine belustigte Miene auf.

»Und du dachtest, das wäre ein Anlass für Abendgarderobe?«, zog er mich auf und berührte den Revers seines Smokings.

Um meine Verlegenheit zu überspielen, guckte ich böse. »Was weiß ich denn, wie so was abläuft. Ich fand's jedenfalls naheliegender als einen Schulball.« Er grinste immer noch. »Das ist nicht witzig«, sagte ich.

»Du hast Recht, es ist wirklich nicht witzig.« Sein Lächeln verschwand. »Aber ich betrachte es lieber als Witz, als mir vorzustellen, dass du es womöglich ernst meinst.«

»Ich meine es ernst.«

Er seufzte tief. »Ich weiß. Und du willst es wirklich so sehr?«

Seine Augen waren schmerzerfüllt. Ich biss mir auf die Lippen und nickte.

»Du bist also schon bereit für das Ende«, murmelte er vor sich hin. »Bereit für das Ende deines Lebens, obwohl es gerade erst begonnen hat. Bereit, alles aufzugeben.«

»Es wäre nicht das Ende, sondern der Anfang«, widersprach ich leise.

»Ich bin das nicht wert«, sagte er traurig.

»Erinnerst du dich, dass du mir mal gesagt hast, ich könne mich selber nicht sonderlich gut einschätzen?«, fragte ich spöttisch. »Du hast offenbar dieselben Schwierigkeiten.«

»Ich weiß, was ich bin.«

Ich seufzte.

Wieder einmal wechselte abrupt seine Stimmung. Er schob die Lippen vor und musterte mich eindringlich. Sekundenlang ruhte sein Blick auf meinem Gesicht.

»Du bist also wirklich bereit?«

»Ähm.« Ich schluckte. »Ja.«

Er lächelte und beugte sich hinunter, bis seine kalten Lippen die weiche Stelle an meinem Hals berührten, wo der Puls unter der Haut pocht.

»Jetzt gleich?« Sein kühler Atem an meinem Hals ließ mich erschaudern.

»Ja.« Ich flüsterte, um zu verhindern, dass meine Stimme brach. Mein Atem ging ungleichmäßig, und mein Körper war hart wie ein Brett, doch wenn er dachte, dass ich ihm etwas vorspielte, hatte er sich getäuscht. Meine Entscheidung stand fest, und ich würde sie nicht ändern – auch wenn meine Hände vor Angst zu Fäusten geballt waren.

Er lachte finster in sich hinein und hob seinen Kopf. Seine Miene war tatsächlich enttäuscht.

»Du glaubst doch nicht ernsthaft, dass ich so leicht nachgebe«, spottete er leicht angesäuert.

»Man kann ja mal träumen.«

Er zog seine Augenbrauen hoch. »Das ist dein Traum? Ein Monster zu sein?«

»Nein, nicht ganz«, erwiderte ich und verzog das Gesicht. Von wegen Monster! »Hauptsächlich träume ich davon, für immer mit dir zusammen zu sein.«

Er hörte den leisen Schmerz in meiner Stimme und sah mich mit zärtlicher Wehmut an.

»Bella.« Er strich über meine Lippen. »Ich bleibe bei dir – ist das denn nicht genug?«

Mein Mund weitete sich unter seinen Fingerspitzen zu einem Lächeln. »Für den Moment, ja.«

Stirnrunzelnd registrierte er meine Hartnäckigkeit. Keiner von uns beiden würde an diesem Abend nachgeben. Er atmete aus, und es klang beinahe wie ein Knurren.

Ich berührte sein Gesicht. »Edward. Ich liebe dich mehr als alles andere in der Welt zusammen. Ist das denn nicht genug?«

»Doch, es ist genug«, antwortete er lächelnd. »Genug für alle Zeiten.«

Und er beugte sich hinab, um abermals seine kalten Lippen an meine Kehle zu legen.

Danksagung

Ein Riesendank geht an meine Eltern, Steve und Candy, für ihre lebenslange Liebe und Unterstützung, dafür, dass sie mir großartige Bücher vorlasen, als ich klein war, und mir auch heute noch zur Seite stehen, wenn mich etwas beunruhigt; an meinen Mann Pancho und meine Söhne Gabe, Seth und Eli, die mich so oft bereitwillig mit meinen fiktionalen Freunden teilten; an meine Freunde von Writers House, an Genevieve Gagne-Hawes, die mir meine erste Chance gab, und an meine Agentin Jodi Reamer, die ganz und gar unwahrscheinliche Träume in Realität verwandelte; an meine Lektorin Megan Tingley, die dafür gesorgt hat, dass aus *Biss zum Morgengrauen* ein besseres Buch geworden ist; an meine Brüder Paul und Jacob für die sachkundige Beantwortung all meiner Fragen zu Autos; an meine Online-Familie, die talentierten Mitarbeiter und Autoren von *fansofrealitytv.com*, insbesondere an Kimberly »Shazzer« und Collin »Mantenna«, für Ermutigung, guten Rat und Inspiration.

Die Geschichte von Bella und Edward geht weiter.
Es folgt eine Leseprobe aus *Bis(s) zur Mittagsstunde*.

»Haben Sie etwas dagegen, wenn ich Bella heute Abend entführe?«, fragte Edward, als Charlie und ich aufgegessen hatten.

Ich schaute Charlie hoffnungsvoll an. Vielleicht stellte er sich vor, dass man den Geburtstag zu Hause mit der Familie verbrachte – das hier war mein erster Geburtstag bei ihm, der erste Geburtstag, seit meine Mutter Renée wieder geheiratet hatte und nach Florida gezogen war. Ich wusste also nicht, was für Vorstellungen er hatte.

»Kein Problem – die Mariners spielen heute Abend gegen die Sox«, sagte Charlie, und meine Hoffnung schwand. »Ich könnte dir also sowieso keine Gesellschaft leisten … Hier.« Er nahm die Kamera, die er mir auf Renées Empfehlung geschenkt hatte (weil ich ja Fotos brauchte, mit denen ich das Album füllen konnte), und warf sie mir zu.

Er hätte es besser wissen sollen – ich war noch nie berühmt für meine Geschicklichkeit. Die Kamera glitt mir aus den Händen und wollte schon zu Boden trudeln. Edward fing sie gerade noch rechtzeitig auf, bevor sie auf den Linoleumboden knallen konnte.

»Gut reagiert«, sagte Charlie. »Wenn die Cullens heute Abend etwas Besonderes organisieren, musst du Fotos machen, Bella. Du kennst ja deine Mutter – sie will die Bilder bestimmt schneller sehen, als du fotografieren kannst.«

»Gute Idee, Charlie«, sagte Edward und reichte mir die Kamera.

Ich richtete die Kamera auf Edward und schoss das erste Foto. »Sie funktioniert.«

»Super. Und grüß Alice von mir. Sie war lange nicht mehr hier.« Charlie verzog den Mund.

»Drei Tage, Dad«, sagte ich. Charlie hatte einen Narren an Alice gefressen. Seit dem letzten Frühjahr war das so, als sie mir in der anstrengenden Zeit nach dem Unfall geholfen hatte. Charlie würde ihr immer dankbar dafür sein, dass sie ihn davor bewahrt hatte, seiner fast erwachsenen Tochter beim Duschen helfen zu müssen. »Ich werd's ihr ausrichten.«

»Na dann viel Spaß heute Abend .« Das war deutlich. Charlie machte sich schon auf den Weg ins Wohnzimmer, wo der Fernseher stand.

Edward lächelte triumphierend, nahm meine Hand und zog mich aus der Küche. Als wir bei meinem Wagen ankamen, hielt er mir wieder die Beifahrertür auf, und diesmal widersprach ich nicht. Im Dunkeln hatte ich immer noch Mühe, die versteckte Abzweigung zu seinem Haus zu finden.

Edward fuhr Richtung Norden durch Forks. Er ärgerte sich sichtlich darüber, dass die Geschwindigkeit meines prähistorischen Chevys begrenzt war. Als Edward ihn über achtzig trieb, röhrte der Motor noch lauter.

»Keine Hektik«, warnte ich ihn.

»Weißt du, was dir gefallen würde? Ein schönes kleines Audi Coupé. Sehr leise, starker Motor …«

»Mit meinem Transporter ist alles in Ordnung. Und apropos unnötige Ausgaben, ich hoffe sehr für dich, dass du kein Geld für Geburtstagsgeschenke ausgegeben hast.«

»Keinen Cent«, sagte er treuherzig.

»Dann ist es ja gut.«

»Kannst du mir einen Gefallen tun?«

»Kommt drauf an.«

Er seufzte, sein schönes Gesicht wurde ernst. »Bella, der letzte richtige Geburtstag, den bei uns jemand hatte, war der von Emmett 1935. Sei nachsichtig mit uns und nimm dich heute Abend ein bisschen zusammen. Sie sind alle furchtbar aufgeregt.«

Ich erschrak immer ein wenig, wenn er mit so was anfing. »Okay, ich werd mich beherrschen.«

»Es ist wohl besser, wenn ich dich warne ...«

»O ja, ich bitte darum.«

»Wenn ich sage, sie sind alle aufgeregt ... dann meine ich wirklich alle.«

»Alle?«, brachte ich mühsam heraus. »Ich dachte, Emmett und Rosalie sind in Afrika.« In Forks glaubte man, die ältesten Cullens seien in diesem Jahr nach Dartmouth aufs College gegangen, aber ich wusste es besser.

»Emmett wollte unbedingt kommen.«

»Aber ... Rosalie?«

»Ich weiß, Bella. Mach dir keine Sorgen, sie wird sich benehmen.«

Ich gab keine Antwort. So einfach war es nicht, sich keine Sorgen zu machen. Im Gegensatz zu Alice konnte Edwards andere »Adoptivschwester«, die goldblonde, wunderschöne Rosalie, mich nicht besonders gut leiden. Genau genommen war das Gefühl noch etwas stärker als bloße Abneigung. Für Rosalie war ich ein unwillkommener Eindringling in das geheime Leben ihrer Familie.

Ich hatte schreckliche Schuldgefühle, denn ich schrieb es mir zu, dass Rosalie und Emmett so lange fort waren. Auf der anderen Seite war ich insgeheim froh, Rosalie nicht sehen zu müssen. Emmett dagegen, Edwards witzigen, bärenhaften Bruder, vermisste ich sehr wohl. Er war in vielerlei Hinsicht wie der große Bruder, den ich mir immer gewünscht hatte ... nur sehr viel gefährlicher.

Edward beschloss, das Thema zu wechseln. »Also, wenn ich dir keinen Audi schenken darf, gibt es nicht vielleicht irgendwas anderes, das du dir zum Geburtstag wünschst?«

»Du weißt, was ich mir wünsche«, flüsterte ich.

Er runzelte die marmorne Stirn. Wahrscheinlich bereute er jetzt, dass er das Thema gewechselt hatte.

Ich hatte das Gefühl, dass wir darüber heute schon mehrfach gestritten hatten.

»Nicht heute Abend, Bella. Bitte.«

»Tja, vielleicht erfüllt Alice mir ja meinen Wunsch.«

Edward grollte – ein tiefer, drohender Laut. »Dies wird nicht dein letzter Geburtstag sein, Bella«, schwor er.

»Das ist gemein!«

Ich glaubte zu hören, wie er mit den Zähnen knirschte.

Jetzt fuhren wir auf das Haus zu. Helles Licht schien aus allen Fenstern in den unteren beiden Stockwerken. Unterm Dach der Veranda hing eine lange Reihe leuchtender japanischer Laternen und tauchte die riesigen Zedern, die das Haus umgaben, in einen warmen Glanz. Große Blumenschalen – rosa Rosen – standen zu beiden Seiten der Eingangstreppe.

Ich stöhnte.

Edward atmete ein paarmal tief ein und aus, um sich zu beruhigen. »Das ist eine Geburtstagsparty«, erinnerte er mich. »Versuch, kein Spielverderber zu sein.«

»Klar«, murmelte ich.

Er ging um den Wagen herum, öffnete mir die Tür und reichte mir die Hand.

»Darf ich dich mal was fragen?«

Er wartete misstrauisch.

»Wenn ich den Film entwickele«, sagte ich und spielte mit der Kamera in meinen Händen, »bist du dann auf den Fotos drauf?«

Edward prustete los. Er half mir aus dem Wagen und führte mich die Treppe hinauf. Als er die Tür öffnete, lachte er immer noch.

Sie erwarteten uns alle in dem riesigen weißen Wohnzimmer;

als ich zur Tür hereinkam, riefen sie laut im Chor: »Herzlichen Glückwunsch zum Geburtstag, Bella!« Ich wurde rot und schaute zu Boden. Irgendjemand, vermutlich Alice, hatte überall rosa Kerzen und unzählige Kristallschalen mit Hunderten von Rosen hingestellt. Neben Edwards Flügel stand ein Tisch mit weißem Tischtuch, darauf standen eine rosa Geburtstagstorte, noch mehr Rosen, ein Stapel Glasteller und ein kleiner Haufen silbern verpackter Geschenke.

Es war noch tausendmal schlimmer, als ich es mir vorgestellt hatte.

Edward, der meine Qual spürte, legte mir aufmunternd einen Arm um die Taille und gab mir einen Kuss aufs Haar.

Edwards Eltern, Carlisle und Esme – unglaublich jugendlich und reizend wie immer –, waren die Ersten hinter der Tür. Esme umarmte mich leicht, ihr weiches, karamellfarbenes Haar streifte meine Wange, als sie mich auf die Stirn küsste. Dann legte Carlisle mir einen Arm um die Schultern.

»Tut mir leid, Bella«, flüsterte er für alle hörbar. »Alice war nicht zu bremsen.«

Rosalie und Emmett standen hinter den beiden. Rosalie lächelte nicht, aber immerhin schaute sie mich nicht hasserfüllt an. Auf Emmetts Gesicht lag ein breites Grinsen. Wir hatten uns seit Monaten nicht gesehen; ich hatte vergessen, wie unbeschreiblich schön Rosalie war – es tat fast weh, sie anzusehen. Und war Emmett immer so … groß und breit gewesen?

»Du siehst noch genauso aus wie vorher«, sagte Emmett mit gespielter Enttäuschung. »Ich hatte mit irgendeiner Veränderung gerechnet, aber du bist rotgesichtig wie eh und je.«

»Vielen Dank, Emmett«, sagte ich und wurde noch röter.

Er lachte. »Ich muss mal kurz austreten« – er zwinkerte Alice verschwörerisch zu –, »stell bitte nichts an, solange ich weg bin.«

»Ich werd's versuchen.«

Alice ließ Jaspers Hand los und stürmte auf mich zu, ihre Zähne funkelten im Licht. Auch der große, blonde Jasper, der an einer Säule unten an der Treppe lehnte, lächelte, doch er hielt Abstand. Ich dachte, er hätte in den Tagen, die wir zusammen eingesperrt in Phoenix verbringen mussten, seine Abneigung gegen mich überwunden. Doch als er mich nicht mehr beschützen musste, war er sofort wieder zu seinem früheren Verhalten zurückgekehrt: Er ging mir so weit wie möglich aus dem Weg. Ich wusste, dass das nicht persönlich gemeint war, es war nur eine Vorsichtsmaßnahme, und ich versuchte, mir sein Verhalten nicht zu Herzen zu nehmen. Jasper fiel es schwerer als den anderen, sich an die Ernährungsweise der Cullens zu halten; er konnte dem Geruch menschlichen Bluts kaum widerstehen – er hatte noch nicht so viel Übung.

»Jetzt geht's ans Geschenkeauspacken«, verkündete Alice. Sie schob ihre kühle Hand unter meinen Ellbogen und zog mich zu dem Tisch mit der Torte und den glänzenden Geschenken.

Ich setzte eine übertriebene Leidensmiene auf. »Alice, ich hatte dir doch gesagt, dass ich nichts haben will ...«

»Aber ich hab nicht auf dich gehört«, unterbrach sie mich fröhlich. »Mach schon auf.« Sie nahm mir die Kamera aus der Hand und reichte mir stattdessen ein großes würfelförmiges Päckchen.

Das Päckchen war so leicht, als wäre es leer. Auf einem Zettel obendrauf stand, dass es von Emmett, Rosalie und Jasper kam. Unsicher riss ich das Papier ab und starrte dann auf die Schachtel darin.

Es war irgendetwas Elektronisches, mit vielen Zahlen im Namen. Ich öffnete die Schachtel und hoffte, aus dem Inhalt schlauer zu werden. Aber die Schachtel war tatsächlich leer.

»Ähm … danke.«

Rosalie brachte tatsächlich ein Lächeln zu Stande. Jasper lachte. »Das ist eine Stereoanlage für deinen Transporter«, erklärte er. »Emmett baut sie gerade ein, damit du sie nicht umtauschen kannst.«

Alice war mir immer einen Schritt voraus.

»Danke, Jasper, danke, Rosalie«, sagte ich und grinste, als ich daran dachte, wie Edward heute Nachmittag über mein Radio gemeckert hatte – offenbar alles inszeniert. »Danke, Emmett!«, rief ich lauter.

Ich hörte sein dröhnendes Lachen von meinem Transporter her und jetzt musste ich selber lachen.

»Jetzt mach das von Edward und mir auf«, sagte Alice. Sie war so aufgeregt, dass ihre Stimme wie ein hohes Trällern klang. Sie hielt ein kleines, flaches Päckchen in der Hand.

Ich drehte mich zu Edward um und warf ihm einen bösen Blick zu. »Du hattest es versprochen.«

Ehe Edward etwas sagen konnte, kam Emmett hereingesprungen. »Gerade noch rechtzeitig!«, jubelte er. Er drängte sich hinter Jasper, der näher gekommen war als sonst, um besser sehen zu können.

»Ich hab keinen Cent ausgegeben«, versicherte Edward. Er strich mir eine Haarsträhne aus dem Gesicht. Meine Haut brannte von seiner Berührung.

Ich holte tief Luft und wandte mich an Alice. »Dann gib schon her«, sagte ich seufzend.

Emmett kicherte.

Ich nahm das Päckchen, sah Edward an und verdrehte die Augen. Ich ging mit einem Finger unter den Rand des Papiers und fuhr mit einem Ruck unter dem Klebestreifen entlang.

»Verflucht«, murmelte ich, als ich mir den Finger am Papier

schnitt; ich zog es weg, um mir die Wunde anzusehen. Ein kleiner Blutstropfen quoll aus dem winzigen Schnitt.

Dann ging alles ganz schnell.

»Nein!«, brüllte Edward.

Er warf sich auf mich und schleuderte mich über den Tisch. Der Tisch fiel um und ich mit ihm. Alles wurde über den Boden verstreut, die Torte und die Geschenke, die Blumen und Teller. Ich landete in einem Durcheinander von zerbrochenem Kristall.

Jasper stürzte sich auf Edward, und es klang wie ein Steinschlag.

Da war noch ein anderes Geräusch, ein fürchterliches Knurren, das tief aus Jaspers Brust zu kommen schien. Jasper versuchte sich an Edward vorbeizudrängen, nur knapp neben Edwards Gesicht schnappte er mit den Zähnen.

Im nächsten Moment umfasste Emmett Jasper von hinten und hielt ihn mit festem Stahlgriff umklammert, aber Jasper wehrte sich, den wilden, leeren Blick nur auf mich gerichtet.

Abgesehen von dem Schreck spürte ich auch Schmerzen. Ich war neben dem Flügel zu Boden gestürzt – die Arme instinktiv ausgestreckt, um mich abzufangen –, direkt in die spitzen Scherben hinein. Erst jetzt spürte ich den brennenden, stechenden Schmerz vom Handgelenk bis zur Armbeuge.

Benommen schaute ich von dem hellroten Blut auf, das aus meinem Arm strömte – und traf auf die fiebrigen Blicke von sechs ausgehungerten Vampiren.

Liebe mit Biss

Stephenie Meyer
Bis(s) zur Mittagsstunde
560 Seiten
Gebunden
ISBN 978-3-551-58161-7

Stephenie Meyer
Bis(s) zum Abendrot
Ca. 640 Seiten
Gebunden
ISBN 978-3-551-58166-2

Für immer mit Edward zusammen zu sein – Bellas Traum scheint wahr geworden! Kurz nach ihrem 18. Geburtstag findet er jedoch ein jähes Ende, als ein kleiner, aber blutiger Zwischenfall ihr fast zum Verhängnis wird. Edward hat keine andere Wahl: Er muss sie verlassen. Für immer. Bella zerbricht beinahe daran, einzig die Freundschaft zu Jacob gibt ihr die Kraft weiterzuleben …

Geheimnisvoll

Melissa Marr
Gegen das Sommerlicht
352 Seiten
Gebunden
ISBN 978-3-551-58168-6

Ash hegt ein lange gehütetes Geheimnis: Von klein auf kann sie Elfen sehen – menschengroß, unheimlich und manchmal zudringlich. Ihr bester Freund Seth ist der Einzige, dem sie sich anvertraut. Plötzlich tritt der schöne und geheimnisvolle Elfenkönig Keenan in Ashs Leben: Wann immer er in ihrer Nähe ist, fühlt sie sich unbeschreiblich von ihm angezogen. Wäre da nicht dieses wachsende Gefühl der Bedrohung – wer ist er, warum folgt er ihr? Gemeinsam mit Seth entdeckt sie eine Welt voller seltsamer Regeln und Gefahren ...

CARLSEN

www.carlsen.de

Wa(h)re Schönheit

Scott Westerfeld
Ugly - Verlier nicht dein Gesicht
432 Seiten
Klappenbroschur
ISBN 978-3-551-35581-2

Scott Westerfeld
Pretty - Erkenne dein Gesicht
400 Seiten
Klappenbroschur
ISBN 978-3-551-35582-9

Tally kann ihren 16. Geburtstag kaum erwarten –
denn dann wird sie endlich hübsch! Sie bekommt
die übliche Schönheitsoperation, die physische
Unterschiede und Makel ausgleicht und somit allen
die gleiche Chance gibt. Statt einer langweiligen
»Ugly« wird Tally eine glückliche »Pretty« sein und
im schönen Teil der Stadt leben. Doch kurz vor ihrer
Umwandlung kommen ihr Zweifel, ob sie wirklich das
bequeme, vorbestimmte Leben einer Pretty führen
möchte ...

Der Clan der Otori

Lian Hearn
Band 1
Das Schwert in der Stille
384 Seiten
Taschenbuch
ISBN
978-3-551-35492-1

Lian Hearn
Band 2
Der Pfad im Schnee
416 Seiten
Taschenbuch
ISBN
978-3-55-35536-2

Lian Hearn
Band 3
Der Glanz des Mondes
496 Seiten
Taschenbuch
ISBN
978-3-551-35638-3

Takeos Familie wird ermordet, er selbst von Otori Shigeru vom Clan der Otori gerettet. Nun erhebt der geheimnisvolle Stamm Ansprüche auf ihn und Takeo gerät immer tiefer in eine Welt der Lügen, der Geheimnisse und der Rache. Takeo muss kämpfen – um seine einzige Liebe Kaede und um seinen Herrschaftsanspruch, den die Otorilords bestreiten. Wird sich die Prophezeiung, die ihm einst gemacht wurde, erfüllen?

CARLSEN
www.carlsen.de